中国文学思想的跨域探索

古代文学理论研究

第五十五辑

胡晓明 主编

华东师范大学出版社·上海

图书在版编目（CIP）数据

中国文学思想的跨域探索/胡晓明主编. —上海：
华东师范大学出版社，2022
（古代文学理论研究；第五十五辑）
ISBN 978 - 7 - 5760 - 3392 - 2

Ⅰ.①中… Ⅱ.①胡… Ⅲ.①中国文学－文学思想史－
研究－古代 Ⅳ.①I209.2

中国版本图书馆 CIP 数据核字（2022）第 211672 号

中国文学思想的跨域探索
——古代文学理论研究第五十五辑

主　　编　胡晓明
责任编辑　时润民
责任校对　庞　坚
封面设计　刘怡霖

出版发行　华东师范大学出版社
社　　址　上海市中山北路 3663 号　邮编 200062
网　　址　www.ecnupress.com.cn
电　　话　021 - 60821666　行政传真 021 - 62572105
客服电话　021 - 62865537　门市（邮购）电话 021 - 62869887
地　　址　上海市中山北路 3663 号华东师范大学校内先锋路口
网　　店　http://hdsdcbs.tmall.com

印 刷 者　上海昌鑫龙印务有限公司
开　　本　890 毫米×1240 毫米　1/32
印　　张　21.25
字　　数　588 千字
版　　次　2022 年 12 月第 1 版
印　　次　2022 年 12 月第 1 次
书　　号　ISBN 978 - 7 - 5760 - 3392 - 2
定　　价　98.00 元

出 版 人　王　焰

（如发现本版图书有印订质量问题，请寄回本社客服中心调换或电话 021 - 62865537 联系）

目 录

◆ 中国文学思想的跨域探索 ◆

◆ 学术史 ◆

◆ 诗　学 ◆

◆ 文论及其他 ◆

◆ 域　外 ◆

◆ 文　献 ◆

编辑部报告

杜甫《秋日夔府咏怀奉寄郑监李宾客一百韵》云:"登临多物色,陶冶赖诗篇。"苏轼《僧清顺新作垂云亭》云:"天怜诗人穷,乞与供诗本。"诗人以诗眼观照山川物色,以言语为基石,陶冶"造物者之无尽藏",构造出瑰奇的诗意新世界。人与物在自由广阔的诗境里连结,而连结的方式却不尽相同。以诗人心灵的探索历程言之,或"触物起情","人心之动,物使之然也","情以物迁,辞以情发",诗歌因而渐次进入浑成和谐的情景境界;或"即物究理",感物而思,推本溯源,又使诗歌向理性思辨的艺术境界迈进。以诗人笔力所到之处言之,或"指事造形,穷情写物"以曲尽风物之妙,"出入君怀袖,动摇微风发"是也;或如"池塘生春草"、"悠然见南山","无意而与景遇",自然成章,好似神助;或缘诗人"随物赋形",使之各得其所、各得其理,"百啭千声随意移,山花红紫树高低"是也。物色无尽,总待后人;思亦无定,各具手眼。这也恰是诗歌所以历久弥新、生生不息之关窍。

本辑中,多篇论文深入讨论了江山风物与文学生成间的联系。诸文视域开阔,论证严密,材料丰赡,分别考察了不同时代及类型之风物对文学及文学批评的塑造作用。刘毅青、张栩凤《经学视域下的〈文心雕龙〉器物之喻》以经学角度阐释"道"、"器"、"文"三者间的关联性,并揭示出刘勰的器物之喻同其"以经为纲"的文学观之间存在错位现象,为后续研究的拓宽与加深指明方向。以文学的眼光看,建康不仅是由石头筑造的都城,更是用文字建构的历史文化空间。冯坚培《南朝文学的物色审美与城市空间》便将有形的建筑与无形的文字相勾连,先梳理"物色"概念的源流及以建康为代表的古代文化城市兴起的轨迹,再选取花树、白雪与萤火虫等具有典型意义的城市意象,论述南朝物色审美与城市空间的联系,值得回味。跨学科的交流碰撞总能开阔研究者的思路,李鹏飞《情志药石:中国古代的文学治疗功能及意义》即以文学和医学共同的情志指向为切入口,探究中国古代文学的疗愈功用及其思想渊源,眼光独到。

"横看成岭侧成峰",人们对事物的认知往往受到观看角度的影响。诗歌境界的扩展亦与诗人观物方式的变化相关,北宋邵雍便曾在《伊川击壤集序》中谈及"以身观物"与"以物观物"的区别。王晓玉《北宋怪奇诗风与易学观物方式》一文即从欧阳修、苏轼的易学观物方式出发,分析北宋怪奇诗风和平淡中见奇趣的诗学思想确立的哲学基础和经学依据,有益于我们进一步加深对宋诗风格转向的认识。于诗人而言,物不单存于天地间更存于记忆中,因此,追寻记忆链条中的往事亦是一种独特的观物角度。仲冬梅《也论中国古典文学中的追忆与怀古——兼与宇文所安教授商榷》一文即试图与宇文所安就怀古诗的文化力量、路径和方向等问题展开对话,其中不乏独特的体悟与见解。

"诗画一律"是中国古代文论的经典命题。刘勰已言:"写物图貌,蔚似雕画。"(《文心雕龙·诠赋》)苏轼更明确指出:"诗画本一律,天工与清新。"(《书鄢陵王主簿所画折枝二首》其一)王新芳、张其秀《论查慎行"熟处求生"诗学理论与明代书画论之关联》聚焦于查慎行的"熟处求生"诗论,阐明该理论的形成与苏轼诗、禅宗话语及明代诗画论相关。中国传统学术崇尚触类旁通,《易·系辞上》所谓"引而伸之,触类而长之"也。"逆笔"原是书法批评术语,翁方纲将之引入文学领域,用以批评黄庭坚诗。王天娇《翁方纲"黄诗逆笔说"发微》剖析翁氏理论的内涵,点明逆笔与用典间的关联,再由此探寻翁氏本人的诗学思想,并进一步发掘出该说对清代诗风转向的功用。以上两篇文章均从诗论与其他艺术领域论断的互渗相通处着眼,正宜参看。

此外,本辑文章中如李雪《论方回诗论中的"奇"观念》、李刚《宋代诗学话语"中的"与"走盘"义理发覆》、李山岭《从禅话到词话:"向上一路"内涵变迁论》、殷漱玉《著作方式"撰"的文化意涵考论——论魏晋至隋唐时期"撰"的使用及其含义衍化》等，各从传统诗文评的话语体系中拈出一二具体观念进行分析探究，以小见大，均有所发明。

除却诗学及文论外，本辑文章还涵盖"红学"、"龙学"、词学、学术史、思想史、古籍整理、域外汉学等多方面，殊为可观。吴斌斌《〈红楼梦〉发微——以儒家文化为视角》回归原典，在儒学视域下探究《红楼梦》中的人物行事、叙事建构及主旨，见微知著。黑白《以身动释情动：中国传统词论对身体诗学的再发明》立足于中西方文学理论的交汇点，阐述陈洵词学的"身动批评"体系，别开生面。蒙显鹏《日本的四六图谱系》较为系统地梳理了日本自平安时代至近现代的"四六图"形成发展脉络，利于后续深入探究日本骈文理论发展史。

罗庸先生是中国古典文学研究名家，儒学功底精深纯厚。牟世金先生是中国古代文论专家，治学严谨，笔耕不辍。本辑收入李玲玲整理的罗庸先生撰《阴法鲁君研究工作提要》、杜志勇《罗庸先生治学与课徒管窥——从两篇〈研究工作提要〉说起》及詹福瑞《求实为正臻于质朴——牟世金先生的〈文心雕龙〉理论体系研究》三篇文章，正有助于我们系统而深入地理解与学习两位前辈学者的学术思想与治学态度。

《古代文学理论研究》编辑部

《红楼梦》发微
——以儒家文化为视角

吴斌斌

内容摘要：《红楼梦》的作者出生于诗礼簪缨之族，深受儒学传统（仁礼、性理两支）的浸润。小说中习为常见、平平道来的规矩、风度、见识往往都有着深刻、厚重的儒学背景。运用儒学的维度可以分析出其中更丰富的文化意涵与学理性渊源。此外，在贾、宁二府衰亡史的建构上，作者还借鉴了"以敬、怠为衰亡之几"的儒家历史哲学。"贾敬"、"宁府"的名号即包含了此层寓意，故有"箕裘颓堕皆从敬，家事消亡首罪宁"之说。儒学的分析不仅可以用于文本本身，还可用于作者，并通过对作者知解认识、心灵体验的分析来达到对文本主旨两歧性（"大旨谈情"与"色空"）的更深刻的理解。

关键词：红楼梦；儒学；礼仪；仁；性理；贾敬；宁府；"大旨谈情"；"色空"

A Study of Some of the Hidden Meanings of *Dream of the Red Chamber* — From the Perspective of Confucian Culture

Wu Binbin

Abstract: The author of *Dream of the Red Chamber* was born into the nobility and was deeply influenced by the Confucian tradition (benevolence and etiquette, moral philosophy). The rules, demeanor, and insights that are common and common in novels often have a profound and thick Confucian background. Using the dimensions of Confucianism, we can analyze the richer cultural meaning and academic rational origins. In addition, in the construction of the history of the decline and fall of the Jia and Ning families, the author also draws on the Confucian philosophy of history that "prudence is survival, and slackness is destruction". The names of "Jia Jing" and "Ning Fu" contain this layer of meaning, so there is a saying that "the decline of the family begins with Jia Jing, and the Ning family must be blamed first". Confucian analysis can be applied not only to the text itself, but also to the author, and to achieve a deeper understanding of the ambiguity of the main idea of the text ("with love as the subject" and "everything is nothing") through the analysis of the author's understanding and understanding, and the experience of the mind.

Keywords: *Dream of the Red Chamber*; Confucianism; manners; benevolence; moral philosophy; Jia Jing; Ning family; "with love as the subject"; "everything is nothing"

　　《红楼梦》,是一部"大家子"所著之书(书中累云"诗礼簪缨之族"、"诗礼之家",即是作者自家之写照)。凡书中所叙诸礼仪习容之文、慈厚恻怛之意,莫不本诸圣贤之教;蔼然温粹之风、裕如威仪之则,尤非亲历者不能道,亦非后世耽性理、溺训诂、擅风情者所能知。

读是书者，可知淑女之风、大家之则，而《关雎》《采蘩》不为诬矣。

《红楼梦》中的儒学维度，是"红学"研究中的重要一环。在 20 世纪，学者大多将对封建礼教的批判纳入到对此书的解读当中，如赞扬宝玉、黛玉对封建伦理的反叛，批判贾政、宝钗的固守，甚至认为宝钗是封建礼教的"牺牲品"。[①] 直至改革开放之后，才逐渐有了一些平和的、能认真考虑到文本艺术形象内涵的丰富性、复杂性的研究。[②] 也有了借助传统的文化资源，对文本展开更契近其历史语境的解读。[③] 但总体而论，在思想性、文化性等方面的发掘尚有欠缺。本文拟就此维度进行进一步研究，以儒学为切入点，从《红楼梦》中人物的具体行事入手，结合较之以往更为细致地的儒学文化机理的层面，探讨《红楼梦》中人物行事、叙事建构、主旨诸方面的儒学文化内涵。

一、礼是大家：百年望族的温粹之风

关于《红楼梦》行事、见识层面的儒学维度，可分三个层次。

（一）规矩仪则

这一层，脂批已注意到，第三回《金陵城起复贾雨村　荣国府收

① 这可以说是普遍现象，文章浩繁不能遍举，可参：胥惠民主编《20 世纪〈红楼梦〉研究综述》，沈阳出版社，2008 年。事实上，第一回已明确说了："（空空道人）将这《石头记》再检阅一遍。因见上面虽有些指奸责佞、贬恶诛邪之语，亦非伤时骂世之旨；及至君仁臣良、父慈子孝，凡伦常所关之处，皆是称功颂德，眷眷无穷，实非别书之可比。虽其中大旨谈情，亦不过实录其事，又非假拟妄称，一味淫邀艳约、私订偷盟之可比。因毫不干涉时世，方从头至尾抄录回来问世传奇。"可见，空空道人在抄《石头记》时进行了反复地检查，最终确认《石头记》上并无违法犯禁的文字，在伦理纲常上的立场非常正确，才决定抄。这是作者自明心迹，是将他的著作与一般的肆口无忌的庸俗小说区别开来。

② 如吕启祥《形象的丰满和批评的贫困——关于薛宝钗这一典型及其评论》（《红楼梦研究集刊·第八辑》，上海古籍出版社，1982 年）、马建华《从商人文化看薛宝钗》（《红楼梦学刊》2000 年第四辑）等。

③ 如李娜《〈红楼梦〉儒释道伦理思想研究》（中央民族大学硕士学位论文，2013 年）、刘华梅《〈红楼梦〉与儒家伦理的修治之道研究》（云南财经大学硕士学位论文，2020 年）等。此外，欧丽娟《欧丽娟〈红楼梦〉公开课》（北京大学出版社，2021 年）借鉴了许多历史学的成果，对《红楼梦》中的大家礼教有着非常精致的解读，亦可参看。只是欧书集中于"礼数"的强调，于"礼意"（表现于生活中的礼的文化精神）的讨论尚不充分。

养林黛玉》云①：

> ……再坐一刻，便告辞。邢夫人苦留吃过晚饭去，黛玉笑回道："舅母爱惜赐饭，原不应辞，只是还要过去拜见二舅舅，恐领赐去不恭。【脂批：得体。】异日再领，未为不可。望舅母容谅。"邢夫人听说，笑道："这到是了。"遂令两三个嬷嬷用方才的车好生送了姑娘过去。于是黛玉告辞。邢夫人送至仪门前，又嘱咐了众人几句，眼看着车去了，方回来。

第十三回《秦可卿死封龙禁尉　王熙凤协理宁国府》云敬老耽于修炼，不理家务，故贾珍等得尽汰侈之事。脂批云：

> 荣、宁世家未有不尊家训者。虽贾珍尚奢，岂明逆父哉？故写敬老不管，然后恣意，方见笔笔周到。

第二十四回《醉金刚轻财尚义侠　痴女儿遗帕惹相思》云：

> （宝玉）见了贾赦，不过是偶感些风寒，先述了贾母问的话，然后自己请了安。贾赦先站起来回了贾母话【脂批：一丝不乱。】，次后便唤人来："带哥儿进去太太屋里坐着。"宝玉退出，来至后面，进入上房。邢夫人见了他来，先到站了起来【脂批：一丝不乱。】，请过贾母安，宝玉方请安。【脂批：好规矩。】邢夫人拉他上炕坐了，方问别人，又命人倒茶来。
>
> 【脂批：好层次，好礼法，谁家故事？】

礼仪井井，一丝不乱，而平平叙次，真所谓"平淡而山高水深"。又第三十八回《林潇湘魁夺菊花诗　薛蘅芜讽和螃蟹咏》云阿凤逗贾母乐：

> 王夫人笑道："老太太因为喜欢他（阿凤），才惯的他这样。还这样说，他明儿越发无礼了。"贾母笑道："我喜欢他这样，况且他又不是那不知高低的孩子。家常没人，娘儿们原该这样。横竖礼体不错就罢，没的到叫他从神儿似的作

---

① 本文引《红楼梦》原文、脂批，俱本自中华书局 2009 年版。为免文繁，下文引用仅出回目，不再出注。

什么。"【脂批：近之暴发专讲礼法，竟不知礼法。此似无礼，而礼法井井。所谓"整瓶不动半瓶摇"，又曰"习惯成自然"，真不谬也。】

"习惯成自然"为《周书》逸篇语①，孔子称之（见《大戴礼记·保傅》，原作"习贯之为常"②），与"整瓶不动半瓶摇"皆为理学家习语。可见《红楼梦》所述大家风范与儒家诗礼教化传统之联系，久为评点者所注意。这是较为显著的一个层次，刘姥姥亦叹云："别的罢了，我只爱你们家这行事。怪道说'礼出大家'。"（第四十回）

即使是"顽劣"的宝玉、"刻薄"的黛玉，在礼仪规矩上也不失大家风范。贾母曾经对着甄（宝玉）家来的人赞扬过贾宝玉："你我这样人家的孩子们，凭他们有什么刁钻古怪的毛病儿，见了外人，必是要还出正经礼数来的。若他不还正经礼数，也断不容他刁钻去了。就是大人溺爱的，是他一则生的得人意，二则见人礼数竟比大人行出来的不错，使人见了可爱可怜，背地里所以才纵他一点子。若一味他只管没里没外，不与大人争光，凭他生的怎样，也是该打死的。"（第五十六回）黛玉心思极细腻，于礼节上亦然，脂批已注意到，第三回云："寂然饭毕，各有丫嬛用小茶盘捧上茶来。当日林如海教女以惜福养身，云饭后务待饭粒咽尽，过一时再吃茶，方不伤脾胃。今黛玉见了这里许多事情不合家中之式，不得不随的，少不得一一改过来，因而接了茶。早见人又捧过漱盂来，黛玉也照样漱了口。盥手毕，又捧上茶来，这方是吃的茶。"脂批："余看至此，故想日前所阅王敦初尚公主，登厕时不知塞鼻用枣，敦辄取而啖之，早为宫人鄙诮多矣。今黛玉若不漱此茶，或饮一口，不为荣婢所诮乎？观此则知黛玉平生之心思过人。"上

---

① 见《逸周书》之逸篇。王应麟云："《大戴·保傅》篇注'习之为常'，皆曰《周书》。《淮南·汜论训》'《周书》曰：上言者常，下言者权'，注以为周史之书。萧何云'天予不取，反受其咎'，颜氏注'《周书》本与《尚书》同类，盖孔子所删百篇之外，刘向所奏有七十一篇'。主父偃云'安危在出令，存亡在所用'，注以为本《尚书》之余。《陈汤传》'谷永云：记功忘过，宜为君'，注以为《尚书》之外《周书》。今《书》有无其语者，岂在逸篇乎？"（王应麟撰，武秀成、赵庶洋校证《玉海艺文校证》卷三，凤凰出版社，2013年，第126页）

② 方向东《大戴礼记汇校集解》卷三，中华书局，2008年，第310页。

文所引黛玉因要拜见贾政的缘故,婉辞邢夫人赐饭一节,亦可证。彼文脂批亦云"得体"。

明礼得体,并非死守着一个规矩,而是在具体的践行中实现对长辈的敬爱、对子女的关怀,是儒家伦理的具象化。经典论据甚多,此举一例,《礼记·内则》云:

> 子事父母,鸡初鸣,咸盥、漱,栉、縰、筓、总,拂髦、冠、緌、缨、端、韠绅,搢笏,左右佩用。左佩纷帨、刀、砺、小觿、金燧,右佩玦、捍、管、遰、大觿、木燧,偪,屦著綦。妇事舅姑,如事父母:鸡初鸣,咸盥、漱,栉、縰、筓、总,衣绅。左佩纷帨、刀、砺、小觿、金燧,右佩箴、管、线、纩,施縏袠,大觿、木燧、衿缨、綦屦。以适父母舅姑之所。及所,下气怡声,问衣燠寒,疾痛苛痒,而敬抑、搔之。出入则或先或后,而敬扶持之。进盥,少者奉槃,长者奉水,请沃盥,盥卒,授巾。问所欲而敬进之,柔色以温之,饘、酏、酒、醴、芼、羹、菽、麦、蕡、稻、黍、粱、秫唯所欲,枣、栗、饴、蜜以甘之,堇、荁、枌、榆、免、薧、滫、瀡以滑之,脂、膏以膏之,父母舅姑必尝之而后退。[1]

所谓"动容周旋中礼者,盛德之至也"[2],对父母之爱敬,在无微不至的呵护、对细节的专注中体现得淋漓尽致。宋明儒习道的"不离日用常行内,直造先天未画前","下学即是上达",亦是此意。不空谈性理,自重,自爱,切实、细致地践行天德良知,即是儒学之真精神。区分儒家礼仪(仁义之具)与世俗礼仪(维护威权秩序的法则)的关键即在此"礼意"。明此礼意,虽打破原有的规则、一般性的认识,未为不可。故《红楼梦》中有叙明理谨严之淑女(阿凤、宝钗)为了悦乐母亲、尊长之心志而变生戏态者,如第五十七回《慧紫鹃情辞试莽玉 慈姨妈爱语慰痴颦》云:

---

① 孙希旦撰,沈啸寰、王星贤点校《礼记集解》卷二十七,中华书局,1989 年,第 728—729 页。

② 朱熹《四书章句集注·孟子集注》卷十四,中华书局,1983 年,第 373 页。

宝钗道："惟有妈，说动话就拉上我们。"一面说，一面伏在他母亲怀里笑说："咱们走罢。"黛玉笑道："你瞧，这么大了，离了姨妈他就是个最老道的，见了姨妈他就撒娇儿。"薛姨妈用手摩弄着宝钗，叹向黛玉道："你这姐姐就和凤哥儿在老太太跟前一样，有了正经事就和他商量，没了事幸亏他开开我的心。我见了他这样，有多少愁不散的。"

第三十八回《林潇湘魁夺菊花诗　薛蘅芜讽和螃蟹咏》云：

> 贾母笑道："这猴儿惯的了不得了，只管拿我取笑起来，恨的我撕你那油嘴。"凤姐笑道："回来吃螃蟹，恐积了冷在心里，讨老祖宗笑一笑开开心，一高兴多吃两个就无妨了。"贾母笑道："明儿叫他日夜跟着我，我到常笑笑觉的开心，不许回家去。"（第三回"黛玉初见阿凤"脂批云："阿凤一至，贾母方笑，与后文多少笑字作偶。阿凤笑声进来，老太君打诨，虽是空口传声，却是补出一向晨昏起居，阿凤于太君处承欢应候一刻不可少之人，看官勿以闲文淡文也。"）

恐贾母"吃螃蟹积了冷在心里"，而"讨老祖宗笑一笑开开心"，"一高兴多吃两个就无妨了"，孝爱之情可谓细致。类似的表现，即使在儒林中，也是典范。《宋元学案》卷一记徐积事迹云：

> 事母谨严，非有大故不去侧。日具太夫人所嗜，皆手自调味。为儿嬉或讴歌以悦之。故太夫人虽在穷巷，奉养充美，无须臾不快也。①

又第五十八回宝玉云祭礼曰：

> 以后断不可烧纸钱。这纸钱原是后人异端，不是孔子的遗训。已后逢时按节，只备一个炉，到日随便焚香，一心诚虔，就可感格了。愚人原不知，无论神佛死人，必要分出等例，各式各例的。殊不知只一"诚心"二字为主。即值仓

① 黄宗羲原撰，全祖望补修，陈金生、梁运华点校《宋元学案》卷一，中华书局，1986年，第41页。按：徐积为安定先生高第，素为儒林推尊，故举以为例。

皇流离之日，虽连香亦无，随便有土有草，只以洁净，便可为祭，不独死者享祭，便是神鬼也来享的。你瞧瞧我那案上，只设一炉，不论日期，时常焚香。他们皆不知原故，我心里却各有所因。随便有清茶便供一钟茶，有新水就供一盏水，或有鲜花，或有鲜果，甚至荤羹腥菜，只要心诚意洁，便是佛也都可来享。所以说，只在敬，不在虚名。

第七十八回亦云：

> （宝玉云）古人有云："潢污行潦，蘋蘩蕴藻之贱，可以羞王公，荐鬼神。"原不在物之贵贱，全在心之诚敬而已。

否定后世掺杂之习，依经训言敬、言诚，可谓卓识。圣贤教人，本以意为先，孟子曰："《书》曰：'享多仪，仪不及物曰不享，惟不役志于享。'为其不成享也。"①于祭，则思诚，《论语·学而》："曾子曰：'慎终追远，民德归厚矣。'"朱子注："慎终者，丧尽其礼。追远者，祭尽其诚。"②思敬，《论语·子张》云"祭思敬"③。宝玉两点都说到了。"一心诚虔，就可感格了"，亦本圣贤之说。《诗·大雅·云汉》云"昭假无赢"，马瑞辰《毛诗传笺通释》："诗盖勉群臣敬恭祀典之意，言诚能昭假于天，其感应之理，必未有赢差者。"④朱子云："能尽其诚敬，便有感格。"⑤并是此意。可见宝玉在礼义之大关节上，实较世人看得分明。若是仅保存礼仪节文，而失掉了诚敬之意，那么礼仪的合理性也是应受到质疑的。故第七十五回尤氏曾自嘲道："我们家下大小的人只会讲外面假礼假体面，究竟作出来的事都勾使的了。"

（二）仁爱传统

诗礼传家之贾府，除了以礼义约束宗亲子侄，还素以仁厚慈善之心待下，贾政曾点明过这样的传统："我家……自祖宗以来，皆是宽柔

---

① 朱熹《四书章句集注·孟子集注》卷十二，中华书局，1983年，第341—342页。
② 朱熹《四书章句集注·论语集注》卷一，中华书局，1983年，第50页。
③ 朱熹《四书章句集注·论语集注》卷十，中华书局，1983年，第188页。
④ 马瑞辰撰，陈金生点校《毛诗传笺通释》卷二十六，中华书局，1989年，第986页。
⑤ 黎靖德编，王星贤点校《朱子语类》卷三，中华书局，1986年，第46页。

以待下人。"(第三十三回)在下人、外人看来亦然,袭人之母兄也认为"贾府中从不曾作践下人,只有恩多威少的。且凡老少房中所有亲侍的女孩子们,更比待家下众人不同,平常寒薄人家的小姐,也不能那样尊重的。"(第十九回)宝玉与袭人曾有过一段对话,略可窥见贾府善举背后立足于儒家伦理的仁义修养与道德关怀,与佛教意义上的接济施舍微有辨:

> (宝玉)道:"虽然如此说,我只一心留下你,不怕老太太不和你母亲说。多多给你母亲些银子,他也不好意思接你了。"袭人道:"我妈自然不敢强。且漫说和他好说,又多给银子;就便不好和他说,一个钱也不给,安心要强留下我,他也不敢不依。但只是咱们家从没干过这倚势仗贵霸道的事。这比不得别的东西,因为你喜欢,加十倍利弄了来给你,那卖的人不得吃亏,可以行得。如今无故平空留下我,于你又无益,反叫我们骨肉分离,这件事,老太太、太太断不肯行的。"【脂批:不独更有理,且又补出贾府自家慈善宽厚等事。】(第十九回)

《孟子·尽心上》:"亲亲而仁民,仁民而爱物。"程子曰:"仁,推己及人,如老吾老以及人之老。"①贾府之仁爱,从自家人、下人推及诸远近周亲,无不礼数周全,处处照顾体贴。带刘姥姥游大观园、同吃宴席诸节可见。此举一处描写,可觇其体贴周全、谦和温厚之意:

> 刘姥姥忙跟了平儿到那边屋里,只见堆着半炕东西。平儿一一的拿与他瞧着,说道:"这是昨日你要的青纱一匹,奶奶另外送你一个实地子月白纱作里子。这是两个茧绸,作袄儿裙子都好。这包袱里是两匹绸子,年下做件衣裳穿。这是一盒子各样内造点心,也有你吃过的,也有你没吃过的,拿去摆碟子请客,比你们买的强些。这两条口袋是你昨日装瓜果子来的,如今这一个里头装了两斗御田粳米,熬粥

---

① 朱熹《四书章句集注·孟子集注》卷十三,中华书局,1983年,第363页。

是难得的,这一条里头是园子里果子和各样干果子。这一包是八两银子。这都是我们奶奶的。这两包每包里头五十两,共是一百两,是太太给的,叫你拿去或者作个小本买卖,或者置几亩地,以后再别求亲靠友的。"说着又悄悄笑道:"这两件袄儿和两条裙子,还有四块包头,一包绒线,可是我送姥姥的。衣裳虽是旧的,我也没大狠穿,你要弃嫌我就不敢说了。"平儿说一样,刘姥姥就念一句佛,已经念了几千声佛了,又见平儿也送他这些东西,又如此谦逊,忙念佛道:"姑娘说那里话?这样好东西我还弃嫌!我便有银子也没处去买这样的呢。只是我怪臊的,收了又不好,不收又辜负了姑娘的心。"平儿笑道:"休说外话,咱们都是自己,我才这样。你放心收了罢,我还和你要东西呢。到年下,你只把你们晒的那个灰条菜干子和豇豆、扁豆、茄子、葫芦条儿各样干菜带些来,我们这里上上下下都爱吃。这个就算了,别的一概不要,别闹费了心。"刘姥姥千恩万谢答应了。平儿道:"你只管睡你的去。我替你收拾妥当了就放在这里,明儿一早打发小厮们雇辆车装上,不用你费一点心的。"(第四十二回)

难怪刘姥姥辞去时会发自内心感激地说:"虽住了两三天,日子却不多,把古往今来没见过的、没吃过的、没听见过的,都经验了。难得老太太和姑奶奶并那些小姐们,连各房里的姑娘们,都这样怜贫惜老照看我。我这一回去后没别的报答,惟有请些高香天天给你们念佛,保佑你们长命百岁的,就算我的心了。"(第四十二回)

虽为豪门大族,却守礼知义,不仗势欺人,在人情、道理上照顾得委曲周全,是百年诗礼传家淬炼出的温厚风度。除此之外,孔子曰"君子成人之美",朱子注:"成者,诱掖奖劝以成其事也。"[1]贾府对宗族子弟、下人之关怀,不仅体现在基本的伦理、交接层面,还体现在教育、提拔后进的层面。如设立义学,第九回云:"贾家之义学,……原

---

① 朱熹《四书章句集注·论语集注》卷十二,中华书局,1983年,第137页。

系始祖所立，恐族中子弟有贫穷不能请师者，即入此中肄业。凡族中有官爵之人，皆供给银两，按俸之多寡帮助，为学中之费。特共举年高有德之人为塾掌，专为训课子弟。"富贵而不骄，反而以培养人才（而不是简单物质上接济）的方式接济后生，可谓富而仁者。这其实是儒家贤者的一种典范，孟子曰："中也养不中，才也养不才，故人乐有贤父兄也。如中也弃不中，才也弃不才，则贤不肖之相去，其间不能以寸。"朱子注："乐有贤父兄者，乐其终能成己也。"①不仅接济"族中子弟"，即使是没有亲缘关系的下人，也有能得到赏识、提拔的机会。如赖嬷嬷之孙赖尚荣，便在贾府的帮助下捐了一个知县。《论语·宪问》云："公叔文子之臣大夫僎，与文子同升诸公。子闻之曰：'可以为文矣。'"朱注引洪氏曰："家臣之贱而引之使与己并，有三善焉：知人，一也；忘己，二也；事君，三也。"②若不论事实中产生的诸多变数，就贾家行事而言，富而好礼、兴学立师；贵而不专，接引后进。皆是可风之善举。于君有益、于宗亲有养、于百姓为可风。这是对儒家"仁"的传统自觉的发挥与继承。

（三）知理知性

孔子曰："不知命，无以为君子也。"（《论语·尧曰》）③对"性与天道"的研求一直是儒学的基本特征之一。从宋儒之"格物"到明儒之"诚意"，儒学经历了十分丰富、多维度的发展历程。虽然笔者不否认，在辨析了诸多误解、深入探讨诸大儒学说精微之处后，我们能发现不同宗门殊途同归之处。但若仅论其粗迹、就一般的学术趋势而言，宋元与明两个时期的儒学还是存在着"务尽道理"（分疏）、"存诚致知"（要约）这样大致的分别的。而这两种类型，在《红楼梦》中都有较为生动、生活化的体现。第八回《比通灵金莺微露意　探宝钗黛玉半含酸》云：

> ……这里宝玉又说："不必温暖了，我只爱吃冷的。"薛

---

① 朱熹《四书章句集注·孟子集注》卷八，中华书局，1983年，第291页。
② 朱熹《四书章句集注·论语集注》卷七，中华书局，1983年，第154页。
③ 朱熹《四书章句集注·论语集注》卷十，中华书局，1983年，第195页。

姨妈忙道："这可使不得！吃了冷酒，写字手打飐儿。"宝钗笑道："宝兄弟，亏你每日家杂学傍收的，难道就不知道酒性最热？若热吃下去，发散的就快，若冷吃下去，便凝结在内，以五脏去暖他，岂不受害？从此还不快不要吃那冷的了。"

宝玉听这话有情理，便放下冷酒，命人暖来方饮。

脂批云："知命知身，识理识性，博学不杂，庶可称为佳人。可笑别小说中一首歪诗，几句淫曲，便自佳人相许，岂不丑杀？"可谓的当，于此可见宝钗为学之端庄。在"格物理"上强调"不杂"，尤得朱子本旨，过宋元末流支离者远矣。此是"务尽道理"一脉。又第四十二回《蘅芜君兰言解疑癖　潇湘子雅谑补余香》述宝钗语黛玉云：

> ……既认得了字，不过拣那正经的看也罢了，最怕见
> 些杂书，移了性情，就不可救了。

认为性情自正，务在涵养不失、闲邪存诚，属"要约"一脉。即就具体行为而言，"不观杂书"，也是自程子、张子以来许多大儒所坚持的读书准则。通学问，明本末之分，身段自高，此是微有凤翔千仞气象了。第三十七回《秋爽斋偶结海棠社　蘅芜苑夜拟菊花题》宝钗诗"珍重芳姿昼掩门"脂批云："宝钗诗全是自写身分，讽刺时事，只以品行为先，才技为末。纤巧流荡之词，绮靡秾艳之语，一洗皆尽，非不能也，屑而不为也。最恨近日小说中，一百美人诗词语气，只得一个艳稿。"可谓的评。

二、从敬罪宁：贾宁衰亡史中的历史哲学

可以说，在贾、宁府的兴衰上，儒学的视角更能窥见根本。

关于二府衰亡的原因，《红楼梦》第二回中曾借冷子兴之口做了一个简要的总结，后文虽递有补充，大要不出此范围：

> 冷子兴云："如今生齿日繁，事务日盛，主仆上下安富尊
> 荣者尽多，运筹谋画者无一【脂批：二语乃今古富贵世家之
> 大病。】，其日用排场费，又不能将就省俭。如今外面的架
> 子虽未甚倒，内囊却也尽上来了。这还是小事。更有一件

大事：谁知这样钟鸣鼎食之家，翰墨诗书之族，如今的儿孙，
竟一代不如一代了。"

简言之，即"经济"、"人才"两方面的问题。经费日短，生齿日繁，则财用不能支、生活不能持续。人才不继，甚或德行荒怠，则加速了财用渐绌的进程，甚至会招致不虞之祸。是二府衰亡的主要原因。但若细案文本，则会发现"经济"并非主要原因（冷子兴亦此意，故以经济困难为"小事"，人才不继为"大事"。），因为王熙凤可用月钱放利，平儿云："利钱一年不到，上千的银子呢。"（第三十九回）后来由宝钗、探春、李纨主持的经济制度改革，也一定程度上缓解了财政困难，并增加了新的、可持续的收入来源。（第五十六回）由此可见，家业深厚的贾、宁二府，短时间内尚不至于陷入过于艰难的财政困境，只要慎于持守，未必至于落魄败亡的绝地。这也是秦可卿托梦王熙凤、为二府谋划退步之所时着眼于祭祀产业的原因。因为二府产业雄厚，只要稍加布置，就足为后世子孙依凭之处。（第十三回）可见，只要二府心术不错用，以百年望族之深厚产业，筹办经济，维持生活，并非难事。那么，什么才是二府衰亡的根本原因呢？笔者认为，"贾敬"的名字，是一个切入点。《红楼梦》第十三支"好事终"云："箕裘颓堕皆从敬，家事消亡首罪宁。"（第五回）二府之衰亡，自贾敬始。结合《红楼梦》象征讬寓的诠释路径、儒家的经世观，我们可以从这个名字里，解读出丰富且深刻的内涵。在儒家传统中，"敬"是一个极为重要的范畴。朱子以之贯穿《大学》八目，认为尧舜心法不过于是。[1] 象山、阳明也将它视作本体自性的呈现，所谓"戒慎恐惧是本体"[2]。可以说，在儒

---

① 《朱子语类》："如尧舜，也终始是一个敬。如说'钦明文思'，颂尧之德，四个字独将这个'敬'做擗初头。如说'恭己正南面而已'，如说'笃恭而天下平'，皆是。"（第 126 页）真西山《大学衍义》以《大禹谟》（伪）"人心惟危，道心惟微，惟精惟一，允执厥中"为"帝王为学之本"，而引朱子曰："夫尧、舜、禹，天下之大圣也。以天下相传，天下之大事也。以天下之大圣，行天下之大事，而其授受之际，丁宁告戒，不过如此，则天下之理，岂有以加于此哉！"（真德秀撰，朱人求点校《大学衍义》，华东师范大学出版社，2010 年，第 25—26 页）

② 王守仁著，王晓昕、赵平略点校《王文成公全书·传习录下》，中华书局，2015 年，第 131 页。

家的经世观中,诚敬、谨慎的心态,是一切人事善终之根本。与之相对的,则是怠堕、荒淫、无忌惮的作风。敬、怠之分,即是天理、人欲之别。由此观之,《红楼梦》取一名"敬"之人作为"箕裘颓堕"之始,而以"宁"府作为"家事消亡"之首,作者在具备传统世家之儒学修养下,落此二字,很可能寓有深意。其意或为:家业的消亡,源于安于逸乐("宁"为安宁之宁)以及志意的荒怠("敬"的反面,"敬"是敬怠之敬)。如《大戴礼记·武王践阼》云:"敬胜怠者吉,怠胜敬者灭。"[①]这是衰亡的第一阶段,其后果,便是"儿孙竟一代不如一代了"。第二回《贾夫人仙逝扬州城　冷子兴演说荣国府》云:

> 只剩了次子贾敬袭了官,如今一味好道,只爱烧丹炼汞,余者一概不在心上。幸而早年留下一子,名唤贾珍,因他父亲一心想作神仙,把官到让他袭了。他父亲又不肯回原籍来,只在都中城外和道士们胡羼。这位珍爷到生了一个儿子,今年才十六岁,名叫贾蓉。如今敬老爹一概不管。这珍爷那里肯读书,只一味高乐不已,把宁国府竟翻了过来,也没有人敢来管他。(宁府)

第四回《薄命女偏逢薄命郎　葫芦僧乱判葫芦案》云:

> 只是薛蟠起初之心,原不欲在贾宅居住者,但恐姨父管的紧约,料必不自在的。无奈母亲执意在此,且宅中又十分殷勤苦留,只得暂且住下。一面使人打扫出自己的房屋,再移居过去的。谁知自从在此住了不上一月的光景,贾宅族中凡有的子侄,俱已认熟了一半,凡是那些纨袴气习者,莫不喜与他来往,今日会酒,明日观花,甚至聚赌嫖娼,渐渐无所不至,引诱的薛蟠比当日更坏了十倍。虽然贾政训子有方,治家有法,一则族大人多,照管不到这些;二则现任族长乃是贾珍,彼乃宁府长孙,又现袭职,凡族中事,自有他掌管;三则公私冗杂,且素性潇洒,不以俗务为要,每公暇之

---

① 方向东《大戴礼记汇校集解》卷六,中华书局,2008 年,第 617 页。

时,不过看书着棋而已,余事多不介意。况且这梨香院相隔两层房舍,又有街门另开,任意可以出入,所以这些子弟们竟可以放意畅怀的。因此,遂将移居之念,渐渐打灭了。

(贾府)

可见,贾敬、贾政一辈不亲细务,不勤教训后生子弟,是二府进一步衰败的原因。

在《红楼梦》的作者看来,后生的纵情声色、置身于危棘之地,促成了二府的衰亡。《红楼梦》第十三支"好事终"云:"擅风情,秉月貌,便是败家的根本。"(第五回)并在第十二回以"风月宝鉴"设戒。宁、荣二公之灵在嘱诧警幻仙姑规引宝玉"入正"时,也着意于"情欲声色"。(第五回)沉溺声色、荒淫恣肆,并非仅是道德、生活作风问题。还会引生一系列经济、管理甚至生命安全问题。比如,在位者疏于事务,会导致下人从中牟利,侵吞家业,如第四回云薛蟠"性情奢侈,言语傲慢。虽也上过学,不过略识几字,终日惟有斗鸡走马、游山玩水而已。虽是皇商,一应经济世事,全然不知。不过赖祖、父之旧情分,户部挂虚名,支领钱粮,其余事体,自有伙计、老家人等措办"。结果便是:"自薛蟠父亲死后,各省中所有的买卖承局、总管、伙计人等,见薛蟠年轻不谙世事,便趁时拐骗起来,京都中几处生意,渐亦消耗。"更有甚者,在上者懈怠,则下人规矩不谨,渐至于赌博吃酒、引奸引盗,乃至于难忍言者,这也是贾母痛罚聚赌诸人的原因,此是过来人慧眼。第七十三回《痴丫头误拾绣春囊　懦小姐不问累金凤》云:

……独探春出位笑道:"近因凤姐姐身子不好,几日园内的人比先放肆了许多。先前不过是大家偷着一时半刻,或夜里坐更时,三四个人聚在一处,或掷骰或斗牌,小小的顽意,不过为熬困。近来渐次放诞,竟开了赌局,甚至有头家局主,或三十吊、五十吊、三百吊的大输赢。半月前竟有争斗相打之事。"贾母听了,忙说:"你既知道,为何不早回我们来?"探春道:"我因想着太太事多,且连日不自在,所以没回。只告诉了大嫂子和管事的人们,戒饬过几次,近日好些。"贾母忙道:"你姑娘家,如何知道这里头的利害!你自为要钱常事,不过怕起争端。殊不知夜间既要钱,就保不住不吃酒,既吃酒,就免不得门户任意开锁,或买东西,寻张觅李。其中夜静人稀,趁便藏贼、引奸、引盗,何等事作不出来?况且园内的姊妹们起居所伴者皆系丫头、媳妇们,贤愚混杂,贼盗事小,再有别事,倘略沾带些,关系不小!这事岂可轻恕?"

是以警幻仙姑训诲宝玉云:"今后万万解释,改悟前情,留意于孔、孟之间,委身于经济之道。"(第五回)这并非世俗说教,实是作者一番经历之后,立足于儒家传统做出的反思。第七回脂批宝玉"就说才从学里来,也着了些凉"句云:"余观'才从学里来'几句,忽追思昔日形景,可叹!想纨绔小儿,自开口云'学里',亦如市俗人开口便云'有些小事',然何尝真有事哉!此掩饰推托之词耳。宝玉若不云'从学房里来凉着',然则便云'因憨顽时凉着'者哉?写来一笑,继之一叹。"在家境优渥时没能乘时勉学、锻炼才干,至于庞大的家族因后继无人、经济亏空而逐渐衰亡的时候,又因拙于生计,终至于困馁饥寒、故人凋零的悲惨境地。于此时此景,回忆少儿时的无知贪玩,岂不感怆!脂批此叹,是真经历过世家大族的衰败才有的无尽凄凉的慨叹。脂砚斋可谓知《红楼》者。书中凡言"这等子弟,必不能守祖父之根基,从师长之规谏的"(第二回)、"背父母教育之恩,负师兄规训之德"(《凡例》)及批宝玉《西江月》二词者,皆过来人之极凄凉语。总言之,二府之败,始于安于"宁",怠于"敬",继之贾珍、贾蓉、贾琏诸人之恣肆无忌惮。孟子云:"今之人修其天爵,以要人爵;既得人爵,而弃其天爵,则惑之甚者也,终亦必亡而已矣。"①可言尽二府一部兴亡史。

在反思乱亡教训时,除了警幻教以"委身于经济之道"(以"怠"反"敬",拨乱反正)的训语之外,《红楼梦》还从宏观层面进行了更具有学术机理的反思。《红楼梦》第五十六回《敏探春兴利除宿弊　时宝

---

① 朱熹《四书章句集注·孟子集注》卷十一,中华书局,1983年,第336页。

钗小惠全大体》云：

> 宝钗笑道："真真膏粱纨绔之谈。虽是千金小姐，原不知这事，但你们都念过书识字的，竟没看见朱夫子有一篇《不自弃文》不成？"探春笑道："虽看过，那不过是勉人自励，虚比浮词，那里都真有的？"宝钗道："朱子都有虚比浮词？那句句都是有的。你才办了两天时事，就利欲熏心，把朱子都看虚浮了。你再出去见了那些利弊大事，越发把孔子也看虚了！……学问中便是正事。此刻于小事上用学问一提，那小事越发作高一层了。不拿学问提着，便都流入市俗去了。"

在世俗权谋机变之外指出"向上一机"，此是宝钗极大见识处，亦是粹然儒者见识。张子《答范巽之书》云："朝廷以道学政术为二事，此正自古之可忧者。"①亦是此意。能够将圣贤之道用于经济实事，而非资口耳、干虚誉，宝钗实已胜过了俗间大多数服儒冠、束青紫之男子。如果贾珍、贾蓉、贾蔷等人能兢兢业业、谨慎持事，去谗远色，委身于心性经济之学，进为大臣，处为醇士，或可从根本上避免甚至扭转最终的悲剧。宝钗之见，从学术上来，较之秦可卿从产业着手，已更高一层。试问：若二府后继无人，心术败坏，内无警惕之思，外无经济之能，如何能有正经筹办祭祀产业的心思与能力呢？秦可卿也虑及了这点，所以独托梦于王熙凤，云："非告诉婶子，别人未必中用。"脂批："一语贬尽贾家一族空顶冠束带者。"（第十三回）

三、"色空"与"大旨谈情"：虚实二维的主旨

关于《红楼梦》主旨的研究，历来众说纷纭。其中以俞平伯、林语堂提出的"色空"说②因明据本文、暗合全篇而为较多人所服膺。此说之精髓，在以世间诸相、不断发生变化着的一切喜怒哀乐之事为非实

---

① 张载著，章锡琛点校《张载集》，中华书局，1978 年，第 349 页。
② 俞平伯《乐知儿语说〈红楼〉》，《俞平伯点评红楼梦》，团结出版社，2004 年，第 371—372 页；林语堂《再论晴雯的头发》，《林语堂文集》，群言出版社，2010 年，第 10 页。

相性的存在。正如第一回中茫茫大士、渺渺真人二仙师所云：

> 那红尘中有却有些乐事，但不能永远依恃。况又有"美中不足，好事多魔"八个字紧相连属。瞬息间则又乐极悲生，人非物换。究竟是到头一梦，万境归空。

跛腿道士点醒柳湘莲时云："连我也不知道此系何方，我系何人，不过暂来歇足而已。"（第六十六回）以自我身份与方所之标记皆为非属于事物本质性的存在，亦是此意。此意本自佛学，《金刚经》云："一切有为法，如梦幻泡影，如露亦如电，应作如是观。"僧若讷曰："言一切有为法者，谓众生界内，迁流造作，皆是虚妄，终有败坏，如梦幻等，毕竟不实，当作如是观，岂为生死流动耶？"人若执迷于此造境，误认遍计所执为圆成实性，追逐不已，便如"水中捉月"、"镜里寻头"、"刻舟求剑"、"骑牛觅牛"，而不知此境皆本如"空花阳焰"、"梦幻浮沤"（川禅师语①），本自虚幻，了不可得。由此认识而得出的方法论，便是摆落诸幻、立地解脱，所谓"应无所住而生其心"②。正如甄士隐在和完跛足道人《好了歌》之后所说的："走罢！"脂批："真悬崖撒手，若个能行。"（第一回）柳湘莲在听完跛腿道士的言语之后"不觉冷然如寒冰侵骨，掣出那股雄剑，将万根烦恼丝一挥而尽，便随那道士，不知往那里去了"（第六十六回），亦是此类。

但是我们不能否认，有着直接文本证据的"色空说"，与另一同样有着直接文本证据的"大旨谈情"（第一回空空道人评《石头记》语）说是相冲突的。因为"色空"正是要斩断"情"这个"万根烦恼丝"。那么，我们应该如何理解这样的冲突？我以为，这种主旨间的暧昧复杂性已经超出了纯文本所能解释的范围，不过我们可以结合明代以来心学、禅学论争的视角，来略为探讨作者本人的心理纠葛，以此来达到对斯人斯文的一个更为丰富、深刻的理解。儒释的论争，经久不

---

① 朱棣编《〈金刚经〉集注·应化非真分第三十二》，楼宇烈主编《佛教十三经注疏·金刚经注疏》，线装书局，2016年，第161—164页。

② 朱棣编《〈金刚经〉集注·庄严净土分第十》，楼宇烈主编《佛教十三经注疏·金刚经注疏》，线装书局，2016年，第62页。

衰。到了明清,已经发展到了一个非常精密的地步。关于上文提到的禅学的观点,儒家有着较为精切的分析与批评,黄宗羲《明儒学案》云:

> 盖大化流行,不舍昼夜,无有止息,此自其变者而观之,气也;消息盈虚,春之后必夏,秋之后必冬,人不转而为物,物不转而为人,草不移而为木,木不移而为草,万古如斯,此自其不变者而观之,理也。在人亦然,其变者,喜怒哀乐、已发未发、一动一静、循环无端者,心也;其不变者,恻隐羞恶、辞让是非、牿之反覆、萌蘖发见者,性也。儒者之道,从至变之中,以得其不变者,而后心与理一。释氏但见流行之体,变化不测,故以知觉运动为性,作用见性,其所谓不生不灭者,即其至变者也。层层扫除,不留一法,天地万物之变化,即吾之变化,而至变中之不变者,无所事之矣。[①]

黄氏指出,释氏与儒家一样,对于大化流行之体有着真切的体知。二者不同之处,在于释氏将流行变化之体视为事物的本质,以事物的本质为流行变化之体,则难免会推出"道无不在"的观点。而由事物之本质迁移变化无固定之体的特征,则可反向推出"万法皆空"的观点。但是儒家指出,释氏见到了大化流行之体,却只抓住了"流行"这一特性,进而认识到万事万物不坚固、得出诸法皆空的认识。却没发现,事物流行所具有的一定之则,而这个一定之则就是儒家所说的"理","理"即是流行之中不流行的,至变之中不变的,出自造物之主宰,而赋予于诸人之身。在儒家的语境下,即是人之本性、真情,是在任何情境下都不能彻底消磨净尽的。王阳明《年谱》中的一个广为流行的故事可为例证:

> (阳明)已而静久,思离世远去,惟祖母岑与龙山公在念,因循未决。久之,又忽悟曰:"此念生于孩提。此念可去,是断灭种性矣。"明年遂移疾钱塘西湖,复思用世。往来

---

① 黄宗羲著,沈芝盈点校《明儒学案》卷二,中华书局,2008 年,第 30 页。

南屏、虎跑诸刹,有禅僧坐关三年,不语不视,先生喝之曰:
"这和尚终日口巴巴说甚么!终日眼睁睁看甚么!"僧惊起,
即开视对语。先生问其家。对曰:"有母在。"曰:"起念否?"
对曰:"不能不起。"先生即指爱亲本性谕之,僧涕泣谢。明
日问之,僧已去矣。[①]

超越性的空性认识与不可磨灭的情感,两种深刻、真挚且执着的意识
之间的冲突构成了强烈的张力。这其实也是"大旨谈情"、"色空"二
说之间的矛盾所体现的。一方面,作者以警幻、太虚、渺渺、茫茫、空
空等带有象征寓意的名号为线索,贯穿全书,最终导向一个"白茫茫
大地真干净"、相坏显空的结局。《凡例》云:"浮生着甚苦奔忙,盛席
华筵终散场。"可谓写出了作者极为悲痛的感悟。经历了一番温柔繁
华之境,最终了不可执,向往所倾注的无尽深情一并销归空有。在这
番遭遇之下,作者深刻、真切地认识到了事物变化无常、无所坚固的
呈象,进而认同佛家"色即是空"、"一切万法,了不可得"的观点。但
是另一方面,我们又看到,尽管作者已经极为深刻地认识到了"悲喜
千般同幻渺,古今一梦尽荒唐",但是依然"谩言红袖啼痕重,更有情
痴抱恨长",不屈不挠地在极为艰苦的环境中下了"十年辛苦不寻常"
的苦功来完成这部"字字看来皆是血"(《凡例》)、"立意写闺阁"(第四
回"薛家仗势倚情"一节脂批)的著作。就如同"蒙茫茫大士、渺渺真
人携入红尘,历尽离合悲欢、炎凉世态"的石头,劫终复还本质之后,
依然将所经历的一段故事编述历历,书于石上。并嘱空空道人抄写
下来,流传后世。这岂是跳脱尘网、一切断灭的出尘人之所为?分明
是不能如甄士隐般"好"、"了"的滔滔红尘中人。经历了偌大的离合
悲欢,又有了佛学色空的知解,却仍旧不能斩断情丝,携着对过去"于
衾枕栉沐之间,栖息宴游之夕,亲昵狎亵,相与共处"(《芙蓉女儿
诔》,第七十八回)之诸女儿的记忆,在现实的挣扎中艰难著书,倾

① 王守仁著,王晓昕、赵平略点校《王文成公全书》卷三十二《年谱》,中华书局,2015年,第1393页。

注着难以磨灭的真情、深情。难怪曹雪芹会自嘲"作者痴"(第一回)了。

综上,我们可以略为分析《红楼梦》主旨的两歧性,一方面,以"万法归空"为结局,构建了一个悲欢离合的故事。另一方面,作为对往昔记忆的艺术化升华与重建,又倾注了作者万古不磨的至真至深之性情。前者是在超越性知解认识的主导下建立起来的,而后者则是作者极为真诚深厚、无法掩抑之情感的自然贯注。认识到了这一点,关于《红楼梦》的主旨问题,我们可以做一简单的小结:作为一个虚构的文学故事,主旨是色空。但是作为作者精神世界、情感生命的寄托,主旨是大旨谈情。现实中的人和事,或许会随着时光的流转而消失,会留下一片白白茫茫,仿佛过去的一切,实质上只是梦幻空花。但是在作者的心里,这份感情却永远是那么地真实,就像手之触壁、足之履地,它的真实性甚至超过了当下的"茅椽蓬牖,瓦灶绳床"(《凡例》)。原著中将茫茫大士、渺渺真人为顽石安排的经历定性为"到头一梦,万境归空"的指向型叙事,但是空空道人在抄录《石头记》时却指出,这其实是一个"大旨谈情"的故事(第一回)。由此可见,作者对于二氏超越性见解与自己"痴绝不能忘情"的心态之间的分别还是有着清醒的认识的,故将"万境归空"诸语属之二仙师,而将"大旨谈情"属之自己。后来主持色空说的学者,仅因为"色空"之意可案文责实,而不细考其间的视角变换,遂认为全书主旨为"色空",可谓是被作者给骗过了。脂批云:"作者之笔,狡猾之甚。"(第一回)信然。

以上,是笔者从儒学维度对《红楼梦》中一些文本信息所作的解读。虽未必不无可商,但笔者以为,从原著者的文化传统、思维习惯来理解文本和分析作者旨意是非常有意义的诠释路径。因为它能在一定程度上促进当代研究者超越自身话语圈的局限,反思当下话语的异质性对古书古人的创造性误读。这样对自我、研究及认识主体的反思、考量,并将其纳入会影响研究结果的变量之中,也有其必要,能一定程度上防止低端的话语制造,并为真正的创新提供语境。"以己意附成说,以成说附己意,泛言广论"①,素为古人所不取。西方人类学家也认为,"研究任何知识都有两种方式,一种是排除认识主体的肤浅方式,一种是包括认识主体的深刻方式"②。

(华东师范大学中文系)

---

① 章衮语,见黄宗羲著,沈芝盈点校《明儒学案》卷一,中华书局,2008年,第16页。
② 路易·迪蒙著,桂裕芳译《论个体主义:人类学视野中的现代意识形态》,译林出版社,2014年,第5页。

经学视域下的《文心雕龙》器物之喻

刘毅青　张栩凤

内容摘要：以器物制作喻文是中国古代文学批评的特色,《文心雕龙》对之运用尤为突出,学界由此切入,从制作主体、制作对象、制作过程、制作规则、制作本质等角度将匠作之事与文人作文类比以阐释《文心雕龙》的文艺创作观念。不同于学界目前的研究,本文将此文学批评现象置于刘勰经学思想下进行考量,通过对文章智术的分析,指出当前《文心雕龙》的器物之喻研究未能紧扣经学视域下文体层和文术层的核心意涵,继而从器、文、道的关联中探讨物与文的相当性,并指出刘勰的象喻语言在表现经学思想和篇章主旨上存在的弊端与矛盾。

关键词：经学；文心雕龙；器物；道

The Instrument Metaphor of *The Literature Mind and the Carving of Dragons*: From the Perspective of Confucian Classics

Liu Yiqing   Zhang Xufeng

Abstract: It is a characteristic in Chinese ancient literature criticism that comparing the manufacturing experience of an instrument to literature, which has been widely used in *The Literature Mind and the Carving of Dragons*. From this point of view, the academic circle compares the instrument manufacturing work with the literary composition, from the perspectives of making subject, making object, making process, making rules, making essence, etc., in order to explain the artistic creation concept of *The Literature Mind and the Carving of Dragons*. Different from the current research in the academic field, this paper considers the phenomenon of literary criticism in the context under Liu Xie's thought of Confucian classics, through the analysis of the article strategy, it is pointed out that the current research on the metaphor of objects in *The Literature Mind and the Carving of Dragons* fails to closely relate to the core meaning of literary style and methodology in the perspective of Confucian classics, then it discusses the similarity between instrument and article from the connection of Qi, literature and Tao, and points out the drawbacks and contradictions of Liu Xie's imagery language in expressing thought of Confucian classics and primary intention.

Keywords: Confucian classics; *The Literature Mind and the Carving of Dragons*; instrument; Tao

象喻是中国诗学批评的一大特色,古代文论认为"'文'在本质上是可感知的'象'"①,此文化理念辐射至文学理论,便生成了象喻批

---

① 夏静《古代文论中的"象喻"传统》,《文艺研究》2010 年第 6 期。

评,在知觉经验、想象力的基础上对文学活动作整体直观的经验性描述。《文心雕龙》中象喻使用尤为突出,主要包括三个类型:一是自然之喻,将自然物象与文学活动类比;二是身体之喻,以文章即人体为框架,借助人体的自然结构和生命活动进行人化批评;三是器物之喻,以工匠制器的活动类比文学创作,认为文学活动与工匠范式具有通约性。其中,器物之喻的研究成果最多,但学界对器物之喻的分析和批评未能把握到刘勰文艺思想的关键,即忽视了刘勰器物之喻与其经学思想之间存在的内在关联。[①] 本文不做器物之喻的知识学追溯与回顾,聚焦于作为核心的经学思想在《文心雕龙》器物之喻中的作用。

一、经学与《文心雕龙》

《文心雕龙》是中国古代批评理论的集大成之作,书中引经众多,这源于刘勰的宗经思想,这一思想在五篇总论中尤其突出,并始终贯穿于其后的文体论和文术论。《文心雕龙》以两汉经学为典范,正如龚鹏程所言,"《文心雕龙》是在经学传统中发展出来的文论"[②]。在传

---

① 以器物之喻进入《文心雕龙》的研究主要有:闫月珍《器物之喻与中国文学批评——以〈文心雕龙〉为中心》(《中国社会科学》2013年第6期)、《兵器之喻与中国文学批评——以〈文心雕龙〉为中心》(《人文杂志》2020年第9期)等,系统阐述《文心雕龙》中的器物及制作经验与作者、艺术构思、锤炼的相关性;潘天波《匠作之喻与中国诗学批评》(《中国文艺评论》2020年第11期)、《"学者—工匠问题"的互动机制研究》(《湖南社会科学》2021年第1期)等,将器物的范围扩大,提出关注工匠、生产、技术、精神的譬喻;赵忠富《"以技为喻"与〈文心雕龙〉批评话语的生成》(《文学理论的中国性(古代文学理论研究第五十一辑)》,华东师范大学出版社,2020年)等,将论述的重点从技艺成果转向技艺本身。此外,陆晓光《〈文心雕龙〉中的"工匠"慧识》(《社会科学报》2017年9月14日)、黄敏雪《古代文学批评中的兵器喻笔现象——兼论文人制文对匠人制器的取喻系统》(《文艺理论研究》2018年第1期)等研究也都涉及《文心雕龙》的器物之喻,研究成果与以上学者基本一致。需要指出的是,虽然这些研究极力阐明器物制作与文章写作在生成模式和思维路径上的相通性,且刘勰以经学为纲已成为学界共识,但在实际研究中并没有将两者结合起来,在阐释过程中或是以礼乐制度代替经学,或是避开经学,这使得对刘勰器物之喻的阐发与其创作思想之间仍存在隔膜,而《文心雕龙》也因此降格,与众多使用象喻的文论批评无异。

② 龚鹏程《文学解经的传统》,《关东学刊》2020年第2期。

统目录学分类之外,吴根友认为《文心雕龙》从学问—知识性质来看,兼具经学著作和子学著作的双重特性,《文心雕龙》作为传统与创新的接合点为传统的经学观念拓宽了维度。① 因此,要理解《文心雕龙》就必须重视经学思想,即突出经典的地位和作用,在经典中寻找文学发展的理念与规则,以解经的方式阐发思想。

刘勰论文本于《周易》,认为作文必须推源于道。他所谈之文属于大的文章学范畴,一切语言文字写作都可纳入文的范围。五经是所有文体的源头,文章写作的格式和法度均来自五经。依据经典,以圣人为师,是文章写作的关键,他指出,"不述先哲之诰,无益后生之虑"②。圣人为文人作文提供典范,后世的文章是传统经学经过通变之后的结果,是对经书的辅佐,因此,文人想要追求文章的永恒生命力,就必须回归经学的本源,在心性上师法圣王,以圣王的高迈精神指导文章,这是刘勰的文论观的基点,也是《文心雕龙》脉络所在。

刘勰以经为纲的思想并非偶然形成,他所承的学术传统和礼法社会的环境使他的文学史观打上经学的烙印,并体现在《文心雕龙》中。回溯中国文论的发展史,可以发现文论和经学的起源是同一的。在文化发展的早期,没有形成明确的文学的观念,文化领域内尚未形成明确的分界,《周易》《尚书》《诗经》等文献既具备着作为不刊之教的经的作用,同时也已经有了与文艺问题相关的论述。两汉是儒家经学的鼎盛时期,秦火之后,经典受损严重,解经、注经盛行,经学在官方扶持下蓬勃发展。到了魏晋南北朝,经、史、子、集的分类成形,经学和文学分开,文学作品趋于浮浅,一些文人要求以宗经矫正文风,《文心雕龙》就是在刘勰此用心之下形成的。把经典作为文学的本源,不是到刘勰才提出的,刘勰以经学为宗的学术思维与前代文人的解经传统是一脉相承的,他吸收扬雄、班固、蔡邕、挚虞等人论文体的模式,他在《序志》中也有说明:"敷赞圣旨,莫若注经,而马郑诸

---

① 吴根友《从学问—知识的性质再论〈文心雕龙〉的分类问题》,《孔学堂》2021 年第 3 期。

② 周振甫《文心雕龙今译》,中华书局,2013 年,第 454 页。

儒,宏(弘)之已精。"①马融、郑玄等大儒通过注经阐明圣人之意,虽然刘勰自认他无法取得自成一家的成就,但他依然遵循着前人,尤其是汉代经学家崇尚经典的精神,把后世的文章溯源至经典,以经典体现的观念和精神统摄文章。《总术》言:"才之能通,必资晓术,自非圆鉴区域,大判条例,岂能控引情源,制胜文苑哉。"②所谓"大判条例",就是要以汉儒解经的方式讨论文章,"自刘勰以降,文家所说之体例、条例、凡例、格、法、式,皆由经学中衍来;论章法句法、题旨字法,也由'书法'的讨论发展来"③。分析文章的奥妙之处,要以经学规定的法度为方法,同样,好的文章必定是以经学为纲。

就刘勰所处的文学环境而言,尽管当时刘勰声名未显,《文心雕龙》还未被重视,但以经为纲却是主流文风之一,是当时的一般认识。刘勰所处的齐梁时期,尽管多好尚玄风者,但南朝学风自由,学术发展多元化,儒学并没有被湮灭,龚鹏程就认为魏晋南北朝是最讲礼法的时代,"在如此强调礼法的时代,会有人受不了,而有一些放浪的行为。或这些贵族闲聊玄谈也是有的。但是,我们不能把水面上的浪花当作河川的主流,支撑社会的大架构毕竟是经学礼法"④。儒学风气较盛,杜预、范宁、王肃等人都是魏晋时期的注经大家,六朝的士族门阀以经学礼法为支撑,他们不仅有社会地位和政治权利方面有优势,对经学礼法的修养也非常看重。这一时期的经学博士大量来自世家,尽管他们有士族身份的优势,但不可否认的是他们确实往往具有较高的经学素养。这一时期,许多文论家与刘勰一样,在经学传统下建立文学观,如《颜氏家训·文章》言:"夫文章者,原出《五经》:诏命策檄,生于《书》者也;序述论议,生于《易》者也;歌咏赋诵,生于《诗》者也;祭祀哀诔,生于《礼》者也;书奏箴铭,生于《春秋》者

---

① 周振甫《文心雕龙今译》,中华书局,2013 年,第 453 页。
② 周振甫《文心雕龙今译》,中华书局,2013 年,第 387 页。
③ 龚鹏程《六经皆文——经学史/文学史》,台湾学生书局,2008 年,第 20 页。
④ 龚鹏程《文心雕龙讲记》,广西师范大学出版社,2021 年,第 109 页。

也。"①《文选序》云:"诗者,盖志之所之也,情动于中而形于言。《关雎》《麟趾》,正始之道著;《桑间》《濮上》,亡国之音表。故风雅之道,粲然可观。"②可见这一时期,不少能文之士兼通经学,崇尚经典是当时的主流看法之一,在这一文化语境下,刘勰自觉选择以经学统摄后世文章的文体和语言,《文心雕龙》的文论思想是内在于其经学思想脉络之中,《文心雕龙》是文艺理论根植于经学的典范。南北朝后,文学的自觉分离倾向日益显著,文和史从经中分离出来,在此后的文论史上,没有出现比《文心雕龙》的体系更宏大的专著。

二、经学的缺位:器物之喻研究的批判与反思

《文心雕龙》大量运用匠作之喻,通过博喻式的批评语言把作文和作物深度融合,这引起了学界的关注,现有的研究主要围绕"技"、"术"、"工"、"巧"等核心词,从制作主体、制作对象、制作过程、制作规则、制作本质等路径着手将器物制作与作文类比以阐释器物之喻的意义。学界所关注的技术语言主要集中于这两类:一类是物质性技术,如刻工、漆工、陶工、木工以及规、矩、绳、墨等以材制器的法度,其目的是生产出服务于人类物质生活的用具;另一类是精神性技术,包括乐工、礼乐、自然等精神生活领域的器物和理念。当前的研究从两方面理解《文心雕龙》器物之喻的用心:在制作层面,技术词语进入文学领域,两者有高度重合性;在观念层面,制物和作文是与自然相对的人文活动,物和文最终都指向道。尽管以上研究为阐释《文心雕龙》的器物之喻开辟了一个新视角,但未涉及刘勰的经学思维,缺乏经学视角意味着偏离了《文心雕龙》的脉络和根底,也不能真正把握刘勰的器物之喻。

(一) 游离在经学之外

《序志》言:"唯文章之用,实经典枝条;五礼资之以成,六典因之

①　颜之推撰,王利器集解《颜氏家训集解》,上海古籍出版社,1980年,第221页。
②　萧统编,李善注《文选》,上海古籍出版社,1984年,第2页。

致用,君臣所以炳焕,军国所以昭明,详其本源,莫非经典。"①经典是"论文叙笔"的标准,各文体都要追溯经典的源头,以是否合乎经义作为代表篇目的选定标准。对圣人之文德盛行的时代,刘勰多溢美之词,对疏忽的时代则加以贬斥和反讽,甚至仅草草几笔便了事。刘勰的文体设置与枢纽论的宗经思想一脉相承,自《明诗》至《书记》的文体可一一与五经对应。台湾学者简良如从经学视角出发,对《文心雕龙》文体论进行考察,她根据前引《宗经》五经与文体的关系,把二十篇文体论类分,认为"论及《礼》部文体时皆表现出的对个人生命人格的期许和努力,《易》类文体所体现的个人智性思辨能力,以及《书》部文类与政务的密切联系"②,及"《春秋》作为反思性文字的特质"③,是厘定文体论结构的依据,由此,《明诗》《乐府》《诠赋》《颂赞》应归于《诗》,《祝盟》《铭箴》《诔碑》《哀吊》应归于《礼》,《诸子》《论说》《杂文》《谐隐》应归于《易》,《史传》《檄移》应归于《春秋》,《诏策》《章表》《奏启》《书记》《封禅》《议对》应归于《书》。也就是说,刘勰所列的性质不相类的文体,不是后世的文学家新创制出来的,而是在五经统摄下衍生出来的枝蔓,因此,经典跨越个别作家、作品,早就为发散开去的文体规定了创作要领,那么文章在本质上也就与作家的匠心无关。这么说并不是否定作家为文之用心,刘勰论述的对象是人文,其中必然含有智术和巧思,我们指出这一点意在强调目前学界把写文章和制作器物等同起来以阐释器物之喻的作用,就忽视了刘勰在经学传统下对文学的本质、起源和基本特征的论述,这是文本语境和历史语境上都无法忽视的事实。我们认为,器物之喻并非表层意义上文学与器物制作过程相似,而是主张文学作为器与道之间的关联,文与道之间的关系可以从器物与道的关系上得到阐明。另外,以经学传统分析文体论并不意味着否定器物之喻,而是强

---

① 周振甫《文心雕龙今译》,中华书局,2013年,第453页。
② 简良如《〈文心雕龙〉之作为思想体系》,中国社会科学出版社,2011年,第163页。
③ 简良如《〈文心雕龙〉之作为思想体系》,中国社会科学出版社,2011年,第164页。

调应从经学视角解释器物之喻。

在文体论之外，学界对器物之喻的阐释也忽视了刘勰以经学旨归探讨为文的技术，即"智术"。《程器》曰："《周书》论士，方之'梓材'，盖贵用而兼文采也。是以朴斫成而丹臒施，垣墉立而雕杇附。"[①]有论者认为："《周书》议论士人，用木工选材、制器、染色来作喻，既重实用，又重文采。为文之道，亦如梓人治材，应兼顾实用与文采。"[②]此诠释是对原文的直译，与理解修辞逻辑相比，此句的主语显得更加重要。前人留下的著作众多，刘勰却舍近求远选择《周书》，这不是随意的选择，而是以经学为考量的结果。刘勰认为经典不仅规定文体的核心理念，还影响写作的话语行为，因此，各种语言技巧和文学批评的标准也可以在经典找到示范。由此，上文《程器》一句运用器物之喻的理解就不能脱离刘勰对《周书》以及其他经典的尊崇之意。直译的解读犹如隔靴搔痒，不能承载如此丰富的内涵，现有的理解是单薄和残缺的，它把复杂的艺术构思和创作简化为工人需要掌握的一项技术，把梳理构思和运用语言与处理木料相提并论，在这样的阐释下，其中蕴含的经学视野被抹杀，刘勰的思想也被扁平化，偏离了他的用心。

（二）礼乐与经学的错位

《文心雕龙》因为用仪式中的器物作喻而易将我们引向以器物制作类比文章写作本源于礼乐的歧途，在此，我们需要对经学和礼乐制度进行知识性区分。根本的区别在于礼乐制度指向现实社会与政治，经学则指向形而上的民族智慧。在于连看来，以道德说教的角度理解圣人之意，会从根本上损害圣人的思想："在圣人的心中，所有的可能性都是开放的，因此，正因为圣人没有把某种可能性作为推导的基础，所以也就不用'必须'怎么样，他的行为不受先决性的限制。圣人不为自己制定格言，也不顾及道德强加的规矩，所以没有任何必须

---

① 周振甫《文心雕龙今译》，中华书局，2013 年，第 443 页。
② 闫月珍《器物之喻与中国文学批评——以〈文心雕龙〉为中心》，《中国社会科学》2013 年第 6 期。

遵循的条条和框框。"①古文经学和今文经学中存有圣王制礼作乐之说,而经学正是因为受到政治的吸纳而获得长久的超然价值,尽管礼乐和经学纠缠为一个共同体系,但礼有不同于经的本源,徐复观认为礼在传承和流变下具有双重意义,一是根源于宗法身份的礼,意在强调阶级的对立与区隔;二是作为集体社会规范的礼,意在缓和阶级性。② 随着政治的介入,礼学在两汉时期从一经之学转变为五经共同的基础:"通过对礼经的重新安排,郑玄把《周礼》的典章制度与《仪礼》的礼乐仪轨结合在一起,以制度吸纳礼乐,使新的'礼学'不再是只有两汉今文经学意义上的'礼'的礼学,而且包括了典章制度,甚至在这套新的'礼学'中,典章制度更具有基础性地位。这样一来,'礼'的意义发生了根本性的改变,'礼经'不再指'礼'本身,而且是整全性的'礼乐制度'。"③礼乐制度的典章规制把经学转换成圣王的王官之学。从根本上来说,礼乐制度根植于政治生活,并且出于调和阶级性的需要,僵化的礼制可以被适应时代的新形式替代,它最终并不是以圣王心性为目的。

基于此区分,我们再回到《文心雕龙》。归属于《礼》部的文体尤其强调器物的作用,《铭箴》《诔碑》两篇涉及最多。铭、碑以器物为书写的载体,《铭箴》言:"故铭者,名也,观器必也正名,审用贵乎慎德。"《诔碑》言:"标序盛德,必见清风之华;昭纪鸿懿,必见峻伟之烈:此碑之制也。"刘勰主张正名,表明他不用物的角度看待器物,而是把物看作精神意义的象征。铭题于器,是对人的警戒;诔记述亡者生前的事迹,表彰其不朽的功德。两种文体高度依赖器物,在功用和场合上与礼有紧密的联系,这种联系性源于严格的等级制度,器物与人的

---

① 弗朗索瓦·于连著,闫素伟译《圣人无意:或哲学的他者》,商务印书馆,2019 年,第 16 页。

② 徐复观《两汉思想史》,华东师范大学出版社,2001 年,第一卷第 59—60 页,第二卷第 167—168 页。

③ 陈壁生《从"礼经之学"到"礼学"——郑玄与"礼"概念的转化》,《清华大学学报(哲学社会科学版)》2022 年第 1 期。

身份要相配,从礼的角度可以考察人的德行,并借器物之长存彰示对纯美德行永存的追求。因此,器与礼确实相关联,但不表示可以等同为"刘勰以器物制作喻文写作,其实质在于'礼'"①。有论者认为《文心雕龙》经由器物之喻与礼相连,此种解读忽视了经学才是刘勰高于礼的追求。其次,我们认为物喻文在修辞语言上达到的效果与刘勰的使用意图并不等同,进一步来说,刘勰讲"器利辞钝",器物承载的内涵可以比语言更加深厚和直接,前引论者所阐释器物之喻的思路与刘勰意图之间的因果关系是颠倒的。我们可以说刘勰的言说方式或隐或显地体现出他对礼、道、神理等的追求,但不能把覆盖整部作品的一种语言处理方式归结为崇礼的结果,崇礼毋宁说是尊经。

重省礼乐制度,不是意在否定器物所关切的德行问题,而是意在指出两点:首先,经学和礼制在原则上是有区别的,两者不是等义的,礼制不能替代经学;其次,器物之物指涉种类众多,如铭、诔、碑等关乎礼之物在形制和内容上确实存在明显的政治属性和道德倾向,而制衣、作画、镂刻、冶炼等活动则一般性的技术活动则秉承了器物一词的中立性。因此器物之喻仅依靠礼乐制度来解读必然不够充分。

综上分析,目前学界对《文心雕龙》中器物之喻的理解是以审美阐释代替经学阐释,其研究的立足之处仍然是以现代的艺术创作活动为基准,不符合《文心雕龙》所依据的经学意图,这也是当下以器物之喻把握《文心雕龙》内在意图及其内涵时让人觉得隔靴搔痒的原因。后世以工匠制作类比文章写作的文论所在多有,我们要问的是,如与《原诗》、《闲情偶寄》等同样运用器物之喻的文论相较,《文心雕龙》的器物之喻究竟有何独特之处?

三、经学视域里的器物之喻

《文心雕龙》是刘勰在经学思想指导下进行构思的,要想正确把

---

① 闫月珍《器物之喻与中国文学批评——以〈文心雕龙〉为中心》,《中国社会科学》2013 年第 6 期。

握器物之喻的内涵,必须在经学的脉络中予以理解,在经学视域中阐释器、文、道的关系。在道器范畴发展史上,春秋之前的道和器是两个独立概念,尚未形成一对范畴,《周易》将道器对举,提出"形而上者谓之道,形而下者谓之器"①的思想观念,道与器并不二分。以工匠技艺活动来言说道器,最为系统的是庄子。庄子认为器物作为人工制品,其人为因素不仅破坏了物的浑朴、自然之美,而且损伤人的本性,如《庄子·马蹄》言:"五色不乱,孰为文采!五音不乱,孰应六律!夫残朴以为器,工匠之罪也。"②《庄子·天地》言:"有机械者必有机事,有机事者必有机心。机心存于胸中,则纯白不备;纯白不备,则神生不定;神生不定者,道之所不载也。"③大匠应当取法圣人,在精神上通过"心斋"、"坐忘",气与神合,达到"以天合天",实现与道合一的境界,以形而上之道统率器物,此时工匠"天地与我并生,而万物与我为一"④,他所制作的器物既是人工的艺术,也是天然的艺术。文论中的器物、匠作之喻借此阐发人工与天然的关系,指出写文章要克服"技"的限制。一般认为工匠制器属于技术范畴,文人作文属于艺术范畴,笔者认为刘勰以制器喻作文,是技术与文学双向互动的结果,后世的文章要想向经典靠拢,要想通达经典体现的圣人之道,可以从器物和道的关系上得到经验,文道关系可以从道器关系处得到解释,阐释的核心是器、文、道三者的关系。在此过程中,必须体现对经学的关注:在技艺层面,制作器物和写作文章都有基本的技术性要求;在超越层面,以圣人精神为旨归,制物之心和人文之心要合于天地之心;从整部作品来看,器物之喻内部呈现出承续圣王与僭越自然两种写作面向,表现出作文从主圣王心性向主个体心性转换的历史走向。

（一）技术钩连下的文与器

从"文"的涵义中可以发现器物和技术的影子。"文"意义丰富,

---

①　周振甫《周易译注》,中华书局,2013 年,第 265 页。
②　陈鼓应《庄子今注今译》,商务印书馆,2016 年,第 290 页。
③　陈鼓应《庄子今注今译》,商务印书馆,2016 年,第 372 页。
④　陈鼓应《庄子今注今译》,商务印书馆,2016 年,第 88 页。

《说文解字》言："文,错画也。"①《周易·系辞下》言："物相杂,故曰文。"②任何物,只要交杂间错,就可以构成文,具备文采。如果说《说文解字》对文的认识基于线条符号的交错,那《周易》就已经关注到"物"的相杂,把线条符号扩大到广义的物,这一思想是《周易》论文的基础,也是刘勰论文的来源。在本义之外,文有文辞、文理、文饰、文身等复杂的延伸,由此从字源分析来看,文初始义已包含两个维度,一是隐含的物,二是审美。前者偏重技术、器物,后者偏重人的诗性思维。

在中国的文化传统里,艺的本义指技术体系,古代的技术含义非常广,不仅物质生产依赖技术,哲学、宗教、艺术也需要技术,这就与现代所讲的科技之"技"不同。"艺"和"技"最早意义相通,中国文化语境的"艺术"涵盖多种技艺,一方面与形而下的实际工匠制作相联系,另一方面又与形而上的宇宙规律相关。工和文均属于艺术范畴,艺在演进过程中发生分化,"作为技术体系的艺,一是与转型后文化权威'经'相关联而保持在文化高层的'文'的层面。二是与中国宇宙虚实结构观中的'虚'的一面结合,保持在作为文化中层的'术'的层面。三是与中国宇宙虚实结构观中'实'的一面结合,坠落在作为文化低层的'工'的层面"③。文因为经的典范意义而在古代艺术体系中处于高位,工匠属于下层,尽管两者地位不同,但技术性的一面是共有的。文学活动在创作环节也是一种技术活动,为文和制器的境界相通,有技无道的文章只是匠人之术,而道之文的典范就是经学。《总术》谓:"是以执术驭篇,似善弈之穷术;弃术任心,如博塞之邀遇。"④"文场笔苑,有术有门。"⑤这里的"术"指一切技术的法度和规则。基于此,可以从技术的角度对《宗经》进行新的解读。《说文解

① 许慎著,汤可敬译注《说文解字》,中华书局,2018 年,第 1824 页。
② 周振甫《周易译注》,中华书局,2013 年,第 289 页。
③ 张法《中国古代艺术的体系构成》,《中国社会科学》2021 年第 4 期。
④ 周振甫《文心雕龙今译》,中华书局,2013 年,第 388 页。
⑤ 周振甫《文心雕龙今译》,中华书局,2013 年,第 390 页。

字》曰:"经,织也。"①"织"即织网捕鱼,从"经"的本意看,它是关于人的生存的技术性语言,"渔猎时代涵于'织'字所指的'经'字,既经符号化、成为一种抽象的线条,并最终生成为中国古代的文字,它就从物质生产之技术一举蜕变为人书写的技术。而人的书写的技术中,相当一部分乃是人的精神情灵的技术"②。"织"是交叉形成的网绳,这和"文"的本意正好相符,也就是说"经"是从物质性、技术性用语进入文学,成为精神性用语的,我们在刘勰的使用中仍可以看到"经"的物质性特质,《宗经》言:"'经'也者,恒久之至道,不刊之鸿教也。故象天地,效鬼神,参物序,制人纪;洞性灵之奥区,极文章之骨髓者也。"③刘勰认为经典是后世文学发展的尺度,以经为纲的书写方式体现的思维应当是一体的,这意味着经可以被视为是作文必须要遵循的技术性和观念性的典范。

(二)文与道:来自器物圣化的经验

位于低位的"工"虽然以具体制作为主,仍然要求超越实用目的,与自然之道相通,无论是器物还是文章,仅着眼于重操作的技术层是远远不够的。古文家宣扬文以载道,在文章的义理和文辞上,六经是最高的典范,文成为实现道这一终极目标的手段。从文明发展的进程来看,人必须首先满足物质生活和种族繁衍的需求,其次才是精神生活需求。先有制器,后有文章,器物的制作经验促成了文学写作的基本经验和理论观念。

刘成纪指出理解"百工之事"和"圣人之作",要区分三组关系:观念设计与实物制作;技术发明和技术劳动;中国社会早期器具制作与器具使用的分离。④ 首先,制器是人文的产物,制器之理和天道在本质上是相同的。道对器物的造型要求做出根本的规定,从这个角度

---

① 许慎著,汤可敬译注《说文解字》,中华书局,2018 年,第 2752 页。

② 刘朝谦《中国古代的技术与诗》,四川大学博士学位论文,2005 年,第 58 页。

③ 周振甫《文心雕龙今译》,中华书局,2013 年,第 26 页。

④ 刘成纪《论中国先秦哲学的技术认知与"巨匠"观念》,《江苏行政学院学报》2016年第 4 期。

看,终极的人不是在作坊里讲究规矩绳墨的工人,而是天道,而实体的器物必须承载圣人之意和天道,如在礼器艺术中,"器"是"凝聚了抽象意义的一个实体。因此,礼器被定义为'藏礼'之器,也就是说将概念和原则实现于具体形式中的一种人造器物"[①],它的观念层意义决定其造型、大小、装饰。需要特别指出的是,艺术(art)与工艺(craft)要区别开,艾伦·迪萨纳亚克《艺术的目的》在强调艺术创造力时提出:"一个纯粹功能性的碗或许在我们的眼中并不难看,但由于它没有被特殊化,因此并不是艺术产物。一旦这只碗被刻槽,彩绘或经其他非实用目的的处理,其制造者便开始展示出一种艺术行为。"[②]作为艺术的器物蕴藏智术,与其说这种能力是技术,不如说是技艺,这和作文的创造性思维过程相仿。其次,"圣人之作"具有创造性,和批量劳作的匠人不能等同。早期的器物活动奠定了中华文明的基石,自伏羲至孔子等圣王对器物制作确立规则和要求,把天地自然规律转化为人类的实用器具。他们是技术的发明者和示范者,不能与百工等同,圣王的成果需要经年累月的耐心和劳作以及智慧、灵感。器物要想通向道就必须效仿圣人,向圣人的精神品位靠近。

《文心雕龙》文论思想是刘勰经学观念的体现,根底在经学,从经学角度考察器物,器物当为圣人之意作注,以阐发经义为本。此时器物是圣人将天道引向人事的物的表征,其义涵具有丰富的暗示性,人借由器物可以参堪天道。对于一名合格的工匠而言,他能够掌握的操作技术和制成的器具种类是有限的,在技术层面,他的认知水平也是有限的,不同工种因为技术的差异而存在隔阂,道打破了工种之间的隔阂,正如《序志》言:"逐物实难,凭性良易。"[③]作为个体的人要以圣人经典教化心性,从对器物的技的认识上升至道,把器物视为体现

　　① 巫鸿著,郑岩、王睿编,郑岩等译《礼仪中的美术:巫鸿中国古代美术史文编》,生活·读书·新知三联书店,2005 年,第 535 页。
　　② 转引自巫鸿著,郑岩、王睿编,郑岩等译《礼仪中的美术:巫鸿中国古代美术史文编》,生活·读书·新知三联书店,2005 年,第 536 页。
　　③ 周振甫《文心雕龙今译》,中华书局,2013 年,第 458 页。

圣人经典的物质形态，以此领会物之妙理。

　　传达经义和通达天道始终是文章的首位。刘勰所论之"文"有广义和狭义之分，广义的"文"涵盖天文、地文、动植之文，狭义的"文"指人文，是刘勰论述的重点。六经是实现"道之文"的顶峰，圣人以文辞阐明文德，用来教化天下人。《原道》言："人文之元，肇自太极，幽赞神明，《易》象惟先。庖牺画其始，仲尼翼其终。而《乾》、《坤》两位，独制《文言》。言之文也，天地之心哉！"[①]从以上刘勰的论述可以解读出两层含义，其一，文的本质是要体现道，道就是文的内容。其二，做学问和写文章要超越知识的工具性和实用性。在语言技巧上，刘勰重视语言技巧的习得和运用。对待学习，他认为"八体屡迁，功以学成"[②]，《夸饰》言："夫形而上者谓之道，形而下者谓之器。神道难摹，精言不能追其极；形器易写，壮辞可得喻其真；才非短长，理自难易耳。"[③]尽管描写具体的器物比写抽象的道要困难得多，但刘勰借对形器的夸饰阐明通过高超的技巧仍然可以接近抽象的道，在这层意义上，文与器相当。刘勰又说"童子雕琢，必先雅制"[④]，"若能酌《诗》、《书》之旷旨，剟扬马之甚泰，使夸而有节，饰而不诬，亦可谓之懿也"[⑤]。不论天资与才学如何，首要的都是学习经典的精神和法度。即便是使用华美的文辞，也不能损伤意义的表达，不能违反事理，更重要的是遵循经书的意旨，这和经书以质实的语言传达义理的精神是一致的。

　　（三）器物之喻中的圣王式微史

　　普鸣以"作"重启孔墨之间的论辩，强调关注"作"字代表的"创作"、"制造"、"作为"、"使某人成为"等多重抽象意味，在不同知识情境下，对技术的解读当有不同的还原路径。[⑥]他认为："孔子以技艺为

---

① 周振甫《文心雕龙今译》，中华书局，2013 年，第 11 页。
② 周振甫《文心雕龙今译》，中华书局，2013 年，第 259 页。
③ 周振甫《文心雕龙今译》，中华书局，2013 年，第 332 页。
④ 周振甫《文心雕龙今译》，中华书局，2013 年，第 260 页。
⑤ 周振甫《文心雕龙今译》，中华书局，2013 年，第 335 页。
⑥ 普鸣著，杨起予译，唐鹤语校《作与不作：早期中国对创新与技艺问题的论辩》，生活・读书・新知三联书店，2020 年，第 311—314 页。

喻,意在说明如匠人处理、琢磨原料一般,教化亦须条理、形塑人所禀赋的原质,关注的是实现一个合乎文理、历经雕琢的自我。《墨子》亦以技艺为喻,关注的却是匠人的活动、创造力:正如匠人建造、造作之举必须以模范为绳,避免作品不合规矩,圣王之行为、造作亦须以模范为准,以免行为失当。作者对匠人合乎文理的作品并无兴趣,他有心于引领圣人行为、造作之法仪。"①如果我们接受普鸣对技术中关于经典的承续和人工造作僭越的考察,就会发现《文心雕龙》的器物之喻内部出现微妙的转换:其文之枢纽五篇中,器物之喻要求写文章必须依傍圣人心性,而在此后诸篇中则多处应和了士人精神独立的时代风向。从器物之喻的两种面向,恰好可以梳理出作者丧失神圣性的踪迹。《征圣》开篇言"作者曰'圣',述者曰'明'",圣王才称得上"作",孔子承述文理。《原道》指出,圣王莫不"原道心以敷章,研神理而设教"以求"写天地之辉光,晓民生之耳目"②,圣王通过不断效仿和重复天之文理,把天之文理引入人间,使人文活动与自然世界相联系。刘勰把文章根植于广阔的自然世界,此时他所关注的技艺不是脱离自然的刻意人工造作。刘勰以工匠造器比喻圣人作文,是源于两者的主旨都在于对物质材料和人文之原质的条理和琢磨,使原质合乎文理,此时技艺纯粹是对人文之原质的恢复,换言之,圣人将自然文理引入人世,却不做人为干预和再创造。操作者在这过程中不必加入建造和创作的因素。刘勰支持圣人效仿自然的传统观点,把作文的权威置于圣王,站在此立场上文章所要遵循的规范即自然之文理与法则,《征圣》谓"鉴周日月,妙极机神,文成规矩,思合符契"③,则文章的法度与自然的规则是完全相合的,通过制作和琢磨,操作者可以把原料的原本属性表露出来。

经学式微使器物之喻呈现第二种面向,经历世俗化的转换。

---

① 普鸣著,杨起予译,唐鹤语校《作与不作:早期中国对创新与技艺问题的论辩》,生活·读书·新知三联书店,2020年,第76—77页。
② 周振甫《文心雕龙今译》,中华书局,2013年,第14,12页。
③ 周振甫《文心雕龙今译》,中华书局,2013年,第20页。

"作"的主体从圣王降至世俗作者。屈骚之后,圣王的神圣权威降格,作者涌现出强烈的个体意识,圣王立言的式微伴随着器物之喻意义的下降,技艺不再止于保守地承续自然文理,而是要求操作者锐意进取,以器物为喻转而关注的是操作者的刻意造作与创造力。《神思》言:"视布于麻,虽云未费,杼轴献功,焕然乃珍。"①作为原材料的麻平庸且廉价,经匠人的创造性发挥之后成为珍贵的作品,以此强调作文时人为的布置和安排。此后《附会》以木工筑室和裁缝制衣为喻,《体性》《隐秀》以染工染丝为喻,都可见出同是以技艺为意象讨论作文,在刘勰看来,孔子以后的文章框架不以重复过去为基础,表现在器物之喻上则是无意于恢复制作材料固有的品格和属性,而是着眼于创造性的技术活动,主动改造制作材料。这一修辞的内部转变暗示着圣王已经失去了对"创作"的垄断,所谓"文心",既可以是圣王之心,也可以是文人之心。

此时自然文理与人文活动不可避免会出现割裂。"如果说文学的模式与天地的模式是相同的,那就意味着它是在不知不觉中形成的。说它是因为人类的参与而变得更加精致,这是在假设它不是无意识地形成的。"②刘勰意识到了这个矛盾,他既不固执地因循圣人,也不专断地走向纯粹创新,他试图弥合承续与僭越之间的裂痕而走向调和,认为文章习作要承述自然文理,也要创作,文学是个体与自然的、神的领域协调往返作用的创造性过程。在刘勰看来,技艺造作需要受自然法则引导,人需要对自然文理予以回应,所以尽管出现了"才性异区,文辞繁诡"③的景观,他还是不忘强调"不述先哲之诰,无益后生之虑"④。将文章体式推源至经典表明刘勰认为后世文章应当要能得到圣王先哲之一隅,这也是后世的著作也能彰显道的原因。

---

① 周振甫《文心雕龙今译》,中华书局,2013年,第253页。

② 蔡宗齐著,李卫华译《中国文学批评体系的生成——〈文心雕龙〉与早期文献中的文学观》,《北方工业大学学报》2021年第1期。

③ 周振甫《文心雕龙今译》,中华书局,2013年,第261页。

④ 周振甫《文心雕龙今译》,中华书局,2013年,第454页。

言下之意是要把文人个体心性熔铸于经典中,即"文人由圣人雅制事先奠定其君子儒式的底蕴,那么文人作文即便缘情而发,只抒发一己之情性,仍然能同时合乎经义、不致'放荡'"[1],以此克服个体之心与圣王之心的矛盾。

四、反思:刘勰修辞语言之弊

观其要,知其弊,刘勰器物之喻的运用本身存在缺陷。追求骈俪的修辞语言阻碍了刘勰抒发文章的真实意图,在行文上,器物之喻与刘勰以经为纲的文学观发生错位。用宇文所安的话来说:"刘勰的比喻产生出来的问题,往往比它们所能解决的问题要更多。它们都是为了说明论点而举出的例子,通常来自传统的比喻系统(比如说驾车、纺织、雕刻、装饰、植物学知识),向读者征求同意的。但是每个人都同意的那些诱人的比喻常常会使得我们的作者沿着错误的道路跑下去,最终他不得不迫使自己回到主干线上。"[2]

过于强调器物之喻的修辞性解读,会导致误读。如"润色取美,譬缯帛之染朱绿"[3]一句,有论者的阐释是:"语言修辞犹如织物染色,它们都通过彰显质地的美感而可能通达文质彬彬的审美理想。"[4]出色的文辞可以使质实的文章锦上添花,单独看此句,自然而然会如此理解,但置于文段中就会发现问题:这与刘勰紧接着讲的"朱绿染缯,深而繁鲜"在意义上相差甚远。《隐秀》曰:"凡文集胜篇,不盈十一;篇章秀句,裁可百二:并思合而自逢,非研虑之所求也。或有晦塞为深,虽奥非隐;雕削取巧,虽美非秀矣。故自然会妙,譬卉木之耀英华;润色取美,譬缯帛之染朱绿。朱绿染缯,深而繁鲜;英华曜树,浅

---

[1] 李智星《熔铸君子与文人作家——刘勰〈宗经篇〉的心性教育》,《哲学分析》2015年第3期。

[2] 宇文所安著,田晓菲译《他山的石头记》,生活·读书·新知三联书店,2019年,第146页。

[3] 周振甫《文心雕龙今译》,中华书局,2013年,第361页。

[4] 闫月珍《器物之喻与中国文学批评——以〈文心雕龙〉为中心》,《中国社会科学》2013年第6期。

而炜烨:秀句所以照文苑,盖以此也。"①刘勰认为所谓秀句,不是作家苦心孤诣、堆砌辞藻而成,而是要自然晓畅地表达出来。在语言排布上,"卉木之耀英华"对应"思合而自逢","缯帛之染朱绿"对应"晦塞为深"、"雕削取巧",由此可知,以染布比喻润色文辞,意在说明人为刻意地雕琢语言会损伤文章。器物之喻乃至象喻的批评方式带有浓厚的修辞性质,一般认为这种言说方式能够让意义的表达化枯燥为生动,并能避免抽象与支离的缺陷而保有审美经验的完整性,可这也使意义的真实性被模糊,简单的比喻并不能展现作者的态度倾向,尽管这使文章呈现出良好的修辞效果,但在根本上无法负荷真实的文本,器物之喻的作用被夸饰得越完美,文本就被遮蔽得越多。因此为了全面充分地理解器物之喻的意义,必须回到文本语境。

此话语方式在理论上也有矛盾。刘勰的文学史观以经学传统为根底,他在《时序》中按时间顺序梳理三代至晋的文学发展史,继承毛诗所讲之"风",言"风动于上,而波震于下者也"②,要尊崇圣王的文德,依据刘勰的经学思维,儒学的发展就是文学的发展,三代以后,文学渐衰,汉武帝大兴儒术,形成文学发展的又一个高峰;武帝之后逐渐沉寂,建安时期推崇风骨,文人"梗概而多气"③;正始承前代余风,"篇体轻淡"④,比前代差些;西晋"运涉季世,人未尽才"⑤,文人在乱世没有机会发挥才能,比前代又差些;东晋以后,刘勰写得越来越简略。这不是刘勰偷懒,而是因为在他看来文学要回归经学的本源,离圣人的文德越近,文学的发展就越有希望,反之,文学就越没落。在这一架构之下,刘勰在篇末却说:"蔚映十代,辞采九变。枢中所动,环流无倦。"⑥辞章的变化就像门枢在一定范围内转动,循环流转没有

① 周振甫《文心雕龙今译》,中华书局,2013年,第361页。
② 周振甫《文心雕龙今译》,中华书局,2013年,第396页。
③ 周振甫《文心雕龙今译》,中华书局,2013年,第404页。
④ 周振甫《文心雕龙今译》,中华书局,2013年,第405页。
⑤ 周振甫《文心雕龙今译》,中华书局,2013年,第406页。
⑥ 周振甫《文心雕龙今译》,中华书局,2013年,第410页。

停止。这个比喻为文学提供了一个循环发展的模型,这一模型意味着文学的发展变化是可以预见的,总是不断经历由盛而衰的历史循环。根据前文刘勰对文学发展的阐述,他并不主张文学是循环发展的,由此可见这一比喻非常突兀。再看《通变》的织物染色之喻,《通变》言:"夫青生于蓝,绛生于蒨,虽踰本色,不能复化。"①"练青濯绛,必归蓝蒨,矫讹翻浅,还宗经诰,斯斟酌乎质文之间,而櫽括乎雅俗之际,可与言通变矣。"②刘勰认为刘宋文章浮浅,汉代经学昌盛,作品典雅,但在此染色之喻中,首先,他将经书比作蓝色和蒨色,把近代文章比作胜于蓝、蒨两色的青色和绛色,这和刘勰经学思维下的本末源流观正好颠倒。其次,"不能复化"代表线性的文学史观,虽然文学从三代至六朝文学有所衰微,但汉代仍有复苏。刘勰以经典为本源,文章为支流的文学观不能与贵远贱近的思想等同,也不是要把文章局限在经典之内,而意在指出要以经典的精神把握后世文章之变,经典不是教条,它具备多种阐释的可能性,在经典精神统摄之下的文学新变可以对圣王之文做出新的解读。

五、结语

涂光社认为刘勰所论的道与文存在历史的局限性:"刘勰对'道'与'文'的要求只有在转化为宗经'六义'之后,才对创作活动有实际的指导意义。此外,'道'的一面既已凝固,刘勰论文学的发展变革多从'文',也即艺术形式方面着眼,思想性方面只限于看其是否宗经合道了。"③事实上,道和经学在刘勰这里并没有凝固,《文心雕龙》比许多毫无创见的释经作品更有价值。刘勰提出宗经不是要退守经学,而是因为他看到了经典的包容性与活力,经学不是传统和僵化的代名词,在文学自觉的时代,经学与文章的关系需要被重新思考。我们可以看到,刘勰的宗经意图不限于思想性的指引,也贯彻在艺术形式

---

①② 周振甫《文心雕龙今译》,中华书局,2013 年,第 273 页。
③ 涂光社《文心十论》,春风文艺出版社,1986 年,第 244 页。

层,器物之喻是典型表现之一,刘勰试图以调和者的身份化解现实的创作困境,并以《文心雕龙》为示范,重构现实的文章写作。器物之喻作为象喻批评的类型之一,常常容易落入情感与文字的陷阱:"一是'外状其形,心迷其理',即仅仅停留在感性的机械复制;二是'遣辞求工,去法逾远',即往往流于文字游戏。"①刘勰不落窠臼,他尽其所能地把对经典的尊崇与认识落实到话语秩序中,为他的思想观念包裹上文理清晰的文字外衣。在"去圣久远"的今天,我们凭借器物之喻重审这层文字外衣,要想做到言之成理,持之有故,就必须把阐释的有效性建立在文本的主题之上,"假如这种把握住由文本提出的问题的过程仅仅被想象为科学地提取出'本来的'问题,那它就不会导致一种真正的对话,只有当解释者被主题推动着、在主题所指示的方向上作进一步的询问时,才会出现真正的对话"②。反之则会让我们离文本越来越远。阐发器物之喻的批评模式,已有的阐释思路其实是"六经注我",是《文心雕龙》在为器物之喻背书,至于《文心雕龙》本意如何,则是次要的。因此,就文学批评而言,经过学者对作家言说方式细心揣摩,能够挖掘出一套新的批评语言;对《文心雕龙》来说,它需要更多的批评家在另辟蹊径之余,再度贴近文本全貌,深入思考经学的价值,因为这才是最接近真实的地方。

中国有久远的工匠历史和深厚的工匠精神,在历史上经历了从手艺工匠到机械工匠,再到数字工匠的发展过程,无论文明进步到何水平,工匠始终以制造和生产满足人们的日常生活需求,以发明和创造弥补自然的不足,跨越工具性和知识性追求道的境界。把器物制作引入文学批评,通过将工匠制器的主体、客体、过程和方法与文人作文并置类比,两者在形而下的方法论层面的相通之处是广泛而粗略的。我们应当看到制器和作文都具有丰富的技术性,但"匠"不是局限于技术性的代称,技术和诗美可以和谐共存,两者均是以人与自

---

① 张伯伟《中国古代文学批评方法研究》,中华书局,2002年,第265页。

② 伽达默尔著,夏镇平、宋建平译《哲学解释学·编者导言》,上海译文出版社,2004年,第12页。

然之道的契合为终极归宿。探讨器物之喻,需要认识到刘勰文学观念的起点在经学,圣人经典是文章写作的普遍法则,器物之喻是刘勰在此经学思维之下采用的言说方式,此修辞性语言应当为此服务。这是阐释刘勰器物之喻的前提,也为理解器、文、道三者的关系这一历史命题提供新视角。此外,刘勰器物之喻的修辞逻辑和文章的思辨逻辑有矛盾之处,结合文本语境,以辩证的态度挖掘深层的意涵才能真正阐微发幽。

(温州大学人文学院;绍兴文理学院人文学院)

南朝文学的物色审美与城市空间[*]

冯坚培

内容摘要：中古贵族作为在都城中聚居的行政化贵族，不同于上古时代靠武力统治的封建贵族，这是一个脱胎于汉代的乡里名族，并以文章治理天下的群体，比上古时期更多地摆脱了人类社会最初的原始性、野蛮性，这是中古社会的进步性所在，充分体现在了他们的城市生活及由此孕育出来的纤巧的物色审美中。本文列举了花树、白雪、萤火虫这几种具有典范性的意象，阐释了其美感的发现与都城建筑空间的关系。这种美感已经潜在地蕴含在了东晋名士的故事中，但到了南朝文学中才显现出来，这是南朝文人留下的文化遗产，后人在此基础上推陈出新，逐渐摆脱了其中的贵族的局限性。作为文人的生活环境，中国古代的城市是以"园廛"为基本构成形态的"农业城市"，与欧洲城市相比，具有亲近自然的特点，而且私人空间比较发达，这对于文人发现细致的物色之美并寄托私人化的感情来说，发挥了重要的作用。

---

* 本文是 2018 年贵州孔学堂哲学社会科学规划国学单列重大课题(18GZGX01)系列成果之一。

关键词：南朝；物色；官僚贵族；农业都市；小
空间

On the Relationship of Wuse Aesthetic in Literatures in the Southern Dynasties and Urban Space

Feng Jianpei

Abstract: Medieval aristocracy, as administrative aristocracy and concentrated dwellers in the capital, born out of choronyms in Han Dynasty, governing with literatures, different from feudal aristocracy governing with military in earlier ancient period, had got rid of human's initial primitive and barbarism, which was the progressiveness of medieval society, fully demonstrated in their urban life with delicate Wuse aesthetic. The author lists flowering trees, snow and fireflies as exemplary images, and discusses the relationship of the flourish of their aesthetic and capital architectural spaces. The aesthetic was latently contained in stories of celebrities in Eastern Jin Dynasty, but emerged only in literatures in the Southern Dynasties, as the heritage of writers in this period, getting rid of its aristocratic limitations by later writers' renewal. As writers' living environment, ancient Chinese towns were "agricultural towns" consisting of gardens and bungalows, having more natural atmosphere and more private room than their European counterparts, which played an important role in the flourish of Wuse aesthetic with writers' private feelings in it.

Keywords: the Southern Dynasties; Wuse; bureaucratic; aristocracy; agricultural metropolis; narrow space

城市是人类生活的重要空间，也与文学活动息息相关。现代学者通常将城市的出现作为一个民族进入文明时代的标志,因为它作为密集的、不同身份的人群居住的聚落,反映了生产的剩余、阶级的分化,一群掌握了文字书写能力的人以之为中心,展开对一定区域的统治,所以城市也是文明的中心、文学的中心。一方面,城市是文学创作、传播的重要空间;另一方面,城市中的景观、生活也是文学书写的重要内容。这两者是密切相关的。正是由于城市作为文明中心的性质,中国古代城市的发展与文学的发展具有相重合的过程、阶段,这实际上也是整个文明发展的过程、阶段。从中国城市发展史来看,汉末的邺城在形制上有众多创新之处,对后世影响深远,是一座具有里程碑意义的城市;而在唐宋之际,逐渐产生了以工商业为主的城市、市镇。这是中国城市发展史上两个重要的节点,同时也是文学发展的节点。从文学史的角度来看,以建安时的文学自觉为起点,以唐宋文学变革为终点的汉末至五代这段时间,就是通常所说的中古时期。文学的发展与城市的发展具有相关性,其中南朝时的文学新变是汉末以来文学发展的重要阶段,对后世的文学有深远的影响,而这也与当时的阶级状况、城市空间有密切关系。

近年来,学者逐渐注意到了城市景观因素在南朝文学中的地位。然而,一般的论著往往将城市作为一种与自然山水相对立的事物,认为至多只能将两者的矛盾进行调和。① 当然,也有的论著注意到了城市空间本身对自然景色美感的促进作用,只是论述比较肤浅。② 笔者认为,研究中国古代文学中的城市书写,要充分结合特定时期中国古代城市的独特性,揭示其所反映的古人的精神文化,并且注重发掘它与中国古代文论中的概念、中国古代文学的特殊内容或风貌的联系。

---

① 如段芳婷《城市文化视角下的南朝山水诗》(湖南师范大学硕士学位论文,2017年)注意到了城市与山水诗的关系,但其论述的重点不在于诗歌中的具体景观,而在于诗歌所反映的诗人心态,即诗人在描绘山水时所表达的对城市的或疏离,或眷恋的感情,又讲到都城中的园林有助于对城市的这种矛盾心态的调和。

② 如王玥铖《南朝诗歌与建康宫苑关系研究》(广西师范大学硕士学位论文,2017年)比较详细地区分了各种不同的宫苑空间及文人在其中的活动,比较有启发性。

本文所讨论的"物色审美"是南朝文学研究中的重要话题,它与当时的都城空间有着密切关系。

一、物色审美发展的空间、时代因素

(一)"物色"概念的源流及其审美在南朝的深化

"物色"是中国古代文论中的一个重要概念,寻绎其源流,可知"物"、"色"二字最初可以是同义词,如《周礼·春官·保章氏》:"以五云之物,辨吉凶、水旱降丰荒之祲象。"郑玄注:"物,色也。"若如此,则"物色"是一个同义复词,强调了视觉所感知的各种色彩。具体而言,最初它所指的对象没有限定,可以指牲畜的毛色[①],或人的形貌[②],也可以指大范围的建筑景观的模样[③]。人通过各种感觉器官所获取的外界信息中,视觉信息占了绝对主导地位,色彩信息是人感知万物的主要媒介,孙诒让解释上述《周礼》郑玄注云:"凡物各有形色,故天之云色、地之土色、牲之毛色,通谓之物色。"[④]

最早以"物色"指自然景物,是在刘宋时,见于鲍照《秋日示休上人》:"物色延暮思,霜露逼朝荣。"颜延之《秋胡行》:"日暮行采归,物色桑榆时。"这是当时"山水方滋"的风气的体现。在此以后,这一概念被文人使用较多,如:

> 物色盈怀抱,方驾娱耳目。(谢朓《出下馆诗》)
>
> 禁林终宴晚,华池物色曛。(何逊《九日侍宴乐游苑诗为西封侯作》)
>
> 物色动宸眷,民豫降皇情。(任昉《九日侍宴乐游苑诗》)
>
> 银草金云,殊得物色之美。(萧统《答玄圃园讲颂启令》)
>
> 所以物色不同,序律或异。(萧统《同泰寺僧正讲诗序》)

与此同时,在齐梁时,以《文心雕龙》、《文选》为标志,形成了关于这一

---

① 如《礼记·月令》:"循行牺牲,视全具,案刍豢,瞻肥瘠,察物色。"
② 如《后汉书·严光传》:"帝思其贤,乃令以物色访之。"李贤注:"以其形貌求之。"
③ 如《西京杂记》卷二:"高帝既作新丰,并移旧社,衢巷栋宇,物色惟旧。"
④ 孙诒让著,汪少华整理《周礼正义》,中华书局,2015 年,第 2556 页。

概念的文学理论,其背景就是文学创作的空前繁盛,其中充满了对自然景物的细腻的感知。当时"物色"的所指不仅是视觉所感知的色彩,它也被拓展到其他感官,《文心雕龙·物色》篇云:"一叶且或迎意,虫声有足引心。""流连万象之际,沉吟视听之区。""物色"包括了视觉、听觉及其他各种感受。《文选》"物色"类赋下选录了宋玉的《风赋》,李善注认为:"有物有文曰色。风虽无正色,然亦有声。《诗注》云:'风行水上曰漪。'《易》曰:'风行水上,涣。'涣然即有文章也。"根据《文心雕龙·物色》篇"岁有其物,物有其容"之说及李善注,"物色"一词似乎变成了偏正短语,"物"意为事物,"物色"即事物之形色或其他感性表现。从齐梁时人的诗文来看,"物色"主要指自然景物及由景物变化所感知的岁时、旦暮。刘勰在《文心雕龙·物色》篇中所言,也是指人通过感官所体验的感性的自然景物。

与刘宋时相比,齐梁文学所书写的对自然景物的感知更为细腻,这是"物色"概念深化的主要原因。这一点学者已经有所论及,萧驰先生在论述从刘宋到齐梁时的几位重要诗人的作品后指出:谢灵运喜爱写明朗澄净的山水,诗中往往充满鲜明、强烈的色彩对比,如"原隰黄绿柳,墟囿散红桃"(《从游京口北固应诏诗》)、"铜陵映碧涧,石磴泻红泉"(《入华子冈是麻源第三谷诗》)等,而且他在诗中营造的主要是大范围的山、水相对待的空间景象;比谢灵运稍晚的鲍照作有许多行旅诗,他所写的同样是大范围的空间景象,差别在于从山、水的对待延伸到了天、地的对待,如"表里观地险,升降究天容"(《从拜陵登京岘诗》)。而更晚的谢朓笔下的景色则是精巧秀丽的,即使写远山远水,也有别于谢灵运、鲍照诗中瑰丽、雄奇的大空间景象,他注重对光影、风色、云气及错觉的捕捉;而到了何逊那里,对光影、风色的体察更为细腻,如"叶倒涟漪文,水漾檀栾影"(《望廨前水竹诗》)、"风光蕊上轻,日色花中乱"(《酬范记室云诗》)等。[1] 总体上,从刘宋到梁

---

[1] 萧驰《诗与它的山河:中古山水美感的生长》,生活·读书·新知三联书店,2018年,第105—106,133—138,159—161,206—207页。

代,对自然景物的审美经历了从"山水"到"风景"的深化。

　　诚然,"物色"在南朝以来的文论中一般指四时之自然景物,但鉴于物色审美在南朝存在上述的深化过程,我们就不得不考察促进这一深化过程的背景。首先,这与南方的自然环境肯定是存在密切关系的,学者在讨论山水诗时,早已指出了这一因素。[①] 此外,过去的学者对晋宋之际"山水方滋"的讨论颇多,早期主要集中在玄学、佛教等哲学思想的因素,或是玄言诗、游仙诗等其他文学题材对山水诗兴盛的准备作用[②],这些因素到了当代一直被不断深入讨论。1949 年后,基于唯物主义观念,学者开始从南朝时社会的安定、经济的繁荣、交通的便利这些因素探讨"山水方滋"的原因。[③] 这给我们提供了很好的启发,那就是注重古人的现实生活环境对审美感受的影响。文人所写的"山水"的大量增加,及从"山水"到"风景"的逐渐转变,都与他们的现实生活环境有关。刘勰在《文心雕龙·物色》篇中对"物色"概念所作的系统化的论述,是借助于儒家经典与前代其他文献中多次涉及的"感物"思想,形成理论,以此对《诗经》、《楚辞》等过去作品中的相关内容进行梳理,并反思了现实中的文学创作。实践是认识的基础,如果没有当时的客观生活环境与文学实践,也就不会有文人对"物色"的自觉认知,那么刘勰的理论阐述及其对过去的文学的回顾就难以发生。在现代西方哲学与文艺理论中,"空间"是一个重要的概念,但在中国古代文学的研究中,这一因素却往往被忽略。笔者认为,要充分考虑古人所处的现实空间,及其在文学中所书写的空间。对于南朝文人来说,都城空间是上述物色审美深化的重要生活环境。

(二)中国古代"农业都市"的空间特点

　　中国古代的城市空间有其独特性。文献中所说的"邑"是古代聚

---

　　① 早在 1940 年代,洪为法在《论中国山水诗与山水画之关系》一文中说道:"山水诗与山水画之兴盛均与地理有关。"主要指晋室南渡后优美的南方山水环境。见《胜流》1946年第 4 卷第 2 期。

　　② 洪为法《论中国山水诗与山水画之关系》,《胜流》1946 年第 4 卷第 2 期。

　　③ 林庚《山水诗是怎样产生的》,《文学评论》1961 年第 3 期。

落的最常见的称谓,从都城到乡村聚落,都可以称为"邑"。殷周时的聚落一般是没有郭城的,只有统治者居住的小城,平民居住在小城外形成"附郭","附郭"与郊野地区在景观上呈现自然的过渡,至多只有壕沟、栅栏等简单的设施,"邑"就是这种无郭城的聚落的通称。春秋战国时,城、郭得到了普遍建设,但到了秦汉时,由于国家统一,大多数城市又恢复为西周时的无郭城的"邑"的形态。① 六朝时,在战争环境中,城垣又得以大量兴建,但主要集中在战争频繁而又缺少山地屏障的北方平原地区,特别是南北政权交界处的黄河、淮河流域②,东晋、南朝所在的南方城垣建设较少,都城建康有四山之围,这为城市提供了天然的屏障,宫城(台城)外的内城、外城最初都是竹篱,齐高帝时才将内城改为城垣。中国上古、中古时期的这种无郭城的城市形态使得居民区与郭外的乡野地区并无明显区分,具有"城乡一体"的面貌,东晋、南朝都城建康在景观上更是呈现与四周的山水相交融的面貌。早期城市的郭中的居民区主要是以"园廛"的形态而存在的,同时也有面积不大的市场。《周礼·地官·载师》规定了城市内外不同区域的税率:"凡任地,国宅无征,园廛二十而一,近郊十一,远郊二十而三。"郑玄注:"玄谓国宅,凡官所有宫室,吏所治者也。周税轻近而重远,近者多役也。园廛亦轻之者,廛无谷,园少利也,古之宅必树,而圃场有瓜。"依照郑玄的解释,"国宅"即是小城内的宫殿、官署区,"园廛"指附郭中居民的园圃与住宅,这是古代城市居民区的最基本的形态,与城市之外的郊野相比,这是一种人口、生产更为密集的农业环境,主要种植谷物以外的农产品,由于人口密集,郭中的人

---

① 许宏指出:"郭"与"邑"不同:"甲骨文中有'作邑'与'作郭'的不同卜事,'作郭'意为军事目的的筑城,而'作邑'则是兴建没有城垣的居邑。"(许宏《大都无城:中国古都的动态解读》,生活·读书·新知三联书店,2016年,第18页)许宏在书中阐述了殷代、西周、秦汉城市的无郭城形态。李峰也指出,西周时"城市在铭文中有时也被称为邑……从城市居住中心向周围农业用地在空间上的转移是自然而又连续性的"。(李峰著,吴敏娜等译《西周的政体:中国早期的官僚制度和国家》,生活·读书·新知三联书店,2010年,第172—173页)

② 朱大渭《魏晋南北朝时期的套城》,《齐鲁学刊》1987年第4期。

均农产品的产量较少,因而税率低于郊区。乔尔·科特金在《全球城市史》中说:"中国的城市尽管规模宏大,却只是形成了更大的农业环境的'质量密集'版而已。"①宫崎市定在《中国聚落形态的变迁——关于邑、国、乡、亭、村的考察》一文中,根据文献考察了汉代聚落的形态后指出:"农民基本上都居住在城郭内的里中,因而城外的居住者极为稀少。"②他们的论述是基本符合中国古代城市的特点的。根据这一特点,中国古代的城市可被视为"农业都市",城市与乡野地区相比,主要的差别不在于经济的性质,而在于"密度",城市在人口、生产、建筑方面都具有较高的密度,城市中居民区平铺的园宅形态,与欧洲古罗马、中世纪城市的多层住宅有显著的差异,后世观赏性的中国城市园林的渊源即在于此。乡野或山水呈现的是一种大空间,而中国的城市则通过细分的内部小空间,为家庭与私人创造了幽静的氛围,又保持了与自然界密切的农业环境,不像欧洲城市的多层住宅那样压缩私人空间,且又脱离自然。城市中的宫廷、官署、寺庙与普通的合院具有相同的基本构造,城市与乡村的宅院形态也具有一致性,城市中的院落不过是小农经济的密集化呈现,这是中国古代的城市作为"农业都市"的直观体现。这种幽静的小空间为中国古代文学中私人化的感情表达提供了合适的环境,也有利于作者对细致的景物的观察。文学理论中所指的"物色",不仅仅是指外在的形色,而正是情景交融的美感。然而,如果只有这种"农业都市"的环境,而缺乏特定的社会、政治因素,物色审美仍然是得不到充分发展的。这种因素就是文人阶层在城市中的大量聚居。

---

① 乔尔·科特金著,王旭等译《全球城市史(典藏版)》,社会科学文献出版社,2014年,第 89 页。

② 宫崎市定著,张学峰、马云超、石洋译《中国聚落形态的变迁——关于邑、国、乡、亭、村的考察》,《中国聚落形态的变迁》,上海古籍出版社,2018 年,第 18 页。宫崎市定在文中指出了汉代城市的农业性质,但他认为汉代的县、乡、亭、聚都有城郭围绕,是不正确的。

（三）行政化的贵族在都城中的聚集与文学中的都城景观书写概况

从政治与社会的背景来看，六朝是贵族的社会，确切地说是行政化或官僚化的贵族占据主导地位的社会，有别于上古时期贵族阶级通过世袭爵位与封地掌握政治权力的情况，行政化贵族的居住空间的特点是在都城中聚居，而不是像上古时期那样分散地居住在城邑中，这是促使审美发展的重要因素。日本京都学派的学者内藤湖南等人通过融贯中、日历史，发现了"前近世"时代的"贵族"特征，对现代学术有深远的影响。现代的研究成果让我们对中古（六朝、隋唐）贵族的特征有了更为清晰的认识。美国学者谭凯指出，唐代贵族是依靠官位而不是土地、武装来维持身份的"官僚贵族"，不同于欧洲中世纪的"剑之贵族"；他以人物的墓志等传记资料为基础，通过对人物的居住地、葬地的量化分析，进一步证实了此前学者提出的"唐代士族之中央化"的过程，就是乡里名族逐渐离开他们的族源地，成为都城中的世代居住者的过程；这些"都市精英"不仅垄断了中央的官位，而且也垄断了地方的主要官职；谭凯又通过统计黄巢之乱前后两京地区的墓志数量变化，指出中古贵族灭亡的主要原因是在都城及附近地区居住得过于集中，导致在唐末的战乱中被一网打尽。① 谭凯能得出这些研究成果，主要就是充分考虑了"空间"的因素，并运用了相关的研究方法。这对中古文学的研究也是非常有启发意义的。他研究的是中晚唐的情况，事实上，这一时期的中国社会处于中古后期，已经浮现了平民化的近世特征，而南朝则具有更为典型的中古贵族的特征。在西汉时，旧的贵族阶级已经被消灭，新的贵族阶级尚未形成，因而整个时代充满了平民化的特征，东汉时的乡里名族是中古贵族的最初形态，在中央集权制度下，各地的士人具有脱离各自的地方进入体制内的倾向，这就导致其中最成功的一部分人在都城中聚集

---

① 谭凯著，胡耀飞、谢宇荣译《中古中国门阀大族的消亡》，社会科学文献出版社，2017 年，第 27—28，72—80，59—60，174—182，235—238 页。

并世代居住,成为"都城中的坐食者阶级"。① 中古时期都城的首位度,既高于贵族分散在封地的上古时期,也高于平民化的近世,因而都城不仅在政治上,也在文化上具有举足轻重的地位,是研究中国中古文学不可忽略的空间因素。当然,这一过程具有曲折性:在太平年代,作为政治中心的都城对地方的统摄作用比较强大,那么这一过程就会持续;但这也是阶级不断分化、阶级矛盾日益尖锐的过程,由于中古时期都城的重要地位,一旦爆发战乱,都城遭到破坏时,整个国家的纲纪也随之废弛。当这种通过都城来维持的空间秩序遭到破坏时,文人向都城的聚集过程也被打断,且有大幅度的倒退,同时,在和平年代积累的大量文化成果也会遭到毁灭。

汉末以来的中古时期,文学创作兴盛。建安时代的邺城、曹魏至西晋前期的洛阳都是文人所聚集的"高密度"的中心。建安文学与文人在都城中的生活是密切相关的,这是中古贵族的生活方式的实践。当时邺城的建设是中国文明发展史上的重大事件,整个城市以文昌殿为中轴线左右对称,改变了原来长安、洛阳的不规则形态,具有开创性,体现了人工的几何美。这种规整的都城格局不仅是受到了当时战争环境的影响,也是曹魏君臣重文轻质的思想在城市空间上的实践。邺城的建设反映了在汉末战乱中被破坏的纲纪得以重新整顿,建安文学的繁荣与都城的建设、社会的安定是分不开的,在安定的环境中,文人聚集于邺城,在邺城居住、游览、任职,这种环境不仅有利于现时的文学创作,也有利于对此前战乱中文人所作的诗文的搜集与保存。文人的聚集造就了文学的空前繁荣,邺城宫室华丽,景

---

① 中国古代的都城都属于韦伯所说的依靠坐食者(Rentner)的庞大消费需求支撑的"消费城市",古代社会的坐食者的购买力"主要是依靠家产制与政治的财源"。(马克思·韦伯著,康乐、简惠美译《非正当性的支配——城市的类型学》,广西师范大学出版社,2005年,第5—6页)中国上古、中古贵族时代的城市比近古时期的城市更具有典型的"消费城市"的特征,成熟的中古贵族的特征是官僚化,并且在都城中聚居,依靠俸禄、租税生活,这就形成了一个庞大的"都城中的坐食者阶级",不同于上古贵族分散在封地,各自形成小规模的消费城市的情形。

色宜人,这些聚居在邺城中的文人对城内的小空间的关注是前所未有的,邺城的宫室、官署、苑囿、城垣、城门、街道都是文人的活动场所与书写对象。曹魏至西晋前期,社会比较安定,文人免于颠沛流离的生活,更倾向于书写狭小空间,刻画内心细腻的感情。这比较集中地体现在具有"独语"特征的"咏怀诗"、"杂诗"两类诗歌及许多描绘宫省、园宅景色的辞赋中。特别是西晋统一后,文化面貌发生了明显变化。河内司马氏以名教为立国之本,在统一天下后偃武修文,休养生息,各地的文人麋集于洛阳,其情形与建安时的邺城相比有过之而无不及,因而展现出文章郁郁的面貌,都城中的坐食者阶级的特征比建安时更显著。在安定的都城环境中,文人对城市内部的空间有更多的关注。

从西晋后期的八王之乱开始,中国进入了战乱频仍的时期,邺城、洛阳、长安等中原地区的都城先后遭到了严重破坏,大量文化典籍被焚毁。南渡的东晋王朝相对中原比较安定,但也处于武将割据、内战不断的状态中。这是中国文明的中衰时期,也是文学创作的低谷。在这种战乱环境中,原有的空间秩序被破坏,城市中的小空间较少成为文人书写的对象。东晋时,文人多栖居于会稽等地的山水之间,与西晋前期不同,这是中古贵族发展的曲折性的体现。从东晋后期到南朝,文人又有向都城聚集的过程,胡宝国在《从会稽到建康——江左士人与皇权》一文中详细阐述了这一现象,指出这与当时皇权的强化、纲纪的恢复有关。① 在这过程中,文人的身份从"名士"转变为"学士",前者以其自身的风流标榜于世,后者以宫廷中高贵的身份受人仰慕。"学士"的特点是博学多才,而且又是官僚化的。南渡以来,经过上百年的经营后,经济逐渐发展,文化积累日益丰富,士人的风尚也由重虚空转为重形色,这是"名士"与"学士"在审美上的差异。相比于东晋,之后的刘宋王朝皇权比较集中,社会更为安定,刘宋前期的元嘉之治是中原王朝南渡以来未曾有过的繁荣时代,这

---

① 胡宝国《从会稽到建康——江左士人与皇权》,《文史》2013 年第 2 辑。

是晋宋之际文化变迁的社会、政治背景。当时审美变化的一个显著的表现是，东晋时清谈之风盛行，诗文注重掷地金石声的听觉美，到晋宋之际，清谈衰落，诗文转而注重阅读时辞藻富丽的视觉美。[①] 这反映了在乱世中减退的形色审美的重生，至于通常所说的"山水方滋"，只是其中一个方面而已。[②]

正是在晋宋之际，文人对都城内小空间景观的书写又兴盛了起来，而这与山水诗文的兴盛几乎是同时的，它们都是南朝形色审美的体现。这些小空间景观具体包括宫省、官署、皇家园林、私人园宅与寺庙等；当然，城市的大空间景观也是文人笔下常见的内容，这一般是以道路为主线或以城楼为标志而铺展的贵族化的富丽景象。翻检不同时代的诗赋作品，我们可以发现，不论是上述哪一类都城景观的题材，都在建安时期与西晋前期略有体现，在东晋时存在数量上的低谷，然后从刘宋时开始蓬勃发展，其数量超过了以往任何时期，又在梁代达到了巅峰，限于篇幅，此处不详细列举。文人笔下的城市景观，主要集中在官署、宅院中或道路边细致的草木虫鸟等各种自然景物上，这些景物与建筑景观相映衬，又交织着作者种种细腻的感情，体现了文学艺术的进步。东晋时作品数量的低谷，与这一时期皇权的衰落、都城首位度的降低有关。东晋时文人多居住在浙东的山水之间，他们能饱览秀丽的南方山水，但缺乏促进精致审美的都市环境；而西晋前期文人虽然生活在都城内，却又缺乏南方的山水环境。这表明了形色审美的兴起不仅需要优美的自然环境，也需要适合的社会、政治因素及时间上的长期酝酿。只有两个因素都具备的南朝，形色审美才能充分发展。到了梁代，梁武帝在位的近五十年间，是中原王朝南渡以来最为持久的和平时期，南朝的文化发展也达到了巅峰，在这长期的太平时代，皇族、贵族文人聚集在都城中生活、任职，留下了大量的作品，这是典型的、成熟的中古贵族的生活方式。以下

---

① 蔡彦峰《清谈衰落改变晋宋诗风》，《中国社会科学报》2014 年 11 月 14 日。

② 山水诗兴盛的社会、经济因素，林庚在《山水诗是怎样产生的》一文中已经指出。

将阐述这种精致的物色审美与都城建筑空间在文学作品中的具体表现。

二、南朝都城中物色审美的具体表现及其影响

（一）作为都市风景的“物色”

前面提到，早期“物色”概念有用来指城市景观的情况，如上述《西京杂记》卷二所云：“高帝既作新丰，并移旧社，衢巷栋宇，物色惟旧。”汉高祖为了安慰刘太公的思乡之情，在关中建造了新丰县，并且将原来的居民也迁了过来，实现了对一个城市的整体复制，这体现了人对所生活的城市空间的感情依恋。在南朝时，虽然“物色”一词在大多数情况下是用来指自然景物的，但城市景观也没有被排除在外，如任昉《奉和登景阳山诗》所云：

> 物色感神游，升高怅有阕。南望铜驼街，北走长楸埒。
>
> 别涧宛沧溟，疏山驾瀛碣。奔鲸吐华浪，司南动轻枻。日下
>
> 重门照，云开九华澈。观阁隆旧恩，奉图愧前哲。

梁武帝君臣观景的立足点是华林园中的景阳山。诗歌开头一联对全诗具有引领作用，其所谓的“物色”不仅是自然景物，也包括了都城的大道、宫苑、殿阁等华美的建筑景观，确切地说，这些城市景观与秀丽的自然景物是浑然一体的。景阳山所在的华林园在台城北部，具有皇权的象征性。① 登上景阳山顶，整个都城的胜景就尽收眼底，南朝的君主常与臣下一起登上景阳山赋诗，这一君臣共同俯瞰都市的活动本身就有中央集权官僚制度统摄天下的象征意义。由此可以体现南朝的物色审美与官僚贵族聚居的都城之间的联系。建康周围山水林泽广布，这为其内部宫苑的建设与草木的种植提供了便利。建康宫城在孙吴时称“苑城”，就是以其广大的苑囿而得名的，而且建康的

---

① 如南朝乐府诗《孟珠》其八：“可怜景阳山，苕苕百尺楼。上有明天子，麟凤戏中州。”又《南齐书·五行志》载：“永元中，童谣云：‘……但看三八后，摧折景阳楼。’……三八二十四，起建元元年，至中兴二年，二十四年也。摧折景阳楼，亦高台倾之意也。言天下将去，乃得休息也。”预示了南齐政权的灭亡，景阳楼的倒塌象征了君主失去帝位。

城垣内外、大道上都种满了花木①，景色宜人，这是这个江左都城的独特风格。任昉诗中的"长楸埒"是来自过去文学中的作为都城道路的典范形象，本来就包含了草木物色的美感；"铜驼街"虽也是汉晋时都城御道的典范化名称，但在诗中也隐含了建康御道旁槐、柳等美丽的形象在内；"日下重门照，云开九华澈"的描写，将华美的宫廷置于夕阳下，并以云烟为掩映，正体现了萧驰所说的齐梁文人对光影、云气这种更细致的"风景"美感的拓展。晋宋之际，谢灵运的山水文学实际上代表了东晋名士风气与南朝学士风气的转关：谢灵运的家乡在浙东，这是东晋时南渡士人的主要居住地，晋宋易代后他出仕新朝，任职于都城，又出任永嘉等地的地方官，其个人行为充满了放浪形骸与服从皇权之间的矛盾；表现在其作品中，就是那种多处可见的仕宦与隐居的矛盾心理，其实，他以瑰丽、雄奇的语言来刻画山水的状貌、色彩，也体现了南朝的形色审美与东晋名士的山水隐逸风气的交织。这是南朝文学风貌的最初阶段，经过长期的城市生活的孕育后，文学审美从"山水"拓展到了"风景"。《南齐书·良政传》称："永明之世，十许年中，百姓无鸡鸣犬吠之警，都邑之盛，士女富逸，歌声舞节，袨服华妆，桃花绿水之间，秋月春风之下，盖以百数。"这就指明了南齐前期永明之治下城市的繁荣与物色审美的发展之间的关系。具体而言，物色审美是多方面的，包括视觉与其他感官所获取的各种体验。从文学意象发展的历史来看，南朝文人的贡献就在于对精致而又可爱可玩的物色审美的发掘。以下便以南朝时具有新变意义的几个重要意象为例，阐述这种物色审美与城市空间的关系。

（二）南朝物色审美的典范意象与城市空间

1. 都城建筑空间中的花木的色彩

从《艺文类聚》卷八十六、八十七"菓部"和卷八十八、八十九"木部"，《初学记》卷二十八"果木部"，及其他类书所载可以看出，南朝以

---

① 许嵩《建康实录》卷九自注引《苑城记》："城外堑内并种橘树，其宫墙内则种石榴，其殿庭及三台三省悉列种槐树，其宫南夹路出朱雀门，悉垂杨与槐也。"

前诗赋所写的树木最主要的是槐树、桑树、石榴树,而南朝时最主要的是桃花、梅花、杨柳、竹子;从文体上来看,南朝以前以辞赋为主,南朝时以诗歌为主。与之前的文学作品相比,南朝时描绘的对象由高大、繁茂、结果实的树木变为小巧的纯粹观赏性的树木,而且南朝文人不是用辞赋来铺陈,而是用诗歌来勾勒,这体现了审美风尚由典重、质朴向轻巧、秀丽的转变。中国文化中重要的花树意象如梅树、桃树等在文学中出现很早,但早期的文学对其果实的关注要超过花朵。写梅树的作品如《诗经·召南·摽有梅》一诗只涉及梅子。而在现存的文学作品中,写到梅树的花朵的篇章出现较晚。乐府古题有《梅花落》,这是魏晋时产生的横吹曲①,现存最早的歌辞是鲍照的作品。早至晋宋时的作品中,有《子夜四时歌·春歌》"梅花落满道"、"梅花落已尽"②,陶渊明《蜡日》"梅柳夹门植,一条有佳花",写到了乡村、山野环境中的梅花,但这只是自发而偶然的提及而已。又有陆凯的《赠范晔诗》写到梅花,此诗是非常著名的篇章,但其作者与写作的时代、背景存在争议,或以为是梁陈时人的作品。③ 谢朓的《咏落梅诗》应该是文人五言诗中作者明确的最早的咏梅诗,这体现了对梅花的审美的自觉,与此前作品中自发地提及梅花不同。④ 其后,在梁、陈两代,文学作品对梅花的书写蔚然增多,这应该与文人的生活环境有关。鲍照《梅花落》写道:"中庭杂树多,偏为梅咨嗟。"谢朓《咏落梅诗》云:"新叶初冉冉,初蕊新霏霏。逢君后园宴,相随巧笑归……"他们所写的梅花都出现在庭院中。可见,在梅花的美感受到关注的时代,文人心目中理想的赏梅地点是在庭院中。正是这一适合安居的

---

① 吴兢《乐府古题要解》(明津逮秘书本)卷上载有"关山月"、"洛阳道"、"长安道"、"梅花落"等曲名,后云:"以上乐府横吹曲……李延年因胡曲更造新声二十八解,乘舆以为武乐,东汉以给边将……若《关山月》已下八曲,后代所加也。"可知是魏晋时曲。

② 《子夜四时歌》,郭茂倩《乐府诗集》卷四十四标为"晋宋齐辞"。

③ 曹道衡、沈玉成《中古文学史料丛考》,中华书局,2003 年,第 335—336 页。

④ 后世的乐曲《梅花三弄》相传为东晋桓伊所作,但这只是后人附会而已。(见程杰《〈梅花三弄〉起源考》,《中国典籍与文化》2006 年第 2 期)东晋时人对梅花的美感的自觉性尚不强。

小空间,促使文人观照种种细致的物色之美。何逊的《扬州法曹梅花盛开》不是第一首咏梅诗,但诗人所塑造的梅花凌霜挺立的形象,充满了感染力,尤为后人所称述。其中所写的梅花处于建康西州城,也就是当时的扬州治所中。官署小空间对于梅花的高洁形象来说是重要的背景。因为中国古代士大夫是整个行政体制的担纲者,与廨署这一空间具有不可割裂的关系,而南朝正是作为官僚贵族的文人在都城中大量聚集的时代,这促使他们对都城内部空间的关注,位于廨署中的梅花,也就成为了士大夫人格的象征。相比之下,桃花这一意象受到关注较早。《诗经》中《周南·桃夭》一诗写桃花,但又将其与桃树的果实并列而置,形象并不突出;《魏风·园有桃》一诗则只涉及桃树的果实。《诗》、《骚》中也写到其他各种花草,但总的来说,早期的文学对植物花朵的关注远不及其果实、木材或荫蔽的实用功能,体现出上古文化的朴素特点。南朝以前,魏晋时的诗赋中常见的官署、宅院中的槐树、桑树、石榴树形象是这种朴素的文化的延续。

除了花树外,南朝文人也深入发掘了杨柳、竹子的美感,对中国文化的发展有重要的贡献。根据《建康实录》卷九自注引《苑城记》,台城的宫墙内侧、太极殿、台省的庭中主要种植槐树与石榴树,基本上继承了前代的习惯,但当时的审美观却是崇尚轻巧、秀丽的,台城的后苑、别殿及台城外的官署、寺庙中,桃花、梅花、竹子等树木已经普遍种植,并为诗人所咏,甚至环绕台城的城堑中也覆满了菱、荷,是当时一道独特的风景线,体现了这个江南都城的特色。他们笔下的花、柳、竹往往与官署、宫殿等城市建筑相映衬,而且文学中充满了对光影、嗅味等各种感官的"物色"的细致体察,如

　　　　光景斜汉宫,横梁照采虹。春情寄柳色,鸟语出梅中。

(萧子范《春望古意诗》)

　　　　疏槐未合影,仄日暂流光。园梅敛新藻,阶蕙结初芳。

(萧纲《饯庐陵内史王修应令诗》)

　　　　桃红柳絮白,照日复随风。影出朱城外,香归青殿中。

(庾肩吾《春日诗》)

南朝的皇族、贵族文人,长期在都城中生活、任职,这对他们的审美体验有很大影响。特别是谢朓,最擅长在诗歌中描绘都邑风景,古人对"都邑诗"的自觉认识,最初就是来自谢朓的作品的,钟惺、谭元春在《古诗归》中谢朓的《晚登三山还望京邑》诗后评道:"玄晖以山水作都邑诗。"①谢朓的一生大部分时间都是在建康度过的,而且他在 28 岁才首次离开都城前往荆州任职,他写都城风景,充满了对花木在光影风气中的各种感官效果的刻画,如其《治宅诗》所云:

结宇夕阴街,荒途横九曲。迢递南川阳,迤逦西山足。辟馆临秋风,敞窗望寒旭。风碎池中荷,霜翦江南菉。既无东都金,且税东皋粟。

"夕阴街"是西汉长安城内西北方的街名,"九曲"指建康城东的青溪,向南汇入秦淮河,"南川"即台城之南的秦淮河,"西山"是首阳山,此处指代钟山。从诗中可知,谢朓的园宅大致位于建康东北方的青溪沿岸,这一带靠近玄武湖、钟山,风景秀丽,是南朝贵族的居住区。正是这一城市与山水交融的地带,使得文人细心地观察那远山烟岚与自己的园池中的草木的种种情态。谢朓的《直中书省诗》对花木与宫殿色彩的描写格外浓郁,从而刻画出一个精致的小空间:

紫殿肃阴阴,彤庭赫宏敞。风动万年枝,日华承露掌。玲珑结绮钱,深沉映朱网。红药当阶翻,苍苔依砌上。兹言翔凤池,鸣佩多清响。信美非吾室,中园思偃仰。……

诗歌作于他任中书郎时,中书省位于台城中。他以浓墨重彩的笔调描绘了从殿堂内所见的门窗外的景色,开头"紫殿肃阴阴,彤庭赫弘敞"中的紫色、红色虽然只是用以凸显宫殿的高贵性的习惯称呼,未必是宫殿的实际色彩,但这些色彩词汇出现在文本中,还是有表情达意的作用的。它们属于邻近色,在视觉上差异不大,虽然整个景象深沉华美,但这种过分谐调一致的色彩容易给人造成压抑感,这符合当时诗人在省中的心情。前后两句只有一暗一明的对比,后一句明亮

---

① 钟惺、谭元春辑《古诗归》卷十三,明闵振业三色套印本。

的色彩引出下文对室外景象的描写。"玲珑结绮钱,深沉映朱网"写日光透过窗棂,使得窗棂上的色彩更为鲜艳,并且在幽暗、宁静的室内的地面上映出其交错的图案。这充分展现了光影效果之美,从而凸显出室内与室外空间的鲜明对比。窗棂是中国传统建筑中的重要组成部分,也是中国文学中最具韵味的意象之一,它通过规整、美妙的几何图案,形成了室内、室外空间的区隔,此诗中这一区隔是诗人为职务所困时的矛盾心理的体现,而内外空间又通过窗棂相互贯通,实际上也是人与自然世界的贯通,外界的物色透过窗棂的几何图案,形成一种经过修饰的自然美。"红药当阶翻,苍苔依砌上"是室外明丽的景色,其中的红色、绿色是常见的互补色,形成强烈的对比,一定程度上消解了上文室内的压抑感,又引出下文对家园的思念。从中可以体现建筑、花草的光色效果对表情达意的作用,这正是物色审美所体现的情物交融的特点。

2. 人物衣冠、建筑与白雪的色彩

以上阐述了花木的色彩审美在齐梁时的蔚然盛大,及都城建筑空间在其中所发挥的作用。其实人的容貌、衣冠也往往表现出形色美。东晋时文人不注重辞藻,鲜有对宫省等都城景观的描绘,不过当时的一些人物风流的故事已经隐含了特定建筑空间中的物色审美,《世说新语·容止》篇中关于王濛的故事即体现了台城宫省中人物的衣冠与白雪共同形成的色彩之美:

> 王长史为中书郎,往敬和许。尔时积雪,长史从门外下车,步入尚书,著公服。敬和遥望,叹曰:"此不复似世中人。"

魏晋时,姿容之美是人物风流的重要方面。《北堂书钞》卷五十七引沈约《晋书》:

> 裴瓒字国宝,以风神高迈选为中书郎,出入禁门,见者肃然改容。

这是西晋时的故事,裴瓒是名士裴楷之子,他因容貌秀逸被选为中书郎,这是南朝以前贵族以其自身的风流名望掌握官位的体现,"禁门"

所在的围墙是宫城内权力核心区域的边界，后来东晋建康台城有三重宫墙，其中第二重宫墙即这一边界，作为权力中枢的中书省在其中。裴瓒在壮丽的门、墙的映衬下显得格外英姿飒爽，这不仅仅是外在的容貌之美，同时也包含了其他人对他的地位的景仰、羡慕。人的容貌、衣冠服饰、建筑景观都是活生生的意象，是外在形象与特定含义的结合。"王濛映雪"几乎就是裴瓒的故事在东晋时的翻版，连两人的官职也是相同的，但王濛的故事更凸显了自然物色之美。王濛是当时众人景仰的风流领袖，姿容优美，其所服的公服应当是一梁进贤冠、绛朝服。① 当时白雪皑皑的宫城宛如仙境，四处无人，王濛身着鲜红的朝服，翩翩然行于白雪之中，这种情景光凭想象就足以让人惊叹了。鲜艳的朝服象征了王濛炙手可热的地位与受人仰慕的才情，中书侍郎品秩不高，但权任很重。他所展现出的这种超逸、高贵的形象，是外在的形色与身份地位、识理才干相统一的通体的美。对于中古贵族来说，官位与其自身的风流名望同样具有重要意义，皇权的集中与贵族的审美趣味结合在一起，导致了官位被神化、美化，从而彰显了衣冠、建筑与风景的色彩之美。

当然，在东晋时，诗赋中的物色审美尚未发展起来，"王濛映雪"的故事虽然已经内在地隐含了这种审美，但没有像诗赋那样用充满感染力的色彩词汇表现出来。南朝时，文人注重色彩描写，通常是将两种不同的色彩放在诗歌的一联中形成对比，制造浓重的视觉效果。到了梁代，有一类题材受到了较多书写，那就是宫中的寒夜景象或雪景。文人所描绘的宫中雪景，也体现白色、红色的对比，使人间的皇居宛如天宫仙境，对后世的宫省物色的描写有一定影响。

早期"雪"这一意象在通常情况下是寒冷肃杀的，或是带有贬义的，象征了险恶的环境或奸邪小人，《诗经》《楚辞》中的"雪"几乎都

---

① 《晋书·舆服志》："进贤冠，古缁布遗象也，斯盖文儒者之服。前高七寸，后高三寸，长八寸，有五梁、三梁、二梁、一梁……中书郎、秘书丞郎、著作郎、尚书丞郎、太子洗马、舍人、六百石以下至于令史、门郎、小史，并冠一梁。"杜佑《通典》卷二十一："宋中书侍郎，进贤一梁冠，介帻，绛朝服。"盖继承晋制。

是如此,只有《小雅·信南山》中"上天同云,雨雪雰雰"一处以"雪"为丰年的景象,但这一褒义的形象也反映了上古时人注重实用的、朴素的观念。汉晋间的"雪"意象,除了上述含义外,又象征了高洁的品性[①],体现了当时以气节、德行为重的人物风流。《世说新语·言语》篇中"谢道蕴咏雪"的故事可谓是"雪"意象的新变,将"雪"比作随风飞舞的柳絮,既不同于那种寒冷肃杀的形象,也与气节、德行无关,又与"撒盐"这一比喻所体现的实用观念完全不同。南朝文人喜好玩赏物色,"雪"意象也呈现出可爱可玩的特点,这一特点正始于"谢道蕴咏雪"的故事。南渡后雪意象的新变,与江南的自然环境不无关系,南方的冬天比较温润,下雪的日子不是那么肃杀,因而适合玩赏。除此之外,还有一个非常重要的因素,那就是赏雪的场合。谢道蕴咏雪的场合是"谢太傅寒雪日内集",这是从室内的小空间,透过窗户所见的雪景,自然感觉可爱,与野外山水间所见的雪景是完全不同的。居室、庭院等小空间是常见的南朝文人欣赏雪景的立足点。在南朝时社会安定、皇权集中的大背景下,文人集中于都城,都城内部的小空间得到极大的关注。到了梁代,在持久的太平盛世中,诗歌创作达到了巅峰,又受到佛教静观外物的思想的影响,咏物诗开始兴盛,梁代诗歌中充满了对外物的细致入微的观察,体现出一种波澜不惊的平静风格,"雪"意象能充分地表现这种宁静的美感。于是,作为自然物色的雪与都城的内部空间就可以很好地结合起来。它在诗歌中也具有粉饰太平、将权力核心区域神圣化的作用。裴子野的《上朝值雪诗》用华美的词语描绘了仙境般的景象:

沐雪款千门,栉风朝万户。集霰渝丹戬,流云飘绣柱。

滴沥垂土膏,阑干悬石乳。

裴子野是史学家,诗名不著,其诗歌留传下来的只有三首,其中两首

----

① 如汉乐府《白头吟》:"皑如山上雪,皎如云间月。闻君有两意,故来相决绝。"班婕妤《怨歌行》:"新裂齐纨素,皎洁如霜雪。"雪象征了坚贞不渝的感情。左思《招隐诗》其一:"白雪停阴冈,丹葩曜阳林。""白雪"或作"白云",此一联诗中也构造了白色、红色的鲜明对比,将自然山水描绘成仙境,烘托出隐士的高洁形象。

描绘了雪景,这是其中一首,可见当时雪的题材在诗歌中的普遍性。《上朝值雪诗》描写飞雪,充满了动态的美感:"丹黻"乃王公大臣的鲜红的蔽膝,在白雪中若隐若现;宫殿柱子上的彩绘也笼罩在雾霭之中。其中也形成了白色与红色的对比,而对比中又有融合,显得含蓄、和谐。刘孝绰《校书秘书省对雪咏怀诗》中也有类似的色彩描写:"浮光乱粉壁,积照朗彤闱。"他描绘的是宫中静态的积雪,其中特别突出了明亮的白雪对丹红的宫门的照曜,南朝诗歌中对景物的光影效果的凸出,在此处得到了很好的体现。东晋时"王濛映雪"故事中的白雪、人物、宫省形象,在梁代文人笔下变成了色彩鲜明而又各具特点的文学意象。这在辞赋中也有体现。萧子云在《岁暮直庐赋》中写道:

> 霰的皪于彤庭,霙葳蕤于丹屏。韬罘罳之飞栋,没屠苏之高影。始飘舞于圆池,终停华于方井。

飘舞的白雪与宫中红色的围墙、萧墙形成色彩对比,红墙为白雪所笼罩,这种相间、交错之美,与裴子野《上朝值雪诗》中的情景类似。上述诗赋中红色的意象——大臣的衣冠、宫门、宫墙等,固然具有一种政治、礼教上的象征意义,是标示权势、身份等级的符号,而那可爱可玩的白雪意象,也不是唯美主义的,而是具有美化这些政治符号的作用。

宫殿是南朝诗人玩赏白雪的重要场所,在当时众多的咏雪诗中,体现出白雪与宫殿相映衬的美感,这在齐梁时尤为常见,如

> 婵娟入绮窗,徘徊鹜情极。(沈约《咏雪应令诗》)
> 风闺晚翻霭,月殿夜凝明。(徐孝嗣《白雪歌》)
> 东序皆白珩,西雷尽翔鹭。(任昉《同谢朏花雪诗》)
> 氛氲发紫汉,杂沓被朱城。倏忽银台构,俄顷玉树生。
> 绵绵九轨合,昭昭四区明。(丘迟《望雪诗》)
> 瑞雪坠尧年,因风入绮钱。(庾肩吾《咏花雪诗》)

诗人所描绘的景象,有最细致的飘入窗棂的雪花、在庭中飞舞的一片迷蒙的景象、宫廷中明晃晃的积雪、更宏观的覆盖在整个宫城与道路

上的积雪等,体现出对白雪的各种情态的细致体察。上述作品虽然不是具体描绘某一处明确的地点的雪景,但同样反映了都城中小空间环境对物色审美的促进作用。

3. 萤火虫之美与都城空间

唐代李白的《夜下征虏亭》写道:"船下广陵去,月明征虏亭。山花如绣颊,江火似流萤。"诗歌非常简短,却将金陵的古与今的联系浑融地包含在了诗句中。李白所见的眼前之景是江边的山花与江上星星点点的船火,他将其分别比作美女的绣颊与萤火虫,这两者都是代表南朝文化的意象。南朝文学以女性化审美而著称,自不待言;至于萤火虫,一般很少有人注意到这一意象与城市的关系,其实,它也是在南朝文人的反复书写中所形成的一种典范意象,与都城空间有关。

《诗经·豳风·东山》诗言"熠耀宵行",即指萤火虫,后世遂以"熠耀"称萤火虫,在南朝以前,文学作品对萤火虫的表现很少,潘岳、傅咸各有《萤火赋》,郭璞有《萤火赞》,潘岳《秋兴赋》云:"熠耀粲于阶闼。"诗歌中的表现只有张华《励志诗》所云:"熠耀宵流。"大多是对典故的袭用。古人相传萤火虫为腐草所化,在南朝以前的文学中常用来表现秋夜的寒瑟之气;在南朝时,文人对萤火虫进行了大量的书写,它通常出现在宫苑、庭室中,与窗户、帷帐、簟席相伴,如

夕殿下珠帘,流萤飞复息。(谢朓《玉阶怨》)

帘萤隐光息,帘虫映光织。(刘孝绰《望月有所思诗》)

晚花栏下照,疏萤簟上飞。(萧纲《初秋诗》)

白鸟翻帷暗,丹萤入帐明。(萧绎《纳凉诗》)

梁代又有一些专门咏萤火虫的咏物诗,如萧纲《咏萤诗》将其与屏风、帘幕相映衬:"屏疑神火照,帘似夜珠明。"萧绎、沈旋各有《咏萤火诗》,纪少瑜有《月中飞萤诗》、阳缙有《照帙秋萤诗》。萤火虫在南朝时大量地进入诗歌中,得益于南方适合萤火虫生存的温暖、湿润的环境,现在南京钟山、玄武湖、清凉山及郊外一些公园都是能观赏萤火虫的地方,南朝时萤火虫在建康内外的分布肯定更广泛;除了自然环

境,萤火虫的美感的发现也与建康的都城空间有关,都城内部的宫苑、庭室小空间环境促进了诗人对这一细微的昆虫的体察。南朝诗人在反复的书写中,逐渐在萤火虫原有的反映秋日衰飒的意蕴的基础上,注入了女性化的轻柔意味,到了梁代萧纲、萧绎等人诗中,萤火虫已经变成了像白雪那样的可爱可玩的意象,这与当时宫体诗中的美女一样,都是南朝诗人在创作实践中产生的江南文化意象。李白用美女、萤火虫来比喻现实中的山花、船火,是将过去的都城中精致的意象与现实中朴素的乡野景象联系了起来,李白诗中的喻体与本体构成了"城市小空间意象"与"乡野大空间意象"的反差,那种对贵族文化逝去的失落感充盈于字间,读之令人心悲。

(三)南朝都城物色审美在后世的通与变

以上列举了几个有典范性的意象,它们反映了南朝文学中的物色审美的兴盛,其风格与内涵在南朝时具有新变的意义。从文学作品的具体描写来看,这种新变与都城内的建筑空间有密切的联系,产生于贵族文人在都城中长期生活的审美体验,这是他们对中国文化发展的贡献,对后世有深远的影响。这也体现了"城市"作为文明中心对整个地区的文化的带动作用。隋唐时代作为中古后期,其文化延续了中古贵族的特征,根据上述谭凯在《中古中国门阀大族的消亡》一书中的研究,虽然唐代社会较之南朝,已经有了较多的平民化的因素,但统治精英作为"官僚贵族"的性质及其在都城聚居的空间分布特征,与南朝是一致的。当时的都城在长安、洛阳,都城的文化在很大程度上继承了南朝建康的风流。

前面讲到南朝的都城建筑空间对当时文学中的花木美感的促进作用。到了唐代,宫中遍植花柳,诗人所见的色彩十分丰富,在继承南朝诗风的同时营造出宫中富丽堂皇的景象,如杜甫《紫宸殿退朝口号》云:"香飘合殿春风转,花覆千官淑景移。"《晚出左掖》云:"退朝花底散,归院柳边迷。"北宋庞元英《文昌杂录》卷四在引杜甫此二首诗后评道:"乃知唐朝殿亦种花柳,今殿庭唯对植槐楸,郁郁然有严毅之气也。"其实宋代馆阁、翰林院中花柳草木也很普遍,与庞元英同时代人的诗中多有涉及①,他所说的乃是殿庭(汴京大庆殿、紫宸殿、文德殿、垂拱殿)中与唐代的不同之处。隋唐时的"南朝化"体现在各个方面,是包括诗文风格在内的整体审美风尚受南朝的影响,当时在举行朝会的殿庭中种植花树,与盛大的朝会场面相映衬,比南朝台城更进了一步,体现了唐代浪漫高华的审美风尚。到了宋代,殿庭中的树木又变为槐、楸,显得严肃质朴,体现了一种复古倾向,到了明清时,紫禁城正殿前连树木也没有了,而且诗人对宫中其他地方的花树的关注也不及唐人。宫中树木的差异,是唐、宋之际政治、文化变迁的反映。

上述南渡后产生的具有南方特色的白雪意象,与宫省意象形成色彩的组合、对比,在江南的都城中孕育产生,到了隋唐大一统的时代又成为文人笔下常见的描写长安宫省的意象,体现出中古贵族文化的鲜明特点,兹举一例,岑参《和祠部王员外雪后早朝即事》云:"长安雪后似春归,积素凝华连曙晖。色借玉珂迷晓骑,光添银烛晃朝衣。西山落月临天仗,北阙晴云捧禁闱。闻道仙郎歌白雪,由来此曲和人稀。"也将白雪的光色与人物鲜艳的衣冠相照耀,营造出一种超越尘俗的仙境景象,"仙郎"专指尚书省各部郎中、员外郎,这包含了对对方身份地位的尊崇。

南朝时建康濒临大江,水道众多,交通便利,工商业很发达,但它作为都城,从性质上来说仍是"消费城市",是达官贵人庞大的消费需求,推动了都城的持续繁荣,由此支撑起南朝的绮靡文化。尽管这种贵族化的精致文化对后世影响巨大,但它在艺术上有历史局限性,那就是对世俗的、平民化的因素的忽略,都城建康的繁荣的平民市井,及日常生活中一些并不雅致的形象被过滤在外。从隋代到初盛唐,这一风貌在理论上受到批评,在创作实践上逐渐受到改造。盛唐诗人擅长书写山水大空间景象;到了中晚唐时,得益于安史之乱后中兴

---

① 如刘攽《次韵和王舍人酬王工部早朝》:"风移宫漏穿花远,云覆炉烟绕禁香。"《春雪早朝和沈编校》:"退朝禁柳迎人绿,寓直庭花向日红。"王安石《夜直》:"春色恼人眠不得,月移花影上栏干。"

时期的安定环境与商品经济的发展等社会因素，另一种精致风貌表现在了白居易、元稹等人的诗歌中，这包括对纷繁复杂的平民市井、里坊园宅中日常生活琐事的刻画，这是宋代以来的近世文化的先导，这种"平民化的精致"也可以说是对南朝时"贵族化的精致"的扬弃，突破了南朝文学的局限性，是文学艺术的进步。

三、总结

中古时期在都城中聚居的行政化的贵族，是中国古代特定历史阶段的统治阶级。不同于上古时代靠武力统治的封建贵族，中古贵族是一个脱胎于汉代的乡里名族，并以文章治理天下的群体，这比上古时期更多地摆脱了人类社会最初的原始性、野蛮性，是中古社会的进步性所在，充分体现在了他们的城市生活及由此孕育出来的纤巧的物色审美中。本文列举了花树、白雪、萤火虫这几种具有典范性的意象，阐释了其美感的发现与都城建筑空间的关系。这种美感已经潜在地蕴含在了东晋名士的故事中，但到了南朝文学中才显现出来，这是南朝文人留下的文化遗产，后人在此基础上推陈出新，逐渐摆脱了其中的贵族的局限性。

值得注意的是，中国古代的城市是以"园廛"为基本构成形态的"农业城市"，具有亲近自然的特点，而且私人空间比较发达，但公共空间很薄弱，即使是在城市中居于核心位置的宫廷、官署在很大程度上也具有私人空间的性质，这有别于古代欧洲城市的多层建筑与充足的公共空间。中国古代的这种城市空间对于文人发现细致的物色之美并寄托私人化的感情来说，发挥了基础性的作用。从中我们可以认识到，在中国古代，城市并不是与自然对立的事物，相反，它促进了自然物色的审美，在城市物色被发掘的基础上，文人又自觉而细致地关注乡野物色，改变南朝以前对乡野物色的偶然的、自发的言及。这是我们现代人发现、保存传统城市空间的诗性特征的意义所在。

（浙江海洋大学师范学院）

情志药石：中国古代的文学治疗功能及意义

李鹏飞

内容摘要：文学治疗是文学史中的医学文化现象，多出现在知识阶层和上流宫廷，大体经历了从子书阐发、文人自白、史书纪事到笔记小说演绎的发展过程。按疗救目的与病人需求的侧重不同，表现为明道以看破情志、养气以中和情志、教育以洗涤情志、抒情以泻导情志、审美以转移情志、娱乐以放松情志、服食以改易情志等七种方式。早期社会，疾病由巫者负责，后为医家分担，发展出药石与情志两种治疗策略。在巫与医的双重渗透下，以抒情言志为主的文学，被赋予治疗功能。此外，由于文与医具有社会干预与情志关怀的共通诉求，情志药石又超越生理范畴，延伸出道德讽谏与精神自救两大意义。人的精神心理问题古今相通，从传统文学疗愈中获取当代启发，有利于全面体认与发挥文学的应用性价值。

关键词：文学治疗；情志药石；精神心理；医学原理；功能意义

Emotional Medicine Stone: The Literary Therapy Function and Significance of Ancient China

Li Pengfei

Abstract: Literary therapy is a medical cultural phenomenon in the history of literature. It mainly occurs in the intellectual class and the upper-class court. It has experienced the development process from the interpretation of Sub-book, the confession of literati, the historical records to the interpretation of note novels. According to the different emphasis on the purpose of treatment and the needs of patients, it is manifested in seven ways: seeing through Tao to break emotions, nourishing Chi to neutralize emotions, education to wash emotions, lyricism to guide emotions, aesthetics to transfer emotions, entertainment to relax emotions, and eating to change emotions. In the early society, the witch was responsible for the disease, and then shared by the doctors. Two treatment strategies were developed: medicine and emotion. Under the double infiltration of witchcraft and medicine, literature based on expressing emotions is endowed with therapeutic function. What's more, since literature and medicine have the common demands of social intervention and emotional care, the emotional medicine stone transcends the physiological category and extends the two meanings of moral irony and spiritual self-help. The spiritual and psychological problems of human beings are interlinked in ancient and modern times. Obtaining contemporary enlightenment from the traditional literature therapy is conducive to fully understanding and exerting the applied value of literature.

Keywords: literary therapy; emotional medicine stone; spiritual psychology; medical principle; function and significance

中国古代语境下,物质表现形式大相径庭的文学和医学,在终极关怀上,都不约而同地指向人文情志。一方面,医学以精神志意的和顺持守为治病避疾的重要法门,"志意者,所以御精神,收魂魄,适寒温,和喜怒者也。是故血和则经脉流行……志意和则精神专直,魂魄不散,悔怒不起,五藏不受邪矣"[①],"避之(虚邪贼风)有时,恬淡虚无,真气从之,精神内守,病安从来"[②],"精神不进,志意不治,故病不可愈"[③]。另一方面,文学为精神志意之感发与凝聚,"诗者,志之所之也"。同时,"在心为志,发言为诗"[④],"情者,文之经,辞者,理之纬;经正而后纬成,理定而后辞畅,此立文之本源"[⑤],又要求精神志意与语言文辞融合无间。文学不仅以语言担荷情志而纾解作者精神,也贮藏着充盈的合于读者所需的主观力量。如此一来,在认定情志与疾病互为关联的传统医理的推助作用下,文学衍生出一种以语言文辞为媒介来医治身体疾病或疗救思想人心的药用之法,并形成治疗功能。但"药饵情所止,衰疾忽在斯"[⑥],由于人们不免过度沉浸其中,文学致病之事倒是更被熟知,如"撰哀册文,用思精苦,遂发病卒"[⑦]的崔融,作诗而呕心沥血的李贺,读《牡丹亭》而断肠而死的俞二娘等,以致治疗的一面反被忽视。目前研究[⑧]主要以个案考察和史料钩沉为

---

① 刘衡如校《灵枢经(校勘本)·本藏》,人民卫生出版社,1964年,第159页。

② 郭霭春主编《黄帝内经素问校注·上古天真论》,人民卫生出版社,1992年,第6页。

③ 郭霭春主编《黄帝内经素问校注·汤液醪醴论》,人民卫生出版社,1992年,第190页。

④ 孔颖达《毛诗正义》,上海古籍出版社,1990年,第15页。

⑤ 刘勰著,范文澜注《文心雕龙注·情采》,人民文学出版社,1958年,第538页。

⑥ 谢灵运著,张兆勇笺释《谢灵运集笺释》,中国社会科学出版社,2017年,第27页。

⑦ 《旧唐书》,中华书局,1975年,第3000页。

⑧ 关于文学治疗问题,主要研究有郑怀林、王波《宋元时期的阅读疗法思想和案例》(《图书馆论坛》2004年第6期),郑琪《从〈七发〉看西汉时期生活方式病的文学治疗思想》(《陕西中医学院学报》2008年第1期),李宗鲁、赵羽《"杜诗疗疟"考》(《重庆科技学院学报(社会科学版)》2012第14期),贾飞《王褒〈洞箫赋〉之治疗功能探究》(《百色学院学报》2013年第3期),贾飞、叶舒宪《行状文体功能演变及其文学治疗功能探究》(《南通大学学报(社会科学版)》2018年第4期),朱美禄《文学与治疗》(《光明日报》2018年8月10日第16版),宋子乔《文学治疗与鬼神信仰——论古典诗文中的"驱疟"现象》及何慧俐《中国古代抒愤文论与文学疗愈》(《中国文论的虚与实(古代文学理论研究第五十三辑)》,(转下页)

主,同类现象的发生机制及蕴含的文化心理还有待进一步分析。此外,文学有时固然是通过自身其他功能(如教育、抒情、审美、娱乐等)而实现治疗效用,但也要尽量避免在事实起点上就含混它们之间的关系。再者,本文重点不在于以现代科学眼光去审视相关故事的真实性和有效性,而是尝试在传统文化观念下,探究与反思文学治疗功能的不同演绎及反复展演的流变过程、文学治疗功能的实践原理及作用发挥、古人赋予文学以治疗功能的心理动机及广阔的文化意义,并期望对人与社会的健康发展有所启发。

一、文学治疗的历史演绎与现象反思

文学基本功能,如孔子所云,"诗,可以兴,可以观,可以群,可以怨。迩之事父,远之事君;多识于鸟兽草木之名"[1],为感发与观察、社交与怨刺、伦理与认知。另一种不常见的治疗功能,则隐含在晏子的叙述中:"仲尼居处惰倦,廉隅不正,则季次、原宪侍;气郁而疾,志意不通,则仲由、卜商侍;德不盛,行不厚,则颜回、骞、雍侍。"[2]按知人论世而论,孔子所患"气郁"之症,主要应是"政事"不顺,"隐情曲意不伸,故气之升降开阖枢机不利"所造成的"情志之郁"。他选择门下四科中擅长"政事"的子路和"文学"的子夏侍立在侧,颇有发挥"文学"纾解郁结、调治心神效用的意味,而合于疗救郁疾"全在病者能移情易性"[3]的医理。

(接上页)华东师范大学出版社,2021年)等,但涉及文学原理与医学文化关系者不多。文学人类学领域则偏重民族材料的观照或文艺理论的阐发。如叶舒宪主编的《文学与治疗》(北京社会科学文献出版社,1999年)及其《文学与治疗——关于文学功能的人类学研究》(《中国比较文学》1998年第2期)、《文学治疗的原理及实践》(《文艺研究》1998第6期)、《文学治疗的民族志——文学功能的现代遮蔽与后现代苏醒》(《百色学院学报》2008年第5期)等,或史阳《巫术的世界观菲律宾阿拉安人的精神信仰和巫术治疗》(《南洋问题研究》2014年第3期)、柏悟《治疗・占卜・招魂・禳灾——〈聊斋志异・白秋练〉中语言巫术现象的文学人类学解读》(《蒲松龄研究》2015第3期)等,但总体对中国古代关注较少。

① 何晏等注,邢昺疏《论语注疏》,上海古籍出版社,1990年,第155页。
② 卢守助《晏子春秋译注・问上篇》,上海古籍出版社,2006年,第90页。
③ 叶天士《临证指南医案》,中国中医药出版社,2008年,第301页。

至于虚静养生的道家,虽然与儒家思想理念不同,但也有类似暗示。如《列子》载:"季梁得疾,七日大渐。其子环而泣之,请医。季梁谓杨朱曰:'吾子不肖如此之甚,汝奚不为我歌以晓之。'杨朱歌曰:'天其弗识,人胡能觉。匪佑自天,弗孽由人。我乎汝乎,其弗知乎。医乎巫乎,其知之乎。'其子弗晓,终谒三医。一曰矫氏,二曰俞氏,三曰卢氏,诊其所疾。"其中,惟卢氏深解其心:"汝疾不由天,亦不由人,亦不由鬼。禀生受形,既有制之者矣,亦有知之者矣。药石其如汝何。"①季梁依从其言,不久疾病自愈,从而揭示出死生有命,不必依赖药石,而直须顺应自然之理。但按《伤寒论》云:"太阳病,头痛至七日以上自愈者,以行其经尽故也。"②季梁所患或是以头痛为表征的自限性疾病,杨朱之歌与卢氏之言前后相应,实则暗合"经行尽而病自愈"的医理。

到了西汉,文学治疗在贵族阶层通行。枚乘《七发》记,楚太子有疾,吴客不用"药石针刺灸疗",却依次以音乐、饮食、车马、游宴、田猎、观涛、要言妙道等七种语言表达牵引其情绪变化,最终楚太子"涊然汗出,霍然病已"。③ 较之前述直接循道而治疗疾病的医家医理,文学作者格外注重语言内容的铺排次序,意在更好发挥文学所独有的治疗功能。与之相反,同样有此创作动机的王褒,却未在《洞箫赋》正文中言明此意,倒是作为补充文本的《汉书·王褒传》提供了相关信息:"太子体不安,苦忽忽善忘,不乐。诏使褒等皆之太子宫虞侍太子,朝夕诵读奇文及所自造作。疾平复,乃归。太子喜褒所为《甘泉》及《洞箫颂》,令后宫贵人左右皆诵读之"。④ 当时似乎流行这样的文学治疗方式,由侍从或本人诵读异书奇文,借由其审美娱情和教育讽

---

① 张湛《列子注》,中华书局,1978年,第72页。《列子》真伪问题,肇端于唐代柳宗元,历来争论不休。随着考古发掘,诸多伪书论调不断被推翻。按当前学界普遍观点,该书除有些条目为别书窜入外,其成书形态与早期子书类似,至少是由列子弟子及其后学辑佚汇编而成,故可以作为先秦道家思想的参考。

② 姚廷周主编《新伤寒论校注》,中医古籍出版社,2001年,第24页。

③ 萧统编,李善注《文选》,上海古籍出版社,1986年,第1559—1573页。

④ 班固《汉书》,中华书局,1962年,第2829页。

谏作用,愉悦或激发病人情绪,从而达到平复疾病的目的。

后东汉杨后读孟召哀怨之文而愈癫狂之病:"后汉明帝杨后,花面美色,有颠狂病,发则杀人。唯内傅孟召为文哀怨,后每读之,颠狂辄醒。时人语曰:'孟召文,差颠狂。'"①三国曹操读陈琳书卷及檄文而愈头风:"琳作诸书及檄,草成呈太祖。太祖先苦头风,是日疾发,卧读琳所作,翕然而起曰:'此愈我病。'"②大类如此。只是,并非所有"奇文"都能发挥如此作用,文学作品之情与病人身心之志存在某种适配关系。

延及东晋,与此前单纯的诵读欣赏不同,加入了自我创作以自我治疗的方式。裴启《语林》载:"王右军少尝患癫,一二年辄发动。后答许掾诗,忽复恶中,得二十字云:'取欢仁智乐,寄畅山水阴。清泠涧下濑,历落松竹林。'既醒,左右诵之;读竟,乃叹曰:'癫何预盛德事邪'。"③癫,"推其病因……由积忧积郁,病在心、脾、胞络,三阴蔽而不宣,故气郁则痰迷,神志为之混淆"④,病在身体生理,而因于神志忧郁。在疾病发作的迷狂状态下,失去理性意识的王羲之,意外在创作与聆听诗歌的感性活动中寻找到了疏通排遣的渠道。该过程所获得的行为与心理的双重补偿,客观成为缓解此次发病的关键因素。

推至唐代,诗歌创作大盛,以诗愈疾之说愈加层出不穷,文学治疗成为诗歌爱好者们的喜闻乐见之事。如《玄怪录》载:"文明元年(684),毗陵掾滕庭俊患热病积年,每发,身如烧,热数日方定。召医,医不能治。"后因与人联诗为乐,"先有热疾,自此后顿愈,不复更发"。⑤ 又如李颀云:"清吟可愈疾"(《圣善阁送裴迪入京》)。⑥ 后更是积淀形成了两种主要提法。

---

① 李冗《独异志》,中华书局,1983年,第34页。
② 陈寿《三国志》引《典略》,中华书局,1959年,第601页。
③ 裴启撰,周楞伽辑注《裴启语林》,文化艺术出版社,1988年,第114页。
④ 叶天士《临证指南医案》附龚商年按语,中国中医药出版社,2008年,第415页。
⑤ 牛僧孺《玄怪录》,上海古籍出版社,1985年,第49—50页。
⑥ 李颀著,隋秀玲校注《李颀集校注》,河南人民出版社,2007年,第134页。

一是诗愈头风说。此承袭曹操与陈琳事,大多用以称赞文采或者聊作病中慰藉。如元稹云:"顿愈头风疾,因吟《口号》诗。"(《酬李六醉后见寄口号》)①白居易云:"头风若见诗应愈,齿折仍夸笑不妨。"(《病中诗》其十三《就暖偶酌戏诸诗酒旧侣》)此外,结合白诗小序所言:"外形骸而内忘忧患,先禅观而后顺医治。"②即药物医治之前须得坐忘入定、心境和平,还能看到文学治疗融合禅道思想的印记。

二是诗治疟疾说。此以杜诗治疟为典型。最早是《树萱录》载:"杜子美自负其诗,郑虔妻病疟,过之,云:当诵予诗,疟鬼自退。初云:'日月低秦树,乾坤绕汉宫。'不愈,则诵:'子璋髑髅血模糊,手提掷还崔大夫。'又不愈,则诵:'虬须似太宗,色映塞外春。'若又不愈,则卢扁无如何矣。"③尽管不足为信,但在宋人反复陈述下,还是成为诗家妙法,频频被用来遣情自解。如陆游云"狂诵新诗驱疟鬼"(《寓叹》其二)、"且倚诵诗驱疟鬼"(《予秋夜观月得疟疾枕上赋小诗自戏》)④;杨万里云"不须杜句能驱疟,只诵长峰遣闷诗"(《过长峰径遇雨遣闷》其八)⑤,等等。

诗驱疟鬼与檄愈头风,还被不少诗人并置一联之中加以吟咏。如陆游云:"只道有诗驱疟鬼,谁知无檄愈头风。"(《头风戏作》)⑥苏泂云:"草檄头风愈,吟诗疟鬼藏。"(《途次口占》其一)⑦最终成为了文学治疗史上的两大事典。甚至某些情景下,更深化为某种思想观念,如胡仲弓云"病有诗堪疗,贫无家可归"(《寄怀玉》)⑧,被附加了感时伤

---

①　元稹撰,冀勤点校《元稹集》,中华书局,1982年,第163页。

②　白居易撰,朱金城笺校《白居易集笺校》,上海古籍出版社,1988年,第2393、2386页。

③　方深道辑《诸家老杜诗评》,张忠纲编注《杜甫诗话六种校注》,齐鲁书社,2002年,第52页。

④　陆游撰,钱仲联校注《剑南诗稿校注》,上海古籍出版社,1985年,第1481—1482、1199页。

⑤　杨万里撰,辛更儒笺校《杨万里集笺校》,中华书局,2007年,第871页。

⑥　陆游撰,钱仲联校注《剑南诗稿校注》,上海古籍出版社,1985年,第4136页。

⑦　北京大学古文献研究所编《全宋诗》,北京大学出版社,1998年,第33914页。

⑧　北京大学古文献研究所编《全宋诗》,北京大学出版社,1998年,第39758页。

运的文化意义。

不过，宋人论及此类事件时，除揄扬文采、慨叹身世、排遣苦闷，那种认定其确实能够平复心神的意味也愈加浓厚。如欧阳修为梅尧臣《河豚鱼诗》作跋云："余友梅圣俞于范饶州席上赋此《河豚鱼诗》，余每体中不康，诵之数过辄佳，亦屡书以示人为奇赠。"①就连对药物医理较为熟悉的某些文人，在面对疾病情形时，也径然以诗为药。如陆游安抚山村溪边老人读其诗以愈头风："儿扶一老候溪边，来告头风久未痊。不用更求芎芷辈，吾诗读罢自醒然。"（《山村经行因施药》其三）②如果说此前流传的诗疗故事或是笑谈的话，那么从该首组诗题名来看，或已被陆游有意应用到了日常治疗。

至于金元时期，更出现了以戏剧的角色扮演、角觗的博弈嬉戏、行为动作的认同与模仿等艺术手段进行治病的案例。如当时四大医家之首的张子和，在治疗项关令妻病怒不食之症时，也不以药石，而"使二娘，各涂丹粉，作伶人状，其妇大笑；次日，又令作角觗，又大笑；其旁常以两个能食之妇，夸其食美，其妇亦索其食，而为一尝。不数日，怒减食增，不药而瘥，后得一子"。③可见此时，以文艺愈疾的疗法，不仅受到正统医家认可，而且运用到了实际临床。

降及明清，此类情节格外受到小说家青睐。他们对原本简明的诗文疗疾情景进行加工改造，使得人物动作心理、疾病治疗过程等细节愈加丰富，整体氛围愈加变幻莫测，从而达到引人入胜和推动故事发展的目的。《三国志演义》所载曹操读见陈琳《讨贼檄文》，因惊吓而头疾顿愈事："檄文传至许都，时曹操方患头风，卧病在床。左右将此檄传进。操见之，毛骨悚然，出了一身冷汗，不觉头风顿愈，从床上一跃而起。"④《聊斋志异》所载慕蟾宫按特定时辰吟诵杜甫《梦李白》

① 欧阳修《书梅圣俞河豚鱼诗后》，《欧阳修全集》，中华书局，2001年，第1054页。
② 陆游撰，钱仲联校注《剑南诗稿校注》，上海古籍出版社，1985年，第3674页。
③ 张从正撰，徐江雁、刘文礼校注《儒门事亲校注》，河南科学技术出版社，2015年，第244页。
④ 罗贯中《三国演义》，上海古籍出版社，2015年，第209页。

诗,而复活白秋练事:"女遂病,日夜喘急,嘱曰:'如妾死,勿瘗,当于卯、午、酉三时,一吟杜甫《梦李白》诗,死当不朽。候水至,倾注盆内,闭门缓妾衣,抱入浸之,宜得活。'喘息数日,奄然遂毙。后半月,慕翁至,生急如其教,浸一时许,渐苏。"①俨然是前代诗文治疗故事的有力回响。

粗略来看,文学治疗故事似是茶余饭后的无稽之谈,但从实际发展而言,它不仅作为正统医学的辅助手段而普遍存在于古代社会生活,而且大体经历了从子书阐发、文人自白、史书纪事到笔记小说演绎的变化过程,出现在传奇故事中反而相对滞后,这便在不同情景下传达出诸多引人反思的文化讯息和问题。

首先,文学治疗多出现在知识阶层和上流社会。医家认为,类如"癫痫狂妄之证,宜以人事制之,非药石所能疗也……此法惟贤者能之耳"②,"胸中无材器之人"③,难以用情志文辞疗疾。显然,此法对医患双方的精神文化素养都提出了潜在要求。像王褒之所以能用此法,是汉宣帝太子即后来元帝刘奭"颇好神仙","多材艺,善史书。鼓琴瑟,吹洞箫,自度曲,被歌声,分刌节度,穷极幼眇"④,具备文化兴趣与文学、音乐修养。另外,愈曹操头风者,为辛辣之檄;愈杨后癫狂者,为哀怨之文;愈郑妻疟疾者,为奇怖之诗。所谓"诊察其由以平之"⑤,以何种题材和富于何种情理的文学作品施加给病人具有针对性,故又引申出文学治疗的发挥方式问题。

其次,文学具有治疗效用,如叶梦得"少时苦上气,每作辄不能卧,药饵起居,须人乃能办。侍先君官上饶,一日秋晚游鹅湖,中夕疾作,使令既非素所役,箧中适不以药行,喘满顷刻不可度。起吹灯,据案,偶见一《易》册,取读数十板,不觉遂平。自是每疾作,辄用此术,

---

① 蒲松龄《聊斋志异》,中华书局,1962年,第1488页。

②⑤ 虞抟编《医学正传》,人民卫生出版社,1965年,第270页。

③ 张从正撰,徐江雁、刘文礼校注《儒门事亲校注》,河南科学技术出版社,2015年,第109页。

④ 班固《汉书》,中华书局,1962年,第282、298页。

多愈于服药"①。某些病人也确实通过诵读、聆听、创作而获得生理痛苦的解脱,其缓解效果甚至有时远胜药物。与此同时,它又极具特殊性和偶然性,以及近似于巫术的神秘性,所以病人不免颇为质疑,如陆龟蒙云:"我诵杜诗难愈疟,少陵谁道是良医。"(《病中书怀》)但无论有效与否,其发生原理如何,尚语焉不详。

最后,文学治疗成为类型化的典故和思想观念后,多寄寓了愤懑不平和感时伤事的身世之感。从解决途径来说,"善医者,先医其心,而后医其身,其次则医其未病"②的治疗理念正是针对于此。扩大到政治圈层,上位者德行不端而致疾,下位者以语言药石而治病的现象屡见不鲜,更脱离了治病救人只需解决生理问题的常规观念。《国语·晋语》载:"(赵)文子曰:'医及国家乎?'(医和)对曰:'上医医国,其次疾人,固医官也'。"③孙思邈云:"古之善为医者,上医医国,中医医人,下医医病。"④处于诸种社会关系和责任意识中的文人和医家,在发挥文药各自基本功能之余,都希望以此肩负起社会干预的文化职能,这则指向了文学治疗的外延意义。

二、文学治疗的医学原理与功能发挥

中国古代医学讲求身心合一,兼顾形而下的药石和形而上的情志两大层面。在实际操作中,本于望、闻、问、切的诊治策略,根据五脏与五情关系在人体表里的不同显现,决定施加何种药石。由于生理疾病与精神情志互为影响,一方面,"人有五脏化五气,以生喜怒悲忧恐"⑤,五脏化气生出喜、怒、悲、忧、恐等情志;另一方面,"悲哀愁忧

---

① 叶梦得《避暑录话》,上海书店,1990年,第6页。

② 华陀《青囊秘录》,济南道院遵刊本,民国十一年(1922)十一月。

③ 左丘明《国语》,上海古籍出版社,2015年,第318页。

④ 孙思邈撰,李景荣等校释《备急千金要方校释·诊候》,人民卫生出版社,1998年,第5页。

⑤ 郭霭春主编《黄帝内经素问·阴阳应象大论》,第80页。

则心动,心动则五脏六腑皆摇"①,情志的碰撞与调和又反作用于五脏。"在志为怒。怒伤肝,悲胜怒。""在志为喜。喜伤心,恐胜喜。""在志为思。思伤脾,怒胜思。""在志为悲。悲伤肺,喜胜悲。""在志为恐。恐伤肾,思胜恐。"②按"情志过极,非药可愈,须以情胜"③的治疗理念,医学史上以情治情的情志疗法从中应运而生。在这种观念下,并非真是药石的文学,不管是创作时的"气以实志,志以定言,吐纳英华,莫非情性"④,即作家情性(情志、气质)对语言文辞的制约作用,还是欣赏时的"气之动物,物之感人,故摇荡性情,形诸舞咏"⑤,即语言文辞所能够兴发的心理反应对读者生理状态的反向作用,都促使某些知识群体认为,文学可以在人与语言文辞的互动中催化出某种相当于常规药石的治疗效用。从传统医理看,作为应对情志之病的"调神上药"⑥,文学所发挥的正是"速加警省,即以性情药石调摄"⑦,以精神心理干预身体生理,以疗愈身心的功能效用。具体而言,根据治疗目的与病人需求的侧重不同,主要表现在七大方面。

其一,明道以看破情志。文学治疗所针对的情志之病与精神志意直接相关,那么,以思想道术警省病人,彻底认清不同情志的本质,就成了防微杜渐和釜底抽薪的治疗方式。如《魏子》载:"待扁鹊乃治病,终身不愈也。用道术则无所不治也。"⑧但从接受心理看,"新诗近道要,如病饮良药"(周行己《奉酬天复古风》)⑨,相比直言道术,融道术于诗文,那种深婉曲折的迂回方式,如枚乘《七发》的"劝百讽一"之法,更方便病人在超现实的清晰联想中醒悟纷繁复杂的世间谜象,潜

---

① 刘衡如校《灵枢经(校勘本)·口问》,人民卫生出版社,1964年,第123页。

② 郭霭春主编《黄帝内经素问·阴阳应象大论》,第84,86,87—88,90页。

③ 吴昆《医方考·情志门》,中国中医药出版社,2007年,第146页。

④ 刘勰著,范文澜注《文心雕龙注·体性》,人民文学出版社,1958年,第506页。

⑤ 钟嵘著,曹旭集注《诗品集注》,上海古籍出版社,1994年,第1页。

⑥ 龙榆生《忍寒诗词歌集》,上海古籍出版社,2017年,第362页。

⑦ 叶天士《叶选医衡·虚损宜分阴阳施治论》,人民军医出版社,2012年,第23页。

⑧ 魏朗《魏子》,楚南湘远堂刻本,清光绪十年(1884)。

⑨ 北京大学古文献研究所编《全宋诗》,北京大学出版社,1998年,第14361页。

移默化地自觉不自觉触及表象背后的义理本质。通过认知上超越疾病所带来的观念桎梏，收获意想不到的辅助效果。

其二，养气以中和情志。气乱是致病源头之一，为固本培元，医家提出养气说。如《周礼·天官》载："以五气养之"。① 孟子则从道德修养立场提出"善养浩然之气"之说。两说被文艺思想吸收后，又作为创作理念而出现。刘勰《文心雕龙·养气》载："吐纳文艺，务在节宣，清和其心，调畅其气，烦而即舍，勿使壅滞，意得则舒怀以命笔，理伏则投笔以卷怀，逍遥以针劳，谈笑以药倦，常弄闲于才锋，贾余于文勇，使刃发如新，凑理无滞，虽非胎息之迈术，斯亦卫气之一方也。"② 如果节宣得宜，意无阻碍，那么便能舒卷怀抱，滋养精神。同理，如："气痛，原属气不舒畅所致。杜诗气象万千，半山老人所谓力能排天斡地，壮颜毅色者也。故读之令人气旺，气旺则不痛矣。"③ 在阅读欣赏中，在语言的有序吐纳与神思的自由驰骋中，也能良好地调和错乱的心气和失衡的情志，而达到类似效果。

其三，教育以洗涤情志。教育的目的是使人发乎情、止乎礼，在精神持守中维持中正平和的状态。如此诉求下，如《管子》载："凡人之生也，必以平正，所以失之，必以喜怒忧患。是故止怒莫若诗，去忧莫若乐，节乐莫若礼，守礼莫若静，守敬莫若静。"④ 释言之，"其民原重，故虽直抒胸臆，犹能止乎礼义，忿而不戾，怨而不怒，哀而不伤，乐而不淫，虽诗歌，亦教训也"⑤，诗歌成了洗涤情志、净化心疾的绝佳之选。当然，不仅是诗，不同作品富含不同精神情志，有如不同药石具有不同疗效，皆有治疗功能。清人张潮在《书本草》中开列了七大药方，如"四书五经"的"药性：俱性平，味甘，无毒。疗效：服之清心益

---

① 郑玄注，贾公彦疏《周礼注疏·疡医》，上海古籍出版社，2010年，第158页。
② 刘勰著，范文澜注《文心雕龙注·养气》，人民文学出版社，1958年，第647页。
③ 青城子《志异续编》卷四，上海进步书局，民国刊本。
④ 管仲撰，黎翔凤注，梁运华整理《管子校注·内业》，中华书局，2004年，第947页。
⑤ 鲁迅《汉文学史纲要》，人民文学出版社，1997年，第21页。

智,寡嗜欲。久服令人醉面益背,心宽体胖"①,其余诸史、诸子、诸集、释藏、道藏、小说、传奇等,则各有功效及副作用,需因材施教、对症下药。

其四,抒情以泻导情志。所谓"饥者歌其食,劳者歌其事",饥者和劳者吟咏歌唱,实际是"男女有所怨恨",以排遣宣泄方式缓解饥饿和劳苦。《续名医类案》载:"失志不遂之病,非排遣性情不可。"②而诗文缘于情志,并抒发情志,如孔子"诗可以怨",屈原"发愤抒情",司马迁"发愤著书",韩愈"不平则鸣"等。③ 同时,诗文富含饱满多样的情志。"诗者,本发其喜怒哀乐之情。如使人读之无所感动,非诗也。"④所以,人投注情感,以不同方式进行文学表达与观照时,无论饥饿、怨恨,还是不平、愤懑,那些郁结于胸、失衡过量的情志,都能在创作、阅读、吟唱中获得一定程度的疏通。

其五,审美以转移情志。积极的精神志意对疾病治愈助益极大。相反,长期陷溺不良情绪则容易加重病情。如《宋书》载:"(文帝)有虚劳疾,寝顿积年,每意有所想,便觉心中痛裂。"⑤所以,如何转移消极情绪也是治疗的重要一环。《文海披沙·诗文愈疾》载:"宋张乖崖与傅逸人会于韩城,终夕谈话,邻里有病疟者,皆不发。"⑥这种聆听谈

---

① 张潮《幽梦影》附录《书本草》,浙江人民美术出版社,2017年,第93页。

② 魏之琇编著《续名医类案》,人民卫生出版社,1957年,第224页。

③ 不独古人诗文创作,现代学人撰写学术著作也不乏此种意识。如钱锺书谓其"《谈艺录》一卷,虽赏析之作,而实忧患之书也……忧天将压,避地无之,虽欲出门西向笑而不敢也。销愁舒愤,述往思来。托无能之词,遣有涯之日。以匡鼎之说诗解颐,为赵岐之乱思系志"。(《谈艺录·序》,《民国丛书》第4058册,上海书店出版社,1992年,第1页)陈寅恪称其"虽年在童幼,然亦有所感触,因欲纵观所未见之书,以释幽忧之思",晚年"披寻钱柳之篇什于残缺毁禁之余,往往窥见其孤怀遗恨,有可以令人感泣不能自己者焉。夫三户亡秦之志,九章哀郢之辞,即发自当日之士大夫,犹应珍惜引申,以表彰我民族独立之精神,自由之思想"。(《柳如是别传·缘起》,上海古籍出版社,1982年,第2—4页)

④ 刘祁《归潜志》,上海古籍出版社,2012年,第93页。

⑤ 《宋书》,中华书局,1974年,第1790页。

⑥ 谢肇淛《文海披沙》,《北京图书馆古籍珍本丛刊》第65册,书目文献出版社,1996年,第445页。

话或直接参与谈话的方式,大抵类似于当前医学仍在沿用的谈话治疗,不过相比之下,文人更乐于沉浸式的阅读疗法。如欧阳修"每体之不康,则或取六经、百氏,若古人述作之文章诵之,爱其深博闳达、雄富伟丽之说,则必茫乎以思,畅乎以平,释然不知疾之在体"①。又如胡仔论杜诗治疟云:"其辞意典雅,读之者脱然,不觉沉疴之去体也。"②从感官、情志与病痛之关系作考量,"眼病乎色,耳病乎声,心病乎我。唯忘我者,病无所病"③,文学之所以能够转移情志而使病人畅然忘疾,主要依靠的正是作品的语言、修辞与思想和读者的联想、想象与思考之间碰撞融合所产生的审美忘情效应。

其六,娱乐以放松情志。娱乐消遣的目的在于愉悦,故无需耗费心神的审美对话与心理思考。如苏轼《安州老人食蜜歌》云:"小儿得诗如得蜜,蜜中有药治百疾。正当狂走捉风时,一笑看诗百忧失。"④或陈球《燕山外史》载:"孰意生也,闻而喜甚,起乃霍然。无烦投脑后之针,自有舌锋可愈;不必卖壶中之药,偏将口蜜能瘳。盖无以为欢,郁生肝膈;而投其所好,沁入心脾。吟杜甫之诗,能驱鬼疟;读陈琳之檄,可愈头风。岂有他哉,职是故耳。"⑤皆是以阅读和吟诵实现身心喜悦,即以个人趣好满足为出发点。因此,像"朱公平日酷爱杜诗,取所爱读之,则心恬神适,疾不觉自忘"⑥的移情易性、以乐解忧之法,如同医家"治洞泄不已之人"时,"先问其所爱之事。好棋者与之棋,好乐者与之笙笛,勿辍"类似,正符合"投其所好以移之,则病自愈"⑦的医理。

其七,服食以改易情志。此法最不足信,却与巫术及宗教关系甚深,而流传甚广。《宋书·羊欣传》载:"素好黄老,常手自书章,有病

---

① 欧阳修《东斋记》,《欧阳修全集》,中华书局,2001年,第935页。
② 胡仔《苕溪渔隐丛话后集》,人民文学出版社,1962年,第47页。
③ 释可真《长松茹退》,中华书局,1991年,第3页。
④ 王文诰辑注,孔凡礼点校《苏轼诗集》,中华书局,1982年,第1708页。
⑤ 陈球《燕山外史》,春风文艺出版社,1987年,第87页。
⑥ 青城子《志异续编》卷四,上海进步书局,民国刊本。
⑦ 魏之琇编《续名医类案》,人民卫生出版社,1957年,第147页。

不服药,饮符水而已。兼善医术,撰《药方》十卷。"①谢绰《宋拾遗》载:"宋悫表曰:'臣昔贫贱时,尝疾病,家人为臣斋,勤苦七日。臣昼夜,梦见一童子,青衣,执缣广数寸,与臣。臣问之用此何为?'答曰:'西王母符也,可服之。'服符竟,便觉,一二日病差。"②在巫医双重渗透的背景下,文学治疗也不乏此术。《云仙杂记》载:"张籍取杜甫诗一帙,焚取灰烬,副以膏蜜频饮之,曰:'令吾肝肠从此改易。'"③张籍是否服食杜诗以改易肝肠而取得泉涌文思,无从究考,但作为演绎而来的文学疗救现象,则源于符箓之术无疑,故暂备一说。

如上所述,在唤醒某种情志以调和另一种情志的治疗过程中,文学确实能够发挥一定效用。虽然人们清楚它不是万能的,也知道理想的健康状态不可能短时间实现,所谓"岂有头风笔下痊"(李毅《浙东罢府西归酬别张广文皮先辈陆秀才》)④,但依旧赋予文学以治疗功能的原因,其实与蒙昧状态和迷信思想的关系不大,而是试图努力在疾病的痛苦和治愈的愿望之间建立一种新的联系,并把那种联系所激发的精神志意应用于治疗或生活的需要,从而弥补现实的缺憾与提升理想的可能。当然,如果仅从文化渊源而不是心理动机来说,作为主流医学外的通俗办法,文学治疗确实始于被视为文学与医学起源之一的巫术。

三、文学治疗的文化渊源与功能生成

早期社会,文学与医学曾经共同孕育于巫术中。先秦时,兼有巫者性质的祭祀职官,其祷告神灵佑国丰收的唱导祝辞,"土反其宅,水归其壑,昆虫毋作,草木归其泽"⑤,也是歌谣的起源;专职医家诞生以前,疾病治疗与药石管理同样与巫祝人员有关。如《山海经》所载:

---

① 《宋书》,中华书局,1974 年,第 1662 页。

② 谢绰《宋拾遗录》,陶宗仪等编《说郛》,上海古籍出版社,2012 年,第 2753 页。

③ 冯贽《云仙杂记》卷七,《四部丛刊续编》子部第 17 册,上海商务印书馆,1934 年。

④ 彭定求等编《全唐诗》,中华书局,1999 年,第 7287 页。

⑤ 孔颖达《礼记正义》,上海古籍出版社,2008 年,第 1073 页。

"开明东有巫彭、巫抵……皆操不死之药以距之。""大荒之中,有灵山……巫彭……巫抵……从此升降,百药爰在。"①甚至,随着时代文明推进,文学与医学从巫术脱胎后,在渐趋走向独立的发展道路中,由于传统文化之间的高度粘合性,彼此依然残留着各自所分属的形式特性及功能意义。

从巫医关系看,《说文解字》载:"巫,祝也。女能事无形,以舞降神者也","祝,祭主赞词者"。② 由于古人对鬼神致病之说的接受较为普遍,"百病之因有八……三、鬼神……鬼神之属,有冲击,有丧尸,有精魅,有祸祟"③,所以负责沟通人神的巫祝也时常充当医者角色。如《周礼·春官》:"大祝,掌六祝之辞,以事鬼神示,祈福祥,求永贞。"其中,筴祝作为"六祝"之一,职责正是"远罪疾"。④ 这些人员大多借助咒术祷词的文字书写、诵读唱讲的口语表达、手舞足蹈的肢体行为等方式,发挥沟通鬼神的奇幻力量,以请福祈祷、驱邪治病。

尽管巫祝超自然的鬼神崇拜,时常受到正统医家的扬弃,如扁鹊云"信巫不信医,六不治也"⑤,或朴素唯物者的鄙夷,如王符云"因弃后药而弗敢饮,而便求巫觋者,虽死可也"⑥,但"有病以祝为由,移精变气去之"⑦的治疗手段,依旧在民间大行其道,也普遍流行于上流宫廷,"善医者察病浅深,虽不概以此治,至于病有鬼神之注忤,虫兽之螫毒,必归于祝由。是以周官疡医,掌众疡祝药劀杀之齐,必先之以祝,盖医之用祝尚矣"⑧,具体案例则如周公代武王疾事:"史乃册祝曰:惟尔元孙某,遘厉虐疾,若尔三王,是有丕子之责于天,以旦代某

---

①　袁珂《山海经校注》,上海古籍出版社,1980年,第301、396页。
②　许慎《说文解字·礻部》,中华书局,1963年,第100、8页。
③　莫枚士《研经言·原因》,人民卫生出版社,1990年,第1页。
④　郑玄注、贾公彦疏《周礼注疏·大祝》,第953页。
⑤　司马迁《史记》,中华书局,1959年,第2794页。
⑥　王符《潜夫论·思贤》,上海古籍出版社,1978年,第91页。
⑦　杨上善《黄帝内经太素·知祝由》,人民卫生出版社,1965年,第324页。
⑧　赵佶敕编《圣济总录·祝由》,中国中医药出版社,2018年,第208页。

之身……公归,乃纳册于金縢之匮中,王翼日乃瘳。"①

甚至到了唐代,尽管医学早已脱离巫术而成为独立学科,《旧唐书·太医署》载:"太医令……其属有四,曰:医师、针师、按摩师、禁咒师。皆有博士以教之。其考试登用,如国子之法。"②但把咒禁之术作为太医令的基本考核项目,说明巫术在官方医科中仍然有一席之地。这或许与时人观念——巫术并非毫无实际功效有关,如孙思邈云:"斯之一法,体是神秘,详其辞采,不近人情,故不可得推而晓也,但按法施行,功效出于意表。"③所以,医家针灸药石与巫家祝由之术成为了古代疾病治疗中相辅相成的方式。

文学发展到后来,也祛除了巫术的神秘色彩,而成为个人抒情言志的表达方式。但在有关故事中,巫术治疗功能和神奇效用依旧在某种程度上保留于文学上,如清代"白岩朱公患气痛,每当疾发时,取杜诗朗诵数首即止,习以为常,服药无是神效"④,并贯穿整个文学史。

首先,发生原理上,生理和心理互为影响,古人认为诸病根源是由心所引,如《长松茹退》载"病之大者,莫若生心,心生则靡所不至矣,岂惟病哉"⑤,《唐国史补》载"夫心者,灵府也,为物所中,终身不痊,多思虑,多疑惑,乃疾之本也"⑥;或气变所致,如《黄帝内经》载"百病生于气也,怒则气上,喜则气缓,悲则气消,恐则气下,寒则气收,炅则气泄,惊则气乱,劳则气耗,思则气结"⑦。故自然认为,与精神心气皆有关联的巫祝与文学,都能在情志过程中产生治疗效用。

其次,表现形式上,巫祝之法的要求之一,是祷告者"能多材多

---

① 孔颖达《尚书正义》,上海古籍出版社,1990年,第183—184页。

② 《旧唐书》,中华书局,1975年,第1876页。

③ 孙思邈撰,李景荣等校释《千金翼方校释·禁经上》,人民卫生出版社,1998年,第440页。

④ 青城子《志异续编》卷四,上海进步书局,民国刊本。

⑤ 释可真《长松茹退》,中华书局,1991年,第3页。

⑥ 李肇《唐国史补》,上海古籍出版社,1979年,第38页。

⑦ 郭霭春主编《黄帝内经素问·举痛论》,人民卫生出版社,1965年,第510页。

艺,能事鬼神",不"多材多艺","不能事鬼神"。① 而原属巫术组成部分的才艺,在剥离鬼神色彩后,也被认为是良好的治疗方式。《吕氏春秋·古乐》载:"昔陶唐氏之始,阴多滞伏而湛积,水道壅塞,不行其源,民气郁阏而滞著,筋骨瑟缩不达,故作为舞以宣导之。"②所谓"情动于中而形于言,言之不足故嗟叹之,嗟叹之不足故永歌之,永歌之不足,不知手之舞之足之蹈之也",巫艺主要区别在于独立存在时的文化功能不同,但作为表演来说,它们的形式特征却始终存在相近关系,这也是巫术的治疗功能后来为文学、音乐、舞蹈所分担的原因。

最后,文化承载上,尽管古人更关心的是文学"经夫妇,成孝敬,厚人伦,美教化,移风俗"③的伦理道德功能与"情能动物,故诗足以感人"④的艺术抒情功能。但是,他们并未放弃言说巫术留存在文学那里的神奇力量,所谓"灵祇待之以致飨,幽微藉之以昭告。动天地,感鬼神,莫近于诗"③,即便它已脱离了巫系文化的束缚,也具备沟通鬼神的功能,以及附加带来的治疗效用。一旦实际生活有所需要,那种由原始心理所沉淀下来的潜在认识,便会在"精神之浮英,造化之秘思"④的诗文中被陆续激发出来。

如此,文学治疗之嚆矢,以《七发》为例,便如钱锺书言,"实类《招魂》、《大招》,移招魂之法,施于疗疾,又改平铺而为层进耳"⑤,实际是巫术文化因子在文学疗疾主题中的遗存与显现。

事实上,巫祝疗疾的神秘来源是鬼神信仰,但经过医学过滤后,"人精神完固,则外邪不敢犯……鬼神,犹风寒暑湿之邪耳"⑥,它有时能够发挥效用的原因却不难理解。《黄帝内经》载:"古之治病,惟其

---

① 孔颖达《尚书正义》,上海古籍出版社,1990年,第183页。

② 吕不韦等《吕氏春秋·古乐》,上海古籍出版社,2014年,第101页。

③ 孔颖达《毛诗正义》,上海古籍出版社,1990年,第15页。

④④ 徐祯卿《谈艺录》,何文焕辑《历代诗话》,中华书局,1981年,第766页。

③ 钟嵘著,曹旭集注《诗品集注》,上海古籍出版社,1994年,第1页。

⑤ 钱锺书《管锥编》第2册,中华书局,1979年,第637页。

⑥ 徐大椿《医学源流论·病由鬼神论》,中国中医药出版社,2008年,第22页。

移精变气,可祝由而已。"①由于不少疾病的发生同身体心理难以担负过重的苦闷、多思、抑郁、多疑、名欲、贪念等情志有关。《北齐书》载:"(李广)谓其妻云:'吾向似睡,忽见一人出吾身中,语云:君用心过苦,非精神所堪,今辞君去。'因而惚悦不乐,数日便遇疾。"②《唐国史补》载:"起居舍人韦绶以心疾废。校书郎李播亦以心疾废。播常疑遇毒,锁井而饮。散骑常侍李益,少有疑病,亦心疾也。"③《贵耳集》载:"淳熙间,省元徐履因功名之念太重,遂有心恙之疾。"④若抛开鬼神而就情志处理看,面对此类情况,前者的方法是"详告以病所由来,使病人知之而勿敢犯,又必细体变风变雅,曲察劳人思妇之隐情,婉言以开导之,庄言以振惊之,危言以悚惧之,使之心悦诚服"⑤;后者的理念是"良医导之以药石,救之以针剂,圣人和之以至德,辅之以人事"⑥,巫术与医学的治疗理路本就相似。

一则以思想道德规范日常行为。源于孔子"仁者寿"和《中庸》"大德者必得其寿"的观念,古代医家尤其重视德行与健康关系,从而防疾病于未然。《黄帝内经》载:"(上古圣人)所以能年皆度百岁,而动作不衰者,以其德全不危也。"⑦孙思邈云:"故养性者,不但饵药餐霞,其在兼于百行,百行周备,虽绝药饵,足以遐年。德行不克,纵服玉液金丹,未能延寿。"⑧吕坤云:"养德尤养生之第一要也。"⑨一旦疾病发生,便适时在礼法方面对病人加以引导,从而养疾病于已然。

---

① 郭霭春主编《黄帝内经素问校注·移精变气论》,人民卫生出版社,1992年,第180页。

② 《北齐书》,中华书局,1972年,第607页。

③ 李肇《唐国史补》,上海古籍出版社,1979年,第38页。

④ 张端义《贵耳集》,上海古籍出版社,2012年,第135页。

⑤ 吴鞠通撰,卜开初点注《医医病书点注》,中医古籍出版社,2007年,第30页。

⑥ 《旧唐书》,中华书局,1975年,第5096页。

⑦ 郭霭春主编《黄帝内经素问校注·上古天真论》,人民卫生出版社,1992年,第7页。

⑧ 孙思邈撰,李景荣等校释《备急千金要方校释·养性序》,人民卫生出版社,1998年,第572页。

⑨ 吕坤《呻吟语·养生》,上海古籍出版社,2000年,第199页。

二则以情感言语调理精神情志。"天之在我者德也,地之在我者气也,德流气薄而生者也。故生之来谓之精,两精相搏谓之神,随神往来者谓之魂,并精而出入者谓之魄,所以任物者谓之心,心有所忆谓之意,意之所存谓之志,因志而存变谓之思,因思而远慕谓之虑,因虑而处物谓之智。"①人禀天地德、气而生,先天与生俱来的神、魂、精、魄与后天随之衍生的心、意、志、思、虑、智是内里与表征的关系,所以医家治病愈疾时,除发挥道德防患未然的功用,还辅用"移精变气"之法。不仅如此,智者的养生之道,也是既注重顺应天地时气,又强调以情治情,以不同情志的合理碰撞,使身心豁然、精气中正:"悲可以治怒,以怆恻苦楚之言感之;喜可以治悲,以谑浪亵狎之言娱之;恐可以治喜,以迫遽死亡之言怖之;怒可以治思,以污辱欺罔之言触之;思可以治恐,以虑彼志此之言夺之。"②具体应用者,如文挚治齐王、扁鹊治赵简子,皆是以言语激怒病人,令其心气通顺、血脉畅达,终以痊愈。

由于巫术和医学的治疗理路,无论道德要求,还是情志调节,都客观契合了文学的载道与抒情功用,即便脱胎于巫术的文学与医学在后来的社会发展中逐渐走向分化,却仍旧在身心治疗的演绎与实践中获得某种统一。如此一来,"因其病情之所由,而宣意导气,以释疑而解惑"③的巫术与医学之法,自然顺理成章地为"颂善丑之德,泄哀乐之情"④的文学所应用。甚至,在医疗文化心理的促使下,古人还把文学治疗的功能意义向不同维度作出了深度拓展。

四、文学治疗的政治隐喻与精神自救

从文化渊源看,文学与巫术确实存在千丝万缕的联系,至于后来

---

① 刘衡如校《灵枢经(校勘本)·本神》,人民卫生出版社,1964年,第38页。
② 张从正撰,徐江雁、刘文礼校注《儒门事亲校注》,河南科学技术出版社,2015年,第108—109页。
③ 徐大椿《医学源流论·祝由科论》,中国中医药出版社,2008年,第88页。
④ 王符《潜夫论·务本》,上海古籍出版社,1978年,第19页。

衍生的治疗功能,则是早期巫术疗法的历史遗留。但从后世发展看,主要应是医学思想影响所致。一方面,文学在情志疗法的参与中发挥过不同程度的药石效用,并因其能分担医学治病救人的社会职责,而被赋予治疗功能。另一方面,医学的最高诉求是"上医医国"和"善医医心",即在实现生理健康基础上,进一步促使政治空间和心灵空间同样完善的治疗理念。显然,文学的道德诉求与情志关怀是与医学达成了共识的。于是,随着对疾病的理解走向身体之外的政治社会和灵魂之内的精神志意,文学治疗重归"诗可以怨"的本体功能,生成了超越生理的文化疗救意义。

首先,政治隐喻与道德意义。早期社会,由于科学认知的有限和文化手段的必要,面对突发其来或难以治愈的疾病时,上位者时常命巫祝占卜,假借神秘媒介,向上天问询病因或求取疗法启示。一般来说,巫祝及不少君主都认为疾病是鬼神作祟或邪气入体所致。如:"晋侯有疾,郑伯使公孙侨如晋聘,且问疾。叔向问焉,曰:'寡君之疾病,卜人曰"实沈、台骀为祟",史莫之知。敢问此何神也?'"①由此,疾病尤其某些顽疾成为邪恶鬼神的象征,而其引发的痛苦与灾难则被附加了因果惩罚的意味。所以,祭祀鬼神和祷告上天,以珪璋牺牲取悦天地神灵,变成治疗过程中不可或缺的环节。如齐景公"意气衰,身病甚","欲具珪璋牺牲,令祝宗荐之乎上帝宗庙"。② 相反,有识之臣及医家则把病因从上帝、祖先与鬼神等拉回至人类自身,而归结为精神情志的失调或伦理道德的过错,并通过身体疾病与政德弊病的比类,进行"修德而后可"③的劝谏,从而隐含对上位者无能及其政治生活无序的批判。如子产云:"君子有四时:朝以听政,昼以访问,夕以修令,夜以安身,于是乎节宣其气,勿使有所壅闭湫底以露其体,兹心不爽,而昏乱百度,今无乃壹之,则生疾矣。"医和云:"今君至于淫

① 杨伯峻《春秋左传注·昭公元年》,中华书局,1990年,第1217页。
② 卢守助《晏子春秋译注·问上篇》,上海古籍出版社,2006年,第98页。
③ 杨伯峻《春秋左传注·昭公二十年》,中华书局,1990年,第1418页。

以生疾,将不能图恤社稷,祸孰大焉?"①当然,如果上位者以仁德处事却还不免害病,如楚惠王"食寒菹而得蛭",不忍按律处斩庖厨监食者,"因遂吞之",致使腹疾,则会如臣子所言,"皇天无亲,唯德是辅。王有仁德,天之所奉也,病不为伤","是夕也,蛭出","久病心腹之疾皆愈",往往自行痊愈。②

受儒家思想对载道功能的要求,下位者"以医讽谏"③、上位者"修德愈疾"之风影响至文学领域,它所始终追求的终极意义,同样是上位者能够及时调整荒谬的政治误判与无状的礼法言行,避免国家发生重大祸患外,实现人治社会的和谐发展。《韩诗外传》载:"人主之疾,十有二发,非有贤医,莫能治也。何谓十二发? ……喘、痹、风。贤医治之如何? ……无使下怨,则喘不作。无使贤人伏匿,则痹不作。无使百姓歌吟诽谤,则风不作。夫重臣群下者,人主之心腹支体也。心腹支体无疾,则人主无疾矣。故非有贤医,莫能治也。"④如果国君卿士耽溺酒色财气,田猎逸乐,亲佞远贤,那么小则毁身伤己,而成个人之病;大则丧家亡国,而成社会之病。为劝谏除弊,又明哲保身,不少文士多采用"主文谲谏"的文学言说方式。如昌邑王刘贺之师王式"以《诗》三百五篇"为谏书而"朝夕授王"⑤,这一点在孔颖达《毛诗正义》中也获得积极响应:"诗人所陈者皆乱状淫形,时政之疾病也。所言者皆忠规切谏,救时之针药也。《尚书》之三风十愆,疾病也;诗人之四始六义,救药也。"⑥由此,在神秘迷雾日渐消散后,重新化身为药石的文学,也充分利用人在未知疾病和道德谴责的双重压力下所产生的焦虑心理,但却以文化训诫取代上帝审判,这必然去原始巫术的鬼神信仰较远,而距臣医士人的政治诉求较近,最终在体疾

---

① 杨伯峻《春秋左传注·昭公元年》,中华书局,1990年,第1220、1223页。

② 贾谊《新书·春秋》,上海古籍出版社,1989年,第48页。

③ 《元史》,中华书局,1976年,第3095页。

④ 许维遹《韩诗外传集释》,中华书局,1980年,第91—92页。

⑤ 班固《汉书》,中华书局,1962年,第3610页。

⑥ 孔颖达《毛诗正义》,上海古籍出版社,1990年,第19页。

与政疾、良医与贤臣、谏文与良药的比类意义上，发展出别样一种干预政治社会的治疗方式。

其次，精神自救与情感意义。相较社会功能而言，六朝及唐代以降，文学治疗的吟咏演绎及功能发挥，集中反映的更多是古人的文化困境与精神诉求。《文心雕龙》载："敬通雅好辞说，而坎壈盛世，显志自序，亦蚌病成珠矣。"[①]痛苦出诗文的反面，其实隐含着诗文对痛苦的分担。苏轼云："因病得闲殊不恶，安心是药更无方。"（《病中游祖塔院》）[②]文学正是安心之药，它能让病人暂时抽离于疾病的忧虑，在自我书写体味与阅读吟咏中，复苏一种担荷命运与消解病痛的治愈力量，并成为抵抗现实与缓解病痛的精神武器。

文学治疗史上，杜诗药石是后世文人的咏叹调，如陈造云"搜诗杜老方须药"（《次韵元卿》其二）[③]。但文化起因，却在于杜甫的自身实践。一方面，所谓"吾老抱疾病"（《棕拂子》）[④]、"一衰侵疾病"（《奉汉中王手札报韦侍御萧尊师亡》）、"伶俜卧疾频"（《赠王二十四侍御契四十韵》），随着年龄衰老和情志积郁，疾病缠身并频繁复发成为诗人日常司空见惯之事。在此情况下，"多病所须惟药物，微躯此外更何求"（《江村》），买药、服药、行药、采药、种药、锄药、晒药、卖药，充斥着他本就孤独潦倒的晚年生活。另一方面，诗与药、诗与病，也是杜甫诗联或诗句中互为并题的一组特殊意象，如"药里关心诗总废"（《酬郭十五受判官》），"种药扶衰病，吟诗解叹嗟"（《远游》），"病减诗仍拙，吟多意有余"（《复愁》其十二），"汤休起我病，微笑索题诗"（《大云寺赞公房》其一）。在时常发作的疾病、每日进服的药石与连续不断的创作几乎互为形影的生活状态下，诗，俨然是其中一味极为特殊又必不可少的良药，它能缓解病痛衰老，又能暂忘沧桑郁结。如老杜

---

① 刘勰著，范文澜注《文心雕龙注·才略》，人民文学出版社，1958年，第699页。

② 王文诰辑注，孔凡礼点校《苏轼诗集》，中华书局，1982年，第475页。

③ 北京大学古文献研究所编《全宋诗》，北京大学出版社，1998年，第28126页。

④ 杨伦《杜诗镜铨》，上海古籍出版社，1980年，第462页。下引杜诗，皆出于此书，不再标注。

自云"沉疴聚药饵,顿忘所进劳"(《大雨》),"老来多涕泪,情在强诗篇"(《哭韦大夫之晋》)。或如他云"为诗自可怡情性,服药尝闻助摄调"(《送陈尧叟赴广西漕》)①,"况有新诗堪发药"(《赠知训上人》)②。那些因时代动荡与生存困境而吞吐不尽的苦难与记忆,唯有在诗文中才能最大程度地获得生存支撑的疗救意义。

除在创作中发挥作用,文学治疗也体现在阅读时所获取的精神共感。很多时候,疾病都并非单一的生理故障,它往往裹挟着癫狂、拗怒、酸辛、苦闷、潦倒、压抑等复杂沉重的心理。反过来,心理长期积聚的过量情志又常常加剧或造成新的创伤。尤其入世与出世,自我与他人,身体与生命,既是令文人终身思考与追问的永恒问题,还是始终无法逃遁的心灵困境。然而,那些寻常药物所无法治疗的疾病,他们却能在诗文诵读中,基于强大而敏锐的感同身受心理,使之被"同是天涯沦落人,相逢何必曾相识"的认同与慰藉而软化与治愈。如白居易云:"春来眼暗少心情,点尽黄连尚未平。唯得君书胜得药,开缄未读眼先明。"(《得钱舍人书问眼疾》)③对身体病痛不减而又极度苦闷的人而言,互为知心的文学所带来的精神抚慰,自然远超过频繁服食却效果不显的一般药物。所谓"从来诗愈疟,枉去药关心"(《再次前韵督周子问雪中以疾辞诗》)④,唯有文学所给予的情志药石的疗救,才能使此类病症最大限度地拥有被理解与被消解的可能。

结语

从上古秦汉至唐宋以降,巫术世代累积下来的部分功能,依然残存在诸多学科的原始记忆,并以新的承载形式不时在社会活动和文化情景中被激发出来。其中,分属巫术的治疗功能,原是在诗乐舞的形式包裹下,经过占卜测算、祷告天地、沟通人神的整套过程才完成

① 北京大学古文献研究所编《全宋诗》,北京大学出版社,1998年,第289页。
② 北京大学古文献研究所编《全宋诗》,北京大学出版社,1998年,第11989页。
③ 白居易撰,朱金城笺校《白居易集笺校》,上海古籍出版社,1988年,第859页。
④ 北京大学古文献研究所编《全宋诗》,北京大学出版社,1998年,第27237页。

的任务。后直接为医学所分担，并发展出技术性的药石治疗和诗性的情志治疗两种策略。受此启发，以情志为本的文学被赋予治疗功能。由于疾病是文学与医学所共同面对的现象，尽管文学治疗故事或语焉不详，或有意夸大，但它所着意发挥的并不是药到病除的生理作用，而是"使穷贱易安，幽居靡闷"①的心理作用，是为了从正心诚意抵达生命觉醒的彼岸提供可能，所以在古代生活中被不断演绎。另一方面，由于医学引入厚生爱民的人文关怀与生命思维，它所追求的理想从来都不只是片面的身体治疗，而是身心情志的全面完善，甚至以此参与道德教育和社会政治。在此层面上，不限于私人抒情的文学与把疗救意义延伸到广阔领域的医学不谋而合。如今，社会各阶层的心理健康问题愈加凸显，如何去伪存真，从过去的文化资源中获取当代的有益启发，以文学情志的药石力量为科学技术难以驾驭的精神空间筑牢基础，或是一个亟待研究与反思的时代课题。

（四川大学中国俗文化研究所）

---

① 钟嵘著，曹旭集注《诗品集注》，上海古籍出版社，1994年，第47页。

《世说新语》"名教乐地"说新解

——兼论西晋玄学家乐广的玄学立场及思想史意义

刘 强

内容摘要：在对魏晋玄学和清谈风气的研究中，《世说新语》的文献价值不言而喻。不过，由该书"以类相从"的编撰体例所决定，那些原始材料的本来语境和丰富内涵常常被编者人为"遮蔽"甚至"篡改"了。西晋玄学家乐广的"名教乐地"说就因为被置于《德行篇》而非《文学篇》，其在思想史上的价值和意义长久以来未能得到充分关注和有效诠释。事实上，乐广此说在中国思想史上意义重大：一方面，它是对魏晋玄学"名教与自然之辨"的现实回应，从中可见乐广在"贵无"与"崇有"的二极论争中，秉持的是一种不偏不倚、折中调和的中道立场，体现了他对儒家"名教"中"内圣"境界的体认和捍卫；另一方面，此说还直接启发了宋儒对"孔颜乐处"的探寻，丰富并提升了宋明理学中"名教之乐"的思辨品格和形上维度。乐广因为不善著论，他的玄学思想未能引起足够重视，其"名教乐地"说承前启后的思想史价值和诠释能量尚有待进一步厘定和释放。

关键词：世说新语；名教乐地；乐广；魏晋玄学；思想史

A New Interpretation of "The Pleasant Site of the Confucian Ethical Code" of *A New Account of Tales of the World* — Also Includes the Stance of Metaphysics and Significance of Thought History of Yue Guang, West Jin Metaphysics Scholar

Liu Qiang

Abstract: Among studies of the metaphysics of the Wei and Jin metaphysics and the atmosphere of idle talk, the document value of *A New Account of Tales of the World* is beyond doubt. However, due to the compiling style, namely "compiling in accord with categories", of the book, the original context and rich connotation of those original materials are often artificially "covered" or even "tampered" by editors. One of the examples is the talk of "the happy place of the Confucian ethical code" dictated by West Jin metaphysician Yue Guang that has been classified into the "Virtue" category rather than the "Literature" category. Thus, Yue Guang's value and significance in thought history have long lacked attention and effective interpretation. In fact, Yue Guang's talk of "the happy place of the Confucian ethical code" is significant in China's though history. On one hand, it is a practical response to the "debate between the Confucian ethical code and nature" of the Wei and Jin metaphysics from which we can see that Yue tried to maintain an impartial and eclectic middle stance amid the bipolar debate between "Nothingness" and "having", epitomizing his understanding and defense of the boundary of Confucianism's "the Confucian ethical code" and "internal saint". On the other, Yue Guang's talk inspires the pursuit of "the joy of Confucius and Yan Yuan" by Confucian scholars in the Song Dynasty, enriching and elevating the analytical character and metaphysical dimension of the "happiness of the Confucian ethical code" in the Song-Ming Neo-

Confucianism. Because Yue is not good at writing, his metaphysical thought has been underemphasized, and both the value in though history and the energy in interpretation of his talk of "happiness of the Confucian ethical code" connecting the past and present remain to be further determined and released.

Keywords: *A New Account of Tales of the World*; "the pleasant site of the Confucian ethical code"; Yue Guang; metaphysics in the Wei and Jin; thought history

在对魏晋玄学和清谈风气的研究中,《世说新语》(以下简称《世说》)是学者们必须参考的一部重要文献。不过,有一个问题常常为学者们所忽略,即《世说》保留的大量史料,由其"以类相从"、"分门隶事"的编撰体例所决定,在进入读者的阅读之前,已经先期承载了编撰者的主观理解。如果我们"还原"《世说》编撰之前的历史材料,摆脱其"门类设置"的干扰去看待这些文献,往往会在理解和诠释上得到新的意外收获。以西晋清谈名士乐广(? —304)为例,这个在魏晋之际一度执清谈之牛耳的玄学家,其在魏晋玄学史乃至中国思想史上的地位和价值,是被有意无意地遮蔽和低估的。由于乐广"善于清言,而不长于手笔"①,他没有留下足以证明其玄学思想的理论文章,致使其在历史的书写中,不得不接受《世说》的编者刘义庆、注释者刘孝标以及唐修《晋书》史臣们的任意"搬运"和"改编",从而渐渐失去了其在历史现场的重要性和思想史上的独特性。

一、乐广"名教乐地"说的理解差异

关于乐广的历史材料,要论可信度和重要性,《世说》和刘孝标《世说注》当然要在《晋书》本传之上。《世说》中与乐广相关的条目凡

---

① 《世说·文学》第70条:"乐令善于清言,而不长于手笔。将让河南尹,请潘岳为表。潘云:'可作耳,要当得君意。'乐为述己所以为让,标位二百许语,潘直取错综,便成名笔。时人咸云:'若乐不假潘之文,潘不取乐之旨,则无以成斯矣。'"本文所引《世说新语》,均参余嘉锡《世说新语笺疏(修订本)》,上海古籍出版社,1993 年。为省文计,页码不详注。

21条,其中《德行篇》第23条尤为引人注目:

> 王平子、胡毋彦国诸人,皆以任放为达,或有裸体者。
>
> 乐广笑曰:"名教中自有乐地,何为乃尔也?"

此条系乐广在《世说》中第一次亮相,因富含史料价值和诠释能量而广为征引。如果我们排除文本既成事实的"干扰",给这条故事重新归类,则除了《德行篇》之外,至少还可以放在《言语》、《文学》、《任诞》和《轻诋》等多个门类中。而诸如此类的不同措置,正可见出同一故事在不同的编者那里,本身就潜藏着微妙而又显然的"理解差异"①。此一故事被置诸《德行篇》,首先体现着《世说》的"第一作者"刘义庆的思想倾向或者说理解偏好。他显然认为,乐广"名教中自有乐地"一语,有着值得表彰的"德行"价值,而"何为乃尔也"的反诘,则使乐广对王平子、胡毋彦国诸人放达行为的批评昭然若揭。

有意味的是,为《世说》做注的刘孝标,却并未在此为首次出现的乐广作注,甚至也没有"乐广别见"的说明——这与其一贯的注例颇有舛互——他只在"或有裸体者"句后,下了一条注释:

> 王隐《晋书》曰:"魏末阮籍,嗜酒荒放,露头散发,裸袒箕踞。其后贵游子弟阮瞻、王澄、谢鲲、胡毋辅之徒,皆祖述于籍,谓得大道之本。故去巾帻,脱衣服,露丑恶,同禽兽。甚者名之为通,次者名之为达也。"

刘孝标显然以为,就这条史料而言,前面一部分关乎魏晋"放达"之风,应该作为注释的重点,至于乐广其人,后面再介绍也不迟。②(笔者当初披览余嘉锡先生《世说新语笺疏》,读至此处不免心生疑窦,遂在旁边批了一句:"乐广首出,何为无注?")这说明,刘孝标与刘义庆对

---

① 这种"理解差异",在明人王世贞编撰《世说新语补》时,感受最为强烈。他不断在书的天头标明"某条可入某门"或"某条无与某门",显然对刘义庆等的归类不以为然。可参刘强《世说新语会评》(凤凰出版社,2007年),或"江苏文库"《世说新语》三卷本(凤凰出版社,2020年)。

② 按:事实上,刘孝标把乐广的注释,推迟到了《言语》篇的第25条"乐令女适大将军成都王颖"。刘注引虞预《晋书》曰:"乐广字彦辅,南阳人。清夷冲旷,加有理识。累迁侍中、河南尹。在朝廷用心虚淡,时人重其贞贵,代王戎为尚书令。"

此一史料的处理,存在着不易觉察的"理解差异"。在刘孝标这里,故事的"德行"含量给"稀释"掉了,"叙事重心"也随之向"任诞"发生了偏移。

余嘉锡先生大概也以为刘注"顾此失彼"有些不妥,特意加了一条案语称:"乐广此语戴逵《竹林七贤论》盛称之。见《任诞篇》'阮浑长成'条注引。"今按《任诞篇》第13条载:"阮浑长成,风气韵度似父,亦欲作达。步兵曰:'仲容已预之,卿不得复尔。'"此条刘注引戴逵《竹林七贤论》曰:

> 籍之抑浑,盖以浑未识己之所以为达也。……是时竹林诸贤之风虽高,而礼教尚峻,迨元康中,遂至放荡越礼。乐广讥之曰:"名教中自有乐地,何至于此?"乐令之言有旨哉! 谓彼非玄心,徒利其纵恣而已。

在戴逵的叙述中,"名教乐地"说再次出现,而乐广的态度却不是"笑曰",而是"讥之"了。如果让戴逵来编《世说》,他大概会把此条放在《轻诋篇》;刘孝标也许会放在《任诞篇》——归类的不同,其实隐含着我们前面所说的"理解差异"。刘义庆将此条故事放在《德行篇》,固然使乐广其人的"德行"品位得到提升,但这个故事本来蕴涵的"文学"也即"学术"价值①,却被有意无意地"稀释"了。

笔者之所以提出这种"大胆假设",关键在于"名教"二字。"名教"一词在《世说·德行》中不止一见,更早的一例是第4条:

> 李元礼风格秀整,高自标持,欲以天下名教是非为己任。……

只要稍加对比就不难发现,李元礼条的"名教是非"与乐广所说的"名教乐地",内涵和所指大不相同:前者牵涉政治、伦理和道德层面,后

---

① 按:《世说》门类设置中的"文学"一门,盖本自"孔门四科"中的"文学"一科。此一"文学"概念,乃文献、典章及学术之谓,与今之所谓"纯文学"不同。该门前65条所记,依次为经学、玄学、清谈及佛学,俨然一部"学术流变史";而自第66条至篇末,则为诗、赋、文、笔,属之所谓"纯文学"。此即明人王世懋所谓"一目中复分两目",前半部好似"汉晋学案",后半部则如"魏晋诗话"。(参刘强《世说新语新评》,广西师范大学出版社,2022年,第84页)如果将乐广"名教乐地"条置于《文学篇》,自然当在"汉晋学案"部分。这样一来,乐广"名教乐地"说的玄学价值和思想史意义也呼之欲出了。

者则更指向哲学思辨、个人修养与身心安顿。当乐广说"名教乐地"时,显然比李元礼的时代多了一个现实政治的参照系和哲学思辨的对立面——"自然"。也就是说,乐广对王澄、胡毋彦国诸人的批评,既有作为政治家的现实忧患,更有作为玄学家的形上思考。换言之,乐广此言,实已触及了魏晋玄学的最大命题——"名教自然之辨";而这一层关乎学术思想的"问题意识",因为故事被置于《德行》篇,反倒不太容易被关注和发掘了。正因如此,我们才要对其做一番基于"文学"或者"玄学"的分疏和诠解,以使其所蕴含的学术信息和思想价值尽可能地释放出来。

二、"贵无"与"崇有":名教与自然之辨的两个极端

如前所述,乐广的"名教乐地"说除了具备刘义庆所赋予的"德行"品格外,亦富含早期"文学"概念中蕴涵的"学术"价值,并直接回应了魏晋之际最为重大的玄学命题——"名教自然之辨"。乐广凭借这句话,不仅理当在魏晋玄学史上占据一席之地,甚至在整个中国思想史上,都有着承前启后的枢纽地位和重要价值。

魏晋玄学的"名教与自然之辨",大抵可化约为本末、体用、有无之辨。在这一涉及本体论与现实政治的哲学论辩中,历史地形成了"贵无"和"崇有"两大流派,或者两个极端。一般而言,祖述自然者,谓之"贵无派";服膺名教者,谓之"崇有派"。汤用彤先生在论及魏晋玄学演进时说:

> 玄学者有无之学,亦即本末之学,亦即后人谓为体用之学也。魏晋玄学有时"贵无",有时"崇有",一般以魏晋玄学家皆崇尚虚无,实属误会。王弼何晏、嵇康阮籍、张湛道安皆贵无,"无"即本体;向秀郭象均崇有,"有"即本体。虽向郭与王何,一为崇有,一为贵无,其实甚接近,都以"体用如一"论之。……贵无者讲"自然",贱滞于"有"者,以人事世务为累。崇有者则讲"名教",非"自然",以人事不可忽略,而其中有一部分人根据"自然"而崇"名教",是真正的崇有。

崇有而不忘"无"（自然），故这部分人所说仍为玄学。[1]

这一段论述，实际上便是一部缩微版的魏晋玄学史。由此可知，"有"与"无"，"名教"与"自然"的对立，固然建基于儒家与道家的思想分歧上，但玄学之所以为玄学，绝不是儒家或道家的分庭抗礼、彼此攻伐，而是"体用如一"和"道通为一"的沟通彼我、"辨异玄同"。而在"归名教"与"任自然"，也即"崇有"和"贵无"的二元对立与博弈中，从来就没有出现过"一边倒"的局面。[2] 而且，即使在"贵无派"内部，也不断在做着调和"名教"与"自然"的努力。譬如，以何晏、王弼为代表的正始玄学，自以"贵无"为宗旨。"立论以为天地万物皆以无为本。无也者，开物成务，无往而不存者也。阴阳恃以化生，万物恃以成形。贤者恃以成德，不肖恃以免身。故无之为用，无爵而贵矣。"（《晋书·王衍传》）但在"圣人有情无情"的讨论中，王弼却与主张"圣人无喜怒哀乐"的何晏唱起了反调。"以为圣人茂于人者神明也，同于人者五情也，神明茂故能体冲和以通无，五情同故不能无哀乐以应物，然则圣人之情，应物而无累于物者也。今以其无累，便谓不复应物，失之多矣。"（《三国志·魏书·钟会传》注引何劭《王弼传》）这明显是"无"中生"有"、"玄同彼我"的致思理路。

如果说"有无之辨"涉及本末、体用二端的对接，那么接下来就必然会触及名教与自然的"同异"问题。这一问题在"竹林玄学"那里已经出现分歧。嵇康的"越名教而任自然"（《释私论》），不仅认为二者"相异"，甚至把"名教"当作一个"贬词"而予以批判。[3] 而嵇康被杀后，这一主张的政治凶险性日益凸显，故在向秀、王戎以及后来的王衍、郭象那里，基本上认为二者"相同"。《世说·文学》第 18 条载：

　　阮宣子有令闻。太尉王夷甫见而问曰："老庄与圣教同

----

① 汤用彤《崇有之学与向郭学说》，《魏晋玄学论稿》，上海古籍出版社，2001 年，第173 页。

② 参刘强《归名教与任自然：〈世说〉研究史上的"名教"与"自然"之争》，《学术研究》2019 年第 6 期。

③ 参见张蓓蓓《"名教"探义》，《中古学术论略》，台北大安出版社，1991 年。

异?"对曰:"将无同。"太尉善其言,辟之为掾。世谓"三语掾"。①

也就是说,西晋初年,在"名教自然同异"的问题上,原本各执一端的理论主张已开始趋同。这一趋同的主张并非纯粹来自哲学思辨,而与士人之出处选择及政治立场攸关。陈寅恪在论及山涛举荐嵇绍时说:"天地四时即所谓自然也。犹有消息者,即有阴晴寒暑之变易也。出仕司马氏,所以成其名教之分义,即当日何曾之流所谓名教也。自然既有变易,则人亦宜仿效其变易,改节易操,出仕父仇矣。斯实名教与自然相同之妙谛,而此老安身立命一生受用之秘诀也。呜呼!今《晋书》以山涛传、王戎及衍传先后相次,列于一卷(第四三卷)。此三人者,均早与嵇、阮之徒同尚老庄自然之说,后则服遵名教,以预人家国事,致身通显,前史所载,虽贤不肖互殊,而获享自然与名教相同之大利,实无以异也。"②这说明,对名教与自然同异的不同回答,直接关系到所谓"安身立命",明了二者相同之"妙谛",便是参透了"安身立命一生受用之秘诀",最终自可"获享自然与名教相同之大利"。既然要仿效自然之变易,则"改节易操,出仕父仇"都是可以被理解的了。就此而言,主张"自然与名教相同"这批人,骨子里仍旧是"以无为本"的"贵无"派。如果任由这一派得势,则名教之价值最终一定会被彻底取消,归于"虚无"。王澄、胡毋彦国诸人的放浪形骸,正是这场"虚无狂欢"中最为丑陋的一出"真人秀"!

有道是物极必反。当"贵无"的理论导出了"悖礼伤教"的实践,必然会引起强烈的反弹。比乐广更激烈的声音出自西晋另一位玄学家裴頠。《晋书》本传称:"頠深患时俗放荡,不尊儒术,何晏、阮籍素有高名于世,口谈浮虚,不遵礼法,尸禄耽宠,仕不事事;至于王衍之

---

① 按:《晋书·阮籍传》附《阮瞻传》则以此事属王戎、阮瞻:"(瞻)举止灼然,见司徒王戎,戎问曰:'圣人贵名教,老庄明自然,其旨同异?'瞻曰:'将无同。'戎咨嗟良久,即命辟之。时人为之'三语掾'。"记载不同,其揆则一。

② 陈寅恪《陶渊明之思想与清谈之关系》,《金明馆丛稿初编》,生活·读书·新知三联书店,2001年,第216页。

徒,声誉大盛,位高势重,不以物务自婴,遂相放效,风教陵迟,乃著《崇有》之论以释其蔽。"《世说·文学》第12条注引《晋诸公赞》亦称:"颜疾世俗尚虚无之理,故著《崇有》二论以折之。"在《崇有论》中,裴颜对当时的虚无放诞、悖礼伤教的风气大加挞伐,他说:"贱有则必外形,外形则必遗制,遗制则必忽防,忽防则必忘礼。礼制弗存,则无以为政矣。""夫至无者,无以能生,故始生者,自生也。"又说:"是以立言藉于虚无,谓之玄妙;处官不亲所司,谓之雅远;奉身散其廉操,谓之旷达。故砥砺之风,弥以陵迟。放者因斯,或悖吉凶之礼,而忽容止之表,渎弃长幼之序,混漫贵贱之级。其甚者至于裸裎,言笑忘宜,以不惜为弘,士行又亏矣。"(《晋书》本传)裴颜同样提到了"裸裎"之弊,正可作为乐广"名教乐地"说的注脚。

如果说,在"名教自然同异"的问题上,存在着左、右两个极端,左端是"贵无",右端是"崇有"的话,那么,"贵无"一派显然占据更大的权重;以嵇康、阮籍为代表的"自然派"成了"极左"的一派,认为名教自然截然"相异",其末流则沦为以王澄、胡毋辅之为代表的"放达派"。如果把当时的情势比作一架天平,"贵无"显然取得了相对优势,致使天平已经向左倾斜并终于"失衡"。这时,必须有一种"主同"的力量出来调适,王戎、王衍、阮瞻、阮修诸人不得不向"中点"靠拢,以确保天平的平衡——他们大体相当于"贵无派"中的右翼。然而,"主同"的一派其立足点仍在"无",天平依然呈现"左倾"之势;故裴颜的出现,等于以千钧之力站在了"有"的一端,尽管从表面上看,裴颜和嵇康一样都成了"主异"的一派,但双方的立足点却恰成反对。嗣后,才有郭象的既矫正于"无"、又超越于"有"的"独化论"玄学的出现。至此,以现实忧患之解决为理论归趋的魏晋玄学,终于在动荡流徙之中找到了某种短暂而相对的平衡。

可以说,在当时一派"贵无"的喧嚣中,裴颜以一人之力横扫千军,真有"虽千万人吾往矣"的大智大勇。裴颜被誉为"言谈之林薮"(《世说·赏誉》第18条),绝非浪得虚名。尽管其"自生"和"崇有"的理论,难免存在"与政治事件不相适应"的缺陷,但他毕竟开启了后世如袁宏、王坦之、孙盛的立足名教以调和自然的玄学思想。"在阮籍、嵇康的自然论的玄学煽起了一股虚浮旷达之风以后,如果没有裴頠树起崇有的旗帜维护名教,也许玄学的发展会走上另一条与现实越离越远的道路。"[①]正因如此,裴頠成了魏晋玄学史上十分重要的转关人物。然则,在"贵无"与"崇有"的两极对立中,乐广到底是何态度?其玄学立场究竟如何呢? 这正是我们接下来要探讨的问题。

三、"清己中立":乐广的玄学立场及思想旨趣

检视以往魏晋玄学和清谈的相关研究,对乐广玄学立场的解读无外乎以下两种观点:一种观点认为乐广乃"贵无"一派。如贺昌群就说:"崇尚虚玄,沉酣于酒,逃于得失之外以免害,则阮籍、王衍、乐广之流是也。"[②]余敦康则一方面指出,"王衍、乐广的贵无论也致力于玄学与儒学的结合,并没有否定儒学",一方面又说"尽管王衍认为圣教与老庄相同,乐广认为名教中自有乐地,却再也无法用贵无论的玄学来证明了"。[③] 不用说,这等于是把乐广划到了王衍的阵营。

另一种观点则以乐广为"崇有派"。如汤用彤说:"元康以后,放达以破坏名教为高,非真正的放达。阮浑要学阮籍,而阮籍说他不配,盖只有外表的放达是不行的。东晋戴逵《竹林名士论》谓:'籍之抑浑,盖以浑未识己之所以为达。'……乐广为大名士,亦痛恶此风,谓'名教中自有乐地','乐令之言之有旨哉! 谓彼非玄心,而徒为放恣也。'(同上)……为纠正此种风气,乐广、裴頠乃有愤激之言,是亦向郭注《庄》之宗旨也。"[④]余英时也说:"裴、乐辈之护持群体纲纪,实已多调和折衷之意。……乐彦辅所谓'名教中自有乐地'者,意即

---

① 余敦康《魏晋玄学史(第二版)》,北京大学出版社,2016 年,第 365 页。

② 贺昌群《魏晋清谈思想初论》,商务印书馆,2000 年,第 55 页。此说当本自王夫之《读通鉴论》卷十二:"不然,则崇尚虚浮,逃于得失之外以免害,则阮籍、王衍、乐广之流是已。"

③ 余敦康《魏晋玄学史(第二版)》,北京大学出版社,2016 年,第 351 页。

④ 汤用彤《魏晋玄学论稿》,上海古籍出版社,2001 年,第 176 页。

群体纲纪之中,仍有个体发挥其自由之余地,不必出于破坏秩序一途也。"①这分明是将乐广归入到了裴頠一方。

应该说,上述两种观点皆不无道理,而又不免失之一偏。其理路上的漏洞在于,过分执着于"有"、"无"两端,而未能充分还原历史现场的复杂性和多元性。就乐广而言,一旦我们将他归入或"贵无"或"崇有"的任何一方,都不啻于对他进行了一次跨越时空的"思想绑架"。强行给他"选边站队"的结果,不仅使乐广失去了"主体"的"自性",同时也让他在思想史的镜像中变得面目不清了。须知乐广乃人物品藻中的"人之水镜",时人"见之若披云雾睹青天"(《世说·赏誉》第 23 条);如果我们竟使这"水镜"蒙尘,不能传神显影、朗照乾坤,则实在是愧对古人了!

事实上,以清谈的水平和影响力而言,乐广绝不在王衍、裴頠二人之下,而其性格及人品也与当时诸多玄学家不同。据《晋书》本传,乐广"性冲约,有远识,寡嗜欲,与物无竞。尤善谈论,每以约言析理,以厌人之心,其所不知,默如也";与王衍"俱宅心事外,名重于时。故天下言风流者,谓王、乐为称首焉"。袁宏《名士传》列举"中朝名士",乐广位列第二,仅次于裴楷,王衍尚在其后。② 二人之气象格局也有差异,所谓"王夷甫太鲜明,乐彦辅我所敬"(《世说·品藻》第 8 条)。当时称许乐广、卫玠这一对翁婿:"妻父有冰清之姿,婿有璧润之望,所谓秦晋之匹也。"(刘注引《晋诸公赞》)《晋书》本传还说:"广所在为政,无当时功誉,然每去职,遗爱为人所思。凡所论人,必先称其所长,则所短不言而自见矣。人有过,先尽弘恕,然后善恶自彰矣。"凡此种种,皆与先秦儒家"尊贤而容众,嘉善而矜不能"(《论语·子张》)的君子风范及"己所不欲勿施于人"的恕道原则若合符节。毋宁说,

① 余英时《汉晋之际士之新自觉与新思潮》,《士与中国文化》,上海人民出版社,2003年,第 339 页。

② 《世说·文学》第 94 条"袁彦伯作《名士传》成",刘注云:"宏以夏侯太初、何平叔、王辅嗣为正始名士;阮嗣宗、嵇叔夜、山巨源、向子期、刘伯伦、阮仲容、王濬冲为竹林名士;裴叔则、乐彦辅、王夷甫、庾子嵩、王安期、阮千里、卫叔宝、谢幼舆为中朝名士。"

乐广身上实有一种当时稀缺的、难能可贵的君子人格和贤者气象！

不仅如此，乐广的清谈水平也得到了如夏侯玄、卫瓘、裴楷等众多前辈的一致称道。《世说·赏誉》第 23 条："卫伯玉为尚书令，见乐广与中朝名士谈议，奇之曰：'自昔诸人没已来，常恐微言将绝。今乃复闻斯言于君矣！'"据刘注引《晋阳秋》，这里的"昔人"，盖指开启正始之音的何晏、王弼诸人。与王衍的"妄下雌黄"和郭象的"口若悬河"不同，乐广的清谈风格是"辞约而旨达"①，故王夷甫尝自叹：'我与乐令谈，未尝不觉我言为烦。'"（《世说·赏誉》第 25 条）

乐广不仅与王衍齐名，还与裴頠相善。而在当时的人物品藻中，乐广实在裴頠之上。② 前引《世说·文学》第 12 条注引《晋诸公赞》曰：

> 自魏太常夏侯玄、步兵校尉阮籍等，皆著《道德论》。于时侍中乐广、吏部郎刘汉亦体道而言约，尚书令王夷甫讲理而才虚，散骑常侍戴奥以学道为业，后进庾敳之徒皆希慕简旷。頠疾世俗尚虚无之理，故著《崇有》二论以折之。才博喻广，学者不能究。后乐广与頠清闲欲说理，而頠辞喻丰博，广自以体虚无，笑而不复言。

乍一看，这则材料中的乐广"体道而言约"、"自以体虚无"云云，似乎是站在了裴頠的对立面③，其实不然。这里，乐广的"自以体虚无，笑而不复言"，应与上文的裴頠"辞喻丰博"合观，其所涉并非儒道或有

---

① 《世说·文学》第 16 条："客问乐令'旨不至'者，乐亦不复剖析文句，直以麈尾柄确几，曰：'至不？'客曰：'至。'乐因又举麈尾曰：'若至者，那得去？'于是客乃悟服。乐辞约而旨达，皆此类。"

② 《世说·品藻》第 7 条："冀州刺史杨淮二子乔与髦，俱总角为成器。淮与裴頠、乐广友善，遣见之。頠性弘方，爱乔之有高韵，谓淮曰：'乔当及卿，髦小减也。'广性清淳，爱髦之有神检，谓淮曰：'乔自及卿，然髦尤精出。'淮笑曰：'我二儿之优劣，乃裴、乐之优劣。'论者评之，以为乔虽高韵，而检不匝；乐言为得。然并为后出之俊。"

③ 刘大杰将魏晋清谈分为两派，一为玄论派，一为名理派，对此评论说："王衍、乐广是西晋玄论派的两大巨头，也无法取胜裴頠，其余的人更不必说……"《魏晋思想论》，上海古籍出版社，1998 年，第 176 页。

无的观点分歧,而关乎玄学清谈的方法论和修辞学差异。孔子亦曾发出"予欲无言"、"天何言哉"(《论语·阳货》)的感叹,盖以"圣人体无"①之后,深知语言在传情达意上的有限性,所谓"书不尽言,言不尽意"(《易·系辞上》)。

乐广清言以"辞约旨达"为好尚,正是其"体道"之后的结果。他大概认为裴頠所论与自己并无实质冲突,多言反以为忤也。这不仅与《老子》"多言数穷,不如守中"之理暗合,也与乐广"与物无竞"的低调性格以及"其所不知,默如也"的清谈风格若合符节。再看《晋书·乐广传》对此事的记载:

> 是时王澄、胡毋辅之等,皆以任放为达,或至裸体者。广闻而笑曰:"名教内自有乐地,何必乃尔!"其居才爱物,动有理中,皆此类也。值世道多虞,朝章紊乱,清己中立,任诚保素而已。时人莫有见其际焉。

此说与《世说》稍有不同,而信息量更大。尤其是"动有理中"、"清己中立"云云,正可见出乐广为人持重守中,不走极端的性格。也就是说,在"贵无"和"崇有"的交锋中,乐广中立不倚,从善如流,秉持一种足够清醒的理性精神,在"极左"的"贵无"与"极右"的"崇有"之间,做到了"执其两端而用其中"。乐广"闻而笑曰"的态度也大有深意,这正是《中庸》所谓"喜怒哀乐之未发谓之中,发而皆中节谓之和"的修养工夫。《礼记·乐记》说:"好恶无节于内,知诱于外,不能反躬,天理灭矣。夫物之感人无穷,而人之好恶无节,则是物至而人化物也。人化物也者,灭天理而穷人欲者也。"乐广有"人之水镜"之誉,他分明从王澄、胡毋彦国诸人的"裸体"行为中,嗅到了一丝"人化物"的不祥气味,故不得不以一种不伤和气的态度规劝之,点化之。

不过,尽管乐广在"贵无"和"崇有"的玄学论争中保持着某种"价值中立",但在回答"名教自然同异"这一时代命题时,他的选择依旧

---

① 《世说·文学》第8条:"王辅嗣弱冠诣裴徽,徽问曰:'夫无者,诚万物之所资,圣人莫肯致言,而老子申之无已,何邪?'弼曰:'圣人体无,无又不可以训,故言必及有;老、庄未免于有,恒训其所不足。'"

是"主同"而非"主异"。盖"主异"必然导致撕裂,"主同"则倾向于折中与调和。对此学界基本观点一致。如龚斌就说:"乐广之意,即名教与自然相同之旨。……乐广之语以及'三语掾'之美谈,皆可说明名教与自然之调和,乃当时之新思潮。"[①]张蓓蓓也认为,乐广"是'名教'与'自然'之间的调和者","乐广所说'名教内自有乐地'的话,……颇有维护'名教'的用心。"[②] 不过还须注意,同样是"主同"的"调和派",王戎、王衍的立场在"自然",而乐广的立场则滑向了"名教"。甚至可以说,在乐广眼里,"名教"不仅本于"自然"、同于"自然",甚至还是高于"自然"的。而对"名教"的肯定和维护,恰恰是乐广超越于整个时代的地方。习凿齿谓"乐令无对于晋世"(《世说·言语》第72条注引《伏滔集》),良有以也。

四、"名教乐地"与"孔颜乐处":乐广之"乐"的思想史意义

我们说乐广的"名教乐地"说超越了他的时代,并非耸人听闻。盖王戎、王衍之徒虽提出名教与自然"同不同"的问题,却语焉不详,未能予以深入发掘;乐广则独辟蹊径,提出了一个"乐不乐"的问题——这就把此一问题精密化和深刻化了。换言之,仅仅对名教与自然做出或"异"或"同"的回答,还是难免隔靴搔痒、大而无当之讥。如果进一步追问:既然二者是"同",到底"同"在何处? 乐广的回答是"同"在名教与自然中都有"乐地"!

"乐广"的姓名,真是颇具寓言价值和经典理据。《礼记·乐记》云:"乐者,乐也。乐也,人情之所以不能免也,故人不能无乐。"是知礼乐之"乐",实与快乐之"乐"相通。同篇又说:"是故君子反情以和其志,广乐以成其教,乐行而民乡(向)方,可以观德矣。"这里的"广乐"正与"乐广"名义相合。"乐广"者,即"广乐"也。准乎此,则其关注于"名教乐地"这一"大哉问",并试图推广之、张大之,不

---

① 龚斌《世说新语校释》,上海古籍出版社,2011年,第57页。
② 张蓓蓓《"名教"探义》,《中古学术论略》,台北大安出版社,1991年,第2、4页。

亦宜乎！[①]

进而言之，乐广的"名教乐地"说在中国思想史上实有承前启后之功，其主要贡献有二：其一，是对"名教"含义的开拓。陈寅恪释"名教"云："故名教者，依魏晋人解释，以名为教，即以官长君臣之义为教，亦即入世求仕者所宜奉行者也。"[②]然陈氏仅将"名教"之"名"释为"名分"之"名"，还"主要是偏重政治观点的"，"事实上，魏晋所谓'名教'乃泛指整个人伦秩序而言，其中君臣与父子两伦更被看作全部秩序的基础"。[③]张蓓蓓认为，"名教"作为一玄学概念，最早见于嵇康的《释私论》，其词义"并不单纯"：嵇康所造词的原义，应泛指一切"有名之教"，与"世教"、"礼法"、"名分"相关，是从道家"非名"的思想出发，反对"世俗既有的轨范与拘制"，故"名教"在嵇康造词之时本是一"贬词"。"当西晋之世，西晋名士使用'名教'之词，早已不知不觉间逐渐违失了造词的初意而将之用作名分礼法的代称。譬如乐广见王澄等人裸体放达，笑曰：'名教内自有乐地，何必乃尔！'此处'名教'的用法已显然接近名分礼法。"[④]后经由袁宏《后汉纪》初平二年后所论[⑤]，以为"名教"乃天经地义，无可置疑，从此"名教"才变成一"美词"[⑥]。

前辈学者所论各有其理，然亦非无可挑剔。比如，对"名教"一词

---

①　按：乐广对"乐"的兴趣还可见于《世说·言语》第23条："诸名士共至洛水戏，还，乐令问王夷甫曰：'今日戏乐乎？'王曰：'裴仆射善谈名理，混混有雅致；张茂先论《史》、《汉》，靡靡可听；我与王安丰。说延陵、子房，亦超超玄著。'"这里所说虽是"清谈之乐"，与"名教乐地"并非一事，然亦可见乐广对"乐"的探究格外留意。

②　陈寅恪《陶渊明之思想与清谈之关系》，《金明馆丛稿初编》，生活·读书·新知三联书店，2001年，第203—204页。

③　余英时《名教思想与魏晋士风的演变》，《士与中国文化》，上海人民出版社，2003年，第358页。

④　张蓓蓓《"名教"探义》，《中古学术论略》，台北大安出版社，1991年，第29页。

⑤　按：袁宏《后汉纪》有"夫君臣父子，名教之本也"一大段论述，文繁不赘引。又其《三国名臣颂》亦云："君亲自然，匪由名教，爱敬既同，情礼兼到。"皆使"名教"一词焕发出新义，而倍增光彩。

⑥　张蓓蓓《"名教"探义》，《中古学术论略》，台北大安出版社，1991年，第31页。

的解读单独看自可成立,但如与"乐地"合观,则又不无偏颇。试问:难道乐广的"名教中自有乐地",竟是指"官长君臣父子之义"或者"名分礼法"之中"自有乐地"吗? 又,指出"名教"一词至东晋袁宏才变成一"美词",固然极大启发了我们的思路,但是,难道乐广说"名教乐地"时,"名教"尚且不是一个"美词"吗? 笔者以为,乐广所谓"名教"不仅超出"官长君臣父子之义"或者"名分礼法",更是一个值得肯定的"美词"。前引《世说·文学》第18条王衍问"老庄与圣教同异",《晋书·阮瞻传》王戎问的也是:"圣人贵名教,老庄明自然,其旨同异?"由此可以推断,乐广所谓"名教"之"旨",实则即是"圣教",绝非仅指"名分礼法"或"人伦秩序"。甚至可以说,乐广所谓"名教乐地",其所指并非"名教"中关乎修齐治平的一整套礼法制度和伦理价值体系(所谓"外王"),而是"名教"本身所蕴涵的一个超越性和终极性的形上维度(也即"内圣")。——只有追问到这一层次,则乐广"名教乐地"说的丰富内涵才能全幅开显。

如所周知,儒学本来就是一种"志于道"的学问,是"下学而上达"的生命之学、实践之学和快乐之学;既有形而下的"外王之术",也有形而上的"内圣之道"。一个真正致力于"行义以达其道"的儒者,如孔子、颜回、曾子、孟子诸人,即使一生贫寒困顿,颠沛流离,也能"乐天知命","守死善道"。他们本质上都是"乐道"而非"崇术"之人。我们很难想象,当孔子说"有朋自远方来,不亦乐乎"时,赞美颜回"一箪食,一瓢饮,在陋巷,人不堪其忧,回也不改其乐"时,抑或自称"发愤忘食,乐以忘忧,不知老之将至云尔","饭疏食,饮水,曲肱而枕之,乐亦在其中矣","不义而富且贵,于我如浮云"时,当孟子说"君子有三乐,而王天下不与存焉","反身而诚,乐莫大焉"①时,竟然只是想到了"君臣父子"或"名分礼法"之类的"外王"之义! 当孔子说"七十而从心所欲不逾矩","我无可无不可"时,其所赫然朗现的不正是一种大

① 《孟子·尽心上》:"孟子曰:君子有三乐,而王天下不与存焉。父母俱存,兄弟无故,一乐也;仰不愧于天,俯不怍于人,二乐也;得天下英才而教育之,三乐也。"

自由和大快乐的"内圣"境界吗？又《论语·子罕》："子绝四：毋意、毋必、毋固、毋我。"毋者，"无"也；意必固我者，"有"也。就此而言，孔子乃是最早以"无"说"有"的人，王弼说"圣人体无"，信不虚也。我们不能只是看到"名教"中"不逾矩"和"可、不可"的一面，却对其"从心所欲"、"无可无不可"的"内在超越"的一面置若罔闻。

就此而言，乐广可谓是那个祖述虚无的时代，少数几个拥有澄明理性的人之一。他发现，执着于"无"或"有"的任何一端，都会陷入到"意必固我"的名相窠臼，所以他才要"清己中立"，"不知默如"。或许乐广已提前参悟到了数十年后谢安的那句话："贤圣去人，其间亦迩。"（《世说·言语》第 75 条）只可惜乐广生错了时代。当他看到王澄、胡毋彦国的"裸体狂欢"时，恐怕只能说一句："禽兽去人，其间亦迩！"故其所谓"名教中自有乐地"，当隐含着"名教"中的"人禽之辨"，其潜台词应该是："天理人道中自有乐地，何必为禽兽之行哉？"清人方苞评云："名教中自有乐地，人而裸体者，与禽兽何异哉！"盖亦此意。[1]

乐广对"名教"含义的开拓，还表现在一个方位词（即"内"或"中"字）上。无论是"名教中"还是"名教内"，皆有缩小范围之义。如以"丸之走盘"[2]为喻，则"名教"者，盘也；"乐地"者，丸也。名教所含甚广大，既然有"乐地"，当然也有"不乐地"。《礼记·乐记》云："乐也者，动于内者也；礼也者，动于外者也。""乐统同，礼辨异，礼乐之说，管乎人情矣。"又《荀子·乐论》："乐合同，礼别异。"这里以"内外"、"同异"言"礼乐"，给我们启发尤大。窃谓乐广所谓"名教"，实含"内圣"与"外王"二义，偏于政治者属"外王"，表现为"礼"；偏于修养工夫及身心安顿者属"内圣"，表现为"乐"。乐广的"名教乐地"，显然更关乎"内圣"，而非仅"外王"——其所强调的非仅名教之"礼"，更多还在名教之"乐"。《孝经·广要道》称："移风易俗，莫善于乐。"魏晋之际风俗浇薄的主因无他，乃在礼坏乐崩，而名教与自然之争所以愈演愈

---

[1]　参见刘强《世说新语会评》，凤凰出版社，2007 年，第 17 页。

[2]　杜牧《樊川文集》卷十三云："丸之走盘，横斜圆直，计于临时，不可尽知，其必可知者，是知丸之不能出于盘也。"

烈,正在于只看到了名教中之"礼别异",而忽略了名教中也有"乐合同"。如果我们把"名教"与《礼记·经解》篇孔子所说的"诗教"、"书教"、"乐教"、"易教"、"礼教"、"春秋教"这"六教"相联系①,更可以得出一个大胆的推论——即乐广所谓"名教",大而言之乃指"圣教",小而言之实即"乐教"也!

其二,是对宋儒"孔颜乐处"说的启迪。宋儒周敦颐教二程,要他们"寻颜子仲尼乐处,所乐何事"②。张载少时喜谈兵,"年二十一,以书谒范仲淹,一见知其远器,乃警之曰:'儒者自有名教可乐,何事于兵!'因劝读《中庸》"(《宋史·道学传》)。宋儒的"名教可乐"说,明显是从乐广"名教乐地"中转而来。朱汉民曾指出:"他(乐广)显然认为坚守'名教'并不与追求快乐相对立。但是由于魏晋名士认为名教之乐归本于名教中所依据的'自然',其名教之乐就仍然只能归因于自然,故而并没有真正缓和名教与乐的紧张关系。可见,玄学家提出的问题并没有解决,此'问题意识'解决就必须回到'名教'本身。宋儒必须解决一个这样的问题,即名教并不是个人之外在的强制要求、必然法则,而应该是来之于每个人自己的内心深处和天然本性,这样才会有真正的名教之乐。"③这一判断大体不谬,但亦不无可商。盖经由郭象、袁宏等人的努力,名教与自然的"紧张关系"至东晋便已得到缓解。如上文所论,当乐广说出"名教中自有乐地"时,其"问题意识"的重心便已不在"自然"而在"名教"本身了。

而且,乐广不仅提出了"名教可乐"的问题,也部分给出了答案。《世说·文学》注引《晋诸公赞》称,乐广"体道而言约",正因为"言约",故未能诉诸文字;又因为"体道",故必然对"害道"之行为不能容

---

① 《礼记·经解》云:"孔子曰:入其国,其教可知也。其为人也,温柔敦厚,诗教也;疏通知远,书教也;广博易良,乐教也;絜静精微,易教也;恭俭庄敬,礼教也;属辞比事,春秋教也。"

② 程颢、程颐著,王孝鱼点校《二程集》,中华书局,1981年,第16页。

③ 朱汉民《玄学与理学的学术思想理路研究》,中国社会科学出版社,2012年,第24页。

忍。前引东晋戴逵可谓乐广的"知音"，故将"笑曰"改为"讥之"，又赞乐广之言为"有旨"。而戴逵所撰的《放达非道论》，题目便可为乐广做注脚。其文云：

> 古之人未始以彼害名教之体者何？达其旨故也。达其旨，故不惑其迹。若元康之人，可谓好遁迹而不求其本，故有捐本徇末之弊，舍实逐声之行，是犹美西施而学其颦眉，慕有道而折其巾角，所以为慕者，非其所以为美，徒贵貌似而已矣。夫紫之乱朱，以其似朱也。故乡原似中和，所以乱德；放者似达，所以乱道。然竹林之为放，有疾而为颦者也，元康之为放，无德而折巾者也，可无察乎！（《晋书·戴逵传》）

这里的"放者似达，所以乱道"，不正是乐广"名教乐地"说的"话外音"吗？前引戴逵《竹林七贤论》说："乐令之言有旨哉！谓彼非玄心，徒利其纵恣而已。"乐广之言所以"有旨"，正因其真有一颗体道、达道的"玄心"。《礼记·乐记》云："乐也者，圣人之所乐也。""君子乐得其道，小人乐得其欲。以道制欲，则乐而不乱；以欲忘道，则惑而不乐。"与此相反，《庄子·马蹄》篇则说："夫至德之世，同与禽兽居，族与万物并。恶乎知君子小人哉！同乎无知，其德不离；同乎无欲，是谓素朴。素朴而民性得矣。"由此看来，王澄之徒正是以《庄子》的"齐物"思想为圭臬，放纵于肉体的狂欢，看似反璞归真，实则不过"以欲忘道"罢了，故其所乐，乃乐而淫，乐而乱，正是乱德、害道的"小人之乐"；而乐广所标举的"名教之乐"，才是礼乐相兼的"君子之乐"和"圣人之乐"。

宋明儒者对"名教之乐"多有论述。有以"诚"论乐者如程颢："学者须先识仁。仁者浑然与物同体……孟子言'万物皆备于我'，须反身而诚，乃为大乐。若反身未诚，则犹是二物有对，以己合彼，终未有之，又安得乐？"①有以"道"论乐者如程颐，弟子以颜回"乐道而已"，程

---

① 程颢、程颐著，王孝鱼点校《二程集》，中华书局，1981年，第16—17页。

颐则说:"使颜子以道为可乐而乐乎,则非颜子矣。"①罗大经也说:"学道而至于乐,方能真有所得。"(《鹤林玉露》卷二)有以"学"论乐者如邵雍:"学不至于乐,不可谓之学。"干脆名其居所曰"安乐窝"。王阳明更以"心"论乐,乃谓"乐是心之本体"。凡此种种,不一而足。

由此可知,宋明儒家是把"名教可乐"当作一个重大理论问题加以讨论的,进而将"乐"看作是"圣贤气象"的必备要素和体道、悟道、证道的最高境界。"乐"的学问几乎成了中国传统文化最典型的特色之一,李泽厚先生甚至以"乐感文化"来概括中国文化。② 宋明理学和心学在"名教可乐"方面的思想创见,若要追本溯源,西晋的乐广可谓筚路蓝缕,伐山有功!尽管乐广所处的时代,儒学面临极大挑战,家世儒学的士大夫亦无立场鲜明的儒家"道统"自觉,但我们从乐广对"名教乐地"的彰显和肯认上,还是隐约嗅到了一种不易觉察的"卫道"意味。明人吴勉学谓其"中流一柱",王思任亦称"晋朝若有活骨,还记此言"③,绝非空穴来风。

不仅如此,乐广"辞约旨达"的清谈风格实在与"不立文字,教外别传"的禅宗机锋遥相呼应,不谋而合。余嘉锡就说:"乐令未闻学佛,又晋时禅学未兴,然此与禅家机锋,抑何神似? 盖老、佛同源,其顿悟固有相类者也。"④可以说,乐广的思想乃是魏晋玄学史上一个超迈时流的"特殊形态",虽然无法彻底摆脱时代的局限,但其所作所为、所思所言,却明显已与时代大势不相合拍,表现出上承先秦、下启宋明的双向超越的态势了——这不能不说是一个异数甚至是奇迹!

五、结语:"健忘"的思想史

长期以来,中国思想史的书写较为关注著作等身的重要思想家,

---

① 程颢、程颐著,王孝鱼点校《二程集》,中华书局,1981年,第1237页。

② 参李泽厚《实用理性与乐感文化》,生活·读书·新知三联书店,2005年。

③ 参刘强辑校会评《世说新语》(上),"江苏文库精华版",凤凰出版社,2020年,第21页。

④ 余嘉锡《世说新语笺疏(修订本)》,上海古籍出版社,1993年,第205页。

而对"不立文字"或者仅有只言片语的思想家则一笔带过,甚或忽略不计。我们看到,"清夷冲旷","在朝廷用心虚淡,时人重其贞贵"(《世说·言语》第25条注引虞预《晋书》)的乐广,在东晋依然受到极高的赞誉。《世说·轻诋》第2条记:

> 庾元规语周伯仁:"诸人皆以君方乐。"周曰:"何乐?谓
> 乐毅邪?"庾曰:"不尔,乐令耳。"周曰:"何乃刻画无盐,以唐
> 突西子也?"

刘盼遂云:"按周此语,盖谓以无盐比西子也。正诋庾语失当。"一向放达简傲的周伯仁,竟以"西子"比乐广,而自居"无盐",自愧不如,足见乐广在东晋时仍是令人仰望的人格偶像。然而,文字书写的历史终究是有些"势利"的,尤其在贵文尚美的南朝,乐广独特而又中和的声音几乎被时代的喧嚣所淹没。刘勰《文心雕龙·论说》云:

> 魏之初霸,术兼名法;傅嘏、王粲,校练名理。迄至正
> 始,务欲守文;何晏之徒,始盛玄论。于是聃、周当路,与尼
> 父争涂矣。……夷甫、裴颜,交辨于有无之域:并独步当时,
> 流声后代。然滞有者,全系于形用;贵无者,专守于寂寥。
> 徒锐偏解,莫诣正理;动极神源,其般若之绝境乎!

刘勰在论及魏晋学术时,提到了王衍、裴颜,却于乐广只字未提。其实,要论著作,裴颜还算一论不朽,信口雌黄的王衍又留下了什么呢?他不过是参与了名教自然"将无同"的众声喧哗而已,比起乐广的"名教中自有乐地",其思想深度和文化力度,相去实在不可以道里计!近代以来,各种魏晋玄学和中国思想史著作,对于乐广也多不屑置辩,点到为止。唯唐翼明先生《魏晋清谈》一书是个例外,该书为乐广特设一节,肯定其在魏晋清谈史上的关键地位,认为他"在清谈的绝而复续的过程中","似乎扮演了关键的角色"。[①] 这在乐广的接受史上,庶几可算是"柳暗花明"的一页。

---

① 唐翼明先生指出:"事实上,自何、王没后,就已经不复有真正像样的清谈,竹林七贤之事乃是清谈的一种扭曲和变形;而自夏侯玄被杀,竹林接着解体,就连这种变形的清谈也没有了。"《魏晋清谈》,台北东大图书公司,1992年,第220页。

由此可见,思想史的书写其实也是充满"傲慢与偏见"的,它更易对那些"执其两端"或"攻乎异端"的声音加以放大,而对"清己中立"、"执两用中"的人不屑一顾,如果这人碰巧"与物无竞"而又"不长于手笔",那么他的有价值的思想就极有可能遭到"静音"甚至"删除"。从这个角度上说,一部思想史又何尝不是一部"遗忘史"? 而乐广,应该就是一位被时间和书写的筛子"过滤"甚至"遗忘"掉的思想家,他发出的声音的确不够强大,但只要我们善于聆听,总能发现这轻描淡写的一句话,真不啻于黄钟大吕,能给千年之后的我们以"披云雾睹青天"之感。刘勰《文心雕龙·知音》云:"知音其难哉! 音实难知,知实难逢;逢其知音,千载其一乎!"诚哉斯言也!

　　　　　2021 年 5 月下旬动笔,6 月 7 日草成于沪上守中斋

　　　　　　　　　　　（同济大学人文学院）

官方学术与辑录文本：
论《性理大全》的文学批评

崔振鹏

内容摘要：永乐年间，明廷编纂《性理大全》时专门辑录理学家论诗、论文语录，形成代表官方学术的文学批评。通过文本对读可知，《大全》编纂者在辑录过程中对来源文本进行整饬、剪裁、拼合，以增强其文学批评的官方色彩，宣扬"不务辞章"的文学导向，回避与当朝帝王、文官群体、既有文学评价等可能发生冲突的话题。辑录过程中的文本改易现象，是理解《性理大全》文学批评特点的关键。

关键词：《性理大全》；辑录；文学批评；《朱子语类》

Official Academics and Edited Texts：
The Literary Criticism of *Xingli Daquan*

Cui Zhenpeng

Abstract：During the Yongle period，when the Ming court compiled

Xingli Daquan, it specially compiled the comments of Confucianists on poetry and prose, forming a literary criticism representing official academics. It can be seen from the textual reading that the editors of *Xingli Daquan* have rectified, cut, and combined the source texts in the process of compiling, in order to enhance the official color of their literary criticism and promote the literary orientation of "discouraging rhetoric". At the same time, they avoided topics that might conflict with the emperor, the literati group, and the literary criticism tradition. In order to understand the characteristics of the literary criticism of *Xingli Daquan*, the phenomenon of text modification during the compilation process is a key issue.

Keywords: *Xingli Daquan*; edited text; literary criticism; *Zhuzi Yulei*

在明代思想文化史上,永乐朝编纂《五经四书大全》与《性理大全》是影响深远的大事①。前者汇集诸家传注,后者纂辑名儒著作、议论格言,皆有"广大悉备"的文化追求。明成祖朱棣认为:"使家不异政,国不殊俗,大回淳古之风,以绍先王之统,以成熙皞之治,将必有赖于斯焉。"②他将《大全》视作统一风俗、辅翼政教的经国大典。对于《大全》,后世学者的评价颇为不一,誉之者称其为追辙古圣的"捷要真方"③,非之者则斥其为潦草、冗蔓之作④。但无论如何,它的影响

---

① 关于书名,有时将之合称为《五经四书性理大全》(简称为《大全》),也有时将之析为《诗经大全》、《书经大全》、《礼记大全》、《易经大全》、《春秋大全》、《四书大全》和《性理大全》。但就其内容和性质而言,一般分为《五经四书大全》与《性理大全》两部。参见朱冶《元明朱子学的递嬗:〈四书五经性理大全〉研究》,人民出版社,2019年,第1页。

② 《明太宗实录》卷一百六十八,台北"中研院"历史语言所,1962年,第1874页。

③ 贺钦《书东莱格言后以劝乡人》,《医闾集》卷六,《景印文渊阁四库全书》第1254册,台湾商务印书馆,1986年,第681页。

④ 如《四库全书总目》卷五十八"古今列女传"条,馆臣认为《五经四书大全》"潦草";卷九十三"性理大全书"条,馆臣称《性理大全》"大抵庞杂冗蔓,皆割裂襞积以成文,非能于道学渊源真有鉴别";又,卷九十四"御纂性理精义"条,称"(胡)广等以斗筲下才,滥膺编录,所纂五经、四书《大全》,并剽窃坊刻讲章,改窜姓名,苟充卷帙。其《性理大全书》尤庞杂割裂,徒以多为贵,无复体裁"。《钦定四库全书总目》,中华书局,1999年,第811、1225、1234页。

都不容忽视。在永乐朝，《大全》被颁于六部、两京国子监及天下郡县学，朱棣命礼部"以朕意晓谕天下学者，令尽心讲明，毋徒视为具文"①，流播海内；而直至明中后期，《大全》仍在不断被官私刊刻，并在明代思想传播中长期居于主流②。

《大全》卷帙浩大，其中许多内容涉及文学，对永乐及之后的文学发展影响广泛。正如罗宗强先生指出："此时（永乐至正统朝）之文学思想观念，都可以在《五经四书大全》和《性理大全》中找到来源。"③尤其是《性理大全》，它在收录名儒的著作之外，又辑录他们谈论各种问题的语录，其中专门辟有论诗、论文一卷，形成理学家文学批评的汇编。或许因为《性理大全》是"辑录"性质的著作，容易被视作原创性较弱、代表性不足，因而其文学批评的影响虽被广泛承认，但却一直没有得到专门或深入的研究。其实，如果将《性理大全》中的文学批评与其来源文本进行比对，将会发现"辑录"工作并非照搬原文，而是存在对文本进行剪裁、增补、拼合等多种改易，寄寓了编纂者构建本朝官方文学批评的用心与考量。本文即以辑录行为为切入点，考察《性理大全》文学批评相较前代理学家文论的不同之处，体会其特质，揭橥其用意，并试图以此展现辑录类文学批评著作的复杂性。

一、从"一家之言"到"官方学术"：文本形态的整饬

《性理大全》由明成祖朱棣授命儒臣编纂而成，其官学色彩不言而喻。永乐十三年（1415）九月，历时近十个月的《大全》诸书编纂工作告竣，朱棣亲赐序文，谈及修书的缘由、渊源及用意，其中论《性理大全》之旨趣说："又辑先儒成书及其论议格言，辅翼五经四书、有裨

① 《明太宗实录》卷一百八十六，台北"中研院"历史语言所，1962年，第1990—1991页。
② 关于《大全》的刊刻及影响，参见朱冶《元明朱子学的递嬗：〈四书五经性理大全〉研究》第四章"颁行天下：《大全》在明代的推行与流布"，人民出版社，2019年，第187—219页。
③ 罗宗强《明代文学思想史》，中华书局，2013年，第152页。

于斯道者，类编为帙，名曰《性理大全》。"①全书的旨归既然在于"辅翼五经四书、有裨于斯道"，官学性、理学性便成为了全书的深层语境。《性理大全》有关文学批评文本的辑录工作，亦在此语境下展开，并受到它的制约。

但在《性理大全》文学批评的来源文本中，"一家之言"的特点是很突出的。《性理大全》共七十卷，其中，前二十五卷节录理学家名著、名篇，后四十五卷则分为理气、鬼神、性理、道统、圣贤、诸儒、学、诸子等十三个门类，收录议论格言。论诗、论文处于"学"这一门类中的最末一部分，列于《性理大全》第五十六卷。学者指出，《性理大全》的结构与编次受到《朱子语类》影响。② 现存《朱子语类》编辑刊刻于南宋咸淳六年（1270），编集了朱熹死后七十年间所保存的近百家记载的语录，此书最末两卷辑录朱熹有关诗文的议论，遂成为后来《性理大全》辑录理学家文学批评的蓝本。在《性理大全》卷五十六中，辑录有程颐、杨时、朱熹、张栻、陆九渊、吴澄论诗之语50余条，程颐、杨时、朱熹、陆九渊、杨简、许衡论文之语近110条，涉及文道论、文家论、文本论等各个方面。在诸家之中，又以朱熹语录最多（论诗42条，论文92条），其议论历代文家作品、发表文学观点的话语占据了此卷绝大部分篇幅。朱熹是理学家中比较喜欢诗文辞章的一位，但他不曾想要撰写有关辞章之学的系统著作，因此其"谈诗的言论大多是随意性的点评，兴之所至，言即随之"③，谈文亦然。《朱子语类》的最末两卷，便是这些兴到之言的汇编，也构成了《性理大全》卷五十六最重要的文本来源。对其他理学家，编纂者亦试图从其语录或文集中摘录论及诗文辞章之语，但这些摘录也多是支离或片段式的，短则

---

① 《明太宗实录》卷一百六十八，台北"中研院"历史语言所，1962年，第1874页。

② 陈荣捷《宋明理学之概念与历史》，台北"中研院"中国文哲研究所筹备处，1996年，第351—352页。又，朱冶《元明朱子学的递嬗：〈四书五经性理大全〉研究》附有"《性理大全》卷二十六至七十诸门类及细目分类依据"图表，人民出版社，2019年，第172—173页。

③ 莫砺锋《朱熹文学研究》，南京大学出版社，2000年，第151页。

一二句,长则数百字,并无严格缜密的体系。

虽然理学家们谈论诗文辞章之语多是随意即兴的,但《性理大全》作为经国之大典,其文本性质要求一种体系化和严肃化。文本形态塑造着文本内容的气质,官方学术的文学批评也需要与之相谐的规范化、权威化的文本形态,《性理大全》的编纂者首先在外部形态上对文本进行了调整。以《性理大全》对《朱子语类》的辑录工作为例,即可清晰地看到这一点。

其一是删减语境,减少文本的即兴色彩。语境是理解文本的关键,借由语境可以体察某一议论发生的原因和时空限制。如朱门弟子在辑录《朱子语类》时,便很注重对语境的记录,使后学感受到夫子当时的环境乃至氛围,但这却与追求"恒久之至道"的《大全》有所抵牾。《大全》要求的语录是具有普适性和简洁性的,它不容置疑,甚至不要求体察语境。如《朱子语类》中有一则朱熹讲论历代文章优劣的长篇语录,起首为:"夜来郑文振问:'西汉文章与韩退之诸公文章如何?'"①交代了此则朱子展开议论的语境。其中,时间"夜"与提问者"郑文振"都在某种程度上制约着本次议论的内容,也有助于体会后文朱熹的讲论。但当这则语录被辑入《性理大全》时,开头仅剩:"问:'西汉文章与韩退之诸公文章如何?'"②"夜"与"郑文振"都被删去了;又如《语类》中一则:"看陈藩叟《同合录序》,文字艰涩,曰:'文章须正大,须教天下后世见之,明白无疑。'"③朱熹发出议论的语境是阅读《同合录序》,觉其文字艰涩,于是有感而发,"艰涩"二字是理解此条议论的关键。但当此条被辑入《性理大全》时,"看陈藩叟《同合录序》,文字艰涩"的语境也被删去,只剩下议论之语。④ 当然,"文章须

---

① 黎靖德编,王星贤点校《朱子语类》卷一百三十九,中华书局,2020 年,第 4033 页。

② 胡广等编《性理大全》卷五十六,《景印文渊阁四库全书》第 711 册,台湾商务印书馆,1986 年,第 240 页。

③ 黎靖德编,王星贤点校《朱子语类》卷一百三十九,中华书局,2020 年,第 4060 页。

④ 胡广等编《性理大全》卷五十六,《景印文渊阁四库全书》第 711 册,台湾商务印书馆,1986 年,第 253 页。

正大，须教天下后世见之，明白无疑"这种表述更具有普适性，但这种删节不可避免地损失了来源文本所贮存的细节信息。在经典文本中，如《论语》内的部分语录难以解读、聚讼纷纷，其原因即在于语境的缺失。与之相应，历代研究者往往试图恢复其语境，以此把握某句议论的确切含义和具体指向。① 但《性理大全》的编纂者在进行辑录工作时，却希望减少语境的限制，使文本产生更广阔的阐释空间和运用可能，以制造一种普适经典。

其二是删改人称，增强语录的自说色彩。所谓"发端曰言，答述曰语"②，语录中记载的大多数内容是先生与弟子之间的答问之辞。例如在《朱子语类》中，门人弟子往往称朱熹为"先生"，并对师生之间的对话进行第三人称的叙述。但《性理大全》却更愿意采取第一人称的叙述方式，遂出现改易来源文本人称的现象。譬如《语类》中一则起首说："先生方修《韩文考异》，而学者至……"③以此引入对韩、柳之文的评价。但《性理大全》却将此条改作："某方修《韩文考异》，而学者至……"④将"先生"换为"某"，试图将对话改变为朱熹的自说。这种改易有时会造成原文意思的细微变化。如《语类》中谈论欧阳修的一则语录，末尾为："问先生所喜者。云：'《丰乐亭记》。'"⑤这段师生之间的对话，却在《性理大全》中被简化为："某所喜者，《丰乐亭记》。"⑥前者是被问及而后的回答，后者是自己的主动言说，其中意涵自然不同。但《性理大全》的编纂者选择了忽略这种区别，凸显朱熹

---

① 参见唐代兴《试论〈论语〉的研究方法》，《中华文化论坛》2021年第2期，第12—14页。

② 郑玄注，贾公彦疏，彭林整理《周礼注疏》卷二十五，上海古籍出版社，2010年，第833页。

③ 黎靖德编，王星贤点校《朱子语类》卷一百三十九，中华书局，2020年，第4035页。

④ 胡广等编《性理大全》卷五十六，《景印文渊阁四库全书》第711册，台湾商务印书馆，1986年，第241页。

⑤ 黎靖德编，王星贤点校《朱子语类》卷一百三十九，中华书局，2020年，第4042页。

⑥ 胡广等编《性理大全》卷五十六，《景印文渊阁四库全书》第711册，台湾商务印书馆，1986年，第244页。

的自我言说。第一人称的自我言说，更正式、严肃，更符合《性理大全》作为官方学术的文本定位，遂被普遍采用。此外，《性理大全》在许多条目中还将对话中弟子们的名姓隐去，这也是为了削减原文本的个案性特点，使文本愈加严整和普适。

其三是删节重复段落，增强文本的条理性。语录本身具有实时性特点，而语录的辑录来源众多，不同提问者、记录者提供的文本可能会存在内容的重合乃至重复，这是由语录并非系统专著的特性决定的。但《性理大全》的编纂者对此常常加以删节，以避免文本的芜杂。如《朱子语类》内一则："太白五十篇《古风》是学陈子昂《感遇诗》，其间多有全用他句处。"[①]这则有关李白诗法对象的议论便未被辑入《大全》，其原因很简单，即此观点在紧随其后的另一则语录中被涵盖了。但从另一个角度来看，即便是类似的观点，朱熹对不同提问者都如此论说且再三致意，其中也富于可以解读的空间，这也正是《语类》对此不加裁汰齐整的原因。但《性理大全》并无这种考虑，它虽标榜"广大悉备"，却在面对完整性和规范性的选择时，更倾向于后者。通过删减一些重复段落，不仅减省了篇幅，更重要的是使《性理大全》中的文学批评显得更为规整。

其四是删去非正式的通俗话语，规避文本的浅白。理学家语录得自门人亲记，不避白话俗语，形成了独特的体性，也常会招致后人"鄙俚粗俗"的批评。[②]而这种富于"一家之言"的语言风格，与《性理大全》的学术定位尤多凿枘，故往往被编纂者规避。如《朱子语类》中，朱熹谈到"苏（轼）文害正道，甚于佛老"的观点后，门人记录："先生正色曰：'某在当时，必与他辩。'却笑曰：'必被他无礼。'"[③]这段记录颇为风趣，很能展现朱熹的性格及对苏轼的态度。然而，此条语录在被辑入《性理大全》时，这段记录却被有意裁去了。又如，朱熹颇不

---

① 黎靖德编，王星贤点校《朱子语类》卷一百四十，中华书局，2020年，第4063页。
② 参见任竞泽《论宋代"语录体"对文学的影响》，《文学遗产》2009年第6期，第134—136页。
③ 黎靖德编，王星贤点校《朱子语类》卷一百三十九，中华书局，2020年，第4039页。

喜梅尧臣之诗,《语类》中多有批评讥刺之语。其中一则记载朱熹说:"圣俞诗不好底多。如《河豚诗》,当时诸公说道恁地好,据某看来,只似个上门骂人底诗;只似脱了衣裳,上人门骂人父一般,初无深远底意思……"①《性理大全》在辑录此条语录时,唯独将这几句批评删去,其意并不在回护梅诗,而同样是源于避免这类通俗白话进入《大全》的考虑。语录因不避这些"鄙俚"之言,往往能使读者"诵读之下,謦咳如生,一片肫恳精神洋溢纸上,不啻亲承教诲也"②,但也会使文本实时性、随意性的特点更加显著。而这一点,正是《大全》所不取的。作为官方学术教本,编纂者要突出的恰恰是严肃性和规范性。

此外,《性理大全》此卷收选的话题也较为集中,聚焦于对作家创作或诗文文本的文学评论,而有意回避有关诗文的训诂考证、文本校勘、文学掌故等内容。仍以《朱子语类》为例,其论文、论诗两卷的大多数内容被直接按照原来次序纳入《性理大全》卷五十六,但有一些话题类型的文本却都未被阑入。譬如训诂考证,《语类》中存在对《木兰诗》作年的判断③、对杜诗字句中名物的训诂④,可见朱熹读诗之细,足资对经典诗作的理解,但未被辑录;又如文本校勘,《语类》中有多条涉及陶渊明、杜甫诗歌的校勘(朱熹还自述曾有意作《杜诗考异》)⑤,颇有发明独到之论,但未被辑录;再如文坛掌故,朱熹有时会论及与诗文有关的掌故,像黄巢被人作诗辱骂而大开杀戒之事⑥、宋神宗修汴城时周邦彦献赋之事⑦,在《语录》中皆娓娓道来,但亦未被纳入《性理大全》辑录范围之内。这说明,《性理大全》对"论诗、论文"

---

① 黎靖德编,王星贤点校《朱子语类》卷一百四十,中华书局,2020年,第4073页。

② 朱泽云《与乔星渚》,《朱止泉先生文集》卷四,《清代诗文集汇编》第218册,上海古籍出版社,2010年,第255页。

③⑥ 黎靖德编,王星贤点校《朱子语类》卷一百四十,中华书局,2020年,第4066页。

④ 黎靖德编,王星贤点校《朱子语类》卷一百四十,中华书局,2020年,第4064页。

⑤ 黎靖德编,王星贤点校《朱子语类》卷一百四十,中华书局,2020年,第4062、4064页。

⑦ 黎靖德编,王星贤点校《朱子语类》卷一百三十九,中华书局,2020年,第4032—4033页。

的定位是与《语类》不同的。训诂、校勘、掌故等较为外部的研究皆被摒弃，编纂者希望集中于辞章之学的讨论，聚力于提供官方的文学批评。

缩结而言，理学家有关诗文的评论本是即兴的、零散的，这些文本在成为官学教本时经历了整饬。辑录者首先在外部形态层面对文本进行了调整，他们将有关诗文外部研究的文本摒除在外，同时删减语境、删改人称、删节重文、剔除浅白俗语，使原始文本显得更加正式化、规范化、普适化。在辑录工作的改易中，编纂者将这些"一家之言"整饬为明廷心目中的官方文学批评的文本形态。

二、从"义理优先"到"不务辞章"：弱化辞章之学的努力

若编纂者只是整饬来源文本的外部形态，那《性理大全》的文学批评便几无新意可言了。然而，有关理学家文学批评的研究之所以不能取代对《性理大全》文学批评的研究，正源于编纂者在辑录过程中对来源文本的思想内容进行了局部调整。这些微调不易察觉，却寄寓了明廷的文学教育导向，尤其是弱化辞章之学的努力。

其实，在"性理"的名义下辑录文学批评，这种辑录行为本身便说明了义理之学对辞章之学的优势地位。义理、辞章等诸门学术的竞逐对抗由来已久，而二程的"文道冲突"思想对后世影响尤巨[①]。《二程遗书》中便说："今之学者有三弊：溺于文章，牵于诂训，惑于异端。"而在理学家看来，必须避免歧途而"趋于圣人之道"[②]，独尊义理之学。本来，辞章、训诂、义理之学未必不能共存，可是学者之精力有限，在涉及学者修习次第、官学教育内容等问题时，义理之学对辞章之学的排斥便非常突出。朱熹在他的名篇《大学章句序》中就说："俗儒记诵词章之习，其功倍于小学而无用；异端虚无寂灭之教，其高过于大学

---

① 参见刘姵超《论两宋之际的文道冲突与调和的尝试》，《文本诠释与思想传统（古代文学理论研究第五十二辑）》，华东师范大学出版社，2021年，第293—297页。

② 程颢、程颐著，王孝鱼点校《二程集》，中华书局，2004年，第1185页。

官方学术与辑录文本：论《性理大全》的文学批评 / 125

而无实。"①但是,对辞章的审美需求无时不在,即便在元代,理学成为官方思想之后,辞章之学也长期拥有自己的空间。正如马积高先生指出,文统与道统走向结合、理学包容文学才是元代诗文发展的主流。② 入明以后,辞章之学的空间被不断压缩,朱元璋对辞章之学并无多少好感,他向儒者强调"必恪遵先圣贤之道以修己教人,毋徒尚文艺"③,并在学校、科举等方面弱化辞章。而永乐年间编纂《性理大全》,并在其中设置论诗、论文一卷,则是更进一步加剧了义理对辞章的优势:如果说此前理学家对辞章之学的干预是宏观的、外部的,是一个学术门类对另一个学术门类的贬斥,而到《性理大全》辑录论诗、论文之语时,这种干预已经是进入内部的了。《性理大全》中出现论诗、论文的卷次,并不意味着诗文辞章的地位有所上升,相反意味着理学家们对诗文的见解具有权威。在某种程度上,义理家相较辞章家,更有对辞章之学发表见解的资格了。

但理学家对辞章之学多持否定态度,而《性理大全》的编纂者又有意凸显这一点,这使纂辑理学家论诗、论文的语录汇编,恰恰成为了劝导后学轻视辞章之学、尊尚平易自然之作的资料武库。在论诗部分,《性理大全》首先辑录了程颐之语:"问:诗可学否? 程子曰:既学时,须是用功方合诗人格;既用功,甚妨事……"④在论文部分,也首引程颐之语:"后之人始执卷则以文章为先,平生所为动多于圣人,然有之无所补,无之靡所阙,乃无用之赘言也;不止赘而已,既不得其要,则离真失正,反害于道必矣。"⑤学诗"甚妨事"、学文章"害于道",这奠定了《性理大全》文学批评的总体基调,使通卷的诗文批评皆笼

① 朱熹《四书章句集注》,中华书局,2012 年,第 2 页。
② 马积高《宋明理学与文学》,湖南师范大学出版社,1989 年,135 页。
③ 《明太祖实录》卷二百八,台北"中研院"历史语言所,1962 年,第 3107 页。
④ 胡广等编《性理大全》卷五十六,《景印文渊阁四库全书》第 711 册,台湾商务印书馆,1986 年,第 229 页。
⑤ 胡广等编《性理大全》卷五十六,《景印文渊阁四库全书》第 711 册,台湾商务印书馆,1986 年,第 236 页。

罩其下。

如果说首列程颐之语与时代顺序有关,那考察《性理大全》对《朱子语类》的剪裁与增补,能够更清晰地看出弱化辞章之学的导向。如前所述,《性理大全》卷五十六的主体部分取材于《朱子语类》卷一百三十九、卷一百四十,但也颇有改易之处。据笔者统计,《语类》原有论诗语录约 75 则[①],其中有 36 则被纳入《性理大全》论诗部分,且大部分受到微调式的删改;《语类》原有论文语录约 136 则,其中 80 则被纳入《性理大全》论文部分,而在收入时被删去一句以上的就有 20余则。与此同时,《性理大全》又较《语类》分别增补朱熹论诗、论文语录 5 则、7 则。从数量上看,其中的增删改补是常常有之的。

编纂者对《语类》的增删改补与朱熹文学批评的复杂性有关,其中,很重要的一点便是朱熹对辞章之学的态度颇多暧昧。一方面,朱熹与程颐等理学家一样,经常站在义理之学的立场规劝学者不事辞章,如他论诗时说"今言诗不必作,且道恐分了为学工夫"[②],论文时说"不必着意学如此文章,但须明理,理精后,文字自典实"[③],皆与前文所引述的程颐之语如出一辙。但在朱熹的语录中找到与此龃龉的话语,实际也非常容易。譬如,他对许多诗人、诗作都有精辟的点评,表现出深厚的辞章学修养。如有人向他询问李白"清水出芙蓉,天然去雕饰"一联如何?他回答说:"自然之好,又不如'芙蓉露下落,杨柳月中疏',则尤佳。"[④]他人以诗文鉴赏求教于朱熹,说明辞章也在朱熹的讲论范围之内;而朱熹更欣赏萧悫《秋思》之句,更表现出朱熹对辞章之学是颇具自家见解的,这并非不留意辞章便能具备的。又如,有人论及张栻的诗句"卧听急雨打芭蕉",朱熹评论说"此句不响",认为不

---

① 《朱子语类》卷一百四十名为"论诗",但只有前 75 则以论诗为主,末尾的近 30 则实议论文字、书法之语。
② 黎靖德编,王星贤点校《朱子语类》卷一百四十,中华书局,2020 年,第 4072 页。
③ 黎靖德编,王星贤点校《朱子语类》卷一百三十九,中华书局,2020 年,第 4056 页。
④ 黎靖德编,王星贤点校《朱子语类》卷一百四十,中华书局,2020 年,第 4063 页。

如改作"卧闻急雨到芭蕉"。① 某句诗"响不响",自然并非由其中的义理所能决定。朱熹不仅点评张栻之诗,还要修改一番,更显示出辞章之学的功夫。在改诗之时,朱熹无意中也否定了"大意主乎学问以明理,则自然发为好文章"②的论调。此外,朱熹不仅评诗,还会作诗,但也有作诗滞涩之时,他曾说:"谷帘水所以好处,某向欲作一首形容之,然极难言。大概到口便空又滑,然此两字亦说未出。"③朱熹想要赋咏谷帘之水而未得,这也与"明理"无关,而同样是辞章之学区宇之内的问题。评诗、改诗、作诗等各种迹象表明,《语类》中的朱子其实对辞章之学不能忘情,而这种矛盾性是与明代官方学术的面貌颇不相合的。

为了弱化《语类》中朱熹的这种矛盾,《性理大全》编纂者采取的手段之一,是在辑录过程中增补有关"不务辞章"理念的文本。《语类》的论诗部分按照时代排序,以有关《诗经》的语录开始,但《性理大全》论诗部分在此前增补了朱熹《答杨宋卿》文中的段落作为开篇总论之词:

> 诗者,志之所之。在心为志,发言为诗,然则诗者岂复有工拙哉?亦视其志之所向者高下如何耳。是以古之君子,德足以求其志,必出于高明纯一之地。其于诗,固不学而能之。至于格律之精粗,用韵属对、比事遣词之善否,今以魏晋以前诸贤之作考之,盖未有用意于其间者,而况于古诗之流乎?近世作者乃始留情于此,故诗有工拙之论,而葩藻之词胜,言志之功隐矣。④

这段话中说诗可以"不学而能之",其所不学的,自然是指后文所提及的"格律精粗、用韵属对、比事遣词"。而这些,正是辞章之学的重要

---

① 黎靖德编,王星贤点校《朱子语类》卷一百四十,中华书局,2020 年,第 4069 页。
② 黎靖德编,王星贤点校《朱子语类》卷一百三十九,中华书局,2020 年,第 4040 页。
③ 黎靖德编,王星贤点校《朱子语类》卷一百四十,中华书局,2020 年,第 4070 页。
④ 胡广等编《性理大全》卷五十六,《景印文渊阁四库全书》第 711 册,台湾商务印书馆,1986 年,第 230 页。

范畴。这段议论是能够突显朱熹理学家气质的一段，它宣扬"诗无工拙"的理念，并对后世作者留情辞章工夫大加鞭笞。在古代经典文本中，首篇内容常具有不可替代的意义，《诗》之重"四始"，《易》之尊《乾》、《坤》，皆是明证。在《性理大全》的朱熹论诗之部中，编纂者选取这段话作为开篇之语，其中的导向不言而喻。论诗之外，在论文部分，《性理大全》也注意以其他文献补充这种观点，如从《语类》其他卷次中摘录评论程颐《答方道辅书》之语："他只恁平铺无紧要说出来，只是要移易他一两字也不得，要改动他一句也不得。"①将程颐之文作为典范，崇尚平白说出、不求技巧的写作观念。又如编纂者辑录朱熹文集中《读唐志》一段，以为："古之圣贤，其文可谓盛矣，然初岂有意学为如是之文哉？有是实于中，则必有是文于外。"②亦推崇以义理统摄文章的观念。

　　《性理大全》增补这些内容并非只是为了求"全"，而是有所选择的。因为，在朱熹文集中还有一些议论诗文之语，却没有被增补进来。譬如，朱熹《跋病翁先生诗》中说病翁先生少学《文选》、《乐府》诸篇，不杂近世俗体，晚年复笔力老健，自成一家，并议论曰："余尝以为天下万事，皆有一定之法，学之者须循序而渐进。如学诗则且当以此等为法，庶几不失古人本分体制……"③朱熹在这里承认学诗也有"一定之法"，这是修习辞章的经验之谈，但却未被辑入《大全》。又如，朱熹《答巩仲至》中说："来喻所云漱六艺之芳润以求真澹，此诚极至之论，然恐亦须先识得古今体制、雅俗向背……"④这也是强调写文章先须学习文体，掌握其体制、体性，但同样未被《大全》编纂者收录。诸

---

　　①　胡广等编《性理大全》卷五十六，《景印文渊阁四库全书》第711册，台湾商务印书馆，1986年，第243页。

　　②　胡广等编《性理大全》卷五十六，《景印文渊阁四库全书》第711册，台湾商务印书馆，1986年，第245页。

　　③　朱熹《跋病翁先生诗》，《朱子全书》卷八十四，上海古籍出版社、安徽教育出版社，2002年，第3968页。

　　④　朱熹《答巩仲至》，《朱子全书》卷六十四，上海古籍出版社、安徽教育出版社，2002年，第3095—3096页。

如此类的文学批评未被增补，而所增补的内容多条与"不务辞章"的倾向有关，此中消息耐人寻味。

　　弱化辞章之学更为隐蔽的方式，是在辑录过程中对来源文本进行削删，减少支持辞章之学的语录。譬如前文中，《语类》里修改张栻诗句的议论、赋咏谷帘之水而未得的感慨，都显示出朱熹对辞章之学的爱好，遂被《大全》编纂者剔除。而朱熹本人有着长期修习辞章的经验[①]，在《语类》中记录他向别人传授学习诗文门径的语录还有许多。但这些语录却是"分了为学工夫"的指导，遂在辑录《性理大全》时被大量削删。如《语录》中记载，有人向朱熹请教："舍弟序子文字如何进工夫？"朱熹没有作理学家语、申述"主乎学问以明理，则自然发为好文章"之类的话，而是径答："看得韩文熟。"[②]在包含了这段对话的语录中，其他内容皆被辑入《性理大全》，唯独这两句对话没被收录，其中应有故意回避之意。又如《语录》中记载朱熹曾说，"人要会作文章，须取一本西汉文，与韩文、欧阳文、南丰文"[③]，这显示了他强调模仿名作的辞章教育方法，但也未被辑入《性理大全》。而像"今日要做好文者，但读《史》、《汉》、韩、柳而不能，便请斫取老僧头去"[④]这种更加富于个人性情的议论，也自然没能进入《性理大全》的视野。更有代表性的，是《性理大全》中收录的这段话：

　　　　又曰："人做文章，若是子细看得一般文字熟，少间做出文字，意思语脉自是相似。读韩文熟，便做出韩文底文字。读得苏文熟，便做出苏文底文字。若不曾子细看，少间却不得用。大率古人文章皆是行正路，后来杜撰底皆是行狭隘邪路去了。而今只是依正底路脉做将去，少间文章自会高人。"[⑤]

---

①　莫砺锋《朱熹文学研究》，南京大学出版社，2000年，第10—14页。
②　黎靖德编，王星贤点校《朱子语类》卷一百三十九，中华书局，2020年，第4057页。
③④　黎靖德编，王星贤点校《朱子语类》卷一百三十九，中华书局，2020年，第4058页。
⑤　胡广等编《性理大全》卷五十六，《景印文渊阁四库全书》第711册，台湾商务印书馆，1986年，第240页。

朱熹这段话意在强调典范文本的重要性,但其目的是"少间文章自会高人",其中实际隐含着对辞章价值的肯定。文中,朱熹指出要依"正底路脉"去做,但却并未具体说明如何去熟悉这"正底路脉"。这并非朱熹语焉不详,而是因为《大全》编纂者剪裁了来源文本。比对《语类》可知,在"少间却不得用"与"大率古人文章皆是行正路"之间,原有这样一大段论说:

> 向来初见拟古诗,将谓只是学古人之诗。元来却是如古人说"灼灼园中花",自家也做一句如此;"迟迟涧畔松",自家也做一句如此;"磊磊涧中石",自家也做一句如此;"人生天地间",自家也做一句如此。意思语脉,皆要似他底,只换却字。某后来依如此做得二三十首诗,便觉得长进。盖意思句语血脉势向,皆效它底。①

如此大段的文本在辑录过程中被剔去,难道只是因为《大全》意在简便,而将这种举例部分删去吗?恐怕并不这样简单。因为这段举例恰恰是朱熹具体地传授如何作诗,也即详论辞章训练。并且这种训练在开始时很重视"形似",所谓"意思语脉,皆要似他底,只换却字",近乎模仿。而这种辞章训练,与义理之学"不务辞章"的论调极为不谐,《大全》编纂者因此又一次行使了编辑权力,进行了有意改动。尽管今天在《大全》中仍留存有一些关于辞章修习的段落,但这些最直白、细致的文本皆被删去,其用意是很明显的。

辞章之学究竟有无独特的价值,这是一个在学术思想史上争论不休的问题。理学家们试图给出否定的答案,并以义理统摄辞章,但朱熹等人在议论中却又不时流露出对辞章之学的肯定与尊重。永乐朝纂修《大全》,意在以性理统一风俗、辅翼政教,选取了独尊义理的立场。编纂者们在辑录文本时增删去取,以弱化辞章之学,也就成为了题中之义。

---

① 黎靖德编,王星贤点校《朱子语类》卷一百三十九,中华书局,2020 年,第 4033—4034 页。

三、从历史到当下：对争议的回避

理学家语录已经成为历史中的文本，但当它们要被重新辑录时，就会与当下发生关联、对现实产生影响，甚至引发争议。除了弱化辞章之学这一导向，各种其他的现实考量也都会影响到《性理大全》对论诗、论文语录的辑录工作。通过与来源文本的比勘可知，为当朝避讳、为文官回护、对既有文学评价的默认等因素，都足以引发对部分文本的回避。由此亦可发现，所谓"大全"，是很名不副实的。

第一，为当朝避讳使编纂者有意回避一些文学批评语录。明成祖朱棣以靖难之役夺取帝位，即位后又对建文朝人物大开杀戒，以致"耆儒宿学，略已丧亡"，政治环境充满肃杀阴郁之气。终永乐一朝，对靖难前后事迹皆颇多忌讳。而在《朱子语类》的论诗部分，开篇后的第二、第三条文本，便是有关曹操的文学批评。这两条语录未被辑入《性理大全》，应该即与为当朝者讳有关。《语类》中的这两条文学批评是：

> 因说诗，曰："曹操作诗必说周公，如云：'山不厌高，水不厌深；周公吐哺，天下归心！'又，《苦寒行》云：'悲彼《东山诗》。'他也是做得个贼起，不惟窃国之柄，和圣人之法也窃了！"

> 诗见得人。如曹操虽作酒令，亦说从周公上去，可见是贼。若曹丕诗，但说饮酒。[1]

朱熹这两则语录皆对曹操之诗极尽讥讽鄙薄，以"贼"称之，这既与南宋的正统论思潮有关，也涉及到理学家视忠孝为本的立场。但是，其中说曹操"窃国之柄"，难免会引发对靖难之役的联想；而"自比周公"，更是切近本朝之事。朱棣自起兵之初，便以周公自居，他曾以"昔周公诛管蔡，三年，罪人乃得"[2]比况当时之事，鼓舞将士；即位之

---

[1] 黎靖德编，王星贤点校《朱子语类》卷一百四十，中华书局，2020年，第4061页。
[2] 《明太宗实录》卷三，台北"中研院"历史语言所，1962年，第32—33页。

后,又标榜"予始逼于难,不得已,以兵救祸,誓除奸以安宗社,为周公之勋"①,"庶几周公辅成王之谊"②,有意以周公粉饰自己。而《语类》中讥骂曹操之诗的语录,恰可引发有关本朝的联想,这为《大全》编纂者们出了一道难题。或许是考虑到直接删去太过明显,《性理大全》在辑录时将《语类》中位置偏后的两则语录补到此处,取代了评论曹操的两则内容。然而,《性理大全》凡取自《朱子语类》的文本,其顺序一般皆仍《语类》原书之旧。编纂者惟于此处加以调窜,正可体察其中苦心。

第二,为文官回护,也是编纂者回避一些文学批评语录的因素。譬如,在《朱子语类》中,朱熹谈说诗文时常引发一些诗文之外的相关议论,而当这些议论触碰到与编纂者自身相关的现实因素时,许多文本便在辑录过程中被过滤掉了。

例如《语类》中有一则议论"江西之诗",开头由点评江西学者导入:"今江西学者有两种:有临川来者,则渐染得陆子静之学;又一种自杨谢来者,又不好……"③江西学者在宋代颇为挺出,但却不被朱熹看好。然而,在《大全》的编纂者中,正以江西学人最多,在总纂官胡广、杨荣、金幼孜三人中,便有胡、金二人出自江西。④ 靖难之役后,以方孝孺为代表的浙东学人受到打压,后世所谓"国初馆阁,莫盛于江右"、"翰林多吉水,朝士半江西",即从永乐朝开始。⑤ 编纂者们在辑录此条时,将开头批评江西学者的话删去是不难理解的。

再如《语类》中有多处批评科举与时文的议论。朱熹对科举素有讥刺⑥,如《语类》论文部分记载他曾说:"诗律杂文,不须理会。科举

① 《明太宗实录》卷九下,台北"中研院"历史语言所,1962 年,第 131 页。
② 《明太宗实录》卷十上,台北"中研院"历史语言所,1962 年,第 144 页。
③ 黎靖德编,王星贤点校《朱子语类》卷一百四十,中华书局,2020 年,第 4073 页。
④ 朱冶《元明朱子学的递嬗:〈四书五经性理大全〉研究》,人民出版社,2019 年,第 161 页。
⑤ 钱谦益《列朝诗集小传》乙集"周讲学叙"条,上海古籍出版社,2008 年,第 172 页。
⑥ 参见诸葛忆兵《朱熹科举观平议》,《江苏社会科学》2020 年第 5 期,第 212—215 页。

是无可奈何，一以门户，一以父兄在上责望。……"①而在另一则语录中，他批评绍兴年间文章太粗，不过是"成段时文"，并对科举贤良科的策论颇为不满，以为"天下安得许多议论"②。但科举乃朝廷取士大法，于明代亦然。洪武四年(1371)，明廷首次正式开科取士，随后却因朱元璋认为"朕以实心求贤，而天下以虚文应朕"而停罢。③ 至洪武十五年(1382)，明廷宣布复设科举，著为定例，正如学者指出："自洪武六年至此，经过了近十年的摸索、总结，明太祖终于认识到科举制度相对于举荐等选官方式的优越性，故有此诏。"④此后，科举日重，"众情所趋向，专在甲科，宦途升沉，定于谒选之日"⑤。而《大全》的编纂者们，便正是科举的受益者：在总共四十二位《大全》纂修者中，进士出身者便至少有二十六位⑥，实际负责编纂的萧时中、陈循二人更分别为永乐九年(1411)、永乐十三年(1415)状元。《语类》中朱熹这些有关科举时文的批评，自然也在辑录过程中被删汰了。

又如《语类》中有关"文章盛，国家却衰"的议论，也与文官群体的职能、利益相左。如《语类》论文中记载朱熹曾说："大率文章盛，则国家却衰。如唐贞观、开元都无文章，及韩昌黎、柳河东以文显，而唐之治已不如前矣。……"⑦朱熹这些批评，隐含着辞章无用之义，但却与永乐年间文官群体的职能大相龃龉。永乐之后，"传圣贤之道"与"鸣国家之盛"渐成台阁文人创作的一种主潮⑧，正如金幼孜《书南雅集后》所说："诗发乎情，止乎礼义，其辞气雍容而意趣深长者，必太平治

---

① 黎靖德编，王星贤点校《朱子语类》卷一百三十九，中华书局，2020年，第4056页。
② 黎靖德编，王星贤点校《朱子语类》卷一百三十九，中华书局，2020年，第4052页。
③ 《明太祖实录》卷七十九，台北"中研院"历史语言所，1962年，第1443页。
④ 郭培贵《明史选举志考论》，中华书局，2006年，第190页。
⑤ 《明史》卷六十九，中华书局，1974年，第1679页。
⑥ 朱冶《元明朱子学的递嬗:〈四书五经性理大全〉研究》，人民出版社，2019年，第155—158页。
⑦ 黎靖德编，王星贤点校《朱子语类》卷一百三十九，中华书局，2020年，第4035页。
⑧ 罗宗强《明代文学思想史》，中华书局，2013年，第136—145页。

世之音。"①台阁文人们愿意以"文章之盛"彰显"国家之盛",并在其中寻找自己的创作职能与创作价值。朱熹"文章盛,国家却衰"的逻辑显然与台阁文官们的追求与愿景相悖,也与明廷开国以来的文教主张颇为不谐。在纂修《大全》时,这种文本也自然被纂修官员们隐去。

第三,对既有文学评价的默认,也造成了大量语录未被选入《性理大全》。文学批评虽然无时不在发生,但在长期的历史中,文学史上的许多评价会逐渐凝定,成为某种"定评"。前代理学家对众多文家、作品的评论是实时性的,有的在数百年后看来,便显得与历史中形成的主流评价有所脱节。编纂者在面对这些可能引发争议的文本时,往往也采取了削删的策略。这种现象主要有两个方面:

一方面,是替文学史上地位崇高的文家隐讳批评,譬如杜甫。朱熹对杜甫的总体评价是很高的,他说"作诗先用看李杜,如士人治本经"②,尊杜为诗学正统。但同时,朱熹对杜甫晚期的诗歌创作也颇有非议。在《性理大全》中,就还保存有"人多说杜子美夔州诗好,此不可晓"之类的批评③,但这种批评颇为委婉含蓄。而在《语类》中,原本记载了一些更为激越的批驳杜诗之语。如朱熹说"夔州诗却说得郑重烦絮,不如他中前有一节诗好"④,"其晚年诗都哑了,不知是如何,以为好否"⑤,这些不留情面的批评,都未被辑入《大全》。又如《语类》论文部分,有一则刘子澄与朱熹谈论文章的对话,此则其他部分皆被辑入《大全》,惟中间关于杜诗的片段被删去:"(刘子澄)因言,杜诗亦何用? 曰:'是无意思。大部小部无万数,益得人甚事?'"⑥这段问对

---

① 金幼孜《书南雅集后》,《金文靖集》卷十,《景印文渊阁四库全书》第 1240 册,台湾商务印书馆,1986 年,第 878 页。

② 黎靖德编,王星贤点校《朱子语类》卷一百四十,中华书局,2020 年,第 4072 页。

③ 胡广等编《性理大全》卷五十六,《景印文渊阁四库全书》第 711 册,台湾商务印书馆,1986 年,第 231 页。

④ 黎靖德编,王星贤点校《朱子语类》卷一百四十,中华书局,2020 年,第 4063—4064 页。

⑤ 黎靖德编,王星贤点校《朱子语类》卷一百四十,中华书局,2020 年,第 4064 页。

⑥ 黎靖德编,王星贤点校《朱子语类》卷一百三十九,中华书局,2020 年,第 4040 页。

在辑录时被剔去,亦可见出编纂者的避讳心理。杜诗在后世被不断经典化,宋元以后,已经成为诗家典范、百代诗宗。编纂者们不愿将这些文学批评原封不动地辑录过来,既是默认了主流的文学评价以减少争议,同时在某种程度上也是为了维持《性理大全》文学批评的普适性和接受度。

默认已有文学评价的另一方面,是不愿收录那些关于文学史上"小人物"的文学批评。例如在《朱子语类》论文、论诗部分中,在辑录时被舍弃最多的,便是朱熹对宋代文家的议论。在《语类》中,记载了许多朱熹对距时较近或同一时代人物的点评,但这些人物中的绝大多数,并未能进入后世的文学史叙述、成为文学知识的一部分,而湮没于文献烟海。虽然朱熹对他们有着许多独到的评价,但却没有被辑入《大全》。如宋代文家崔德符,朱熹曾激赏其诗,并说:"如此等作甚好,《文鉴》上却不收,不知如何正道理不取,只要巧!"①如江西派诗人潘大临,朱熹曾予以批评:"潘邠老有一诗,一句说一事,更成甚诗!"②如与朱熹同时的刘叔通、江文卿二人,朱熹说"二人皆能诗":"叔通放体不拘束底诗好,文卿有格律入规矩底诗好。"③但无论是崔德符、潘大临,还是刘叔通、江文卿,这些文家都没能在后世留下文名,甚至其生平事迹也难以考证了。朱熹所评论的这种人物还包括方伯谟、黄子厚、徐思远、刘淳叟等,他们虽有文才,诗文曾得到朱熹议论,但却有如星逝云散,未能进入后世的文学评价视域之内。《性理大全》在辑录文本时对这些内容都选择视而不录,可见既有文学评价的力量是强大的。既有的文学评价决定了哪些批评文本可以忽视、哪些文本不能被忽视,它使辑录工作显示出很强的时代性和当下性。编纂者为了避免繁琐的争议,便屈从于已经形成的定评,而对来源文本大幅削删了。

---

① 黎靖德编,王星贤点校《朱子语类》卷一百四十,中华书局,2020 年,第 4068—4069 页。

② 黎靖德编,王星贤点校《朱子语类》卷一百四十,中华书局,2020 年,第 4069 页。

③ 黎靖德编,王星贤点校《朱子语类》卷一百四十,中华书局,2020 年,第 4070 页。

这同样可以证明,《性理大全》的辑录工作并非一项纯粹的文献纂辑工作。无处不在的帝力、文官群体的权衡、潜藏于幕后的既有文学评价,都可能成为影响辑录行为的现实因素。《性理大全》作为代表官方学术立场的大典,对诸种可能引发争议的文本都进行了规避,并显示出时代特质。从另一个角度看,作为历史文本的理学家语录并非真的被辑录者视作"不刊鸿教":当其与现实考量可能发生矛盾时,即便是朱子的文学批评语录,也会受到裁剪与规避。

四、结语

种种现象说明,《性理大全》的文学批评与它所取材的理学家语录是颇为不同的。换言之,对理学家语录中文学批评的研究,不能取代对《性理大全》文学批评的研究。因此,本文无意概括《性理大全》中文学批评的诸种观点(这将很大程度上是一种重复劳动),而专注于辑录过程中的文本改易现象,以此凸显《性理大全》中文学批评的特色。

通过文献对读可以发现,《性理大全》作为事关治教的鸿篇巨制,其辑录文学批评文本时颇多考虑。首先,编纂者对官方文学批评的形态有所追求,并以此确定收录的主题门类、整饬其外在形式,形成了义理之学统摄下的官方文学批评;其次,编纂者对《性理大全》文学批评的总体导向有所把握,试图消解来源文本中的矛盾,突出"不务辞章"的教育倾向,努力弱化辞章之学;此外,编纂者在辑录过程中还不得不面对许多现实考量,为当朝避讳、为文官群体回护、承认既已形成的文学评价,都必须纳入考虑范围之中。后人或讥评《性理大全》为"庞杂割裂,徒以多为贵,无复体裁"①的草率之作,实际并未体察到文本背后的苦心。正是因为辑录过程中的剪裁、拼合,使得《性理大全》的文学批评具有了特殊性和时代性。

---

① 《钦定四库全书总目》卷九十四"御纂性理精义"条,中华书局,1999 年,第1234 页。

同时可以看到，在《性理大全》的辑录工作中，"前见"的影响无时不在。关于官方文学批评的应有形式、应有导向、应有避讳，编纂者们在辑录之前便已存在某种认识，辑录工作也正是在这种认识笼罩下展开。若退一步讲，《性理大全》的辑录实际已经是"二次辑录"。在理学家语录被门生弟子等人记录时，便已经过了一次裁汰和拼合，其中也已经注入了书写者的选择取舍。当它们要从历史资源转化为现实资源时，《性理大全》编纂者对它进行了又一次编排、重构，使之重新凝定，以资时用。中国古典学术中素有"述而不作"的传统，正如"述"其实也是一种"作"，辑录行为也是重组旧文本、制造新文本的一种文献生成方式。以《性理大全》的文学批评为例，能够看出辑录类文学批评著作的复杂性与特异性。

（北京师范大学文学院）

北宋怪奇诗风与易学观物方式[*]

王晓玉

内容摘要：怪奇是北宋中期诗歌的特征之一，其审美内涵与前代相比发生了明显变化，即从尚奇尚异的修辞技巧与审美趣味之探索，逐渐转变为观物视野与作家个性结合的产物，升华为融摄天地之理与圣人之意的体道路径，兼具哲理价值与美学意蕴。转型的原因之一是价值阐释标准的更新，作为形塑怪奇诗风的重要人物，欧阳修、苏轼先后提出了"一卦之言而异体"、"通二为一"观念，这些易学观念既接蘗了易学观物方式的特色，更阐发了怪奇与宇宙之道、圣人语言观的内在联系，为怪奇审美内涵在北宋的重构提供了形而上的范式和标准。从诗学史的发展脉络来看，欧、苏的阐释一则解决了韩愈诗歌所面临的阐释困境，一则为宋人探索怪奇诗风和确立平淡中见奇趣的诗学理想提供了哲学基础与经学依据。

关键词：易学观物方式；一卦之言而异体；通二为一；诗体特异

---

　* 本文为国家社科基金青年项目"'观物'与宋代诗学研究"（项目号：17CZW001）阶段性研究成果。

The Relationship Between the Strange Poetry Style and the Philosophy of Observing Things in *The Book of Changes* in Northern Song Dynasty

Wang Xiaoyu

Abstract: Strange is one of the styles of poetry in the middle of Northern Song Dynasty, its aesthetic connotation has changed significantly compared with the previous generations, that is, from the exploration of strange skills and aesthetic taste, has gradually changed into the product of combining the view of objects with the writer's personality, and sublimated into the style path of integrating the principles of heaven and the meaning of saints, which has both philosophical value and aesthetic implication. One of the reasons for the change is the renewal of the standard of value interpretation. Ouyang Xiu and Su Shi, as the important figures in shaping the strange poetic style, put forward the concepts of "one hexagram but different" and "connecting two into one". These concepts are not only revealed the philosophy of observing things in *The Book of Changes*, but also explained the inner relationship between the strange poetic style and the philosophy of observing things and the sage's view of language, and provided a metaphysical paradigm and standard for the reconstruction of the aesthetic connotation of strange poetry in the Northern Song Dynasty. From the perspective of the development of poetic history, the interpretation of Ouyang and Su have solved the explanatory dilemma of Han Yu's poetry, and provided the philosophical and classical basis for the legitimacy of strange poetic style and established the poetic ideal of the strange in the plain.

Keywords: the philosophy of observing things in *The Book of Changes*; one hexagram but different; connecting two into one; different poetry style

学界对宋诗"怪奇"面貌多有探究,如张毅《宋代文学思想史》梳理了宋仁宗年间诗歌奇奥峭拔、奸穷怪变的审美思潮①,许总《唐宋诗宏观结构论》将尚奇尚怪界定为宋诗本质的表征之一②。概而言之,欧阳修、苏舜钦、梅尧臣、苏轼等人的诗歌在不同程度上具有雄健、险怪和奇崛的特点,这一审美风尚开启了宋诗怪奇审美的先河。前贤也大体从三个层面阐释了此诗风的成因:其一,是对韩、孟奇崛诗风的继承③;其二,"尚奇"是主体理性精神高扬的产物,理性精神令宋人对新奇的事物充满兴趣,表现在诗歌艺术中则呈现出愈见精奇的特点④;其三,《华严经》的万法平等观构成了北宋士人怪奇审美的哲学基础,即在观照世界的过程中认为一切事物了无差别,以无差别的"法眼"观照事物,从而泯灭了怪奇与常物的矛盾⑤。上述研究关注到怪奇诗风师法的对象,更发掘了时代精神对诗歌创作的影响,但宋代文化空间之内,尚有一重要的思想资源不可忽视,那就是当时的显学《易》。

《易》具有与道释思想复合互补的价值,是宋人构建新儒学的重要资源。宋代诗人多受熏习,精通《易》者不在少数,文艺领域自觉或不自觉地体现了这一特色,如前贤已揭示了欧阳修"穷而后工"、苏轼"初无定质"等诗学观念的易学逻辑,研究颇为深入。如果说《华严经》万法平等观为怪奇审美提供了哲学基础,那么在宋代儒学与佛学之间起着中介作用的《易》是否同样为这一审美趣味提供了思想基础? 我们认为,宋代诗人切入《易》之路径同样是探究北宋怪奇诗风

① 张毅《宋代文学思想史》,中华书局,1995 年,第 70—75 页。

②④ 许总《唐宋诗宏观结构论》第四章"尚奇:主体高扬",人民文学出版社,2006 年,第 141—173 页。

③ 参见张毅《宋代文学思想史》,中华书局,1995 年,第 78 页。谢琰《北宋前期诗歌转型研究》,北京大学出版社,2013 年,第 101 页。史创新《略论北宋仁宗朝的豪纵狂怪诗风》,《吴中学刊》1997 年第 3 期。谷曙光《论欧阳修对韩愈诗歌的接受与宋诗的奠基》,《北京师范大学学报(社会科学版)》2005 年第 3 期。

⑤ 周裕锴《法眼看世界:佛禅观照方式对北宋后期审美观念的影响》,沈松勤主编《第四届宋代文学国际研讨会论文集》,浙江大学出版社,2006 年,第 211—225 页。

内在精神的入口之一。在北宋怪奇诗风确立与转型的过程中,欧阳修、苏轼起着关键作用,不仅在于二人对韩诗险怪特色的效法与突破,更重要的是在阐发《易》的过程中他们接躔了怪奇审美的本体意义与哲学价值,解决了韩孟诗派所面临的诗学困境,更为宋诗平淡中见奇趣这一诗学理想的确立奠定了哲学基础。

一、从"《易》奇而法"说起:《易》与怪奇审美的合法性

怪奇既是审美趣味,也是一种价值取向,受到时代精神、文化心理等价值阐释标准的制约。北宋诗歌发展至仁宗朝,"白体"、"晚唐体"、"西昆体"的弊端日显,以韩愈之雄崛怪奇匡正晚唐士风、诗风之卑弱,以平淡应对西昆体之雕琢,这是彼时诗歌革新者的普遍态度,诗歌革新也最终走向两个方向:一是由追求雄豪而出以奇峭,一是化奇峭于平淡,两者彼此相连,推动了诗歌的发展。① 故而,所谓"怪奇诗风"实质上是仁宗年间以韩愈诗歌为新典范以寻求突破的尝试之一,呈现出重视险韵、怪奇事物入诗、追求立意新奇、语言搜奇抉怪等特征。由于韩愈的诗文在宋诗面貌确立过程中具有重要价值,故而讨论《易》与北宋怪奇诗风的关系,首先需要回溯至中晚唐之际,如此方能辨析宋人认知转变的轨迹。

韩愈曾在《进学解》中明确指出"怪奇"与《易》的关系:"上规姚、姒,浑浑无涯;周《诰》殷《盘》,佶屈聱牙;《春秋》谨严,《左氏》浮夸,《易》奇而法,《诗》正而葩;下逮《庄》、《骚》,太史所录,子云、相如,同工异曲。先生之于文,可谓闳其中而肆其外矣。"②这是说儒家经典和庄骚传统都对文学创作有指导作用,何以"《易》奇而法"值得关注呢?

"怪奇"本是韩愈诗文的主导风格,他曾自言"不专一能,怪怪奇奇"③,后人也多持此论,如元代吴师道说:"号称险怪奇涩者,诗则卢

---

① 张毅《宋代文学思想史》,中华书局,2016 年,第 81 页。
② 韩愈著,马其昶、马茂元整理《韩昌黎文集校注》,上海古籍出版社,2016 年,第 46 页。
③ 韩愈著,马其昶、马茂元整理《韩昌黎文集校注》,上海古籍出版社,2016 年,第637 页。

仝,文则绍述,惟韩子兼之。"①但这一美学好尚却在唐代屡遭质疑②,原因在于时人认为怪奇与韩愈倡导的孔孟之道相悖。二者何以相悖呢？从语言风格来看,葛兆光曾指出隋唐以后"受佛教影响的诗歌多偏于自然流畅,与口语接近,受道教影响的诗歌则多表现出奇谲深涩,与古文仿佛,这种语言文字风格差异,恰恰与两教所提倡的审美理想与生活情趣相吻合"③。显然,奇谲深涩的道教语言观有别于儒家语言的雅正。从美学追求来看,怪奇风格脱胎于庄骚传统,同样有别于以平易简明、文质彬彬为目标的儒家美学。唐人正是站在儒学复兴和道统抉择的角度,认为怪奇与儒家美学有别甚至对立,欲昌明孔孟之道的韩愈也就必然面临着弥合二者差异这一难题。早在南朝时期,刘勰《文心雕龙》曾指出"奇"异于五经出自庄骚传统,但"奇"的美学价值不容忽视,文学创作应"执正以驭奇"。显然,这一论断并未被张籍、裴度等人接受,无论从政治的实用性还是从儒家美学传统来看,他们都倾向于否定怪奇的美学价值。

实质上,韩愈受到质疑是文学阐释与价值阐释两个层面互动的结果,价值的赋值很大程度上受到其背后的价值评价体系的影响。因此回应质疑,也需要从儒学价值体系入手。公元795年到812年间,韩愈先后对"怪怪奇奇"的文学价值进行了四个层面的阐释④:其一,怪奇风格旨在求知于天下;其二,怪奇风格师法自夫子自戏之语⑤,

---

① 吴师道著,邱居里、刑新欣点校《吴师道集》(下),浙江古籍出版社,2012年,第561页。

② 贞元十四年(798),韩孟诗派的内部成员张籍率先提出质疑,作《上韩昌黎书》、《上韩昌黎第二书》指责韩愈怪奇文字与其倡导的孔孟之道格格不入。韩愈依附的政治集团,李党的核心人物裴度在《寄李翱书》中同样批评了韩愈的文字:"往往奔放,不以文立制,而以文为戏。可乎乎? 可乎乎? 今之作者,不及则已,及之者,当大为防焉耳。"详见拙文《韩愈"怪奇"观念的演变及其美学意义》,《贵州社会科学》2018年第5期。

③ 葛兆光《中国宗教与文学论集》,清华大学出版社,1998年,第57页。

④ 详见拙文《韩愈"怪奇"观念的演变及其美学意义》,《贵州社会科学》2018年第5期。

⑤ 韩愈著,马其昶、马茂元整理《韩昌黎文集校注》,上海古籍出版社,2016年,第148页。

结合裴度的评价看,这种解释显然无法获得认同;其三,吸收自庄骚传统;其四,与儒家经典《易》密切相关。上述回应包含着这样一个阐释脉络,由个性表达到圣人孔子,由庄骚传统过渡到儒家道统以自证,如此诗文臻于雄豪奇峭的经学依据最终指向了《易》。"《易》奇而法"的说法也恰恰起到了平衡价值阐释与文学阐释冲突的作用,它在怪奇审美与儒道之间构建了沟通的桥梁,更将怪奇内化为儒家美学。可惜,韩愈对"《易》奇而法"并无过多解释,据史月梅考证"奇"有二义,一指意旨幽深、气象玄妙言,一作"微"讲,指寓意深微的"微言大义",意谓《易》具有以精微的语言展现幽深之理的创作特征。[①] 如果此说成立,则韩愈大体认为《易》在形式与内容两方面为怪奇审美提供了经学依据。

从源流的角度看,宋诗的雄豪怪奇与韩愈关系密切[②],但我们需要进一步追问的是,韩诗固然为宋诗指明了新变为怪奇雄豪的方向,同样大力复兴儒学的宋人又应如何解释中晚唐人提出的怪奇与孔孟之道龃龉的问题? 如何回应韩愈面临的质疑?

欧阳修、梅尧臣等对韩愈的阐释困境似乎已有关注。梅尧臣有《读蟠桃诗寄子美、永叔》诗,欧阳修有《读蟠桃诗寄子美》以应和,二人在诗中达成韩愈"偶以怪自戏,作诗惊有唐","天之产奇怪,希世不可常"的共识。苏轼有《顷年杨康功使高丽,还,奏乞立海神庙于板桥》诗言:"退之仙人也,游戏于斯文。谈笑出奇伟,鼓舞南海神。""偶以怪自戏"、"游戏于斯文"是对韩愈"夫子自戏"说的延伸,"作诗惊有唐"关注的是韩诗在唐代的影响,上述文字至少反映出宋人关注到韩愈界定"怪奇"来源这一问题。此外,上述诗人的诗歌兼具怪奇与平易两种风格,加之他们同样处于儒学复兴的时代,对怪奇审美与儒学

---

① 史月梅《论韩愈的"〈易〉奇而法"》,《周易研究》2009 年第 5 期。
② 参见王水照《北宋洛阳文人集团与宋诗新貌的孕育》,上海教育出版社,2000 年,第 174—179 页。王水照《宋代文学通论》,河南大学出版社,1997 年,第 92—99 页。谷曙光《论欧阳修对韩愈诗歌的接受与宋诗的奠基》,《北京师范大学学报(社会科学版)》2005 年第 3 期。

的差异就很难忽视。现代学者认为,怪奇与平淡共同构成了欧阳修的诗文风格,至于如何理解二者的共存,则有不同的理解。如吕肖奂指出,明道年间欧阳修一面倡导韩文的平易,反对太学体奇险诘曲的文风,一方面学韩诗的奇险、怪巧,康定、庆历年间(1040—1048)这两种尖锐对立的审美冲突达到了顶峰①,这里是作对立冲突理解。刘宁认为二者是辩证的关系,原因是在宋人眼中欧阳修的诗以平易见称,宋人所谓"平易"的内核是追求表达上的深入浅出,达到此效果可以通过多种途径,并不拘守于雄奇豪放或平和舒缓任何一端。因此,欧诗学韩刻意渲染奇崛险怪的气氛是达到"平易"的一种途径。② 我们认为,探究欧阳修、苏轼的易学观物方式,将有助于厘清上述问题。

二、"一卦之言而异体"与"诗体特异":圣人观物与怪奇审美

欧阳修是宋型文化确立过程中的关键人物,其易学著述不仅在易学史上具有重要地位,更在宋代儒学从衰微走向昌明的过程发挥着关键作用,影响也渗透于文学领域。他对《易》的阐释既包括形而上的易理,也强调易理对现实人生的指导意义,主要内容见于《易童子问》、《易或问》等。基于易学天人观,他构建了自己的人生哲学、政治哲学和文学思想,将天地秩序与人事沉浮紧密结合在一起。因此,接橥其怪奇审美的意蕴同样需要借助天人关系的框架,在形而上与形而下的分野中完成。他的诗歌早年受西昆体影响,任洛阳推官时期与梅尧臣往来唱和,走上了学韩的道路。怪奇特征只是他学韩的一面,最早出现在天圣、明道年间与梅尧臣唱和的黄河组诗如《黄河八韵寄呈圣俞》、《巩县初见黄河》等。此后这一特征贯穿于他的一生,集中体现在五言古诗和七言古诗中,如景祐年间所作《答谢景山遗古瓦砚歌》,庆历年间他在滁州所作《紫石屏歌》、《石篆诗》、《菱溪

---

① 吕肖奂《欧阳修对奇险风格的矛盾态度——兼论其对太学体形成的影响》,《西南民族大学学报(人文社科版)》2005 年第 11 期。

② 刘宁《论欧阳修诗歌的平易特色》,《文学遗产》1996 年第 1 期。

大石》走的也都是险怪的一路。①

就易学思想来看，他的《易或问》提出了"一卦之言而异体"观念，为"怪奇"审美意蕴的重构提供了一种形而上的范式和标准。我们先来看"一卦之言而异体"的含义：

> 或问曰：王弼所用卦、爻、《彖》、《象》，其说善乎？
>
> 曰：善矣，而未尽也。夫卦者，时也。时有治乱，卦有善恶。然以《彖》、《象》而求卦义，则虽恶卦，圣人君子无不可为之时，至其爻辞，则艰厉悔吝凶咎，虽善卦亦尝不免。是一卦之体而异用也。卦、《彖》、《象》辞常易而明，爻辞常怪而隐。是一卦之言而异体也。知此，然后知《易》矣。……卦、《彖》、《象》辞，大义也。大义简而要，故其辞易而明。爻辞，占辞也。占有刚柔进退之理，逆顺失得吉凶之象，而变动之不可常者也，必究人物之状以为言，所以告人之详也。是故穷极万物以取象，至于臀腓鼠豕，皆不遗其及于怪者，穷物而取象者也。其多隐者，究物之深情也。所以尽万物之理，而为之万事之占也。②

这段文字作于景祐四年(1037)，欧阳修认为王弼易学存在着缺失，王弼忽略了下列问题：卦辞与爻辞存在语言差异，前者平易简明，后者怪隐穷奇，何以圣人的经典两种语言风格并存？圣人的用意何在？"一卦之体而异用"、"一卦之言而异体"的提出旨在说明圣人的用心在于以"异用"、"异体"表现易理的丰富性、复杂性和变化性。而回答上述问题，也就自然触及到"怪奇"的合法性及美学意蕴的问题。

"一卦之体而异用"解释的是卦爻象象之吉凶的差异，这里不做分析，着重看"一卦之言而异体"。"异体"指的是圣人体悟的天地之理，在语言表征层面存在差异，通过欧阳修的诠释得到充分彰显的

---

① 宋人陈善认为上述三首诗歌皆取法自韩愈的《赤藤杖歌》。陈善《扪虱新话》下集卷二，《丛书集成初编》本第 2 册，第 61 页。

② 欧阳修著，李逸安点校《欧阳修全集》，中华书局，2001 年，第 877—878 页。

是,差异的原因在于圣人观物体道的方式是"穷极万物以取象"。圣人观察的"万物",既包括观物取象于平常之物,更包括取象于怪隐事物,如"臀腓鼠豕"等,"万物"的差异表征于文字自然呈现为"异体"的特点。"一卦"强调的是,"易而明"和"怪而隐"这两种表征方式共同构成了圣人对"道"的认识,二者的目的都在于"尽万物之理"。中晚唐人质疑怪奇与儒道相悖,但在"一卦之言而异体"的阐释模式中,"奇崛险怪"无疑被视为易理的表征,与"易而明"共同呈现了圣人观物方式和作文之道的特征。进一步讲,在欧阳修眼中王弼并未注意到圣人基于天地之理建构了观物的两种视野,继而根据观物取象的不同,斟酌使用不同的语言形成卦爻辞异体的语言风格,而异体的表征风格在本体的层面具有同样的价值,皆以"尽万物之理"为旨归。

"一卦之言而异体"的发现,无疑揭示了怪奇蕴含着呈现天地之理的功能,为怪奇审美意识的合法性提供了形而上依据。

首先,欧阳修提出诗人观物近似圣人观物,因穷达的差异而呈现出两种不同的视野,观照并书写怪奇即是其中之一。他在《有美堂记》中言时人观物有两种视野:"故穷山水登临之美者,必之乎宽闲之野、寂寞之乡而后得焉;览人物之盛丽,夸都邑之雄富者,必据乎四达之冲、舟车之会而后足焉。盖彼放心于物外,而此娱意于繁华,二者各有适焉。然其为乐,不得而兼也。"①仕途不顺的穷者取象于山水,达者取象于都邑,一寂寞宽闲,一盛丽雄富,二者各得其乐。而近于山水的穷者又有圣人取象于"怪而隐"的特色,《梅圣俞诗集序》言:"凡士之蕴其所有而不得施于世者,多喜自放于山巅水涯。外见虫鱼草木风云鸟兽之状类,往往探其奇怪。内有忧思感愤之郁积,其兴于怨刺,以道羁臣、寡妇之所叹,而写人情之难言,盖愈穷则愈工。然则非诗之能穷人,殆穷者而后工也。"②苏舜钦曾被贬苏州,在欧阳修眼中他的观物方式也有此特色,《沧浪亭》言:"穷奇极怪谁似子,搜索幽

---

① 欧阳修著,李逸安点校《欧阳修全集》,中华书局,2001 年,第 585 页。
② 欧阳修著,李逸安点校《欧阳修全集》,中华书局,2001 年,第 612 页。

隐探神仙。初寻一径入蒙密,豁目异境无穷边。"①以往我们更关注"穷"与"工"的关系,鲜少论及"穷"与"工"包含的怪奇审美趣味。在欧阳修看来,诗人仕途不顺时观物的眼光发生了变化,除了观察"山巅水涯"、"虫鱼草木"的普遍特征还会"探其奇怪"之处,显然穷者创作诗歌的过程即取法于自然之"奇怪"而达诗歌之"工"的过程,"奇怪"为穷者提供了情绪投射的对象和写作的素材。

其次,"异体"与"一"视角引入审美观念之中,形成了"平淡"与"怪奇"兼容的审美视野。欧阳修尝将梅尧臣与苏舜钦并称,对于二者的差异,他晚年所作《六一诗话》称为"诗体特异":"圣俞、子美齐名于一时,而二家诗体特异。子美笔力豪隽,以超迈横绝为奇;圣俞覃思精微,以深远闲淡为意。各极其长,虽善论者不能优劣也。"②又如《水谷夜行寄子美圣俞》言:"其间苏与梅,二子可畏爱。篇章富纵横,声价相磨盖。……二子双风华,百鸟之嘉瑞。"③就"一"的角度看,二者虽"诗体特异"但在文学价值上并无高下之别,其《感二子》言:"二子精思极搜抉,天地鬼神无遁情。及其放笔骋豪俊,笔下万物生光荣。古人谓此觑天巧,命短疑为天公憎。"④《圣俞会饮》言:"诗工镵刻露天骨,将论纵横轻玉铃。"⑤将苏舜钦的横绝之奇、梅尧臣的精微闲淡视为"觑天巧"的结果,即自然之道的显现。上述批评视野明显延续了"一卦之言而异体"这一兼容圣人表征差异的阐释标准。

最后,圣人"一卦之言而异体"的特色和文人尚怪尚奇的审美风尚,是观物视野与观者个性才力融合的产物,具有"各由其性而就于道"的特点,是依循自然之"势"的产物而非刻意求取。他在《与乐秀才第一书》谈到"道"表征为"异体"受到个体之"性"的制约:"古人之学者非一家,其为道虽同,言语文章未尝相似。孔子之系《易》,周公

----

①　欧阳修著,李逸安点校《欧阳修全集》,中华书局,2001年,第49页。
②　何文焕辑《历代诗话》,中华书局,2004年,第267页。
③　欧阳修著,李逸安点校《欧阳修全集》,中华书局,2001年,第29页。
④　欧阳修著,李逸安点校《欧阳修全集》,中华书局,2001年,第138页。
⑤　欧阳修著,李逸安点校《欧阳修全集》,中华书局,2001年,第18页。

之作《书》，奚斯之作《颂》，其辞皆不同，而各自以为经。子游、子夏、子张与颜回同一师，其为人皆不同，各由其性而就于道耳。"①也就是说，经典文辞既是道的呈现与观物取象相关，又与作者的气质才力相关。怪奇风格也是如此，《唐元结阳华岩铭》言："元结好奇之士也，其所居山水必自名之，惟恐不奇。而其文章用意亦然，而气力不足，故少遗韵。"②可知，取象怪奇只是怪奇风格形成的要素之一，更重要的是与作家个性才力契合。欧阳修认为这一典型当属石曼卿，他"自少以诗酒豪放自得，其气貌伟然，诗格奇峭"③，诗歌"时时出险语，意外研精粗。穷奇变云烟，搜怪蟠蛟鱼"④。由此可见，诗人豪放伟岸的个性发于文字，自然呈现出"诗格奇峭"的特征。

三、"通二为一"与"奇趣"：易学观物与诗歌至境

《敖器之诗话》言"本朝苏东坡如屈注天潢，倒连沧海，变眩百怪，终归雄浑"⑤，苏轼出自欧阳修门下，其诗歌有怪奇之特色，对《易》也同样重视。诗歌如《入峡》、《出峡》、《登州海市》等穷形尽相地摹写自然界的奇观异景，《石鼓歌》、《庐山二胜·栖贤三峡桥》、《铁拄杖》等取法韩诗怪奇，再如《咏怪石》、《雪浪石》、《欧阳少师令赋所蓄石屏》等专以怪石入诗。汪师韩言明苏诗怪奇特色承袭自韩愈："选词琢句，多出昌黎，激宕雄奇，得骨得髓，不可皮相，亦无以目论。"⑥袁宏道《答梅客生开府》认为苏诗怪奇乃是性情才力的呈现："苏公之诗，出世入世，粗言细语，总归玄奥，恍惚变怪，无非情实。盖其才力既高，而学问识见，又迥出二公之上，故宜卓绝千古。"⑦苏轼的易学著述《东坡易传》九卷完成于黄州，惠州、儋州时期也屡次予以修订，他曾言

① 欧阳修著，李逸安点校《欧阳修全集》，中华书局，2001年，第1024页。
② 欧阳修著，李逸安点校《欧阳修全集》，中华书局，2001年，第2239页。
③ 欧阳修著，李逸安点校《欧阳修全集》，中华书局，2001年，第1956页。
④ 欧阳修著，李逸安点校《欧阳修全集》，中华书局，2001年，第19页。
⑤ 王大鹏等编选《中国历代诗话选》，岳麓书社，1985年，第785页。
⑥ 汪师韩《苏诗选评》，《苏轼资料汇编》，中华书局，1994年，第1823页。
⑦ 袁宏道著，钱伯城笺校《袁宏道集笺校》，上海古籍出版社，1979年，第734页。

"抚视《易》、《书》、《论语》三书，即觉此生不虚过"①，足见他对《易》的重视。如果说《东坡易传》集中表述了苏轼的天道观和人生哲学，那么其易学哲思是否也沾概于怪奇审美？

苏轼在阐释《系辞》时将圣人观物体道的方式化约为"通二为一"的辩证过程，这既是对《系辞》的创造性发挥，也为怪奇审美提供了易学基础，其言：

> 世之所谓变化者，未尝不出于一、而两于所在也。……夫无心而一，一而信，则物莫不得尽其天理，以生以死。……不知变化而一之，以为无定而两之，此二者皆过也。天下之理，未尝不一，而一不可执。知其未尝不一而莫之执，则几矣。……夫出于一而至于无穷，人之观之，以为有无穷之异也；圣人观之，则以为进退、昼夜之间耳……圣人以进退观变化，以昼、夜观刚、柔，二观立，无往而不一也。（卷七）②

> 《易》将明乎一，未有不用变化、晦明、寒暑、往来、屈信者也。此皆二也，而以明一者，惟通二为一，然后其一可必。（卷八）③

苏轼认为圣人与普通人观物的差异在于，前者强调"出于一而两于所在"，后者只见"道"有"无穷之异"。前者以"通二"见"道"（"一"），即在变与不变、晦与明、往与来、阴与阳、丑与好、进与退、刚与柔等对立变化中观照"道"的运动，以"二"观之既不执于"一"，又要求圣人以"无心"达到"通二为一"的道境。由此可见，圣人观物呈现出一而二、二而一的辩证色彩。

这种观物方法具有超越差异的特点，它能使诗人突破雅正的儒家美学与尚奇尚怪的庄骚传统之间的藩篱，从而达到"觑天巧"的艺

---

① 苏轼著，孔凡礼点校《苏轼文集》，中华书局，1986年，第1741页。

② 苏轼著，龙吟点评《东坡易传》，吉林文史出版社，2002年，第289—292页。

③ 苏轼著，龙吟点评《东坡易传》，吉林文史出版社，2002年，第317—318页。

术至境,这也正是苏轼审美实践的目标所在。他树立了以"发纤秾于简古,寄至味于淡泊"为追求的诗歌至境,同时要求至境的达成以多样化的风格呈现,而并不执于一种风格。就多样化的诗歌风格来看,其《书黄子思诗集后》言"苏、李之天成,曹、刘之自得,陶、谢之超然,盖亦至矣"①,倡导取法于历代作品,探究诗之至境。再如《次韵张安道读诗》将风格迥异的李杜并举,反对以高下优劣区分李杜:"谁知杜陵杰,名与谪仙高。扫地收千轨,争标看两艘。"②之所以呈现出不同的风格,在于审美鉴赏者观物视野的差异,其《〈虔州八境图〉八首》序言:"此南康之一境也,何从而八乎? 所自观之者异也。……苟知夫境之为八也,则凡寒暑、朝夕、雨旸、晦明之异,坐作、行立、哀乐、喜怒之变,接于吾目而感于吾心者,有不可胜数者矣,岂特八乎。如知夫八之出乎一也,则夫四海之外,诙诡谲怪,《禹贡》之所书,邹衍之所谈,相如之所赋,虽至千万未有不一者也。"③此处明确说明了怪奇来自观者对自然的描摹,是"幽居默处而观万物之变,尽其自然之理"的产物。就"一不可执"的眼光来看,苏轼虽肯定"怪奇"之美的正面价值又反对执着于此,其《超然台记》言:"凡物皆有可观。苟有可观,皆有可乐,非必怪奇玮丽者也。"④就作诗而论,则反对一味追求怪奇,认为"好奇务新,乃诗之病"⑤。

苏轼强调"怪奇"与"平淡"的融合方达诗之至境,其《评韩柳诗》言:"退之豪放奇险则过之,而温丽清深不及也。所贵乎枯淡者,谓其外枯而中膏,似淡而实美,渊明、子厚之流是也。"⑥奇险与温丽的融合,也就是"奇趣","诗以奇趣为宗,反常合道为趣。熟味此诗,有奇趣"⑦,《答鲁直》言"凡人文字,当务使平和,至足之余,溢

① 苏轼著,孔凡礼点校《苏轼文集》,中华书局,1986 年,第 2124 页。
② 苏轼著,王文诰辑注《苏轼诗集》,中华书局,1982 年,第 266 页。
③ 苏轼著,王文诰辑注《苏轼诗集》,中华书局,1982 年,第 792 页。
④ 苏轼著,孔凡礼点校《苏轼文集》,中华书局,1986 年,第 351 页。
⑤ 苏轼著,孔凡礼点校《苏轼文集》,中华书局,1986 年,第 2109 页。
⑥ 苏轼著,孔凡礼点校《苏轼文集》,中华书局,1986 年,第 2109—2110 页。
⑦ 惠洪撰,陈新点校《冷斋夜话》,中华书局,1988 年,第 44 页。

为怪奇"①,这是说文章,特别是好的诗歌,往往是寓怪奇于平淡之中,平淡中又包含着怪奇的影子,仔细玩索能给人以奇崛之感。"怪奇"与"平淡"之间并不存在泾渭分明的界限,这一认识在他的《怪石供》中有明确表述,他认为"怪"与"平凡"并无差异,差异的超越亦与佛禅以道眼观物的视野相通:"凡物之丑好,生于相形,吾未知其果安在也。使世间石皆若此,则今之凡石复为'怪'矣。……故夫天机之动,忽焉而成,而人真以为巧也。虽然,自禹以来怪之矣。……禅师尝以道眼观一切,世间混沦空洞,了无一物。虽夜光尺璧与瓦砾等,而况此石。"②怪石与凡石皆是天地自然的一部分,二者受评价标准和天道变化的影响,平凡亦可成为怪,美亦可称为丑,因此"怪石"与"凡石"并无高下优劣之分。这里的禅师观物与"通二为一"的圣人观物法相得益彰,也揭示了另一个问题,即苏轼的观物视野之形成有着复杂的思想基础。对此前贤多有论述探究,如程千帆、莫砺锋指出:"《周易》是苏轼的家学,《庄子》则是他自幼就有得于心的。这两种充满着辩证法的古代哲学著作给苏轼的世界观中注入了辩证的因素。"③周裕锴认为苏轼观照世界方式的形成还与"佛教禅宗的二谛思维方式"相关。④

回到苏轼的易学思想来看,"通二为一"的观物法同样为"怪奇"的合法性与审美价值提供了思想依据。而从宋易发展的脉络看,欧、苏的易学观物方式在相当程度上具有近似性,二人的阐释都是天人之辨的理论延伸,是在形而上与形而下的分野中揭示的观物与体道特色,即作为本体的"一"对万物有普遍的统摄和规范作用,需要通过对"异体"和"二"所代表的万物进行体悟,才能贴近道之本体。差异在于,欧阳修自许"一卦之言而异体"的贡献在于发现了"异体",而苏

---

① 苏轼著,孔凡礼点校《苏轼文集》,中华书局,1986年,第1532页。
② 苏轼著,孔凡礼点校《苏轼文集》,中华书局,1986年,第1986—1987页。
③ 程千帆、莫砺锋《苏轼的风格论》,《成都大学学报(社会科学版)》1986年第1期。
④ 周裕锴《苏轼的嗜石兴味与宋代文人的审美观念》,《社会科学研究》2005年第1期。

轼或许更强调"二"通于"一"的辩证运动趋势,强调圣人"无心"、"无思无为"的观物心态。结合宋代思想史来看,这种观物方式受到了普遍的关注和重视,如理学家周敦颐《通书·理性命》将阴阳二气相推而生万物的思想表述为"一实万分",张载言"一物两体"、"一分为二","圣人尽道其间,兼体而不累者,存神其至矣",程颐言"万物皆是一理",朱熹云"所言理一分殊",等等,上述观点中"一"与"二"的关系逐步转化为"一"与"多"的关系且侧重各有不同,但本质上都要求在对立统一中把握事物变化的根本规律。这些观念的提出或许有着复杂的理论渊源,呈现出融汇三教的特点,但从儒学资源来看都是对《易》的发挥。

综上所述,基于对《易》的阐发,某种意义上宋人达成了这样一种共识:怪奇与简明、平凡的事物共同组成了生意贯注的宇宙,"怪奇"不仅是宇宙间不可或缺的因素,更是体味天地间幽深玄妙之理的重要媒介。基于此种观物方式,诗学层面的"怪奇"与"平易"、"简明"这两种风格不仅并不矛盾,更呈现出融合的趋势。特别是苏轼"奇趣"说的提出,象征着诗文趋于天巧的最高境界。由此,观照、赏玩、描绘怪奇,以怪、奇、丑为美不仅有了经学依据,其中也融入了宋人对天道、宇宙的思考,这意味着中晚唐人质疑的"怪奇"违背儒家义理的依据也就不复存在。

四、奇石之美:观"怪奇"以感知宇宙的诗学实践

根据欧阳修、苏轼的易学观,搜奇抉怪既是审美活动,也是观照天地之理的实践。然而观"奇"以尽天地之理又是无法真正实现的,在"先天下之忧而忧"的"至公"理念主导下,宋人的活动空间似乎无法扩展到广大奇妙的自然天地中,真正做到观"奇"而不遗,或许唯有"穷者"才有足够的闲暇和情怀"探其奇怪"。欧、苏的解决之道是寻找一个触手可及又与自然相接的事物,小中见"奇","奇石"是他们共同描写的怪奇物象之一,也是其"探其奇怪"以洞悉自然之理的重要媒介,这一审美意趣渗透于他们的诗歌创作之中。

欧阳修曾得一紫石,颇以之为奇,视若珍宝,遂作《紫石屏歌》又名《月石砚屏歌寄苏子美》:"大哉天地间,万怪难悉谈。嗟予不度量,每事思穷探。欲将两耳目所及,而与造化争毫纤。"①这里重申了观"奇"的态度:因"奇"物来自于天地之间,故而观"奇"的目的是"与造化争毫纤"。换言之,对"怪奇"的喜爱并不是单纯的个人审美趣味,不单是为了"立异以为高"、"逆情以干誉"②,其中或多或少夹杂着对"理"的观照,对于"天工"、"自然"的追求。这种态度显然与"一卦之言而易体"的易学观念一脉相承,而在围绕月石屏进行的一系列书写中也被不断复写,"中有月形,石色紫而月白,月中有树森森然,其文黑而枝叶老劲,虽世之工画者不能为,盖奇物也"③,"石屏大是奇物,可珍可珍"④。"世之工画者不能为"、"可珍可珍"等文字饱含着面对"奇物"之喜,这份喜悦之情确切地说是对"天工之巧"的赞叹。某种意义上,于欧阳修而言"奇"近似"天工"的代名词,奇石也成为聚集天地灵气的物象。能否玩味"怪奇"之美,与诗人的修养与胸襟相关。《紫石屏歌》中,欧阳修以苏舜钦为例对"怪奇"审美活动的发生以及"奇"文的生成作了一番解释:"吾奇苏子胸,罗列万象中包含。不惟胸宽胆亦大,屡出言语惊愚凡。"⑤《答苏子美离京见寄》也表达了类似的观点:"我独疑其胸,浩浩包沧溟。沧溟产龙鼍,百怪不可名。"⑥欧阳修推崇苏舜钦的险句奇文,认为"怪奇"之美形成的前提是作者有着宽广坦荡的胸怀,能够容纳宇宙中的纷繁万象,也能站在宇宙的高度观照"怪奇"并将之呈现。可以说,唯有包蕴天地的博大胸襟才能体会天地间的怪奇之美,继而创作出可与造化争锋的雄奇之文。

奇石也是苏轼体察天地之理、感悟人生的重要视角之一。据《秦

---

① 欧阳修著,李逸安点校《欧阳修全集》,中华书局,2001年,第64页。
② 欧阳修著,李逸安点校《欧阳修全集》,中华书局,2001年,第288页。
③ 欧阳修著,李逸安点校《欧阳修全集》,中华书局,2001年,第951页。
④ 欧阳修著,李逸安点校《欧阳修全集》,中华书局,2001年,第2512页。
⑤ 欧阳修著,李逸安点校《欧阳修全集》,中华书局,2001年,第64页。
⑥ 欧阳修著,李逸安点校《欧阳修全集》,中华书局,2001年,第752页。

蜀驿程后记》载："坡平生爱奇石，常取文登弹子涡石，以诗遗垂慈堂老人；得齐安江石，作《怪石供》以遗佛印；又从程德孺得仇池石，以高丽大铜盆盛之。湖口李正臣蓄异石，九峰玲珑，坡欲以百金置之，名之曰'壶中九华'，赋诗云：'念我仇池太孤绝，百金归买小玲珑。'"[①]郑板桥认为东坡观赏奇石或曰丑石的意义在于见天地造化，他讲："东坡又曰：石文而丑。一丑字则石之千态万状，皆从此出。彼元章但知好之为好，而不知陋劣之中有至好也。东坡胸次，其造化之炉冶乎。"[②]

如果说于陋劣、怪隐中观石之千姿百态、观天工之巧是欧、苏共同的观照视野，那么后者更强调见物之"性"，继而由物"性"见人生，苏轼的《枯木怪石图》便是一例证。这幅画又常令人想起他的《咏怪石》诗，节录如下：

> 家有粗险石，植之疏竹轩。人皆喜寻玩，吾独思弃捐。以其无所用，晓夕空崭然。碪础则甲斫，砥砚乃枯顽。于缴不可碆，以碑不可镌。凡此六用无一取，令人争免长物观。谁知兹石本灵怪，忽从梦中至吾前。……云："我石之精，愤子辱我欲一宣。天地之生我，族类广且蕃。……如我之徒亦甚寡，往往挂名经史间。……子今我得岂无益，震霆凛霜我不迁。"[③]

全诗分为三层，第一层以"凡此六用无一取"为理由，试图舍弃怪石。第二层，怪石入梦进行自我辩解，说出看似无用的怪石的真正用途。第三层，作者赞叹怪石"震霆凛霜我不迁"的气格，并以此作为自我修养的目标。怪石自认为"天地之生我"的真正用途并非成为砚台、碑石等"小用"，而是"挂名经史间"的"大用"。历经沧海桑田仍安然如初，这是怪石对物"性"的顺从，体现的是宇宙大化的生命力，也是对自我修养的期许。以怪石顽强的生命力比喻君子不为强权的铮铮气节，从而呈现内心对"性"的坚守，呈现出人所具有的不朽的生命力，

---

① 王士禛《带经堂诗话》，人民文学出版社，1963年，第628页。

② 郑板桥著，王锡荣注《郑板桥集详注》，吉林文史出版社，1986年，第393页。

③ 苏轼著，王文诰辑注《苏轼诗集》，中华书局，1982年，第2605页。

这种由石见"奇",由"奇"见物之性,再由物性抒怀的观物视野成为苏轼"怪奇"审美的基本逻辑。此外,欧、苏都主张观物但不为外物所累,尚奇又与"怪奇"的事物保持着一段距离。如欧阳修《菱溪石记》言明世人赏"奇"常累于物,认为"物之奇者,弃没于幽远则可惜,置之耳目则爱者不免取之而去"①,文中倡导保持理智的观赏态度,"一赏而是,何必取而去也"。又如苏轼《宝绘堂记》这样谈论物、我的关系,"君子可以寓意于物,而不可以留意于物"②,在他看来与物相处应当抱有"寓意于物"的心态,虽然以物为乐,但不会受物所累。

五、结语

回到怪奇审美的历史嬗变中来看,如果说韩愈在质疑声中将"怪奇"的合法性寄寓于《易》之内容与形式,那么以欧、苏为代表的宋人有着与之不同的易学观物视野,即将怪奇置于《易》所营造的哲学语境中,置之于"道"这一更为宏阔且权威的话语体系中,从而在儒家义理内部且在本体层面赋予怪奇以合法性。基于《易》之语言风格,韩愈认为《易》之"洁净精微"、幽深玄妙表征于诗歌呈现为怪奇的风格。基于易学观物方式,欧、苏认为"怪奇"是顺应天地之理的存在,怪奇与儒道相悖的问题被消解,怪奇与平淡的价值差异在一定程度上也得以弥合,更呈现出融合的趋势,由此"怪奇"不仅成为他们观照宇宙本体的重要途径之一,也成为他们赏玩、观照的对象,而苏轼"奇趣"说的提出,则构建了诗文趋于天巧的最高境界。如果说北宋中期,时人既欣赏韩诗之"怪奇",也逐渐确立了以"平淡"为美的诗歌理想,那么基于易学观物方式而言"怪奇"所呈现的正是"自然"的样态,"怪奇"之美亦即"自然"之美,而非刻意追求的险怪奇涩。

(北京第二外国语学院文化与传播学院)

---

① 欧阳修著,李逸安点校《欧阳修全集》,中华书局,2001年,第579页。
② 苏轼著,孔凡礼点校《苏轼文集》,中华书局,1986年,第356页。

"乾隆三大家"说在江南地区的产生、传播与异议

邱 红

内容摘要:清代袁枚、蒋士铨、赵翼三家并称在乾嘉时期便已形成并被广泛讨论,最终凝定为"乾隆三大家"这一经典序列,实际过程并不长,且不同于一般被归纳的并称群体,这一并称的主体不仅主动参与序列的建构,还因表露不同的态度导致现存文献记录异辞频出、莫衷一是。通过时间梳理与材料辨析尽可能地还原文学现场,可以确定三家说缘起于赵翼"自负第三人"的说法,其广泛传播倚赖于袁、赵二人积极推广的《拜袁揖赵哭蒋图》传闻,而其分化与凝定源于三人态度不同及江南诗坛格局变化。还原清代乾嘉时期这一诗史经典序列的文学现场,可以管窥文学史与文学批评史视域下江南诗坛格局与风气移易的情况。

关键词:袁枚;蒋士铨;赵翼;"乾隆三大家";《拜袁揖赵哭蒋图》

The Cause, Dissemination and Dissent of "Three Great Masters in Qianlong Period" in Jiangnan Area

Qiu Hong

Abstract: During the Qianlong and Jiaqing periods of the Qing Dynasty, the combined term of Yuan Mei, Jiang Shiquan, and Zhao Yi had been formed and were widely discussed, and finally condensed into the classic sequence of "three great masters in Qianlong Period". The actual process didn't last long, and different from the general combined group which was concluded by others, the subjects of the saying not only actively participated in the construction of the sequence, but also showed different attitudes, resulting in the frequent occurrence of different words and opinions in the existing literature records. By combing the time and analyzing the materials to restore the literary scene as much as possible, it can be verified that the saying originated from Zhao Yi's statement of "being conceited of the third". Its wide spreading relied on the rumors of *The Picture of Worshiping Yuan*, *Bowing Zhao*, *Crying for Jiang* which were actively promoted by Yuan and Zhao, and its differentiation and solidification stemmed from the different attitudes of the three and the changes in the poetic circle in Jiangnan area. Restoring the literary scene of this classic sequence in poetic history in the Qianlong and Jiaqing periods of the Qing Dynasty, can provide a glimpse of the changes in the poetic pattern and atmosphere in Jiangnan area from the perspectives of the history of literature and literary criticism.

Keywords: Yuan Mei; Jiang Shiquan; Zhao Yi; "three great masters in Qianlong Period"; *The Picture of Worshiping Yuan*, *Bowing Zhao*, *Crying for Jiang*

经典序列作为文学史中的群体典范,通常是后人历史叙述与文学研究的重要参考。但在最终凝定之前,经典序列的形成是以作家为中心的地域、创作、诗学群聚效应受到广泛认可并被反复引用以至凝定的过程。袁枚、蒋士铨、赵翼"乾隆三大家"之称早在乾嘉时期便已凝定并被后代文学史家普遍认可,近年来已有研究者考索这一经典序列的发生,如冯小禄、李鹏《乾隆诗坛三大家考述》关注到传闻异辞的《拜袁揖赵哭蒋图》事件,将之视作三家并称的由来,继而推导袁、赵、蒋的人际交往,列举三家排序的不同说法①,但由于未佐以清晰的时间梳理与周全的材料辨析,不仅异辞仍未得到厘清,关于三人交往情况的论述也未尽准确。而罗时进《论蒋心余诗歌艺术特征兼谈"乾隆三大家"并称问题》②、王宏林《并称群体与清人视野中的乾嘉诗坛格局》③等著作章节的阐述较为简略,且重心均在影响研究。现有研究通常不采信袁枚所多次主张的赵翼为三家说发起者的说法,很大程度受钱锺书先生《谈艺录》的影响:"盖'三家'之说,乃随园一人捣鬼。瓯北尚将计就计,以为标榜之资。"④对并称主体叙述的不信任,一方面源于对袁枚形成的由来已久的偏见,另一方面源于文学现场的缺位。因此,本文通过时间梳理与文献考辨,尽可能地还原"乾隆三大家"这一经典序列产生、传播、分化以至凝定的文学现场,借此管窥乾嘉时期江南诗坛格局与风气移易的情况。

一、三家说之产生:"云松自负第三人"

"乾隆三大家"之一的袁枚关于赵翼首先提出三家说的陈述,与钱锺书先生关于三家说乃袁枚一人捣鬼的说法,要判断孰是孰非,须基于三家人际网络与文本网络的详细考证。

袁枚是乾隆四年(1739)己未科进士,并借早达早退、山居著述等

① 王兴中主编《语文学术》,云南民族出版社,2006 年,第 1—10 页。
② 罗时进《地域·家族·文学:清代江南诗文研究》,上海古籍出版社,2010 年,第 265—282 页。此文初题《蒋心余的情感心态及其诗歌艺术特征》,发表于《苏州大学学报(哲学社会科学版)》1997 年第 2 期,但无"三家说"的相关论述。
③ 王宏林《乾嘉诗学研究》,百花洲文艺出版社,2017 年,第 23 页。
④ 钱锺书《谈艺录》,商务印书馆,2016 年,第 347 页。

活动在江南地区颇有声名。蒋士铨（1725—1785）小袁枚九岁，晚袁枚十八年中进士。二人结交过程描述频见于袁枚集中，但有不少龃龉之处，综合相关作品，兹将二人交往初期情况梳理制为图一。

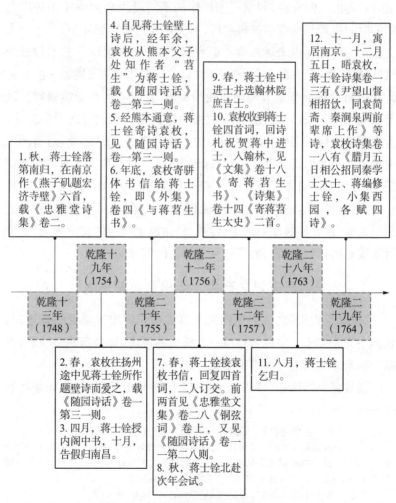

图一　《袁枚与蒋士铨交往初期时间表》

袁枚在不知蒋士铨其人的情况下欣赏其乾隆十三年九月上旬所作《燕子矶题宏济寺壁》六首①,并在《随园诗话》中载录第一、四首:

其一:随着钟音入梵宫,凭谁一喝耳双聋? 桫椤不解无言指,孤负拈花一笑中。

其四:山水争留文字缘,脚根犹带九州烟。现身莫问三生事,我到人间廿四年。

第一首分别化用黄檗禅师"当头棒喝"、释迦牟尼"拈花一笑"典故,描写在寺庙听到钟声和看到桫椤树后无感、不解的反应,妙写蒋士铨落第后失意彷徨的心境。第四首将宏济寺周边山水拟人化,与自己构成对话双方,一问三生,一答今世,三言两语,洒脱大方,一洗落第后颓废失落之心,与第三首"我生未到悬崖上,不向云山乞衲衣"、第五首"吟怀只借江山助,一个春风下第人"同一意气,对当时计划辞官做通达人的袁枚来说,可谓心有灵犀、同气相求,因此经年寻找作者,得以在熊本父子帮助下与之结识,可见其在二人交往中的主动姿态。

赵翼(1727—1814)年龄在三人中最小,但其仕途经历最丰富曲折。乾隆二十六年辛巳恩科会试中进士之前,赵翼五次落第,其间入直军机处数年,并多次扈从清高宗围猎木兰。中进士后至乾隆三十一年十一月任翰林院编修,特授广西镇安知府,至三十五年三月又受特旨调守广州,次年四月升贵州分巡贵西兵道,以母亲年高辞官终养被拒。三十七年十月,因事降级调用,遂乞假归乡并计划辞官终养,屡遭同事馋忌与长官为难,直至次年三月才得偿所愿。② 赵翼与蒋士铨相识于京师,与袁枚则通过诗歌订交,二十余年后才因偶遇而首次晤面,二人交往初期的情况见图二。

赵翼在知袁枚其人的情况下读其诗而爱之,并作《尹制府幕中题

---

① 蒋士铨《忠雅堂文集》刊本仅录组诗第四首,六首见于稿本,刊本将诗题中的"题"改作"书",详见邵海清校、李梦生笺《忠雅堂集校笺》卷二(戊辰),上海古籍出版社,1993年,第202页。

② 详参陈清云《赵翼年谱新编》,上海古籍出版社,2016年。

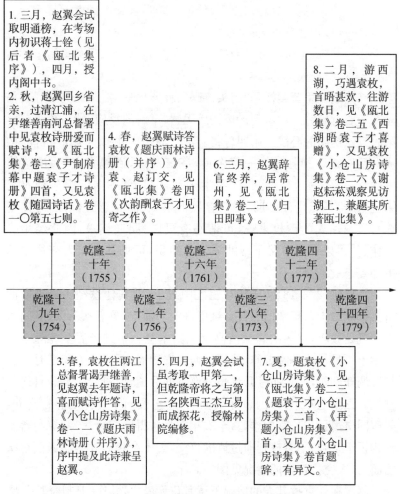

图二 《袁枚与赵翼交往初期时间表》

袁子才诗册》四首①：

<hr />

① 赵翼著,李学颖、曹光甫校点《瓯北集》上册,上海古籍出版社,1997年,第57页。

其一：好诗到手耐频翻，花色冰肌雪月魂。今日艺林谈此事，教人那得不推袁。

其二：曾传丽句想风流，今读新诗笔更遒。始叹知君殊太浅，前番犹是蔗梢头。

其三：只因书味凤根深，拼把微官换苦吟。千古传人可传处，元来别有一胸襟。

其四：狂名狼籍大江东，谢傅怜才意独钟。读到新诗鳞爪见，方知不是叶公龙。

此诗透露赵翼在读袁枚诗册之前，通过文坛流传的丽辞艳句，已对其形成风流轻狂的印象。而在读诗册后，赵翼改变原来的看法，称赞袁枚诗歌风格遒健、别有胸襟，受尹继善厚待并在江南享有盛名正副其实。袁枚答诗《题庆雨林诗册（并序）》云："愧舞瞿昙甘蔗梢（原注：赵题有'前番犹是蔗梢头'之句），久焚笔砚学君苗。自无官后诗才好，但有春来病即消。海内芝兰怜臭味，钧天丝竹奏《萧韶》。何时同作萧郎客？君夺黄标我紫标。"①回避赵翼第一首关于其艳诗在艺林间传播的描述，仅就第二首夸赞自己新诗之句，自谦辞官后才有佳篇，并邀约会面，尽显客套。另外，《随园诗话》卷一第五七则载赵翼戏题袁枚诗册云："八扇天门诀荡开，行间字字走风雷。子才果是真才子，我要分他一斗来。"②欣赏之意表露无遗，不难判断袁枚与赵翼二人的交往姿态孰高孰低。

简而言之，袁、赵、蒋三人的交往情况大致为：（一）乾隆十九年赵翼与蒋士铨见于会试考场，但两人诗集中直到二十四年才有诗作往来③。

---

① 袁枚《小仓山房诗集》，王英志编纂校点《袁枚全集新编》第 2 册，浙江古籍出版社，2015 年，第 225 页。

② 袁枚《随园诗话》，《袁枚全集新编》第 9 册，浙江古籍出版社，2015 年，第 379 页。

③ 赵翼此年作《心余举第四雏，走笔戏和》（《瓯北集》上册，上海古籍出版社，1997 年，第 131 页），蒋士铨有答诗《举第四子（赵瓯北（翼）、张吟乡（坝）以诗词见谑，戏答口号》（《忠雅堂集校笺》第 2 册，上海古籍出版社，1993 年，第 669 页）。按：赵翼乾隆二十三年《赠张吟芗秀才》有句云："宦冷既寡交，地僻更罕偶。昨来蒋吉士（心余），笑我目封菩。"（《瓯北集》上册，上海古籍出版社，1997 年，第 116—117 页）但未见蒋士铨与此相关的诗作。

(二)乾隆十九年袁枚因欣赏蒋士铨诗而四处访求,二十一年订交,并自二十九年蒋士铨辞官僦居金陵后与之往来甚密。(三)赵翼也在乾隆十九年读袁枚诗并爱而题诗,亦于二十一年订交,但直到四十四年首次晤面之后才往来较频繁。

三人诗名并提的说法,据袁枚反复记载,最早出自赵翼:乾隆四十六年袁枚作《仿元遗山论诗》,其中第十九首云:"云松自负第三人,除却随园服蒋君。绝似延平两龙剑,化为双管斗风云。(原注:蒋苕生、赵云松)"①乾隆五十年夏五月袁枚为赵翼《瓯北集》作序云:"晋温峤耻居第二流,而云松观察独自负第三人,意谓探花辛巳,而于诗则推伏余与蒋心余二人故也。"②收到序后,赵翼回信《上简斋先生书》云:"大序推许过当,殊非评骘之公……今乃以之序拙诗,岂公不便自誉,而借题发挥,以微露其端倪耶? 抑'第三人'尚如此,则'第三人'所推为第一者更不待言可知……"文末注曰:"云松常称海内才人,子才第一,心余第二,自己第三。且本系探花,故有'第三人'之说。"③《随园诗话》卷一四第七五则云:"赵云松观察谓余曰:'我本欲占人间第一流,而无如总作第三人。'盖云松辛巳探花,而于诗只推服心余与随园故也。"④无不显示赵翼自称第三,推袁枚为第一、蒋士铨为第二。

由于赵翼暂无尺牍文集传世,原札不存,相关说法亦不见于其诗集或笔记,蒋士铨也未提及此说,故崔旭(1767—1846)在《念堂诗话》中提出:"乾隆中,袁、蒋、赵称为鼎足,此说不知起于何人,《拜袁揖蒋图》,程春宇力辩无其事。余尝谓袁之情多,蒋之识正,赵

---

① 袁枚《小仓山房诗集》,《袁枚全集新编》第 3 册,浙江古籍出版社,2015 年,第645 页。

② 袁枚《小仓山房文集》,《袁枚全集新编》第 6 册,浙江古籍出版社,2015 年,第552 页。

③ 袁枚《续同人集》,《袁枚全集新编》第 19 册,浙江古籍出版社,2015 年,第395—396 页。此注应为袁枚编辑《续同人集》时所加,用来解释赵翼札中第一、第三之说。

④ 袁枚《随园诗话》,《袁枚全集新编》第 9 册,浙江古籍出版社,2015 年,第533 页。

之气盛。"①但是,以下三点可辨袁说非诬。

首先,从时间线索来看,袁枚于乾隆四十四年作《答王梦楼侍讲》,引述了王文治论诗语:"'诗如佛法,有正法眼藏,有狡狯神通。参正法者,不贵神通;夸神通者,渺视正法。'公自命为正法眼藏,而以神通推心余、云松二公,惟于鄙人,许其二者能兼。"②袁、蒋、赵已然并列,此言亦见于前引《随园诗话》卷一四第七五则所载赵翼三家说之后:"……云松才气横绝一代,独王梦楼不以为然。尝谓余云:'佛家重正法眼藏,不重神通。心余、云松诗,专显神通,非正法眼藏。惟随园能兼二义,故我独头低;而彼二公亦心折也。'余有愧其言。"③诗话所载王文治之言显然出自尺牍,且是针对赵翼提出的三家说,王文治甚至很可能直接听闻其说,因为袁、王通信的这一年春,袁枚与赵翼首晤西湖后,二人又与王文治同受浙江盐驿道员陈淮招饮,《瓯北集》卷二十五有《陈望之观察招同袁子才、王梦楼、顾涑园、张谔庭宴集,即席赋呈》,两年后袁枚在《仿元遗山论诗》中再引赵翼的三家说。因此,赵翼提出三家说的时间,最早可以推溯至乾隆四十四年春。

其次,从坛坫地位来看,袁枚早于蒋士铨十八年、早于赵翼二十二年登榜,其诗文名亦早已在南北树立,乾隆三十七年有《再检海内诸公投赠之作,得一千九百余首,亦纪以诗》,从投赠之富可窥其声名之炙。而赵翼《瓯北集》二十四卷最晚刻成于四十四年春④,亦于此时与袁枚初次晤面兼请题集,赵翼之于袁枚只是后辈,在文坛影响尚

① 崔旭《念堂诗话》,张寅彭选辑,吴忱、杨焄点校《清诗话三编》第6册,上海古籍出版社,2014年,第4432页。据傅璇琮总主编《中国古代诗文名著提要·诗文评卷》所考,此书应成于道光十八年(1838)之后。

② 袁枚《小仓山房尺牍》,《袁枚全集新编》第15册,浙江古籍出版社,2015年,第69页。札首云"仆西湖人也,别十年矣",袁枚曾于乾隆三十六年回籍具呈终养多年未补官之原由(《诗集》卷二二《还杭州五首》),此后便未见袁枚记录返杭的篇章。"今春还乡"应是袁母卒后的次年,即乾隆四十四年,袁枚携新生儿袁迟归杭州上冢,在西湖意外得见王文治,札中"十年"乃概数。

③ 袁枚《随园诗话》,《袁枚全集新编》第9册,浙江古籍出版社,2015年,第533页。

④ 祝德麟《瓯北集序》云:"房师赵云崧先生刻向者所为诗二十四卷成,名曰《瓯北集》,于己亥春邮示。"(《瓯北集》下册,上海古籍出版社,1997年,第1444页)

微，二人亦难称密友。袁枚作为三家中毫无疑问的魁首，何须"捣鬼"虚撰此说，借结识不久且影响不大的赵翼抬高自己？袁、蒋、赵三家并称，表面看来是推尊袁枚，实际却是抬高赵翼，故袁枚在论诗诗中以"自负"称赵翼"第三人"之说。

再次，从诗歌好尚来看，袁枚更欣赏蒋士铨而非赵翼，赵翼虽亦好蒋士铨但尤崇袁枚，晤面前两年已作《题袁子才小仓山房集》二首、《再题小仓山房集》等诗，有"相对不禁懒饭颗，杜陵诗句只牢愁""灾梨祸枣知何限，此集人间独不挑""只拟才华艳，谁知锻炼深。杀人无寸铁，惜墨抵兼金"[①]等倾慕之言；晤面后更有如乾隆四十四年极力称颂的《再赠子才》："论君诗能偻指数，诵君诗能脱口出。……老夫只眼不轻许，此事曾经历甘苦。闭门自谓造车精，出见轮班惭弄斧。不觉私心大屈服，欲为先生定千古。"[②]且袁枚引述三家说的序被刻于《瓯北集》《瓯北诗钞》卷首，说明赵翼对此并无异议。依据上述文献事实，赵翼提出三家说合情合理。

综上所述，袁枚、蒋士铨、赵翼三家并称，最早可以推溯至乾隆四十四年袁、赵初晤后，首先由赵翼提出，然后袁枚反复申说，此说之流行主要得益于袁枚早已树立的声名，故尚镕（1785—1835）《赵翼传》云："（赵翼）初交蒋士铨于京师，极重其诗。里居后，与袁枚交最密。遂自称为袁、蒋、赵三家。枚喜而和之，于是三家之名震天下。"[③]赵翼提出三家说，起初基于良好的自我评价与鲜明的个人好尚，虽有声名正炙的袁枚张大其说，但直到《拜袁揖赵哭蒋图》传闻流行之后，这个并称群体才突破个人叙述的范畴与层次，成为流传于东南诗坛的大家序列。

---

① 赵翼《瓯北集》上册，上海古籍出版社，1997 年，第 495 页。

② 赵翼《瓯北集》上册，上海古籍出版社，1997 年，第 541 页。

③ 赵翼《瓯北集》下册"附录二"尚镕《持雅堂续钞·赵翼传》，上海古籍出版社，1997 年，第 1431 页。陈清云《赵翼年谱新编》乾隆五十三年条描述《拜袁揖赵哭蒋图》时，据赵翼《瓯北集》卷三十六《和尊甫题原韵》中"对待三家并称淡然处之的态度"，认为尚镕所述为误。（上海古籍出版社，2016 年，第 353 页）

二、三家说之传播：《拜袁揖赵哭蒋图》

《拜袁揖赵哭蒋图》推动"乾隆三大家"说广泛传播，但袁枚、赵翼等人关于此图的记录频见异辞，遂使其成为一桩悬疑至今的公案。通过厘清此案中的异辞，有助于接橥三家说的传播过程。

具体而言，赵翼《瓯北集》卷三十二系于乾隆五十三年(1788)的《子才书来，有松江秀才张凤举，少年美才，手绘拜袁揖赵哭蒋三图，盖子才及余并亡友心余也，自谓非三人之诗不读，可谓癖好矣，书此以复子才，并托转寄张君》①，表明赵翼从袁枚处听说《拜袁揖赵哭蒋图》之事。

但袁枚在《随园诗话》卷四第六九则中载此图的消息来源为松江张梦喈之子张兴载："兴载云：'桐乡有程拱字者，画《拜袁揖赵哭蒋图》，其人非随园、心余、云松三人之诗不读。'……程字墨圃，廪膳生。"②王昶《湖海诗传》云："张兴载，字坤厚，江南华亭人，贡生，候补训导，有《宝稧轩诗存》。"③潘衍桐《两浙輶轩续录》云："程同文，原名拱宇，字春庐，桐乡人。嘉庆己未进士，官至奉天府丞，著《密斋文集》一卷、《诗存》四卷。"④赵翼所载张凤举之名未见于袁枚集中，且翻检

---

①　赵翼《瓯北集》下册，上海古籍出版社，1997年，第749—750页。

②　王英志先生编校的《袁枚全集新编》第8册《随园诗话》"程拱字"作"程拱宇"(浙江古籍出版社，2015年，第139页)，而在作者此前编校的《袁枚全集》第3册《随园诗话》中作"字"(江苏古籍出版社，1993年，第124页)。查《随园诗话》各刻本，确实为"字"。朱则杰《清代嘉兴诗人丛考——以董鸿等为中心》(《嘉兴学院学报》2016年第1期)提及《袁枚全集》为是，却未注意到《袁枚全集新编》为误，但关于"程拱宇"与"程拱字"以及改名"程同文"的辨析与考证颇详细，足资参考。按：《清代嘉兴诗人丛考——以董鸿等为中心》一文推测"字"、"字"易混，故改名为程同文，并云："至于与程同文同时代以及前后历史上是否还有叫'程拱字'的，则可置不论。"(第9页)但实际上作者于此失考，与程同文同时且亲近的人中恰有名"程拱字"者，是过继给伯母汪氏的亲兄长，《密斋文存》有《伯母汪宜人家传》云："宜人先立嗣，曰拱容，伯父莱山公子也，年十四以痘殇，于是余兄拱字以先君子命为嗣。"

③　王昶《湖海诗传》，上海古籍出版社，2013年，第555页。

④　潘衍桐编纂，夏勇、熊湘整理《两浙輶轩续录》第5册，浙江古籍出版社，2014年，第1222页。

乾嘉时期志书,亦未见松江籍同名者,但与张兴载的籍贯相同,一为传信者、一为绘图者,如此讹误出自赵翼还是袁枚,由于二人信札不存而难下判断①。《随园诗话》在乾隆五十四年冬付梓,有可能袁枚收到赵翼答诗后发现讹误,遂对传闻进行修正。

乾隆五十六年(1791)赵翼按诗体编选刊行《瓯北诗钞》,将前诗题中"松江秀才张凤举"改为"桐乡秀才程拱字","张君"改作"程君",诗句"张郎作绘定可人,雅尚所存非漫戏"中"张郎"改作"程生"②,《瓯北诗钞》卷首有此书编成后李保泰乾隆五十六年四月所作序,可推知在此之前赵翼已知讹误。

乾隆五十七年(1792)春张云璈(仲雅)、程拱字(春庐)拜会赵翼后,张云璈作《谒赵耘菘观察,归后复展〈瓯北集〉快读之,走笔为长歌奉简》,末联为:"不知何物狂书生,长揖向公毋乃倨?"注云:"桐乡程孝廉拱字,画《拜袁揖赵哭蒋图》,谓公及简斋、心余两太史也。事见集中。"③收到此诗后,赵翼作《浙二子歌赠张仲雅、程春庐两孝廉》,其中"一声喝我数日聋"下注云"张君枉赠七古一章",又有句云:"顾我岂当一揖重,对君方欲五体投。"注云:"程君即绘《拜袁揖赵哭蒋图》者。"④但是乾隆五十八年(1793)程同文(拱字)读赵翼诗后,作《同文少时喜读简斋、云崧、心余三先生诗,尝欲绘三人像张之座右,未果

---

① 冯小禄、李鹏《乾隆诗坛三大家考述》推测:"很可能袁枚在信中提到松江张梦喈(字凤于),而赵翼有所误会,结果绘画者就以讹传讹变成了松江秀才张凤举。"(《语文学术》,云南民族出版社,2006年,第2页)

② 赵翼《瓯北诗钞》第3册,天津图书馆藏湛贻堂刻本,叶9b—10b。

③ 张云璈《简松草堂诗集》,《清代诗文集汇编》第422册,上海古籍出版社,2010年,第148页。所读《瓯北集》应是《瓯北诗钞》,原因有二:一是《瓯北集》诗题称张凤举为绘图者,而《瓯北诗钞》诗题改为程拱字,张诗所述与后者同;二是赵翼《浙二子歌……》与张云璈《谒赵耘菘观察……》均作于拜谒之后,张虽有可能读到赵这首赠诗,但不大可能马上读到刻录赠诗的《瓯北集》。

④ 赵翼《瓯北集》下册,上海古籍出版社,1997年,第809页。《瓯北诗钞》第3册"七言古四"(天津图书馆藏湛贻堂刻本,叶18b)同。张云璈与程拱字似并不相识,前及张云璈谒后所作诗中载其通过读《瓯北集》得知程拱字画图之事,虽暂难定二人是否同时拜谒,但可从侧面获知即便是同时,会面过程也并未谈及《拜袁揖赵哭蒋图》,故无澄清之机。

也。他日，读〈瓯北集〉，见有古诗一首，题曰〈得子才书〉，述同文曾手绘拜袁揖赵哭蒋图，此不知何人所传，果若此，亦佳话也，行当作一图，以实其事，先次韵奉答》，并有句云："隔江二老诗筒中，早闻传此一段事。旧图他时手待补，长歌此日声先倚。"①否认绘图一事。

虽然程同文作诗澄清此事，但因人微言轻，且《拜袁揖赵哭蒋图》的传闻在袁、赵二人大力推广下已然风传，故收效甚微，三家说借此图的传闻日益广布，仅袁枚、赵翼集中便载众多赠诗提及"三家"。②

至此，《拜袁揖赵哭蒋图》公案基本厘清，但今人又将此案与袁枚记录的另一段故事混淆，乘此辨析。

《随园诗话》卷一一第一五则云：

……戊申八月，年家子许香岩告余云：其同乡程蔌园明府，宰武进。六月望后，苦热移榻桑影山房，读《小仓山房诗》而爱之。《夜梦题后》云："吟坛瓯北及新翁，盟主当时让本初。抟古为丸知力大，爱才若命见心虚。仙人偶戏蓬壶顶，下士争酣墨渖余。格调不能名一体，香山窃比意何如？"满洲诗人法时帆学士与书云："自惠《小仓山房集》，一时都中同人借阅无虚日，现在已抄副本。洛阳纸贵，索诗稿者坌集，几不可当。可否再惠一部。何如？"外题拙集后云："万事看如水，一情生作春。公卿多后辈，湖海有幽人。笔阵驱裙屐，词锋怖鬼神。莫惊才力猛，今世有谁伦？"此二人者，素不识面，皆因诗句流传，牵连而至……蔌园名明懔，孝感

---

① 程同文《密斋诗存》，《清代诗文集汇编》第 495 册，上海古籍出版社，2010 年，第 272—273 页。此诗前第二首为《为吴兰雪嵩梁题新田十忆图》，其中第四篇《桐屋读书》诗末小注曰："兰雪兄茗香以是岁殁于京邸"，吴嵩梁《二月廿七日奉许太宜人出都》诗中自注曰："癸丑先兄茗香病没于河西务舟中。"（吴嵩梁《香苏山馆诗集》，《续修四库全书》第 1490 册，上海古籍出版社，2002 年，第 215 页）可知程诗作于乾隆五十八年。另外，张、程二诗均见于《瓯北诗钞》卷前作为题辞，应是后来补录。

② 具体可参见冯小禄、李鹏《乾隆诗坛三大家考述》，《语文学术》，云南民族出版社，2006 年，第 2 页。

人。时帆名式善,满洲人。①

乾隆五十三年(1788)八月,许兆桂(香岩)告知袁枚,其同乡程明懬(蓻园)读《小仓山房诗集》爱而题诗,又载法式善与程明懬通信索要袁枚诗集亦有题诗。法、程二人的通信情况述于法式善《答简斋先生书》:"去岁寄程明府诗札,不揣固陋,聊志其向往之情,非于前辈敢妄自揣度也。不意前辈惠然以手书见示……"②与之关联的诗作见《存素堂诗初集录存》卷二《程立峰明懬大令贻袁子才枚太史诗集》、《题小仓山房诗集》,后者即诗话所录。

此则诗话明确记录程明懬字蓻园,为孝感人。据《清代官员履历档案全编》,程明懬于乾隆二十六年中进士,先后任浙江严州府寿昌县、浙江余姚县、山东登州府海阳县、江苏华亭县知县,乾隆五十五年因功推升山东莱州府平度州知州。程明懬诗句"吟坛瓯北及新畬,盟主当时让本初",称袁枚为诗坛盟主,与赵翼(瓯北)、蒋士铨(新畬)三家并提,但未提及绘画之事,且程明懬擅吏治与经学,法式善《赠程立峰明懬明府》云:"……闻君擅政要,静以摄其全。……闻君擅章句,取精糟粕蠲。……"③除参与纂辑《(乾隆)华亭县志》十六卷外,暂未见其有著作传世。嘉庆元年,袁枚作《后知己诗》,第七首《华亭县知县程明懬》云:"觥觥程夫子,昔宰华亭县。忽寄十行书,远托双飞燕。为道爱我诗,千金求一面。"④亦不及绘画之事。

显然,在袁枚的记述中,桐乡程同文(拱字、春庐、墨圃)是传言中《拜袁揖赵哭蒋图》的绘制者,而孝感程明懬(蓻园、立峰)是与法式善一同钦慕袁枚的读者。由于袁枚记录这两个故事都意在彰显自己的

---

① 袁枚《随园诗话》,《袁枚全集新编》第9册,浙江古籍出版社,2015年,第409—410页。

② 袁枚《续同人集》,《袁枚全集新编》第19册,浙江古籍出版社,2015年,第388页。

③ 法式善《存素堂诗初集录存》,《清代诗文集汇编》第435册,上海古籍出版社,2010年,第19页。

④ 袁枚《小仓山房诗集》,《袁枚全集新编》第4册,浙江古籍出版社,2015年,第999页。

声名,且主人公都是程姓,因此学界在提及程同文时常将其混同程明愫,如《袁枚年谱新编》乾隆五十三年条云:"六月,传有程明愫读子才、赵翼、蒋士铨诗而爱之,手绘《拜袁揖赵哭蒋图》。后程明愫闻知此事,乃赋诗否认。"①随后引赵翼诗、袁枚诗话作补充,兼引"程明愫《密斋文集》"中的诗文,并介绍生平云:"程明愫,字薇园,湖北孝感人。……曾掌教清江浦崇实书院,与谢启坤、梁章钜交善。著有《密斋诗集》四卷、《文集》不分卷。生平略见于集中。"②不难看出作者将程同文的生平与著述嫁接给程明愫。又《赵翼年谱新编》乾隆五十三年条云:"接袁枚书,知袁蒋赵三家并称之说。传闻程拱字爱袁枚、赵翼、蒋士铨三家诗,手绘《拜袁揖赵哭蒋图》,程拱字后赋诗否认此事。"③所引文献大抵同于《袁枚年谱新编》,虽对"程拱字"、"程拱宇"、"程春宇"、"程拱辰"的混用情况有所辨析,但仍载"程明愫《密斋诗集》"与《随园诗话》卷一一第一五则而非卷四第六九则关联,并提出:"结合其诗作,程明愫应为被传绘图者。但据《瓯北集》卷三五《浙二子歌赠张仲雅程春庐两孝廉》及程拱字的答诗,又说明赵翼与程拱字有过直接的交往,程拱字当也是被传绘图者之一。无论意欲绘图者是浙江桐乡程拱字或是湖北孝感程明愫,均说明至此三家并称之说已经非常盛行。"④作者虽将程拱字与程明愫分辨开,也注意到《密斋诗集》卷一《同文少时喜读……》与赵翼《瓯北诗钞》卷前程拱字题辞"只有少量字词有异",但因未明程同文即程拱字,又错记《密斋诗集》作者为程明愫,故仍将二程混淆。

总而言之,在传闻为程同文所画《拜袁揖赵哭蒋图》的推动下,三家说自乾隆五十三年起在更大范围内广泛传播,但由于袁、蒋、赵三人诗学异趣、人生异途、地位参差等原因,时人对三家说的意见纷呈,因此这一序列并未完全凝定,时有变动。

---

① 郑幸《袁枚年谱新编》,上海古籍出版社,2011年,第541页。
② 郑幸《袁枚年谱新编》,上海古籍出版社,2011年,第543页。
③ 陈清云《赵翼年谱新编》,上海古籍出版社,2016年,第351页。
④ 陈清云《赵翼年谱新编》,上海古籍出版社,2016年,第352页。

三、三家说之异议:"前呼袁蒋后袁赵"

三家说在江南地区流传后,招致不少异议,首先在当事人袁、赵、蒋三人间便存在不同的态度。被赵翼推为"第一人"的袁枚,虽然频繁提及三家说,但对三人诗歌风格同异优劣的议论更多见。

如《随园诗话》卷三第三六则评价蒋士铨诗虽奇伟宏大、气概雄厚,但不能揉磨入细、修饰增色:"余尝规蒋心余云:'子气压九州矣,然能大而不能小,能放而不能敛,能刚而不能柔。'……"①乾隆五十年作《赵云松瓯北集序》评价赵翼博学好思,诗风敏捷奋进、变化多端、汪洋恣肆:"云松之于诗,目之所寓即书矣,心之所之即录矣,笔舌之所到即奋矣,稗史方言、龟经鼠序之所载即阑入矣。……而忽正忽奇,忽庄忽俳,忽沉鸷忽纵逸,忽扣虚而逞臆,忽数典而斗靡。读者游心骇目,碌碌然不可见町畦。"②《随园诗话》卷八第九二则记载自己与蒋士铨诗歌好尚不同:"蒋苕生与余互相推许,惟论诗不合者。余不喜黄山谷,而喜杨诚斋;蒋不喜杨,而喜黄:可谓和而不同。"③乾隆五十年作《覆云松观察》分析自己与赵翼诗奇巧有余、庄雅不足之弊:"大概仆与先生天分有余,往往不肯平庸,争奇竞巧。要惟持之以庄,韵之以雅,则大巧若拙,而于诗文之道尽之矣!"④又乾隆五十七年《答祝芷塘太史》比较赵翼、蒋士铨为祝德麟校雠诗集的情况,指出二人诗歌均有用力过猛、短于情韵之弊:"瓯北、心余,从苏、黄入手,故专尚气力,斗巧赌狠,替人校雠,未免忽略。"⑤此

---

① 袁枚《随园诗话》,《袁枚全集新编》第 8 册,浙江古籍出版社,2015 年,第 90 页。
② 袁枚《小仓山房文集》,《袁枚全集新编》第 6 册,浙江古籍出版社,2015 年,第 553 页。
③ 袁枚《随园诗话》,《袁枚全集新编》第 8 册,浙江古籍出版社,2015 年,第 306 页。
④ 袁枚《小仓山房尺牍》,《袁枚全集新编》第 15 册,浙江古籍出版社,2015 年,第 134 页。札首云:"寄到手书,公然郦人一序,冠群言之首,欣幸无极!"赵翼手书即收入袁枚《续同人集·文类》卷四的《上简斋先生书》,袁枚此札作于乾隆五十年夏五月袁枚为赵翼作序之后。
⑤ 袁枚《小仓山房尺牍》,《袁枚全集新编》第 15 册,浙江古籍出版社,2015 年,第 227 页。此札评论祝德麟《悦亲楼诗集》,应是与《读〈悦亲楼诗〉为祝芷塘给谏作》同寄,祝德麟对此札的答信,被收入《续同人集·文类》卷四《上简斋太史·又》,提及九月初收到袁枚的书信,结合袁枚诗集的编次,可知袁枚此札作于乾隆五十七年六、七月间。

意又见于《随园诗话》补遗卷七第四九则云："……古人东坡、山谷,俱少情韵。今藏园、瓯北两才子诗,斗险争新,余望而却步,惟于'情韵'二字,尚少弦外之音。"[①]不难看出袁枚对三人诗学之异趣深有思考。

虽然袁枚在诗文尺牍中多次提及赵翼的三家之说,但听闻《拜袁揖赵哭蒋图》传言后写信告知赵翼此事并仅在《随园诗话》中记录一次,除此之外并未再作诗文提及。

而最早提出三家说的赵翼,在袁枚频繁申说时,却三缄其口,未见附和。究其原因,大概是因为此说本用来恭维袁枚,后者借势自我标榜,对其早已树立的声名有锦上添花之效,但彼时赵翼尚未在坛坫立足[②],自称"第三人"的做法难容于江南士林。

如前及乾隆五十三年赵翼甫从袁枚书信中得知《拜袁揖赵哭蒋图》后所作诗《子才书来,有松江秀才……》,其中云:"老韩合传纵被嘲,亮瑜并世岂须忌?"写出当时坛坫对赵翼与袁枚等人并称的不认同,转而以唐时大家为例,如李、杜结契,虽李白声名独高,但杜甫后来居上。又如元白齐名,白居易文字交友甚广,虽然先有声名,但元稹后来居齐,再晚些又有刘禹锡能后起而秀,遂有"元白"、"刘白"之称,因而将袁枚比之白居易、将蒋士铨比之元稹、将自己比作刘禹锡,先有"袁蒋"之称,后有"袁赵"之说:"我观李杜两大家,吹台同游早结契。青莲落落赋饭颗,少陵惓惓虑魑魅。当时声望李独高,后世才名杜宁次? 贵不可卿贱乃卿,人心何容设轩轾? 独羡随园文字交,福比香山白居易。居易名先九齐,晚更刘郎觞咏继。遂称元白及刘白,阳五伴侣随时异。翁昔买邻有心余,近复把我入林臂。前呼袁蒋后

① 袁枚《随园诗话》,《袁枚全集新编》第 10 册,浙江古籍出版社,2015 年,第 817 页。

② 赵翼辞官后辗转书院任讲习,乾隆四十四年作《浙游口占》有句云:"懒常闭户终将老,贫则求人稍贬尊。落魄江湖重载酒,倦游情绪总难论。"(《瓯北集》上册,上海古籍出版社,1997 年,第 523 页)乾隆四十九年《补山开府去岁在桂林寄诗存问,今已移节粤东,次韵奉答》后所附孙士毅原作小注云:"近闻卖文自给……"(《瓯北集》上册,第 617 页),又乾隆五十八年作《编诗》云:"旧稿杂残手自编,千金敝帚持坚。可怜卖到街头去,尽日无人出一钱。"(《瓯北集》下册,上海古籍出版社,1997 年,第 839 页)足见其声名树立之迟,其余著述如《陔余丛考》、《廿二史札记》均刻于嘉庆年间。

袁赵,恰与醉吟同故事。"这一比拟隐约显露出无意谦让甚至不服气的态度,其后云:"天生词垣两后辈,似为此翁助声气。……三分鼎岂吾所堪?一瓣香知渠有寄。座有揖客自增重,我亦本非折腰史。"①更写出一身傲气。

然而,在获知《拜袁揖赵哭蒋图》传闻后,赵翼集中却屡现三家说,或出于己作,或见于赠诗,具体态度在嘉庆二年袁枚去世之前后又有所不同。

袁枚去世之前,赵翼尚作谦辞。乾隆五十五年赵翼作《法时帆学士素未谋面,远惠佳章,推许过甚,愧不敢当,敬酬雅意》,后附法式善来诗:"吏治海南盛,诗才瓯北强。江湖闲啸咏,天地大文章。下笔有袁蒋(原注:子才、心余),读书无汉唐。……"②乾隆五十八年有《宝山黄平泉秀才远访草堂,枉诗投赠,又出其旧题子才、心余及鄙人诗,以见平日瓣香所托,雅意愧不敢当,敬次奉答》云:"……猥充鼎足三分数,岂有毫端万丈光? 耳食或传姜在树,毛吹并议菊无香。虚怀谁似黄双井,欲向蹄涔泊海航。"后附黄燮鼎原诗云:"三家词垒屹相望,旗鼓中原孰对当?天许诸公扶大雅,人从片牍借余光……"③可知当时士林对其列于三家仍存异见,赵翼深知之,故这期间尚有谦逊之态,常言"愧不敢当"。

袁枚卒后,赵翼频称三家旗鼓相当。嘉庆二年作《袁子才挽诗》二首其二云:"三家旗鼓各相当,十载何堪两告亡(原注:谓君与蒋心余)。今日倚楼惟我在,他时传世究谁长?"④嘉庆七年作《丹阳狄秀才(梦环)以余与子才、心余旧有鼎足之目,而幸余之独存也,寄诗推重,愧不敢当,赋此奉答》云:"……江湖同调人千里,旗鼓相当彼一时。今日翻增铪脚感,折余一足岂能支。"⑤同一年又有李调元《得赵云松

---

① 赵翼《瓯北集》下册,上海古籍出版社,1997年,第749—750页。
② 赵翼《瓯北集》卷三十三(己酉、庚戌),上海古籍出版社,1997年,第778页。亦见于法式善《存素堂诗初集录存》卷二《答赵云松(翼)观察》,但有异文,第三四句为:"山林属耆旧,馆阁重文章。"(《清代诗文集汇编》第435册,上海古籍出版社,2010年,第23页)
③ 赵翼《瓯北集》下册,上海古籍出版社,1997年,第861页。
④ 赵翼《瓯北集》下册,上海古籍出版社,1997年,第960页。
⑤ 赵翼《瓯北集》下册,上海古籍出版社,1997年,第1092—1093页。

前辈书寄怀四首》其四有句云："袁赵媲唐白与刘,蒋于长庆仅元侔(原注:时有程秀才创为拜袁揖赵哭蒋三图)。"①化用赵翼《瓯北诗钞》中《子才书来,有桐乡秀才程拱字……》诗句:"独羡随园文字交,福比香山白居易。居易名先元九齐,晚更刘郎觞咏继。遂称元白及刘白,阳五伴侣随时异。"②赵翼答诗《前接雨村观察续寄〈诗话〉,有书报谢,并附拙刻〈陔余丛考〉〈廿二史札记〉奉呈,兹又接来书并诗四章,再次寄答》并未对此进行澄清,只是在第四首中云:"漫将优劣较元刘(原注:来诗以白、元、刘比袁、蒋、赵),迂叟心期迥不侔。"避重就轻地反对以白居易、元稹、刘禹锡拟袁枚、蒋士铨和自己,却枉顾这个说法原本出于自己。嘉庆十四年收到蒋骥昌来诗:"旗鼓相当说两家,蒋袁(原注:子才、心余)鼎立世争夸。若非我肯百回读,谁识君才十倍加。……"作《莹溪阁拙诗奖借过甚,愧不敢当,敬酬奉答》回复道:"书生结习只雕虫,谬赏叨称锦绣胸。不朽名须身自定,相知人每世难逢。"③虽亦"愧不敢当",但直以知己目之,可见其"当之甚切"。

　　作为"第二人"的蒋士铨,由于乾隆四十一年归铅山丁母忧、四十三年北上复职、四十八年因病归乡、五十年去世,与袁、赵二人相距甚远,往来渐少,因此在这场造势活动中是缺位的,至于是不以为然,还是疏于联络,因阙于记载,不便臆断。

　　关于三家说,不仅三位当事人态度有别,时人亦持不同看法。

　　只推"袁赵"者,除前及张云璈外,还如李调元,乾隆六十年作《寄袁子才先生书》,就词曲、诗、骈体比较蒋士铨与袁枚,认为蒋不敌袁:"……而今称诗者必曰袁蒋,然蒋实不敌君也,蒋工于词曲,而诗则间出其奇,然微逃于释;先生工于诗律,而词则稍逊其长,然骈体皆精,故外之人多后蒋而先袁,何也?亦犹学者先杜而后李,先苏而后欧

　　① 李调元《童山诗集》卷四十二(壬戌),《清代诗文集汇编》第384册,上海古籍出版社,2010年,第467页。李调元所读亦是改过诗题的《瓯北诗钞》。
　　② 赵翼《瓯北诗钞》第3册,天津图书馆藏湛贻堂刻本,叶9b—10b。
　　③ 赵翼《瓯北集》下册,上海古籍出版社,1997年,第1310—1311页。

也。"①虽未言及赵翼,然已将袁、蒋分出先后,又《雨村诗话》(十六卷本)卷一第一一则云:"近时诗推袁、蒋、赵三家,然皆宗宋人。子才学杨诚斋,而能各开生面,此殆天授,非人力也。心余诗学山谷,而去其艰涩,出以响亮,亦由天人兼之……云松则立意学苏,专以新造为奇异,而稗家小说,拉杂皆来,视子才稍低一格,然视心余,则殆有过之无不及矣。"②主张袁、赵均高于蒋,又在嘉庆五年得赵翼寄送《陔余丛考》与来札后,回复《答赵耘菘观察书》云:"诗人皆称袁蒋,而愚独黜蒋崇赵,实公论也。"③以"袁赵"取代"袁蒋",并不认同三家并列之说。

只推"袁蒋"者,如孙原湘(1760—1829),乾隆五十三年拜谒袁枚并入其门下,时有《随园先生过访并示新刻天台雁荡游卷》云:"平生服膺只有两,江左袁公江右蒋(原注:士铨)。"④未及赵翼,但从"只服膺"可知其不认同袁、赵、蒋三家并称。而与孙原湘齐名的舒位(1765—1815)在《乾嘉诗坛点将录》中称袁枚为"诗坛都头领三员"之一"及时雨袁简斋",与"托塔天王沈归愚"(沈德潜)、"玉麒麟毕秋帆"(毕沅)并列;蒋士铨与赵翼则分别作为"马军总头领三员"中的"大刀手蒋心余"、"霹雳火赵瓯北",与"豹子头胡稚威"(胡天游)并列。⑤ 不难看出在舒位眼中,袁枚在诗坛的地位远高于蒋士铨、赵翼,虽不认可袁、蒋、赵三家并列,但论诗时将"袁蒋"并论,《瓶水斋诗话》云:"袁蒋两家诗实是劲敌,袁长于抒写情性,蒋善于开拓心胸。袁之功密于蒋,蒋之格高于袁,各有擅场,不相依附也。"⑥

---

① 李调元《童山文集》,《清代诗文集汇编》第 384 册,上海古籍出版社,2010 年,第556—557 页。

② 李调元著、詹杭伦、沈时蓉校正《雨村诗话校正》,巴蜀书社,2006 年,第 33 页。

③ 李调元《童山文集》,《清代诗文集汇编》第 384 册,上海古籍出版社,2010 年,第558—559 页。

④ 孙原湘《天真阁集》卷六(著雍涒滩),《清代诗文集汇编》第 464 册,上海古籍出版社,2010 年,第 62 页。

⑤ 舒位《乾嘉诗坛点将录》,张寅彭选辑,吴忱、杨焄点校《清诗话三编》第 4 册,上海古籍出版社,2014 年,第 2349,2351 页。

⑥ 舒位《瓶水斋诗话》,张寅彭选辑,吴忱、杨焄点校《清诗话三编》第 4 册,上海古籍出版社,2014 年,第 2324 页。

此类异议不胜枚举,以至于梁绍壬(1792—1837)《两般秋雨庵随笔》专辟"袁、赵、蒋"之目,梳理程同文、孙原湘、张云璈、洪亮吉等人对三家的不同态度与评价。这些分歧的产生,主要由于袁、赵、蒋的诗歌好尚与风格迥异,即便袁、赵屡提三家说自我标榜,但实际上三人并不属于也未曾形成紧密的诗歌群体,因此时人与后人基于自身好尚或诗学立场提出的意见自然不同。另一方面,三家说从产生到传播的过程中,受到时代风气流转与江南坛坫格局变化的影响,也促使评论分化并变动:主张雅正诗学的蒋士铨虽列居第二,但在江南诗坛中的地位并不高,其戏曲成就更为突出;袁枚虽在乾隆朝享誉盛名,但其轻佻风流的行事作风、任性大胆的议论言辞和浮滑浅易的诗歌弊病在身后饱受非议;而赵翼在这期间逐步崛起,其史学研究取得巨大成就,并与朴学大家往来甚密,加之豪放恣肆的诗歌风格独具一格,其坛坫地位日益提升。

四、结语

随着时代的推移,三人地位的落差逐渐消弥,各成一家的诗歌风格和成就逐渐成为人们的关注重点,"三家说"在嘉庆年间最终凝定,这一并称群体被当时文人视作典范写入诗史,如袁枚晚年曾推介[①]的郭麐(1767—1831),在《灵芬馆诗话》卷八提及袁、蒋、赵的三家鼎立和被公认的"渠帅者"身份,以及对乾隆中期以来诗歌气运的影响,分析三人各有心胸、自有神髓、不乏皮毛的诗歌风格,将"乾隆三大家"说纳入诗史记述与诗学批评:

> 国朝之诗,自乾隆三十年以来,风会一变,于时所推为渠帅者凡三家,其间利病可得而言。随园树骨高华,赋材雄骛,四时在其笔端,百家供其渔猎,而绝足奔放,往往不

---

① 《袁枚全集新编》第17册《零散集外尺牍》收录袁枚作于乾隆六十年三、四月间的《袁枚致法式善书信(五)》云:"启者吴江秀才郭麐,盘盘大才,有茂陵唐生、九江祝子之风。家故赤贫,久困场屋,特来战艺于京师,向枚索数函书谒见前辈。"(浙江古籍出版社,2015年,第5—6页)

免……忠雅托足甚高，立言必雅，造次忠孝，赞颂风烈，而体骨应图，神采或乏……瓯北禀有万夫，目短一世，合铜铁为金银，化神奇于臭腐，力欲度越前人，震骇凡俗……但恐瞿昙氏出世，作师子吼耳。要皆各有心胸，各有诣力，善学者去其皮毛而取其神髓可矣。①

又有尚镕(1785—1835)专门著作《三家诗话》，分析袁枚、赵翼和蒋士铨之异同，卷首"三家总论"云："三家生国家全盛之时，而才情学力，俱可以挫笼今古，自成一家，遂各拔帜而起，震耀天下，此实气运使然也。"②接着对三家说之来由、声名、师法、风格、优劣以及读者反应等方面进行比较，之后又在分论中对三人作专门分析。显然，袁、蒋、赵三家已经完成从并称群体到经典序列的转化与凝定，为文学史与文学批评史提供重要依据与参考。

总的来说，"乾隆三大家"成为经典序列的过程并不长，主要得力于并称主体的自觉参与，也离不开江南文人的声气应求。赵翼首先向袁枚提出这一说法，其中不乏自抬身价、攀附名流的意图，但由于当时尚未在坛坫立足，故在袁枚大力宣扬此说期间保持沉默，直到《拜袁揖赵哭蒋图》传闻流出、三家说广泛流传之后，赵翼才在集中频繁征引此说；又由于三家的诗歌风格和坛坫地位不同，这一说法在传播的过程中产生诸多异议。不过随着蒋士铨、袁枚先后去世，赵翼的文坛地位不断提升，关于三家说的异议逐渐演变成三家异同的分析，袁、赵、蒋遂成为清代乾隆时期最具影响力的经典序列之一。

（四川大学文学与新闻学院）

---

①　郭麐《灵芬馆诗话》，张寅彭选辑，吴忱、杨焄点校《清诗话三编》第5册，上海古籍出版社，2014年，第3368—3369页。该诗话初刻于嘉庆二十一年(1816)、增修于嘉庆二十三年(1818)。

②　尚镕《三家诗话》，郭绍虞编选，富寿荪校点《清诗话续编》第4册，上海古籍出版社，1983年，第1920—1921页。

求实为正　臻于质朴

——牟世金先生的《文心雕龙》理论体系研究

詹福瑞

内容摘要：牟世金先生是当代著名的《文心雕龙》研究专家，倾一生之力研究《文心雕龙》，理论体系研究是他的研究重点，取得重要成果，且形成实事求是的研究品格。主要表现为三点：坚持古代文学研究不擅改古籍的原则，立足于古籍的版本证明通行本《文心雕龙》的篇次是其原貌；主张按照刘勰对全书体系安排的说明和《文心雕龙》自身的组织结构，研究其理论体系；基于《文心雕龙》自身的组织结构，进而探究其内在联系，总结出其严密而又完整的理论体系。面对 1980 年代《文心雕龙》理论体系研究出现的热点问题，牟世金先生极为谨慎地梳理裁断各种观点，呈现出去取惟务折衷的稳健务实作风。

关键词：牟世金；《文心雕龙》；理论体系

Seeking Truth from Facts, Reaching Perfect in Simplicity
— Mr. Mou Shijin's Study of the Theoretical System of *The Literature Mind and the Carving of Dragons*

Zhan Furui

Abstract: Mr. Mou Shijin is a famous contemporary expert on the study of *The Literature Mind and the Carving of Dragons*. He devotes his whole life to the study of *The Literature Mind and the Carving of Dragons*. The theoretical system research is his focus, and he has made important achievements and formed the research character of seeking truth from facts. The main manifestations are as follows: adhering to the principle of not altering ancient books in the study of ancient literature and basing on the version of ancient books, he proves that the current version of *The Literature Mind and the Carving of Dragons* is its original appearance. He advocates to study the theoretical system of *The Literature Mind and the Carving of Dragons* according to Liu Xie's description of the systematic arrangement of the book and its own organizational structure. Based on the own organizational structure of *The Literature Mind and the Carving of Dragons*, he further explores its internal relations and summarizes its strict and complete theoretical system. In the face of the hot issues in the study of the theoretical system of *The Literature Mind and the Carving of Dragons* in the 1980s, Mr. Mou Shijin has carefully sorted out all kinds of views and presented a compromise robust pragmatic style of work.

Keywords: Mou Shijin; *The Literature Mind and the Carving of Dragons*; the theoretical system

牟世金先生是《文心雕龙》学会重要的组织领导者。1983 年, 他发起倡议并参与筹备了学会的成立,并担任学会秘书长,组织了数次学会年会和《文心雕龙》国际学术研讨会,为推动《文心雕龙》的学术研究与交流做出了卓越贡献。

牟世金先生亦为当代著名的《文心雕龙》研究专家。他从1962年与陆侃如先生合作出版《文心雕龙选译》(上),到1989年病逝,27年间,倾全力研究《文心雕龙》。牟世金先生的《文心雕龙》研究,大致可分为三个阶段:1960年代为第一阶段,与陆侃如先生合作出版《文心雕龙选译》,译注二十五篇;合作开展刘勰生平与思想、《文心雕龙》的研究,发表《刘勰的生平与思想》、《刘勰的文体论》、《刘勰论文学与现实的关系》、《刘勰论内容与形式》、《刘勰的创作论》、《刘勰有关现实主义的论点》、《刘勰有关浪漫主义的论点》、《刘勰的批评论》等系列文章。第二阶段始于1970年代初,继续译注《文心雕龙》余二十五篇,1980年代初完成,出版《文心雕龙译注》。第三阶段为1980年代,对刘勰与《文心雕龙》诸多问题逐一展开深入探讨,出版《雕龙集》、《台湾文心雕龙鸟瞰》、《文心雕龙精选》、《刘勰年谱汇考》、《雕龙后集》、《文心雕龙研究》等十部著作,发表《文心雕龙》研究论文百余篇,被王元化先生誉为《文心雕龙》研究的功臣。《文心雕龙》理论体系研究是牟世金先生一生的研究重点,取得重要成果。

对于牟世金先生的学术研究贡献与风格,王元化先生有中肯而又准确的评价,他为牟世金先生《文心雕龙研究》所写序中说:"世金同志这部书毫无哗众取宠之心,也许会被认为过于质朴,但这也是它的长处。因为从这质朴中可以看到一种实事求是的治学态度,既不刻意求新,也不苟同于人。……他力图揭示原著的本来意蕴,而决不望文生解,穿凿附会。书中那些看来平淡无奇的文字,都蕴涵着作者的反复思考,慎重衡量,其立论之严谨,断案之精审,我想细心的读者是可以体察到作者用心的。"①这虽是对《文心雕龙研究》这本书的评

---

① 《文心雕龙研究》,《牟世金文集》第1册,人民文学出版社,2022年,第2页。

价,却也整体概括了牟世金先生的学术品格,适用于其所有《文心雕龙》研究,包括理论体系研究。

一、尊重古籍,识其原貌

在当代《文心雕龙》研究学者中,牟世金先生以重视《文心雕龙》理论体系的研究著名,这是出于他对理论研究特性和《文心雕龙》性质的认识。他在《台湾文心雕龙研究鸟瞰》中说:"凡研究一家之言,不从整体上把握,不究其全貌和系统,只徘徊于枝枝节节的局部问题之中,是难深入理解其实质的,对于理论著作的研究更是如此。"[①]在《刘勰和文心雕龙》中,牟世金先生说:"《文心雕龙》是一部体大思精的理论著作,要阅读和研究它,就不能不探寻和掌握其理论体系,否则对许多具体问题就难以作出准确判断,对全书的理论价值也不易给予科学的估价。"[②]《文心雕龙》是刘勰基于对文章的自觉而撰著的文章学著作,体大思精,结构严谨,体系鲜明。王元化先生在《文艺理论体系问题》中说:"《文心雕龙》是在体系上相当完整严密的一部著作……仅就系统的完整严密来说,在我国漫长的封建社会中有哪些文艺理论著作可与之比肩呢? 甚至在整个中世纪的世界文学理论著作中可以成为它的对手的也寥寥无几。"[③]的为确论。所以 1980 年代,体系问题成为《文心雕龙》研究的热点,有代表性的为周振甫、詹锳、王运熙等先生的相关论述。牟世金先生 1964 年就注意到《文心雕龙》理论体系问题,认为"有探讨刘勰自己的文学理论体系的必要"[④]。1981 年发表《〈文心雕龙〉的总论及其理论体系》文章后,陆续就此问题展开讨论,发表多篇相关论述,将此一研究引向深入。牟世金先生探讨刘勰《文心雕龙》的理论体系,反对把古人现代化,"把古人的理论分割开,而按现代理论的框框对号入座"。他认为,"这种方

---

① 《牟世金文集》第 4 册,人民文学出版社,2022 年,第 157 页。
② 《牟世金文集》第 3 册,人民文学出版社,2022 年,第 187 页。
③ 王元化《文学沉思录》,上海文艺出版社,1983 年,第 5 页。
④ 牟世金《近年来〈文心雕龙〉研究中存在的几个问题》,《江海学刊》1964 年第 1 期。

法是轻而易举的,但不仅毫无价值,还有碍于认识刘勰自己的理论原貌和特点,自然更谈不到研究的深入和发展"。① 他主张从《文心雕龙》自身的实际内容出发,研究其特定的理论体系,即刘勰自己的理论体系,而非读者所理解的理论体系。

牟世金先生秉持实事求是的态度研究刘勰的理论体系,表现在三个方面。

首先,坚持古代文学研究不擅改古籍的原则,立足于古籍的版本证明通行本《文心雕龙》的篇次是其原貌。研究《文心雕龙》的篇章结构和理论体系,诸多著名学者对通行本《文心雕龙》的篇次提出质疑。范文澜先生《文心雕龙注》认为,《练字》篇当直属于《章句》篇;《物色》篇应在《附会》篇之下,《总术》篇之上。② 杨明照先生《文心雕龙校注》认为,《时序》篇当在《才略》篇前。③ 刘永济《文心雕龙校释》认为《物色》篇宜在《练字》篇后。④ 以上还只是质疑,后来注本则开始按照自己的理解改变篇次布局,如郭晋稀《文心雕龙译注十八篇》(1963)、《文心雕龙注译》(1982),周振甫《文心雕龙选译》(1980),李曰刚《文心雕龙斠诠》(1982)等书。牟世金先生考察诸本篇次,从而得出结论:"从元刻至正本以下,明清大量刻本的篇次全与通行本篇次一致;今存最早的唐写本虽是残卷,但从《原道》至《谐隐》的十五篇,也与现行本的篇次完全相同。早在唐代《文心雕龙》便已传入日本,而日本现存最早的刻本尚古堂本和冈白驹本,和通行本的篇次也是一致的。明清时期的大量校本,亦无只字提及尚有不同篇次的版本。这些都只能证其篇次本来无误。"⑤牟世金先生认为:既然《文心雕龙》的篇次是刘勰自定的原貌,"研究者的任务,唯有在这一既定事实的基础上,

① 《文心雕龙研究的回顾与展望》,《牟世金文集》第 5 册,人民文学出版社,2022 年,第 293 页。

② 刘勰著,范文澜注《文心雕龙注》,人民文学出版社版,1958 年,第 626、695 页。

③ 杨明照《文心雕龙校注》,古典文学出版社,1958 年,第 290 页。

④ 刘永济《文心雕龙校释》,台北华正书局,1981 年,第 180 页。

⑤ 《文心雕龙研究》,《牟世金文集》第 1 册,人民文学出版社,2022 年,第 100 页。

如何正确地认识它,理解它"①。他使用的是传统目录学方法,旧方法,老套路,却也是最有效的方法,证明改动《文心雕龙》的篇次以就个人所理解的理论体系,并无版本依据,是不可信、不可取的。《文心雕龙》的理论体系,只能从其原始文献出发,基于原书的篇次结构开展研究。

其次,主张按照刘勰对全书体系安排的说明和《文心雕龙》自身的组织结构,研究其理论体系。关于全书的内容安排,《序志》篇有明确的说明:"盖文心之作也,本乎道,师乎圣,体乎经,酌乎纬,变乎骚,文之枢纽,亦云极矣。若乃论文叙笔,则囿别区分:原始以表末,释名以章义,选文以定篇,敷理以举统。上篇以上,纲领明矣。至于割情析采,笼圈条贯:摛神、性,图风、势,苞会、通,阅声、字;崇替于《时序》,褒贬于《才略》,怊怅于《知音》,耿介于《程器》。长怀《序志》,以驭群篇。下篇以下,毛目显矣。"《序志》是全书的总序,在全书中起到"以驭群篇"的作用,是对全书体系结构的说明。研究者通常依此把《文心雕龙》的理论分为四大部分:"文之枢纽"为总论,"论文叙笔"是文体论,"割情析采"中的《神思》至《总术》是创作论,《时序》至《程器》五篇属于批评论。周振甫、詹锳、王运熙等先生关于《文心雕龙》的理论体系,亦皆依此而论述。然对于下篇各篇分属哪个部分,却有分歧。詹锳先生的《刘勰与〈文心雕龙〉》认为,《文心雕龙》是从文艺理论的角度来讲文章作法和修辞学的著作,前五篇是"文之枢纽",即全书的总纲。第六篇到第二十五篇为文体论:下编二十五篇的《神思》到《镕裁》属于创作论,《声律》到《指瑕》属于修辞学,《养气》到《程器》分论作家修养、作家才情以及文学批评②。周振甫先生认为《文心雕龙》是文学理论著作。其体系如下:第一部分为"文之枢纽",是论文的关键,可称全书的总论;第二部分是"论文叙笔",所论一是文笔问题,二是对各体文的创作要求;第三部分即全书的后二十五篇是"割

---

① 《文心雕龙研究》,《牟世金文集》第 1 册,人民文学出版社,2022 年,第 139 页。
② 詹锳《刘勰与〈文心雕龙〉》,中华书局,1980 年。

情析采"，其中前二十篇是创作论，《序志》以外的四篇可称文学史和文学评论。① 王运熙先生定性《文心雕龙》为文章作法的书，认为刘勰写作此书的原意是谈作文的原则和方法。《原道》至《辨骚》的前五篇为"文之枢纽"，提出了指导写作的总原则；《明诗》至《书记》二十篇分论三十多种体裁的作品；《神思》至《总术》泛论写作方法；《时序》至《程器》五篇属于杂论性质。②

　　《文心雕龙》下篇如何分类，过去乃至今日都是有争议、尚待不断探讨的问题。利用现代文学理论阐释《文心雕龙》理论、包括其理论体系，是当代《文心雕龙》重要的学术路径。即使是文体论、创作论和批评论的所谓三论，也都是以现代文学理论的概念来阐释《文心雕龙》理论体系的。詹锳先生《刘勰与〈文心雕龙〉》结合现代文学理论，对下编作了重新组织：《神思》、《情采》、《镕裁》、《养气》、《附会》、《总术》、《物色》、《程器》为创造论，《体性》、《风骨》、《定势》、《隐秀》为风格学，《通变》、《时序》、《才略》、《知音》为文学史和批评论，《声律》、《章句》、《丽辞》、《比兴》、《夸饰》、《事类》、《练字》、《指瑕》为修辞学。笔者在论述詹锳师《文心雕龙》研究路径的文章中曾说："这一调整正是詹锳先生从现在文艺理论角度重新审视《文心雕龙》的文章做法和修辞学的尝试，使此书呈现出可为当代文学理论所吸纳的理论体系。其中的风格学和修辞学，更是詹锳先生所揭示出的《文心雕龙》的独特价值。"③

　　牟世金先生显然是不赞同詹锳先生及王更生先生关于《文心雕龙》理论体系的论述的。④ 他认为：不应违背刘勰的用意，改作适应自

---

① 周振甫《文心雕龙注释》，人民文学出版社，1981年。

② 参见王运熙《〈文心雕龙〉的宗旨、结构和基本思想》，《复旦学报》1981年第5期；王运熙、周锋《文心雕龙译注》，上海古籍出版社，2012年。

③ 《推究本原　探求奥义——詹锳先生的〈文心雕龙〉研究》，《宁波大学学报（人文科学版）》2022年第3期。

④ 王更生先生说："《文心雕龙》论文学与现实，论内容与形式，论风格，论题材，论文藻，论辞气，论通变，论衡文，构成了他全部的理论体系。"《文心雕龙研究（增订本）》，台北文史哲出版社，1984年，第59—60页。

己见解的分类。刘勰自己的区分已很明显,《时序》以上诸篇为一类,主要论文学创作;《时序》以下诸篇为一类,以文学评论为主,通称批评论。衡量两者的研究路径和方法,詹锳、王更生先生的论述,偏重于文学理论体系的建构与价值的揭示;而牟世金先生强调从《文心雕龙》自身的实际出发探讨其理论体系,他运用的是文学史的研究原则与方法,以还原《文心雕龙》理论的本来面目为鹄的。笔者以为,研究《文心雕龙》理论体系,这两种路径各有其长短利弊,是完全可以并存的。

再次,牟世金先生基于《文心雕龙》自身的组织结构,进而探究其内在联系,总结出其严密而又完整的理论体系:"这个体系以儒家思想为主导,以'衔华佩实'为轴心,以论述物与情、情与言、言与物三种关系为纲领,把全书五十篇结成一个有机的整体。"[1]牟世金先生对刘勰理论体系的探讨,与他人的论述多有不同之处。其一,体现在《文心雕龙》中的儒家思想,已经不是原始的儒家思想,而是六朝时期的儒家思想。"正是这种较前有了很大发展变化的儒家思想,才使刘勰排除门户之见,比较公正地评价了诸子百家的作品;也正因刘勰吸收了释道玄诸家的某些思想因素和资料,而又加以融会贯通,才有其文学理论上的巨大成就,才使《文心雕龙》成为古代文论中稀有的典型。"[2]这种判断,较之坚持原始儒家思想、释家思想和玄学思想的论点,都更为通达,而且也符合《文心雕龙》所呈现出的思想实际。其二,牟世金先生通贯考察《文心雕龙》的"文之枢纽"、"论文叙笔"和"割情析采",抽取出"衔华佩实"的理论纲领。"'道—圣—经'是刘勰构筑的一个整体,这个整体提出的基本观点就是'衔华佩实'。从儒家经典中提炼出来的'衔华佩实',既是《文心》全书的基本原则,又是贯穿于整个理论体系的中心观点。刘勰既以此来'论文叙笔'也用之于'割情析采'。"[3]事实上,《文心雕龙研究》一书,正是以"衔华佩实"

---

① 《文心雕龙研究》,《牟世金文集》第 1 册,人民文学出版社,2022 年,第 152 页。
② 《文心雕龙研究》,《牟世金文集》第 1 册,人民文学出版社,2022 年,第 83 页。
③ 《文心雕龙研究》,《牟世金文集》第 1 册,人民文学出版社,2022 年,第 154 页。

作为中心观点,来研究《文心雕龙》几个部分理论的。牟世金先生还以此来研究风骨论,认为《风骨》是《文心雕龙》理论体系的重要组成部分,"风"和"骨"构成"文质"论的两个方面。① 如此来观《文心雕龙》的理论体系,不仅体现为刘勰对于全书的结构安排,而且表现为统率全书的核心理论,使刘勰的写作理论更为周严。这是牟世金先生研究《文心雕龙》理论体系的独创之处,也是其一大贡献。

二、慎重裁衡,惟务折衷

《文心雕龙》研究进入 1980 年代已十分兴盛,号称"龙学",一跃而为显学。牟世金先生曾撰长文《"龙学"七十年概观》予以总结:"真正的研究,还只是近几十年来的事。但这块古璞一经琢磨,很快就光华四溢,并发展成一门举世瞩目的'龙学'了。港台学者多称《文心雕龙》研究为当代'显学',诚非偶然。仅就日本、中国台湾、中国香港和中国大陆统计,至今出版的《文心雕龙》译注和各种研究专著已达百种以上,发表论文一千六百多篇。"②

《文心雕龙》研究不同于其他专书研究,由于刘勰是用骈文写作文章学著作,故不论注释抑或理论阐释,歧义纷呈,争论很多,甚至形成了诸多热点。这是 1980 年代学者研究《文心雕龙》必须面对的学术基础与前提,也是牟世金先生共同面对的学术背景。牟世金先生1980 年代研究刘勰《文心雕龙》的理论体系,面对的多是当时的热点也是难点问题。对此,牟世金先生的基本态度是:"学术问题,特别是某些重大难题,往往不是靠某一天才的突然发现而解决的;离开前人长期研究的成果,任何个人都会一事无成。所以,无论是研究'原道'或其他,都应该是在前人的基础上前进,既要尊重他人,也要有自己独立的

---

① 《从刘勰的理论体系看风骨论》,《牟世金文集》第 6 册,人民文学出版社,2022 年,第 117 页。

② 《牟世金文集》第 6 册,人民文学出版社,2022 年,第 2 页。

见解。只有这样,才有可能在不断前进中得到某些共同的认识。"①他极为谨慎地梳理裁断各种观点,呈现出去取惟务折衷的稳健务实作风。

其一,"原道"论实质的论辩。《原道》篇的关键问题是刘勰所原之道为何道,1980年代关于此一问题的争论甚巨,要不出儒家之道、道家之道、释家之道数解,亦有自然规律、绝对精神新说。自然规律说是陆侃如先生首次提出,其《〈文心雕龙〉论"道"》说:"自然是客观事物,道是原则或规律,自然之道就是客观事物的原则和规律。"②陆先生的客观事物规律说并非凭空杜撰,有其深厚的学术渊源。黄侃《文心雕龙札记》说:"《韩非子·解老》篇曰:'道者,万物之所然也,万理之所稽也。理者,成物之文也;道者,万物之所以成也。'……《庄子·天下》篇曰:'古之所谓道术者果恶乎在?曰无乎不在。'按庄韩之言道,犹言万物之所由然。文章之成,亦由自然,故韩子又言:'圣人得之以成文章。'韩子之言,正彦和所祖也。"黄侃认为,刘勰的自然之道,来自韩非子和庄子。所谓"道",就是"万物之所然"。而这正是陆先生提出的"道"即客观事物规律的依据。陆先生解"道"为规律,由此实现了"道"这一古代概念的现代阐释,是其一大贡献。陆侃如、牟世金先生合著《文心雕龙选译》及《刘勰论创作》亦取此说。

然而,1978年出版的《刘勰和文心雕龙》对此说做了修正,认为"'自然之道'就是自然的道理和规律"。自然,不再指客观事物。1981年,陆侃如、牟世金先生合著《文心雕龙译注》,在《原道》篇说明部分,对"原道"和"自然之道",有了新的解释:"本篇主要论述刘勰对文学的基本观点:文原于道。'原'是本,'道'是'自然之道';'原道',就是文本于'自然之道'。所谓'自然之道',刘勰是用以指宇宙间万事万物的自然规律。"③此书"引论"部分亦云:"有其物,就必有其形;

---

① 《文心雕龙研究的回顾与展望》,《牟世金文集》第5册,人民文学出版社,2022年,第300页。

② 陆侃如《〈文心雕龙〉论"道"》,《文史哲》1961年第3期。

③ 《牟世金文集》第2册,人民文学出版社,2022年,第113页。

有其形，就必有其文。这种必然性，刘勰称之为'道'；这种'文'，就称之为'道之文'。这就说明，《原道》篇中概括这种必然性的'道'，是指万物自然有文的法则或规律。"①陆侃如先生逝世于 1978 年 12 月。如果说《刘勰和文心雕龙》的修正得到了陆先生的认可，《文心雕龙译注》对"原道"的进一步解释则显然来自牟世金先生的独立思考。其后，牟世金先生对此一问题又做了更为深入的研究。发表了《刘勰"原道"论管见》②、《刘勰"原道"论的实质和意义——兼答刘长恒同志》③，此外，专著《文心雕龙研究》和论文《〈文心雕龙〉的总论及其理论体系》也都用很大篇幅论述了"原道"论。

在这些文章和论著中，一方面，牟世金先生坚持实事求是，反对钻牛角尖式的研究，与儒道、佛道等说论战，力主"原道"之道并非儒道与佛道；另一方面，敢于弥补或改正自己和陆侃如先生旧说的不足甚至错误，使持论更为允当。在《刘勰"原道"论管见》中，牟世金先生指出："中国古代所说的'自然'，乃天然、自然而然之意，与后世的'自然界'是不同的概念，把'自然之道'的'自然'解作'客观事物'是错误的。"④"正'自然'为天然，看似寻常，却是研究'原道'论的一大进展。把'自然之道'理解为客观事物的规律，既不符原意，就无从揭示出'道'和整个'原道'论的真实意蕴。"⑤正是对自己与陆侃如先生关于"自然之道"旧的解释的改正，使牟世金先生破除了"原道"论的迷雾，认识更为清晰："刘勰所本之'道'是论文的道，它不是个一般的哲学范畴；'道'之为规律，不是一般的规律，而专指物有其自然之美的规律。"⑥此结论符合"自然之道"的本义，更为结实，也更令人信服。在中国古代，儒、释、道都讲"道"，然而，只有道家之道是以自然为质。

---

① 《牟世金文集》第 2 册，人民文学出版社，2022 年，第 28 页。

② 牟世金《刘勰"原道"论管见》，《文史哲》1984 年第 6 期。

③ 牟世金《刘勰"原道"论的实质和意义——兼答刘长恒同志》，见《文心雕龙学刊(第四辑)》，齐鲁书社，1986 年。

④ 《牟世金文集》第 5 册，人民文学出版社，2022 年，第 249 页。

⑤⑥ 《牟世金文集》第 5 册，人民文学出版社，2022 年，第 250 页。

《老子》第二十五章所说的"道法自然"，并非说道取法自然，而是讲道的本质即是一种自然的状态。庄子所讲的自然，也主要指自然而然的存在状态，如《庄子·田子方》中所讲的"水之于汋"、"天之自高、地之自厚、日月之自明"的自然①，《庄子·天运》"天地固有常矣，日月固有明矣，星辰固有列矣，禽兽固有群矣，树木固有立矣"②，这就是庄子所说的自然物的自然。魏晋时期玄学家所说的"自然"，仍指自然而然、天然无为之意。王弼注《老子》第二十五章云："道不违自然，乃得其性。法自然者，在方而法方，在圆而法圆，于自然无所违也。"③王弼认为：法自然，就是不违背自然。郭象注《庄子》，也常谈及"自然"。其注《逍遥游》篇说："自然者，不为而自然者也。"④又注《齐物论》篇说："自己而然，则谓之天然。"⑤"物各自然，不知所以然而然。"⑥郭象所说的"自然"，既有自然无为的意思，又有自然如此的意思。刘勰所说的"言立而文明"与"旁及万品，动植皆文"，就是郭象所说"物各自然"，是"不知所以然而然"的，此即牟世金先生所说的"万物自然有文的规律"。

其二，《辨骚》篇归属的讨论。刘勰《序志》篇明确把《辨骚》篇置于"文之枢纽"。但是自范文澜以来，关于此篇的性质，就分为两派。一派认为此篇与《原道》等前四篇一样，是刘勰论文的枢纽，即《文心雕龙》的总论。持这种观点的人甚多，如刘永济、刘大杰、周振甫、詹锳等。另一派则认为此篇是文体论，以范文澜为代表。他以《辨骚》篇为文类之首，属于文体论。陆侃如和牟世金先生最早也认为《辨骚》篇是文体论。《文心雕龙译注·辨骚》的说明："《辨骚》是《文心雕龙》的第五篇，从这篇起，到第二十五篇《书记》的二十一篇，是全书的

---

① 郭庆藩《庄子集释》，中华书局，2013年，第632页。
② 郭庆藩《庄子集释》，中华书局，2013年，第429页。
③ 楼宇烈《王弼集校释》，中华书局，1980年，第65页。
④ 郭庆藩《庄子集释》，中华书局，2013年，第21页。
⑤ 郭庆藩《庄子集释》，中华书局，2013年，第51页。
⑥ 郭庆藩《庄子集释》，中华书局，2013年，第55页。

第二部分。这部分主要是就文学作品的不同体裁,分别进行分析和评论。"①《序志》篇"变乎骚"下注亦云:"本书第五篇《辨骚》,是专门评论《楚辞》的。自此以下的二十一篇,是就各种文体分别进行论述。《辨骚》的性质和前四篇不同,而与后二十篇相近。"②到了1980年代,牟世金先生不断研讨《辨骚》篇的性质和归属,也在不断修改和调整自己的认识。1981年发表于《中国社会科学》的文章《〈文心雕龙〉的总论及其理论体系》认为,总论只有《原道》、《征圣》、《宗经》三篇,而《正纬》和《辨骚》虽属"枢纽",却非总论。把"文之枢纽"的前五篇再分为两类,不始于牟世金先生,早此既有前三篇属正,后二篇属负之论。③ 牟世金先生显然不赞同这种划分,但是却受了把"文之枢纽"分为两类的启发,把前三篇作为总论,后二篇则排除其外。但他马上面临如何解释刘勰后二篇列入"文之枢纽"的问题。牟世金先生《〈文心雕龙〉的总论及其理论体系》是这样解释《辨骚》的"枢纽"性质的:刘勰论骚体,实为"论文叙笔"之首,刘勰之所以把其列为"枢纽",有两个原因:第一,"论文叙笔"的二十一篇分别探讨各种文体的创作实践,是为后半部分提炼出理论打基础的,具有论文的"枢纽"性质,故把论文体的第一篇《辨骚》列入"文之枢纽";第二,《楚辞》是儒家经典后出现的最早的文学作品,在文学发展史上具有承前启后的作用,故其在经典与后世文学作品之间,具有"枢纽"的作用。1983年收入《雕龙集》的《〈文心雕龙〉理论体系初探》重申了这一观点。

1985年,牟世金先生在《近三十年来的〈文心雕龙〉研究》文章中说:"经过近几年来的讨论,至少明确了两点:刘勰自己明明列《辨骚》篇为'文之枢纽'之一,则完全以此篇属文体论是难以成立的;无论持何种论者,都承认五篇'枢纽'以前三篇为主,则以前三篇为总论和五

---

① 《牟世金文集》第2册,人民文学出版社,2022年,第152—153页。

② 《文心雕龙译注》,《牟世金文集》第2册,人民文学出版社,2022年,第785页。

③ 刘永济《文心雕龙校释》:"舍人自序,此五篇为文之枢纽。五篇之中,前三篇揭示论文要旨,于义属正。后二篇抉择真伪同异,于义属负。"台北华正书局,1981年,第10页。

篇皆总论两说就缩短了距离。"①这说明经过一段时间的研讨，牟世金先生已经接受了《辨骚》篇并非只属于文体论的观点。很显然，说刘勰认为"论文叙笔"很重要，就把文体论的第一篇楚辞论放到"文之枢纽"，这种说法理由比较勉强。所以1980年代中期，经过数年的讨论，牟世金先生已经认识到，坚持《辨骚》是文体论很难令人信服地解释"文之枢纽"的内在理论逻辑。

1995年出版的《文心雕龙研究》中，他重申了1981年的观点："在'文之枢纽'的五篇中，可以视为《文心》总论的，只有前三篇提出的原道论、征圣论和宗经论。此三论和'正纬'、'辨骚'的根本区别，就在它是贯穿于全书的基本观点，也是全书立论的基本原则。"②然而，牟世金先生用了一节的篇幅专门阐述《辨骚》篇的性质。他首先明确此篇是一篇楚辞论。刘勰以一篇楚辞论作为"文之枢纽"之一，其意义与楚辞的特殊性质有关："照刘勰的观点，《诗经》是五经之一，是'不刊之鸿教'，不能当作文学作品来评论。因此，作为文学作品来说，以《离骚》为代表的楚辞，就是文学史上的第一部作品了。文学作品和儒家经典自然是不同的，所谓'辨'与'变'，其命意的关键，正应从这里去考察；刘勰以《辨骚》为'文之枢纽'之一，正由此透露出重要消息。"③又云："总起来说，《辨骚》的开篇就提出了楚辞在文学史上的特殊地位。这种特殊地位决定了刘勰不能不以'辨骚'为他论文的枢纽。因此，揭示其特殊地位的意义以及它的特殊性，就是本篇的枢纽意义了。"④虽然在"论文叙笔"一章，牟世金先生仍以楚辞作为开篇，但是显然他在讨论中已经吸收了《辨骚》为枢纽论学者的研究成果，以致把论述的重点放在了《辨骚》篇枢纽意义的阐述上，揭示了刘勰置楚辞于枢纽的深意：楚辞之所以置于枢纽，是因为它在文学史上"轩翥诗人之后，奋飞辞家之前"，具有承前启后的特殊地位。此论是

---

① 《牟世金文集》第5册，人民文学出版社，2022年，第316页。
② 《牟世金文集》第1册，人民文学出版社，2022年，第107页。
③ 《牟世金文集》第1册，人民文学出版社，2022年，第212页。
④ 《牟世金文集》第1册，人民文学出版社，2022年，第213页。

1981 年文章论点的重申。然而 1995 年的《文心雕龙研究》并未止步于此，对《辨骚》篇枢纽意义又有新的阐发。从两个方面继续揭示楚辞作为"文"之枢纽的意义。其一，楚辞既"取熔经义"，"亦自铸伟辞"，对后来的文学创作具有典范作用，"衣被文人，非一代也"。论楚辞的深远而巨大影响，这是文体论诸篇所少有的；其二，楚辞是一部"奇文"，具有充分的文学特征。总之，刘勰"本篇试图通过对楚辞的评论，为文学创作树立一个标，而由此转入对文学作品的评论，这就是其论文的枢纽意义"[①]。从《辨骚》篇的讨论中可以看出，牟世金先生的研究，对自己已经形成的观点既不轻易言弃，同时又十分重视他人的研究，充分吸收他人研究的合理意见，不断修正自己的观点，使牟世金先生的《辨骚》篇及"文之枢纽"研究，不断贴近刘勰理论实际，不断获得深入。

　　总之，理论体系研究，是 1980 年代《文心雕龙》研究的重点也是难点。牟世金先生在此问题上着力甚大，为推进研究的深入，做出了重要贡献。在研究过程中，他坚持实事求是，立足原著，发掘意蕴；讨论问题，尊重他人的研究，铨衡裁断，惟务折衷，表现出稳重务实的学术品格。这些都为后来的学者研究《文心雕龙》做出了榜样。

（首都师范大学文学院）

---

① 《牟世金文集》第 1 册，人民文学出版社，2022 年，第 214 页。

也论中国古典文学中的追忆与怀古

——兼与宇文所安教授商榷

仲冬梅

内容摘要：宇文所安以西方式的"追忆"为范型，对中国古典文学再现往事的逻辑与特征展开探讨，认为后者的核心是诗人们一次次徒劳地把握流逝的时间。这种"追忆"颇有解释力，但不可以偏概全。通过对《诗经·大雅》和李白部分诗篇的分析不难看出，"往事再现"在中国古典文学中常以怀古的方式展开。后者体现了与"追忆"不同的美学取向，不仅有时光流逝的惘然，更传达出一种让纷繁的世界变得清晰有序的力量。

关键词：宇文所安；追忆；李白；《大雅》；怀古

On Remembrance and Nostalgia in Classical Chinese Literature — Discuss with Professor Stephen Owen

Zhong Dongmei

Abstract：Taking the recollection of the Western way as a paradigm, Stephon

Owen discusses the logic and characteristics of the reproduction of the past in Chinese classical literature, and believes that the core of the latter is that poets grasp the passing time in vain again and again. This kind of recollection is quite explanatory, but it cannot be generalized. Through the analysis of *Daya* in *The Book of Songs* and some of Li Po's poems, it is not difficult to see that the past is often unfolded in nostalgia in Chinese classical literature. The latter embodies a different aesthetic orientation from reminiscence. It not only has the ambiguity of the passage of time, but also conveys a power to make the complicated world clear and orderly.

Keywords: Stephen Owen; remembrance; Li Po; *Daya*; nostalgia

　　宇文所安教授的《追忆：中国古典文学中的往事再现》（以下简称《追忆》）备受关注，在《三联版前言》里，作者自己就说："在我的学术著作里，无论是在中国还是在美国，这本书都产生了最广泛的吸引力。"这种吸引力，在作者看来，当然是跟这本书采取了"essay"的文体，即将"文学、文学批评以及学术研究，几种被分开了的范畴，重新合为一体。作为一种文学体裁的 essay，必须读起来令人愉悦……作为文学批评的 essay，则应该具有思辨性，至少提出来的应该是一些复杂的问题，这些问题的难度不应该被简化……最后，essay 必须展示学术研究的成果"①，有直接的关系。

　　宇文所安教授在中国学术界中也声名显赫，每一本著作被译介过来，都会在学术界引起一番骚动。《追忆》这样成功的作品自然更不例外。② 李迟在《〈追忆〉中宇文所安对中国古典诗歌的阐释策略》③一

---

① 宇文所安著，郑学勤译《追忆：中国古典文学中的往事再现·三联版前言》，生活·读书·新知三联书店，2004 年版，第 1—2 页。

② 笔者在搜索论文材料的时候注意到一个有趣的现象：虽然宇文所安研究的是中国古典文学，但是中国大陆学界对宇文所安反响热烈的则是文艺学、比较文学和世界文学领域，剖析他的研究路径、所依据的理论、运用的概念的内涵等，而"更应该"直接与他对话的古典文学界却相对沉寂，少有对其研究的直接回应。

③ 李迟《〈追忆〉中宇文所安对中国古典诗歌的阐释策略》，《湖北函授大学学报》2010 年第 6 期，第 143—144 页。

文中，虽然也有点诧异于宇文所安对诗歌的解释颇为"特立独行"，但是他在将宇文所安的阐释策略和美国学者安东尼·阿皮亚的"深度翻译"连接起来，为宇文所安的阐释策略提供了理论上的辩护后，总结道：对宇文所安的特殊读者群而言，中国学者的阅读不能仅仅停留在批评作品简单的价值对错上，而应该在这一类海外汉学家的作品中，找到阐释作品的动机，从而了解他者的"他性"，进而对自己的研究身份、方向进行更为精准的定位。一个母语非汉语的人研究汉语古典文学，"他者"的视角是显然的，所以会有很多文章从这个角度去剖析。如《他者视角：〈追忆〉中回忆与艺术技巧之分析》①、《他者视野下的李清照婚姻解读——以宇文所安的"内心隐秘"解读为例》②等，当然也有人看到宇文所安为了突出中西文学思想的不同，从西方文学中找出二元对立的模式，并将这个模式套用在中西文学的对立上③。何向阳则以充满了诗意的语言高度评价了《追忆》："轻擦去蒙在石碑和箭簇、时间和往昔之上的积尘，借了典籍、碎片和记忆，在文明延续与文化传递的过程里，讲述他所承认的'永远不能完整的'、'有生命的'过去。时间在两岸呈现出奇异的光芒，其见识的锐敏、深邃，仿佛是引领我们溯流而上的水。"④

对于一个并非中国文化环境里成长起来的西方人来说，其对中国古典文学的研究，价值显然不在真正深入和理解中国文学产生的背景和动机，而在于以"他者"的视角，看到我们习焉不察的东西，让

---

① 刘文婷《他者视角：〈追忆〉中回忆与艺术技巧之分析》，《今日南国》2008 年 6 月刊，第 109—110 页。

② 殷晓燕《他者视野下的李清照婚姻解读——以宇文所安的"内心隐秘"解读为例》，《中南大学学报（社会科学版）》2011 年第 4 期，第 160—164 页。

③ 张万民《辨者有不见：当叶维廉遭遇宇文所安》，《文艺理论研究》2009 年第 4 期，第 57—62 页。

④ 何向阳《重现的时光——读斯蒂芬·欧文〈追忆〉》，《读书》1994 年 10 月刊，第 88—90 页。

我们有机会重新审视、思考和感受我们的经典作品。① 本文就是基于这样目的触发而成。宇文所安教授的著作,启发笔者从"追忆"的角度,去重新审视一些我们所熟悉的诗篇,以感受理论的烛照之功。在此过程中,文本自然也会对理论形成抵抗,中国文学的复杂情状会在与西方理论的对话中渐次呈现。本文将以此为基础,对宇文所安教授的相关概念工具加以深化、补充与修正,以贡献一些商榷性的思考。

一、追忆历史为有志之士树立了人生典范

《追忆》引发笔者兴趣的,首先就是此书旁征博引地讨论并且含蓄地批评了中国古典文学(广义的文学)面对历史、往事的态度和方式。在该书《导论:诱惑及其来源》中,宇文所安纲领性地批评了一番中国古人对于历史的做法的乏味,然而他最终的落脚点似乎也没有和他所批评的有什么本质的差别。在宇文所安看来(当然其观点比较游移,笔者的理解很可能是误读):我们谈到往事,用意并不在把它用做幌子,应当仔细地把两者区分开,最常见然而也是最乏味的做法,或许莫过于把过去当作今天的"借鉴"了。② 正所谓"他山之石,可以攻玉",即使笔者不能完全赞成宇文所安教授的观点,但是他所揭示出来的"追忆"这个视角,依然给了笔者撰文的动力,以遥远地作出

---

① 笔者第一次接触宇文所安教授的著作,是曾风靡一时的《中国文论:英译与评论》(上海社会科学院出版社,2003 年),其时笔者还在读书期间,带着好奇和向往的心情阅读了这部乐黛云教授写序的大作,心中满是惶惑:原来中国古典文论还可以这样解释吗? 后来,作为古典文学专业研究者,又带着借鉴的视角陆续读了其《迷楼——诗与欲望的迷宫》及《初唐诗》《盛唐诗》等著作,可以说迷惑与震撼兼具。但是静下心来思考,笔者意识到,宇文所安教授的这些著作,主题虽然不同,论述对象也大相径庭,但是有一点是共通的:就是他以我们并不习惯的方式在讨论我们"熟悉"的作品。就是这种古怪的不熟悉的强大冲击力,迫使我们必须重新审视我们以为已经熟悉了解的作品。但是,由于学识背景与研究视角等的差异,真正想与宇文所安在同一层面建立起对话是非常艰难的一件事。而"追忆"作为一个古典诗歌常见的抒情角度,在笔者逐字逐句阅读了《诗经·大雅》这样的诗篇之后,终于找到了一个勉强可以与之进行对话的题目。

② 宇文所安著,郑学勤译《追忆:中国古典文学中的往事再现》之《导论:诱惑及其来源》,生活·读书·新知三联书店,2004 年,第 17 页。

一个侧面的回应。

《追忆》有八个章节，也可以说是以八个角度来讨论"追忆"这个主题。在第一章《黍稷和石碑：回忆者与被回忆者》中，宇文所安精彩地分析了孟浩然的《与诸子登岘山》。与我们感受到孟浩然感受到了羊祜登临这同一座山时产生的那种"江山永恒，人世倏忽"而来的感慨不同，宇文所安以一个他者的眼光，重新审视了被回忆的羊祜和回忆者孟浩然之间那犹如仪式一样的关系。其实这样的关系我们也并不陌生，晚唐杜牧在《阿房宫赋》里就曾明确地说："秦人不暇自哀而后人哀之；后人哀之而不鉴之，亦使后人而复哀后人也。"苏轼在他的《永遇乐·彭城宿燕子楼梦盼盼》中也说："古今如梦，何曾梦觉，但有旧欢新怨。异时对、黄楼夜景、为余浩叹。"为什么我们在读孟浩然的时候，几乎没有人从宇文氏的角度去分析？是我们没有意识到这一点吗？不是，我们恰恰是深刻地感受到了这一点，在我们看来，正是这样的关系，让孟浩然诗歌的情感超越了他个人，而有了厚重的历史意味，这意味不仅指向羊祜代表的过去，也指向每一个读者所代表的未来。我们在阅读这首诗的时候也把这种感受带来的情感叠加入孟浩然的诗歌中，所以才对这首诗产生了深刻的共鸣。

羊祜的感叹是投入水中的石头激荡起来的最初的波澜，孟浩然的诗歌是这波澜的荡漾，古往今来的读者的感受和理解又是被孟浩然的诗歌激发起来的接连不断的层层波澜。对于在这样的文化氛围中成长起来的我们来说，这是不言自明的东西，是孟浩然这首诗取得如此成功的重要原因之一。但对宇文所安而言，是这一点而不是孟浩然诗歌中浓厚的情感让他感觉到惊异。笔者能够理解其思路，可是笔者在阅读书中这段论述的时候，想到的却是另一个问题：孟浩然自己也曾被人满怀敬仰地写入了诗里，而且是他的同时代人——大名鼎鼎的诗仙李白，李白《赠孟浩然》："吾爱孟夫子，风流天下闻。红颜弃轩冕，白首卧松云。醉月频中圣，迷花不事君。高山安可仰，徒此揖清芬。"李白在诗中毫不掩饰地表达对隐士孟浩然的倾慕之情。司马迁说："高山仰止，景行行止。虽不能至，然心向往之。"（《史记·孔子世家》）李白却更进一步，说"高山安可仰"。孟浩然的隐士生涯，于他自己而言，有一半是天性使然，一半是无奈——否则他就不会写"不才明主弃，多病故人疏"（《岁暮归南山》）以及"欲济无舟楫，端居耻圣明"（《望洞庭湖赠张丞相》）这样的诗了，但是在李白看来，是隐士的而不是诗人的孟浩然如此令他神往。把李白的这首诗，同宇文所安阐释孟浩然诗的出发点联系起来对比着看，就涉及到一个非常富有哲学意味的问题：如果以往事为借鉴是乏味的，孟浩然加入羊祜的行列是想"不朽"，那么以同时代的人为借鉴是否就可以免于这样的批评？再联系宇文所安对回忆的认识："引起回忆的是个别的对象，它们自身永远是不完整的；要想完整，就得借助于恢复某种整体。"①那么，是历史上的人物更"完整"呢？还是与我们生活在同一个时代并且有交集的人更"完整"？古书中记载的古人固然不"完整"，可是我们不能不遗憾地意识到：现实生活中的人，我们也只能认识其某个或某些侧面。李白就只认识或者注意到了孟浩然隐士的这一面："红颜弃轩冕，白首卧松云。醉月频中圣，迷花不事君。"（《赠孟浩然》）都是隐士孟浩然，那个追忆羊祜的诗人孟浩然，根本或从来没有出现在李白的视野之中。

人必然是有局限的，无法拥有全知全能的视角，不管是面对史书上的古人还是同时代的人。那么，为什么我们古典时代的诗人们会去追怀古人？顺着这样的思路，笔者想到了李白的怀古诗如《经下邳圯桥怀张子房》：

> 子房未虎啸，破产不为家。沧海得壮士，椎秦博浪沙。报韩虽不成，天地皆振动。潜匿游下邳，岂曰非智勇。我来圯桥上，怀古钦英风。唯见碧流水，曾无黄石公。叹息此人去，萧条徐泗空。

张良的一生，可以说是李白向往的理想人生，早期游侠，中期建功，后期隐遁。但是这首诗只是表达他对张良豹隐虎藏时期的赞叹。如果

---

① 宇文所安著，郑学勤译《追忆：中国古典文学中的往事再现》之《导论：诱惑及其来源》，生活·读书·新知三联书店，2004 年，第 3 页。

说这首诗对张良的钦佩之情表达得略嫌黯淡的话，那么李白的《古风》(其十)对鲁仲连的敬仰就唯恐不够显豁：

> 齐有倜傥生，鲁连特高妙。明月出海底，一朝开光曜。
> 却秦振英声，后世仰末照。意轻千金赠，顾向平原笑。吾亦
> 澹荡人，拂衣可同调。

这首诗，不但极其扼要地叙述了战国，不，应该是整个中国历史上奇伟非常之士鲁仲连义不帝秦的事迹，同时也写出了鲁仲连的风神面貌。李白对他的神往洋溢在字里行间，由此才有最后的"吾亦澹荡人，拂衣可同调"。从李白的视角去看，同时代的孟浩然也好，遥远的古人鲁仲连、张良也好，亲切同等，令他向往亦同等。从战国秦末到唐朝，那漫长的时光在李白这里并没有造成任何的疏离之感，反而因为年代的遥远，更加凸显出李白抱负的不凡。不要以为这是李白写诗时候的一时兴起，这样的志向，他在诗文中曾经多次有明确的表达。比如，他著名的《代寿山答孟少府移文》。

隐士是李白所期待的人生的最终归宿，而要走向这归宿的前提是实现了他要如鲁仲连那样建立功业的抱负。一生璀璨如钻石的李白，人生当然不只一个向度。在文化事业的层面，李白也有自己不凡的志向。在《古风》中，他还表达了对另一个历史人物的殷切向往。这就是《古风》其一：

> 大雅久不作，吾衰竟谁陈。王风委蔓草，战国多荆榛。
> 龙虎相啖食，兵戈逮狂秦。正声何微茫，哀怨起骚人。扬马
> 激颓波，开流荡无垠。废兴虽万变，宪章亦已沦。自从建安
> 来，绮丽不足珍。圣代复元古，垂衣贵清真。群才属休明，
> 乘运共跃鳞。文质相炳焕，众星罗秋旻。我志在删述，垂辉
> 映千春。希圣如有立，绝笔于获麟。

乍看起来，如宇文所安批评的孟浩然的诗一样，李白也是要加入古人的行列，让自己成为历史的一个节点。但是李白和孟浩然显然不同的是：孟浩然无意于他诗中所提及的羊祜的功业，只是对羊祜面对江山时的情感产生了共情，并以诗的方式将这共情出色地表达了出来，

使读者——不管是当时的读者还是后世的读者亦得以深刻地共情（宇文所安在书中也承认这是孟浩然很出色的作品）。孟浩然在诗中抒发他面对江山时慨然思古之幽情——这是对眼前的空间所生的感慨，亦是对这空间所占据的时间的感慨，并且借由时间之途，勾连了古今的情感。但是李白的诗不是这样。他也回顾历史，但是他回顾的不是历史的一个点，也不是一个瞬间的横切面，而是绵延不断的历史过程本身——借助最广义的文学的这个线索勾连起来的历史本身。即使如宇文所安之言，我们所看到的历史从来不是完整的历史，不过是历史的碎片，这些碎片也依然揭示了历史的某些特征。而在梳理出这些碎片所呈现的特征的过程中，李白，至少在这首诗里，表达了他自己的人生志向，或者目标："我志在删述，垂辉映千春。希圣如有立，绝笔于获麟。"这里，笔者不打算去分析"获麟"之典与"圣代"之间的矛盾——一如宇文氏在很多的文本分析时所做的那样，而想强调李白在这首诗里面对历史的态度与方式：世界变动不居，人事变化不断，在这动荡与复杂中，通过追述历史的方式，为自己的人生，找到明晰的路径和方向。或者，我们也可以说，他找到了在历史上写下自己的姓名的方式。

李白这首诗不过二十四句，一百二十字，却清晰地勾勒出了历史和与之相伴随的文学的轮廓——正是借助这些碎片般的记录，我们才能对历史有一个大略的印象——并在此基础上表达了自己的理想与志向。孔子在中国文化史上的重要意义，无论怎么估计都不为过。李白立志要达成与孔子一样的文化成就，却没有人因此认为他狂言欺世，不仅是因为李白在诗歌方面卓越的地位，也和他在这首诗里所表现出来的对纷繁的历史的敏锐认知和卓越的表达能力有直接的关系。在中国历史上，有两个人先后明确地以孔子为榜样，并且他们果然都成为了中国文化史上成就卓越的人物：一个是司马迁，另一个就是李白。他们固然不是孔子，可是他们的名字与孔子并列也毫不逊色。当然不能就此得出结论说是因为他们以孔子为榜样所以才有如此成就，但是显然孔子这样的历史人物明确了他们的人生目标，也给了他们的人生以动力。所以，回顾历史，并不都是宇文所安所说的那么乏味的事情。历史当然不是万能的，但是毫无疑问，历史也是人类自我认知的路径之一，就像哲学与文学，包括宇文所安所从事的文学研究也是人类自我认识的方式之一一样。

选择李白的诗作来分析，一则因为李白在中国诗歌史上的地位和成就毋庸置疑，有足够的代表性。再则是因为李白的一生放纵不羁、热爱自由。历史于这样的李白而言，有着这么重要的启示性意义，这意义显然不是牵绊和约束，而是方向和指引。这就像经纬线虽是虚线，可是我们却能借助这虚的经纬线，准确地定位我们在地球上的位置。其实也不仅仅是李白，李白之前的陶渊明、之后的苏东坡，都在人生歧路彷徨的时候，在现实世界找不到知己而"尚友古人"，从而有了明确的人生方向，渡过人生的难关，成为了历史上令人铭记的他们自己。甚至，比这些诗人都早的是诗人更是政治家的曹操，也以周公为榜样——"周公吐哺，天下归心"（《短歌行》），规划着自己的政治生涯，乃至他注定名垂青史的人生。而这些人自己，又成为后世的人，大大小小、有名无名的人的人生榜样。

二、追忆历史是文化奠基的基本方式

如果我们的眼光放远，向着历史更深处去看，会发现，不仅在这些文化名人的成长过程中，"追忆"发挥了极为重要的作用，甚至华夏文化本身最初的基础就是通过"追忆"的方式建立起来的。一个强有力的证据，就是"五经"之一的《诗经》，特别是《诗经》中的雅、颂。

雅、颂中，那些具有追忆性质的诗篇，讲述周人的来历，建构起周人的历史。所以学者们赋予这些诗篇以"史诗"的名义。可是周人所以要记录历史，写下这些诗篇，并不是如宇文所安所认为的那样，是过去对现在的约束，恰恰相反，周人之所以追忆过往，是想借此证明周的政权的合法性和神圣性：周是天选之子，足以承担天命。按照历史顺序而言，首先是周的始祖后稷。《生民》中，姜嫄感孕，后稷诞生，以及诞生后的种种神迹，令很多学者从人类学的角度去解释，这固然是一种解释方式，但这不是诗人想表达的内容，最多是诗人在表达他想表达的内容时留存下了一些人类学方面的痕迹。诗人真正想要表达的是：上天选中了周！所以，才以那样不可思议的方式降生了后稷。后稷生而神异，被弃不死，长大后的他也果然不凡，教会了周人怎样更好地种植庄稼，奠定了周以农耕为基业的传统，并创立了祭天的仪式。在周人心目中，这仪式本身建立起了周人与天之间的关系。这仪式以及后稷本身的种种神迹，是周人上承天命的初次征兆。

后稷之后的公刘，虽然没有后稷那么神异的表现，但是他率领周人迁徙到豳这个水土丰美之处，让周人可以安居乐业衣食无忧，为周后来的发展奠定了基础。古公亶父的故事也是一样："绵绵瓜瓞，民之初生。自土沮漆。古公亶父，陶复陶穴。"《诗经·绵》这一篇，真是诗的表达，将那漫长悠远而又模糊的历史高度概括，蒙太奇一样从遥远茫然的过去就接到了古公亶父的时代。古公亶父率领周人离开豳，到了水土丰美的周原，"爰契我龟"，定居于此。占卜的意义，在于期望得到"上天"的许可与祝福，这意味着定居于此不是古公亶父自己见到岐下"周原膴膴，堇荼如饴"擅自决定的，而是他在上天的引导之下到达并选择了这里。诗中更可见此时周人已经有了系统的官职体系，各司其职。建筑技术也已经很发达，在周原建立起一个内可安居、外能御敌的居所，较之公刘时代有了明显的发展。诗的末章又并及了"文王之兴"，承认是文王的所作所为最终赢得了周的天命降临。我们看到，在文王之前，周人那么漫长的历史上，他们的追忆只及三个人：始祖后稷——后稷是一切的开始，这是记录的应有之义；先后带着周人迁徙的公刘和古公亶父。按照后世的经验，作为农耕民族，本该安土重迁，但是周人抛弃了经营得很好的家园去往他方。在这个过程中，他们没有流离失所，人口没有减少，反而壮大、强盛。这意味着什么？从已经取代了殷商的周人眼中看过去，这就意味着天命在周。更何况，在古公亶父之后不久，周人就迎来了文王的降临。

"大雅"中，《文王》、《皇矣》、《大明》、《思齐》等诗都集中记录了文王的兴起。其中《文王》尤其值得关注。这首诗是"大雅"之始。我们知道，在《诗经》中，风雅颂的第一首的诗，是具有纲领性意义的。文王是天子的典范，所以这首诗可谓是"大雅"的纲领。诗这样结尾："上天之载，无声无臭。仪刑文王，万邦作孚。"显然，在周人看来，虽然"天意从来高难测"，但文王能赢得天下万邦的信任，这就意味着文王之行之德，在在昭显上天之意，才能赢得天命。所以周人反复地、从各个层面各个角度去追忆、总结文王的一生，试图从中窥视无常的天命之真意。这首诗中确定了在周的先祖中，文王至高无上的地位，"文王陟降，在帝左右"，是唯一配飨上帝的人。这首诗不仅追忆过往，更在追忆中总结历史，得出"周虽旧邦，其命维新"的结论，"明国家所以受命而代殷者"（参见朱熹《诗集传·大雅·文王》）。"诗三百"中，直接歌颂赞美文王的诗篇有十余篇，皆以此篇为核心。这些诗篇互相呼应，互为文本，纵横交错，编织出一幅相对完整的图画，将文王的盛德以及周人对文王的崇敬表达出来。这崇敬，也不是单纯地感念供奉文王，而是如《周颂·清庙》所言，是要"秉文之德"。我们也可以借用《卷阿》中的诗句"岂弟君子，四方为则"、"岂弟君子，四方为纲"进一步来表达：写作《卷阿》的诗人希望其时的周天子能够为四方之则、四方之纲；而文王，则是历代周天子之则、之纲。可以说，"诗三百"中"君子"的内涵，就是以文王的行为为准则为基础建立起来的。不但"美"君子之诗如此，那些"讽谏"的"刺"诗，也是以文王的行为作为标准来衡量君王之何以失职。

在《诗经》中，即使向来与文王并称的武王，最重要的功绩也是"秉文之德"，而不是他声名显赫的"牧野之战"。"牧野之战"在"大雅"中，只占据了《大明》最后的两章，而这两章的重点，还落在秉承天命的周人面对殷商强大的军队，是如何英勇，不畏强敌，尤其以太师姜尚"时维鹰扬"作为写照，并顺理成章地想象了迅速结束的战斗后的胜利场面。《下武》是专门赞美武王的诗篇，反复强调的武王的功绩也不是他伐纣灭商的赫赫战功，而是他能秉承先王尤其是文王之德（三后在天，王配于京）。《文王有声》赞美文王，也赞美武王，但是武王之德，在建镐京，在立辟雍（学宫），在承天命，所以才能四方归服。甚至，就连武王出生这件事,《大明》也说:"有命自天,命此文王,于周于京,缵女维莘,长子维行,笃生武王,保右命尔,燮伐大商。"在周人看来,都是因为文王德配上天,上天才降生了武王来继承文王之志,最终完成天命。

在追忆中除了确立周的"天子"的身份,确定是周人以自己的行为赢得了天命,还有另一件事是周人特别反省的,即天命靡常。因为,周克商这件事对于周人自己而言,也一样难以置信,惊疑不定。周革商命,于周而言固然是天命在周的证明,周人在拥抱这巨大的命运转折的同时,也领悟到了天命靡常:"荡荡上帝,下民之辟。疾威上帝,其命多辟。天生烝民,其命匪谌。靡不有初,鲜克有终。"(《大雅·荡》)商的发达,在当时是无与伦比的。技术上的先进,兵力的强盛,在当时可以说无"国"能够匹敌。在周人自己的追忆中,《大明》是这样说的:"殷商之旅,其会如林,矢于牧野。"曾经这样强大的殷商,可以被周以弱胜强打败的殷商,曾经拥有过天命,也是毋庸置疑的事实。《文王》说:"殷之未丧师,克配上帝。宜鉴于殷,骏命不易。"《大明》开篇即言:"明明在下,赫赫在上。天难忱斯,不易维王。天位殷适,使不挟四方。""商颂",特别是其中《玄鸟》《长发》,回顾了商初是如何赢得天命的。周人在认识到天命在周的同时,也承认天命曾经在商。这就意味着一个可怕的事实:天命不会恒久地眷顾某个部族。所以周人在警醒着要秉承文王之德的同时,也在反省商为什么丧失了天命。不仅追索周自己的历史,也思考殷商的历史。《大雅·荡》,以文王的口吻(当然文王也最有资格)系统地总结了商丧失天命终于灭亡的根源。简言之,就是商人肆意妄为,不敬天命而失去了上帝的眷顾。商的历史,足以证明天命果然靡常。这些诗篇,遥相呼应,周人深刻地意识到"殷鉴不远",他们警醒着,思考着:天命靡常。如何能使天命长在周?答案就是"秉文之德"。这就是周人追忆过去,回顾历史的更深层的意义。

所以,宇文所安所说的:"人们总是带着惴惴不安的心情去继承古时的约法和祭祀的惯例,在承上启下的过程里随时都可能做错事而产生'罪悔',祖先们会因此而不高兴,不再降福于后人。为了克服这种焦虑不安的心情,诵诗者大声宣称:他们的祭祀完美无缺。然而,无论是这样的庆典还是这种焦虑的心情都清楚无误地表明,我们的行动不但没有同过去脱离,相反,在很大程度上受到过去的约束。"①这是对《生民》的误读。且不说周人从来没有宣称他们的祭祀完美无缺,这也不是周人克服焦虑心情的方式——如前所述,如果说周人焦虑的话,他们焦虑的是如何能维系天命。他们清醒地知道,维系天命,依靠的不是祈祷,而是周人的行为,当然这行为要以文王为榜样。《诗经》中那么多诗篇去记诵祖先的功德,"美盛德之形容,以其成功告于神明者也"(《毛诗序》)固然是目的之一,让后世子孙铭记祖先如何赢得天命也是不容忽视的目的。不同的人类文明历史已经证明:不管从哪个角度来考量,人们是没有办法同过去脱离的。历史上的周人如此,今天的人亦如此。华夏文明如此,世界文明亦如此。宇文所安这一论断,不仅是错误地理解了《生民》,更根本的问题是他错误地理解了文化的性质。在任何的文化中,每一个"现在",都是由"过去"所塑造。现在所以是如此模样,就是从过去逐渐"成长"来的。而华夏文化在其奠基之初,是通过诗的方式完成这一任务的。

三、两种不同的追忆路径和方向

宇文所安在《追忆》中曾以古希腊文化为例,说明在早期文明中,理性对于文化的意义。我们应该承认,历史理性也是理性。对于已经发生的一切进行思考总结,也许不够玄妙,但是足够务实,华夏文化的超越性就从务实性而来,虽然这超越来得厚重而不是轻灵。而且《诗经》所收录的诗,除了追忆过往,总结历史,还有一个非常突出的特点是他们情感的高度发达。在追忆历史的过程中倾注了深厚的情感。这其实是周文化得以成立的根本。周人之德,最初的出发点就是"有情",对生命投注的感情是情,对天命的敬畏亦是源生于

---

① 宇文所安著,郑学勤译《追忆:中国古典文学中的往事再现》之《导论:诱惑及其来源》,生活·读书·新知三联书店,2004年,第11页。

情——恐惧与惊异。而我们因为习惯了古典诗歌的抒情性,从来没有意识到这一点在文化的形成过程中是多么难得。在周人看来,是否有情,是人夷之分野。这里笔者就不能不讨论一下宇文所安曾经分析的《诗经》名篇《王风·黍离》。

在宇文所安的论述中,《黍离》,当然更重要的是《毛诗》的传文,是第一篇"怀古":"一种写于目睹古代遗址时的诗……后世诗人所写的诗,其中许多因素已经出现在《毛诗》的传文里:诗人邂逅相遇的遗址,人类的失落与大自然的周而复始之间的对比在诗人胸中引起的不安和激情,失落造成的空白所留下的轮廓,它们吸引了诗人的注意力,使他流连忘返。"①宇文所安的这一段论述,引发了很多人的共鸣,比如巫鸿在其《废墟的故事》一书中就由此生发出了很长的篇章,并进一步认为:"怀古诗的意义并不局限于文学,更是代表了一种普遍的美学体验:凝视(和思考)着一座废弃的城市或宫殿的残垣断壁,或是面对着历史的消磨所留下的沉默的空无,观者会感到自己直面往昔,既与它丝丝相连,却又无望地和它分离。怀古之情因此必然为历史的残迹及其磨灭所激发,它的性格特征包括内省的目光(instrospective gaze)、时间的断裂,以及消失和记忆。"②虽然两个人论述的出发点不同,但是通过这些论述,尤其是巫鸿的相关言论,在总结怀古诗的特征的同时,也让笔者明确了有关文王武王的那些"追忆"和《黍离》的追忆的不同。③

---

① 宇文所安著,郑学勤译《追忆——中国古典文学中的往事再现》,生活·读书·新知三联书店,2004年,第24—25页。

② 巫鸿著,肖铁译《废墟的故事:中国美术和视觉文化中的"在场"与"缺席"》,上海人民出版社,2017年,第17页。

③ 其实,"时间意识"是中国古典诗歌很明显的特征。子在川上曰"逝者如斯夫,不舍昼夜",就是一个经典的表达。胡晓明教授《中国诗学精神》第九章专门写"时间感悟",对怀古咏史诗这样总结道:"在咏古诗中,诗人有一个共通的时间感受模式:即着眼于天地自然的'不变',与人世社会的'变'之间的对比。换言之,似乎他们不约而同地发现了这样一种真相:宇宙自然了无时间伤害的痕迹,而人世社会却往往被时间践踏得遍体鳞伤。"胡晓明《中国诗学之精神》,江西人民出版社,2001年,第227—228页。

《黍离》的作者到底是谁已经不得而知，可以确知的是，这是东周时期的诗篇。形容这个时期的社会状态，有一个出自《论语》的经典词语——"礼崩乐坏"。而这，正是相对于周初的礼乐文化的建立和鼎盛而言，是以文武成康以来周曾经有过的兴旺发达的礼乐文化作为比对而来的结论。从西周初期的鼎盛，转变到《黍离》时期的荒凉，幽王是不能绕过的一个人物。如果"毛诗序"可以作为依据的话，那我们会看到，"二雅"中出现频率最高的君王不是深得周人认可和赞美的文王，也不是中兴之主宣王，而是导致西周溃败的幽王。可以说，幽王以一己之力，全方位毁灭性地破坏了礼乐制度。被幽王废掉的太子宜臼虽然终于继承了天子之位，但是王室的声威已经大大衰减，平王的时代就再也无法承担起天下共主的责任。在这样的背景下，天命虽然未彻底离周人而去——毕竟周天子依旧是名义上的天子，但显然天命与周人之间的关联已经非常脆弱而残破。所以，当周的士大夫行役途中路过宗周故地，看到昔日辉煌的宫室已经消失，满眼只见"彼黍离离，彼稷之苗"，内心的凄怆，可想而知，所以才"知我者谓我心忧，不知我者谓我何求"。这首诗里，固然表达了诗人的理性，对于王室命运的深刻清醒的认知，但是更重要的是表达他面对这现实的强烈的无力感和内心的凄怆。面对大势已去，无能为力，无可奈何，只有倾诉内心的郁闷一途。

至此，我们可以总结出"大雅"中的那些追忆历史的诗篇，包括前文所论述的李白的诗篇和《黍离》所代表的怀古诗之间的重要的不同："大雅"的作者及李白，都是想要有所作为，所以回首往事的时候，他们思考的重心，落在如何行动上，而且对未来——不管是个人的还是家国的未来都充满了希望，所以，他们努力的方向是从往事中去寻找命运的征兆，去判断历史的轨迹和趋势，或者去寻找那些足以作为自己的人生榜样的人物，以此来指导自己的行动或者规划自己的人生；而《黍离》中体现的，则是诗人眼睁睁看到天命于周人已经渐行渐远却无力挽回的巨大失落，故而作者只能抒发心中的怅惘之情。孟浩然《与诸子登岘山》也是一样。虽然孟浩然一生生活在盛唐时期，可是他登上岘山的时候，所遭遇的不是时代的兴亡，而是任何人都不会成为例外的"人事有代谢"，除了接受这无法逃脱的命运之外，没有任何的办法。所以，诗歌也只能抒发惘然之情。

其实，还有一类"怀古"是介于上述两种之间的，比如苏轼《念奴娇·赤壁怀古》。从写作的目的来说，苏轼的这首词，更接近李白的诗；可是从答案无解的层面来说，与《黍离》和孟浩然的诗相似。所以，虽然词以"大江东去"这样的慷慨激昂之语开篇，词中也不乏"乱石穿空，惊涛拍岸，卷起千堆雪"的雄壮景色，更有壮丽江山映衬下的年少周郎的雄姿英发，却以"人生如梦"做结。行文至此，笔者很赞同巫鸿的一个主张：应该写一本介绍怀古诗的史学著作。[①] 杜牧诗曰"长空澹澹孤鸟没，万古销沉向此中"（《登乐游原》），怀古诗就是足以将那已经销沉的万古往事重新带回人们的视野中的鸟儿，不但唤起我们对历史的情感，更可以由此去追问：我们是谁？曾来自哪里？将去向何处？而不仅仅是巫鸿所希冀的美学体验。

笔者承认，如宇文所安所言，记忆中的事情（包括被记录下来的历史）是破碎的。可是我们显然能通过如何追忆，发现追忆者希望世人看到的历史是什么。理查德·卡尼说："一切不曾发生，除非它被记述。任何真实发生过的历史，都必须以被人讲述的形式流传下来。"[②] 当后人讲述起过往发生的一切，不管是用诗的形式还是散文的形式，其性质，必然都是追忆。"饮食可使我们维生，而故事可使我们不枉此生。众多的故事使我们具备了人的身份。"[③]

（海南大学人文传播学院）

---

① 巫鸿著，肖铁译《废墟的故事：中国美术和视觉文化中的"在场"与"缺席"》，上海人民出版社，2017年，第17页。

② 理查德·卡尼著，王广州译《故事离真实有多远》扉页《本书简介》，广西师范大学出版社，2007年。

③ 理查德·卡尼著，王广州译《故事离真实有多远》，广西师范大学出版社，2007年，第15页。

阴法鲁君研究工作提要

罗 庸 撰 李玲玲 整理

内容摘要：1939 年 11 月 24 日，罗庸先生为其研究生阴法鲁的研究工作开列了具体可行的研究提纲，名曰《阴法鲁君研究工作提要》。罗庸先生围绕题目《词的起源及其演变》，从背景说明、研究材料、工作程序及有关之专题、工作者应有之基本常识、目前工作分配、工作报告及考绩等方面进行了详尽指导。

关键词：词；阴法鲁；工作提要

The Thoughts for the Research Work of Yin Falu

Written by Luo Yong   Edited by Li Lingling

Abstract：On November 24，1939，Mr. Luo Yong made a piece of specific and feasible research thoughts for the research work of his graduate student Yin Falu, called *The Thoughts for the Research Work of Yin Falu*. Mr. Luo Yong gave detailed guidance on *The Originating and Evolution of Ci* from the background, research materials, working procedures and related topics, the basic knowledge that workers should have，current work assignments，work reports and performance appraisal.

Keywords：Ci；Yin Falu；the thoughts for the research work

组别　中国文学史及文籍校订

题目　词的起源及其演变

说明

词的起源问题，自宋至清，说者多家（参看王灼《碧鸡漫志》卷一，《朱子语类》卷一百四十"古乐府只是诗中间却添许多泛声"条，沈括《梦溪笔谈》卷五"诗之外又有和声"条，胡仔《苕溪渔隐丛话后集》卷三十九"唐初歌辞多是五言诗或七言诗"条，又引《蔡宽夫诗话》"大抵唐人歌曲本不随声为长短句"条，《全唐诗》附录总叙，徐养源《律吕臆说》"声依永说"，方成培《香研居词塵》卷一"原始之词本于乐之散声"条，宋翔凤《乐府余论》），迄无定论。其肤妄者，或远溯鲍照《梅花落》，梁武帝《江南弄》，沈约《六忆》为词的起源（参看杨慎《升庵词品》［《函海》本］，毛奇龄《词话》［《西河合集》］，徐釚《词苑丛谈》［《海山仙馆丛书》］等）。近人渐知从舞曲、经唱中追求词调之来源（参看胡适《词的起源》［《清华学报》一卷二期］，霍世林《词调的来源与佛教经唱》［《清华周刊》四十一卷三四合期］，田子贞《词调来源与佛教舞曲》［《人间世》二十三期］）。或从语音学的见地究词曲发达之故（参看唐钺《入声演化和词曲发达的关系》［《东方杂志》二十三卷一号］）。或拟遍究词调之来源（参看夏敬观《词调溯源》）。异域学人，亦知从词调中寻求长短句发达之经历（参看日本青木正儿《关于词格的长短句发达的原因》［《语丝》五卷十九期，汪馥泉译文］）。较之清人，殊多进步。然对于下列诸问题，犹无人能为具体之解答：

一、自白居易、段成式以来，流行词调不过六七调，何以温庭筠以后骤然增多？

二、唐末五代皆小令，何以忽有杜牧《八六子》，钟辐《卜算子慢》，薛昭蕴《离别难》诸长调？

三、北宋仁宗以前，绝少慢词。何以自柳永出，忽有大量慢词出现？

四、晚唐五代词，有甚多同一调名而谱律绝不相同者，其故安在？

五、初期词皆单片，以何因缘而变为双叠？

自王国维为《唐宋大曲考》，而《乐府诗集》中所载《水调歌》、《凉州歌》、《陆州歌》（卷七十九），始为人所注意。自敦煌发现五代写本《云谣集杂曲子》（《彊村遗书》辑刻本），始知杂曲子与小令本不同源，而杜牧、钟辐、薛昭蕴诸作皆"杂曲子"之仅存者，自敦煌发现五代写本《打令舞谱》（刘复《敦煌掇琐》辑刻本），始知唐五代小令皆属"舞著词"，而后张炎《词源》，张鷟《游仙窟》中许多问题，始获解答；而宋元以来酒令词牌，始与词获得一新的联系。新见地之充实、与新材料之发见，使词的起源一问题，衢路大拓。今即拟继续近人已有之成绩，究其未至，补其未充；由乐曲的见地，溯其渊源，明其演变。使前人旁皇未喻及习焉不察诸问题，在可能范围内，悉得质言其所以然。使将来中国文学史上，能有较充实的"词的起源及其演变"之一章，此本题之目的也。

此题若穷源竟委，澈底研究，当上起南北朝乐府，下逮宋元南北曲，乃至今世流行之曲调（包括昆乱曲牌），范围太广。今断限为唐五代宋之一期，其对象为词。（词曲牌名相同而谱式不同者，无论宫调相同否，暂不涉及。）其着眼点在词调之来源、体制及其相关之各方面（作家及文学的优劣概不涉及）；其结果在对此范围内每一小问题，均能有历史的说明。

研究材料

本题研究之对象为唐五代两宋词，且在调式、调名，故凡关于此时期之词总集，皆为主要材料。以意不在蒐辑全唐五代宋词，故不必求备，以目的在调名、调式之考察，故对于一调之异名、异谱，悉当注意。故《词律》、《词律拾遗》为主要材料，《历代诗余》为主要参考材料（以其书依调分编故），《填词图谱》、《白香词谱》为侧面之借镜。《全唐诗·附录》、林大椿辑《唐五代词》（商务排印本）、王国维辑《唐五代二十一家词》(《王静安先生遗书》本)、《云谣集杂曲子》(《彊村遗书》本)、《彊村丛书》、汲古阁《六十家词》(近有开明书店排印本,勉强可用)、《词综》、《续词综》、《双照楼所刻词》、《四印斋所刻词》、赵万里《校辑宋金元人词》(此书未尽,道藏中有若干词,佚而未收)为参考之资粮。总期于南宋以前调名、调式无所遗漏(近林大椿编有《词式》,商务排印本,可作旁参,然不如《词律》之备)。

工作程序及其有关之专题

此题以词调为发端,亦以词调为归宿,然主要功力,则在相关之若干专题。大体言之,有三步骤:

一、现存唐五代宋词调之统计及时代之排比。

二、就各调之性质分类溯其渊源。

三、依性质及时次重编一"新词律",主要在调名解题及说明其在文学史上之关系,不重在平仄律令之考订。

第一步,词调统计及时代排比　以《词律》及《词律拾遗》为基础,以作者之时代为次第,将所有词调总列一表,表分纵横两列,横列示调名发生之先后,纵列示同调异律演变之先后。每一不同之调及不同之律皆注明其最初出处及时代。凡所以供检查之便而已。以调名论,《词律》及《拾遗》大体已具,以异律论,《云谣集杂曲子三十首》必须补入。若时代之排比,则非据《唐五代词》及《彊村丛书》不为功。每调纵行末尾必须有附注,备列一调之异名及异名之肇始,以备寻检。此表期以两月,令规模粗具。

第二步,就词调性质分类溯源　此为工作之主体,工作者对于唐宋两代乐曲,必须先有大体之基本常识(见下节),始能逐调别其性质。兹就臆想所及,大致可有如下之许多种类,亦即有如下之许多专题也。(《词律》不在手边,难免挂漏。夏敬观《词调溯源》所举,大体可作线索,然甚不备。)

一、由唐代大曲衍出者　如《六么》、《甘州》、《水调》、《破阵子》等是。《六么》之为"令"、《甘州》之为"八声"、《水调》之仅存"歌头",皆大曲之遗。以唐代大曲之组织与词调比观,此一专题也。唐崔令钦《教坊记》(有《古今逸史》、《说海》两本,《丛书集成》有)录大曲曲名三百二十四,其中属唐宋词调名者,凡七十余,王灼《碧鸡漫志》考证唐曲二十九曲(有《知不足斋丛书》等三本,《集成》有),有在唐已变为词调者,有五代始变者,有至宋始变者,有终未变者,须先识其大概。若同属大曲而其乐部不同,来源各异,仍非先于大曲有澈底研究不能知也。

二、由酒令及舞著词衍出者　唐大曲皆舞曲,其小规模之俗舞谓之"打令",晚唐大曲渐衰,而"打令"盛行,故令词独多。令词皆有舞,所谓"舞著词"而其源则出于酒令。唐人酒令,《全唐诗》尚存若干首,至舞之有谱,则在《敦煌舞谱》发现后始知之(详见罗庸、叶玉华《唐人打令考》,稿本)。故非明唐人打令之制,则如"抛球乐"、"缠令"诸调名不能识其由来。

三、属于杂曲子者　杂曲子之名,在先无人注意,自敦煌发见《云谣集杂曲子》,始知凡小令之同名异律而字数增多者,大抵属于杂曲子,与"摊破"、"添声"不同,亦即近、慢词之由来也。此专题尚未经人研究,然欲究究北宋慢词,恐非由此入手不可。

四、故事词　北宋词有专咏一人一事者,如《淮海集》中昭君、西子诸词是。此在《云谣集》中已具雏形,如《凤归云》"儿家本是累代簪缨"一首是,此即弹词与诸宫调之先河,徒以词意近俚,故遗文罕存,然其律调组织皆与今辞不同,固甚明也。此题亦尚未有人道及,待开创也。

五、由佛曲道曲衍出者　佛曲如《文淑子》,道曲如《步虚词》,其音调虽不传,然其与一般大曲不同,则无可疑。故先对佛曲道曲作一系之研究。佛曲近有人注意及之(见前),道曲则尚未经研究,亦一待开创之专题也。

六、由大曲【摘遍】衍出者　歌头、摘遍、序、引、减字、偷声、摊破诸名,皆大曲之截取变化,词调缘此而益众,其总源仍在大曲。然如单片之广为双叠、三叠,亦即慢词发展之另一原因。双叠小令如《浣溪沙》、《生查子》、《忆江南》,其为同调之复合固极易见;即近慢词之较长者,苟比较其句度,亦可发见上下叠之变换。仅属首尾,其中间主句固相同也。此问题性质既明,即词律可得一有根据而合理之厘订,前此之字甄句比,议论不决者,皆可一举而廓清之矣。

上举各端,略示端绪,固不能赅备,然若溯词调之源,固非如此不可也。

第三步,重编"新词律" 此为专题研究结果之总和,亦即"词的辞典"。举凡调名来源演变经过,体制大例,皆具于此。每展一调,不惟知其当然,且知其所以然,合观诸调,即一有系统的"词体演变史",较之旧有词律,可收"事增于前,文省于后"之结果。

工作者应有之基本常识

工作者除须明了此问题已有之成绩(看"说明"第一段)及对于词籍及撰人、版刻诸端有相当之常识外;其专题之研究,更需甚多之基本常识,约言之,至少有下列各端:

一、唐宋大曲之组织及其内容 除王国维《唐宋大曲考》、《宋大曲考》必须细读外,《唐大曲·西凉之部》原于北朝,《清商之部》原于南朝,故南北朝乐府亦须究心。《宋书·乐志》、《隋书·乐志》、两《唐书》、《宋史·乐志》,均须一读,唐燕乐二十八调为词曲宫调之基础,《辽史·乐志》、凌廷堪《燕乐考原》、陈澧《声律通考》、林谦三《隋唐燕乐调研究》诸书,亦须一读。此外,《通典》、《通考》之乐门,《通志·乐略》,宋陈旸《乐书》,唐吴兢《乐府古题要解》(《津逮》、《学津》两本,《集成》有),宋郭茂倩《乐府诗集》,亦主要参考。唐段安节《乐府杂录》,南卓《羯鼓录》,无名氏《乐府要录》,宋王灼《碧鸡漫志》,张炎《乐府指迷》、《词源》(均收入《丛书集成》),于唐宋大曲尤为主要之参考。至唐宋乐舞之研究,近人邵著生致力最勤(其文均见《剧学月刊》),其文可参观也。(崔令钦《教坊记》已见前。)

二、唐代打令及舞著词之内容 此项材料均散见唐宋人笔记,须广加钩稽,举一二例,如唐王定保《摭言》、宋王谠《唐语林》、周密《癸辛杂识》、唐范摅《云溪友议》均有零星材料可采(均收入《丛书集成》,《集成》目录文学类故事、琐谈两类所收书,能逐部检阅一遍尤佳)。《全唐诗》酒令之卷、张鷟《游仙窟》尤为主要参考。

三、唐宋俗文学之内容　唐宋俗文学或为词的来源，或为词的演变，统须知其大概，始可左右逢源。举例言之，如唐代佛曲及唱经之制(参看《高僧传》、胡适《白话文学史》、向达《唐代俗讲考》[《燕京学报》十六期]、《论唐代佛曲》[《小说月报》二十卷十号])，宋金元诸宫调之演唱故事(参看青木正儿《中国文学概说》[隋树森译本]第五章第二节附录、郑振铎《中国俗文学史》)，打令之演为说合生(参看宋孟元老《东京梦华录》、周密《武林旧事》、吴自牧《梦粱录》，均收入《集成》)，均与词调词体有关，宜随地留心。

目前工作分配

照上列三步骤，目前即宜着手词调长编，一面从事上列三类书籍之阅读札记，阅读注意之方面，当随长编之工作为进退，不刻预拟也。

工作报告及考绩

拟每日写"工作日记"，每周列"周末质疑"，每月作"月终报告"。以资指导，而便考查。

二十八年十一月二十四日　罗庸

（河北工业职业技术大学）

罗庸先生治学与课徒管窥

——从两篇《研究工作提要》说起

杜志勇

内容摘要：本文以西南联大教授罗庸先生为其研究生逯钦立、阴法鲁所撰写《研究工作提要》为出发点，结合罗庸相关著述，探究其治学从文化观照文学、重视文献、求创新等方面的特点。并通过对两篇《研究工作提要》的结构分析，讨论其在研究生培养等方面的现实意义。

关键词：罗庸；治学；课徒；研究工作提要

Mr. Luo Yong's Academic and Educate Activities — Start with Two *The Thoughts for the Research Work*

Du Zhiyong

Abstract：This paper starting from the Summary of Research Work written by Professor Luo Yong of Southwest Associated University for his graduate students Lu Qinli and Yin Falu, explores Luo Yong's characteristics of studying literature from cultural perspective, attaching importance to literature and seeking innovation in combination with his related works. By analyzing the structure of two reports of *The Thoughts for the Research Work*, this paper discusses their practical significance in the cultivation of postgraduates.

Keywords：Luo Yong；research；educate activities；the thoughts for the research work

一、概述

罗庸先生(1900—1950)，原名罗松林，考入北京大学后改名罗庸，字膺中。原籍江苏江都，出生于北京大兴，是清初扬州八怪之一"两峰山人"罗聘的后裔。先生曾执教于北京大学、辅仁大学、西南联合大学、中山大学、云南大学等高校，是著名的中国古典文学研究学者。先生于学术律己甚严，著述虽夥，却不轻易刊行，多数著述以手稿(《习坎庸言》等)或讲义(《孟子比谊》、《古籍校读法》等)形式存世，生前仅有《鸭池十讲》等著述刊行。作为儒者的罗庸先生，虽"人品和学识可并肩顾炎武和黄宗羲"[①]，但其行事却随岁月推移而隐微不显，世人所熟知者，或惟填词《满江红》而成西南联大校歌、书写《国立西南联合大学纪念碑》碑文等。

笔者最近得见罗庸先生执教西南联大期间为其研究生阴法鲁所撰写的《阴法鲁君研究工作提要》(油印本)，这篇全新的文献既是罗庸先生的一篇佚文，也是一份西南联合大学北大文科研究所培养研究生的完整"开题报告"，这样的文献十分稀见，其意义是多方面的。另外，《逯钦立文存》中附录了罗庸先生撰写的《逯钦立君研究工作提要》[②]。结合罗庸先生其他著述，对读此两篇《研究工作提要》，不难发现罗氏将治学理念诉诸课徒实践的鲜明特点。

---

① 吴晓铃《罗膺中师逝世 35 周年祭》，昆明《春城晚报》1985 年 3 月 30 日。

② 逯钦立《逯钦立文存》，中华书局，2010 年，第 153 页。此中所收录的《逯钦立君研究工作提要》文末言"据前国立中央研究院历史语言研究所档案复制件排印"，但笔者所见此《研究工作提要》(原油印本复印件)首页图片，《逯钦立文存》所收此文开端部分遗漏了以下内容："组别　中国文学史及文籍校订"、"题目　校辑全汉魏晋南北朝诗"及"说明"。

20 世纪 30 年代,北京大学首开中国文学史课程分段讲授先例:"胡适之先生就主张集合各个时代的文集分段讲授中国文学史,计分四段。"①傅斯年讲授第一段(《尚书》《诗经》至东汉),罗庸讲授第二段(建安至隋)、第三段(初唐至宋),胡适讲授第四段(元明以下)。罗庸先生长期讲授第二、第三段文学史,他曾说:"我常有一个譬喻,教专集好像请人吃方糖,一杯水里放上一小块,就可以尝出它的味道。教文学史就好像自己制方糖,一锅水里只能提炼那么几小块。因为专集是演绎的,文学史是归纳的。"②此语道出他讲授文学史的甘苦,亦见他对于这两个时间段内涉及的作家作品下足了功夫,早已谙熟于心。逯钦立的研究题目《校辑全汉魏晋南北朝诗》,虽然时间延伸到了汉代,但主体仍在文学史的第二段;阴法鲁的研究题目《词的起源及其演变》,则在文学史第三段的范围之内。

逯钦立与阴法鲁二人虽然被文科研究所分两批次录取,时间前后相差近两个月③,但他们同属于该所首届研究生,所以二人在文科研究所"开题"也应该是同一时间。这就有了罗庸先生 1939 年 11 月 23 日撰写的《逯钦立君研究工作提要》、1939 年 11 月 24 日撰写的《阴法鲁君研究工作提要》。二者前后相继,一天完成一篇,可见导师对两个题目的思考已十分成熟。

二、罗庸先生的治学理念

逯钦立的《研究工作提要》侧重在资料校辑勾陈,阴法鲁的《研究工作提要》侧重梳理词的起源及其演变,二者的具体工作内容及研究方法虽不甚相同,却全程贯注了罗庸先生的治学理念,主要体现在以下三个方面。

---

① 罗庸《中国文学史导论》,北京出版社,2016 年,第 5 页。
② 罗庸《中国文学史导论》,北京出版社,2016 年,第 6 页。
③ 据《郑天挺西南联大日记》(中华书局,2018 年),逯钦立录取时间为 1939 年 8 月 8 日,阴法鲁录取时间为 1939 年 9 月 26 日。

（一）从文化观照文学

"假如我们的眼光还不能扩大,由文化史来看文学史,仍然是局于一隅,就文学言文学,那么,其陋其浅,是可以断言的。"(罗庸《中国文学史导论·导言》)罗庸先生治文学史始终践行以文化观照文学的理念,自然也会反映到指导研究生论文写作的过程当中,具体到这两篇《研究工作提要》,则集中体现在"工作者应有之基本常识"之中。

逯钦立的研究题目是《校辑全汉魏晋南北朝诗》,罗庸先生在《研究工作提要》里要求其除具备基本材料之外,还需具备本时代历史及地理、专集作者传记及年谱、乐府之组织及内容、本时代风俗及名物、汉魏别体字、汉魏韵部等基本常识。以上诸方面包罗甚广,体现了文化的方方面面。

阴法鲁在进入文科研究所之前,已经在罗庸先生指导下完成大学毕业论文《先汉乐律初探》[①],进入研究所后,罗庸先生为其设定接续研究音乐文学的轨迹,拟定《词的起源及其演变》为研究题目,要求其"除须明了此问题已有之成绩(看'说明'第一段)及对于词籍及撰人、版刻诸端有相当之常识外",更需了解唐宋大曲之组织及其内容、唐代打令及舞著词之内容、唐宋俗文学之内容等。这些内容早已远远突破了简单的"词"的范围。

这种对于研究生文化常识的硬性要求,定然会大大增加研究者的工作量,但从逯钦立、阴法鲁二位先生的研究成果来看,却必然也是离不开这个前提的。

（二）重视文献

罗庸先生对于文献的突出重视,几乎体现在他所有的著述当中,反映出其在版本、目录、校勘等诸多方面的良好修养。[②] 把这种

---

① 曾贻芬《阴法鲁先生访谈录》,《史学史研究》1997 年第 2 期。

② 笔者曾见到罗庸先生编述的铅印本《古籍校读法》讲义,扉页有其签名,时间为 1929 年 7 月 29 日,此时罗庸先生正应中山大学之聘,应是在讲授"古籍校读法"课程。而这一融汇版本、目录、校勘的课程,亦可佐证罗氏在相关方面的修养。

重视文献的意识，传递到为学生撰拟《研究工作提要》之中，既可以规范对于文献的认知，又可以助其即类求书、因书究学。具体有以下两点：

1. 区分史料层次

在这两篇《研究工作提要》中，罗庸先生依托具体研究对象，对史料问题进行了十分详尽的论述。如在《阴法鲁君研究工作提要》中写道："故《词律》、《词律拾遗》为主要材料，《历代诗余》为主要参考材料（以其书依调分编故），《填词图谱》、《白香词谱》为侧面之借镜。《全唐诗·附录》……为参考之资粮。"把研究材料按照文献价值依次分为"主要材料"、"主要参考材料"、"侧面之借镜"、"参考之资粮"，颇为明确有序，并且对于有用之材料，细大不捐。后来，罗庸先生还将之进行理论抽绎，总结为"正史料"与"副史料"，作为其"史料论"的核心观点发表在 1947 年的《五华》杂志上。①

另外，在同篇文章中，罗氏讲到"史料之鉴别"时言："这一项，我本来准备分做校勘、辑补、考证三目来讲。但现在刘叔雅先生正在这里专讲校勘学，一定很精详，所以就不再多说了。"因此，罗氏关于史料校勘、辑补等方面的专论就没有保存下来。而在《逯钦立君研究工作提要·工作程序及其预备》中保存了相关的具体讨论："其两汉迄陈、隋之类，更可别为有名作品与无名作品两类。就校勘言，有名作品主要材料在专集，无名作品主要材料在史书及专门总集（如《乐府诗集》），而唐宋类书则为二者共同之材料。就辑补言，有名作品之散在群书者，《古诗纪》未及尽收（如日本僧空海《文镜秘府论》所引六朝人诗句，多《诗纪》所未见），无名作品之散在金石刻者，《古诗纪》亦未全备（如镜七言铭文之见于著录者，多在《诗纪》之后），虽甚丰富，而问题较少，较易为功。"②并对"属校勘者五条"、"属辑佚者三条"展开讨论。以上所录正好补专论之不足。

---

① 罗庸《中国文学史导论（一）》，《五华》1947 年第 2 期。
② 逯钦立《逯钦立文存》，中华书局，2010 年，第 154 页。

2. 注重版本

罗庸先生行文,凡是首次提到的重要文献,大多注明版本。在这两篇《研究工作提要》中尤其如此,于学生而言,标明善本,方便"按图索骥",又可培养版本意识。罗氏对于自己已完成而尚未发表的著述,皆注明"未刊",究其原因,大概说明原委,友朋若需,便于借阅。如其在《习坎庸言》自存稿本封面书曰:"此编为三五友朋讲习笔记,原不以示人;同好如有借阅,只可自观,切勿广为传布,并盼从速见还。"可见其著述虽多"未刊本",但实际上亦曾在一定范围内流通。

(三) 求创新

罗庸先生认为学术研究创新,有四个基本条件:"这发明和展拓要靠几个基本条件,那就是(一)新材料,(二)新工具,(三)新问题,(四)新见地。"[①]他还从由新史料引出的新问题和新见地、由新工具引出的新问题和新见地、由新问题引出的新见地、由新见地引出的新问题四个方面,举例详加讨论了四者之间的关系,我们暂且称之为学术研究的"四新"。之后其关于学术研究创新的讨论愈见增多。于学术史角度而言,从王国维的二重证据法到程千帆先生提出的"新领域"、"新方法"[②],学界研究都已不少;但罗庸先生在学术创新根本问题上的思考却至今似仍无人特别予以关注,而他在 1939 年就提出了上述"四新",就笔者所见文献,探讨如此深入全面,可谓至今未见出其右者。

罗庸先生这"四新"的提出,很自然融入到了接下来撰写的两篇《研究工作提要》之中。学术研究必须创新,否则就是叠床架屋,没有意义,研究生论文亦在其中,并不例外。他在《阴法鲁君研究工作提要》中指出:"新见地之充实、与新材料之发见,使词的起源一问题,衢路大拓。今即拟继续近人已有之成绩,究其未至,补其未充;由乐曲

---

① 罗庸《中国文学史上的几个新问题与新见地》,《云南教育通讯》第二卷第七期(1939 年 9 月 11 日)。

② 参见程千帆《关于治学方法》,收入《治学小言》,齐鲁书社,1986 年。

的见地,溯其渊源,明其演变。使前人旁皇未喻及习焉不察诸问题,在可能范围内,悉得质言其所以然。使将来中国文学史上,能有较充实的'词的起源及其演变'之一章,此本题之目的也。"只有建立在宽博的文化背景、扎实的史料根基之上,才会有这等气魄的创新与自信!

三、《研究工作提要》的现实意义

最后,我们反观一下这两份《研究工作提要》,罗庸先生应该是按照既定程式"填表"的结果。经过梳理,可知其撰写格式大体如下:

(1)标题。即"某某君研究工作提要"。

(2)组别。逯钦立、阴法鲁都属于"中国文学史及文籍校订"组。

(3)题目。即导师所拟定的研究题目。

(4)说明。即题目的研究目的。

(5)材料。逯钦立的《研究工作提要》称为"校辑所依据之材料",阴法鲁的《研究工作提要》称为"研究材料"。这是罗庸先生依据二人各自工作性质所定的题目。

(6)工作程序。这是整个《研究工作提要》的核心步骤。逯钦立的《研究工作提要》称为"工作程序及其预备",阴法鲁的《研究工作提要》称为"工作程序及其有关之专题"。此系罗庸先生依据二人各自工作内容所设定。

(7)工作者应有之基本常识。是对前述研究者必须具备的基本学术背景的重申和补充,属于跳出研究对象的更大的知识背景。

(8)目前如何着手研究。逯钦立的《研究工作提要》为"目前着手方法及读书次第";阴法鲁的《研究工作提要》为"目前工作分配"。

(9)工作报告及考绩。这是督促学生开展学术研究的具体操作办法。

以上九个步骤所组成的《研究工作提要》,虽与今日的硕士研究生开题报告十分类似，而尤须注意者主要有以下四方面。

一为此《研究工作提要》是在了解学生具体情况之后，由导师撰写。这样对问题的认识更深入、表达更准确。等于学生入学之后，迅速将其扶上学术之"马"，并再送一程，方便其快速进入学术研究角色。当然，这需要学生具备相应的学术积累和学术潜力，其须在各项入学考核中已检测完毕。[①]

二为对参考文献按主次关系进行分类，化入《研究工作提要》各项之中，便于学生把握。

三为强调不预拟。即研究工作的具体内容，依据研究的全面展开而自然生成，不能盲目地刻意预设。"若校辑条例之发凡，则当随工作情形因宜起例，不应预为虚拟也。"（《逯钦立君研究工作提要》）

四为严苛的考查制度。"拟每日写'工作日记'，每周列'周末质疑'，每月作'月终报告'。以资指导，而便考查。"虽然现今没有直接的文献可佐证其完成情况，但可以想象，即使略打折扣，此种制度要求，于学生之读书、研习亦应有相当可观之影响。

罗庸先生的两篇《研究工作提要》，是导师具体指导、规范当时研究生学术研究的第一手珍贵资料。正是其所言之"新材料"，带来了"新问题"、"新见地"，使我们现今可以具化罗庸先生的学术思想，并从中看到逯钦立、阴法鲁二位先生的学术发轫，了解文科研究所研究生培养的关键环节。去除掉其中的某些时代因素，内中所蕴含的学术意义和现实意义，皆可为今日之借鉴。尤需注意的是，即使在这种程式化"表格"中，罗庸先生仍能自由挥洒，娓娓道来，无任何故作高深的生涩之语，撰写得透彻明晰，这种学术文风亦值得学习与倡导。

（河北师范大学文学院）

[①] "口试情形较严重，均各别举行，一人毕，更试一人。文学及语言部分由孟真、莘田、金甫、膺中发问。历史部分由孟真、从吾、枚荪及余发问。所问大都专门较深之说，能悉答者无一人。此不过觇其造诣及平时注意力、治学方法，不必全能答也。"（《郑天挺西南联大日记》上册，中华书局，2018年，第175页）

《诗经》阐释与明代辨体、声用、情教的诗学观[*]

毛宣国

内容摘要：《诗经》为明代诗学提供了重要的理论资源，明代诗学观念产生离不开《诗经》阐释这一诗学语境，以下几个方面充分地体现了这一点：（一）"诗三百是源，汉魏盛唐是流"的诗体正变观影响到明代诗学辨体意识的形成；（二）《诗经》的诗乐合一的教化传统影响到明代复古诗学的格调和声律理论的形成；（三）明代诗学主情，在《诗经》评点中重视对于《诗》的情感体验，其"情教"的诗学观也可以在《诗经》阐释的语境中来认识。

关键词：《诗经》阐释；辨体；声用；情教；诗学观

＊ 基金项目：国家社科基金项目"《诗经》阐释与中国古代诗学观念的演进研究"（14BZW009）。

The Interpretation of *The Book of Songs* and the Poetics Concept of the Ming Dynasty

Mao Xuanguo

Abstract: *The Book of Songs* provides important theoretical resources for the poetics of the Ming Dynasty. The emergence of the poetics concept in the Ming Dynasty can not be separated from the poetics context of the interpretation of *The Book of Songs*, which is reflected in the following aspects: (1) the concept of distinguishing poem style of "*The Book of Songs* are the source, and the Han, Wei and Flourishing Tang Dynasties are the flow" has affected poetic style discrimination consciousness in the Ming Dynasty; (2) the educational tradition of the combination of poetry and music in *The Book of Songs* influenced the style of the Ming Dynasty's Retro poetics and the formation of the theory of rhythm; (3) in the Ming Dynasty, poetics was mainly about emotion; in the comments on *The Book of Songs*, the emotional experience of the book of songs was emphasized and the poetics view of "emotion education" can also be understood in the context of the interpretation of *The Book of Songs*.

Keywords: interpretation of *The Book of Songs*; poetic style discrimination; sound education; emotion education; poetics concept

在中国的《诗经》学研究中,明代一直是一个薄弱环节。究其原因,一是如褚斌杰所说,"是受旧日某些经学家的影响,多认为明学空疏、浅陋,而不足论",以至"有关明人的《诗经》学论著,流传不广"①;另一方面的原因则是研究《诗经》的学者多持传统的看法,将中国《诗

---

① 褚斌杰《序》,刘毓庆《从经学到文学——明代诗经学史论》,商务印书馆,2001 年,第 5 页。

经》学的发展分成汉唐经学、宋元义理、清代考据三个阶段,认为"明人之学,在义理一方而言,不如宋人之精;在考证一方面言,不及汉唐之密"①,于是普遍忽视明代《诗经》学的研究价值②。其实,明代《诗经》学研究也有着自身的特点和理论贡献。明初的《诗经》学笼罩在朱子《诗经》学的阴影下,述朱成为这一阶段《诗经》学研究的主要特色。明中叶的弘治、嘉靖年间,由于《诗经》汉学的复苏,结束了宋学独尊的局面,给明代《诗经》研究带来了生机与活力。更重要的是,明中叶以后的《诗经》研究,出现在社会和思想转型的重要时期。城市经济的繁荣,商业都市文化和市民文化的兴起,以及阳明心学风靡以至对传统官方思想程朱理学地位的取代,都直接影响到文学与诗学观念的转变,进而对《诗经》研究带来新的气象,而这些则影响到中国古代诗学理论的发展。

笔者以为,《诗经》阐释起码在以下三个方面为明代诗学提供了重要的理论资源:一是《诗经》的比兴传统、"《诗》为活物"的观念及其情景关系的理解为明代意象诗学的发展提供了重要的理论资源;二是汉代以来的"风雅正变"和"诗三百是源,汉魏盛唐是流"的诗体正变观影响到明代诗学辨体意识的形成;三是明代诗歌理论重视"声",以"声"为用,"声用"与"义用"统一,强调诗的音律变化与世道人心的关系,这与《诗经》阐释的诗乐合一的诗教传统有着密切关系。论及明代《诗经》阐释与诗学理论关系时,还有一点需要注意的是,那就是不管是以"七子派"为代表的复古诗学理论,还是"反七子派"的公安派与竟陵派诗学,它们的诗学理论有一个共同点就是主情。明代诗学主情,与心学思想流行、市民阶层的兴起乃至戏曲小说等通俗文艺的兴盛有着密切关系。作为一种诗学理论的建构,明代诗论家同样将眼光投向《诗经》,在《诗经》评点中重视对于《诗》的情感体验,其

---

① 胡朴安《诗经学》,2010 年,岳麓书社,第 83 页。
② 20 世纪出现的有影响的《诗经》学著作,如胡朴安《诗经学》、谢无量《诗经研究》、林叶连《中国历代诗经学》、夏传才《诗经研究史概要》、洪湛侯《诗经学史》等,对于明代《诗经》学研究所持的态度,基本上是轻视与否定的。

"情教"的诗学观也可以在《诗经》阐释的语境中来认识。意象、辨体、声用和情教的诗学观,构成了明代诗学的重要内容,它不仅体现了明代《诗经》阐释在诗学理论方面的独特贡献,而且对于中国古代诗学理论的发展有着重要意义。鉴于笔者已撰文对《诗经》与明代意象诗学理论的关系专门论述①,本文所谈的内容则限于辨体、声用、情教诗学观方面。

一、"风雅正变"诗学传统与"辨体"批评

近些年来,辨体批评对于中国古代文学批评研究的意义日益引起人们的关注,有学者甚至认为:"以'辨体'为'先'是中国古代文学批评与文学创作的传统与首要原则。"②中国古代文体论批评有着悠久的传统,早在先秦,人们就自觉地对文体进行分类,如《周礼·大祝》中的"六辞"说。到了汉代,则由于"文章各体,至东汉而大备。汉魏之际,文家承其体式,故辨别文体,其说不渐"③,人们则开始重视文体的区分与辨识。不过,自觉的辨体意识的形成,学术界一般认为是在宋代。为什么"辨体"成为宋代以后文学批评的突出特点,吴承学有一个解释,他认为在宋以前,文体学刚刚形成,人们观点比较一致,对文体风格的要求也大致统一,所以"辨体"问题不像宋以后的文学批评那样关切,存在着种种争论。④ 另外,则是宋代出现了有代表性的总集著作,它们对文体的渊源流变,性质特点有所论述。"文章以体制为先"(倪思)、"先体制后工拙"(王安石)、"论诗当以文体为先,警策为后"(张戒),这些观点说明,"辨体"作为宋代诗学批评的一个优先问题被提出来了。

明代是"辨体"意识发达的时代。相比宋代,明代对文学体制的

① 毛宣国《〈诗经〉阐释:明代意象诗学理论的一种关联性研究》,《中国美学研究(第十四辑)》,商务印书馆,2020年。
② 吴承学《中国古代文体学研究》,人民出版社,2011年,第16页。
③ 刘师培《中国中古文学史 论文杂记》,人民文学出版社,1984年,第23页。
④ 吴承学《中国古代文体形态研究》,中山大学出版社,2000年,第332页。

分辨更加深入。如果说,宋代辨体主要还停留在诗文之辨、诗词之辨等大的文学体裁的区分与辨识上,明代则日益走向细致与谨严,深入到各种诗体的不同体制的区分与辨析上。明代不仅出现了像吴讷的《文章辨体序说》和徐师曾的《文体明辨序说》那样带有总集性质的文体学著作,对每一种文体的名称、性质、源流都作出了详尽的辨识与考证,而且还出现了许学夷《诗源辩体》那样专门辨析各种诗体体制特点的著作。对于明代诗学来说,可以说从由元转明的杨士弘提出"审其音律之正变"①之说开始,"辨体"就成为核心问题,贯穿着其诗学理论发展的始终。无论是高棅以"审其变而归于正"和"声律兴象文词理致"为标准的辨体理论,李东阳的"声律讽咏"的理论,还是前后七子主张的"格调说",许学夷的"诗源辩体"理论,等等,都离不开"辨体"这一核心问题。

笔者认为,"辨体"批评固然是中国古代诗文体式发展到一定阶段的产物,但是,为什么要"辨体","辨体"对于中国古代诗学理论的发展具有怎样的意义,绝不是从仅仅从文学体裁形式本身就能予以说明的,它同样体现了中国古代文学批评的宗经、诗文为世用的传统,同时也与中国古代诗歌体式内在的审美需求有着密切的关系,而这一切亦与《诗经》阐释有着密切关系。也可以这样说,明代的"辨体"批评,一直没有脱离《诗经》批评所确立的理论规范与传统,这一规范与传统,既包括《诗经》阐释所直接提供的理论观点与资源,也包括人们以《诗经》为典范,对于诗歌创作内容与形式等方面的审美规范的尊崇。

明代"辨体"批评包含一个重要内容,即将诗体分为正体与变体,通过诗体的源流正变的区分来确立作为"正"的诗歌体式和音律在诗歌发展史上的地位。明代诗体正变之分,与唐诗的选集编撰有着密切关系。杨士弘作为元明之际唐诗选本最早的编撰家,明确将"审音

---

① 杨士弘《唐音序》,陈伯海主编《唐诗学文献集粹》(上),上海古籍出版社,2016年,第548页。

律之正变"作为其《唐音》集编选的重要标准与原则。《唐音》一书共十一卷,包括"始音"、"正音"、"遗响"三部分。"始音"部分仅选初唐四杰的诗,谓其初变六朝以来的流靡之风而开"唐音之端"但"未能皆纯"。①"正音"部分选盛唐、中唐、晚唐 69 家诗 885 首,选择的标准是"专取乎盛唐者,欲以见其音律之纯系乎世道之盛;附之以中唐、晚唐者,所以幸其遗风之变而仅存也"。"遗响"部分为存诗不多、不足以名"家"的诗人,或为音调不纯者不得不列为"正"者,加以采录的目的在于"以见唐风之盛,与夫音律之正变"。他的"审音律之正变"指向的是"盛唐诗歌"。盛唐之诗是音律纯正者,是"温柔敦厚之教发为音声,汹汹乎有雅颂之遗",符合儒家中和之美的音律,同时它又是唐代盛世政治文化的反映。杨士弘的这一观点,得到了高棅的高度肯定。"以正声采取者,详乎盛唐也,次初唐、中唐。元和以还,间待一二声律近似者,亦随类收录。若曰以声韵取诗,非以时代高下而弃之,此选本之意也。"②他编选《唐诗品汇》的目的,也是为了推崇盛唐,以诗之声律为基础谈"正变",将诗歌形式方面的规定(声律纯完)与诗之内容方面的要求(得性情之正)紧密联系起来。

　　杨士弘高棅的"审音律之正变"理论强调体制与音律的结合,其直接的影响就是导致了明代的格调说的兴盛。格调说的基本特点是重视诗之音律与体制的结合,并尊崇盛唐诗歌,如主"格调说"的王世贞所云:"盛唐之于诗也,其气完,其声铿以平,其色丽以雅,其力沉而雄,其意融而无迹。"③杨、高二人"音律正变"主张的提出,与明代诗家崇唐、推重严羽诗学理论有着密切关系。严羽的《沧浪诗话·诗体》从诗风兴替的角度,将整个唐诗区分为唐初、盛唐、大历、元和、晚唐

---

① 下引杨士弘《唐音序》、《唐音各集小序》皆出陈伯海主编《唐诗学文献集粹》(上),第 548—551 页。

② 高棅《唐诗正声凡例》,陈伯海主编《唐诗学文献集粹》(下),上海古籍出版社,2016年,第 594 页。

③ 王世贞《徐汝思诗集序》,陈伯海主编《唐诗学文献集粹》(下),上海古籍出版社2016 年,第 639 页。

五种体式。杨士弘编选《唐音》，标列"初、盛、中、晚"；高棅《唐诗品汇》以世次为经，品第为纬，将唐诗分为"初唐、盛唐、中唐、晚唐"四个时期①，可以说都受到了严羽的影响。不过，"审音律之正变"之说本身并不是本源于严羽的诗学理论，也不能用明代诗人崇唐的诗学趣向来简单解释，它主要还是受到汉代《诗经》学者"风雅正变"诗学观念的影响。

"风雅正变"的诗学观念早在先秦就有萌芽，如《礼记·乐记》中的"声音之道，与政通矣"的思想，便看到了诗歌与时代、诗歌与社会政治的关系。"风雅正变"之说正式提出是汉代。《毛诗大序》提出"王道衰，礼义废，政教失，国异政，家殊俗，而变风变雅作矣"的观点，将《诗》的发生发展与时代的兴衰、政治的变化紧密联系起来，《诗谱序》则在《毛诗大序》的基础上进一步发展，它不仅将《诗经》内容明确区分为"诗之正经"和"变风变雅"两部分，使"风雅正变"之说得以定型，还用"谱"的方式说明了"风雅正变"之诗产生的具体时代与原因，认为正风正雅产生于盛世，即民风淳朴与政治良好的时代，变风变雅产生于衰世，即政治黑暗与腐败的时代。杨士弘和高棅的"审音律之正变"理论与《诗大序》和郑玄这种分别"正变"的主张有着内在的关联。从表面上看，杨高二人是从"音律"上讲"正变"，与汉代的毛郑从"时代盛衰"上讲"正变"有很大不同，但其精神指向有着共同性则是毋庸置疑的。在强调"音律之正变"的同时，杨高二人并没有忘记音律与世道之盛衰、情性之正的关系。他们都认为诗之"正音"要得其情性之正，符合儒家温柔敦厚之旨，同时要求伸"正"抑"变"，"见音律之纯，系乎世道之盛"，即通过诗之正音来反映盛世的政治文化状况，使诗成为国家昌明兴衰的表征，这与汉人提倡的"风雅正变"诗学主张的精神是完全一致的。

"审音律之正变"的理论将"正变"定位在诗之音律上，较之传统

---

① 高棅《唐诗品汇凡例》，陈伯海主编《唐诗学文献集粹》（下），上海古籍出版社，2016年，第583—584页。

的"正变"诗学理论来说取得了新的进展。从音律方面讲"正变"并不始于明代,早在魏晋南北朝时代,挚虞《文章流别论》提出"雅音之韵,四言为正,其余虽备曲折之体,而非音之正"的主张,刘勰提出"四言正体,则雅润为本;五言流调,则清丽居宗"(《文心雕龙·明诗》)、"淫辞在曲,正响焉生"(《文心雕龙·乐府》)的主张,都将诗之音律和章句与"正"、"变"联系起来。不过,挚虞和刘勰对诗歌音律的认识并没有提升到"审音律之正变"的高度,成为诗歌创作的普遍规律。明代诗论家则不然,他们谈"审音律之正变",既赋予了诗之音律的本体地位,同时又要求从声律中看到诗歌与社会时代的密切关联。这种以诗之音律为基础谈正变,重视诗之体制演变的理论在晚明那里得到了进一步发展,其代表作品便是许学夷的《诗源辩体》。

"诗自三百篇以迄于唐,其源流可寻而正变可考也。学者审其源流,识其正变,始可与言诗矣。"①这是许学夷《诗源辩体》开篇说的话。在《诗源辩体》卷三十四"总论"中,许学夷自叙自己"辨体"有功于诗道者有六个方面,首要的便是"论三百篇以至晚唐,而先述其源流,序其正变"②。这些话表明,他是将辨诗体的源流正变作为首要任务的。许学夷的辨体理论从总体上说是崇正黜变的,不过在强调重视"正"的同时他并没有忽视"变"的意义,只是强调诗歌"变"的因素必须在"正"的规范之内。他提出"诗先定其正变,而后论其浅深"③观点,强调源者为正,流者为变,源之正者当辨体尊体,流之变者当为变体破体,以此为基础考察文学体制的发展演变。而《诗经》则是"正"之诗歌文体的源头与典范。他说:"风人之诗既出乎性情之正,而复得于声气之和,故其言微婉而敦厚,优柔而不迫,为万古诗人之经。"④"风人之诗,不特性情声气为万古诗人之经,而讬物兴寄,体制玲珑,实为

① 许学夷《诗源辩体》,人民文学出版社,1987年,第1页。
② 许学夷《诗源辩体》,人民文学出版社,1987年,第314页。
③ 许学夷《诗源辩体》,人民文学出版社,1987年,第286页。
④ 许学夷《诗源辩体》,人民文学出版社,1987年,第2页。

汉魏五言之则。"①"风人之诗,不特为汉魏五言之则,亦为后世骚、赋、乐府之宗。"②从这些话语可以看出,许学夷所称的诗之正声就是《诗经》。《诗经》为历代正声之代表,也是历代诗歌体制之源头和典范,它既得性情之正,又有声气之和,同时具有"托物兴寄,体制玲珑","其言微婉而敦厚,优柔而不迫"的特点,符合儒家温柔敦厚的诗学理想。"学诗者必先读三百篇","不读三百篇,不可以读汉魏,不读汉魏,不可以读唐诗,尝观论汉魏五言者,多不先其体制,由不读三百篇也"③,许学夷的辨体批评以《诗经》为典范,目的在于维护儒家诗学在诗歌体制源流演变中不可取代的崇高地位。许学夷还提出"诗道兴衰,与国运相若"的观点,认为其编《诗》三百篇、论《诗》三百篇,与司马光著《通鉴》和《历年图论》相似,目的都在于见"诗道之兴衰"④,其所持见与汉代毛郑的"风雅正变"诗学观念完全一致,都是以史为鉴,对诗做历史化、政治化的解读,将诗歌看成是王道教化和社会政治兴衰的表征。

与汉儒不同的是,许学夷作为明代辨体批评的代表人物,与杨士弘、高棅二人一样,同样表达了对诗之音律的重视。他之所以推崇《诗经》,以《诗经》为正声之源,除了"性情之正"等道德内容方面的规定外,很重要的一条就是《诗经》的"声气之和"。他看到汉魏五言诗"虽本乎情之真,未必本乎情之正"⑤的特点,所以不以儒家的"性情之正"的观点来评价,而采用更为纯粹的诗学标准,即从体制音律上来评价汉魏五言诗,将其看成是"本乎情兴,故其体委婉而语悠圆,有天成之妙"⑥的诗歌作品。他特别推崇《诗经》的自然声律之美,对唐代诗人元结诗歌的肯定也在于其师承《诗经》声律传统,"声体尽纯,在李、杜、岑参外另成一家"⑦,即富于自然声律的美。《诗源辩体》中的

---

①② 许学夷《诗源辩体》,人民文学出版社,1987年,第3页。

③ 许学夷《诗源辩体》,人民文学出版社,1987年,第314页。

④ 许学夷《诗源辩体》,人民文学出版社,1987年,第328页。

⑤⑥ 许学夷《诗源辩体》,人民文学出版社,1987年,第45页。

⑦ 许学夷《诗源辩体》,人民文学出版社,1987年,第176页。

一个重要内容是"古律之辨"。许学夷肯定"以古入律",否定"以律入古",除了传统文体正变和以古入律思想的影响外,一个重要评判标准就是音律本身。比如,他评王昌龄、储光羲等人的诗不合古,原因就在于"体制未纯,声韵多杂",未若李白、杜甫、岑参等人的诗"滔滔自运,体既尽纯,声皆合古"①。许学夷肯定"以古入律",重视《诗经》以来重视自然声律的诗歌传统,并不意味着他完全否定南朝宋齐以来的诗歌声律理论。许学夷认为,从南朝宋齐的"渐入声律"到齐梁之际的"声愈入律"、"声多入律",再到梁陈唐初的"声尽入律"、"古声尽之",中国诗歌史实际经历了"从古到律"这样一个演变过程。虽然其中存在着"古律混淆"的重要弊端,但作为诗之体制音律变化的一种历史进程,是不能轻易否定和抹去的。这一立场也决定他对于明代诗论家在学习借鉴古人音律理论方面所作的努力予以充分肯定,比如他说:"古诗至于汉、魏,律诗至于盛唐,其体制、声调,已为极至,更有他途,便是下乘小道。故国朝人取法古人,法其体制,声调而已,非掩取剽窃之谓也。"②

总之,以音律为中心的明代辨体批评受到了汉代以来的《诗经》风雅正变诗学观念的影响,同时也有新的发展,那就是不像毛郑那样,仅仅将"正变"原因归结为"时代盛衰",也不是从政治道德的考量出发,将诗歌体制发展纳入到"温柔敦厚"诗教和性情之正一类诗学观念中。可以这样说,明代诗论家不仅注意从诗与时代、社会政治的关系看待诗歌体制的发展,而且也开始重视从诗歌形式自身的特点,即音律、声气等方面来考察诗之源流变化以及对于诗歌体式的影响。清代诗论家顾镇提出"夫所谓正变者,亦从乎时世之大凡、及乎词气音调之间以得之耳"(《虞东学诗·诗说》)的观点,承继的正是明代诗论家的"审音律之正变"理论。叶燮提出诗之"正变"不仅"系乎时"且"系乎诗"的观点,强调不仅要重视诗之源即"风雅之有正有变,其正

---

① 许学夷《诗源辩体》,人民文学出版社,1987年,第355页。

② 许学夷《诗源辩体》,人民文学出版社,1987年,第321页。

变系乎时"的考察,而且还要重视诗之流即"言后代之诗,有正有变,其正变系乎诗"的考察,将"体格、声调、命意、措辞"等作为考察诗之源流正变的重要因素①,显然也受到明代诗论家特别是许学夷《诗源辩体》"源流正变"思想的启发。

二、"诗乐合一"的诗教传统与"以声为用"的诗教观

明人的诗学理论重视"声",自杨士弘、高棅的"审音律之正变"命题的提出,以声律辨体就成为贯穿明代诗学理论的中心问题。这一点前文已有论述。李东阳则是明代诗声理论建构的另一关键人物。他说:"观《乐记》论乐声处,便识得诗法。"②"夫文者言之成章,而诗有其成声者。"③"诗之体与文异……盖其所谓有异于文者,以其有声律讽咏,能使人反复讽咏以畅达情思,感发志气,取类于鸟兽草木之微,而有益于名教政事之大。"④这些看法,均将声律讽咏作为诗文之分别的关键性因素。对李东阳诗论的这一特点,郭绍虞早就指出过,认为"从声律讽咏方面以认识诗之性质,即是他的重要理论"⑤。在此基础上,李东阳还对诗歌的格律声调进行了具体探讨。他说:"古律诗各有音节,然皆限于字数,求之不难……今泥古诗之成声,平侧短长,句句字字,摹仿而不敢失,非惟格调有限,亦无以发人之情性。若往复讽咏,久而自有所得,得于心而发之乎声,则虽千变万化,如珠之走盘,自不越乎法度之外矣。"⑥"今之歌诗者,其声调有轻重、清浊、长短、高下、缓急之异,听之者不问而知其为吴为越也。"⑦李东阳所谓"格律声调",既包含诗歌体制、格律、声调、音节、字句、平仄、对偶等

①　叶燮《原诗》,《原诗·一瓢诗话·说诗晬语》,人民文学出版社,1998 年,第 7 页。

②　李东阳《麓堂诗话》,丁福保辑《历代诗话续编》(下),1983 年,中华书局,第1372 页。

③　李东阳《春雨堂稿序》,《怀麓堂集·文后稿》卷八,清嘉庆刊本。

④　李东阳《沧州诗集序》,《李东阳集》第 2 卷,岳麓书社,1985 年,第 72 页。

⑤　郭绍虞《中国文学批评史》,上海古籍出版社,1979 年,第 334 页。

⑥　李东阳《麓堂诗话》,丁福保辑《历代诗话续编》(下),中华书局,1983 年,1370 页。

⑦　李东阳《麓堂诗话》,丁福保辑《历代诗话续编》(下),中华书局,1983 年,1379 页。

诗歌音律形式方面的规定,是对诗歌音乐性的高度重视与肯定;也强调诗之音律形式应该表现人的性情。另外,格调虽然有一定的法度规定,却不是僵死不变的程式,只要遵循诗歌音律形式的规定,"得于心而发于声",自然可以千变万化,抒写人的性情。李东阳的这些看法可以说奠定了明代"格调"说的理论基础,明代的复古说、格调说正是沿着李东阳的思路,将诗之声调音律放到极其重要的地位,比如李梦阳"宋人主理不主调,于是唐调亦亡"[1]、谢榛的"求声调"说、胡应麟的"体格声调"说、许学夷的"声气"说、郝敬的"诗主声"说,等等。明代复古、格调说关注诗歌音律形式,对于这一点,学术界已有充分的认识。但是,对于明代诗歌理论为什么论诗主声,重视诗歌的声调音律,特别是这种重视的理论渊源是什么,与诗歌内容表达是什么关系,则缺乏深入的探讨。余欣娟《明代"诗以声为用"观念研究》[2]注意到这一点,试图将明代的"诗声"理论与内容意义的表达紧密联系起来,不仅关心诗之声,而且关心诗之声与诗之用的关系,以把握"诗声"理论的意义内涵。在笔者看来,明代诗学理论重视"声",虽多诗歌音律形式自身的考虑,最终指向的还是"义",即诗歌内容与功用的方面。而"声"与"义"的不可分割,正契合了中国古代诗乐合一的诗教精神,早在先秦的《诗经》阐释中就体现出来了。明代的"诗声"理论也没有偏离这一传统,它重视"声",同样体现了诗歌"以声为用"、诗乐合一的儒家诗教传统。或可以这样说,《诗经》阐释所形成的诗乐合一的诗教传统,深刻地影响到明代的"诗声"理论,影响到其"以声为用"诗教观念的形成。

前文谈到的"审音律之正变",实际上就是诗"以声为用"的一种表现形态,它说明音律之变化与世道人心是不可分割的,音律的变化反映着时代社会的变化。不过,"以声为用"理论的内涵和意义并不局限于此。明人陆深评价杨士弘的"审音律之正变"的理论云:"夫诗

---

① 李梦阳《缶音序》,叶朗主编《中国历代美学文库·明代卷(上)》,高等教育出版社,2003年,第157页。
② 余欣娟《明代"诗以声为用"的观念研究》,新北花木兰文化出版社,2011年。

主于声,孔子之于四诗,删其不合于弦歌者犹十九也。宋人宗义理而略性情,其于声律,犹为末义,故一代之作,每每不尽同于唐人。至于宋晚,而诗之弊遂极矣。"①这一评论实际上也反映了明代诗论家的一个普遍看法:诗之声与诗之性情表现不可分割,对声律的强调常常就是对性情的强调,宋代的诗学理论恰恰在这一点上存在重大缺陷,所以它"宗义理而略性情",从根本上忽视诗之声律的作用。明代诗学理论就是要矫革宋代诗学的这一弊端,"以声为用",将诗之声与《诗经》乐教风教诗学传统结合起来,强调诗之声乃是诗人性情的表现,将诗歌的音乐性看成是有利于发扬风教,陶染人的性情的重要因素。

> 诗在六经中别是一教,盖六艺中之乐也。乐始于诗,终于律,人声和则乐声和。又取其声之和者,以陶写情性,感发志意,动荡血脉,流通精神,有至于手舞足蹈而不自觉者。后世诗与乐判而为二,虽有格律,而无音韵,是不过为排偶之文而已。②

在这里,李东阳明确提出"诗在六经中别是一教,盖六艺中之乐"的主张,将诗之阐释与诗教乐教传统紧密联系起来。李东阳非常重视诗教的功能,其《邵孝子诗序》曰:"古者国有美政,乡有善俗,必播诸诗歌以励天下。"③认为诗之功用就是用美政善俗来教化天下,而要实现这一点,离不开乐教和诗的音乐功能的发挥。"观《乐记》论乐声处,便识得诗法","乐声"即"诗法",乐教与诗教的价值和功能是统一的,这便是李东阳重视诗声,重视诗的音乐属性的重要原因。对诗之音乐性的理解,李东阳是以儒家的"中和"之音为典范,认为"乐始于诗,终于律,人声和则乐声和",体现儒家中和之美的声音才能充分发挥诗陶写人的情性、感发人的志意,动荡人的血气,疏通人的精神的功能。

---

① 陆深《重刻唐音序》,陈伯海主编《唐诗学文献集粹》(下),上海古籍出版社,2016年,第632页。

② 李东阳《麓堂诗话》,丁福保辑《历代诗话续编》(下),中华书局,1983年,1369页。

③ 李东阳《邵孝子诗序》,《李东阳集》第2卷,岳麓书社,1985年,第43页。

李梦阳则借王叔武之口,提出了"真诗在民间"的主张,既表现了对诗之声——"天地自然之音"的重视,又表现了对诗之情即本原于民间的真实情感的重视。之所以如此,有一个重要的理论支撑,即来自于《诗经》的风教乐教传统。他以《诗经》中的"风"和孔子的"礼失而求之野"来说明"真诗在民间",认为"真者,音之发而情之原也,非雅俗之辨也",实际上也意在说明《诗经》风教传统的重要性。他所谓"真"是所发声音背后的情感之真而与声音的雅俗无关,他对"曲胡"、"思淫"、"声哀"、"其调靡靡"的民间之音予以肯定也是以此为标准的。① 李梦阳还提出"夫诗者人之鉴也"(《林公诗序》)的观点,认为诗不同于言,言可以作假,诗不能做假,因为诗是有声律有感情的②,这实际上发挥了《乐记》"唯乐不可以为伪"的观点,其对诗歌音乐性、情感性的规定包含着对传统的诗教乐教精神的继承。其《与徐氏论文书》曰:"夫诗,宣志而道和者也,故贵宛不贵崄,贵质不贵靡,贵情不贵繁,贵融洽不贵工巧,故曰闻其乐而知其德。"③亦是将《诗经》以来"乐主中和"的音乐性理解赋予诗歌,认为诗之音乐性应该服务于诗之乐教风教传统。

何景明对诗之声律音调的论述也是上溯到《诗经》的风教乐教传统。他从七言歌行入手,首先肯定了《三百篇》及汉魏之诗对于诗之音律表现的意义,认为唐初四子的诗"虽工富丽,去古远甚",但在音节表现上却有可以称赞的地方。随后对杜甫的七言歌行做出了评价,认为其"辞固沉著,而调失流转,虽成一家语,实则诗歌之变体也"。④ 之所以将杜甫七言歌行看成"调失流转"的"变体",实则包含两层意思,一

① 李梦阳《诗集自序》,叶朗主编《中国历代美学文库·明代卷(上)》,高等教育出版社,1996年,第158页。

② 参见王运熙主编《中国文学批评通史·明代卷》,上海古籍出版社,1996年,第153页。

③ 李梦阳《与徐氏论文书》,叶朗主编《中国历代美学文库·明代卷(上)》,高等教育出版社,2003年,第155页。

④ 何景明《明月篇序》,陈伯海主编《唐诗学文献集粹》(下),上海古籍出版社,第643页。

是其音节达不到唐初四子"往往可歌"的水准,另外则是"夫诗,本性情之发者也,其切而易见者,莫如夫妇之间",而杜甫的七言歌行恰恰缺乏这一点,"博涉世故,出于夫妇者尝少"以至导致"风人之义或缺,此其调反在四子之下"。[①] 显然何景明是从诗歌音律和情感意蕴两个方面看待杜甫的七言歌行的,对诗之声情一体强调的背后隐含的仍是《诗经》以来的风教乐教诗学传统。

　　明代诗学"以声为用"的主张,是不是就意味着对汉代以来的"义用"诗学传统的否定?学术界谈到明代"以声为用"的诗学理论时,常常以宋代郑樵的"乐以诗为本,诗以声为用"的理论作为源点,认为明代诗声理论被看重在很大程度上来源于郑樵诗学,重声不重义。[②] 有学者则更进一步,认为在古代诗学史上认为到诗歌之"声用"性质虽多用其人,但真正贯彻"声歌之道"发展出新诗学理论的,郑樵为第一人,他反对"以义说诗"的路数,坚持"声歌"说的立场,因而他的声诗理论与汉宋儒者的义理诗学构成了全面的对抗。而明代复古诗学的理论价值,不在于它的命题与主张能有多少新意,而是在于他们继承了郑樵的诗学传统,真正将"声诗之道"作为文学理论建构的一个基本维度,为儒家政教文论能够统摄诗歌的审美特性,找到了较为妥帖的话语形式。[③] 笔者以为,郑樵的"声歌"论,相比汉儒以来的道德化、政教化的义理释《诗》,的确为南宋诗家提供了审视《诗经》的新的视角。但是,并不能因此夸大郑樵的诗学意义,将"声用"与"义用"的传统对立起来。

　　在中国古代诗歌发展史上,最早的诗歌都是入乐的,"以声为用"比之"义用"传统来说更为古老。朱自清说:"孔子时代,《诗》与乐开始分家。从前是《诗》以声为用,孔子论《诗》才偏重在《诗》义上

---

　　① 何景明《明月篇序》,陈伯海主编《唐诗学文献集粹》(下),上海古籍出版社,第643页。

　　② 参见余欣娟《明代"诗以声为用"的观念研究》,新北花木兰文化出版社,2011年。

　　③ 郑伟《〈毛诗大序〉接受史研究》,人民出版社,2015年,第239页。

去。"①在后来则发展出一种倾向,即片面强调诗的"义用"而忽视诗的声音表达,这在宋代诗家的以文字以义理说《诗》的主张中表现得特别突出。严羽批评宋代诗家以文字为诗,以才学为诗,以议论为诗,就指出其"盖于一唱三叹,有所歉焉"即忽视声音表达的毛病。明代复古诗学的诗论家正是意识到这一点,叹息"夫声音之道,予莫之有考"②、"诗至唐,古调亡矣"③,提出"声音纯完"(高棅)、"以声辨体"(李东阳)、"求声调"(谢榛)、"体格声调"(胡应麟)等主张,主张恢复声音之道,将诗之音乐性作为判定诗之体制、诗史正变的重要依据。这可以看成是明代诗声理论独特贡献之所在。不过,并不意味着就可以将以诗之"声用"与诗之"义用"传统对立起来。朱自清认为,"《诗》为乐章,《诗》乐是一"这个古久的传统,就是在《诗》乐分家以后,也还有很大影响,论乐的不会忘记《诗》,论《诗》也不能忘记乐,"《诗》教更不能离乐而谈":一来声音感人比文辞广博得多,二来以声为用的《诗》的传统比以义为用的传统古久很多,所以《诗》教若只着眼意义上,就未免单薄。比如,"温柔敦厚"就是一个多义语,"一面指《诗》辞美刺讽谕的作用,一面还映带着'诗乐是一'的背景"④。朱自清的这些话表达了这样意思:一、《诗》乐是一,《诗》教与乐教、以声为用和以义为用不可分割;二、"以声为用"的《诗》教传统是比"以义为用"的《诗》的传统更为古老,《诗》教更不能离乐而谈,声音感人比文辞广博得多;三、以义为用和《诗》教的一些用语,如"温柔敦厚",也是诗教与乐教的统一,带着"《诗》乐是一"的背景。朱自清的论述也说明,以声歌完全取代《诗经》阐释的"义用"传统,是不符合诗歌发展的历史事实的。

---

① 朱志清《诗言志辨》,《朱自清全集》第 6 卷,江苏教育出版社,1990 年,第 253 页。

② 何景明《古乐府叙例》,《大复集》卷三十四,《四库全书总目》卷一百七十一集部二十四。

③ 李梦阳《缶音序》,叶朗主编《中国历代美学文库·明代卷(上)》,高等教育出版社,2003 年,第 157 页。

④ 朱自清《诗言志辨》,《朱自清全集》第 6 卷,江苏教育出版社,1990 年,第 254 页。

其实，以义为用的汉儒诸家，也没有根本背弃《诗经》的声歌传统。比如《齐诗》学的"诗之为学，情性而已。五性不相害，六情更兴废，观性以历，观情以律"①主张，就将《诗》与乐律紧密联系起来。承继汉儒说诗传统的孔颖达也认为声与义、诗与乐不是对立的，而是相互统一的，如《礼记正义》云："《诗》为乐章，《诗》乐是一。而教别者，若以声音干戚以教人，是《乐》教也。若以《诗》辞美刺讽谕以教人，是《诗》教也。"②朱熹不否认《诗》的声歌传统，但他意识到"古乐散亡，无复可考"这一事实，所以不赞成郑樵的"声歌"论，认为诗之本在义而不在声，圣贤言诗是"主于声者少而发其义多"（《答陈体仁》）。宋人王柏批评郑樵的"以声为用"说，认为："凡歌声悠扬于喉吻而感动于心思，正以其义焉尔。苟不主义，则歌者以何为主，听者有何味，岂足以蒸熏变化人之气质，鼓舞动荡人之志气哉!"③这一批评在笔者看来是击中要害的。诗的声音表达缺乏了意义的内涵，没有了诗的蒸熏变化人之气质、鼓舞动荡人之志气的情感意味与感化功能，也就失去了声音表达的应有价值。明代诗论理论家正是意识到这一点，所以他们在主张恢复"声音之道"和提出"以声为用"主张的同时，对诗的意义表达和"义用"功能也予以高度重视。因此，明代诗家的"以声为用"并不构成与汉儒"义用"（义理）诗学传统的全面对抗，而是从声歌的角度丰富了儒家"义用"的诗学传统。前文所说的诸家理论，如许学夷将"声气之和"与"性情之正"联系起来，李东阳的"声律讽咏"、"有益于名教政事之大"，李梦阳的"夫诗，宣志而道和者"，何景明的七言歌行以符合"风人之义"等，已说明了这一点。我们不妨再以一位在诗声理论方面做出重要贡献的诗论家的观点来说明这一点。

这位诗论家是明代中晚期的郝敬，他是一位《诗经》学专家，其

---

① 引文见陈乔枞《齐诗翼氏学疏证》，上海古籍出版社，1997年，第65页。

② 孔颖达《礼记正义》，《十三经注疏》标点本，北京大学出版社，1999年，第1369页。

③ 王柏《诗疑》卷二《风雅辨》，《续修四库全书》第57册，上海古籍出版社，2002年，第224页。

《毛诗原解》是重要的《诗经》学著作。同时他也是明代"诗声"理论的重要代表。他提出"诗者,声音之道,自当主声"①,"诗有意,有辞,有音,而音为本色"②,"诗者,文之有声韵者也"③等观点,明确诗与文的区分,将诗之声音放在优于文字的重要位置。出于对声音之道的重视,郝敬论诗,主张"以音会义",认为"离音求义,未为知音","知音之义者"方可言诗④,这是否就意味着郝敬将"以声为用"和"以义为用"的传统对立起来,以"声用"否定"义用"呢?显然不是。他说:

> 诗本温柔敦厚。圣人教子学诗,"不学诗,无以立。"盖心平气和,金声而玉振,是为德音。故诗者,性情中和之道。三百篇尚矣。汉魏以下,作者概不失此意。舍温柔敦厚,无别途可走。⑤

"诗本温柔敦厚","诗本性情,为其温柔敦厚","盖凡声音之道,和动为本,过和则流,遇动则荡"⑥,郝敬论声音之道,亦是想通过对中正平和之音的弘扬,以指向儒家温柔敦厚的诗之性情与风格表现,以构建儒家诗教的意义指向。为此,他特别推崇《诗经》,认为它具有温厚平和之风,符合温柔敦厚的诗教理想。他称赞"《三百篇》可弦歌,皆以声按辞"⑦,提倡自然之声律,反对人为声律之诗,也不是仅仅从自然声律本身而言,而是在于这种声音表现符合中正平和的诗学理想,而不像近体诗的人为声律那样——"以辞合声,故辞变为烦促妖哇之声"⑧,"为其声响迅厉"、"恣荡极已"⑨——背离了儒家中正平和、温柔敦厚的诗学理想。

---

① 郝敬《艺圃伧谈》,陈伯海主编《唐诗学文献集粹》(下),上海古籍出版社,2016年,第815页。

②④ 郝敬《艺圃伧谈》,周维德集校《全明诗话》,齐鲁书社,2005年,第2887页。

③⑨ 郝敬《艺圃伧谈》,周维德集校《全明诗话》,齐鲁书社,2005年,第2883页。

⑤ 郝敬《艺圃伧谈》,周维德集校《全明诗话》,齐鲁书社,2005年,第2881页。

⑥ 郝敬《读诗》,周维德集校《全明诗话》,齐鲁书社,2005年,第2859页。

⑦⑧ 郝敬《艺圃伧谈》,周维德集校《全明诗话》,齐鲁书社,2005年,第2880页。

三、"情"的体认与"情教"诗学观

"主情"是明代诗学思想的主旨,早在明初,宋濂就提出"诗乃吟咏性情之具,而所谓《风》、《雅》、《颂》者,皆出于吾之一心,特因事感触而成,非智力之所能增损"[①]的观点,将情感作为诗歌表现的根本。明代诗论家"主情",按萧华荣的概括,大致经历了三个时期:一是在七子派正式形成之前的一百多年间,以宋濂为代表的传统派,以陈献章为代表的性气派,以三杨为代表的台阁体,所主的是合于礼义、性理的"纯正"之情,即"吟咏情性之正";二是前后七子及其后学所主的既合于审美、又不悖于儒家正统思想,并能与"格调"共存于矛盾统一体中的"真情",即"吟咏性情之真";三是公安派及其思想前驱李贽、汤显祖等人的"主情"。[②] 在笔者看来,这三个阶段的"主情"都可以放到《诗经》阐释所奠定的诗学语境中考察,所不同的是,前两个阶段基本还是在《诗经》阐释所确立的传统的诗教乐教语境中进行的。无论是"吟咏情性之正"还是"吟咏情性之真",它们都来自于《诗大序》"发乎情、止乎礼义"和"以理节情"的诗教乐教传统。主张"吟咏情性之真"的前后七子及其后学几乎都无一例外地不否定"情性之正"。王廷相的"本乎性情之真,发乎伦义中正"(《刘梅国诗集序》),许学夷的"风虽有正变而性情无不正"(《诗源辩体》),是如此;主张"真诗在民间"的李梦阳亦不忘诗应该"宣志而道和"、"闻其乐而知其德"(《与徐氏论文书》),主张"有真我而后有真诗"(《邹黄州鹩鹩集序》)的王世贞亦不忘"发于吾情而止于性"(《张伯起集序》),也是如此。

后一阶段则是人们通常所说的晚明时期,它是明代诗学观念发生重大转变的时期。其"主情"的主张已突破了传统诗教乐教的束缚,冲破了七子派的情法一体的观念,表现出不同于明代主流诗学的强烈异端色彩。这一阶段"主情"思想特色的形成,与心学的流行与

---

① 宋濂《答章秀才论诗书》,郭绍虞主编《中国历代文论选》第3册,上海古籍出版社,1980年,第24页。

② 萧华荣《中国诗学思想史》,华东师范大学出版社,1996年,第225—226页。

影响有着密切关系。"心学"主张"心外无物","心即理","吾性自足，不假外求"，认为一切都是从"心"派生出来的，它可以说是直接促成人们对"情"新的认识。"絪缊化物，天下亦只有一个情"（李贽《墨子注》），"人，情种也。人而无情，不至于人矣"①，"情"成为世界万物的本原，也成为人之所以为人的根本。在心学影响下的这种对"情"的全新认识，对于"情"冲破传统的诗教礼教的束缚，向人的本性回归显然是具有非常积极的意义的。另外，市民思潮的勃兴、世俗化的社会发展和小说戏曲等俗文体创作的繁荣，也使得尊情主张越来越有悖于传统诗教礼教，导致社会意识形态由"雅"向"俗"、由"理"向"情"的转变，使得新的文学观念得以产生。

晚明《诗经》阐释正处于这样的背景下，它将"情"作为研判《诗》的关键也具有了完全不同于前人的意义。"盖声色之来，发于情性，由乎自然，是可以牵合矫强而致乎？故自然发于情性，则自然止乎礼义，非情性之外复有礼义可止也。"②"情"不再是附属于"礼"（理），不再为"发乎情，止乎礼义"的诗教礼教而设，不再是附著于诗之本文之外的政治伦理功用的体现，而是逾越礼成为人的真性情、真趣味的流露。《诗经》阐释也以文学趣味为旨归，重视诗人内心真实情感的表现。正因为此，评点成为这一时期《诗经》研究最具代表性的著作。评点的著作"在于凭着切身的感受，真实的体味，用自己的心贴近著作的心去作出批评，而不是编造悬空的理论，或者是搬用别人的所谓理论来硬套"③，它们无一例外都是重情的，以表达个人真性情、真情感、真趣味为目的的。关于这一点，戴君恩在其《读风臆评》的序言中有很生动的表述：

爱检衣箧，得《国风》半部，展而玩之，哦之咏之，楮之翰之，嗟夫！此非夫天地自然之籁，颜成子游之所不得闻，南

---

① 张琦《衡曲尘谈·情痴寱言》，叶朗主编《中国历代美学文库·明代卷（下）》，高等教育出版社，2003年，第248页。

② 李贽《读律肤说》，《焚书·续焚书》，中华书局，1975年，第132页。

③ 黄霖等主编《诗经汇评·总序》，凤凰出版社，2016年，第7页。

郭子綦之所不能喻,而归之其谁者耶?彼其芒乎忽乎,俄而有景,俄而景与情会,醞涵郁勃,而啸歌形焉。当其形之为啸歌也,景有所必畅,不极其致焉不休;情有所必宣,不竭其才焉不已。或类而触,或寓而伸,或变幻而离奇,莫自而计夫声于五,莫自而计夫正于六,而长短疾徐,抑扬高下,无弗谐焉。使之者其谁耶?非器非声,非非器,非非声,以不闻闻,或闻闻,或否;以不解解,或解解,或否。何哉乎!……惟臆也,不受制缚,时潜天,时潜地,超象罔时,入冥滓。夫欲破习而游于天也,则莫如臆矣![1]

戴君恩以"玩"、"哦"、"咏"、"楮"、"翰"、"臆"的方式品读《诗经》,将自己的情感沉浸在诗的天地中。《诗》对于他来说,不再附加某种政治功利的考虑,也不是经生阐释的附属品,而是"非器非声,非非器,非非声",是发乎诗人肺腑的天籁之音,是传达真实的体验与感受,让人们"醞涵郁勃"而啸歌、动情地赏玩的艺术作品。在《剩言》中,戴君恩亦明示了这一点,认为阅读《诗经》若"不向身心上理会,而徒向载籍中探讨,虽穷五车,繙十二经以说,于学何相干涉"[2]。这就是说,《诗》只能用心灵去触摸,去感受,而不是依赖于某种外在的经义阐释。"一段隐忧,千载犹恨"[3]、"瞻望追忆之情,千载读之,犹为欲泣"[4]、"不是咏叹,须会他无限深情"[5]、"感慨沉痛,细读之有不唏嘘欲泣者,其为人臣可知矣"[6]、"故知诗文全在吞吐伸缩中得趣,长歌可以当哭"[7],

① 戴君恩《读风臆评自叙》,黄霖等主编《诗经汇评》(下),凤凰出版社,2016 年,第 870 页。

② 戴君恩《剩言》卷一,《四库全书》浙江巡抚采进本。

③ 《郑风·柏舟》戴篇后评,黄霖等主编《诗经汇评》(上),凤凰出版社,2016 年,第 69 页。

④ 《邶风·燕燕》戴篇后评,黄霖等主编《诗经汇评》(上),凤凰出版社,2016 年,第 76 页。

⑤ 《王风·黍离》戴眉,黄霖等主编《诗经汇评》(上),凤凰出版社,2016 年,第 178 页。

⑥ 《王风·黍离》戴篇后评,黄霖等主编《诗经汇评》(上),凤凰出版社,2016 年,第 179 页。

⑦ 《唐风·鸨羽》戴篇后评,黄霖等主编《诗经汇评》(上),凤凰出版社,2016 年,第 294 页。

戴君恩的这些评点话语,与其说是对《诗经》作品内容的解答,不如说是读诗人在抒发自己的人生感受,字字句句都透露着真趣味和真性情。

这样的例子还有很多。它反映出晚明诗论家阅读《诗经》心态的变化,《诗经》在晚明诗论家那里,更多的是作为文学作品,作为人的情感抒发表现的对象,而不是弘扬经学大义,以美刺教化为目的的政治伦理的功用性作品。我们还可以用孙鑛的《批评诗经》和钟惺的《评点诗经》来说明这一点。孙鑛的《批评诗经》,有学者称之为"将文学评点施于《诗经》之第一人"和"开一代风气"之人。① 孙鑛《诗经》评点受到朱熹和李梦阳思想的影响,有强烈的宗经复古意识。但是他提出"《诗》、《书》二经,即吾夫子一部文选"②的观点,认为后世一切文学特质可以在经书特别是《诗经》中找到其本源,重视《诗经》的文学解读,认为"诗可以兴,具道最近人,而亦可断续为之,与宦情不碍。然须深沉求之,乃学有味……日讽咏之,自能令诗思勃勃"③,则是无疑的。重视文学评点自然也导致对于《诗经》情感特质把握的重视。比如,孙鑛评《鄘风·桑中》第一章"爰采唐矣"等句,认为其"皆足道女输情之意"④,即女子对男子热烈真率情感的表现,就超越了朱熹的"淫诗"说,还原了此诗写男女恋情的本来面目。相比孙鑛,钟惺更重视《诗》的情感意味的把握。钟惺的《诗经评点》中多有以"情"说诗的片言只语,都是读诗时的有感而发,如"此诗情至处生出义来,发情立义说不得"⑤,对"发乎情,止乎礼义"的诗教提出质疑;又如"情语到至

---

① 刘毓庆《历代诗经著述考·明代》,中华书局,2008 年,第 152 页。

② 孙鑛《与余君房论文书》,《月峰先生居业次编》卷九,《四库禁毁书丛刊》集部第126 册,北京出版社,1997 年。

③ 孙鑛《与吕甥玉绳论诗文书》,《月峰先生居业次编》卷三,《四库禁毁书丛刊》集部第 126 册,北京出版社,1997 年。

④ 《鄘风·桑中》孙眉,黄霖等主编《诗经汇评》(上),凤凰出版社,2016 年,第129 页。

⑤ 《鄘风·载驰》钟红眉,黄霖等主编《诗经汇评》(上),凤凰出版社,2016 年,第141 页。

处，不论邪正，动人则一"①，亦只是从情感本身出发，超出了社会伦理的功利性判断。再如钟惺对《邶风·雄雉》的评论："此不是夫妇泛常离别之诗，盖其君子在外而又或履忧患，其室家非惟思之，且忧之，非惟忧之，且为之求善处之策。观'自诒伊阻'一语，可见'实劳我心'。'悠悠我心'从'自诒伊阻'生来。'百尔君子'四句，又从劳心生来，所谓善处之策也。'道之云远，曷云能来'，著妇人自言方妙有深情。"②非常注意揣摩诗中人物的情感，甚至可以说完全随着诗中人物的情感思绪展开，很好地展示了诗中人物那份缠绵不尽的离别思念之情。

另外，如徐奋鹏的《毛诗捷渡》和《诗经删补》、陈祖绶的《诗经副墨》、凌濛初的《言诗翼》、沈守正的《诗经说通》、万时华的《诗经偶笺》等评点著作，无一例外是重视情的。特别是万时华，他提出不仅要"知诗之为经"，而且还要"知诗之为诗"，认为《诗经》的性质与他经异，所以对《诗经》的解读"不可力取"，应该遵循《诗》篇的情感轨迹，以诗言诗。万时华在《大雅·皇矣偶笺》中说："凡读书，须看古人下笔意思所在，虽千年古纸，自觉灵通。"③读书如此，读诗就更要体会和揣摩作者之意，体会诗情。这也就是徐世溥为《诗经偶笺》所作序言中所说的"得诗人之情"。陈祖绶言《诗》，目的亦在于此。他说："《三百篇》中，一事之激越，一声之转变，一字之顿挫生活，自出眼光。静中寻绎，恍然对其人，忾然闻其声，居有无限灵惊，浮出义上，载歌载舞，如泣如诉，而后乃今。悲或以喜焉，忘或以怀焉，纵或以释焉，愧或以乎焉，则说《诗》而诗在矣。非然，而牵会其文，聚讹其说，诘翔订改，铅不胜摘，又何如'尊朱'二字足了明经公案乎？率天下之慧人而学究之也，则《诗》难言也。"④这一

---

① 《王风·采葛》钟红眉，黄霖等主编《诗经汇评》（上），凤凰出版社，2016年，第193页。

② 《邶风·雄雉》钟蓝篇后评，黄霖等主编《诗经汇评》（上），凤凰出版社，2016年，第91页。

③ 万时华《诗经偶笺》，《四库全书存目丛书》第70册，齐鲁书社，1997年。

④ 陈祖绶《诗经副墨·序言》，黄霖等主编《诗经汇评》（下），凤凰出版社，2016年，第875页。

主张,与万时华的"知诗之为诗"乃至戴君恩的"臆评"和钟惺的"活物"说一样,都是强调要以评点者个人的情感感悟和理解介入《诗》中,自由地理解和阐释《诗》中所蕴涵的丰富的情感意味,而不是循规蹈矩,走传统经学的老路。陈祖绶和万时华的诗论主张在他们的《诗经》评点实践中得到了很好的体现。刘毓庆评价万时华最善于体会诗中的情景,他能够完全置身于诗歌所表现的诗境之中[①],体会其中的个味,又评价陈组绶对《诗经》的解读"把握的是诗中最具生命活力的东西","在诗歌情感世界的探讨、分析上,向前迈出了一步"[②],可谓是中的之语,说明了二人的《诗经》评点在《诗》之情感意蕴把握方面所取得的成就与进展。

而反映在诗学理论上,晚明时期对"情"的新的认识,则是直接导致了"情教"观念的产生。"情教"概念的直接提出者为冯梦龙,他针对的对象主要是以小说为代表的通俗文学,却与《诗经》阐释,与中国古代诗学理论的发展进程有着密切的关系。"情教"概念最明确的表述见于冯梦龙的《情史序》,其云:

> 六经皆以情教也,《易》尊夫妇,《诗》有关雎,《书》序嫔虞之文,《礼》谨聘奔之别,《春秋》于姬姜之际详然言之,岂非以情始于男女,凡民之所必开者,圣人亦因而导之,俾勿作于凉,于是流注于君臣、父子、兄弟、朋友之间而汪然有余乎![③]

> 天地若无情,不生一切物。一切物无情,不能环相生。生生而不灭,由情不灭故。[④]

"情"为宇宙的本体,也为万事万物产生的动力与根源,宇宙万物,人

---

① 刘毓庆《从经学到文学——明代诗经学史论》,商务印书馆,2003 年,第 403 页。

② 刘毓庆《从经学到文学——明代诗经学史论》,商务印书馆,2003 年,第 393 页。另外,对万时华和陈祖绶《诗经》评点的特点,刘毓庆的《从经学到文学》下篇"评点派的《诗经》研究"和"评析派的《诗经》研究"两节有深入的论述,可以参看。

③ 冯梦龙《情史·詹詹外史序》,岳麓书社,1986 年,第 3 页。

④ 冯梦龙《情史·龙子犹序》,岳麓书社,1986 年,第 1—2 页。

类社会,人与人之间的关系,都是靠"情"来沟通的,没有"情",这一切都没有发生的可能。所以冯梦龙强调"情",以情立教,通过"情"将人与天地万物,人与社会,人心与人心沟通起来,高度肯定"情"对于世道人心、社会生活的巨大影响和感染力量。冯梦龙将六经都纳入情教的范围,提出"六经皆以情教"的观点,从表面看似乎没有摆脱儒家传统的教化理论,实际上二者有着本质的区别。这是因为,儒家传统的教化理论是将"礼"和"理"放在首位,强调"情"要隶属于"礼",不能逾越儒家道德礼义的范围。冯梦龙虽然没有否定儒家道德礼义和伦理纲常的重要性,甚至还借用儒家传统的伦理纲常话语来张扬其"情教"的主张,但是他清醒地认识到儒家传统诗教理论以礼蔽情、以礼抑情的弊端,所以将"情"放在第一位,认为"自来忠孝节烈之事,从道理上做者必勉强,从至情上出者必真切"[①],即无情者谈不上忠孝节义,忠孝节义也要出于人的至情和真情。这一理解显然不同于儒家传统的诗教观。另外,冯梦龙对"情"的内涵规定也远远超出了传统儒教范围。不仅有天地万物之情,君臣、父子、兄弟、朋友等人伦情感,而且特别注重的是男女之间的爱情、痴情。他明确提出"情始于男女"的观点,《情史》中辑录了大量的情痴的故事,他们都是为情而生,为情而死。冯梦龙还大胆发出"奔为妾,夫奔者,以情奔"[②]的声音,将"私奔"、娼妓之爱之类在传统儒学眼中视为"欲"的东西也纳入到情的范围。

冯梦龙的"情教"论若放在晚明《诗经》阐释的背景下来认识,笔者认为至少在以下几个方面存在着关联。

一是"情教"概念虽为冯梦龙提出,却是反映了晚明诗论的普遍认识。晚明诗论的一个显著特点就是在心学影响下强化了《诗经》以来重视情感的批评传统,早在先秦两汉,孔门诗教就重视"情"的作用,孔子提出"兴观群怨"说,《毛诗大序》提出"吟咏情性"说,都是将情感作为诗歌教化作用实施的基础。不过,孔门诗教所重视的"情"

①② 冯梦龙《情史·情贞类·尾评》,岳麓书社,1986 年,第 37 页。

是被纳入到"礼"之中的,不能越出礼义教化轨道的。而晚明的诗歌批评则突破了这一传统,"情教"观念的意义也主要在于高度重视"情"对于"礼"的逾越与冲击作用。李贽的"自然发于情性,则自然止乎礼义,非情性之外复有礼义可止"①,汤显祖的"以人情之大窦,为名教之至乐"②,冯梦龙的"我欲立情教,教诲诸众生"③,公安派的"不效颦于汉、魏,不学步于盛唐,任性而发,尚能通于人之喜怒哀乐嗜好情欲"④,等等,其意义都在于此。

二是"情教"说对传统诗教说的逾越与冲击是以诗歌的"真情"、"至情"表达为基础的。李贽说:"言出至情,自然刺心,自然动人,自然令人痛快。"⑤袁宏道说:"大概情至之语,自然感人,是谓真诗。"⑥汤显祖说:"世总为情,情生诗歌,而行于神。天下之声音笑貌大小生死,不出乎是。"⑦冯梦龙说:"四大皆幻设,惟情不虚假。有情疏者亲,无情亲者疏。无情与有情,相去不可量。"⑧都是以真情至情为标准来冲击传统的温柔敦厚诗教理论。为实现这一点,在晚明,人们还常常直接从《诗经》作品寻求例证,认为《诗经》作品是真情至情的典范,以此来反对传统的温柔敦厚的诗教说对情感的束缚与桎梏。比如,李贽在《明灯道古录》中说:"《关雎》之诗,未得则辗转反侧,寤寐思求,其神伤也。既得则钟鼓琴瑟,乐之不厌,其乐淫也。夫子反曰不淫不伤何哉? 曰:此即有恸乎之说也。非夫人之为恸而谁恸?

---

① 李贽《读律肤说》,《焚书·续焚书》,中华书局,1975年,132页。

② 汤显祖《宜黄县戏神清源师庙记》,叶朗主编《中国历代美学文库·明代卷(中)》,高等教育出版社,2003年,第117页。

③ 冯梦龙《情史·龙子犹序》,岳麓书社,1986年,第2页。

④ 袁宏道《叙小修诗》,叶朗主编《中国历代美学文库·明代卷(中)》,高等教育出版社,2003年,第472页。

⑤ 李贽《读若无母寄书》,《焚书·续焚书》,中华书局,1975年,141页。

⑥ 袁宏道《叙小修诗》,叶朗主编《中国历代美学文库·明代卷(中)》,高等教育出版社,2003年,第472页。

⑦ 汤显祖《耳伯麻姑游诗序》,叶朗主编《中国历代美学文库·明代卷(中)》,高等教育出版社,2003年,第128页。

⑧ 冯梦龙《情史·龙子犹序》,岳麓书社,1986年,第1页。

然则《关雎》,乐之淫也,而自不得谓之淫,哀之伤也,而自不得谓之伤也。"①在李贽看来,淫与不淫,伤与不伤,都取决于人的内心与真情实感。有了真情,出于自然,乐之淫者,哀之伤者,都可以谓之不淫不伤。冯梦龙也是这样解读《诗经》作品。他说:

> 书契以来,代有歌谣,太史所陈,并称风雅,尚矣。自楚骚唐律,争妍竞畅,而民间性情之响,遂不得列于诗坛,于是别之曰山歌,言田夫野竖矢口寄兴之所为,荐绅学士家不道也。唯诗坛不列,荐绅学士不道,而歌之权愈轻,歌者之心亦愈浅。今所盛行者,皆私情谱耳。虽然,桑间、濮上,国风刺之,尼父录焉,以是为情真而不可废也。山歌虽俚甚矣,独非郑、卫之遗欤? 且今虽季世,而但有假诗文,无假山歌,则以山歌不与诗文争名,故不屑假。苟其不屑假,而吾藉以存真,不以可乎? ⋯⋯若夫借男女之真情,发名教之伪药,其功于《挂枝儿》等,故录《挂枝词》而次及山歌。②

在冯梦龙看来,《诗》三百篇中的风雅之诗,大都是民间歌谣,情爱之作,所以孔子辑录了它们,"以是为情真而不可废也"。但自楚骚唐律以来,诗文为文人学士所独占。民歌出自田夫野竖矢口寄兴之所为,遂不得列于诗坛,故别名为山歌。然而,山歌特色贵在真情,世上但有假诗文而无假山歌,它不作伪,也不与诗文争名,反而能"借男女之真情,发名教之伪药",对于世道人心产生深刻影响。冯梦龙这一思想与李梦阳的"真诗在民间"有某种关联。但是"真诗在民间"说基本还是在传统的诗教乐教范围展开的,而冯梦龙此说则突破了这一传统,赋予民间歌谣在诗歌中应有的地位。

三是"情教"观念极大地冲击了传统的雅正文学观念,提升了通俗文学的地位。这一观念的形成也与心学的影响相关。王阳明倡导

---

① 李贽《明灯道古录》,《李氏文集》第十八卷,明顾大韶校刊本。
② 冯梦龙《序山歌》,郭绍虞主编《中国历代文论选》第 3 册,上海古籍出版社,第231 页。

"满街都是圣人"之说,将教化的重心转向了民众。他说:"圣人一生实事,俱播在乐中。所以有德者闻之,便知他尽善尽美,与尽美未尽善处。若后世作乐,只是做些词调,于民俗风化绝无关涉,何以化民善俗? 今要民俗反朴还淳,取今之戏子,将妖淫词调俱去了,只取忠臣孝子故事,使愚俗百姓人人易晓,无意中感激他良知起来,却于风化有益,然后古乐渐次可复矣。"①王阳明意识到诗乐一类艺术作品对于教化民众的巨大作用,不过他对民众所实施的教化,是以本心良知为基础,重视的是忠臣孝子一类故事,并没有充分意识到文学作品中所蕴含的真情至情对于民众的巨大影响与感染作用。"情教"论的提倡者是以"情"为动力,将王阳明的"良知"转化为人间的真情与至情,认为《诗》三百篇中的风雅之诗大都是民间歌谣,情真而不可废,同时强调小说一类文体因为情真情切,"可喜可愕,可悲可涕,可歌可舞","资于通俗者多",所以对大众的教化和感染力远胜于《孝经》、《论语》等圣人经典②,于是自然提升了小说山歌一类通俗文学作品的地位。

(长沙师范学院文学院)

---

① 王守仁《王阳明全集》,上海古籍出版社,1992 年,第 113 页。
② 冯梦龙《古今小说序》,叶朗主编《中国历代美学文库·明代卷(下)》,高等教育出版社,2003 年,第 89—90 页。

论方回诗论中的"奇"观念[*]

李 雪

内容摘要：方回诗论中"奇"字使用频繁,在《瀛奎律髓》中以"奇"评诗计有 90 余处,贯穿了《瀛奎律髓》全书。前人已多有用"奇"论诗,相关概念颇多,如清奇、雄奇、瑰奇、奇崛、奇俊、奇逸、奇奥等,大致属风格论范畴。而方回论"奇",涉及面极广,包含有律、格、法、意等诸多方面,即方回论诗之"奇",所指有律之奇、格法之奇、意之奇。系统梳理方回诗论之"奇"观念,认识其独特价值,对理解方回诗学,进而对理解宋元诗学,是必要且有意义的。

关键词：方回;诗论;"奇"

The Study of Qi in Fang Hui's Poetry Comments

Li Xue

Abstract：Fang Hui used Qi many times in his poetry comments,

* 基金项目:国家社会科学基金青年项目"元代传记文研究"(项目号:20CZW029);中国博士后科学基金面上资助一等(资助编号:2020M680031);中国博士后科学基金特别资助(2022T150336)

especially in *Aspiring to the Greats: The Pith of Regulated Verse*. All through this book, there are 90 places where he used Qi to give comments. Scholars given comments to poetry with many concepts consist of Qi, like Qingqi, Xiongqi, Guiqi, Qijue, Qijun, Qiyi, Qi'ao and so on, which is belong to style theory. But in Fang Hui's theory, Qi has many meanings which are related to metric, style, method, meaning and the like. Specifically, it refers to the ingenious of metric, the exquisite of style, the interest of meaning. The study of Qi in Fang Hui's poetry comments will be meaningful for understanding the value of his poetic and further to understand the Song and Yuan poetics.

Keywords: Fang Hui; poetry comments; Qi

　　方回(1227—1305)是宋末元初重要的诗论家,其《瀛奎律髓》集诗选、诗格、诗话于一体,是诗学批评理论史上的一部重要著作,其《桐江集》、《桐江续集》中也有大量的诗论篇章。学术界对方回诗论的研究已经取得了丰硕成果,如方回的唐宋律诗观、"一祖三宗"说、格高论、方回对唐宋诗人评点、方回选诗观等方面的研究皆有大量成果。值得注意的是,方回在其诗论中有大量关于"奇"的论述。据统计,在《瀛奎律髓》中以"奇"评价唐宋律诗的共有 90 余处,这些评价贯穿了《瀛奎律髓》全书。方回诗论中的"奇"具有其独特的诗学理论意义,因此有必要对方回诗论中"奇"的相关问题做专门探讨。

　　前人文学批评已多有用"奇"之处。刘勰《文心雕龙》提出"意翻空而易奇,言征实而难巧也"[1],"执正以驭奇"[2]等,主张奇而不失其正。钟嵘《诗品》提出"直致之奇"[3],主张直抒胸臆,反对用典过繁。

　　① 刘勰著,黄叔琳注,李详补注,杨明照校注拾遗《增订文心雕龙校注》,中华书局,2012 年,第 365 页。

　　② 刘勰著,黄叔琳注,李详补注,杨明照校注拾遗《增订文心雕龙校注》,中华书局,2012 年,第 404 页。

　　③ 钟嵘著,曹旭集注《诗品集注》,上海古籍出版社,2011 年,第 162 页。

至唐代,雄奇成为盛唐诗作的主要审美倾向,中唐出现了怪奇一派。皇甫湜提出"文奇而理正"①,继承了刘勰的"奇正"说。宋代,整体风格崇尚清奇。王安石提出"看似寻常最奇崛"②,主张从寻常中发现奇蕴,崇尚平中之奇。苏辙提出"奇气"说,认为诗文奇气来自于"江山之助"。苏轼提出"奇趣"说,他在评价柳宗元《渔翁》时指出:"诗以奇趣为宗,反常合道为趣,熟味此诗有奇趣。"③黄庭坚在《胡宗元诗集序》中提出了"遇变出奇"④说。这些主张还衍生出奇崛、奇峭、奇险、奇涩等诸多概念。一般说,诗学批评中的"奇"概念大致属于风格论范畴。这些观念,也见于方回诗评中,如其评贾岛《夏夜》:"此诗前二韵特用生字,而奇涩工致。"⑤同是评贾岛的《病蝉》,"中四句极其奇涩"⑥。评赵蕃《二月十日喜雨呈李纯教授去非尉曹》三四句"所病农家成久旱,未论花事有新开"为"奇瘦"⑦。评曾几《逮子得龙团胜雪茶两胯以归予其直万钱云》"有奇骨"⑧。评其《邓帅寄梅并山堂酒》"虽平正中有奇古也"⑨。但这只是方回以"奇"论诗的一部分,方回论"奇"涉及面极广,包括律、格、法、意诸多方面。下面从律之奇、格法之奇、意之奇几方面分别讨论。

一

方回所评诗之"奇",一部分是指在音律方面突破常格,获得"奇"效。

方回评范成大《人鲊瓮》"江河难犯一至此,天地好生安取斯":

① 皇甫湜《皇甫持正文集》,上海古籍出版社,1994 年,第 69 页。
② 王安石著,李之亮补笺《王荆公诗注补笺》,巴蜀书社,2002 年,第 867 页。
③ 苏轼撰,茅维编,孔凡礼点校《苏轼文集》,中华书局,1986 年,第 2552 页。
④ 黄庭坚著,刘琳等点校《黄庭坚全集》,四川大学出版社,2001 年,第 410—411 页。
⑤ 方回选评,李庆甲集评校点《瀛奎律髓汇评》,上海古籍出版社,2020 年,第 427 页。
⑥ 方回选评,李庆甲集评校点《瀛奎律髓汇评》,上海古籍出版社,2020 年,第 1232 页。
⑦ 方回选评,李庆甲集评校点《瀛奎律髓汇评》,上海古籍出版社,2020 年,第 753 页。
⑧ 方回选评,李庆甲集评校点《瀛奎律髓汇评》,上海古籍出版社,2020 年,第 768 页。
⑨ 方回选评,李庆甲集评校点《瀛奎律髓汇评》,上海古籍出版社,2020 年,第 812 页。

"王者之法如江河,易避难犯,以'天地好生'为对,亦奇矣。"①以"天地好生"对"江河难犯",奇对。而"一至此"为三仄尾。第七字竟以"此"与"斯"两虚字对,且不避合掌。此联给人的感觉极其特别,奇之又奇。评白居易《解苏州自喜》:"道是白诗平易,三四都如此,奇哉异哉! 出律破格,本是自然胸怀,无粉饰也。"②因出律破格而"奇"。三四两句"身兼妻子都三口,鹤与琴书共一船"奇特。三句浅白,几乎是口语白话,竟可入诗,但有第四句浅而雅致,上下对,浅而不俗,自有韵致,奇。评李郢《暮春山行田家歇马》:"第三句尤奇谲也。"③("青蛇上竹一种色",平平仄仄仄仄仄),也因拗律而"奇"。评张耒《正月二十日梦在京师》"许国有寸铁,耕田无一成"(仄仄仄仄仄,平平平仄平):"五、六又出奇,不拘常调。"④评黄庭坚《题胡逸老致虚庵》"山随宴坐画图出,水作夜窗风雨来":"五六奇句也,亦近'吴体'。"⑤黄庭坚将"山"、"水"两字前置,突破常规,形成双拗的声律,使此诗在清新淡雅中别具奇峭健拔之气。俞汝尚《题三角亭》:"奇哉山中人,来此池上宇。蕙径斜映带,林烟尽吞吐。春无四面花,夜欠一檐雨。寄傲足有余,何须存广庑。"方回评:"此仄声律诗。题既奇,语亦妙。"⑥此诗上声麌韵。押平声韵是律诗的基本特征,而此诗押上声韵。可以看出,方回此类"奇",是破律求奇。在今人看来,这些诗,有的可以称作拗律,有的属于古律,有的可能难以称为律诗。但其共同的特点是破律求奇。在诗歌中拗律的使用,使诗歌瘦硬,显示壁立峭拔、清劲执拗的诗风,这也许是方回追求的效果。胡仔《苕溪渔隐丛话》前集卷七:"律诗之作,用字平侧,世固有定体,众共守之。然不若时用变体,如兵之出奇,变化无穷,以惊

---

① 方回选评,李庆甲集评校点《瀛奎律髓汇评》,上海古籍出版社,2020年,第219页。
② 方回选评,李庆甲集评校点《瀛奎律髓汇评》,上海古籍出版社,2020年,第278页。
③ 方回选评,李庆甲集评校点《瀛奎律髓汇评》,上海古籍出版社,2020年,第392页。
④ 方回选评,李庆甲集评校点《瀛奎律髓汇评》,上海古籍出版社,2020年,第1366页。
⑤ 方回选评,李庆甲集评校点《瀛奎律髓汇评》,上海古籍出版社,2020年,第1191页。
⑥ 方回选评,李庆甲集评校点《瀛奎律髓汇评》,上海古籍出版社,2020年,第1510页。

世骇目。"①方回在《拗字类小序》中也说:"拗字甚多,而骨格愈峻峭。"②打破平仄,令语句浑成,气势顿挫,诗格因而愈奇愈峭。

后人不一定同意方回的意见,如纪昀评李郢《暮春山行田家歇马》第三句"青蛇上竹一种色"云:"第三句却不甚佳。"③方回评诗重格不重韵,这句诗少韵味,故不为纪昀所取。

二

方回论诗,讲究诗格与诗法,其《送俞唯道序》云:"予尝有言,善诗者,用字如柱之立础,用事如射之中的,布置如八阵之奇正,对偶如六子之偶奇。"④在诗歌对仗、用事等非同寻常处,方回多用"奇"评点,这属于格法之奇。

对仗是律诗的重要技法,方回论对仗提倡工巧,同时又追求新变,他评点对仗之"奇",多体现为后者,主张翻新出奇。方回评梅尧臣《丫头岩》"年算赤乌近,书疑皇象多":"'经来白马寺,僧到赤乌年',奇矣;'赤乌'、'皇象'则又奇矣。'皇象'恐作'黄',非。假对真,如'子规'、'黄叶'更佳。"⑤"经来白马寺,僧到赤乌年"⑥是中唐诗僧灵澈《芙蓉园新寺》中的诗句,以"白马寺"对"赤乌年",佛教自汉白马驮经而来,至三国吴赤乌年间(孙权年号,238—251)江南建寺设庙,传入东南。此对确实奇妙。方回提到的"子规黄叶",是贾岛《寄武功姚主簿》中的"卷帘黄叶落,锁印子规啼"⑦,以"黄"对"子"(紫),这里的"赤乌"、"皇象"也是以"赤"对"皇"(黄),借字音相同,构成的借对。

---

① 胡仔《苕溪渔隐丛话前后集》前集卷七,清乾隆刻本。

② 方回选评,李庆甲集评校点《瀛奎律髓汇评》上海古籍出版社,2020年,第1175页。

③ 方回选评,李庆甲集评校点《瀛奎律髓汇评》,上海古籍出版社,2020年,第392页。

④ 方回《桐江集》卷一,清嘉庆《宛委别藏》本。

⑤ 方回选评,李庆甲集评校点《瀛奎律髓汇评》,上海古籍出版社,2020年,第107页。

⑥ 刘禹锡著,陶敏、陶红雨校注《刘禹锡全集编年校注》卷十八《澈上人文集纪》,中华书局,2019年,第2005页。

⑦ 贾岛《寄武功姚主簿》,彭定求等编《全唐诗》卷五百七十二,中华书局,1960年,第6643页。

评黄庭坚《和外舅夙兴》："如'披衣日在房'当是指'氏房'之'房',则奇。"①这里的"房"本是房间之意,这里与"斗"相对,取"氏房"之意,是假对。评魏野《冬日书事》"闲闻啄木鸟,疑是打门僧",称其"奇绝"②。这句在对仗中属于流水对,上下相承,不能颠倒。评陆游《舍北摇落景物殊佳偶作五首》:"'屋角成金字'本出《北史·斛律金传》,以对'溪流作縠纹',亦奇。"③《北史·斛律金传》:"金性质直,不识文字,本名敦,苦其难署,改名为金,从其便易,犹以为难。司马子如教为金字,作屋况之,其字乃就。"④是以物状象文对以縠纹状溪流,前句用典,后句用比喻的手法,形成"金字"与"縠纹"的对仗,"奇"。赵蕃《次韵叶德璋见示》中间四句:"归意宁须卜以决,衰颜不待镜频看。交情谢子来今雨,节物娱予后苦寒。"方回评:"'卜以决'、'镜频看',此联已奇。'来今雨'、'后苦寒'此联又奇。'诗骨耸东野',此之谓欤?"⑤"来今雨"、"后苦寒"也是字面对。"来今雨"是新朋友来访,与"后苦寒"对,确实"奇"。评柳宗元《柳州城北种柑》"方同楚客怜皇树,不学荆州利木奴"云:"'后皇嘉树',屈原语也,摘出二字以对'木奴',奇甚。"⑥屈原《橘颂》:"后皇嘉树,橘徕服兮。受命不迁,生南国兮。……秉德无私,参天地兮。……行比伯夷,置以为像兮。"⑦对橘树的美德进行了赞美。《三国志·吴志·孙休传》注引《襄阳记》:"(李)衡每欲治家,妻辄不听。后密遣客十人于武陵龙阳氾洲上作宅,种甘橘千株。临死,敕儿曰:'汝母恶我治家,故穷如是。然吾州里有千头木奴,不责汝衣食,岁上一匹绢,亦可足用耳。'"⑧将柑橘比

---

① 方回选评,李庆甲集评校点《瀛奎律髓汇评》,上海古籍出版社,2020 年,第 550 页。

② 方回选评,李庆甲集评校点《瀛奎律髓汇评》,上海古籍出版社,2020 年,第 509 页。

③ 方回选评,李庆甲集评校点《瀛奎律髓汇评》,上海古籍出版社,2020 年,第 514 页。

④ 李延寿《北史》卷五十四《斛律金传》,中华书局,1974 年,第 1966 页。

⑤ 方回选评,李庆甲集评校点《瀛奎律髓汇评》,上海古籍出版社,2020 年,第 532 页。

⑥ 方回选评,李庆甲集评校点《瀛奎律髓汇评》,上海古籍出版社,2020 年,第 1252 页。

⑦ 屈原著,金开诚、董洪利、高路明校注《屈原集校注》,中华书局,1996 年,第 606,611 页。

⑧ 陈寿撰,陈乃乾校点《三国志》卷四十八,中华书局,1982 年,第 1156 页。

作谋利的奴仆,以"皇树"对"木奴",在对仗上属于反对,诗人在这两个典故中表明心迹,方回以为"奇"。我们看到,在方回认为"奇"的对仗形式中,有借对、假对、流水对、反对等对仗形式,在文字的运用上翻新出奇,令人惊奇。

借助用典翻新出奇,使诗句(或对仗)出人意表,也可归入此类。方回评尤袤《次韵德翁苦雨》:"禾头昨夜忧生耳,木德何时却守心"两句云:"苦雨谁不能和?'禾头生耳',本是俗语,忽用'木德守心'为对,则奇之又奇。前无古人矣。《天文录》曰:'岁星留心,天下大丰,谷贱。'《天文总论》曰:'岁星经心,帝必延年。'陶隐居曰:'岁星守心,天下吉善。'甘德曰:'岁星守心,天下大丰。'《孝经援神契》曰:'岁星守心,年谷丰。'传曰:'心三星,天王之正位:中星为明堂天子位,前星为太子,后星为庶子。岁星者,东方星,属春木,于五常为仁,主福,主大司农,司主五谷,所在之宿主其国寿昌富乐。心为天子之位,而木德守之,天下之福,不止岁丰而已。'尤遂初押韵用事,神妙如此,敬叹敬叹。"①古谚语说:"春雨甲子,赤地千里;夏雨甲子,乘舟入市;秋雨甲子,禾头生耳;冬雨甲子,飞雪千里。"禾头生耳,是说雨水多,成熟的谷粒会发芽,那就没有收成。以此俗语对"木德守心"的古雅典故,表达诗人对丰年的期盼,融入寄托。方回评白居易《不如来饮酒》:"人言白诗平易,'相争两蜗角,所得一牛毛',岂不奇崛?胸中所见高,则下笔自高,此又在乎涵养、省悟之有得,不得专求之文字间也。"②诗人白居易用蜗角典故暗讽牛李党争,立意高远,方回以为"奇"。杜甫《舟中夜雪有怀卢十四侍御弟》后四句:"烛斜初近见,舟重竟无闻。不识山阴道,听鸡更忆君。"方回评:"'舟重竟无闻',可谓善言舟中听雪之状。凡用事必须翻案。雪夜访戴,一时故实,今用为不识路而不可往,则奇矣。"③因反用雪夜访戴之典,用典翻新而"奇"。

① 方回选评,李庆甲集评校点《瀛奎律髓汇评》,上海古籍出版社,2020年,第747—748页。

② 方回选评,李庆甲集评校点《瀛奎律髓汇评》,上海古籍出版社,2020年,第775页。

③ 方回选评,李庆甲集评校点《瀛奎律髓汇评》,上海古籍出版社,2020年,第911页。

评黄庭坚《弈棋呈任公渐》"湘东一目诚堪死,天下中分尚可持"云:"侯景之党王伟檄梁元帝云:'项羽重瞳,尚有乌江之败;湘东一目,岂为赤县所归?'元帝盲一目,引用此事,谓其两眼而活,一眼而死,天下中分,或作三分,此又谓救棋各分占路数也。皆奇不可言。南朝梁武帝第七子,名绎,先封为湘东王,眇一目。"①围棋需要两眼才能活,"一目"则死,但是黄庭坚笔锋一转,说天下中分还有希望,借下棋勉励友人任渐要对未来充满希望。此例确实"奇",客观说,应该有些求"奇"而过。评陈师道《别宝讲主》"咒功先服猛,戒力得扶颠":"读后山诗,语简而意博。'咒功'、'戒力'四字已深入于细。'服猛'、'扶颠',一出《礼记》,一出《论语》。抉剔为用,愈细而奇,与晚唐人专泥景物而求工者不同也。"②也是因用典而"奇"。方回提倡用事,他提出:"谁谓为诗不当用事乎?用事而不为事所用,可也。"③以上方回认为"奇"的用事诗句,皆得自于诗人的学识与心胸,不为用事而用事,而是在用事中融入了诗人的寄托。这里方回强调用典中的变化,活用、化用、妙用、反用、穿插使用,或者借典故形成妙对,出乎意料,获得奇效,形式上是用典之"奇",实际是论这些典故在诗人点化后所表现出来的新的意蕴。

诗难于发端,所以有些诗人追求起句之"奇",可以收到意外效果。方回评萧德藻《次韵傅惟肖》起句"竹根蟋蟀太多事"为"奇峭"④。此句突兀而起,无理有窍,引起悬念,读者必欲求解,故峭而奇。评陆游《雪》起句"但苦奇寒恼病翁"也为"奇峭"⑤。写雪,以"但苦"起,峭。下必有转,读次句"岂知上瑞报年丰",回看方才感觉起句之奇。评罗隐《封禅寺居》:"题是封禅寺。昭谏身居乱世,故起句曰'盛礼何由

---

① 方回选评,李庆甲集评校点《瀛奎律髓汇评》,上海古籍出版社,2020年,第1271页。
② 方回选评,李庆甲集评校点《瀛奎律髓汇评》,上海古籍出版社,2020年,第1823页。
③ 方回选评,李庆甲集评校点《瀛奎律髓汇评》,上海古籍出版社,2020年,第116页。
④ 方回选评,李庆甲集评校点《瀛奎律髓汇评》,上海古籍出版社,2020年,第293页。
⑤ 方回选评,李庆甲集评校点《瀛奎律髓汇评》,上海古籍出版社,2020年,第953页。

睹',奇哉句也。"①这种完全出乎意外的起句,当然给人"奇"的感觉。

方回论"奇"关注诗法,上文就对仗、用事、起句方面之"奇"做了讨论。如果对方回这类"奇"作一概括,可以说是以变常为奇,非同寻常为奇。或说此所谓奇,乃以变常手法收到非同寻常之效果。

三

通过诗中情景、物我关系的巧妙处理,或使用一些独特的句法,使诗歌去陈熟而得新奇,也是方回所赞扬和肯定的。这也是方回以"奇"评诗的一部分。

这首先是情景物我变化处置之奇。方回评陈与义《怀天经智老因以访之》"客子光阴诗卷里,杏花消息雨声中"两句云:"以'客子'对'杏花',以'雨声'对'诗卷'。一我一物,一情一景,变化至此,乃老杜'即今蓬鬓改,但愧菊花开',贾岛'身事岂能遂,兰花又已开',翻窠换臼,至简斋而益奇也。"②这里不仅是物、我相对,而且"我"已融于"物"中,所以"益奇"。陈与义《对酒》中间两联:"官里簿书无日了,楼头风雨见秋来。是非衮衮书生老,岁月匆匆燕子回。"方回评:"此诗中两联俱用变体,各以一句说情,一句说景,奇矣。坡词有云:'官事何时毕? 风雨处,无多日。'即前联意也。后联即与前诗'世事纷纷'、'春阴漠漠'一联用意亦同,是为变体。学许浑诗者能之乎? 此非深透老杜、山谷、后山三关不能也。"③此所谓"变体",指中两联情景关系的处理,一般来说,律诗中间两联,多一联景一联情。方回《瀛奎律髓·变体类》序云:"周伯弼诗体,分四实四虚、前后虚实之异。夫诗止此四体耶? 然有大手笔焉,变化不同。用一句说景,用一句说情。或先后,或不测。此一联既然矣,则彼一联如何处置? 今选于左,并取夫用字虚实轻重。外若不等,而意脉体格实佳,与凡变例之一二书

---

① 方回选评,李庆甲集评校点《瀛奎律髓汇评》,上海古籍出版社,2020 年,第 1801 页。
② 方回选评,李庆甲集评校点《瀛奎律髓汇评》,上海古籍出版社,2020 年,第 1219 页。
③ 方回选评,李庆甲集评校点《瀛奎律髓汇评》,上海古籍出版社,2020 年,第 1221 页。

之。"①又在《吴尚贤诗评》提到:"岂不曾读老杜、陈简斋诗,两句景即两句情,两句丽即两句淡。'红入桃花嫩,青归柳叶新',此一联也,'转添愁伴客,更觉老随人',即如此续下联。简斋又有一句景对一句情者,妙不可言,下联如或用故事,或他出议论,不情不景,其格无穷。"②方回推崇的极致,是非情非景,亦情亦景,浑然一体,神妙莫测。清人朱庭珍《筱园诗话》云:"律诗炼句,以情景交融为上。……情景交融者,景中有情,情中有景,打成一片,不可分拆。如工部'感时花溅泪,恨别鸟惊心';'卷帘残月影,高枕远江声';'村春雨外急,邻火夜深明';'风月自清夜,江山非故园';'露从今夜白,月是故乡明';'山鬼吹灯灭,厨人语夜阑';'落日心犹壮,秋风病欲苏';右丞'白云回望合,青霭入看无';'松风吹解带,山月照弹琴';'行到水穷处,坐看云起时';'时倚檐前树,远看原上村';'大壑随阶转,群峰入户登'……等句,皆是句中有人,情景兼到者也。"③情景兼到,物我兼备,运情入景,妙于变化,是方回所谓"奇"之一义。

物象被寄予了特殊寓意,饶有情韵,也是方回论"奇"的一个方面。评李商隐《十一月中旬至扶风见梅花》"素娥唯与月,青女不饶霜"云:"此谓梅花最宜月,不畏霜耳。添用'素娥'、'青女'四字,则谓月若私之而独怜,霜若挫之而莫屈者。亦奇。"④两句之意为:素娥(即月)唯与,青女(即霜)不饶。月与素娥,霜与青女,就字面意说是重复。但就诗的表达效果说,添加"素娥"、"青女",不仅形象更丰富,而且将梅托活,凸显其品格,寄寓了诗人在牛李党争中的遭际与持守。如此表达,方回以为"亦奇"。其他类似者,如评王安石《半山春晚即事》"春风取花去,酬我以清阴"一联:"乃出奇也。"⑤言其运用拟人的手法,以"取"、"酬"二字赋予春风灵性。评韩愈《雨中寄张博士籍侯

---

① 方回选评,李庆甲集评校点《瀛奎律髓汇评》,上海古籍出版社,2020年,第1199页。
② 方回《桐江集》卷四,清嘉庆《宛委别藏》本。
③ 朱庭珍《筱园诗话》卷四,清光绪十年(1884)刻本。
④ 方回选评,李庆甲集评校点《瀛奎律髓汇评》,上海古籍出版社,2020年,第801页。
⑤ 方回选评,李庆甲集评校点《瀛奎律髓汇评》,上海古籍出版社,2020年,第371页。

主簿喜》"雨惯曾无节,雷频自失威"云:"雷失威尤奇。"①评陆游《久雨》"巧历莫能知雨点,孤桐那解泻溪声":"奇崛。"②评陈与义《招张仲宗》云:"此'空庭乔木无时事'一句尤奇,人所不能道者,比'小斋焚香无是非'更高。"③评崔鸥《雪》"月寒桂树尤藏秀,海冻珊瑚未敢芽"云:"'海冻'一句奇甚。"④评顾非熊《题马儒乂石门山居》"鹿迹入柴户,树身穿草亭"云:"三、四奇矣。"⑤评杨万里《送族弟子西赴省》:"此'乘船入月中'一句奇。"⑥

想落天外谓之"奇",奇思逸想谓之"奇",异想天开谓之"奇",鬼斧神工谓之"奇"。方回评苏轼《有美堂暴雨》"天外黑风吹海立,浙东飞雨过江来"一联云:"老杜《朝献太清宫赋》:'九天之云下垂,四海之水皆立。'本是奇语。摘'海立'二字用之,自东坡始。此联壮哉!"⑦这两句运用奇特的想象与夸张的手法,写狂风猛烈,暴雨急骤,将暴风雨来临时的触目惊心描写得淋漓尽致,方回以这种意境为"奇"。评苏轼《汲江煎茶》"大瓢贮月归春瓮,小杓分江入夜瓶"一联:"三、四尤奇。"⑧明月倒映在江面,用瓢舀水,仿佛在舀明月,倒入瓮中;再用小勺分取江水,装入瓶中。杨万里《诚斋诗话》云:"'大瓢贮月归春瓮,小杓分江入夜瓶。'其状水之清美极矣。"⑨评王维《韦给事山居》云:"'群山入户登'一句尤奇,比之王介甫'两山排闼送青来',尤简而有味。"⑩居所在山间高处,登阶入户,入户回看群山,似乎身在群山之顶。王安石"两山排闼送青来"是在户中看山,远山青翠,感觉就在室内,似乎两山将青翠送入门户。王维此诗则更进一步,似乎群山已在

① 方回选评,李庆甲集评校点《瀛奎律髓汇评》,上海古籍出版社,2020年,第700页。
② 方回选评,李庆甲集评校点《瀛奎律髓汇评》,上海古籍出版社,2020年,第751页。
③④ 方回选评,李庆甲集评校点《瀛奎律髓汇评》,上海古籍出版社,2020年,第945页。
⑤ 方回选评,李庆甲集评校点《瀛奎律髓汇评》,上海古籍出版社,2020年,第1011页。
⑥ 方回选评,李庆甲集评校点《瀛奎律髓汇评》,上海古籍出版社,2020年,第1162页。
⑦ 方回选评,李庆甲集评校点《瀛奎律髓汇评》,上海古籍出版社,2020年,第736页。
⑧ 方回选评,李庆甲集评校点《瀛奎律髓汇评》,上海古籍出版社,2020年,第767页。
⑨ 杨万里《诚斋诗话》,丁福保辑《历代诗话续编》,中华书局,1983年,第140页。
⑩ 方回选评,李庆甲集评校点《瀛奎律髓汇评》,上海古籍出版社,2020年,第990页。

门户之中，人在门户之内，却如身登群山之顶。故"尤奇"。评《酬王君玉中秋席上待月值雨》"绿醑自有寒中力，红粉尤宜烛下看"两句云："圣俞和云'自有婵娟侍宾榻'，谓人足以代月也。永叔答王君玉云'红粉尤宜烛下看'，谓烛下见美人胜于月下，固一时滑稽之言，然亦近人情而奇。上一句亦佳。"①中秋之夜，诗人与友人在一起，本是想赏月的，无奈天公不作美，下起雨来，但大家的兴致并没有减弱，点起银烛，看烛下的美人比月下还美。这一联中，有红粉歌女、绿醑佳酿、管弦之乐相伴，无月亦可尽欢，氛围愉快，叙述中融入人情，方回以之为"奇"。又评韩愈《和张水部敕赐樱桃诗（宣政殿赐百官）》"香随翠笼擎初重，色映银盘写未停"一联云："诗话常评此诗，谓虽工不及老杜气魄。然'色映银盘'之句亦佳。陈后山《答魏衍送朱樱》有云：'倾篮的皪沾朝露，出袖荧煌得宝珠。会荐瑛盘惊一座，荒肠藜口未良图。'末句赤瑛盘事，乃魏明帝以此盘赐群臣樱桃，群臣月下视之，疑为空盘也。以此事味昌黎'色映银盘'语，岂不益奇？"②评陈师道《宿柴城》"枕底波涛篷上雨"云："第七句尤奇。愚按范石湖尾句有云：'滩声悲壮夜蝉咽，并入小窗供不眠。'与后山此诗尾句拍调意味俱相似。"③还有一类诗歌，方回认为是景奇因而诗奇，是天造地设之奇。如评张祜《题虎丘东寺》"石壁地中开"云："此诗非亲到虎丘寺，不知第四句之工。高堂之后，俯视石涧，两壁相去数尺，而深乃数十丈，其长蜿蜒曼衍而坼裂到底，泉滴滴然，真是奇观。故其诗曰'石壁地中开'，非虚也，故选此诗以广见闻。'登楼海气来'，此一句亦佳。他如'地僻泉长冷，亭香草不凡'，《题道光上人院》，亦佳。至如'上坡松径涩，深坐石池清'之类，则非人可到矣。"④方回认为虎丘寺自然奇观是鬼斧神工之"奇"。评许棠《题金山寺》"刹（一作塔）碍长空鸟，船

---

① 方回选评，李庆甲集评校点《瀛奎律髓汇评》，上海古籍出版社，2020 年，第 982 页。

② 方回选评，李庆甲集评校点《瀛奎律髓汇评》，上海古籍出版社，2020 年，第 1251—1252 页。

③ 方回选评，李庆甲集评校点《瀛奎律髓汇评》，上海古籍出版社，2020 年，第 1383 页。

④ 方回选评，李庆甲集评校点《瀛奎律髓汇评》，上海古籍出版社，2020 年，第 1776 页。

通外国人"一联云:"五六亦奇绝。"①塔顶阻碍鸟飞行,船只可以通往外邦,气象开阔,方回以为"奇绝"。

方回论诗还有"奇变"之说,如评僧无可《秋寄贾岛》"听雨寒更尽,开门落叶深"一联云:"听雨彻夜,既而开门,乃是落叶如雨,此体极少而绝佳。'微阳下乔木,远烧入秋山',亦然。陈后山'辉辉垂重露,点点缀流萤',谓柏枝垂露若缀萤。然一句指事,一句设譬,诗中之奇变者也。"②诗人在房间内听得秋雨潇潇,天亮开门一看,并不是下雨了,而是看到了满庭的落叶。宋魏庆之在《诗人玉屑》中说:"唐僧多佳句,其琢句法比物以意,而不指言一物,谓之象外句,如无可上人诗曰'听雨寒更尽,开门落叶深',是落叶比雨声也。"③所谓"奇变",那是因变致起,"听"来是"雨",及见却是"落叶",外物未变,变的是诗人主观之意。写出这一特别感觉,奇。又对陈师道《老柏》尾联"辉辉垂重露,点点缀流萤"有类似的评价:"尾句谓柏叶之上,'辉辉垂重露',遥见之者如'点点缀流萤'也。试尝于月下看树木,皆然。老杜云:'月明垂叶露。'此句暗合。唐人诗'听雨寒更尽,开门落叶深'、'微阳下乔木,远烧入秋山',与此同例。是为变体。"④以今人的眼光看,这些属于利用错觉营造出意外之效,运用感觉与实情之间的错位及开门见落叶后刹那间的心理感受,形成诗之奇趣。

方回论诗注重变体,提倡非同寻常、独具特色的律法、对法、用事、情景关系等,对于这些也多用"奇"来评点,这些评点承载着方回的诗学主张与诗学理想,其意在矫枉宋末晚唐诗风之卑弱。"奇"为诗美之一端,但过于求奇则是诗之病,宋诗实有此病,元人吴澄说:"黄太史必于奇,苏学士必于新,荆国丞相必于工,此宋诗之所以不能

---

①　方回选评,李庆甲集评校点《瀛奎律髓汇评》,上海古籍出版社,2020年,第1777页。

②　方回选评,李庆甲集评校点《瀛奎律髓汇评》,上海古籍出版社,2020年,第466页。

③　魏庆之著,王仲闻点校《诗人玉屑》,中华书局,2007年,第58页。

④　方回选评,李庆甲集评校点《瀛奎律髓汇评》,上海古籍出版社,2020年,第1208页。

及唐也。"(《王实翁诗序》)①方回也反对一味求奇,如其评曹松《山中言事》"冰封汲井绳"云:"第六句太奇,与'苔惹取泉瓶'同。"②在《孔端卿东征集序》中说:"世之奇士必好奇,搜奇景,抉奇事,务为奇诗文以耀世。奇则奇矣,而不知其尝滨于死而不悔也。司马公观名山大川,辄有流滞之叹。谢太傅咏浩浩洪流,终为安归之言。昌黎登华山不能下,而至于恸。东坡渡徐闻兹游奇绝冠平生,皆是也。"③"务为奇",不管是做人还是作诗,都是有害的,不宜提倡。对这一点,方回还是有明确认识的。

(南开大学文学院)

---

　　① 吴澄《吴文正公集》卷十一《王实翁诗序》,《元人文集珍本丛刊》第 3 册,台北新文丰出版公司,1985 年,第 221 页。

　　② 方回选评,李庆甲集评校点《瀛奎律髓汇评》,上海古籍出版社,2020 年,第 1019 页。

　　③ 方回《桐江续集》卷三十二,清文渊阁《四库全书》本。

宋代诗学话语"中的"与
"走盘"义理发覆

李 刚

内容摘要："中的"与"走盘"是宋代诗学中两个高频术语。"中的"指摹写恰切、用事精妙、对仗工巧的艺术手法;"走盘"指字法、句法、章法、风格等自然畅达、不留影迹、浑然天成的圆熟特质。两者是对立统一的辩证关系,具体表现在诗学范畴、诗艺境界、艺术构思、修辞原理诸层面。"中的"与"走盘"两个术语的运用,在一定程度上反映了宋诗学两种不同面向,以及宋人独特的文化心理与诗美理想。

关键词:中的;走盘;诗学

An Analysis of "Zhongdi" and "Zoupan" in Poetic Discourse of Song Dynasty

Li Gang

Abstract: "Zhongdi" and "Zoupan" are two terms that appear frequently in the poetics of the Song Dynasty. "Zhongdi" mainly refers to the appropriateness of describing, the subtlety of using allusions and the dexterity of antithesis. "Zoupan" mainly refers to the natural and mature characteristics such as word method, syntax, composition and style. These two aspects are both interdependent and opposed to each other; show the relationship between dialectical unity, specifically manifested in poetic concepts, artistic realm of poetry, and rhetorical principles. The use of the two terms "Zhongdi" and "Zoupan" reflects the Song Dynasty people's unique cultural psychology and poetic aesthetic ideal to a certain extent.

Keywords："Zhongdi"；"Zoupan"；poetics

黄庭坚称赞杜诗、韩文"无一字无来处",古人为文章"如灵丹一粒,点铁成金"①,不仅表明宋人对文学艺术创新精神的倡导,而且体现其对文学语言精巧性的推崇。事实上,在精巧之外,宋人亦崇尚浑成,如叶梦得评杜甫《水槛遣心》云"其精微如此","读之浑然"②。朱熹评杨亿诗歌云:"本朝杨大年虽巧,但巧之中犹有混成底意思。"③可见,精巧与浑成是一体两面的东西,通过精妙技艺所达到的浑成效果,是诗歌的最高境界。"中的"与"走盘"④两个术语,恰好反映了宋代诗学精巧与浑成辩证统一的两种面向,彰显宋人多元的诗美理想。本文选取宋代诗学话语"中的"与"走盘"的典型用例,对其义理诸层面详加探析。

一、"中的":崇尚工巧的诗歌理念

早在南北朝时期,刘勰就将"中的"一词用于文学批评。《文心雕

---

① 黄庭坚《答洪驹父书》,刘琳、李勇先、王蓉贵点校《黄庭坚全集》第2册正集卷十八,中华书局,2021年,第425页。

② 叶梦得《石林诗话·卷下》,何文焕辑《历代诗话》(上),中华书局,2004年,第431页。

③ 朱熹撰,黎靖德编,王星贤点校《朱子语类》卷第一百四十"论文下",中华书局,1986年,第3334页。

④ 宋人常以"走盘珠"、"珠走盘"、"盘走珠"、"如珠走盘"、"如盘走珠"、"珠之走盘"、"走盘之珠"等比喻诗文艺术的浑成,是为"盘珠"之喻。为论述方便,本文统称"走盘"。

龙·议对》云:"对策者,应诏而陈政也;射策者,探事而献说也。言中理准,譬射侯中的。"①意思是说,对策与射策都根据提问献上自己的政见,理应像射箭时打中靶心一样,做到言语贴切、道理正确。到了宋代,"中的"被广泛应用于诗学、文章学领域,不仅有"吟哦杜陵诗,妙语皆中的"②、"王禹偁诗多纪实中的"③这类对诗歌艺术的整体性评价,还有从摹写、用事、对仗等层面的具体化讨论。

(一)摹写"中的"

宋人言诗句摹写"中的",主要表示其所描绘景色的准确性与独特性。陈景沂《全芳备祖·花部》在谈到玉蕊花名称来源及特征时指出:"刘梦得'雪蕊琼丝'之句,最为中的。"④"'雪蕊琼丝'之句",即指刘禹锡《和严给事闻唐昌观玉蕊花下游仙二绝》"雪蕊琼丝满院春,衣轻步步不生尘"⑤,"中的"言其恰到好处地描绘了玉蕊花特征。范正敏在论及唐人《题西山寺》时称"终古碍新月,半江无夕阳"两句之所以"冠绝古今",是因为其"尽得西山之景趣"。后来关于西山寺的留题虽多,却鲜有佳句,仅"寺影中流见,钟声两岸闻"与"天多剩得月,地少不生尘"广为传诵。即便如此,仍未达到最工地步,因为其还可用于描写金山寺以外的山寺,而唯独王荆公"'天末海门横北固,烟中沙岸似西兴'尤为中的"⑥,意思是说,王安石的诗句精切描摹了金山寺景最独特之处,是无可替代的。

---

① 刘勰著,范文澜注《文心雕龙注》卷五《议对》,人民文学出版社,1958 年,第439 页。

② 李纲著,王瑞明点校《李纲全集》卷二十八《闻建寇逼境携家将由乐沙县以如剑浦》,岳麓书社,2004 年,第 370 页。

③ 江少虞《宋朝事类苑》卷三十四,《景印文渊阁四库全书》第 874 册,台湾商务印书馆,1986 年,第 287 页。

④ 陈景沂编,程杰、王三毛点校《全芳备祖》前集卷六"花部·玉蕊花"引周必大语,浙江古籍出版社,2018 年,第 162 页。

⑤ 刘禹锡撰,卞孝萱校订《刘禹锡集》卷三十一《和严给事闻唐昌观玉蕊花下游仙二绝》,中华书局,1990 年,第 432 页。

⑥ 胡仔撰,廖德明校点《苕溪渔隐丛话》前集卷三十四"半山老人(二)",人民文学出版社,1962 年,第 232 页。

这在一定程度上体现了唐宋诗学观念的不同，即唐人有时不太注重诗句与所写对象之间的特定关联，某些诗句只有普遍性，却无此时此地、此情此景的独特性。如李益《闻笛》诗云："回乐峰前沙似雪，受降城外月如霜。"①"雪"与"霜"不仅可形容回乐峰前的"沙"与"月"，其他地方亦可使用。而宋人却极力追求诗、景契合无间之"中的"。如黄庭坚《次韵崔伯易席上所赋因以赠行二首》其二云："西湖十顷月，自比汉封君。"任渊注："欧阳自杨迁颖，有诗曰：'都将二十四桥月，换得西湖十顷秋。'"②"十顷"用欧阳修典故，因此以"十顷月"称西湖月，突出了景物与所描写对象关系的唯一性，可谓"中的"。这就是唐诗重"风神情韵"与宋诗重"思理筋骨"的生动表现，也是此术语在宋代诗学反复出现的重要原因。

以上诸例，多着眼于诗歌语言与摹写对象情状特征的高度契合。事实上，不光描绘景物的诗句应如此，任何诗句都该注重语言跟指涉对象的完全吻合与不可替代。胡仔在谈到音乐诗歌时说："古今听琴阮琵琶筝瑟诸诗，皆欲写其音声节奏，类以景物故实状之，大率一律，初无中的句互可移用，是岂真知音者。"③此处"互可移用"便是"无中的句"之典型特征；反过来看，不可移用，即为"中的句"之重要品质。

（二）用事"中的"

用事也叫事类、使事、用典，是中国古代诗歌理论无法回避的重要话题。古人很早就注意到用事，如挚虞《文章流别论》："古诗之赋，以情义为主，以事类为佐。"④指出用事在表达情义方面的辅助功能。

---

① 李益《闻笛》，李昉辑《文苑英华》卷二百十二，《景印文渊阁四库全书》第1334册，台湾商务印书馆，1986年，第872页。

② 黄庭坚撰，任渊注《山谷内集诗注》，刘尚荣校点《黄庭坚诗集注》第1册，中华书局，2003年，第310页。

③ 胡仔撰，廖德明校点《苕溪渔隐丛话》前集卷十六"韩吏部（上）"，人民文学出版社，1962年，第103页。

④ 挚虞《文章流别论》，郭绍虞主编《中国历代文论选》第1册，上海古籍出版社，2001年，第191页。

刘勰《文心雕龙·事类》："事类者,盖文章之外,据事以类义,援古以证今者也。"①说明用事在引用事例证明文义、援用古事证明今义方面的重要作用。但古人在用事方面存在诸多弊端。如魏晋时期典故与情义分离、写景与抒情、咏物与言志分离,初唐人滥用古人姓名的现象被时人称为"点鬼簿",中盛唐诗人多少也有堆砌典故之嫌。宋人在批驳和规避的基础上,建立了自己独特的用事规范,即用事"中的",主要表现在以下方面。

首先,典故与所咏对象身份贴合。苏轼《祭徐君猷文》云:"平生彷佛,尚陈中圣之觞;厚夜渺茫,徒挂初心之剑。"费衮说其"全用徐氏事"。② 胡仔认为:"因其姓而用事,尤为中的。"③这里"中圣"典出《三国志·徐邈传》:"魏国初建,为尚书郎。时科禁酒,而邈私饮至于沉醉。校事赵达问以曹事,邈曰:'中圣人。'达白之太祖,太祖甚怒。度辽将军鲜于辅进曰:'平日醉客谓酒清者为圣人,浊者为贤人,邈性修慎,偶醉言耳。'"④"初心之剑"典出《史记·吴太伯世家》:"季札之初使,北过徐君。徐君好季札剑,口弗敢言。季札心知之,为使上国,未献。还至徐,徐君已死,于是乃解其宝剑,系之徐君冢树而去。"⑤徐邈、徐君都是耿介忠厚之人。苏轼运用历史上两个徐姓人故事,表达对徐君猷的笃厚感情。这种"因其姓而用事",通过借用与书写对象同姓的古人事迹赞美对方⑥,其可贵之处不仅在于所咏对象姓氏与古人相同,而且在于其品行与古人相似。

---

①　刘勰著,范文澜注《文心雕龙注》卷八《事类》,人民文学出版社,1958 年,第614 页。

②　费衮撰,金圆校点《梁溪漫志》卷四"东坡用事对偶精切",上海古籍出版社,1985年,第 43 页。

③　胡仔撰,廖德明校点《苕溪渔隐丛话》后集卷三十"东坡(五)",人民文学出版社,1962 年,第 227、228 页。

④　陈寿撰,裴松之注《三国志》卷二十七《徐邈传》,中华书局,1971 年,第 739 页。

⑤　司马迁撰,裴骃集解,司马贞索引,张守节正义《史记》卷三十一《吴太伯世家》,中华书局,2013 年,第 1763 页。

⑥　周裕锴《诗可以群:略谈元祐体诗歌的交际性》,《社会科学研究》2001 年第 5 期。

苏轼切姓用典，后人多有论及。邓廷桢《双砚斋笔记》云："东坡诗喜切人姓，皆信手征引，不露粘合之迹。"[1]实际上，其切姓用典之"中的"，更多地表现在赠答诗中。吴聿《观林诗话》云："赠答诗多用同姓事。"[2]并举东坡赠郑户曹、赠蔡子革诗，涪翁和东坡诗，陈无己赠何中郎诗，徐师川赠张仁诗，王安石赠刘发诗等数例为证。赵翼《瓯北诗话》云："宋人诗，与人赠答，多有切其人之姓，驱使典故，为本地风光者。如东坡与徐君猷、孟亨之同饮，则以徐、孟二家故事，裁对成联……最有生趣。"亦指出东坡不露痕迹的切姓艺术对秦观、黄庭坚等人的影响："自是，秦少游赠坡诗：'节旄零落甑餐雪（苏武），辨舌纵横印佩金（苏秦）。'山谷赠坡诗：'人间化鹤三千岁（苏耽），海上看羊十九年（苏武）。'皆以切合为能事。"[3]可见东坡之外的宋人亦普遍使用切姓用事的创作手法，尤其在对人际关系进行诗意表达的唱酬赠答诗中，更加注重典故与酬赠对象身份、地位、情感、事迹、场合等的一致性与得体性。

这也是赠答诗之外其他类型诗歌的必备品质。严有翼《艺苑雌黄》："杜陵《谒玄元庙》其一联云：'五圣联龙衮，千官列雁行。'盖纪吴道子庙中所画者。徽宗尝制哲庙挽诗，用此意作一联云：'北极联龙衮，西风拆雁行。'亦以'雁行'对'龙衮'，然语意中的。"[4]杜诗"五圣"指吴道子画中的高祖、太宗、高宗、中宗、睿宗，"龙衮"指天子穿的礼服，"雁行"指官员们像雁阵一样双行排列的场面。宋徽宗在其所作哲宗挽词中化用杜诗表达新的含义，"联龙衮"指宋哲宗、宋徽宗先后登上皇位，"雁行"表明哲宗与徽宗的兄弟关系，"拆雁行"是说兄弟当中有一人去世。宋徽宗此联之所以能达到语意"中的"之效果，是因为其所用故实符合挽词要求，既贴合人物身份及相互关系，也说明兄

---

① 邓廷桢《双砚斋笔记》卷六，中华书局，1987年，第393页。
② 吴聿《观林诗话》，丁福保辑《历代诗话续编》（上），中华书局，1983年，第129页。
③ 赵翼撰《瓯北诗话》卷十二，人民文学出版社，1981年，第176页。
④ 胡仔纂集，廖德明校点《苕溪渔隐丛话后集》卷十九"本朝"，人民文学出版社，1962年，第133页。

弟间的深情厚谊。化用前人之语,能自出新意、比原诗更加亲切,真可谓"夺胎换骨"。

其次,典故感情色彩与作者想要表达的情感相吻合。上文所述东坡切姓用典、宋人酬唱赠答、徽宗为哲宗所作挽词诸例亦可作为这方面的典范。但也有运用典故感情色彩失当者。祖士衡《西斋话纪》云:"古人作诗,引用故实,或不原其美恶,但以一时中的而已。如李端于郭暧席上赋诗,其警句云:'新开金埒教调马,旧赐铜山许铸钱。'乃比邓通耳。既非令人,又非美事,何足算哉!"①所举为唐人李端《赠郭驸马诗》中两句,典出《汉书·邓通传》。邓通本无长技,全靠谄媚发家致富,是个反面形象,此典只适用于贬抑语境。而李端却借以赞扬郭暧,由于"不原其美恶",故只能"一时中的"。"一时中的"也就是暂时"中的"、表面"中的",实质上将褒贬色彩完全弄反。此例从反面说明诗人用事应注重对典故情感色彩的深入考察与精准把握。

再次,用今典须与实际情形及诗歌意境一致。周密《齐东野语》载:"嘉熙己亥四月,诞皇子,告庙祀文,学士李、刘功府当笔,内用四柱作一联云:'亥年巳月,无长蛇封豕之虞;午日丑时,有归马放牧之喜。'盖时方有蜀扰,其用事可谓中的。"②"长蛇封豕"喻指贪婪暴虐的骚乱者;"归马放牛"喻指战争平息。此联是说战后百姓生活祥和安宁,其所言时事与皇子诞生的喜乐氛围切合。有趣的是,用十二地支与十二生肖的对应关系,将时间与事件巧妙融汇。古人将两者组合用于纪年,并称为子鼠、丑牛、寅虎、卯兔、辰龙、巳蛇、午马、未羊、申猴、酉鸡、戌狗、亥猪。"亥年巳月"与"长蛇封豕"中,"亥"对应"豕","豕"即"猪",形成"亥猪","巳"对应"蛇",形成"巳蛇";"午日丑时"与"归马放牛"中,"午"对应"马",形成"午马";"丑"对应"牛",形成"丑牛"。显示了用事手法的精妙。

---

① 祖士衡《西斋话纪》,魏庆之著,王仲闻点校《诗人玉屑》卷七"率尔用事",中华书局,2007年,第221页。

② 周密撰,张茂鹏点校《齐东野语》卷四"用事切当",中华书局,1983年,第68页。

(三) 对仗"中的"

宋人往往将精妙的对偶称为"的对"。邵伯温《闻见前录》云:"康节先生赴河南尹李君锡会投壶。君锡末箭中耳,君锡曰:'偶尔中耳!'康节应声曰:'几乎败壶!'坐客以为的对,可谓善谑矣。"[①]"几乎"对"偶尔","败壶"对"中耳",暗藏谐音玄机。"壶"谐"乎","耳"谐"尔",于宴饮投壶游戏之中,形成极工整的谐音对仗。邵博《闻见后录》云:"王荆公初执政,对客怅然曰:'投老欲依僧耳。'客曰:'急则抱佛脚。'公微笑曰:'投老欲依僧,古人全句。'客曰:'急则抱佛脚,亦全俗语也。'然上去投,下去脚,岂不为的对邪?公遂大笑。"[②]"投老欲依僧"和"急则抱佛脚",本非对仗,去掉"投"和"脚",成为"老欲依僧"和"急则抱佛",便是"的对"。以上"中耳"对"败壶","耳"、"尔"与"壶"、"乎"既是谐音对,又是虚词对;"依僧"对"抱佛","僧"与"佛",既为名词对,又为释氏对,均形成意蕴丰富的双重对偶。

此外,宋代诗学术语"中的"与"切"含义大致相同。"切"是宋人对用事的基本要求,指"所用故事要和诗歌所表达的情感及其具体描写内容相贴合","并通过诗人恰到好处的运用"。[③] 但"切"也可作为人们对诗歌其他诸层面的规约。有学者在论及清人用"切"时指出:"他们关注的重点是诗歌内容及艺术表现是否与特定的时间、地点及具体的人物、事件相吻合,是否与诗人所处的情境相吻合。"[④]"切"与"中的"诗学本质相通。

"中的"表示诗歌摹写、抒情、用事、对仗等方面的精妙与恰切。但实际上,中国古典诗歌的摹写、抒情、用事、对仗等四个方面往往融为一体,景物的描绘、情感的抒发,都需综合对仗、用事等表现手法。

---

① 邵伯温《邵氏闻见录》卷十八,中华书局,1983 年,第 203 页。

② 邵博撰,刘德权、李剑雄点校《邵氏闻见后录》卷十九,中华书局,2017 年,第 172 页。

③ 马强才《中国古代诗歌用事观念研究》,中国社会科学出版社,2014 年,第 91 页。

④ 周剑之《"切"的诗学:日常镜像与诗歌事境》,《苏州大学学报(社会科学版)》2018 年第 1 期。

而用事又处于核心地位:"杜少陵云:'作诗用事,要如禅家语"水中着盐,饮水乃知盐味"。此说,诗家秘密藏也。'"①方回在《瀛奎律髓》中亦指出:"但为善用事,亦诗法当尔。"②将用事恰当与否,看作诗法当与不当的标准。诚然,"用事是古典诗文创作最主要的语言艺术技巧,是诗法的核心"③。精湛的用事可取得"水中盐味,色里胶清。决定是有,不见其形"④及"词理意兴,无迹可求"⑤的艺术效果。

二、"盘珠"之喻的审美旨趣

如果说"中的"侧重艺术手法的精确,那么"走盘"则强调审美风格的浑成。"盘珠"之喻不仅意指语言流畅圆转、无雕琢痕迹,而且形容诗文艺术在用字、句法、章法、文势等方面的规则和变化、纯熟和圆活,与吕本中"活法说"有相通之处。其逻辑理路既源于盘珠的形状特征,也源于佛、禅思想理念。

杜牧论兵法云:"犹盘中走丸,丸之走盘,横斜圆直,计于临时,不可尽知。其必可知者,是知丸不能出于盘也。"⑥指出兵法奇与正、权与变的关系,表达两层含义:一是变化莫测,二是不出于盘。宋人对此说进行了创造性发挥,在"变化莫测"和"不出于盘"之外引申出"不留影迹"义,表示语言不黏着。惠洪《题让和尚传》云:"大哉言乎! 如走盘之珠,不留影迹也。"又《思古堂记》云:"孔子之言,譬则如珠走

---

① 魏庆之著,王仲闻点校《诗人玉屑》卷七"用事",中华书局,2007年,第204页。
② 方回选评,李庆甲集评校点《瀛奎律髓汇评》卷十六"节序类",上海古籍出版社,2020年,第658页。
③ 陈永正《诗注要义·用事章第六》,上海古籍出版社,2018年,第169页。
④ 释道原《景德传灯录》卷三十《傅大士心王铭》,中州古籍出版社,2019年,第889页。
⑤ 严羽《沧浪诗话·诗评》,何文焕辑《历代诗话》(下),中华书局,2004年,第696页。
⑥ 杜牧撰,陈允吉点校《樊川文集》卷十《注孙子序》,上海古籍出版社,1978年,第152页。

盘;孟轲之言,譬则如珠着毡。夫珠非有二者,走盘则影迹不留。"①潘兴嗣解释道:"孟子告齐王之言,犹孔子对定公之意也,而其言有迹,不若孔子之浑然也。盖圣贤之别如此。"②以对比方式突出孔子的语言特点。

而在诗学、文章学领域,宋人更广泛地以"珠走盘"来形容字法、句法、章法自然流畅、无斧凿痕迹。诗歌方面,惠洪《次韵君武中秋月下》:"千字一挥才瞬息,流珠走盘纷的皪。"③郭印《再用前韵以谢诸公见答之什》:"岂如新诗章,字字珠走盘。"④周必大《王参政文集序》:"与客赓和至六七篇,下语如珠之走盘。"⑤认为文人们作诗不仅安排"一字有神"⑥,而且字字传神。又林季仲《秋热次高仲贻韵》:"句圆珠走盘,意定弦在筈。"⑦张孝祥《与邵阳李守二子用东坡韵》:"清越石在悬,圆熟珠走盘。"⑧曾几《赠空上人》:"今晨出数篇,秀色若可餐。清妍梅着雪,圆美珠走盘。"⑨以"珠走盘"比喻"句圆"、"圆熟"、"圆美"等诗歌风格。文章方面,魏天应《论学绳尺》云:"论体有七,一、圆

---

① 释惠洪著,周裕锴校注《石门文字禅校注》卷二十二《思古堂记》,上海古籍出版社,2021年,第3448页。

② 朱熹《四书章句集注》卷八《孟子集注·离娄章句下》,中华书局,2012年,第295页。

③ 释惠洪著,周裕锴校注《石门文字禅校注》卷二《次韵君武中秋月下》,上海古籍出版社,2021年,第333页。

④ 郭印《云溪集》卷二《再用前韵以谢诸公见荅之什》,《景印文渊阁四库全书》第1134册,台湾商务印书馆,1986年,第16页。

⑤ 周必大《文忠集》卷五十三《王参政文集序》,《景印文渊阁四库全书》第1147册,台湾商务印书馆,1986年,第564页。

⑥ 黄庭坚著,任渊注《山谷内集诗注》卷十六《荆南签判向和卿用予六言见惠次韵奉酬四首》其三,刘尚荣校点《黄庭坚诗集注》第2册,中华书局,2003年,第578页。

⑦ 林季仲《竹轩杂著》卷一《秋热次高仲贻韵》,《景印文渊阁四库全书》第1140册,台湾商务印书馆,1986年,第309页。

⑧ 张孝祥《于湖集》卷四《与邵阳李守二子用东坡韵》,《景印文渊阁四库全书》第1140册,台湾商务印书馆,1986年,第558页。

⑨ 曾几《茶山集》卷一《赠空上人》,《景印文渊阁四库全书》第1136册,台湾商务印书馆,1986年,第479页。

转……五、结上生下，其势如贯珠。"①又云："是非缓于治国也。"林子长注："就缓字斡一转，大有力，如珠走盘。"②敩斋《古文标准》评柳宗元《送薛存义序》云："此篇文势转圆，如珠走盘中，略无凝滞。"③又评韩愈《获麟解》云："句法圆转如走盘之珠。"④林子长批《王者之论如何》云："立意高，行文老。步步照应，如珠走盘，深得论体。"⑤"走盘珠"分别喻文章用字、句法、章法、文势顺畅圆转。

以上诸例"盘珠"之喻表示圆融的语言特点和诗文艺术，跟珠玉"圆"的形状特征有关，也是因其受到佛教观念的启迪与影响。

首先，"圆"是中国古代非常重要的文学批评术语。刘勰《文心雕龙》中就有很多，如"思转自圆"、"义贵圆通"、"理圆事密"、"首尾圆合"、"辞贯圆通"、"触物圆览"⑥等。白居易《江楼夜吟元九律诗成三十韵》："冰扣声声冷，珠排字字圆。"有学者认为这些"大抵指称从创作思维到植骨铺辞等各个方面的完满圆密"⑦，约与刘勰同时期的谢朓亦有"好诗流转圆美如弹丸"⑧之说，被后人反复称引。如苏轼"和我弹丸诗，百发亦百反"⑨，"新诗如弹丸，脱手不移晷"⑩，"新诗如弹

① 魏天应编，林子长注《论学绳尺·论诀》，《景印文渊阁四库全书》第 1358 册，台湾商务印书馆，1986 年，第 75 页。

② 魏天应编，林子长注《论学绳尺》卷一《帝王治安之本》，《景印文渊阁四库全书》第 1358 册，台湾商务印书馆，1986 年，第 121 页。

③ 王霆震辑《古文集成前集》卷一《送薛存义序》，《景印文渊阁四库全书》第 1359 册，台湾商务印书馆，1986 年，第 5 页。

④ 王霆震辑《古文集成前集》卷六十五《获麟解》，《景印文渊阁四库全书》第 1359 册，台湾商务印书馆，1986 年，第 455 页。

⑤ 魏天应编，林子长注《论学绳尺》卷八《王者之论如何》，《景印文渊阁四库全书》第 1358 册，台湾商务印书馆，1986 年，第 451 页。

⑥ 分别见于《文心雕龙》之《体性》、《论说》、《丽辞》、《熔裁》、《封禅》、《比兴》等篇。

⑦ 汪涌豪《中国文学批评范畴及体系》，复旦大学出版社，2017 年，第 211 页。

⑧ 《南史》卷二十二《王昙首传》附《王筠传》，中华书局，1975 年，第 609 页。

⑨ 苏轼著，孔凡礼点校《苏轼诗集》卷四十五《再用数珠韵赠湜老》，中华书局，1982 年，第 2434 页。

⑩ 苏轼著，孔凡礼点校《苏轼诗集》卷二十六《次韵王定国谢韩子华过饮》，中华书局，1982 年，第 1400 页。

丸,脱手不暂停"①,"中有清圆句,铜丸飞枯弹"②。可见其对圆美风格的青睐。又如陈善:"文中有诗,则句语精确;诗中有文,则词调流畅。谢元晖曰:'好诗圆美流转如弹丸。'此所谓诗中有文也。……观子美到夔州以后诗,简易纯熟、无斧凿痕。信是,如弹丸矣!"③是对弹丸之说很好的注脚。

"弹丸"即弹弓发射所用的实心球体,也作"弹珠",它和"盘珠"一样,在形态上具有圆美特征,但从动态角度来讲,有所不同。发射出去的弹丸不会像盘珠那样受到盘中狭小天地的限制;弹丸有一定方向和轨迹,而盘珠则纵横驰骋不可捉摸;弹丸侧重圆美流转的纯熟,盘珠侧重不留影迹的通畅;盘珠虽囿于盘子边界的限制,但在特定范围内始终变幻莫测,弹丸则容易流于单调、轻滑和平易。故宋人对"好诗圆美流转如弹丸"之说有截然不同的两种看法。罗大经说欧阳修作四六"一洗昆体,圆活有理致"④,吕本中说"只熟便是精妙处"⑤,姜夔认为"说理要简切,说事要圆活"⑥,严羽的"造语贵圆"⑦等均为肯定态度。而陆游之"区区圆美非绝伦,弹丸之评方误人"⑧,刘克庄之"近时学者往往误认弹丸之喻,而趋于易"⑨,王直方之"圆熟多失之

---

① 苏轼著,孔凡礼点校《苏轼诗集》卷十八《次韵答参寥》,中华书局,1982年,第949页。

② 苏轼著,孔凡礼点校《苏轼诗集》卷三十四《新渡寺席上次赵景贶陈履常韵送欧阳叔弼比来诸君唱和叔弼但手旁睨而已临别忽出一篇有渊明风制坐皆惊叹》,中华书局,1982年,第1824页。

③ 陈善著,孙钒婧、孙友新校注,陈叔侗点评《扪虱新话》上集卷一《韩以文为诗杜以诗为文》,福建人民出版社,第10页。

④ 罗大经《鹤林玉露》丙编卷二《文章有体》,中华书局,1983年,第265页。

⑤ 吕本中《紫薇诗话》,韩酉山辑校《吕本中全集》第4册,中华书局,2019年,第1795页。

⑥ 姜夔《白石道人诗说》,何文焕辑《历代诗话》(下),中华书局,2004年,第680页。

⑦ 严羽《沧浪诗话·诗法》,何文焕辑《历代诗话》(下),中华书局,2004年,第694页。

⑧ 陆游著,钱仲联校注《剑南诗稿校注》卷十六《答郑虞任检法见赠》,上海古籍出版社,1985年,第1245页。

⑨ 刘克庄《江西诗派小序·吕紫薇》,丁福保辑《历代诗话续编》(上),中华书局,1983年,第485页。

平易"①等均为否定态度。此外,吕本中虽称谢朓所言乃"真活法也",但似乎是一种误解。他的"规矩具备,而能出于规矩之外;变化不测,而亦不背于规矩"②,与杜牧"变化莫测"、"不出于盘"的兵法思想极其类似。因此,某种程度上,"活法说"更符合"盘珠"之喻的特质。

其次,刘勰曾有在寺院生活的经历,其"圆"的思想或许来自佛教,但并未形成完备理论体系,亦非当时批评思潮主流。而宋诗学"盘珠"之喻的盛行不仅关乎宋代文学成熟期追求外枯中膏、似癯实腴和绚烂至极归于平淡的"老境美"风尚③,而且受到佛教、禅宗思想的深刻影响。圆转、圆融、圆熟、圆美、圆活等"圆"的观念来自《楞严经》:"一切众生,从无始来,迷己为物,失于本心,为物所转,故于是中,观大观小。若能转物,则同如来,身心圆明,不动道场。"④"转物"强调心与物的关系。"为物所转","观大观小"说明众生在迷之时,心随物转、触处成障,只能见大见小;在悟之后,则物随己转,身心就是法界,能达到周遍法界、圆融无碍的状态。本质上,"盘珠"之喻体现的不仅是诗文艺术外在效果的"圆熟",更是创作主体内在本心的"圆明",因为只有具备主体心理的"圆明",才可能产生文学作品风貌的"圆熟"。

"不黏着"、"不留影迹"的含义则源自《金刚经》:"菩萨于法,应无所住。"⑤"菩萨应如是布施,不住于相。"⑥"诸菩萨摩诃萨应如是生清净心,不应住色生心,不应住声、香、味、触、法生心,应无所住而生其心。"⑦"不住"、"无所住"就是不执着、不黏着于物。慧能在《坛经》中对此作了进一步阐释:"一念若住,念念即住,名系缚。于一切法上念

---

① 王直方《王直方诗话》,郭绍虞《宋诗话辑佚》,中华书局,1980年,第16页。

② 吕本中《夏均父集序》,刘克庄《江西诗派小序》引,丁福保辑《历代诗话续编》(上),中华书局,1983年,第485页。

③ 张毅《宋代文学思想史》,中华书局,1995年,第77页。

④ 释智觉《楞严经译解》,上海古籍出版社,2020年,第113页。

⑤ 宗密,智旭等撰,朱棣集注,于德隆点校《金刚经注疏》,线装书局,2016年,第26页。

⑥ 宗密,智旭等撰,朱棣集注,于德隆点校《金刚经注疏》,线装书局,2016年,第30页。

⑦ 宗密,智旭等撰,朱棣集注,于德隆点校《金刚经注疏》,线装书局,2016年,第62页。

念不住，即无缚也。以无住为本。"①慧能的"住"——"缚"，"不住"——"无缚"，与《楞严经》的"迷"——"为物所转"，"悟"——"转物"，似成对应关系。事实上，"转物"与"不住"紧密相关，一念不住，方能转物并生清净心，一念若住，则失于本心而终被物所转。"如珠走盘"的比喻一定程度上体现了《楞严经》"圆明"、"圆通"和《金刚经》"不住"、"无所住"思想，体现了当时人们对高妙、自然风格的执着向往与追求。

宋代以后诗文批评运用"走盘珠"也很频繁。如唐顺之评欧阳修文："体大而思精，议论如走盘之珠。"②释真可论东坡文："定见如盘，其语言如珠，珠走盘中，盘盛其珠，而横斜曲直，冲突自在，竟不可方所测。"③许学夷曰"予尝谓浩然五言、崔颢七言，如走盘之珠，非若子美之律以言解为妙耳④，于慎行言"苏公之文，如走盘之珠，肆而不得流"⑤，宋濂谓"盖习古歌诗以吟咏性情，庶几少遂其愿耳。……积之既久，圆熟璀璨，明珠走盘而玉色交映也"⑥，等等，均不外乎从字法、句法、章法、诗律、风格等角度品评诗文特色，可见其影响所及。

杜牧以"盘珠"喻兵法，在实质上与吕本中"活法说"完全吻合，即强调"变化"与"规矩"的关系。但宋人在实际运用时似乎更青睐其圆融无碍、变化莫测、不留影迹的一面。考察宋人运用"盘珠"之喻的情况，发现僧人惠洪较早使用且最为频繁，这在一定程度上表明其与佛

---

① 慧能著，李申校译，方广锠简注《敦煌坛经合校译注》，中华书局，2018 年，第 41 页。

② 茅坤《唐宋八大家文钞》卷一百三十九《东坡文钞·六一居士集序》引，《景印文渊阁四库全书》第 1384 册，台湾商务印书馆，1986 年，第 653 页。

③ 释真可撰，明学主编《紫柏大师全集》卷十五《跋苏长公集》，上海古籍出版社，2013 年，第 355 页。

④ 许学夷《诗源辩体》卷十七"七言律"，《续修四库全书》第 1696 册，上海古籍出版社，2002 年，第 336 页。

⑤ 于慎行《宗伯冯先生文集序》，黄宗羲编《明文海》卷二百三十七，《景印文渊阁四库全书》第 1455 册，台湾商务印书馆，1986 年，第 624 页。

⑥ 宋濂《徐方舟墓铭》，黄宗羲编《明文海》卷四百二十九，《景印文渊阁四库全书》第 1458 册，台湾商务印书馆，1986 年，第 160 页。

禅思想的关联。达到"转物"与"无住"的状态，也就达到了明心见性的境界，正所谓"盖知妙明真心，不关诸象"①，"超凡入圣，只在心念之间，不外求也"②，从一个侧面反映了宋人注重"内省"和"不囿于物"的诗学旨趣。

三、"中的"与"走盘"之关系

在宋诗学里，"中的"与"走盘"虽有所区别，但又紧密相联，它们同中有异、异中有同，对立统一、互为补充，这主要体现在诗学范畴、诗艺层次、艺术构思、修辞原理诸层面。

其一，关于诗学范畴。从作者角度看，两者都是创作论。即当人们作诗，以如矢"中的"和如珠"走盘"为追求目标时，都属于创作论的范畴。从读者角度看，两者都是鉴赏论。即当读者以此为衡量标准品评他人文学作品时，均属于鉴赏论的范畴。需要指出的是，虽然"中的"和"走盘"在传统诗论里都涉及诗歌创作，但若从现代文学理论逻辑来看，两者并不在同一层面："中的"主要讨论摹写、用事、对仗等具体修辞技巧，属于形而下的诗法论；相对而言，"走盘"之喻似乎没有体现出明确而具体的修辞技巧，它所包含的圆融无碍、变化莫测、不留影迹等含义都比"中的"所包含之恰当、精确、工巧等含义更具有风格论的意味，是相对抽象的诗学理想。

此外，"中的"大多出现在具有散文、随笔性质的诗话、笔记中，而"走盘"较多出现在具有诗论性质的诗歌中。两个术语所处文体类型和文本语境的不同，使得宋人在使用"走盘"之喻时，并非像使用"中的"那样针对具体诗歌进行品评，而往往只在自己诗句中用以表示对某人或其诗文语言、艺术风格较为含混的整体性赞美，这也是造成两者不在同一诗学层面的重要原因。

---

① 葛立方《韵语阳秋》卷一二，何文焕辑《历代诗话》（下），中华书局，2004年，第576页。

② 张元干《卢川归来集》卷九《跋山谷诗稿》，《景印文渊阁四库全书》第1136册，台湾商务印书馆，1986年，第660页。

其二，从诗艺境界来看，"中的"是基础，"走盘"是比"中的"更高的艺术境界。对同一首诗而言，如果没有"中的"作为前提，就没有如珠"走盘"的圆熟效果。也就是说，只有首先做到了写景、用事、对偶皆如矢"中的"般恰当巧妙，才可能获得字法、句法、章法、文势如珠"走盘"似的审美体验。诗文达到如珠走盘的艺术境地，也就进入了圆熟通透的审美领域。

概言之，"中的"强调精确性，"走盘"强调浑圆性，它们相反相成。过度追求"中的"，有时会导致黏着的弊端。葛立方《韵语阳秋》云："作诗贵雕琢，又畏有斧凿痕；贵破的，又畏粘皮骨，此所以为难。"①王直方论方回《望夫石》云："其所得者，渐磨之功；所失者，太黏着皮骨耳。"②"破的"即"中的"。"中的"需要"渐磨"、"雕琢"之功，稍有不慎，就会"粘皮带骨"，走向"圆融"、"圆活"的反面。魏庆之《诗人玉屑》"铢两不差"条云："晚唐诗句尚切对，然气韵甚卑。"③又"无斧凿痕"条云："文之所以贵对偶者，谓出于自然，非假于牵强也。"并指出东坡赠章质夫诗"岂意青州六从事，化为乌有一先生"二句，"浑然一意，无斧凿痕"④。前者表示晚唐诗句虽做到"切对"，但缺乏气韵；后者表示东坡诗对偶自然、意境"浑然"、"无斧凿痕"。前者只做到了基础层面对偶"中的"，后者则在此基础上达到了更高水平即如珠"走盘"的浑融境界。可见"中的"与"走盘"是对立统一关系，在某些条件下走向对立，在某些条件下又融为一体。

其三，造成"中的"与"走盘"对立或统一两种不同结局的原因在于诗人艺术才能和创作思维。无论如矢"中的"还是如珠"走盘"，都要求诗人有丰富的阅历与体验、渊博的学养与见识。摹写充分表现

① 葛立方《韵语阳秋》卷三，何文焕辑《历代诗话》（下），中华书局，2004年，第504页。

② 王直方《王直方诗话》，郭绍虞《宋诗话辑佚》，中华书局，1980年，第66页。

③ 魏庆之著，王仲闻点校《诗人玉屑》引蔡宽夫《诗史》，中华书局，2007年，第232页。

④ 魏庆之著，王仲闻点校《诗人玉屑》引《复斋漫录》，中华书局，2007年，第232页。

景物的个性,用事准确表达情感褒贬,切姓高度符合人物特征,对仗几近臻于高妙自然,语言字字珠玑、句法圆活灵动、结构不留影迹、文势自然婉转,无不体现诗人杰出的诗思与超人的诗艺。"中的"固然需要"以才学为诗","走盘"更需构思之"妙悟"。正如刘勰所云:"文章由学,能在天资。才自内发,学以外成。"①"才"指内在的天性,"学"指外来的学识。如果说只要有了丰富的学识就可以达到"中的"之目标,那么只有同时具备丰富的学识和强大的才能,作者经由"寂然凝虑,思接千载;悄焉动容,视通万里"②的辽阔想象和精致构思方可到达如珠"走盘"那样圆熟的艺术境界。又如叶燮所云:"得是(理、事、情)三者,而气鼓行于其间,絪蕴磅礴,随其自然,所至即为法,此天地万象之至文也。"③如上所述,宋人言"中的",常将理、事、情分而论之,比如说理"中的"、用事"中的"、褒贬之情"中的",虽然它们也有相互包含关系。而其言"走盘",则往往意指理、事、情的浑然天成和"气韵生动"④的纯熟"圆活"之美。要做到这一点,诗人必须同时具备才、胆、识、力四种素养。他说"穷尽万有之变态"的理、事、情无不依靠作者的才、胆、识、力表现于文章之中⑤。相对于刘勰的"才"、"学"之说,叶燮就浑成艺术境界对诗人素养提出了更高、更具体的要求。

其四,"中的"和"走盘"作为诗学话语,都受到比喻修辞原理支配。中国古代文论常把比喻和起兴连在一起阐述。刘勰《文心雕龙·比兴》云:"'比'者,附也;……附理者,切类以指事。……附理故

---

① 刘勰著,范文澜注《文心雕龙注》卷八《事类》,人民文学出版社,1958年,第615页。

② 刘勰著,范文澜注《文心雕龙注》卷六《神思》,人民文学出版社,1958年,第493页。

③ 叶燮著,霍松林校注《原诗·内篇》,人民文学出版社,1998年,第21、22页。

④ 谢赫《古画品录》,《丛书集成初编》本,商务印书馆,1935年,第1页。

⑤ 叶燮著,霍松林校注《原诗·内篇》,人民文学出版社,1998年,第23页。

'比'例以生。"①"附"就相当于我们常说的"比附",比附事理的情况就用打比方来说明事物。意谓由于比附事理,所以产生了比喻手法。现代修辞学将比喻细化为明喻、隐喻和借喻等不同种类。惠洪所谓"如明珠走盘,不留影迹"②,周必大所谓"下语如珠之走盘"等,都是"甲如乙"的结构形式,是极其典型的明喻。而上文所举李纲、江少虞诸例都是隐喻。事实上,隐喻就是明喻,"明喻就是隐喻,二者差别很小","所有受欢迎的隐喻","都可以作为明喻使用;明喻去掉说明,就成了隐喻"。③ 明喻、隐喻可以相互转换。

平心而论,隐喻比明喻更能体现语言运用的经济原则和艺术性特征。隐喻中有模拟式隐喻。亚理斯多德说:"隐喻分四种,以类比式隐喻最受欢迎。"因为它"能够使事物活现在眼前"④。实际上,能够让事物活现于眼前的不光是类比式隐喻,还包括类比式明喻。如周必大"用韵如射之破的"⑤,就是把选择韵字作诗与以箭射靶进行类比。恰当精妙地选择韵字,类似于准确无误地射中靶心,这种类比式明喻强调本体与喻体在过程、动态、目标方面的相似性,很好地起到了诠释性作用。"它以某个其他的东西代替原来所意味的东西,或更确切地说,这个其他的东西使原来那个所意味的东西得到理解。"⑥在这个比喻中,首先活现于眼前的是"射之破的",然后才是"诗之用韵",前者有助于更好地理解后者。

"破的"一词实出自杜诗。杜甫《敬赠郑谏议十韵》:"破的由来事,先锋孰敢争。"郭知达注:"言诗句中理,如射破的。赵云:'破的,

---

① 刘勰著,范文澜注《文心雕龙注》卷八《比兴》,人民文学出版社,1958年,第601页。

② 释惠洪《林间録》卷下,《景印文渊阁四库全书》第1052册,台湾商务印书馆,1986年,第836页。

③ 亚理斯多德著,罗念生译《修辞学》,上海人民出版社,2015年,第312、313页。

④ 亚理斯多德著,罗念生译《修辞学》,上海人民出版社,2015年,第336—337页。

⑤ 周必大《文忠集》卷五十三《王参政文集序》,《景印文渊阁四库全书》第1147册,台湾商务印书馆,1986年,第564页。

⑥ 伽达默尔著,洪汉鼎译《真理与方法》,商务印书馆,2010年,第109页。

如射之中;先锋,如战之勇。'"①高楚芳注:"梦弼曰:'破的,先锋,皆以比谏议之诗笔也。'"②宋人以"破的"入诗、论诗,亦不乏其例。黄庭坚《再作答徐天隐》:"破的千古下,乃可泣曹刘。"③吕本中《答朱成伯见赠》:"新诗入要妙,如射已破的。"④葛立方《韵语阳秋》:"作诗贵雕琢,又畏有斧凿痕迹;贵破的,又畏粘皮骨。此所以为难。"⑤"破的"即"中的",宋人对它的运用,实源于"以战喻诗"⑥的逻辑理路。

　　面对如矢"中的"、如珠"走盘"这样的诗学话语,可根据语境判断其究竟指哪方面的内容。但作为类比式隐喻结构中并置的一元,"中的"与"走盘"本身也极具隐喻意味。如上文所举张孝祥"圆熟珠走盘",显然,"珠走盘"表示"圆熟"。"珠走盘"的状态活现于眼前,但"圆熟"究竟是一种怎样的存在,仍然无法完全付之语言形象说明。因为"喻体与喻旨之间的连接比较模糊"⑦。喻体具有多义性,这种多义性源于比喻的"多边"。钱锺书先生说:"比喻有两柄而复具多边,盖事物一而已,然非止一性一能,遂不限于一功一效。取譬者用心或别,着眼因殊,指(denotatum)同而旨(significatum)则异;故一事物之象可以孑立应多,守常处变。"⑧"两柄"指褒义和贬义两个方面,"多边"指一个事物有众多的性能和功效。"中的"与"走盘"也是如此。

---

① 杜甫撰,郭知达注《九家集注杜诗》卷十七,《景印文渊阁四库全书》第 1068 册,台湾商务印书馆,1986 年,第 301 页。

② 杜甫撰,高楚芳注《集千家注杜诗》卷一,《景印文渊阁四库全书》第 1069 册,台湾商务印书馆,1986 年,第 684 页。

③ 黄庭坚著,史容注《山谷外集诗注》卷十七,刘尚荣校点《黄庭坚诗集注》第 4 册,中华书局,2003 年,第 1394 页。

④ 吕本中著,韩西山点校《吕本中诗集校注》卷十二《答朱成伯见赠四首》其一,中华书局,2017 年,第 917 页。

⑤ 葛立方《韵语阳秋》卷三,何文焕辑《历代诗话》(下),中华书局,2004 年,第 504 页。

⑥ 周裕锴《以战喻诗:略论宋诗中的"诗战"之喻及其创作心理》,《文学遗产》2012 年第 3 期。

⑦ 赵毅衡《符号学:原理与推演》,四川大学出版社,2016 年,第 188—189 页。

⑧ 钱锺书《管锥编》第 1 册,生活·读书·新知三联书店,第 67 页。

故其含义往往具有模糊性与不确定性,从而带来很大的阐释自由和空间,这也是中国古典美学与诗学的主要特征。

"中的"与"走盘"虽有不同用例、不同语境和不同含义,但就具体诗歌创作本质而言,却存在千丝万缕的联系,是相反相成的辩证统一关系。

综上所论,从"中的"与"走盘"作为诗学话语甚至在诗学话语以外的文化生活领域被广泛运用,可见宋诗理念与审美风尚变化之一斑。与注重气象浑厚、兴寄风骨、韵味悠长的唐代主流诗学不同,宋诗学更强调字、句、篇、势"中的"与"圆熟",一边倡导精准明确,一边崇尚在工巧基础上浑然天成,体现汇通唐宋诗学、再创诗歌典范、自成一家风格的趋向,这是宋人不同于唐人的诗美理想。虽说"宋人生唐后,开辟真难为",但宋人竭力开辟的每条道路,均为其时代美学趣味与文化心理的自然流露。

(四川大学文学与新闻学院,四川大学中国俗文化研究所)

从含蓄到意象：明代阮籍诗的接受转向及其美学背景[*]

易　兰

内容摘要：纵观历代对阮籍诗的接受，南朝人强调其与政治的关系，注重比兴之意。唐宋元三代，通过索隐本事的方式，将其《咏怀》诗句与具体时事相对应，对阮诗政治讽寓式的解读愈演愈烈。这种发掘政治意蕴的思路发展到明代，产生了一个重要转向，诗论家将对阮诗中政治内容的关注，逐步导向对诗歌艺术的阐发。明代诗论尤其重视对阮诗含蓄蕴藉特质的多元而深刻的揭示。深入一层看，这折射出明人诗学的一般趣味。而再深入一层，这又与明代诗论家直接用"意象"来解说诗歌艺术本体有密切关联。从阮籍诗的接受转向透视下去，也可窥见背后明代诗学趣味乃至美学趣味的整体变迁。

关键词：阮籍；《咏怀》诗；明代；含蓄；意象

＊　本文为国家社科基金重大项目"东亚《诗品》《文心雕龙》文献研究集成"（批准号14ZDB068）阶段性成果。

From Implications to Images: Changes in the Acceptance of Ruan Ji's Poems and Its Aesthetic Background in the Ming Dynasty

Yi Lan

Abstract: A general survey of the acceptance of Ruan Ji's poems through the ages shows that people in the Southern Dynasties emphasized their relations with politics and focused on analogical and associative meanings. In the Tang, Song and Yuan dynasties, verses in *Poems of Yonghuai* were correlated with specific events at that time by annotation based on real events, with an intensified trend of interpreting his poems as a political allegory. The idea of exploring political implications developed until the Ming Dynasty, when an important transition appeared as experts in poetics gradually shifted the focus on political content in his poems to the elucidation of poetry. In the Ming Dynasty, poetics attached special importance to revealing the implicit and restrained temperament in his poems in a diversified and in-depth way. At a deeper level, this reflects a common interest in poetics in the Ming Dynasty. Furthermore, this was also closely related to the direct use of "images" to interpret poetry by experts in poetics in the Ming Dynasty. From the perspective of changes in the acceptance of Ruan Ji's poems, we can also get a glimpse of the overall transition of interest in poetics and even aesthetics in the Ming Dynasty.

Keywords: Ruan Ji; *Poems of Yonghuai*; Ming Dynasty; implication; image

　　阮籍诗歌历来隐晦难解,钟嵘谓"厥旨渊放,归趣难求"①,刘勰言"阮旨遥深"②,李善则说:"文多隐避。百代之下,难以情测。"③皆见

---

① 钟嵘著,曹旭集注《诗品集注》,上海古籍出版社,2011 年,第 151 页。
② 刘勰著,黄叔琳注,李详补注,杨明照校注拾遗《增订文心雕龙校注》,中华书局,2012 年,第 65 页。
③ 刘跃进著,徐华校《文选旧注辑存》,凤凰出版社,2017 年,第 4265 页。

此意。对它的诠释,遂成为文学史上争论不休的话题。若一一爬梳历史注释及诗评,可以发现这些看似零星的阮诗解读,意见有同有异。随着时代的嬗变,观点也有所挪移;文学批评颇为兴盛的有明一代,尤为一大演进。那么相对于前面诸朝,明人对阮诗的探讨呈现出哪些新的面向?这背后的诗学原因是什么?笔者在文本细读的基础上,梳理历代注本、选本与诗评等相关史料,望能对上述问题作出较为贴切公允的解答。当然,要解答这一问题,还需先概览明代以前,阮诗解读的基本状况,以为比较之资。

一、明代以前:政治意蕴的发掘

关于后代对阮诗的解读,就现有文献看,可溯源到颜延之的评论。其《五君咏·阮步兵》曰:"阮公虽沦迹,识密鉴亦洞。沉醉似埋照,寓辞类托讽。"[1]认为阮籍处于魏晋之交的乱世,以醉酒避祸,在诗歌中寄托刺讥现实之意。"托讽"说透露出讽寓的意味,尽管颜延之并未说明托讽之具体内容,然其以之阐释阮籍诗歌,对后世的评论影响很大。颜延之又是目前可见最早为《咏怀》诗作注的人,其注现存四则,其中三则皆属训诂式的注释,仅注典故语词,不言微旨。惟诗题下一则,颜注曰:"说者阮籍在晋文代,常虑祸患,故发此咏耳。"[2]认为阮籍的创作动机是在魏晋易代之际深感危殆,疑虑祸难将临,此即"忧生"说的来源。颜氏"托讽"与"忧生"两说都是结合政治现实来阐释阮诗,具有较浓厚的政治气息。

此后沈约亦曾为阮籍《咏怀》诗做注,现存十七则,保存于李善注《文选》。沈注除字词典故外,也有关于诗句本身以及诗歌主旨的阐释。如"徘徊蓬池上"一诗:"小人计其功,君子道其常。岂惜终憔悴,咏言著斯章。"沈注曰:"岂惜终憔悴,盖由不应憔悴而致憔悴,君子失其道也。小人计其功而通,君子道其常而塞,故致憔悴也。因乎眺望

---

① 逯钦立辑校《先秦汉魏晋南北朝诗》,中华书局,2017 年,第 1235 页。
② 刘跃进著,徐华校《文选旧注辑存》,凤凰出版社,2017 年,第 4263 页。

多怀,兼以羁旅无匹,而发此咏。"①沈约说小人只是思谋功名利禄却都很通达,君子遵循常道却反而遭遇不幸,故而君子至于憔悴。又说诗歌前面写秋冬之交在蓬池所见景物,是"因乎眺望多怀,兼以羁旅无匹,而发此咏",指出了阮诗"托事于物"的兴体写法,在景物中寄托人事,抒发浓郁的忧国之情。再如"灼灼西颓日"一诗:"如何当路子,磬折忘所归。岂为夸誉名,憔悴使心悲。"沈注曰:"天寒,即飞鸟走兽尚知相依,周周衔羽以免颠仆,蛩蛩负蟨以美草,而当路者知进趋,不念暮归,所安为者,惟夸誉名,故致憔悴而心悲也。"②又:"宁与燕雀翔,不随黄鹄飞。黄鹄游四海,中路将安归。"沈注曰:"若斯人者,不念己之短翮,不随燕雀为侣,而欲与黄鹄比游。黄鹄一举冲天,翱翔四海,短翮追而不逮,将安归乎。为其计者,宜与燕雀相随,不宜与黄鹄齐举。"③沈约解释了阮诗的讽寓对象,说"当路者"追求利禄,不顾道德品节,亦不顾安危祸福;又说"若斯人者"羡慕名利禄位,欲随黄鹄高飞,反而中路迷失,不若安贫守拙,保护自己。沈约的注解重视阮诗托寓讽兴的手法,具有浓厚的政教伦理实用取向,且其《七贤论》亦与时政结合来评价阮籍:"阮公才器宏广,亦非衰世所容。但容貌风神,不及叔夜。求免世难,如为有涂。若率其恒仪,同物俯仰,迈群独秀,亦不为二马所安。故毁行废礼,以秽其德,崎岖人世,仅然后全。……彼嵇、阮二生,志存保己,既托其迹,宜慢其形。慢形之具,非酒莫可,故引满终日,陶瓦尽年。"④他认为阮籍"毁行废礼,以秽其德"是为了在乱世中自保,并以终日酣饮来远离灾祸。沈约运用"知人论世"的批评方法来理解阮籍其人其文,与颜延之所言"沉醉似埋照,寓辞类托讽"相仿,也对政治有所触及。

　　比沈约略晚的钟嵘,同样对阮诗中的政治意涵有较多的留意。《诗品》评阮籍曰:"其源出于《小雅》。无雕虫之巧,而《咏怀》之作,可

① 刘跃进著,徐华校《文选旧注辑存》,凤凰出版社,2017 年,第 4293 页。
② 刘跃进著,徐华校《文选旧注辑存》,凤凰出版社,2017 年,第 4297 页。
③ 刘跃进著,徐华校《文选旧注辑存》,凤凰出版社,2017 年,第 4298 页。
④ 严可均辑《全上古三代秦汉三国六朝文》,中华书局,1958 年,第 3117 页。

以陶性灵,发幽思。言在耳目之内,情寄八荒之表。洋洋乎会于《风》、《雅》,使人忘其鄙近,自致远大。颇多感慨之词。厥旨渊放,归趣难求。颜延注解,怯言其志。"①钟嵘评诗,注重考察其渊源所自。评阮籍,指出"其源出于《小雅》",且"洋洋乎会于《风》、《雅》"。《毛诗序》释《小雅》云:"言天下之事,形四方之风,谓之《雅》。雅者,正也,言王政之所由废兴也。政有大小,故有《小雅》焉,有《大雅》焉。"②又说风诗是"上以风化下,下以风刺上"③,"吟咏情性,以风其上"④,均强调诗歌宣扬政治道德的功能。据《毛传》、《郑笺》的解释,《小雅》及《风》中的大部分诗篇被看成是刺诗。可见,在钟嵘看来,阮诗多少带有政治意味。正是由于当时的政治局势,形成了阮诗"厥旨渊放,归趣难求"的表现特色。与此同时,"可以陶性灵,发幽思","自致远大"等评,则是针对阮诗的艺术特征而言,主要赞美其强烈的感染力量。故而钟嵘对阮诗的评论既扣合传统诗学精神,又不乏文艺层面的考量,兼具政治与艺术的双层面向。

从上述可知,南朝阐释阮诗,强调其与政治的关系,注重比兴之意,然尚未出现索隐本事的解读。将《咏怀》诗句与具体时事相对应的阐述,需至唐宋元时期方有更显著的发展。唐宋元三朝对阮籍诗歌的关照重点集中在对《文选》所录《咏怀》的注解及阐释上。唐初,李善注《文选》中《咏怀》"夜中不能寐"一首:"嗣宗身仕乱朝,常恐罹谤遇祸,因兹发咏,故每有忧生之嗟。虽志在刺讥,而文多隐避。百代之下,难以情测,故粗明大意,略其幽旨也。"⑤"忧生之嗟"和"志在刺讥"与颜延之的说法同一旨趣,李善的批评也许是受到颜延之的影响。李善虽说《咏怀》"志在刺讥",但又说"文多隐避",故而其态度仍

① 钟嵘著,曹旭集注《诗品集注》,上海古籍出版社,2011年,第150—151页。

②④ 毛亨传,郑玄笺,陆德明音义,孔祥军点校《毛诗传笺》,中华书局,2018年,第2页。

③ 毛亨传,郑玄笺,陆德明音义,孔祥军点校《毛诗传笺》,中华书局,2018年,第1页。

⑤ 刘跃进著,徐华校《文选旧注辑存》,凤凰出版社,2017年,第4265页。

然较为审慎,对《咏怀》诗具体篇目的注解"释事而忘义"①,偏重于征引文献解释典故,并不引申诗义。

开元时,五臣指摘李善"忽发章句,是征载籍,述作之由,何尝措翰"②,不满于其不涉诗义的注法,转而努力钩沉索隐《咏怀》诗的微言大义。刘良在《咏怀》诗题下注曰:"臧荣绪《晋书》云:'……籍属文初不苦思,率尔便成,作《陈留》八十余篇。'此独取十七首。咏怀者,记人情怀。籍于魏末晋文之代,常虑祸患及己,故有此诗,多刺时人无故旧之情,逐势利。而观其体趣,实谓幽深,非夫作者不能探测之。"③刘良结合阮籍当时的时代背景,强调《咏怀》诗为"刺世"之作,发掘出诗中"多刺时人无故旧之情,逐势利"的委曲之意。在具体篇目的注释中,五臣往往联系时局来诠释《咏怀》诗,专重索隐本事,揭示诗歌的深层意旨。兹各举一例如下。张铣注"二妃游江滨"一诗"倾城迷下蔡,容好结中肠"句曰:"谓晋文王初有转(辅)政之心,为美行,佐主有如此者。"④注"感激生忧思,萱草树兰房"句曰:"后遂专权而欲篡位,使我感激而生忧思。"⑤认为该诗以男女喻君臣,讽刺司马氏阴谋篡政。吕延济注"开秋兆凉气"一诗"微风吹罗袂,明月耀清晖"句曰:"微风,喻魏将灭,教令微也。明月,喻晋王为专权臣也。"⑥指出诗中的意象都有讽寓在焉,如"微风",象征着魏室,而"明月",寓意着司马氏。吕向注"平生少年时"一诗"驱马复来归,反顾望三河"句曰:"晋文王,河内人,故托称三河。言人轻薄之情,平生经过游乐于魏都之中,及魏室衰暮,皆去而望晋。"⑦以词语意象牵连时势,解读出诗中丰富的政治讽寓。李周翰注"步出上东门"一诗"素质游商声,凄怆伤我心"句曰:"草木周素犹商声用事,国家衰弱由奸臣执

① 《四库全书总目》,中华书局,1965年,第1685页。
② 《四库全书总目》,中华书局,1965年,第1686页。
③ 刘跃进著,徐华校《文选旧注辑存》,凤凰出版社,2017年,第4263页。
④⑤ 刘跃进著,徐华校《文选旧注辑存》,凤凰出版社,2017年,第4267页。
⑥ 刘跃进著,徐华校《文选旧注辑存》,凤凰出版社,2017年,第4281页。
⑦ 刘跃进著,徐华校《文选旧注辑存》,凤凰出版社,2017年,第4283页。

政，是用伤我心矣。"①俨然视此诗为政治讽寓诗。刘良注"炎暑惟兹夏"一诗"愿睹卒欢好，不见悲别离"句曰："别离，喻晋篡魏而别离也。"②将阮诗与时事相比附，揭示阮诗幽旨。本文无意探讨五臣挖掘诗歌意象深意并联系史实解读《咏怀》诗是否有牵强附会之处，但其所采用的比兴讽寓的解诗方式，既可以看作是前代"托讽"说的异代回响与深化细化，亦对后人影响极大。宋元许多论者主要也从发掘诗歌微旨这一角度探究《咏怀》诗，其中以宋代曾原一《选诗演义》以及元代刘履《选诗补注》最具标杆性。

南宋曾原一《选诗演义》对《文选》中十七首《咏怀》悉数加以解释。曾氏自序云："五臣逐字识考，鲜敷大旨。李善间究所以，语焉未精。"③故转而着眼全篇，特重对作品内在意味的推演阐释。卞东波认为："《选诗演义》的解诗方式呈现出一种'讽寓阐释'的特征，认为'意在言外'。"④可谓卓见。就《咏怀》而言，曾氏试图在五臣注之基础上进一步发掘诗歌言外之意的努力不乏其例，如解"嘉树下成蹊"一首：

> 此章感时之衰而归隐也。嘉树如桃李，今为秋风而零落，犹魏之盛业，今为司马之所摧伤。堂上，朝廷也，荆杞，奸邪也，谓朝廷生荆杞矣，亦通。于是驱马而去西山，以寻夷、齐之侣。时势如此，此身与妻子其奚以自保乎？忧伤之深，末复为之嗟叹。若曰："我生不辰，罹此叔末，为之奈何！"⑤

此诗的"演义"首句即揭示出全诗含意，第二、三句"嘉树"、"桃李"、"秋风"、"堂上"、"荆杞"等沿袭的是吕延济、张铣注的解释，后"于是

① 刘跃进著，徐华校《文选旧注辑存》，凤凰出版社，2017年，第4288页。
② 刘跃进著，徐华校《文选旧注辑存》，凤凰出版社，2017年，第4295页。
③ 转引自卞东波《曾原一〈选诗演义〉与宋代"文选学"》，《文学遗产》2013年第4期，第49页。
④ 转引自卞东波《曾原一〈选诗演义〉与宋代"文选学"》，《文学遗产》2013年第4期，第44页。
⑤ 转引自伏煦《论阮籍形象建构的两个传统》，《中国文论的学术史（古代文学理论研究第四十三辑）》，华东师范大学出版社，2016年，第122页。

驱马而去西山,以寻夷、齐之侣"说明以首六句所表现的时势为原因,产生第七句以下"归隐"的诗意脉络。关于"凝霜被野草,岁暮亦云已",吕向仅注"此乃阮籍忧生之词也"①,《演义》却发挥出"我生不辰,罹此叔末,为之奈何",详加解释"嗟叹"内容,使诗人身处乱世而无可奈何的矛盾与悲伤心情跃然纸上。可见,《演义》发掘出来的言外之意完全是诗句字面意思之外的寓意,其推演比五臣更进一步。

元代刘履《选诗补注》收录《文选·咏怀》诗十七首中十一首,再补充两首,采用选本与补注相结合的形式,对阮诗加以训释解读。体例方面,刘氏《凡例》云:"补注者,补前人之所不足也。大意窃取朱子《诗传》为法,先明训诂,次述作者旨意,间有先正论及此者,亦附焉。庶几词达而义明,使初学者易入。"②即是先训释字音词义,再联系相关时事背景串讲诗意,最后引申发挥,剖析作品的深层意旨。对《咏怀》诗的解读,刘履亦充分运用比兴讽寓的批评方式,揭示诗歌中政治讽寓、劝诫规讽的内蕴。下列举数条:

> 赋而兼比也。……按《通鉴》,正元元年,魏主芳幸平乐观,大将军司马师以其荒淫无度,亵近倡优,乃废为齐王,迁之河内。群臣送者皆为流涕。嗣宗此诗其亦哀齐王之废乎?盖不敢直陈游幸平乐之事,乃借楚地而言夫江水之上,草木春荣,其乘青骊驰骤而去,使人远望而悲念者,正以春气之能动人心也。彼三楚固多秀士,如宋玉之流,但以朝云荒淫之事导而进之,无有能匡辅者。是其目前情赏,虽如朱华芬芳之可悦,至于一遭祸变,则终身悔之,将何及哉!故以高蔡、黄雀之说终之,亦可谓明切矣。(注"湛湛长江水")③

> 赋而比也。……初,司马昭以魏氏托任之重,亦自谓能

---

① 刘跃进著,徐华校《文选旧注辑存》,凤凰出版社,2017年,第4271页。

② 刘倬等纂修《刘氏宗谱》(上虞)卷一四,光绪二十年(1894)怀贤堂木活字本。

③ 刘履《选诗补注》,《文渊阁四库全书》第1370册影印本,台湾商务印书馆,1983年,第51—52页。

尽忠于国，至是专权僭窃，欲行篡逆，故嗣宗婉其辞以讽刺之。言交甫能念二妃解佩于一遇之顷，尤且情爱猗靡，久而不忘；佳人以容好结欢，犹能感激思望，专心靡他，甚而至于忧且怨，如何股肱大臣视同腹心者，一旦更变而有乖背之伤也！君臣朋友，皆以义合，故借金石之交为喻。所谓"文多隐避"者如此，亦不失古人"谲谏"之意矣。（注"二妃游江滨"）①

兴也。……此嗣宗见世变不常而警。夫居势位，享宠禄者之不可久恃也。言天马本出西北而忽来由此东道矣。人之寿命本非有托，而贵富之在身者，岂能常保耶？此诗之本旨也。其言清露而凝霜，亦以兴少年之变成丑老，又谓自非神仙，谁能长存？此特明夫理之可晓者以诰之云尔。若夫言外之意，自当潜心领会可也。（注"天马出西北"）②

以上三篇，刘履皆是考察全篇而敷演诗义。第一首诗，五臣注云："言魏初荣盛，后如高蔡、黄雀之危，一念至此，泣涕不能禁止。"（刘良）③曾原一云："悲司马之图魏，感兴废之相承。"两者皆仅是大体言之；刘履则通过以史证诗的诠释方式，直接指出阮诗所写为齐王曹芳之废的时事。刘履认为阮诗以楚王比曹芳，借楚国之事，写曹芳耽于逸乐而不任用贤臣，不知司马氏父子篡魏的野心，最终招致祸患败亡。刘履解读此诗，比附时事政治，对诗中比兴寄托大加演绎，虽未必合于诗歌原意，却是其讽寓解诗的典型例证。第二首诗，刘履指出此诗借讽寓表达内心愤恨时，也不乏"谲谏"的特质。《毛诗序》曰："主文而谲谏，言之者无罪，闻之者足以戒。"④郑玄笺："谲谏，咏歌依

① 刘履《选诗补注》，《文渊阁四库全书》第 1370 册影印本，台湾商务印书馆，1983年，第 46—47 页。

② 刘履《选诗补注》，《文渊阁四库全书》第 1370 册影印本，台湾商务印书馆，1983年，第 48 页。

③ 刘跃进著，徐华校《文选旧注辑存》，凤凰出版社，2017 年，第 4303 页。

④ 毛亨传，郑玄笺，陆德明音义，孔祥军点校《毛诗传笺》，中华书局，2018 年，第 1页。

违不直谏。"①即是若即若离,不直说之意。刘履以为此首虽为讽刺之作,但却不切直刻露,而是以委婉曲折的方式进行。李善说《咏怀》"文多隐避",一般理解为是出于忧谗畏祸的考虑,但刘履却认为是"主文谲谏"的传统诗教使然,解读出浓厚的政治讽寓。第三首诗本是阮籍感慨盛衰兴亡之作,刘履此解赋予诗作中"天马"、"清露"、"凝霜"、"少年"、"丑老"等形象托意讽世的深层内涵,劝诫士人轻贱外物利禄,"潜心领会"作者的"言外之意"。总之,刘履对阮诗政治讽寓式的解读几于登峰造极。

自南朝颜注、沈注对阮诗主旨的阐释,到钟嵘兼具政治与艺术双层面向之评,经唐代李善的过渡,再到五臣对于诗歌幽旨的勾抉索隐,继而宋代曾原一《选诗演义》关于政治讽寓的阐释,再到元代刘履《选诗补注》对深层意旨的大加剖析,阮诗之解读虽在不同时代的诠释文本中体现有别,但其中对政治内容的关怀却一脉相承。值得注意的是,除了对政治的关注以外,南朝至元代,已零星可见对阮诗艺术层面的讨论。宋代严羽曾提到"阮籍《咏怀》之作,极为高古"②,然却非主流,而是含蓄蕴藉之面向,受到历代诗论家更多青睐。如刘勰谓"阮旨遥深"③,指阮籍为诗隐约其辞,意旨遥远深邃;再如秦观说"陶潜、阮籍之诗长于冲淡"④,阮诗有政治感慨而能风格"冲淡",也是含蓄不直说之意。刘勰、秦观等人⑤之具体表述虽不尽相同,却都倾向于诗歌含蓄蕴藉的一面,这或可视为酝酿明人阮籍诗评的背景。

①　毛亨传,郑玄笺,陆德明音义,孔祥军点校《毛诗传笺》,中华书局,2018年,第2页。

②　严羽著,郭绍虞校释《沧浪诗话校释》,人民文学出版社,1983年,第155页。

③　刘勰著,黄叔琳注,李详补注,杨明照校注拾遗《增订文心雕龙校注》,中华书局,2012年,第65页。

④　曾枣庄、刘琳主编《全宋文》第120册,上海辞书出版社,2006年,第93页。

⑤　相关说法可参张戒所言,"古诗苏李曹刘陶阮本不期于咏物,而咏物之工,卓然天成,不可复及。其情真,其味长,其气胜,视《三百篇》几于无愧,凡以得诗人之本意也",阮诗咏物而味长,则是托物言志,不是直说。(张戒《岁寒堂诗话》,丁福保辑《历代诗话续编》,中华书局,1983年,第450页)刘克庄说:"古体淡泊简远,有陶阮遗意。"(刘克庄著,辛更儒笺校《刘克庄集笺校》,中华书局,2011年,第4060页)

二、明代:含蓄诗风的体认

阮籍诗评到了明代,呈现出纷杂的样态,除了延续前代探索诗歌主旨的面向,在艺术层面对于阮诗文质①、高迥②、含蓄等主题,均有讨论。其中含蓄主题比其他主题发展得更为充分,内涵更加丰富,从而形成了一个值得关注的新潮流。

明代大量出现对阮诗含蓄蕴藉的进一步探讨,指出诗歌在表现不直促的情况下,反含不尽之意,更增深厚度。如此对阮籍诗歌含蓄蕴藉的解读,与前代探索阮诗政治讽寓内容有关,而重心已不相同,因而展现出不同的批评面貌。关于这点,可由下列论述看出:

> 夫诗之有律,犹文之有骈俪,终是俳体,古人决不屑此。未论《三百篇》,只如枚乘、阮籍、陶渊明,皆涵蓄有余味,亦可陶天真也。(魏校《庄渠遗书》)③

> 阮公《咏怀》,远近之间,遇境即际,兴穷即止,坐不着论宗佳耳。人乃谓陈子昂胜之,何必子昂,宁无感兴乎哉!(王世贞《艺苑卮言》)④

> 古诗降魏,虽加雄赡,温厚渐衰。阮公起建安后,独得遗响,第文多质少,词衍意狭。(胡应麟《诗薮》)⑤

> 晋、宋之交,古今诗道升降之大限乎!魏承汉后,虽浸尚华靡,而浑朴余风,隐约尚在。步兵优柔冲远,足嗣西京,

---

① 例如胡应麟说"阮籍、左思,尚存其质","文多质少,词衍意狭"(胡应麟《诗薮》,上海古籍出版社,1979年,第23页),许学夷说"如阮籍《咏怀》之作,亦渐以意见为诗矣"(许学夷《诗源辨体》,人民文学出版社,1978年,第50页)等皆是。

② 明人相关论说有李梦阳"混沦之音"(李梦阳撰,郝润华校笺《李梦阳集校笺》,中华书局,2020年,第1661页)、陆时雍"语致高迥"(陆时雍选评,任文京、赵东岚点校《诗境》,河北大学出版社,2010年,第60页)等说可参。

③ 魏校《庄渠遗书》,《文渊阁四库全书》第1267册影印本,台湾商务印书馆,1983年,第779页。

④ 王世贞《艺苑卮言》,丁福保辑《历代诗话续编》,中华书局,2006年,第989页。

⑤ 胡应麟《诗薮》,上海古籍出版社,1958年,第29页。

而浑噩顿殊。（胡应麟《诗薮》）①

　　阮嗣宗越礼惊众，然以口不臧否人物，司马文王称为至慎，盖晋人中极蕴藉者。其《咏怀》十七首，神韵潇荡，笔墨之外，俱含不尽之思，政以蕴藉胜人耳。然以拟《古十九首》，则浅薄甚矣。夫诗中之厚，皆从蕴藉而出，乃有同一蕴藉而厚薄深浅异者，此非知诗者不能别也。（贺贻孙《诗筏》）②

　　嗣宗口不臧否人物，延之既称其"识密鉴洞"，又谓其"埋照"、"沦迹"。七贤中，叔夜与嗣宗同一放诞，而为人疏密迥异如此。谁谓放诞中无蕴藉乎？诗中字字斟酌，可谓传神。（贺贻孙《诗筏》）③

此四人关于阮诗含蓄之特质的探讨，俱建立在与其他诗歌之比较上：魏校以枚乘、阮籍、陶渊明分别为汉、魏、晋时期代表诗人，以为其诗"涵蓄有余味，亦可陶天真"，与视后世律诗为俳谐之作形成鲜明的比照，在对比中凸现阮诗之含意不尽。王世贞将阮籍与陈子昂相提并论，肯定《咏怀》以"感兴"为创作机制，形成了"遇境即际，兴穷即止"的艺术风貌，避免引申发挥，转而留给读者以想象、揣摩、体味的充足空间，更增添诗之无限韵味。胡应麟由诗史脉络的视野来谈论阮诗，试图透过比对概括阮诗之地位。胡氏持文学退化论的观点，认为建安诗歌已不如汉诗"温厚"，而建安之后的阮诗创作"独得遗响"、"足嗣西京"，即呈现出跳跃式的继承，跳过了建安，回归到两汉时期"温厚"、"优柔"的风格。同时，在胡氏"体以代变"、"格以代降"之诗学主张下，他又指出处于魏晋之交的阮诗存在"文多质少"、"词衍意狭"、"浑噩顿殊"等缺陷，故而胡氏对阮诗温厚蕴藉的评价有所保留，此乃以汉诗比阮诗所作的讨论。至于贺贻孙同样认可《咏怀》富有言外之意，品味不尽，但若与《古诗十九首》对比品评，则又"浅薄甚矣"，这是

　　①　胡应麟《诗薮》，上海古籍出版社，1958年，第143页。
　　②③　贺贻孙《诗筏》，郭绍虞编选《清诗话续编》，上海古籍出版社，2016年，第147页。

在对阮诗之蕴藉有共识的情况下,再结合《十九首》细致辨析蕴藉之"厚薄深浅"。其次,贺氏还指出"放诞"与"蕴藉"不相冲突的可能性,将阮籍"口不臧否人物"的作风与"蕴藉"文风相联系,突出文风是阮籍本人思想风貌、处世态度之反映。要之,透过与前代汉诗、后世律诗乃至《十九首》、《感遇》之对比辨析,明人对阮诗之含蓄蕴藉作出广泛而深刻的思索,其中少了浓厚的政治意味,隐然可见转向。

上述魏校、王世贞、胡应麟、贺贻孙等人论及阮诗之温厚蕴藉,基本皆由诗歌的整体风格来谈;而至冯复京、陆时雍、王夫之评《咏怀》旨趣深邃,则是结合具体诗作而言。冯复京在不否定阮诗"栖讬深微"的基础上,特别指出其中部分作品"意兴浅近",从而将对阮诗的观察说得更为精细:

> 步兵萧条高寄脱落世尘,想其作诗,何意雕篆,自尔神情宏放,栖讬深微,予最爱其"嘉树下成蹊"、"平生少年时"、"昔年十四五",有《十九首》遗韵。①

> 予于《文选》外,别录"周郑天下交"、"若华耀四海"、"驾言发魏都"、"朝阳不再盛"、"炎光延万里"、"少年学击刺"六首,虽披沙拣金,往往得宝,终是意兴浅近。②

冯复京以为《咏怀》既有"嘉树下成蹊"等含蕴丰厚之作,亦不乏"周郑天下交"等"意兴浅近"之诗。这一点或可参陆侃如、冯沅君先生的说法:"固然,他(阮籍)的诗大部分是含蓄不露,以求苟全于乱世。有时他却也能直率地说出心中的话来,可惜有一部分写得好像格言。如:'人谁不善始,鲜能克厥终'(其四十二)、'违礼不为动,非法不肯言'(其六十)、'人知结接易,交友诚独难'(其六十九)……因为八十二首非一时一地所作,所以前后重复者颇多。如:'登高望所思'(其十五)、'登高眺所思'(其十九)、'临路望所思'(其三十七)。"③诚如所

---

① ② 冯复京《冯复京诗话》,吴文治主编《明诗话全编》,凤凰出版社,1997年,第7204页。

③ 陆侃如、冯沅君《中国诗史》,山东大学出版社,1996年,第275页。

言,《咏怀》组诗部分作品表达过于切直显露,缺乏耐人咀嚼的空间,且数十首诗歌中颇多语意、章法重复之处,是以出现部分"意兴浅近"的作品,似乎也是可以理解的。冯氏所评"栖讬深微"与"意兴浅近",作为阮诗的双重性质,已有较浓厚的文艺倾向,"栖讬深微"之艺术化于此可见一斑。

陆时雍之论提供了进一步思索的空间。他曾明白指出,"缓缓着词,丁丁着意,是汉人诗;借景摅情,凭胸倒臆,是魏人诗;曲喻旁引,离合往复,是阮籍诗"①,其对于阮诗的推崇基本上是两方面,即"曲喻旁引"与"离合往复"。那么陆氏是如何具体阐述阮诗这两方面的艺术精神?首先或可由其评"夜中不能寐"一首作出具体的说明:"起何彷徨,结何寥落,诗之致在意象而已。"②此诗写深夜不寐,满怀忧愁。前人多联系政治背景来阐释该诗之含蓄,然而陆氏此评则联系意象来谈含蓄之展现,重在诗歌艺术的探索,而不作过度的解读。在他看来,阮籍借助典型化的意象选择来表现内心忧思烦乱之情感。也就是说,诗人把忧嗟哀愤之情怀融入意象之中,通过极写冷月清风、孤鸿哀嚎、飞鸟悲鸣等具体的事物,显示心中的苦闷与忧思,形成深蕴浑厚的艺术境界。陆时雍如此阐释,亦与《诗境总论》评阮籍"直举形情色相,倾以示人"③有某种程度的呼应,此即其所谓"曲喻旁引"。

关于"离合往复"这点,透过陆氏对"北里多奇舞"一首的评论将可清楚地看见。其曰:"'独有延年术,可以慰我心',是烦冤语。"④诗歌前六句:"北里多奇舞,濮上有微音。轻薄闲游子,俯仰乍浮沉。捷径从狭路,倭偻趋荒淫。"⑤展现的是"轻薄闲游子"耽溺于淫靡的歌舞生活之中,以及由此不务正业,纷纷投机取巧的社会现状。而后语气

---

① 陆时雍选评,任文京、赵东岚点校《诗境》,河北大学出版社,2010年,第62页。
② 陆时雍选评,任文京、赵东岚点校《诗境》,河北大学出版社,2010年,第58页。
③ 陆时雍选评,任文京、赵东岚点校《诗境》,河北大学出版社,2010年,第4页。
④ 陆时雍选评,任文京、赵东岚点校《诗境》,河北大学出版社,2010年,第59页。
⑤ 阮籍著,陈伯君校注《阮籍集校注》,中华书局,2012年,第247页。

一转:"焉见王子乔,乘云翔邓林。独有延年术,可以慰我心。"①述诗人面对如此世态,如王子乔那样登仙且又不能,唯有以延年长生聊作安慰。实际上,延年之术渺不可得,诗歌言外之意所表现的对现实之绝望与悲哀则更为深切。即使内心无限绝望,却不正面述说,平和的表达之下蕴藏着诗人极端烦躁愤懑的情感。如此含蓄不直接的说法,读者不易觉察是"烦冤语",所以陆时雍加以点明。综上,陆时雍"曲喻旁引,离合往复"之评可谓将阮诗之含蓄蕴藉谈得更为深入,并相当程度地松动了前代带有正统观的论述,而使其转向艺术精神层面。

王夫之对于阮诗展现之含蓄蕴藉,亦有较多探讨。首先,他指出阮诗有"有无尽藏之怀",极言其含蓄之深:

> 但如此诗,以浅求之,若一无所怀,而字后言前,眉端吻外,有无尽藏之怀,令人循声测影而得之。唐人于"气蒸云梦泽,波撼岳阳城"之下,必须补出"欲济无舟楫,端居耻圣明"。不尔,如婢子闻人短长,禁令勿言,则喉间作痒矣。世愈下,言愈烦,心愈浅也。②

同样评"夜中不能寐"一首,王夫之又开拓出不同于陆时雍的关注面,而值得特别留意。诗云:"薄帷鉴明月,清风吹我襟。孤鸿号外野,翔鸟鸣北林。"③已可见氛围之凄清,情感之强烈。最后却以"徘徊将何见?忧思独伤心"④戛然而止,其中所忧未明确指出。全诗八句,只写忧思,情感强度层层叠加,至于触发这种忧思的具体内容却避而不谈,情感内容匮乏,这种强度与匮乏在诗歌中形成一种内在张力,对读者也产生了强劲的冲击力量。凡此种种,诗人皆用非常幽隐的笔调,写得含蓄隽永,耐人寻味,故而王夫之以"有无尽藏之怀"称赏此诗。王夫之批评唐诗"欲济无舟楫,端居耻圣明"两句,则是以为如此

---

① 阮籍著,陈伯君校注《阮籍集校注》,中华书局,2012年,第247页。
② 王夫之著,李中华、李利民校点《古诗评选》,上海古籍出版社,2011年,第158页。
③④ 阮籍著,陈伯君校注《阮籍集校注》,中华书局,2012年,第210页。

表达使诗歌的主旨一览无余，不若阮诗点到为止，留下更多回味空间。

　　这在王夫之对"步出上东门"一首的分析中，亦可清楚窥得："'良辰在何许'以下四十字，字字有夷、齐在内，呼之欲出。虽然，如此评唱，犹恐阮公笑人。"①此诗抒写秋风萧瑟之中眺望首阳山，遥思伯夷、叔齐。按照王夫之的理解，自"良辰在何许"以下，阮籍假借夷、齐之事写自己的悲慨，首阳隐士与诗人的心境和处境如出一辙。然"如此评唱"，现实与想象未免扣合得太过紧密，抹杀了诗歌言外之意、味外之旨，不及他所赏于阮诗之"有无尽藏之怀"的境界。换言之，王夫之认为阮诗包容性极强，作者深藏不露的情感远远超过读者的主观感受，故而不免在评论的末句流露出些许的不自信，实非阮公笑人，特王夫之自笑耳。

　　其次，王夫之认为形成寄意遥深的诗风，决定因素在于诗人"怀次"。试观其"驾言发魏都"之评："亮甚、切甚！然可嗣此音者，微许太白，高、岑已差三十里，何况圣俞、永叔？怀次自别，不但齿舌之间也。吟此知步兵他作之深稳，非不欲明目电舌，直不得尔。"②此诗乃借古讽今之作，王夫之认为由此可见阮籍远超其他诗人（高适、岑参、梅尧臣、欧阳修等）的"怀次"，即胸襟气度。该论提示了一个重要的观察点，即阮诗蕴藉深厚风格的形成，也并非仅仅是表达有节制的问题，更与诗人自身的胸襟气度、思想境界密切相关。王夫之指出阮籍其他诗歌的"深稳"，也非不愿直言，而是其深邃的思想特质造成了作品的隐晦难解。由诗人"怀次"的高下来谈蕴藉之展现，不无独特的启发意义，阮诗"无尽藏之怀"在如此观照中似乎又得到了更深刻的阐释。王氏所谓之"无尽藏之怀"、"深稳"等，显然有含蓄蕴藉的成分存在其中，然已无涉政治之志，而转向以诗歌的艺术本质为重心。

　　综上，透过对明代诗评的一一爬梳，可以明确见到前代对于阮诗

---

①　王夫之著，李中华、李利民校点《古诗评选》，上海古籍出版社，2011年，第160页。
②　王夫之著，李中华、李利民校点《古诗评选》，上海古籍出版社，2011年，第163页。

政治性质的关注,到了明代出现了较大变化。具体而言,魏校、王世贞、胡应麟、贺贻孙等人由整体风格的角度出发,开启了对阮诗之蕴藉多元而细致的关怀;冯复京结合具体作品进行分析,对阮诗"栖讬深微"的讨论更加细腻;陆时雍则透过"曲喻旁引"与"离合往复"两大特质的概括,具体突显阮诗文辞之外的不尽之意;王夫之既指出阮诗"无尽藏之怀",更试图以"怀次"解释"深稳"之成因,可谓呈现出另一面向。明人通过将阮诗与其他诗歌进行艺术层面的比较、或弱化对内容固定的探讨(陆时雍"诗之致在意象"与王夫之"无尽藏之怀"的评语便有如此趋向)……等多种不同方式,使阮诗含蓄蕴藉的艺术特点在层层辨析中进一步彰显。

三、明代转向的美学背景:意象中心论的兴起

阮诗艺术上的含蓄表现,在明代以前仅有零星评述,然而明代诗论家对此主题的探讨不仅数量众多,且内涵丰富,这与明人对含蓄之情的欣赏不无关系。明人对阮诗含蓄特质的留意,扩大来看,是其普遍诗学趣味之投射。下文拟通过分析胡应麟、冯复京、陆时雍、王夫之等人诗论中对此主题的观察,厘清明代诗评是如何倾向对含蓄之情的重视,并探讨为什么会出现这一审美视野。

首先可观胡应麟之论:

> 两汉诸诗,惟《郊庙》颇尚辞,乐府颇尚气。至《十九首》及诸杂诗,随语成韵,随韵成趣,辞藻气骨,略无可寻,而兴象玲珑,意致深婉,真可以泣鬼神,动天地。[1]

> 古诗自质,然甚文;自直,然甚厚。"上山采蘼芜"、"四座且莫喧"、"翩翩堂前燕"、"洛阳城东路"、"长安有狭邪"等,皆闾巷口语,而用意之妙,绝出千古。建安如应璩《三叟》,殊愧雅驯;阮瑀《孤儿》,毕露筋骨;汉、魏不同乃尔。[2]

---

① 胡应麟《诗薮》,上海古籍出版社,1958年,第25页。
② 胡应麟《诗薮》,上海古籍出版社,1958年,第25—26页。

子建《杂诗》，全法《十九首》意象，规模酷肖，而奇警绝到弗如。《送应氏》、《赠王粲》等篇，全法苏、李，词藻气骨有余，而清和婉顺不足。①

由上可以看出，胡应麟主张诗歌要"意致深婉"，反对"毕露筋骨"，若过分凸显，易致作品缺乏含蓄咀嚼的空间，并有"婉顺不足"之弊。在五言古诗方面，胡氏以两汉古诗为典范，所谓"意致深婉"，即含蓄委婉、温柔敦厚的艺术风貌。较之汉诗，应璩《三叟歌》、阮瑀《驾出北郭门行》，以及曹植《送应氏》、《赠王粲》等诗，慷慨之气有之，但也显得直接少含蓄，诚非胡氏所赏。胡应麟之说展现出他对含蓄委婉诗风的肯定，前文论及他推崇阮诗创作回归到两汉温厚蕴藉的风格，正是其诗学倾向的具体体现之一。

　　冯复京诗论也注重审美表现的含蓄性，他说："古诗浑厚典则，醞藉和平。李翰林之狂率，杜拾遗之刻露，皆非诗之正也。"②姑且不论李白、杜甫是否真的"狂率"、"刻露"，然于此恰可见冯氏对"浑厚典则，醞藉和平"的看重。再复看他如何由反面论述，呈现其对诗歌中含蓄面的多方留意：

　　《赠徐干》末押焉字，气大锐挺，了无余韵。③

　　（嵇康）五言一无所解，钟氏取其《双鸾》篇，然肤浅无婉趣。④

在冯复京看来，刘桢《赠徐干诗》"了无余韵"、嵇康《兄秀才公穆入军赠诗》"肤浅无婉趣"，皆有直露促迫的毛病。对照至诗歌内涵，《赠徐干诗》"起坐失次第，一日三四迁"⑤云云，使气而少含蓄，有直露之嫌。《兄秀才公穆入军赠诗》"鸟尽良弓藏，谋极身必危"⑥之语，文辞浅俗，

① 胡应麟《诗薮》，上海古籍出版社，1958 年，第 30 页。
② 冯复京《冯复京诗话》，吴文治主编《明诗话全编》，凤凰出版社，1997 年，第 7166 页。
③ 冯复京《冯复京诗话》，吴文治主编《明诗话全编》，凤凰出版社，1997 年，第 7202 页。
④ 冯复京《冯复京诗话》，吴文治主编《明诗话全编》，凤凰出版社，1997 年，第 7204 页。
⑤ 俞绍初辑校《建安七子集》，中华书局，2017 年，第 159 页。
⑥ 嵇康著，张亚新校注《嵇康集详校详注》，中华书局，2021 年，第 29 页。

冯氏直言"肤浅无婉趣"。对刘桢及嵇康的批评,实际上正是冯氏对其诗歌蕴藉主张的强调,此与胡应麟之论同一轨辙。正是从这样的诗学趣味出发,冯氏在评述阮籍诗歌时,肯定其"栖托深微"之作,贬斥其"意兴浅近"之诗。

陆时雍亦推崇诗歌中含蓄悠远之致,以为:

> 诗以婉而深,婉而多风,直则寡致,建安多坐此病。①

> 诗道精微,迥然独举,欲清而远,欲简而尽,欲玄而湛,欲微而著,欲离形而得神,欲举趣而要会。若一如赋体,一如文论,便与此道有妨矣。意此言可以药建安之病。②

陆时雍之论可以归纳出两点:首先,是对建安诗风的反思。胡应麟、冯复京仅论及建安时期的个别诗人,陆氏上承两人之说,而对整个建安诗风有更进一步的探讨:他主张诗歌当以含蓄深邃为美,不满于建安诗歌直言心绪,缺乏风致。其次,则是对诗歌文体地位的讨论。他认为若与赋及文这两种文体相比,诗歌的地位无疑更高,而"欲微而著"乃诗道的关键之一。也就是说,含蓄且透彻的表达正是提升诗体地位的重要因素。

尽管如此,陆时雍并非一概否定建安之作,而是对不同作品作了细腻的分辨。他认为曹丕、曹植均不乏含蓄蕴藉之诗,评曹丕《燕歌行》曰"宛转摧藏,一言一绪,居然汉始之音"③,言此诗写得平和含蓄,有意在言外之美。评《于盟津作》云"托物浅而寄情深"④,以其为深文曲喻的典范。评曹植《赠白马王彪》谓"忧虞之感,离别之情,见之骨肉,此中最多隐衷惋绪"⑤,对"隐衷惋绪"高度重视,亦体现出陆氏重含蓄的诗学趣味。从同样的诗学倾向出发,陆氏对建安刻意直露之

---

① 陆时雍选评,任文京、赵东岚点校《诗境》,河北大学出版社,2010年,第31页。
② 陆时雍选评,任文京、赵东岚点校《诗境》,河北大学出版社,2010年,第43页。
③ 陆时雍选评,任文京、赵东岚点校《诗境》,河北大学出版社,2010年,第33页。
④ 陆时雍选评,任文京、赵东岚点校《诗境》,河北大学出版社,2010年,第36页。
⑤ 陆时雍选评,任文京、赵东岚点校《诗境》,河北大学出版社,2010年,第46页。

作不乏微言,认为甄后《塘上行》"质朴少韵,其意固佳,病太直耳"①,又说曹植《赠徐干》、《赠丁仪》、《赠王粲》诸诗"病一往意尽,苦无余情"②,在冯氏眼中,这样的表达过于外露,不够温婉含蓄,导致诗作缺乏余情。

除了建安诗歌,在讨论其他时代的作品时,陆氏也时时体现出同样的诗学趣味:如评何思澄《奉和湘东王教班婕妤》曰:"好韵致。优柔旖旎,具见言外,故善诗者不惟写情,兼能写态。"③指出没有明确的语言表白,却尽得诗的超逸之美;评沈约《夜夜曲》云"语气斩绝,无复余韵"④,则是再次强调语气直露容易损伤诗歌言外之韵。一褒一贬之别,共同体现出其欣赏含蓄悠远的审美趣味。而论及阮籍创作,陆时雍言"曲喻旁引,离合往复,是阮籍诗",亦与其所谓"诗以婉而深"正相一致。

陆时雍之后,尚有王夫之延续此说。关于这点,可参下列论述:

> 俗所谓"建安风骨"者,如鳝蛇穿堤堰,倾水长流,不洇不止而已。⑤

> 曹植、王粲欲标才子之目,破胸取肺,历历告人,不顾见者之冏顿!⑥

> 藉以此篇(曹丕《善哉行》其一)所命之意,假手植、粲,穷酸极苦、磔毛竖角之色,一引气而早已不禁。微风远韵,映带人心于哀乐,非子桓其孰得哉?⑦

王夫之对建安风骨予以严厉的批驳,指出曹植、王粲等人之作虽才气横溢,然直白而少蕴藉。在他看来,诗歌情感表现过于极端直露,反

---

① 陆时雍选评,任文京、赵东岚点校《诗镜》,河北大学出版社,2010年,第37页。
② 陆时雍选评,任文京、赵东岚点校《诗镜》,河北大学出版社,2010年,第46页。
③ 陆时雍选评,任文京、赵东岚点校《诗镜》,河北大学出版社,2010年,第255页。
④ 陆时雍选评,任文京、赵东岚点校《诗镜》,河北大学出版社,2010年,第202页。
⑤ 王夫之著,李中华、李利民校点《古诗评选》,上海古籍出版社,2011年,第40页。
⑥ 王夫之著,李中华、李利民校点《古诗评选》,上海古籍出版社,2011年,第152页。
⑦ 王夫之著,李中华、李利民校点《古诗评选》,上海古籍出版社,2011年,第20页。

使作品少了回旋往复的余地,并有一泻无余的问题。至于第三则王夫之所评曹丕之《善哉行》,则是抒写旅客怀乡之伤感情怀,然而不怨不悲,具有一种曲折婉转、引人入胜的艺术魅力。王夫之所谓"微风远韵",指诗歌借景言情,托物抒怀,"野雉"、"猿猴"各有伙伴,反衬客游的孤独;"高山有崖,林木有枝"①,自己却"忧来无方,人莫知之"②,如此述情之含蓄,反而更添诗之情趣韵味。

以上王夫之关于建安诗歌的讨论,主要是由反面论述,透过对"倾水长流"、"历历告人"、"穷酸极苦"等抒情表现方式的不满,带出对含蓄抒情之喜爱。同时,王夫之尚有不少由正面立说,对诗歌含蓄抒情表示欣赏之论,如:"微而婉,则《诗》教存矣。"③"盖诗自有教,或温或惨,总不可以赤颊热耳争也。"④"可以直促处且不直促,故曰温厚和平。结语又磬然而止,方合天籁!"⑤以上几段皆以含蓄委婉、温厚和平为论诗的准则,这样的诗歌艺术表现形式,王夫之视为"诗教"题中应有之义。王夫之还将"不直促"与"温厚和平"对应,要求诗歌艺术表现方式的从容不迫,方可追求"天籁"的境界。王夫之诗学批评的内容涉及广泛,体系性强,含蓄与相邻近的诗教、自然(天籁)等概念,实有千丝万缕的联系,从而形成了一个概念丛,成为他思想整体的一个有机组成部分。

含蓄的概念在唐代已有较为广泛的使用,如皎然《诗式》谓"虽有功而情少,谓无含蓄之情也"⑥。然将其大量运用于实际诗歌批评,则是在明代才有较为普遍的表现,阮诗之评即是一例。更进一步思考,何以明人会如此着意诗歌中的含蓄之情?这又与明代诗论家直接用"意象"来解说诗歌艺术本体有密切的关联。

明代文学家王廷相在《与郭价夫学士论诗书》中说:"夫诗贵意象

①② 曹丕著,夏传才、唐绍忠校注《曹丕集校注》,河北教育出版社,2013年,第25页。
③ 王夫之《诗经稗疏》,岳麓书社,2011年,第82页。
④ 王夫之著,李中华、李利民校点《古诗评选》,上海古籍出版社,2011年,第86页。
⑤ 王夫之著,李中华、李利民校点《古诗评选》,上海古籍出版社,2011年,第209页。
⑥ 皎然著,周维德校注《诗式校注》,浙江古籍出版社,1993年,第47页。

透莹,不贵事实粘著,古谓水中之月,镜中之影,可以目睹,难以实求是也。"①"言征实则寡余味也,情直致而难动物也,故示以意象,使人思而咀之,感而契之,邈哉深矣!此诗之大致也。"②他认为诗歌并非事件的纪实,也非情感的直露,因此可以相对忽视"事实",转而着意其中"意象","意象"是诗歌的本体。诗歌如能"意象透莹",便有象外之象,味外之味,言有尽而意无穷。情感的表现需要借助意象,不能直露,由此自然看重含而蓄之的风格。

王世贞《艺苑卮言》也谈到诗歌意象:"卢、骆、王、杨,号称四杰。词旨华靡,固沿陈隋之遗,翩翩意象,老境超然胜之。"③初唐四杰辞藻华丽,是承前朝遗风而来,然此却非重心所在,王氏直接点出四杰胜过陈隋之关键,正在"翩翩意象",这与王廷相诗贵"意象透莹",不贵"事实粘著"之论相仿佛。胡应麟《诗薮》亦数次提及诗歌意象,如:"五言古意象浑融,非造诣深者,难于凑泊。"④"浑融"即指融合,谓融会不显露。胡应麟以为五言古诗之意象交融,不露痕迹,因此自然难以"凑泊"。又如:《大风》千秋气概之祖,《秋风》百代情致之宗,虽词语寂寥,而意象靡尽。"⑤胡氏将"词语寂寥"和"意象靡尽"对举,指出诗歌佳处不在明白无疑的文字表达,而在由意象所牵出的"气概"与"情致"。以上俱显示出明代由重诗歌意象而连带出对含蓄之情的青睐。

这点在陆时雍《诗镜总论》中可看得更为明确。陆氏言:"善言情者,吞吐深浅,欲露还藏,便觉此衷无限。善道景者,绝去形容,略加点缀,即真相显然,生韵亦流动矣。此事经不得做,做则外相胜而天真隐矣,直是不落思议法门。"⑥根据叶朗的考察,陆时雍认为"诗歌

---

① 王廷相著,王孝鱼点校《王廷相集》,中华书局,1989年,第502页。
② 王廷相著,王孝鱼点校《王廷相集》,中华书局,1989年,第503页。
③ 王世贞《艺苑卮言》,丁福保辑《历代诗话续编》,中华书局,2006年,第1003页。
④ 胡应麟《诗薮》,上海古籍出版社,1958年,第81页。
⑤ 胡应麟《诗薮》,上海古籍出版社,1958年,第49页。
⑥ 陆时雍评选,任文京、赵东岚点校《诗镜》,河北大学出版社,2010年,第10页。

的意象是'情'与'景'的统一"①，此处陆氏主张言情要"吞吐深浅，欲露还藏"，即要留有余地，言外蕴含无限；写景要"绝去形容，略加点缀"，意思是不可太完全，适当点缀即可。言情写景，都要藏而不露，否则真情真景便被表面形式所掩盖。而后陆氏又言："诗贵真，诗之真趣，又在意似之间。认真则又死矣。柳子厚过于真，所以多直而寡委也。《三百篇》赋物陈情，皆其然而不必然之词，所以意广象圆，机灵而感捷也。"②陆氏尚诗之"真趣"在有意无意、似与不似之间。他反对拘于实相，以柳宗元为反例，而赞赏《诗经》赋物陈情的高超。"然而不必然之词"，指自然感发不拘实相，从而达到"意广象圆"的艺术效果。基于此，陆氏最后概括曰："实际内欲其意象玲珑，虚涵中欲其神色毕著。"③从诗歌创作角度，提出意象表现重含蓄蕴藉之美。陆氏言阮籍以"形情色相"示人，无疑是其诗歌意象论的切实体现。

相似的看法在王夫之《古诗评选》中亦屡次言及，如："诗有叙事叙语者，较史尤不易。史才固以囊括生色，而从实着笔自易。诗则即事生情，即语绘状。一用史法，则相感不在永言和声之中，诗道废矣。此'上山采蘼芜'一诗所以妙夺天工也。杜子美仿之作《石壕吏》，亦将酷肖。而每于刻画处犹以逼写见真，终觉于史有余，于诗不足。论者乃以'诗史'誉杜。见驼则恨马背之不肿，是则名为可怜闵者。"④这里将"诗"与"史"严格区别，诗是"即事生情，即语绘状"，也就是创作上要情景浑融，艺术表现上要余味深长；而史的特点则是"从实着笔"，两者大异其趣。他反对杜甫"诗史"之誉，指摘《石壕吏》"以逼写见真"，将一切说尽，反致"于诗不足"。诗歌艺术的表达要求不道破，完全用意象来呈现，自然透露出对诗歌展现之含蓄蕴藉的重视。王夫之评阮籍"夜中不能寐"一首"字后言前，眉端吻外，有无尽藏之怀，令人循声测影而得之"，正是将对阮诗不尽之意的体认，放在意象之

---

① 叶朗《中国美学史大纲》，上海人民出版社，1985年，第335页。
②③ 陆时雍选评，任文京、赵东岚点校《诗镜》，河北大学出版社，2010年，第12页。
④ 王夫之著，李中华、李利民校点《古诗评选》，上海古籍出版社，2011年，第139页。

上。可见明代阮诗接受与意象中心论的联结。

透过对明代整体诗评的观察，可以明确见到明人在延续前代关注阮诗政治性质之外，复又另辟蹊径，深入挖掘阮诗艺术面向的价值。对其含蓄蕴藉的艺术特点，所展开的多元而深入的探讨，尤其引人注目。进而言之，这乃是诗论家普遍的含蓄趣味的一种表现。而这种含蓄趣味，则以意象中心论为其具体内涵。从对阮籍诗的接受层层透视，也可在明代转向的背后，窥见诗学趣味乃至美学趣味的整体变迁。

（华东师范大学国际汉语文化学院）

论胡缵宗的乐府诗创作与诗学意义

史一辉

内容摘要：作为明代正德、嘉靖年间著述丰厚的官员、学者、诗人，胡缵宗乐府诗的成就尚未受学界关注。胡缵宗的《拟汉乐府》摹拟汉乐府古雅诗风，掺入君臣之义、夫妻之道等道学思想，代表了复古派诗人在古体诗领域的复古实践，既是对前七子诗学复古的完成，也是对前七子摹拟汉魏不足的反思，其特点直接影响了后七子的乐府诗创作和研究。《拟古乐府》是胡缵宗晚年结合生命体验摹拟李东阳《拟古乐府》而作，继承了咏史乐府传统，其文学性高于《拟汉乐府》。胡缵宗首创乐府声容论，力求以乐府诗论通达诗乐相合的礼乐复古理想。胡缵宗的乐府诗创作代表了嘉靖朝士大夫对礼乐现状的不满，以及士大夫与皇权斗争、妥协、合作的微妙心境与复杂关系。

关键词：胡缵宗；明代乐府；复古运动；礼乐

On Hu Zuanzong's Music Bureau Poems and Poetic Significance

Shi Yihui

Abstract: As a prolific official, scholar, and poet in the Zhengde and Jiajing period of the Ming Dynasty, the achievements of Hu Zuanzong's Music Bureau poems have not yet attracted the attention of the academic. Hu Zuanzong's imitation of Han Music Bureau poems imitates the ancient quaint style of Han Music Bureau Poems, and incorporates moral ideas such as the righteousness of king and ministers, the criterion of husband and wife. It represents the retro campaign of ancient poets, completes the Former Seven Schorlars Retro Movement, and corrects the lack of imitating the Han and Wei Music Bureau poems. His Music Bureau poems directly influenced the writing and research of Music Bureau poems by Later Seven Schorlars. Based on the life experience, imitation of Ancient Music Bureau Poems was written by Hu Zuanzong in his later years by imitating Li Dongyang's Imitation of Ancient Music Bureau Poems and inherits the tradition of chanting history Music Bureau poems, and the literary merit of it is more valuable than imitation of Han Music Bureau poems. Hu Zuanzong pioneered the theory of sound and appearance of Music Bureau poems, and strived to use the theory of Music Bureau poems to understand the ideal of restoring ancient ways of ritual and music in harmony with poetry. Hu Zuanzong's Music Bureau poems represent the dissatisfaction of the scholars in Jiajing Dynasty with the status quo of ritual and music, as well as the delicate state of mind and complex relationship between the scholars and the imperial power in struggle, compromise and cooperation.

Keywords: Hu Zuanzong; the Ming Music Bureau poems; Retro Movement; ritual and music

胡缵宗(1480—1560),字孝思,又字世甫,号可泉、鸟鼠山人,巩昌府秦州秦安(今甘肃天水市秦安县)人。正德三年(1508)进士,授翰林院检讨,历官潼州知州、南京户部员外郎、安庆知府、苏州知府等职,又巡抚山东、河南,嘉靖十八年(1539)辞官还乡。嘉靖二十九年(1550)受诬告坐诗语不敬罪入狱,后获救,削官籍还乡。胡缵宗一生交游甚广,他与弘正、嘉靖前期的政坛文坛的重要人物如李东阳、杨一清、湛若水、王阳明、祝允明、杨慎、前七子等多有往来,形成了地跨关中、中原、吴中,学兼诗文、礼乐、理学的知识网络。多重的复杂身份使得胡缵宗在诗文创作和治学上常能兼收并蓄,后发有为,在明代复古运动中以乐府诗而闻名。作为明代中期著名的官员、学者、诗人,胡缵宗一生著述丰厚,著有《鸟鼠山人小集》、《鸟鼠山人后集》、《拟汉乐府》、《拟古乐府》、《愿学编》、《安庆府志》、《雍音》等二十多种著作,涵盖了诗文创作、学术著作、地方志书和诗文选集等四类①,具有重要的研究价值,然而目前学界对胡缵宗的关注较为匮乏。

胡缵宗的乐府诗创作和研究在明代的乐府诗史中可谓独树一帜,却向来不为论者所重。胡缵宗中年之后非常重视乐府诗,所作《拟汉乐府》八卷、《拟古乐府》二卷对嘉靖时期的复古运动和乐府诗创作产生重要影响,他的乐府诗论以及乐府诗研究在明代乐府诗史中都具有代表性。胡缵宗的诗文集现存四种,有《鸟鼠山人小集》十六卷、《后集》二卷,以及《拟汉乐府》八卷、《拟古乐府》二卷,各体诗作1400余首,其中乐府诗约322首,占诗歌创作总量的四分之一左右。据笔者统计,胡缵宗的乐府诗创作数量仅次于王世贞、胡应麟等几位高产诗人,在有明一代作家中位在前列。其乐府诗按文集著录分为三类。第一类是收录在《鸟鼠山人小集》、《鸟鼠山人后集》中的乐府诗,计有24首。此类乐府诗较为杂芜,从诗题来看,既有乐府古题也有自拟新题;从功用来看,有应酬宴享之作、写景抒情之作还有纪事

---

① 冉耀斌、张桂瑞《明代陇右作家胡缵宗著作考述》,《明清文学与文献(第十辑)》,社会科学文献出版社,2021年。

体察之作,故而此类乐府没有明确的创作主题或特征,其创作时间多在早年仕宦南京、安庆、苏州等地之时或不可考。第二类是拟古乐府诗,包括《拟汉乐府》八卷190首(现存155首)、《拟古乐府》二卷108首。此类乐府诗为摹拟之作。《拟汉乐府》和《拟古乐府》皆是有明确创作目的的拟作,也最能体现胡缵宗的乐府思想,宜分而述之。

一、胡缵宗乐府诗的艺术特色

《拟汉乐府》作于嘉靖十七年(1538)夏五月至六月[①],是胡缵宗巡抚山东期间所作。胡缵宗《拟汉乐府自序》云:"缵宗不知诗,亦不知音律,乃不量谬拟乐府古辞若干首,皆于途次舆上,偶乘兴而写愿学之志尔。"[②]故自名为《舆上集》,由门人济南谷继宗辑解,平原邹顺贤评校,济宁靳学颜、钱塘杨祐为之序说。谷继宗在《拟汉乐府附录》中谈到《拟汉乐府》的创作背景:"朝著公孤之萃论也。按王制:天子巡狩,命太师陈诗,以观民风。今当圣驾南幸,中丞胡公用其闾阎歌谣,叶为乐府,贡于朝著。自公卿以下皆有品列,其言精鉴雅至,是非古者采诗观风之意邪? 亦将奏于阙庭,有虞周升歌之气象矣,岂徒拟汉而已乎哉!"[③]可见胡缵宗除了力求在诗歌复古中有所作为之外,也有意以乐府参与朝廷礼乐制作。《拟汉乐府》分乐府为鼓吹曲辞、雅歌曲辞、横吹曲辞、相和歌辞、清商曲辞、舞曲歌辞、杂曲歌辞七类,每类下又附汉乐府在魏晋六朝变体的拟作,涵盖魏晋宋齐梁唐各类共三十二小类。就摹拟对象而言,胡缵宗以汉乐府为宗,搜罗了典籍可见的全部汉乐府古题进行摹拟,又根据魏晋六朝乐府诗,补拟有题无诗的汉乐府。

---

① 董颖《胡缵宗年谱》考证作于1538年。按胡缵宗门人李人龙《叙拟汉乐府后》云"公所作之地与时皆可历而考也……计其时始自夏仲,再阅月而成",可知具体时间在夏五月至六月。

② 胡缵宗《拟汉乐府》,《明别集丛刊·第二辑》第10册,黄山书社,2006年,第469页。

③ 谷继宗《拟汉乐府附录》,《明别集丛刊·第二辑》第10册,黄山书社,2006年,第474页。

胡缵宗对乐府诗史有较为明确的划分,并影响到了《拟汉乐府》的创作。就可见材料而言,胡缵宗是明代第一个对乐府史进行细致分期的学者诗人。何景明、胡缵宗都曾批评郭茂倩、左克明的乐府选诗标准失于杂芜,体现在乐府分期分类观念中就是胡缵宗将唐乐府移出了古乐府范畴,将唐宋元乐府视作汉乐府系统的变体,视作新乐府性质。"乐府起于汉,亦盛于汉","汉乐府浑朴,魏近之,晋乃隽逸,宋已不及晋,齐梁渐流于绮靡,唐变之然不尽如汉,宋于唐愈远,至元极矣"。故而将汉至六朝乐府归为古乐府,将唐宋元乐府视作新乐府。又以汉乐府为正体大力摹拟,其次拟魏,宋齐梁又次之,皆是汉乐府之余续,而以唐乐府为变体,宋元为变体之衰败。胡缵宗的观点影响了其后明代的乐府诗史观念,徐献忠、梅鼎祚的乐府选集都只选汉至六朝乐府,而将唐乐府剔除。

《拟汉乐府》的整体特征是雅正古朴。作为复古派中偏重理学的诗人,胡缵宗对中和的道学思想以及《诗经》、汉乐府诗风的偏爱贯穿始终,《拟汉乐府》可谓其诗歌特点的集中呈现。其实汉乐府中并不乏华美奔放激昂之辞,思想主题也较为丰富,也有讴歌爱情的天真自然之作,但胡缵宗却认为汉乐府的特点是"鼓吹横吹浑而朴,相和清商雅而畅,舞曲杂曲隽而永","奏之郊庙"、"播之军旅","宣畅其心而平其情",以并以此作为摹拟汉乐府的标准。试举其例:

鼓吹曲《临高台》:"临高台,望极浦。水澄澄,兰膴膴。彩凤来仪,骀虞率舞。瑞日出,祥云生。蔀屋谧,寰宇清。泠泠玉管,湛湛金茎。千秋万祀,天子圣明。"

相和曲《平陵东》:"平陵东,千尺松。黄雀巢其上,赤龙慨所终。西京郡守,东郡义公。手提斗剑,目断椒宫。交钱易,走马难。身虽创,力未殚。上报高皇,下报庶官。不为厉鬼,天汉谁安。卖黄犊,买骏马。愿为双黄鹄,飞飞不相下。"

舞曲《安台》:"南山高,黄河长,关中四塞,万国翊吾皇。巍巍磐石固,粲粲躔,尘度昌。文德峻,武功扬。祖武绳尧唐。"

三首诗虽属不同乐府诗类,但在风格和内容上却很相似。句式以杂言为主,手法上多用比兴起首。善用自然山水和礼器瑞兽等典雅的意象,辞句风格平和。其内容以颂扬太平,讴歌君臣之义等人伦纲常为主。这与《上邪》等汉乐府风格迥异。《拟汉乐府》中大部分作品都符合这些特点。

相较于文学风格,胡缵宗更重视对汉乐府题义的摹拟,这充分体现了他的理学家情怀,为此他不惜改动古题之义。胡缵宗在一百九十余首诗题下皆对诗题进行考证,主要对其主旨进行判定,题义雅正者拟之,题义偏离雅正者改之,题义不明者按己意补之。其中,改古题之义的拟作问题最大。胡缵宗拟作乐府的目的之一就是正人伦世情,对道学思想自然时刻不忘。就《拟汉乐府》而言,胡缵宗认为雅正的题义约有以下几类:颂圣、君臣之义、军旅、夫妇之义、天地之道。如拟《将进酒》时,胡缵宗特意批注:"酒将进而必先歌诗以侑之,解者遂以饮酒放歌为言,遂失本意。"在诗中不仅将进酒的场景设置在皇宫筵席上,还使用了"韶濩作"、"干羽舞"等典雅的乐舞情境来消解"饮酒放歌"的违礼之情。实际上汉乐府古辞中"将进酒,乘大白"、"放故歌,心所作"等语与胡缵宗的一本正经本就相去甚远。如果说此首尚是对题义的微调,那么部分题义就是篡改本义了。如汉乐府《上邪》本是写爱情之坚,但胡缵宗却认为古辞是写君臣相知,遂拟作成诗云:"上邪作之,君赉之臣,天地一德。上下交,内外浃,阴阳和,远近悦。云从龙,风从虎,君臣得。山不夷,川不竭,冬不雷,夏不雪。上有高宗,下有传说。"又如《燕歌行》,胡缵宗认为曹丕"但言妇人感时思夫"偏离了汉辞本义,所以在拟作中淡化了"感时思夫"之情,重点写北地军旅的壮大。胡氏尤其喜欢用君臣之义和夫妇之义等道学思想擅改写男女之情的乐府古题之义,此等谬拟不在少数。对于古辞缺失、题义不明的,胡缵宗皆按己意补拟。但是他对补题还是持相对慎重的态度,尽量先从汉乐府的材料中寻找蛛丝马迹,或加以考证,或参考后世拟作,若实在无迹可寻方才尽抒己意。如横吹曲之《黄鹄》古辞缺亡,他根据后世的《黄鹄》拟作推断古辞也当是军旅题材,遂以此为据补拟。又如《黄淡思》,胡缵宗认为其与《黄覃子》声音相近而被后人混淆,遂以梁乐府中写军旅征戍之情为正。

总体而言,胡缵宗《拟汉乐府》的文学价值较为一般。他的拟作在风格上汲取了汉乐府中的雅正古朴,门人谷继宗评其诗"不特时出汉人之上",但他摹拟太过,缺乏新意,词意和格调都未出汉乐府之范畴。正是因为他对古辞亦步亦趋,所以风格杂糅,既有典丽华词也有质朴俗语近似民谣的诗作。他大量用比兴手法,因而部分借自然之景以体道的拟作较为优美流畅而有深韵。他不善铺叙,在处理《焦仲卿妻》等叙事名篇时只是简单罗列,不复乐府章法。胡缵宗浓厚的理学情怀迫使他时刻不忘在《拟汉乐府》中表现"忠厚之旨",甚至不惜擅改古辞题义,使道学家的严肃替代了古乐府的朝气。然而这股道学气却在当时获得了不少呼应,王廷相、张邦奇、蓝田、邹守益等宿儒颇多赞语,朱睦、马汝骥、冯惟讷以及吴中、山东的门人后学也纷纷作序与之呼应。冯惟讷云:"如'西京吏多循良,东京士多节义',视今何如也。"①可见他的部分诗句还隐含着对社会现实的影射,不过较为隐晦难解。邹顺贤评云:"可泉先生适遭其会,尚诸古作,尝以训士矣,乃复拟汉乐府百有九十首,以备诸体,以成一代之制。"②指出《拟汉乐府》之所长在于诸体兼备的宏博。李濂在为胡缵宗作序时曾评价李梦阳和康海:"夫二子者,气格雄浑,宪古而矫今,诚有足多者。若夫诵览之博、造诣之深、名物稽核之精、师友渊源之自,则又不能不逊诸前辈。"③他批评二人的不足之处,恰好是胡缵宗乐府之所长。

相较于《拟汉乐府》,十余年后所作的《拟古乐府》虽然影响力不及前者,但是其文学价值却较前者更高。《拟古乐府》又称《拟涯翁拟

①　顾梦圭《可泉拟汉乐府序》,《明别集丛刊·第二辑》第 10 册,黄山书社,2006 年,第 536 页。

②　邹顺贤《拟汉乐府后序》,《明别集丛刊·第二辑》第 10 册,黄山书社,2006 年,第 530 页。

③　李濂《胡可泉集序》,《明别集丛刊·第二辑》第 10 册,黄山书社,2006 年,第 164 页。

古乐府》,是胡缵宗摹拟李东阳《拟古乐府》所作。李东阳《拟古乐府》共 101 首,胡缵宗每题皆拟,其中有 7 个诗题摹拟 2 首,共作 108 首。胡缵宗《拟涯翁拟古乐府引》:"山中颇暇,顾不量,读公拟古乐府而有感焉,篇拟之,亦百首,外又八首。"①可知《拟古乐府》作于嘉靖三十二年(1553),时当胡缵宗坐诗祸案出狱返乡初期。与《拟汉乐府》摹拟古乐府声调以观风教、溯风雅、成礼乐的创作目的不同,《拟古乐府》是为了接续乐府的诗史传统。明人认为以乐府写史的传统始自元代,"杨廉夫始以史事命题,创为一体"②,李东阳《拟古乐府》续之,开明代咏史乐府先河。胡缵宗对杨维桢亦持肯定观点,认为其乐府"亦成一代之音",而李东阳则在杨维桢之后,"独取其豪迈,爰因事命题、因题措义而拟乐府百篇"③。正因为胡缵宗创作《拟古乐府》是有感而发,胸中携豪迈之气,采取"因事命题、因题措义"的摹拟方法,摆脱了《拟汉乐府》死板的摹拟创作,无论是句式、音调还是题义都没有蹈袭前人,所以诗作多有身世之感,无论是议论还是抒情都更真切感人,间有佳作。胡缵宗根据己意改写了部分诗题,立意和风格也不似《拟汉乐府》蹈袭前人,反而能够结合胡氏的人生经历以及对政治、历史与社会现实的理性思考抒发己意。以二人写陶渊明诗作对比:

> 李东阳《五斗粟》:"五斗粟,不屈人。五株柳,不出门。举世不我容,上作羲皇民。羲皇梦不见,一枕三千春。"

> 胡缵宗《陶靖节》:"人爱五斗米,我爱五株柳。斗米宁折腰,下与儿曹寿。挂冠即日归,归与柳相守。春旭荫茅堂,援琴坐时久。黄花开满篱,况复逢重九。邻里时经过,

---

① 胡缵宗《拟涯翁拟古乐府引》,《明别集丛刊·第二辑》第 10 册,黄山书社,2006年,第 538 页。

② 冯惟讷《拟古乐府序》,《明别集丛刊·第二辑》第 10 册,黄山书社,2006年,第537 页。

③ 胡缵宗《拟涯翁拟古乐府引》,《明别集丛刊·第二辑》第 10 册,黄山书社,2006年,第 538 页。

依依但饮酒。归去抑何为？逍遥无何有。羲黄为吾君，巢
由为吾友。长吟卧北窗，间吟诗数首。"

这两首诗较为全面地代表了二人不同的特点。李东阳原作为三五杂
言短篇，意境浑朴，着重写陶渊明遁世之意。胡缵宗拟作为五言古体
长篇，在更长的时间线里对陶渊明从辞官到隐居的生活场景进行了
具象的刻画，化用古诗意象，沿用李东阳的典故，但却重点表现辞官
归隐后的闲适。结合胡缵宗辞官和坐诗祸案的经历，不难看出他改
换李东阳本题的原因。胡诗中的隐居生活不仅没有遁世的清冷孤
独，相反还有邻里时常经过，饮酒吟诗为伴。这种逍遥的生活不仅与
李东阳《五斗粟》不同，也与陶渊明困窘的生活迥异，完全是胡缵宗宦
海浮沉后的心灵疗慰。整首诗比李东阳原作更有意蕴。虽然以文学
眼光看胡缵宗的《拟古乐府》优于《拟汉乐府》，但《拟古乐府》在嘉靖
及其后明代文坛的意义和影响力却远不如《拟汉乐府》。其原因除了
胡缵宗政治失势等外部原因外，更重要的是由于《拟古乐府》的创作
偏离了所处时代文学活动的重心，更偏向于胡缵宗的个人化书写，其
中心曲自然难觅知音。

二、胡缵宗的乐府诗论

胡缵宗是明代第一位提出较为系统的乐府诗理论的乐府诗家，
他提出的部分乐府诗观念在明代的乐府创作和批评理论方面占据了
承前启后的重要位置。在胡缵宗之前的明代乐府诗人乐府诗创作数
量既少，对乐府诗学的梳理与研究亦多呈现为片段式的评点。洪武
时期刘基、高启、袁华等人乐府诗作虽多，但并无乐府诗论，诸家诗话
诗论也只略涉乐府源流，唯胡翰作《古乐府诗类编》，将郭茂倩《乐府
诗集》加以删削，考定乐府"古之乐章"的性质和教化风俗的功用，但
惜其书只有序言可见，亦未见明人论及其影响。成宣时期亦未有改
观。及至李东阳独推乐府，创《拟古乐府》咏史，接续元末杨维桢乐府
的咏史传统，开始关注乐府诗法和声律。直至成弘年间，诸子兴起，
乐府作家众而乐府论家寡。胡缵宗的乐府诗论首先是对嘉靖朝以前

明代乐府诗观念与创作的总结,在此基础上加以借鉴和创新,他对乐府诗性质的界定、对乐府诗史的划分体现了弘治以来诗坛的演变,并影响了后七子乐府诗学的转向。

胡缵宗认为乐府是可歌舞的入乐之诗,具有诗乐相合的性质且能通过典雅的辞句摹拟。胡缵宗在《拟汉乐府附录》自设问对中云:"诗而可歌可舞可被之弦管者谓之乐府,不可歌舞不可被之管弦者谓之诗。"以歌舞与音乐作为乐府区别于诗的特征,继承了宋元以来的普遍观点。在乐府诗史的梳理上,胡缵宗以上古歌谣和《诗经》为汉乐府源头,以汉乐府为宗,魏乐府次之,六朝乐府间有可取之处,唐乐府为汉乐府之变。胡氏又强调"古乐府"的概念。其《拟汉乐府序》云:"其音调古矣,故不徒曰乐府而曰古乐府。"将汉至六朝乐府定为古乐府,并将康衢之谣、南风之歌、《诗》三百归为古乐府之源头。在诗体流变中,胡缵宗认为"诗初变而为古体,再变而为乐府,又再变而为绝句,又再变而为近体"[①]。在胡缵宗之前,明代尚未有这种对乐府诗体的有系统的完整认识。

胡缵宗在乐府观念上的最大贡献是在总结前人理论的基础上提出了乐府声容论。胡缵宗《拟汉乐府序》云:"志发于言之谓诗,诗发于声容之谓乐府……故不曰诗府而曰乐府。"[②]以声容区别乐府与诗的概念。他又阐释了摹拟乐府"声容"的方式:"苟作之既典,则宣之自协,宣之既协,则按之自谐。协乎辞斯谐乎声,协乎调斯谐乎容。谓汉乐府不可拟乎?"[③]构成了完整的乐府声容论。以声容论乐府是胡缵宗的乐府理论独创。乐府声容论丰富了明代诗乐理论,将拟乐府创作中的音乐问题转化为文学性的辞句声调和审美风格问题,以之作为创作拟古乐府的理论指导,为明代中后期大规模的拟古乐府创作提供了理论基础和实践范式。

声容一词最早见于《礼记·玉藻》:"君子之容舒迟,见所尊者齐

---

① 胡缵宗《雍音序》,《明别集丛刊·第二辑》第 10 册,黄山书社,2006 年,第 423 页。
②③ 胡缵宗《拟汉乐府序》,《明别集丛刊·第二辑》第 10 册,黄山书社,2006 年,第 469 页。

遫。足容重,手容恭,目容端,口容止,声容静,头容直,气容肃,立容德,色容庄,坐如尸,燕居告温温。"①"声容静",郑玄注"不哕欬也",用以形容声音之容,侧重在声。至唐代,声容从一个形容人的仪表概念变为抽象化的乐舞概念。李林甫《唐六典》:"秘书郎掌四部之图籍,分库以藏之,以甲、乙、景、丁为之部目,甲部为经,其类有十……五曰乐,以纪声容律度。"②杜佑《通典》论乐舞:"乐之在耳者曰声,在目者曰容。声应乎耳,可以听知;容藏于心,难以貌观。故圣人假干戚羽旄以表其容,发扬蹈厉以见其意,声容选和则大乐备矣。"③至宋代,声容被视作礼乐的外现和建构礼乐的工具。《论语·季氏》:"孔子曰:'益者三乐,损者三乐。乐节礼乐,乐道人之善,乐多贤友,益矣。乐骄乐,乐佚游,乐晏乐,损矣。'"朱熹谓:"节,谓辨其制度声容之节。"④朱熹又在《通鉴纲目》中引胡三省注:"惟仁者所行皆理,而所安皆乐,是则礼乐之本也。庠序声容,特其具耳。"⑤明人明确继承了宋人的观点。比如《四书大全》注解前引《论语·季氏》条即云:"节,谓辨其制度声容之节。新安陈氏曰:礼之制度,乐之声容。"⑥韩邦奇《苑洛志乐·志乐序》:"乐,生于心者也。有是心而无所寄,宣其意于言,言成章为诗,而犹未足以尽其意也,而被之声容,是谓之乐。乐无诗非乐也,亦无乐也。"⑦胡应麟《诗薮·外编一》:"礼乐,制度、声容也。"⑧可见在明代对礼乐与声容关系的理解已经较为固定。胡缵宗

① 孙希旦撰,沈啸寰,王星贤点校《礼记集解》,中华书局,1989 年,第 834 页。
② 李林甫等撰,陈仲夫点校《唐六典》卷十,中华书局,2014 年,第 298—299 页。
③ 杜佑《通典》卷一四五"乐五",中华书局,1984 年,第 758 页。
④ 朱熹《四书章句集注》,中华书局,1983 年,第 172 页。
⑤ 朱熹撰,朱杰人,严佐之,刘永翔主编《资治通鉴纲目》卷七,《朱子全书(修订本)》第 8 册,上海古籍出版社、安徽教育出版社,2010 年,第 452 页。
⑥ 胡广、杨荣、金幼孜等纂修,周群,王玉群校注《四书大全》,武汉大学出版社,2015 年,第 690 页。
⑦ 韩邦奇著,魏冬点校整理《苑洛志乐》,《韩邦奇集》中册,西北大学出版社,2015 年,第 737 页。
⑧ 胡应麟《诗薮·外编一》,中华书局,1958 年,第 122 页。

对声容与乐的关系也有明晰的认识："夫乐，声容之德至，而律吕之音和。"①就文献而言，乐府声容论的理论灵感很可能直接源自《乐府诗集》。杜佑《通典》论声容的材料即为《乐府诗集》舞曲歌辞转引②。胡缵宗强调乐府可舞的特点，"诗而可歌可舞可被之弦管者谓之乐府"，这与郭茂倩以声容论乐舞的视角相同。胡缵宗虽然批评《乐府诗集》的选诗标准，但是他在考证汉乐府诗题时还是大量参考了《乐府诗集》的材料。正是以上的背景之下，胡缵宗将声容概念引入了乐府诗论。

所谓声容，并非传统乐府定义中的歌舞与音乐，而是指声调与格调。《拟汉乐府序》云："苟作之既典，则宣之自协，宣之既协，则按之自谐。协乎辞斯谐乎声，协乎调斯谐乎容。谓汉乐府不可拟乎？"③乐府之独特在于声容，声容的基础是辞调，由"辞"可发"声"，由"调"可通"容"，而实现"辞"、"调"谐协的方式则是创作典雅的辞句。所谓"辞"、"调"分指辞句的声调与格调④，"声"即在"辞"之上形成的声调美感、"容"即在"调"之上形成的诗歌美感。"辞"与"调"强调的是创作技法层面的声律与文辞，"声"与"容"强调的是文本形成后的美学呈现。"辞调"为里，"声容"为表，类似诗与乐的对应关系。胡缵宗曾评价汉乐府"按其声，玩其辞，意俱在言外"⑤，所说的"意"即对应"声"与"容"。具象的"辞"、"调"和抽象的"声"、"容"组成了乐府声容论的二层结构。

---

① 胡缵宗《春秋本义序》，《鸟鼠山人后集》，《明别集丛刊·第二辑》第10册，黄山书社，2006年，第428页。

② 郭茂倩编撰，聂世美、仓阳卿校点《乐府诗集》卷五十二"舞曲歌辞"，上海古籍出版社，2016年，第659页。

③ 胡缵宗《拟汉乐府序》，《明别集丛刊·第二辑》第10册，黄山书社，第2006年，第469页。

④ 胡缵宗《拟汉乐府序》："(乐府)上原雅颂，下薄骚选，后有作者，其能外其格调、同其音响也哉。"

⑤ 胡缵宗《拟汉乐府序》，《明别集丛刊·第二辑》第10册，黄山书社，2006年，第469页。

显然,胡缵宗所论之声容吸收了李东阳的诗声理论以及盛行的格调说。"声"是指声调及其美感,在"声"的层面胡缵宗显然继承了李东阳的观点,追求乐府辞句"长短、疾徐、轻重、高下"的协调。以声论乐府,前人已有论述。《文心雕龙·乐府》:"故知诗为乐心,声为乐体;乐体在声,瞽师务调其器;乐心在诗,君子宜正其文。"①刘勰"乐体在声"、"宜正其文"的观点与胡缵宗的路径颇为相似。以"声"论诗也是明代诗学理论的特色,杨士弘"审音律之正变"、高棅"声律纯完"是明代前期诗声理论的代表。胡缵宗对二人的唐诗选本非常熟悉,但是如前所述,胡缵宗对汉唐乐府作了严格的界分,所以他对高、杨的理论接受也主要集中在唐诗品评之内,在乐府诗论上对胡缵宗产生直接影响的还是李东阳。胡缵宗曾拜在李东阳门下,供职翰林院时期胡缵宗参与《孝宗实录》的编修,对李东阳十分崇敬。李东阳《怀麓堂诗话》云:

　　　　今之歌诗者,其声调有轻重、清浊、长短、高下、缓急之异,听之者不问,而知其为吴为越也。汉以上古诗弗论。所谓律者,非独字数之同,而凡声之平仄亦无不同也。然其调之为唐、为宋、为元者,亦较然明甚。此何故耶? 大匠能与人以规矩,不能使人巧。律者,规矩之谓,而其为调,则有巧存焉。苟非心领神会、自有所得,虽日提耳而教之无益也。②

　　　　陈公父论诗专取声,最得要领。潘祯应昌尝谓予诗宫声也。予讶而问之,潘言其父受于乡先辈曰:"诗有五声,全备者少。惟得宫声者为最优,盖可以兼众声也。李太白、杜子美之诗为宫,韩退之之诗为角,以此例之,虽百家可知也。"③

李东阳所论之声不在平仄,而在于声调"轻重、清浊、长短、高下、缓急"的变化。由声调变化形成的不同声调美感,也就是诗之宫、角五声。五声之别重点在于声调美感风格之不同,而非等级优劣。宫声

---

① 刘勰著,范文澜注《文心雕龙注》,人民文学出版社,1962 年,第 102 页。
② 李东阳撰,周寅宾校点《李东阳集》(三),岳麓书社,2008 年,1510—1511 页。
③ 李东阳撰,周寅宾校点《李东阳集》(三),岳麓书社,2008 年,第 1505 页。

之所以为最优,其中固然有高下、雅俗之分的意味,但其重点还是在于宫声"可以兼众声"。五声也就成为了不同的声调风格,代表了不同朝代、不同诗人的诗声。胡缵宗显然继承了这种观点。他虽然以汉为宗,实际广泛摹拟,没有囿于汉魏之调,亦旁涉魏晋六朝乐府,正是以求全"调"的表现。此外,"这种音韵不等同于格律,而是指一种内在的自然节奏,这种节奏能够动荡血脉,激发人的内在精神力量"①。在李东阳和胡缵宗之前,明代尚未有对乐府声调诗法如此细致的论述。胡缵宗与李东阳论声调之不同在于,胡缵宗所论之声调除了指格律上的声调,还有声调的差异化美感和诗人的情思性气。② 这实际上是胡缵宗对前七子的借鉴,又涉及到对"容"的理解。

"容"是指乐府诗声调之上形成的格调,即在摹拟古乐府声调之后形成的诗歌美感。《拟汉乐府序》云"(乐府)协乎调斯谐乎容",乐府之"容"的基础就是诗之"调"。这里的"调"与乐府之"声"所指的声调不同,是指措辞、命义的"格"或者"格调"。③ 胡缵宗与复古派的许多诗人相似,引用"格"、"调"论诗。如:

> 伯谦所选亦精矣,而廷礼所选加严焉……伯谦其主于调,廷礼其主于格乎。汉诗无调与格,而调雅而格浑,唐诗有调与格,而调适而格隽。五代而下,调不协而格不纯,未见其有诗也。(《刻唐诗正声序》)④

> 诗自三百篇而后,汉尚矣,魏亦何可及也。曹氏父子兄弟固汉之支也,而魏之源开矣,质朴浑厚,春容隽永,风格音调自为阳春白雪。(《陈思王诗集序》)⑤

---

① 杨艳香《明代声诗及其学术背景》,《文艺评论》2011 年第 6 期。

② 参看郑利华《前后七子研究》,上海古籍出版社,2015 年,第 150 页。

③ 胡缵宗《拟汉乐府附录》又云"元杨铁崖……无问格调,即其措辞、命义,已在汉风韵外矣",是为对"格调"内容之阐释。

④ 胡缵宗《鸟鼠山人小集》,《明别集丛刊·第二辑》第 10 册,黄山书社,2006 年,第293 页。

⑤ 胡缵宗《鸟鼠山人小集》,《明别集丛刊·第二辑》第 10 册,黄山书社,2006 年,第285 页。

风格韵致，要不出于少陵，自为秦中一诗品。(《西玄诗集序》)①

"风格"、"音响"与"风格"、"韵致"即分别对应"格"、"调"，故而胡缵宗论诗之"格"是指声调之外的审美风格，"调"是指声调以及在此之上形成的声调美感。

需要说明的是，胡缵宗在使用"格"、"调"、"格调"等概念时不够严谨，其概念所指需要辨明。胡缵宗著作中凡三次使用"格调"一词，都用作乐府批评。《拟汉乐府自序》："(乐府)上原雅颂，下薄骚选，后有作者，其能外其格调，同其音响哉。"②《寄大司马浚川公书》："夫汉乐府，类皆奏之郊庙、播之鼓吹，至于相和，又有清平瑟楚四调，其格与调又皆意在言外，固三百篇之余也。魏缪袭，晋傅玄已失其本旨，况元铁厓邪？近始见杨本，无问格调，与汉不同。"③《拟汉乐府附录》："元杨铁崖其才不可及，无问格调，即其措辞、命义，已在汉风韵外矣。"④可见"格调"连用作为一个独立语词用作乐府诗批评时，"格调"是与音响相对的概念，其涵指等同于"格"。"格"与"调"，"格调"与"音响"，实是相同的两组概念，而"格"所代表的诗学审美风格和"调"所代表的声调美感则是胡缵宗诗学批评理论的左右柱石，在使用时会成对出现。由此可见，胡缵宗在《拟汉乐府自序》"协乎辞斯谐乎声，协乎调斯谐乎容"⑤所说的"调"之"容"，是与"辞"之"声"相对的一组概念，我们可以确定"辞"之"声"是指声调所代表的声调美感，那么"调"之"容"就是指"格"(格调)所代表的诗学美感。

廖可斌先生认为"调"是指"诗歌作品中情与理、意与象、诗与乐

---

① 胡缵宗《西玄诗集序》，《明别集丛刊·第二辑》第 10 册，黄山社，2006 年，第 305 页。

②⑤ 胡缵宗《拟汉乐府》，《明别集丛刊·第二辑》第 10 册，黄山书社，2006 年，第 469 页。

③ 胡缵宗《鸟鼠山人小集》，《明别集丛刊·第二辑》第 10 册，黄山书社，2006 年，第 348 页。

④ 胡缵宗《拟汉乐府》，《明别集丛刊·第二辑》第 10 册，黄山书社，2006 年，第 476 页。

相结合所构成的具有动态特征的总体形态，或者说混合流；'格'即指这种混合流的境界、层次的高下。'格'就是'调'之'格'，它并不脱离'调'而单独存在"①，这一定义与胡缵宗所论大致相合。因此，作为与声调相对的拟乐府核心要素，情与理、意与象、诗与乐组合形成的诗学美感就是乐府之"容"的主要内涵。

乐府声容论的理论意义正在于对声调之美感与格调之美感加以区分，并以二者叠加形成的"意"作为音乐美感，由此实现汉乐府由音乐到文辞的徒诗化摹拟。乐府声容论的现实意义在于为唐宋以来乐府是否可拟的问题提供理论指引，即通过声调的变化和典雅的格调可以调适出合乐的古乐府诗，摹拟出汉乐府的意境，为明代中后期大量的拟古乐府创作提供了理论基础。乐府诗自汉代后逐渐与音乐脱离关系，向着徒诗化的方向发展。到了唐代，诗乐关系已经达到了非常紧张的状态，新乐府运动对乐府传统的翻新自立恰可以视作这一紧张关系的表现。到了宋代，人们普遍认为古乐府②其音乐已失，形成了"唐后无乐府"的观念，一部分诗人将古乐府视作博物馆之化石，并将对乐府传统和雅文化的诉求投入到词曲等"新乐府"形式的创作之中，而另一部分对古乐府孜孜以求的诗人则围绕古乐府是否可摹拟而至、如何摹拟的问题产生了争论。一类作者绕开古乐府的音乐性与文学性问题，着重发挥乐府诗"因事立题"的特征，围绕乐府诗题进行摹拟创作，补题诗义未明的乐府古题，或自拟新题，一定程度上是对新乐府运动的延续。另一类则尝试解决拟古乐府的音乐性问题，并产生了两个走向。一者以乐定诗或作诗配乐，在实践中探索诗乐相合的乐府诗创作，一者继续向着徒诗化努力，以种种文学元素的建构通达诗乐相合的古乐府诗境。胡缵宗以典雅的"辞"、"调"复古乐府之"声容"的理论即属于最后一种方式。乐府自汉代始立时，即存在未曾入乐的徒诗，对此古人已有认识。实际上自唐以后，诗人逐

---

① 廖可斌《明代文学思潮史》，人民文学出版社，2016年，第212页。

② 本文所说的古乐府主要指狭义的汉乐府。在明代，古乐府的所指范围不尽相同，大多以汉乐府为古乐府，也有以汉魏乐府、唐前乐府、汉至唐乐府为古乐府的观点。

渐对乐府诗与音乐的关系有了理论认识。如元稹《乐府古题序》:"乐府等题,除《铙吹》、《横吹》、《郊祀》、《清商》等词在《乐志》者,其余《木兰》、《仲卿》、《四愁》、《七哀》之辈,亦未必尽播于管弦明矣。后之文人达乐者少,不复如是配别。"①元稹上溯汉乐府之源头,考证了汉乐府中不入乐的诗题,即是为拟乐府的徒诗化提供了理论支撑。在此基础上,诗人对乐府徒诗化的认识又更深一层。如宋王灼认为:"今乐府古题具在,当时或由乐定词,或选词配乐,初无常法。"②王灼对诗乐关系的分析在元稹之上更深一步,解除了乐府诗对乐的绝对依附与绑定。

虽然乐府诗与音乐的关系不再坚不可分,但唐代之后的普遍观点仍然是汉乐府不可拟。《四库全书总目》评胡缵宗《拟汉乐府》即说:"汉乐府多声词合写,不能复辨。沈约《宋书》言之甚明,缵宗乃揣摩题意为之,殊类于刻舟求剑。况唐人歌诗之法,宋人不传,惟《小秦王》一调勉强歌之,尚须杂以虚声乃能入律。宋人歌词之法,元人亦不传,白石道人歌曲自度诸腔所注节拍,今皆不省为何等事矣。缵宗乃于千年以外求汉乐府之音节,不愈难而愈远乎!"③可谓是对前人观点的总结。汉乐府确有"声词合写"现象,更夹杂套语,又经叠唱,文辞混乱,拟之如"刻舟求剑",但也有题义明确、文献传存完整或本就未曾入乐的可拟之诗。历代拟汉乐府诗有求古乐府技法的诗技摹拟,有求音声的诗声摹拟,还有以接续乐府传统为追求的文化摹拟。对明人来说,他们普遍将后二者视作拟汉乐府的主要追求,并以上溯三代秦汉礼乐文化为最根本的拟古乐府目的。胡缵宗的乐府声容论正是明人力图以复乐府音声接续乐府传统的理论建构,其目的并不完全是通过考据音声还原汉乐府之原貌,而是为接续古乐府传统、重塑礼乐文化提供一条逻辑自洽且可操作性强的乐府诗学理论路径,并将之在诗学创作中发扬光大。所以正如胡缵宗的门人谷继宗所

---

① 元稹著,冀勤点校《元稹集》,中华书局,1982年,第254页。
② 王灼著,彭东焕,王映珏笺证《碧鸡漫志笺证》,巴蜀书社,2019年,第35页。
③ 《四库全书总目》卷一七六集部二十九,中华书局,2003年,第1571页。

言,拟汉乐府"虽曰拟之,其实作之",这也是以复古为旗帜的文人普遍现象。胡缵宗的这一基于诗乐合一理论的乐府徒诗化创作与批评理论,对其后李攀龙、谢榛、王世贞、吴国伦、胡应麟等重要乐府大家都产生了影响。

三、胡缵宗诗歌的接受及诗学意义

胡缵宗的诗文在嘉靖朝后世因种种原因被埋没,这也使其乐府诗的诗学意义未能得到充分的发掘。实际上,胡缵宗在当时的文坛有着不可忽视的影响力。他作为轰轰烈烈的复古运动和嘉靖朝复杂的礼乐论争的参与者和旁观者,入乎其中又出乎其外,因而在反思文学复古和朝廷礼乐的问题时具有独特的视角。他是杨一清、李东阳的门生,与前七子复古阵营中的核心成员李梦阳、何景明、康海、王九思、王廷相、李濂等人关系密切,又同湛若水、王阳明、马理、吕柟等理学大家相与论学。作为秦陇士人,胡缵宗对关中文化推崇备至,与关中同乡交厚;早年主政苏州时期,胡缵宗重修礼乐,与文征明、祝允明等吴中文人诗文往来,同时奖掖后进,提拔了王宠、袁袠、黄省曾等一批青年才俊;巡抚山东,又与山东冯氏兄弟、蓝田等山东士子共溯礼乐;六朝初唐派杨慎、唐宋派王慎中、后七子中的谢榛也与胡缵宗交往深厚。在理学上胡缵宗恪守程朱理学,尤其服膺河东学派的观点。在文学观点上,胡缵宗最推重李梦阳和康海的复古主张,但是又能吸纳诸家观点,反思前期复古之弊。胡缵宗《拟汉乐府》作于嘉靖十七年,逦一成诗即抄送友人弟子广为传诵,且在嘉靖三十二年《拟古乐府》完成前即刻印流传,所以《拟汉乐府》的传播时间恰好在前后七子文坛接棒的时期①。在嘉靖朝时期,胡缵宗的诗歌颇受时人认可。崔铣认为他的诗不逊于李梦阳、何景明,王慎中称赞其诗"宏深",有"深厚之气"是"周之遗也",与前七子交厚的复古派重要成员李濂也认为他可以"驰声艺

---

① 廖可斌《明代文学思潮史》以嘉靖二十六年至嘉靖四十一年为第一阶段;郑利华《前后七子研究》中认为嘉靖二十七年至嘉靖三十四年是后七子文学集团前期的创举阶段。

林与之(康海、李梦阳)媲美"。胡缵宗在苏州太守任间对吴中文坛产生了深远的影响,吴中文人大多对他非常崇敬。他修文庙,复古礼,奖掖后进,培养了一大批门人士子,政声极佳,离任后吴人为之修建生祠。徐师曾《太学生张公墓志铭》:"郡守胡公缵宗雅志尚儒,简士造就。"①直至明末清初,苏州士子仍缅怀其人其事。徐树丕就曾在《识小录》中回忆:"缵宗曾守吾苏,风流儒雅,至今称之……邢丽文先生名参,酷贫。太守胡缵宗最下士……微服访之,必坐谈竟日。"他在苏州讲学复古:"文莫盛于退之,而文之体则变矣;诗莫盛于子美,而诗之体则变矣。故文必以六经为准,而秦汉次之;诗必以三百篇为准,而汉魏次之。"②胡缵宗于嘉靖六年离任苏州,十二年后完成《拟汉乐府》,寄送吴中门人,获得了热烈的响应,足见吴中士子对他的拥戴。

四库馆臣评价胡缵宗诗"激昂悲壮,颇近秦声。无斌媚之态是其所长,多粗厉之音是其所短",其实不确。总体来看,胡缵宗的诗歌风格多样,百态丛生。"激昂悲壮,颇近秦声"确实是胡缵宗诗歌的重要特点,且是胡氏有意为之。作为关中士人,胡缵宗对秦陇文化十分推崇,他不仅在经学上以关学为基,还曾编选《雍音》以彰雍地之诗。所谓秦声,亦称西音、雍音。《论语·述而》:"子所雅言,《诗》、《书》、执礼,皆雅言也。"孔颖达注:"雅言,正言也。"刘宝楠《论语正义》曰:"周室西都,当以西都音为正。"秦地为西周故地,所以秦声被视作承周之雅言。胡缵宗即持此种观点。他认为"《秦风》,周之旧也",以《诗经·秦风》作为秦陇诗歌的源头,后世秦地之诗"按乎声律,则成周之诗"③。胡缵宗诗"激昂悲壮"、"多粗厉之音"的特点皆由他对周之秦声(风)的摹拟学习而来。但是胡缵宗不止推重周代秦声,对汉至唐乃至宋元之秦声亦颇为看重,所以他能对多种诗声兼收并蓄。如:

音也者,饮也。刚柔清浊和而相饮也,是诗之体裁也。

---

① 徐师曾《湖上集》卷十二,《明别集丛刊·第三辑》第5册,第350页。

② 袁褧《胡苏州集序》,《明别集丛刊·第二辑》第10册,黄山书社。2006年,第165页.

③ 胡缵宗《雍音序》,《明别集丛刊·第二辑》第10册,黄山书社,2006年,第423页。

今观苏李之淳朴、秦徐之凄惋、傅阴之质邃、李杜之雄浑、王韦之精澹、益贺之隽奇、权窦之冲赡、白杜之平逸，以至宋元之疏散，大都三百篇之余韵，而西周之流风也。（《雍音序》）①

陇西有诗人曰李太白、权载之、李长吉……可以诏后世矣。然学豪隽而不至，易失之放；学奇拔而不至，易失之怪；学雅淡而不至，不失之俚则失之枯。以今之人学古之诗，由三子而三百篇岂易易哉。（《权载之诗序》）②

可见胡缵宗对诗风的摹拟不仅限于某一种，而是兼采众长。这一特点也反映在他的诗歌创作中。在不同时期，胡缵宗的诗作表现出不同的特点。他颇具武备之才，多次参与平叛，故而其战争题材诗作颇多，有豪气激昂之气；他在苏州时期所作，应酬游宴之诗华丽精致，应答酬唱之诗雅淡沉劲；他晚年拟古之作又多质朴雄浑之气。他写景游历之诗因景抒情，或奇崛或清新或灵逸；记录社会生活之诗颇多悲悯无奈之叹，有诗史之义；讽刺时事之作则笔法辛辣，托古讽今；理趣诗则多以时空和自然之道为题，也并不枯燥乏味。由此观之，胡缵宗的诗歌具备一定的文学价值，为何却在明清两代湮没不闻？

成就事物的优点往往就是它的缺陷所在。就胡缵宗的文学创作来说，他兼收并蓄的广博诗风和对古人及前辈的过度摹拟使得他的诗歌缺乏个人特色，这也是明清人批评他的重要原因。目前所见最早对胡缵宗提出批评的是王世贞。王世贞作"鼓腹诗"评点明朝前辈名家谓"胡孝思如娇儿郎，爱吴音，兴到即讴，不必合板"③，实则化用俞文豹《吹剑录》评苏轼词之语④批评胡缵宗关西大汉作吴语诗，不合

---

① 胡缵宗《雍音序》，《明别集丛刊·第二辑》第 10 册，黄山书社，2006 年，第 423 页。

② 胡缵宗《权载之诗序》，《明别集丛刊·第二辑》第 10 册，黄山书社，2006 年，277—278 页。

③ 王世贞《弇州四部稿》卷一百四十八说部，《明别集丛刊·第三辑》第 35 册，第 341 页。

④ 陶宗仪《说郛》第四册卷二十四引《吹剑续录》："东坡在玉堂日，有幕士善讴，因问：'我词比柳词何如？'对曰：'柳郎中词只好十七八女孩儿，执红牙拍板唱"杨柳岸晓风残月"。学士词须关西大汉，铜铁板唱"大江东去"。'公为之绝倒。"中国书店，1986 年，第 9 页。

章法,要非本色。另一则是王世贞记述胡缵宗诗祸案过程的材料,其结尾云:"人谓孝思意气差胜苏长公,才不及耳。"①值得注意的是,后世论胡缵宗诗祸案的文献几乎都摘录或借鉴了王世贞的这段论述,但在结语的引用上却产生了差异。蒋一葵、张萱、江盈科、邓元锡、陈田、万斯同等人照录原文,而焦竑、过庭训、钱谦益等人则删去了后半句"才不及耳"的表述。从这一句褒贬,可见明人对胡缵宗的评价尚有分歧。如果说王世贞的批评只是一时之论,那么朱彝尊的评点则是一锤定音了。朱彝尊《明诗综》除了收录王世贞"娇儿郎"的比喻外,还新增了几则"猛料":"蒋仲舒云:中丞天质颖敏,亦一关中之隽。第命意浅率,不足多传。《诗话》:孝思诗未入格,顾沾沾自喜,到处留题……其意气有不可及者。然诗实牵率。晋江王道思序之,称其'宏深精毅',盛归美于秦风。毋亦嗜秦人之炙者与?"②从王世贞到朱彝尊,就此形成了对胡缵宗的定评。观念固化后,误解愈演愈烈。以至于清人蒋超伯在《南漘楛语》卷五中批评明人积习之"剿袭之陋"时,就特以胡缵宗仿李东阳乐府为例,指斥胡氏"全仿"西涯的行为。其实如前所述,胡缵宗摹拟西涯乐府只是取其题义,至于命题和辞义则多有出新。另外,胡缵宗对汉魏唐诗的推崇,使得他的部分诗学观点易被指摘。例如游潜即在《梦蕉诗话》中批评胡缵宗"唐有诗,宋元无诗"的观点。实际上胡缵宗对宋元诗也有格调上的认识,并不是全盘否定。此种误解愈深,遂使胡缵宗诗之价值被长期埋没。

总结来说,胡缵宗乐府诗创作现象的意义主要体现在以下四个方面:

一是《拟汉乐府》代表了复古派作家在古体诗域的复古创作向汉魏诗风的转向,并成为复古运动深化的标志。前七子引领的复古派诗歌创作硕果累累,但时至正德、嘉靖时期,复古派作家们的分歧以及对部分复古派重要成员的批评声音开始出现,其中重要的一项就

---

① 王世贞《弇州四部稿》卷一五〇说部,《明别集丛刊·第三辑》第35册,第356页。

② 朱彝尊《明诗综》第3册,中华书局,2007年,第1651页。

是对李、何等人古体诗复古创作的反思。胡缵宗即认为，"弘治间，李按察梦阳谓诗必宗少陵，康殿撰海谓文必祖马迁，天下学士大夫多从之……虽言人人殊，而其归则迁与甫也"①，他认为李梦阳引领的诗学风尚其核心是宗唐之杜甫，这就与他提倡的汉魏乐府诗风殊途异趣。其门人邹顺贤说："国朝救弊以通其穷，然亦不能无救弊之失、慕古者病焉。关中豪杰首倡而厘正之，海内景从，文章为之一变矣。可泉先生适遭其会，尚诸古作，尝以训士矣，乃复拟汉乐府百有九十首，以备诸体，以成一代之制。"②在嘉靖时人看来，近体诗拟唐复古成绩斐然，但是古体诗却仍未达到汉魏的气格。事实上，以李梦阳、何景明为核心的复古派早期的诗歌摹拟虽然也重视古体诗的创作并以汉魏为尚，但其诗风却更近盛唐而非汉魏。《明诗综》李梦阳条引邵弘斋云："国初诗是元……至弘、德来，骎骎乎盛唐矣，如何大复、李空同。"③可见盛唐诗风实为当时之主流，也影响到了古体诗创作，使得古体诗的诗风更多汲取了晋唐诗人的清秀与"性灵"④，不似汉之浑朴。虽然明人也对盛唐诗人的古体诗创作颇为嘉赏，但在部分诗人的观念里，盛唐却是古体诗衰落的开始⑤，因而在古体诗的创作上，汉魏古诗较之李杜等盛唐名家的歌行古体更为时人所推崇，而作为汉魏典范、"最近风骚"的乐府诗自然受到愈多诗人的关注，被视作古体诗复古的先锋诗域。即使徐祯卿这样非常重视古体诗和乐府诗的作家，其早期

----

① 胡缵宗《西玄诗集序》，《明别集丛刊·第二辑》第 10 册，黄山书社，2006 年，304—305 页。

② 邹顺贤《拟汉乐府后序》，《明别集丛刊·第二辑》第 10 册，黄山书社，2006 年，第530 页。

③ 朱彝尊《明诗综》第 3 册，中华书局，2007 年，第 1479 页。

④ 如《明诗综》李梦阳条引孙枝蔚云"先生五言古诗本于陆、谢，句中皆有筋骨"，杨慎也认为"其古诗缘情绮靡，有徐、庾、颜、谢之韵"。王世贞《胡元瑞绿萝馆诗集序》评何景明诗"鸣鸾佩琼，万象咳唾"，又陈子龙等《皇明诗选》评何诗"姿制赢秀，神气和朗"，皆非汉魏气象。

⑤ 李濂《答友人论诗书》："人有恒言：诗莫盛于唐。仆意唐但盛于歌行、近体耳，五言古体其衰于唐乎！"《嵩渚文集》卷九十，《明别集丛刊·第二辑》第 33 册，黄山书社，2006 年，第 58 页。

的拟古乐府创作仍偏近六朝和唐代乐府,后期才转向汉魏。① 所以嘉靖十七年胡缵宗《拟汉乐府》完成后,即被评论者放在复古运动的流变中进行评述。其门人邹顺贤就从此一方面指出胡缵宗乐府的意义:"弘治、正德间以选律济经术之缺,斐然文矣。而今正乐府以通选律之变,不亦翕然备矣。"②胡缵宗拟作乐府无论是创作目的、审美风格还是诗歌题旨都以汉魏为尚,正是在复古运动向古体诗域拓展的背景下产生的,也大力推动了这一进程的发展。

二是《拟古乐府》象征着胡缵宗晚年乐府诗学的转向,接续了咏史乐府传统,代表了明代拟古乐府的另一条路径。诗史传统源远流长,乐府诗史传统则起自元人杨维桢。王礼培云:"杨廉夫……乐府尤所擅名,然全失古意,丧其朴拙之致,其思益巧,其离愈远,流而为李东阳、胡缵宗及清代之尤侗,其焰久而日炽,至今犹承其弊。"③李、胡之乐府未必全习杨维桢乐府之弊,但由杨维桢到李东阳、胡缵宗、尤侗这条以乐府写史的承袭关系是清晰的,他们都继承了杨维桢开创的乐府诗史传统。李东阳《拟古乐府引》:"尝观汉魏间乐府歌辞,爱其质而不俚,腴而不艳……元杨廉夫力去陈俗而纵其辩博,于声与调或不暇恤。延至于今,此学之废盖亦久矣。间取史册所载,忠臣义士,幽人贞妇,奇踪异事,触之目而感之乎心,喜愕忧惧,愤懑无聊不平之气,或因人命题,或缘事立义,托诸韵语,各为篇什。"④李东阳的创作本意是重拟汉魏乐府歌辞的声调,为遵循有感而发的乐府创作传统,所以将心有所感的历史人物和事件援引为题义。但《拟古乐府》刊行后,其摹拟汉魏的本意反被逐渐忽视,其以乐府记史的创作

① 参见崔秀霞《徐祯卿诗学思想研究》第五章第三节内容,北京语言大学博士学位论文,2008年,第133页。

② 邹顺贤《拟汉乐府说》,《明别集丛刊·第二辑》第10册,黄山书社,2006年,第532页。

③ 王礼培《小招隐馆谈艺录初编》卷三,《中国诗话珍本丛书》第22册,北京图书馆出版社,2004年,第807—808页。

④ 李东阳撰,周寅宾校点《李东阳集》(一),岳麓书社,2008年,第1页。

方法却为人所重,被视作明清咏史乐府的开端。李东阳的门生胡缵宗也正是以乐府诗史的创作态度写作《拟涯翁拟古乐府》。胡缵宗《寄大司马浚川公书》:

> 承示佳什,汎汎乎黄钟之音、白雪之调也,三复之,不待入伊洛、坐春风,已领其指授矣,敢顿首谢。某伏读涯翁乐府,窃疑古乐府何如是易也! 及读房中、铙歌、横吹诸曲,又见汉乐府何如是古也。每欲通其句读,辄畏难而止。近于青、兖之间舆上,辄不揣拟得汉乐府百有九十首,类多浅俚,涯翁之门且不敢望,况汉邪? 然亦一时意兴也。夫汉乐府,类皆奏之郊庙、播之鼓吹,至于相和,又有清、平、瑟、楚四调,其格与调又皆意在言外,固三百篇之余也。魏缪袭,晋傅玄已失其本旨,况元铁崖邪。近始见杨本,无问格调,与汉不同,开卷见辞旨,即与汉异矣。然汉去三百篇不远,后世去汉远,无怪其不类也。抑不知所见是否? 敢并请于大雅君子门下,伏乞俯而教之,即立尺雪门下矣。[1]

可见嘉靖十七年胡缵宗创作《拟汉乐府》时就已经对李东阳《拟古乐府》非常熟悉,但彼时他却以汉乐府为师,同样注重文辞格调的摹拟。

在《答太宰湛甘泉公书》中胡缵宗对《拟汉乐府》之作深自悔过:"乐府,缵宗诚不当作。然亦出于一时乘兴,偶于舆上为之耳,非敢耽于吟咏而废诗书也,亦非敢工于篇什而辍政事也。初乘兴时,意以为与其闷睡于舆中,孰若吟弄于舆上,而自不知其堕于末俗也。数承教,及今知过矣,今知过矣!"[2]湛若水是保守的理学大家,对文学的看法比较狭隘。胡缵宗早年在翰林院编修《孝宗实录》时即与之相识。如前所述,胡缵宗《拟汉乐府》本就是道学色彩浓郁的诗,即便如此依

---

① 胡缵宗《寄大司马浚川公书》,《鸟鼠山人小集》,《明别集丛刊·第二辑》第10册,黄山书社,2006年,第348页。
② 胡缵宗《答太宰湛甘泉公书》,《鸟鼠山人小集》,《明别集丛刊·第二辑》第10册,黄山书社,2006年,第348页。根据太宰的称谓,该书当作于湛若水南京吏部尚书任内,结合胡缵宗《拟汉乐府》的创作时间,其写作时间当在嘉靖十七年底至嘉靖十八年五月间。

然不受湛若水的认可。从"数承教"等语来看,湛若水对胡缵宗写作《拟汉乐府》的批评态度非常严厉,以致胡缵宗在着意创作了《拟汉乐府》这部大部头的得意之作后十五年内未再参与乐府创作。

直至嘉靖三十二年,历经十五年的宦海风波,先是因罪辞官,又因诗祸诬案削籍为民回归故里,此时的胡缵宗结合生命体验再读涯翁乐府,他的乐府观念发生了变化,为了不再"堕于末俗",他选择了文学之外的另一条乐府诗创作方向,继承恩师李东阳的衣钵创作咏史乐府,将乐府由文学之道、礼乐之道转向历史之道,在对历史永恒性的追求中寄托个体生命的呼喊和沉思,探求现实伤痕之外的慰藉和超越现实的价值。在具体的创作上,他将视野移至李东阳"因事命题"的方法和"取其豪迈"的风格上,彻底摆脱以往摹拟汉魏的局囿,由偏重诗歌格调和礼乐道德的政治教化,转向对历史、现实和个体生命的反思,由此完成了晚年的诗学转向。这一转向的内因是他的生命际遇和治学沉思,其外因则是湛若水对他的批评。胡缵宗摹拟李东阳的《拟古乐府》虽然在史事取材上完全仿照了李东阳,并因此受到了不公正的批评,但是在题义上他却能结合身世和社会现实有感而发,实则新意迭出,更具文学意味,其成就高于《拟汉乐府》,放诸明代咏史乐府中考察也当有一席之地,而他着力接续的乐府诗史传统也在明清两代得到发扬,形成了咏史乐府创作的浪潮。就此,胡缵宗完成了从文学上摹拟汉魏乐府、从文化上追溯礼乐传统,到从历史中追寻至高之"道"的转变。从这个角度说,胡缵宗是明代乐府创作最为全面的诗人之一。

三是胡缵宗的乐府诗创作标志着弘正以来兴起的乐府创作潮流达到高峰,影响了其后的乐府诗创作。自弘治年间李东阳作《拟古乐府》后,诗人们对拟乐府创作的兴趣大增,形成了一股乐府创作热潮[①],这股创作热潮独立于复古运动之外,后又与复古运动交并。胡缵宗《拟汉乐府》的完成,可以视作前七子阶段复古派乐府创作活动

---

① 参见杨焄《明人编选汉魏六朝诗歌总集研究》第三章第五节,复旦大学博士学位论文,2004 年;黄卓越《明代中后期文学思想研究》第二章,北京大学出版社,2005 年。

的高峰。首先，胡缵宗乐府诗的创作数量在弘正以来诗人中最多。根据笔者统计，胡缵宗作有乐府322首，远多于弘正至嘉靖间的其他诗人①，足见其重视程度。其次，以胡缵宗《拟汉乐府》为核心形成了全面系统的乐府创作与研究活动。前文所引胡缵宗《寄大司马浚川公书》中记录了王廷相与胡缵宗就乐府诗的讨论。胡氏门人谷继宗亦辑录了王廷相对《拟汉乐府》的评语："《拟汉乐府》读之数过，令人心神跃动，知世上文字有宗工巨匠，妙模绝手，变化无朕矣。执事之才情神鉴有如是哉，可以超轶近代作者而先之矣……又曰：《拟汉乐府》读之如见古人之体貌。"②虽然王廷相寄送胡缵宗的书信今不可考，谷继宗辑录的评语由于底本缺漏也未得全貌，但仅以现存材料看，二人应当围绕乐府诗进行了多次交流，且涉及乐府格调、乐府史和乐府批评方面的诸多重要问题。同时期张邦奇、邹守益、马汝骥、冯惟讷、蓝田等诸多学者诗人皆参与评点，还有诸多参与讨论的公卿巨匠因文献散佚而未得知。这股围绕《拟汉乐府》形成的广泛的评点与创作活动是李东阳《拟古乐府》以来所未见的，更将弘正以来的拟乐府运动推向了高潮。

同时，胡缵宗《拟汉乐府》对明代的乐府，尤其是后七子时期的乐府诗也产生了重要影响，表现在三个方面。第一，拟乐府创作数量大增，乐府诗体的独立意识增强，"古乐府"作为诗类之一种在创作和诗集分类方面更加专门化、系统化。以胡缵宗为界线，嘉靖中后期的乐府诗数量迅速增多③，且出现了更多的乐府诗别集。同时诗体意识和分类意识明显加强④，在创作、批评与别集编纂时，虽然标准各异，分

---

① 据笔者统计，李濂有乐府185首、陆深172首、李梦阳158首、杨慎105首，其他诗人基本不足百首。

② 胡缵宗《拟汉乐府附录》，《明别集丛刊·第二辑》第10册，黄山书社，2006年，第474页。

③ 仅以前后七子为对比。据笔者统计，前七子共作乐府约395首，后七子约999首。

④ 如李梦阳《空同集》就将乐府诗卷标为"杂调曲"，何景明《大复集》标为"乐府杂调"，各家称法较为混乱。与胡缵宗讨论乐府的王廷相则将乐府标为"乐府体"，乐府诗体独立意识已经明显加强，直至胡缵宗之后的别集，大多将之标为"古乐府"、"乐府"。

别按照文辞、声调或地域等因素进行划分,但大都突出了乐府诗的分类意识,摹拟其不同类的风格,不再将各类乐府混同。第二,推动了明代乐府诗选的发展和乐府诗研究的深化。胡缵宗《拟汉乐府》虽是拟古乐府之作,但却有乐府诗选本的意义和乐府学研究的价值。首先,胡缵宗是择取郭茂倩《乐府诗集》所辑古题摹拟,摹拟所有汉乐府古题,补拟《乐府诗集》中佚辞的汉古题,保留魏晋六朝乐府中的部分诗题。在乐府古题的择取中,他以道德风教为准绳,删掉了汉后乐府中不符合道学的部分,又以汉乐府为源,删掉了汉后自制诗题以及唐代乐府,并核以汉魏浑朴诗风,将绮靡之作删改。明人对郭茂倩《乐府诗集》、左克明《古乐府》的批评较多,所以他的拟诗实际上也是对古乐府进行选诗的过程,在此过程中对古题的分类、考证,对题义的辨析都是对乐府古题的研究。蓝田评价《拟汉乐府》云:"若郭茂倩氏所编集者,大雅君子每欲删定之也。我可泉公在东鲁拟汉乐府二百篇成,示田读之,喟然叹曰:'公其伤今之乐府乎? 其慕古之乐府乎?'"①可见蓝田在作评时是将《拟汉乐府》与《乐府诗集》相比较的。据现存文献,在胡缵宗之前明代专门的乐府诗选有胡翰《古乐府诗类编》和何景明《古乐府》,二者皆不传。在胡缵宗之后有徐献忠《乐府原》和梅鼎祚《古乐苑》。值得注意的是,在胡缵宗后的乐府选集都以汉魏乐府为主体,下及六朝,不选隋唐。胡翰和何景明的选集虽然不可见,但从留存的序言可推知,胡翰选录了唐乐府,何景明的选本只选了 93 首古乐府,取材太窄。而徐、梅的选本则广泛选诗、不选唐宋,皆与胡缵宗相同。所以从乐府选诗和研究的角度来说,胡缵宗《拟汉乐府》都具有标志性的意义。第三,更重视汉魏乐府,摹拟方式追求文辞和意象的逼真。受胡缵宗《拟汉乐府》的影响,诗人们更多吸收了汉魏乐府的浑厚,在摹拟方式上也沿袭了胡缵宗且进一步加深,不仅大量沿用乐府古题,还在摹拟乐府古辞的基础上,更求其意

---

① 蓝田《书拟汉乐府后》,《明别集丛刊·第二辑》第 10 册,黄山书社,2006 年,第533 页。

象神韵。最典型者莫过于吴国伦,他沿用胡缵宗的方式从前人的乐府总集中择取古题"字比句拟",以至于摹拟太过,被评为"剽窃"。李攀龙同样追求与汉乐府本辞的相近,个别诗题仅替换几个字就草就而成。他们都在摹拟汉魏乐府的路上走得过远。

四是胡缵宗的乐府诗创作体现了理学家的文学观念以及对文学复古运动的修正。胡缵宗是明代中期的理学家,他服膺程朱理学,虽然他早年在京师即与王阳明定交,但对心学却颇多批评,他与关学的重要人物吕柟、马理等人交厚,又多次向湛若水求教。值得注意的是,围绕胡缵宗形成的"乐府圈"主体成员大多是理学家的身份抑或弃文从道的士人①。根据学者研究,士人们弃文从道的思想转变时期基本集中在正德末至嘉靖中期这一对复古进行群体性反思的时间节点出现②,恰好对应了《拟汉乐府》的创作时间,这使得《拟汉乐府》的意义已经不仅限于对前七子复古的应答,还在于集中体现了当时理学家们的文学观念和现实心态。重道轻文是理学家的共识。就胡缵宗而言,相较于文学家的身份,他在心理认同上更趋向于理学家——"因文达道,岂无意于十翼、九畴、二南、三帛、五玉乎?若缵宗亦窃有志焉,而未能也。"③而古(汉)乐府则是最符合理学家"因文达道"理想的文学体裁。录诸家关于乐府之"道"的评论如下:

> 胡缵宗:"岂汉去古不甚远,而其辞有仿佛乎三百篇者
> 欤。故曰三百篇之外有楚辞、有乐府……诗之教曰:发乎
> 情,止乎礼义。其乐府之谓欤。故乐府足以感物格神,驯禽
> 舞兽,不徒诵读而已也……乐不可有郑声,乐府不可有
> 艳辞。"④

---

① 作序或评议胡缵宗《拟汉乐府》者:王廷相、张邦奇、邹守益、蓝田、马汝骥、冯惟健、冯惟讷、杨仪等。

② 参见刘坡《李梦阳与明代诗坛》第四章第三节,南京大学出版社,2013年,第143—146页。

③④ 胡缵宗《西玄诗集序》,《明别集丛刊·第二辑》第10册,黄山书社,2006年,第305页。

胡缵宗门人杨祜:"《诗》三百篇后,惟《离骚》为近、汉乐府为近,岂非去古未远、风教犹存?"①

杨仪:"大哉礼乐之道乎! 仪于是编得之矣。夫古之所谓歌诗,今之所谓乐府……夫乐府之用大略有四:曰郊庙也,曰燕享也,曰恺乐也,曰相和、清商也。"②

邹顺贤:"(胡缵宗)顾谓顺贤曰:'乐府,毛诗之埤也……至乐府则兼体六义,可被管弦。'"③

马汝骥:"伏读乐府,不独词调高古,方之汉魏,而雅道之传、经世之学具见。"④

冯惟健:"(《拟汉乐府》)要不外汉也,可以翼风雅矣。"⑤

诸家所论体现了这批重道轻文的复古士人的文道观。"礼乐固文学之见乎,其外者也"⑥,礼乐与文学有着必然的联系,这是理学家热衷文学创作的动因之一。从观念上,汉乐府由于去古未远得以接续《诗经》的风雅传统,不仅在文学层面继承了《诗经》古雅浑朴的风格,更重要的是保留了《诗经》的礼乐文化和风教传统,因而在功用上,士大夫吟咏古乐府可以通达"诗—乐—礼"的君子修身之途,也可以宣扬古乐府实现经世致用的现世功能,所以地位最尊,足以推为古体诗复古的诗体典范。在此之外,值得注意的是蓝田的古今乐府论:

今之乐府非古之乐府也。今之乐府分为南北,北曲皆

---

① 杨祜《拟汉乐府序》,《明别集丛刊·第二辑》第 10 册,黄山书社,2006 年,第 470 页。

② 杨仪《拟汉乐府序》,《明别集丛刊·第二辑》第 10 册,黄山书社,2006 年,第 529 页。

③ 邹顺贤《拟汉乐府后序》,《明别集丛刊·第二辑》第 10 册,黄山书社,2006 年,第 530 页。

④ 马汝骥《拟汉乐府附录》,《明别集丛刊·第二辑》第 10 册,黄山书社,2006 年,第 474 页。

⑤ 冯惟健《书拟汉乐府后》,《明别集丛刊·第二辑》第 10 册,黄山书社,2006 年,第 534 页。

⑥ 胡缵宗《学道书院学孔堂记》,《鸟鼠山人小集》,《明别集丛刊·第二辑》第 10 册,黄山书社,2006 年,第 319 页。

胡部也,南曲皆俗部也。胡俗杂剧繁碎轻儇……不中音节。甚则教坊伶优……妖哇绮靡,增悲导欲不得禁……则俗习流荡而不知所返。典礼废而刑法苛……我可泉公在东鲁拟汉乐府二百篇成,示田读之,喟然叹曰:"公其伤今之乐府乎? 其慕古之乐府乎?"二百篇者比兴互作,宫商相宣,冲淡和平,纾舒闲雅,非徒拟汉,盖庶几乎汉矣。田往在京都,闻诸乔白岩公曰:"今太常所领之乐,盖沿袭有元,得之于东平者。"……沿袭宋之东都大晟乐府之所遗也……朱子所谓崇宣之季,奸谀之会,黥捏之余……洪武初,郊庙、燕享之乐歌皆馆阁诸贤所撰次,而律吕之制未闻有所更定。盖有所不眠故也。可泉公尝语学者曰:"兴于诗,立于礼,成于乐。孔门家法也。"公于律吕之学穷本知变,冥契神授,讲求先王之雅乐,而一洗金元之陋习者,其公之责乎,其公之责乎!《拟汉乐府》为之权舆云尔。①

蓝田,山东即墨人,嘉靖二年进士,与胡缵宗同为李东阳、杨一清门人,嘉靖十年被诬陷,获释后归乡讲学不再出仕。胡缵宗《拟汉乐府》作于山东,蓝田是较早的一批读者,他对《拟汉乐府》评价甚高。蓝田力图通过复古乐府传统修正"今乐"的缺失,具有强烈的现实指向。蓝田所论分为文学、社会和政治三个层面。在文学层面,他对当时流行的"今乐府"杂剧的文风、音声和思想内容都提出了严厉的批评。在社会层面,他认为"今乐府"的流行导致礼崩乐坏,将人心与社会风俗引入歧途。在政治层面,蓝田将矛头指向朝廷礼乐。他一方面认为明代宫廷雅乐承袭了金元以来的北宋大晟乐,而大晟乐成于奸人之手,非属雅乐之正;另一方面他认为明初洪武乐词可取但乐音不协。他认为胡缵宗《拟汉乐府》之作是对以上三个层面的修正。在文学的复古运动和理学的道德教化之外,蓝田将《拟汉乐府》的意义放

---

① 蓝田《书拟汉乐府后》,《明别集丛刊·第二辑》第 10 册,黄山书社,2006 年,第532—533 页。

在朝廷雅乐制作的层面进行考察，认为胡缵宗是以"求先王之雅乐，而一洗金元之陋习"为创作目的。前引《拟汉乐府附录》中，胡缵宗的门人谷继宗云："按王制：天子巡狩，命太师陈诗，以观民风。今当圣驾南幸，中丞胡公用其闾阎歌谣，叶为乐府，贡于朝著。"[①]可见他也认为胡缵宗作《拟汉乐府》是为了参与朝廷的礼乐制作。如前所论，胡缵宗创作《拟汉乐府》的目的有三：以乐府诗参与诗学复古运动，明人伦正风俗，通达乐教之理。这三点综合起来即是胡缵宗与诸多士大夫所追求的古乐府传统，也恰好对应蓝田所论的三个维度。与王廷相不同，胡缵宗并不通晓乐理，他在《拟汉乐府自序》中也曾直言"不知音律"，他的音乐研究理路更似湛若水，关注音乐的历史源流和社会功用而非音乐实践，只是湛若水是从经学切入，胡缵宗则是力图以乐府诗理通达乐理[②]。但是他们的共同目标都是参与到现世的礼乐制作完成礼乐复古以修正雅乐的偏失。所以，围绕胡缵宗《拟汉乐府》的讨论恰是"大礼议"以来嘉靖朝士大夫与皇权在礼乐矛盾上的延续[③]，代表了士风沉溺之后的重振。这种矛盾除了不可疏解的对抗关系，还有服从与合作关系。从《拟汉乐府》中大量以颂圣、君臣相和为主旨的诗作看，胡缵宗是希望与皇权合作共建礼乐。这种观点也代表了相当一部分士大夫的态度。

四、结语

　　胡缵宗的拟乐府创作是嘉靖时期值得关注的文学现象。从文学

---

　　① 谷继宗《拟汉乐府附录》，《明别集丛刊·第二辑》第10册，黄山书社，2006年，第474页。

　　② 与胡缵宗持相同观点的学者如韩邦奇，他在《苑洛志乐·志乐序》中云："乐，生于心者也。有是心而无所寄，宜其意于言，言成章为诗，而犹未足以尽其意也，而被之声容，是谓之乐。乐无诗非乐也，亦无乐也。"他对诗乐关系的理解是：心—言—诗—声容—乐，与胡缵宗的乐府声容论相似。

　　③ 关于"大礼议"对嘉靖前期诗人的影响，参见孙学堂《"大礼议"与嘉靖前期重情重韵的诗学思想》，《文学遗产》2017年第1期。值得关注的是，文中所举受"大礼议"影响的诗人如杨慎、薛蕙、袁袠等人皆与胡缵宗有交往，且有乐府诗创作。袁袠作为胡缵宗的门生，更曾作拟铙歌十八首，歌颂明朝礼乐文武之盛隆，其以乐府诗参与礼乐的思想很可能就是受胡缵宗的影响。

层面来说,胡缵宗的乐府诗创作及其观念对其后的明代乐府诗学产生了深远影响。他以汉魏为宗,兼采魏晋六朝的主张成为王世贞以前乐府创作的主流,他以唐为界划分乐府史,视汉至六朝为古乐府,是"唐后无乐府"观念的雏形,成为明代乐府诗集选诗的标准,他的乐府声容论更是明代乐府诗论的先锋,为明代拟古乐府创作铺平了理论道路,探索了创作路径。在音乐文学视角外,胡缵宗更是将乐府诗提升到礼乐文化的视域用心研摹,力图完成从诗歌复古到礼乐复古、从文学争鸣到礼乐重建这两条路径。他以崇高的复古方式,从形式与内容两个方面完成了以《诗经》为源头的古乐府传统复古,这种完整性强、完成度高的诗意的摹拟行为,完美契合了嘉靖朝士大夫的道德风范、文学审美和现实政治理想,集结"大礼议"后纷杂彷徨的士道人心,在嘉靖南巡之际献诗于朝,鼓舞士人继续投身到礼乐理想之中,成为那个时期的一面旗帜。纵使晚年受到迫害,他依然选择承续诗史传统,将生命体验与社会现实镕刻在乐府诗创作中,成为明代最出色的乐府诗人之一。

（华东师范大学中文系）

论查慎行"熟处求生"诗学理论与明代书画论之关联[*]

王新芳　张其秀

内容摘要：对于查慎行诗学理论中"熟处求生"的含义，目前学界均理解为一种创新精神，甚至有学者认为查慎行在反复吟咏同一题材中求新求变，即是所谓"熟处求生"。其实仔细追寻查慎行"熟处求生"的来源后可以发现，此语出自宋代的禅宗话头，亦受到明代书画理论中"练熟还生"、"熟外生"说的直接影响。其所谓"生"，是指绚烂之极、归于平淡的艺术境界，这才是查慎行"熟处求生"的真正内涵。故而查慎行诗论中的"熟处求生"，是对明代书画理论"练熟还生"说的移植。且在追求平淡自然这点上，查慎行的"熟处求生"与其崇尚白描的艺术倾向又恰好相互交融，故不宜从字面上望文生义地解读成艺术创新。

关键词：查慎行；熟处求生；明代书画论

---

　　* 本文为全国高等院校古委会古籍整理资助项目"查慎行《初白庵诗评》校点整理"（编号：1822）阶段性成果。

The Relevance Between Zha Shenxing's Poetics Theory "Discovering Unusualness from the Ordinary" and Painting Theory of Ming Dynasty

Wang Xinfang   Zhang Qixiu

Abstract: As for the meaning of "discovering unusualness from the ordinary" in Zha Shenxing's poetics theory, the current academic circles all understand it as an innovative spirit. Some scholars even think that Zha Shenxing's pursuit of innovation and change in chanting the same theme repeatedly is the so-called "discovering unusualness from the ordinary". In fact, after a careful search of its source, it can be found that this saying comes from the beginning of Zen in the Song Dynasty, and it was directly influenced by painting and calligraphy theory of "practice to return to life" and "life beyond maturity" in the Ming Dynasty. The so-called "life" refers to the gorgeous and plain artistic realm; this is the real connotation of Zha Shenxing's "discovering unusualness from the ordinary". Therefore, Zha Shenxing's theory of "discovering unusualness from the ordinary" may be a transplantation of the "unfamiliar and mature" theory of Ming paintings, which is similar to its artistic pursuit such as sketch and bald. So the "discovering unusualness from the ordinary" should not be interpreted literally as artistic innovation.

Keywords: Zha Shenxing; discovering unusualness from the ordinary; painting theory of Ming Dynasty

查慎行(1650—1728),浙江海宁人,原名嗣琏,字夏重,后改名慎行,字悔余,号他山、查田,晚筑初白庵而居,因号初白老人。查慎行是康熙诗坛最负盛誉的诗人之一,其诗兼宗唐宋,博采众长,创作丰富,有《敬业堂诗集》传世,对清初诗坛有重要影响。查慎行的文学成就并不仅限于诗歌创作,在诗歌理论方面亦颇有建树。其诗学理论和倾向主要见于《初白庵诗评》和《敬业堂诗集》中的数十首论诗诗，在《敬业堂文集》中亦有部分篇章表露出其诗学倾向。在查慎行的诸多诗学理论中，有一个观点学界讨论颇多，即"熟处求生"说。其《涿州过渡》诗结句曰："自笑年来诗境熟，每从熟处欲求生。"①此诗作于康熙三十四年(1695)，查慎行时已 46 岁，可以看作他对自己前半生诗歌创作经验的总结与回顾。张维屏评曰："熟处求生，尤为甘苦深历之语。"②邱炜萲比较了查慎行与袁枚诗歌的异同后说："余以查、袁皆主性情，诗境亦复相似，尝取两家之集而互勘之，查则能熟而又能生，袁则不生而乃病熟，则查又未尝不胜乎袁也。"③可见查慎行诗歌确实具有由熟返生的特点。那么查慎行为何要提出"熟处求生"，在其诗学理论体系中"诗境"到底是指什么？"熟"和"生"又究竟是指什么？这些理论问题都值得进行深入探讨。

一、历代诗话对"生"、"熟"之讨论

查慎行以"生"、"熟"论诗境，这在古典诗学理论中似乎并不常见。宋代诗话中较早提及"生"、"熟"关系的有胡仔《苕溪渔隐丛话》，其引《复斋漫录》云：

> 韩子苍言，作语不可太熟，亦须令生。近人论文，一味忌语生，往往不佳。东坡作《聚远楼诗》，本合用"青江绿水"对"野草闲花"，以此太熟，故易以"云山烟水"，此深知诗病者。予然后知陈无己所谓"宁拙毋巧，宁朴毋华，宁粗毋弱，宁僻毋俗"之语为可信。④

韩子苍是宋代诗论家，在创作上属江西诗派，其所谓"生"、"熟"，主要

---

① 查慎行著，周劭标点《敬业堂诗集》卷二十，上海古籍出版社，1986 年，第 551 页。

② 张维屏编撰、陈永正点校《国朝诗人征略初编》卷十九，中山大学出版社，2004 年，第 276 页。

③ 邱炜萲《五百石洞天挥麈》卷三，王英志主编《袁枚全集》附录三，江苏古籍出版社，1993 年，第 491 页。

④ 胡仔撰，廖德明校点《苕溪渔隐丛话》后集卷二十七，人民文学出版社，1962 年，第 203 页。

是指诗歌语言,他所举苏轼《聚远楼诗》以"云山烟水"对"野草闲花",确实比"青江绿水"这样的惯常用语显得生新脱俗。元代的方回也常以"生"、"熟"论诗,其《恢大山西山小稿序》曰:

> 他人之诗,新则不熟,熟则不新。熟而不新则腐烂,新而不熟则生涩。惟公诗熟而新,新而熟,可百世不朽。[1]

又《跋俞仲畴诗》曰:

> 贾岛、姚合、魏野、林逋,欲道未道,余料遗意,仲畴能剔决而新之。且律调皆熟,其用心亦至矣。于熟之中,更加之熟,则不可;熟而又新,则可也。[2]

在方回看来,诗歌的新与熟应互相调剂,过新则生涩,过熟则腐烂,诗境须熟而后新方可,而熟后更熟则陷于腐烂。则其所谓"新",意即韩子苍之所谓"生"。其"熟而又新",与查慎行"熟处求生"的意思有些接近。此外,明清诗话中还有不少关于"生"与"熟"的讨论,如叶矫然《龙性堂诗话初集》曰:

> 作诗须生中有熟,熟中有生。生不能熟,如得龙鲊熊白,而盐豉烹饪,稍有未匀,便觉减味;熟不能生,如乐工度曲,腔口烂熟,虽字真句稳,未免优气。能兼两者之胜,殊难其人。[3]

又如陈仅《竹林答问》曰:

> 诗不宜太生,亦不宜太熟;生则涩,熟则滑,当在不生不熟之间,"捶钩鸣镝",其候也。[4]

可以看到,这些讨论多是分析"生"与"熟"的辩证关系,认为二者之间应互相调剂,取长补短,通过"生"与"熟"的折衷与调和,以期达到"不生不熟"或"半生半熟"之境地。然而查慎行所云"每从熟处欲求生",

---

① 方回《桐江续集》卷三十三,《四库全书珍本初集》,商务印书馆,1935 年。
② 方回《桐江集》卷三,《元代珍本文集丛刊》,黄山书社,2012 年。
③ 叶矫然《龙性堂诗话初集》,郭绍虞编《清诗话续编》,上海古籍出版社,1983 年,第938 页。
④ 陈仅《竹林答问》,郭绍虞编《清诗话续编》,上海古籍出版社,1983 年,第 2246 页。

讲的却并不是"生"与"熟"的辩证,他在"生"、"熟"二者之间更加强调的是"生",这种"生"乃是从"熟"处生发而来,并非作为"熟"的对立面而出现。故而查慎行的"熟处求生"与历代诗话所论之"生"、"熟"虽有相似之处,但在理论上仍存在一定的差距。那么查慎行"熟处求生"之论有没有更为直接的理论来源呢? 下面我们先谈谈目前学界对此问题的看法。

二、目前学界对查慎行"熟处求生"之论的理解

关于查慎行所云"每从熟处欲求生"的含义,目前学界均理解为一种创新精神。如王运熙、顾易生认为,"熟处求生"之论反映了查慎行追求宋诗生新的倾向。[①] 那么查慎行反对诗境平熟、主张熟处求生,是否能够与艺术创新完全划等号呢? 通过考察《敬业堂诗集》可知,查慎行所提倡的艺术创新,主要是反对沿袭与雷同,如《酬别许旸谷》:"方今侪辈盛称诗,万口雷同和浮响。"[②]《龚蘅圃属题摄山秋望图》:"词客吊兴亡,动云清泪潜。探怀发深趣,此事天宁悭。如何雷同声,万口若是班。"[③]《十叠前韵答寒中二首》其二:"曾思大海掣鲸鱼,牙后谁甘拾唾余。"[④]《吴门程汝谐乞诗为节母孙太君寿》:"古人乞言重名义,今人乞言重势位。数篇排比达官名,满幅雷同锦屏字。"[⑤]《题项霜田读书秋树根图》:"文成有韵或吞剥,事出无据徒搀捔。熟从牙后拾王李,纤入毛孔求钟谭。橐驼马背所见少,自享敝帚矜著簪。雷同不满识者笑,人尽能此燕无函。"又曰:"搜奇抉险富诗料,然后所向无矛钺。"[⑥]这些诗句表达了对于诗坛万口雷同之不满,

---

① 王运熙、顾易生主编《中国文学批评史》下册,上海古籍出版社,2002年,第176页。

② 查慎行著,周劭标点《敬业堂诗集》卷十一,上海古籍出版社,1986年,第302页。

③ 查慎行著,周劭标点《敬业堂诗集》卷八,上海古籍出版社,1986年,第214页。

④ 查慎行著,周劭标点《敬业堂诗集》卷二十八,上海古籍出版社,1986年,第775页。

⑤ 查慎行著,周劭标点《敬业堂诗集》卷十六,上海古籍出版社,1986年,第444页。

⑥ 查慎行著,周劭标点《敬业堂诗集》卷十九,上海古籍出版社,1986年,第525—526页。

强调在前人的基础上进行开拓与创新。他还在《与韬荒兄竟陵分手，作诗以寄》中提出："陈言务扫荡，妙解生创辟。"①即主张要创新，不能因循守旧，人云亦云，因此张金明认为："'搜奇抉险'基本上也可视为'熟处求生'之一种。"②不过查慎行反对雷同，强调创新，这与其"熟处求生"之论虽有相似之处，但仍有着一定距离，这是因为，"雷同"与"熟"，"创新"与"生"，在概念上虽有交集，其涵义却并不完全相同。

由于查慎行"自笑年来诗境熟，每从熟处欲求生"说的是自己对自己的突破，故有学者认为应该从查慎行诗歌的题材方面去理解。如李世英认为，"避免诗境庸熟，就必须发现新题材，开掘新境界"③。可能是受他启发，遂有人开始着力探索查慎行诗歌在题材方面的自我超越与自我更新，如于海鹰认为，查慎行诗歌的"熟处求生"有两个表现途径：一是吟咏古人未曾吟咏或较少吟咏过的事物，二是在对同一题材反复吟咏中的求新求变。如查慎行集中有九首咏赵北口之作，但他每次都能敏锐地捕捉到心境及景物的细微变化，使用不同的表现方式，做到了熟处求生。又如查慎行先后写了十四首西阡赏梅之作，题材虽然相同，但他从赏梅人物的变化、时间的差异、每次着眼点的不同等方面入手，毫无雷同之感，亦实现了"熟处求生"的目的。再如《大雪暮抵开封汤西崖前辈留饮学署二首》其二，本是习以为常的题材，查慎行却能从全新的角度切入，亦属于熟处求生。④ 此外，赵甫义《浅议查慎行诗歌的创新性》一文亦附和于海鹰之论，认为"熟处求生"是指查慎行诗歌内容的创新。⑤ 然而从逻辑上来说，如此理解查慎行的"熟处求生"无疑是有问题的。虽然同样题材的内容历经多

① 查慎行著，周劭标点《敬业堂诗集》卷一，上海古籍出版社，1986年，第18页。

② 张金明《查慎行之宋诗精神首开清初宗宋诗派》，《河北学刊》2011年第5期，第89页。

③ 李世英《熟处求生开新境——论查慎行对清代诗歌的贡献》，《北方工业大学学报》1998年第4期，第68页。

④ 于海鹰《查慎行诗歌研究》，山东大学博士学位论文，2008年，第85—96页。

⑤ 赵甫义《浅议查慎行诗歌的创新性》，《长春理工大学学报(高教版)》2009年第7期，第77—78页。

年吟咏仍无雷同,这确实体现了创新精神,但这也只能算是"变",并不是"熟处求生",因为这些同题之作前后对比,不能说原来写得就已经很"熟"了,而后来的续作也不能说就比以前变"生"了。因此,从同题之作仍无雷同来解析查慎行的"熟处求生"只是一种望文生义的想当然,并未切中要旨。而要真正理解查慎行所云之"诗境熟"与"熟处求生",还得到查慎行诗学批评体系的具体语境中去才能确切把握。

三、查慎行"熟处求生"的出处和来源

由于查慎行的《初白庵诗评》较为稀见,故学界解析其诗歌理论时征引者较少。其实查慎行在《初白庵诗评》中屡次提到诗境的"生"、"熟"问题,这对我们理解其"熟处求生"的真正涵义无疑具有重要的旁证作用。如其评陆游《入城至郡圃及诸家园亭游人甚盛》曰:"剑南诗非不佳,只是蹊径太熟,章法句法未免雷同,不耐多看。"[①]又评陆游《游山》(其一)颔联"蝉声入古寺,马影渡荒陂"曰:"'蝉声集古寺,鸟影渡寒塘',少陵句也。放翁熟于杜律,不觉屡犯。"[②]评《宿临江驿》"月明见潮上,江静觉鸥飞"二句曰:"以生得新,却不费力。"[③]从这几则批点中,可以大致了解查慎行所谓"熟",乃是指章法句法之雷同,甚或是指对古人句法的模仿与抄袭。但是章法句法显然还不能和"诗境"划等号,因此所谓"诗境熟"与"章法句法之雷同"含义上或有交叉,但给人的感觉是二者之间尚有一定的距离。那么查慎行所谓"诗境熟"到底还包括哪些内容? 从《初白庵诗评》的如下评语中或许可以得到一点启示。白居易《中秋月》诗曰:

> 万里清光不可思,添愁益恨绕天涯。谁人陇外久征戍,
何处亭前新别离? 失宠故姬归院夜,没蕃老将上楼时。照
他几许人肠断,玉兔银蟾远不知。

全诗所写诸般人于中秋时望月思亲之情,从内容、立意到结构、语言,并无特别新警之处,故查慎行评曰:"诗境平熟。"[④]又如评白居易《咏

---

①②③④ 张载华辑《初白庵诗评》卷下,上海六艺书局,民国石印本。

怀》诗曰："诗境正以屡见为嫌。"①可见查慎行所谓"诗境熟"既指内容和立意上的陈旧庸常，也包括章法句法的雷同板滞。查慎行对过于平熟重复之作是非常不满的，这确实表现了他对诗艺求奇求生的追求，却并不宜泛泛地理解为艺术创新。

若追寻查慎行"熟处求生"的理论渊源，可以发现此论应来源于禅宗话语。查慎行《喜晴次匠门韵二首》其二云："勿论热熟与生疏，闭户多时出少车。"自注曰："禅家有'热熟处求生疏'语。"②看来禅家所云"热熟处求生疏"才是查慎行"每从熟处欲求生"的真正出处。查慎行诗中的"热熟与生疏"来自苏轼《次韵子由浴罢》"稍能梦中觉，渐使生处熟"，王十朋注此句曰："《传灯录》：老宿有语：生疏处常令热熟，热熟处放令生疏。"③注中称"热熟处放令生疏"之语来自《传灯录》，然今检《景德传灯录》却并无此语。不过禅宗中确有关于"生"、"熟"之话头，如《龙树菩萨劝诫王颂》曰："自有生如熟，亦有熟如生。亦有熟如熟，或复生如熟。"④《苏轼全集校注》亦曰：

> 案，今《传灯录》中无此语。然或为当时禅门话头，如稍
> 后之宗杲云："生处自熟，熟处自生。"（《大慧普觉禅师语录》
> 卷二十九《答黄知县》）⑤

周裕锴先生认为：

> 所谓"生疏处常令热熟"，可引申出"熟参"的读诗方法；
> 而"热熟处放令生疏"，则为"作诗不可太熟，亦须令生"的诗
> 法所本。根据俄国形式主义文学批评的说法，某类用语一
> 旦常常使用，便会形成"自动化"，再不会引起读者的特殊感

---

① 张载华辑《初白庵诗评》卷下，上海六艺书局，民国石印本。

② 查慎行著，周劭标点《敬业堂诗集》卷四十一，上海古籍出版社，1986年，第1215页。

③ 王文诰辑注，孔凡礼点校《苏轼诗集》卷四十二，中华书局，1982年，第2302—2303页。

④ 义净译《龙树菩萨劝诫王颂》，《中华大藏经》第52册，中华书局，1997年，第412页。

⑤ 张志烈、马德富、周裕锴主编《苏轼全集校注》卷四十二，河北人民出版社，2010年，第4962页。

受,只有采取反习惯的用法造成"陌生化",才能再度引发读者的新鲜感。

　　禅宗主张"丈夫皆有冲天志,莫向如来行处行"(《景德传灯录》卷二九《同安察禅师十玄谈》),参禅的路上也反对走熟路,所以有"熟路上不著活汉"的说法(见《景德传灯录》卷二十《凤翔府青峰山传楚禅师》)。当然"熟"与"生"是一种辩证的关系,"太熟"或"太生"都是作诗的大忌,正如传楚禅师所说:"生路上死人无数。"①

姑且不论周先生之论是否确切,看来"生疏处常令热熟,热熟处放令生疏"之语来自禅宗的话头应属确切无疑的了。喜谈佛法的苏轼将这个禅门话头拈来入诗,精熟苏诗的查慎行又将其借用到自己的诗中,然而后人却一直未能察觉查慎行诗中"熟处求生"的真正出处和来源,遂望文生义地将其理解成反复吟咏同一题材而不雷同,真可谓差之毫厘而谬以千里。此前的查慎行研究者之所以未能发现"熟处求生"来自禅宗话头,是因为没有认识到"勿论热熟与生疏"与"每从熟处欲求生"这两句诗之间存在着密切关联。吴鹏《董其昌"字须熟后生"理论的重新审视》一文较早指出,查慎行"勿论热熟与生疏"来源于苏轼"渐使生处熟"②,其论无疑具有启发意义。当然董其昌在晚明禅悦背景下提出"字须熟后生"之论是查慎行"熟处求生"理论的另一重要背景,也是我们下面要继续讨论的问题。

四、明代书画论中的"练熟还生":
查慎行"熟处求生"的理论背景

　　明代书画理论家对于"生"、"熟"问题的讨论,应是查慎行"熟处求生"说更为直接的理论背景。在明代书画论中,往往并不把"生"、"熟"看成辩证关系,而是将"生"作为"熟"后之另一境界,这与历代诗

---

　　① 周裕锴《宋代诗学术语的禅学语源》,《文艺理论研究》1998年第6期,第76页。
　　② 吴鹏《董其昌"字须熟后生"理论的重新审视》,《南京艺术学院学报(美术与设计版)》2008年第4期,第43—45页。

话所论存在很大差异。如汤临初《书指》曰：

> 书必先生而后熟，亦必先熟而后生。始之生者，学力未到，心手相违也；熟而生者，不落蹊径，不随世俗，新意时出，笔底具化工也。故熟非庸俗，生不凋疏……故由生入熟易，由熟得生难。①

"生"有两个阶段，一是初学者心手相违之生，一是"先熟后生"之生。后者脱离熟境，能够时出新意，臻于化工，但这个"由熟得生"的过程却非常艰难，所以汤临初才说"由熟得生难"。另外，明唐志契《绘事微言》引李仰怀语曰：

> 画山水不可太熟，熟则少文；不可太生，生则多戾。练熟还生，斯妙矣。②

这个"练熟还生"与"由熟得生"是一个意思，董其昌也称之为"熟后生"，其《画旨》曰：

> 画与字各有门庭：字可生，画不可不熟；字须熟后生，画须熟外熟。③

吴德旋《初月楼论书随笔》亦引董其昌之论曰：

> 董思翁云："作字须求熟中生。"此语度尽金针矣。山谷生中熟，东坡熟中生，君谟、元章亦尚有生趣。赵松雪一味纯熟，遂成俗派。④

董其昌的同辈顾凝远在《画引·论生拙》中曰：

> 画求熟外生，然熟之后，不能复生矣。要之，烂熟、圆熟，则自有别，若圆熟则又能生也。工不如拙，然既工矣，不

---

① 汤临初《书指》，王伯敏、任道斌、胡小伟主编《书学集成·元明卷》，河北美术出版社，2002年，第688页。

② 唐志契《绘事微言》，俞剑华主编《中国古代画论类编》，人民美术出版社，2004年，第1286页。

③ 董其昌《容台集》卷四，《四库禁毁书丛刊》集部第32册，北京出版社，2000年，第497页。

④ 吴德旋《初月楼论书随笔》，王伯敏、任道斌、胡小伟主编《书学集成·清代卷》，河北美术出版社，2002年，第464页。

可复拙；惟不欲求工，而自出新意，则虽拙亦工，虽工亦拙，生与拙惟元人得之。①

董其昌、顾凝远所谓"熟后生"、"熟中生"和"熟外生"，都指作画至熟后的另一崭新阶段，画家于极熟之后，面临着如何避免烂熟、继续进益变化的问题，若能由熟转生，笔墨于至熟之外渐趋生拙，则可破茧成蝶，在艺术上臻于化境。王世襄评曰：

> 所谓熟外熟，自不得与熟同一面貌，而玄宰所谓画之熟外熟，他家亦有称之为熟外生者，二者属同一阶段，皆熟至于极，而后又生变化之境界，名异而实同。②

明人张岱在《与何紫翔》中把"生"、"熟"之间的这种辩证关系阐发得极为透辟，其曰：

> 弹琴者，初学入手，患不能熟；及至一熟，患不能生。夫生，非涩勒离歧、遗忘断续之谓也。古人弹琴，吟猱绰注，得手应心，其间勾留之巧，穿度之奇，呼应之灵，顿挫之妙，真有非指非弦，非勾非剔，一种生鲜之气，人不及知、己不及觉者。非十分纯熟，十分陶洗，十分脱化，必不能到此地步。盖此练熟还生之法，自弹琴拨阮，蹴鞠吹箫，唱曲演戏，描画写字，作文做诗，凡诸百项，皆藉此一口生气。得此生气者，自致清虚；失此生气者，终成渣秽。吾辈弹琴，亦惟取此一段生气已矣。③

张岱此论虽就琴技而发，但他已指出，此"练熟还生之法"适用于包括"作文做诗"在内的多种技艺。其"练熟还生"的目的，是为了追求一种"生鲜之气"，若能练熟还生，便可"自致清虚"。

对明代画论中"生"与"熟"之间的关系，周积寅曾总结道：

> 凡艺术技巧，无不求熟，因熟能生巧，可以随心所欲，运

---

① 顾凝远《画引》卷一，黄宾虹、邓实编《美术丛书》第1册，江苏古籍出版社，1986年，第194页。

② 王世襄《中国画论研究·上卷》，生活·读书·新知三联书店，2013年，第160页。

③ 张岱《琅嬛文集》卷三，岳麓书社，1985年，第147页。

用自如,在书画上却不喜太熟、过熟,更不喜烂熟,因太熟、烂熟则易生习气,易流于圆滑、草率,缺乏厚重古拙之气。故画不可不熟,不熟则心手不相应;不可太熟,太熟则庸俗无新意。至于生,既为画家所忌,又为画家所需。初则忌生,必须勤学苦练,以求其熟;既熟之后,又必须济之以生,大巧若拙,似能似不能,然后能控制太熟的流弊而有清新天真的气息。①

此外,方熏《山静居画论》引陈衍曰:

> (黄)大痴论画,最忌曰甜。甜者秾郁而软熟之谓,凡为俗、为腐、为板,人皆知之,甜则不但不之忌,而且喜之。自大痴拈出,大是妙谛。②

画家于极熟之后,便会生出烂熟、甜、俗、腐、板等流弊,若欲继续追求下一进境,就必须有意识地打破成法与定式,由熟反生。至于"烂熟"与"圆熟"的区别,王世襄解释道:"烂熟指油滑而言,熟成滥套,不复能化。圆熟乃得心应手,触纸成趣之谓。熟可以生巧,巧可以生变。熟可以工,熟之极乃可以拙。未熟而先能工能拙者,未之有也。"③伍蠡甫分析曰:"烂熟好像臻于完美,实则已罄其所有,只好停滞下来,难以再进。圆熟则不然,因为蕴蓄丰富,无意于刻画求工或取巧争妍,反能随机生发,在生拙平淡中有变化,有创造,为烂熟所不能为,故有'新意'。"④这说明高手作画,于极熟之后,若要避免由烂熟带来的诸种流弊,就需求生求变。董其昌也说:

> 赵(孟頫)书因熟得俗态,吾书因生得秀色;赵书无弗作意,吾书往往率意。⑤

① 周积寅《中国画论辑要·创作论》,江苏美术出版社,2005年,第119—120页。
② 方熏撰,郑拙庐标点注译《山静居画论》,人民美术出版社,1959年,第73页。
③ 王世襄《中国画论研究·上卷》,生活·读书·新知三联书店,2013年,第160页。
④ 伍蠡甫《漫谈"气韵生动"与"骨法"、"用笔"》,《中国古代美学艺术论文集》,上海古籍出版社,1981年,第42页。
⑤ 董其昌《画禅室随笔》,江苏教育出版社,2005年,第38页。

董其昌认为赵孟頫书法因过熟而"得俗态",故其为避免因熟生俗,乃转而求"生",反而于"生"中"得秀色"。可见此种境界必熟极之后方能达到,须先有"熟外求生"之"生",才可以达于"秀",脱于"俗"。顾凝远《画引》解释道:

> 学者既已入门,便拘绳墨,惟吉人静女,仿书童稚,聊自抒其天趣,辄恐人见,而称说是非。虽一一未肖,实有名流所不能及者。生也,拙也,彼之生拙,与入门更自不同。盖画之元气,苞孕未泄,可称浑沌初分第一粉本也。……然则何取于生且拙? 生则无莽气,故文,所为文人之笔也;拙则无作气,故雅,所为雅人深致也。①

则此"生拙",是指苞孕未泄之元气,亦即自然天趣也。在他看来,由熟返生之后的生与拙,是"莽气"、"作气"的反面词,其意则接近于高雅和自然。董其昌也有相似的认识,其《画旨》曰:

> 诗文书画,少而工,老而淡,淡胜工,不工亦何能淡? 东坡云:笔势峥嵘,文采绚烂,渐老渐熟,乃造平淡,实非平淡,绚烂之极也。②

按,苏轼此论并不见于其文集,而是见于赵令畤《侯鲭录》③。绚烂之极,归于平淡,大巧若拙,归朴返真,即所谓"熟外生"、"由熟返生"。此"平淡"即是自然,它与"生"、"拙"、"朴"都是指自然淳朴的原始本真。这种平淡自然已超越了工巧精熟,进入了随心所欲、自由自在的艺术境界,表现为一种生拙率真、恬淡含蓄的质朴之美,其所谓"生"、"拙"乃至"丑"、"支离"都已不是贬义词,而是艺术臻于化境之表现,故董桥认为:"熟处求生,当是艺术追求之最高境界。"④可谓知言。如

---

① 顾凝远《画引》卷一,黄宾虹、邓实编《美术丛书》第 1 册,江苏古籍出版社,1986年,第 194 页。

② 董其昌《容台集》卷四,《四库禁毁书丛刊》集部第 32 册,北京出版社,2000 年,第 518 页。

③ 赵令畤《侯鲭录》卷八,《丛书集成初编》,中华书局,1985 年,第 79 页。

④ 董桥《初白庵著书砚边读史漫兴》,《读书》1996 年第 1 期,第 128 页。

前所述,宋代陈无己已有"宁拙毋巧,宁朴毋华,宁粗毋弱,宁僻毋俗"
之论,清初傅山《作字示儿孙》亦提出"四宁四勿"说:"宁拙勿巧,宁丑
勿媚,宁支离毋轻滑,宁直率毋安排。"[①]说的其实也是力脱俗巧、直追
真美的艺术追求,可见傅山对"拙"、"丑"的推崇,与查慎行"熟处求
生"之论也有着一定的契合与关联。需要指出的是,董其昌的诗文同
样也有平淡自然的倾向,陈继儒《容台集叙》评曰:

> 渐老渐熟,渐熟渐离,渐离渐近于平淡自然,而浮华刊
> 落矣,姿态横生矣,堂堂大人相独露矣。[②]

若追根溯源的话,苏东坡、董其昌"渐老渐熟,乃造平淡"之论明显来
自于老子思想的"大巧若拙"、"大美不言"。不过已有论者指出,董其
昌"字须熟后生"理论是在晚明禅悦思潮背景下提出的。[③] 明季禅宗
寝盛,士大夫多有谈禅之风,董其昌与不少禅师过从甚密,其"绚烂之
极,乃造平淡"之说无疑也受到了禅家的影响。《容台别集》引大慧禅
师论参禅云:

> "譬如有人具百万赀,吾皆籍没尽,更与索债。"此语殊
> 类书家关捩子,米元章云:"如撑急水滩船,用尽气力,不
> 离其处。"盖书家妙在能合,神在能离。所以离者,非欧、
> 虞、褚、薛名家伎俩,直要脱去右军老子习气,所以难耳。
> 那吒拆骨还父、拆肉还母,若别无骨肉,说甚虚空粉碎、始
> 露全身?晋唐以后,惟杨凝式解此窍耳!赵吴兴未梦
> 见在。[④]

所谓"书家妙在能合,神在能离","能合"即合于法度,"能离"即超脱
于法度之外,达到艺术的至高境界,这和由生至熟、熟后求生的过程

---

① 傅山《霜红龛集》卷四,山西人民出版社,1985 年,第 92 页。

② 董其昌《容台集》卷首,《四库禁毁书丛刊》集部第 32 册,北京出版社,2000 年,第
7 页。

③ 吴鹏《董其昌"字须熟后生"理论的重新审视》,《南京艺术学院学报(美术与设计
版)》2008 年第 4 期,第 43—45 页。

④ 董其昌《容台集》卷四,《四库禁毁书丛刊》集部第 32 册,北京出版社,2000 年,第
458 页。

极为相似，说的正是一个道理。另外，董其昌友人憨山禅师《示周子寅》云：

> 向来世情浓厚，习染纯熟，熟处难忘，故触之便发。故曰："吾未见好德如好色者也。"若以彼易此，则生处自熟，熟处自生；生则疏，疏则远，远则澹，澹则忘，忘则不暇求脱，而自不缚矣。久之而此心泰定，则目前千态万状，视之若空华水月，阳焰冰河，本无可缚著，又何求脱耶？[①]

在禅家眼中，"熟"即"习染"，即执着，需要以"生"来破"熟"，由生至疏、远、澹、忘，则可摆脱束缚，臻于空明透脱的禅境，这虽是对禅悟过程的描述，却对书画家由技进道，提升艺术境界也有着特殊的启示作用。

明代书画界关于"生"与"熟"的讨论，对清代文化界的影响极为深远，如上海博物馆藏乾隆戊寅（1758）十月郑燮画《竹石图》有其题诗曰："四十年来画竹枝，日间挥写夜间思。冗繁削尽留清瘦，画到生时是熟时。"所谓"画到生时是熟时"，即熟外求生之意。而郑板桥对画境生熟的深刻认识，明显是受到李仰怀、董其昌、顾凝远、方熏等人的影响。可见到了清代中期，人们对"熟处求生"的认识已经非常普遍了。而博学的查慎行对明代书画界这些理论颇为熟稔，故而将"练熟还生"之论移植到诗歌中来，并将其作为自己诗歌创作的艺术追求之一。

应该指出的是，查慎行论诗，除了主张"熟处求生"之外，还提倡白描和自然。如《东木与楚望叠鱼字凡七章连翩传示再拈二首以答来意》："诗成亦用白描法，免得人讥獭祭鱼。"《邓尉山看梅与谭蕙城都谏分韵》："自然惬幽趣，真景非粉缋。"[②]评白居易《弄龟罗》曰："白描高手，只是善达性情。"[③]评王安石《悟真院》"春风日日吹香草，山北山南路欲无"二句云："烹炼之至，渐近自然。"[④]而当平淡和创新这两

---

①　憨山德清《憨山老人梦游集》卷五，《续修四库全书》集部第 1377 册，上海古籍出版社，2002 年，第 390 页。

②　查慎行著，周劭标点《敬业堂诗集》续集卷三，上海古籍出版社，1986 年，第 445 页。

③④　张载华辑《初白庵诗评》卷下，上海六艺书局，民国石印本。

种艺术追求发生矛盾的时候,查慎行宁愿牺牲后者而保全前者。如其评赵章泉《出郭》曰:"三四('春风收雨雨收后,白日变晴晴变时')调虽新,却无趣味,后人学之,最坏手笔。"[1]评王建《原上新春》曰:"宁取平易,勿取艰涩生新。"[2]这些都体现了查慎行对平淡自然艺术境界的心仪与青睐,故而袁枚《仿元遗山论诗》曰:"他山书史腹便便,每到吟诗尽弃捐。一味白描神活现,画中谁似李龙眠。"[3]将查慎行诗歌比之为宋代著名的白描派画家李公麟的画作,极为形象贴切。查慎行《瓣香诗集序》称盛宜山之诗"其间幺弦孤韵,渐诣平淡,虽若不甚经意,他人锤炼所不能到者矣"[4],这种若不经意的平淡自然之境,来自于千锤百炼之后,亦必熟后方所能到,其中也蕴含着熟后还生,渐近自然之意,这与李仲怀、董其昌、张岱等人之论可谓异曲同工。因此在查慎行的诗学理论体系中,一方面崇尚白描,另一方面主张熟处求生,这两种倾向看似互不关联,其实从其理论渊源来看,二者之间恰好是相互通融的,其目的都是欲达到平淡自然的艺术境界。

总之,无论是从语词出处还是理论内涵来追寻查慎行"每从熟处欲求生"的渊源,都可以追溯到苏轼身上,从中也可看出查慎行对苏轼的倾倒与服膺,这也容易让人联想到他曾花费三十年精力纂成《苏诗补注》之事。查慎行的"熟处求生"说远绍苏诗和宋代禅宗话头,亦脱胎于明代书画论中的"练熟还生"之论。"熟处求生"虽从字面上很容易解读成艺术创新之意,却并不能作如此解读。通过梳理明代书画论中"练熟还生"、"熟外生"、"渐老渐熟,乃造平淡"等说的理论内涵及文化背景可以知道,"熟处求生"之"生"主要是指生拙浑朴、平淡

---

① 方回评选,李庆甲集评《瀛奎律髓汇评》卷十,上海古籍出版社,1986年,第386页。

② 方回评选,李庆甲集评《瀛奎律髓汇评》卷十,上海古籍出版社,1986年,第337页。

③ 袁枚《小仓山房诗集》卷二十七,王英志主编《袁枚全集》第1册,江苏古籍出版社,1993年,第594页。

④ 查慎行《敬业堂文集》,中华书局,《四部备要》本。

自然的境界,而这恰可与查慎行"白描"的艺术追求相互通融。而这层含义,学界此前似未及见,故特为拈出,不知当否,希请海内方家批评指正。

翁方纲"黄诗逆笔说"发微

王天娇

内容摘要:"逆笔"本是书法批评术语,翁方纲将它引入文学批评形容黄诗特色,指的是在诗意表达的过程中,使用似逆实顺、似敛实正的笔法。翁方纲着重建构了用典与逆笔的关系。用典不仅使诗歌意脉的伸展得到节制,而且增加了诗歌的意义容量,实现了肥与瘦、顺与逆的辩证统一。黄诗逆笔说体现了翁方纲重视学问和细肌密理的诗学思想,是为娇正当时诗坛滑熟之风而作。它还是清中期宋诗审美转向的一个侧面,随着拗折诗风被推崇,黄庭坚在清代逐渐确立了其宋诗典范地位。

关键词:逆笔;翁方纲;黄庭坚;用典

A Study on Weng Fanggang's Theory of Huangshi Nibi

Wang Tianjiao

Abstract:Nibi(逆笔) is a term used in calligraphy criticism. Weng

Fanggang introduced it into literary criticism to describe the characteristics of Huang Tingjian's poetry. It refers to the use of brushstrokes that seem to be tortuous, but smooth expression. Weng Fanggang emphatically constructed the relationship between allusion and Nibi. The use of allusions not only makes the poetry restrained, but also increases the meaning capacity of poetry, and realizes the dialectical unity of Fei and Shou, Ni and Shun. Nibi theory embodies Weng Fanggang's poetic thought of attaching importance to knowledge and Jili, and was written to correct the style of the poetic circle at that time. It is also an aspect of the aesthetic turn of Song poetry in the mid-Qing Dynasty. As the style of twisted poetry was praised, Huang Tingjian gradually established his role as a model of Song poetry in the Qing Dynasty.

Keywords：Nibi(逆笔)；Weng Fanggang；Huang Tingjian；allusions

一、引言

近年来对翁方纲的研究成果颇丰,而对翁方纲"黄诗逆笔说"欠缺清楚、明确的阐发。关于黄诗逆笔说,学界历来解释不一,主要有五种不同的解释:一是章法说,主要观点是黄庭坚在章法上学杜,如邱美琼《黄庭坚诗歌传播与接受研究》①、张然《翁方纲诗论及其学术源流探析》②、陈忻《唐宋文化与诗词论稿》③。二是典故说,如钱锺书《谈艺录》,将逆笔看作黄诗用典的特征。④ 三是节制说,认为逆笔的作用是节制和蓄势,如陈伟文《清代前中期黄庭坚诗接受史研究》⑤、

---

① 邱美琼《黄庭坚诗歌传播与接受研究》,江西人民出版社,2009年,第249—257页。
② 张然《翁方纲诗论及其学术源流探析》,华南师范大学博士学位论文,2007年,第86—94页。
③ 陈忻《唐宋文化与诗词论稿》,重庆出版社,2004年,第212页。
④ 钱锺书《谈艺录》,生活·读书·新知三联书店,2001年,第357页。
⑤ 陈伟文《清代前中期黄庭坚诗接受史研究》,中国人民大学出版社,2012年,第100—112页。

蒋寅《翁方纲宋诗批评的历史意义》①。四是质厚说,如严迪昌《清诗史》认为"黄诗逆笔"指的是黄庭坚"以古人为师,以质厚为本"②。五是意脉说,如吕肖奂《清代两种对立的宋诗观——〈宋诗钞〉与〈石洲诗话〉比较研究》③、张健《清代诗学研究》④、杨新平《桐城派"逆笔"批评论——以文章选本评点为中心》⑤,都从意脉层面探讨这个问题。

　　以上诸说从不同角度揭示了黄诗逆笔的表现,对理解翁方纲"黄诗逆笔说"具有重要意义。其中,章法说与典故说是从手法上切入,节制说与质厚说是从效果上进行阐发。而意脉说则从语意表达的角度理解翁方纲提出的"逆笔",最符合翁方纲原意。那么,手法、效果、意脉三个范畴如何在黄诗逆笔说中得到统一? 翁方纲"黄诗逆笔说"有何理论内涵? 对理解清代黄庭坚接受史有何意义? 这些问题尚需阐明。

二、翁方纲"黄诗逆笔说"内涵阐说

　　首先,"逆笔"本是书法批评的用语,是一种运笔方法。⑥ 这种运笔方法通俗地说就是起笔前或运笔时向反方向用力。翁方纲之前,钱载就提出了"山谷纯用逆笔"⑦的说法。翁方纲发展钱说,借逆笔这

---

①　蒋寅《翁方纲宋诗批评的历史意义》,《中国诗学研究》2018 年第 1 期,第 93—104 页。

②　严迪昌《清诗史》下册,浙江古籍出版社,2002 年,第 708—715 页。

③　吕肖奂《宋诗体派论》,四川民族出版社,2002 年,第 365 页。

④　张健《清代诗学研究》,北京大学出版社,1999 年,第 702—718 页。

⑤　此外还有一些其他说法,比如李剑波《清代诗坛对宋诗范式的重建与创新》(中国社会科学出版社,2015 年,第 230—248 页)中认为"黄诗逆笔说"是翁方纲"肌理说"的一部分,解释黄庭坚诗并不合理。唐芸芸《翁方纲诗学研究》(中国社会科学院博士学位论文,2011 年,第 40—48 页)、《逆笔:翁方纲论黄庭坚学杜》(《云梦学刊》2011 年第 1 期,第 99—102 页)从黄诗学杜的视角解读"黄诗逆笔说",认为"逆笔"是一种章法,为避免诗作平直滑下,诗人需用典故等将诗分作几段。

⑥　根据清代笪重光《书筏》,历朝历代对拨镫法解释不一。主要有两种解释。一种是握笔方法,以陆希声为代表。一种是运笔方法,以李煜为代表。《黄诗逆笔说》明确说的是李煜的拨镫法,也就是一种运笔方法。

⑦　翁方纲《七言诗歌行钞》卷十,《苏斋丛书》本。

一书法术语阐释黄庭坚诗歌在意义展开过程中的文势问题。换言之,逆笔指的是在诗意表达的过程中,使用似逆实顺、似欹实正的笔法。翁方纲在《黄诗逆笔说》中对逆笔的定义是"逆者,意未起而先迎之,势将伸而反蓄之"①,他将"逆笔"的定义分为两层,一是在诗歌主题意义开始表达之前先做铺垫,二是在诗意表达的过程中蓄势,避免诗意表达的平直。这两层含义主要分别对应了后文所提到的比兴寄托与使用典故两种手段。第一,翁方纲强调逆笔与诗意表达的辩证关系,"势似欹而反正","要亦不外乎虚实乘承阴阳翕辟之义而已矣",诗歌之"势"的"顺逆"与"虚实"、"乘承"、"阴阳"、"翕辟"一样,是一种辩证的关系,既相互对立,又相互依存,所谓"顺与逆,欹与正,非二也"。虽然逆笔是向诗意表达的反向着力,宕开一笔,看似不合文章意脉的笔法,却能够在诗歌中起到正面的效果。翁方纲《拨镫法赞》:"山谷论亦云,病右常丰左。似欹实乃正,争上非偏颇。"②也指出了逆与顺二者的对立统一。第二,在"意未起而先迎之,势将伸而反蓄之"之间,翁方纲更强调后者,他引用《周易》"尺蠖之屈,以求信也。龙蛇之蛰,以存身也"和米芾的话"无垂不缩,无往不收",都为论证、说明诗意表达过程中屈曲蛰伏、收缩笔势,能够使文势更好地伸展,使诗意更好地呈现。第三,逆笔虽然产生了节制的审美效果,但并不等同于创作时要节制,它的本质是一种创作手法,强调使用与诗歌整体意脉不合的语言。《黄诗逆笔说》中翁方纲说"长澜抒泻中,时时有节制焉,则无所用其逆矣。事事言情,处处见提掇焉,则无所庸其逆矣",如果能够做到节制、提掇,则不需要用逆笔的手法。但"胸所欲陈,事所欲详,其不能自为检摄者,亦势也",对普通创作者而言,在诗歌写作时顺着意脉滑下是人之常情,所以诗人需要通过逆笔的创作技巧,起到节制的作用。

其次,翁方纲将比兴寄托和运用典故作为逆笔的主要手段。广

---

① 翁方纲《复初斋文集》卷十,《续修四库全书》影印清李彦章校刻本。本文所引翁氏《黄诗逆笔说》均出此本。
② 翁方纲《复初斋文集》卷十三,《续修四库全书》本。

义的逆笔可以泛指似逆实顺的语言展开方式,而狭义的逆笔则主要指运用典故和比兴,以此增加读者阅读时间,防止诗歌意脉一气滑下。典故与比兴的使用"非襞绩为工"、"非借境为饰",并非为了用典而用典,为了比兴而比兴,而是通过用典和比兴,起到似欹而正的作用,提高诗歌的文学表达效果。其中,翁方纲尤为强调典故运用与逆笔的关系,他在《叶花溪十二首(其八)》中评价黄庭坚"拨镫逆笔诚悬溯,昆体功夫熟后生"①。朱弁《风月堂诗话》说黄庭坚"用昆体功夫,而造老杜浑成之地"②,西昆体以李商隐为宗,讲究用典、对偶,昆体功夫是就用典、对偶而言。朱弁揭示了黄庭坚通过学习西昆体的句律,达到杜甫混成的诗歌境界。翁方纲在此基础上,将昆体功夫理解为西昆体好使典故之特色,进一步强调黄诗逆笔与昆体功夫的关系。这种理论建构十分敏锐,不仅准确揭示了黄诗特色,而且建立了典故与文势的关系。钱锺书在《谈艺录》中引用翁方纲《黄诗逆笔说》评价黄诗特色,并援引蒋士铨"书家谁解绵里针"、曾国藩《题彭旭诗集后》"伸文揉作缩,直气催为枉"③作为补充,可以视作是对翁方纲之说的诠释。曾国藩"伸文揉作缩,直气催为枉"是指黄庭坚的用典特点。"伸"即是拉长,"枉"即是"弯曲"。"直"为"枉"即是运用逆笔使意脉曲折,而"伸"作"缩"则表明了运用典故使诗歌在有限的字数、形式内意义更加丰富。典故通过连通古今,使得诗歌的意义在时空上得到了扩展,因此诗歌"伸"、"枉",耐人涵咏。这也就是严迪昌所谓的"质厚",因为叠加典故拓展了诗歌的意义容量。蒋士铨"书家谁解绵里针"一句之后是:"世无善本剥蚀深。陈郎未见任渊注,梨枣成堆亦苦心。"④感叹陈郎未见好的黄诗注本,将典故注出。"书家谁解绵里针"之"绵里针"指黄诗用典特色,"绵"指的是黄庭坚不用华丽辞藻、不作

---

① 翁方纲《复初斋诗集》卷六十,清刻本。

② 朱弁《风月堂诗话》,中华书局,1988 年,第 112 页。

③ 钱锺书《谈艺录》,生活·读书·新知三联书店,2001 年,第 357 页。

④ 蒋士铨著,邵海清校,李梦生笺《忠雅堂集校笺》,上海古籍出版社,2012 年,第 812 页。

特殊铺排,似乎诗味寡淡;"针"指黄诗运用典故,使诗歌警策,意蕴丰富。换言之,使用典故,不仅使文势收缩,而且增加了诗歌的意义容量,也就引出了黄诗"肥"、"瘦"的问题。

再次,翁方纲揭示了黄诗"肥"、"瘦"的统一性。《黄诗逆笔说》中说:"凡用笔四无依傍,则谓之瘦;传以肉彩,则谓之肥。乃坡公墨妙亭诗讥杜之贵瘦,而却有细筋入骨之句,则肥、瘦岂二义欤?""肥"指诗歌语言华美,意蕴丰富,而"瘦"指用词简朴、不做特殊铺排。"肥"与"瘦"统一的关键在于"细筋入骨之句"。"筋"、"骨"本是人体的组成部分,后用作书法批评术语,这里又用作文学批评。在书法批评中,骨指笔力强劲、刚健,筋指笔势连贯、顺畅。翁方纲在文学批评中以"骨"指代文学作品的力量,以"筋"指代意脉的承转,他在评杜甫诗歌时使用的"杜之肌理于气骨筋节出之"[1]中"气骨"、"筋节"亦取此意。"细筋入骨"指的是黄庭坚在诗歌构思中章法、句法精巧,换言之,是通过巧妙的意义联结方式(筋)提升诗歌的表现力量(骨)。张健《清代诗学研究》指出逆笔是以典故、比兴改变意义的表达方式,截断意脉,起到节制的作用。[2] 这种说法极具洞见。但典故与意脉的关系并不是简单的截断关系,黄庭坚的诗虽然以典故中断诗歌的意脉,但因"逆笔"实则是为诗歌中心、主题服务的,整体上意脉仍连贯、流畅。这也就是语断意连,费衮《梁溪漫志》中说的"事不相涉而意脉贯穿"[3]。严元照《读山谷诗》"弹丸脱手不离手,意匠正在阿堵中"[4]亦是此意,谢朓云"好诗流转圆美如弹丸"[5],"脱手不离手"便是"逆笔"的意思。运用逆笔,写与诗歌整体意脉不合之笔,似乎"脱手",但所写之物仍然着题,故而"不离手"。诗歌意脉整体仍是连贯的,仍然流转圆美,且更加婉转有致。钱锺书评价黄庭坚:"涪翁诗如其字,筋多

---

① 翁方纲《石洲诗话》卷十,《苏斋存稿》手稿本,上海图书馆藏。
② 张健《清代诗学研究》,北京大学出版社,1999年,第702—718页。
③ 费衮《梁溪漫志》,三秦出版社,2004年,第105页。
④ 严元照《柯家山馆遗诗》卷五,《续修四库全书》影印光绪刻《湖州丛书》本。
⑤ 谢朓著,曹融南校注《谢朓集校注》附录二,中华书局,2019年,第426页。

于骨,韧而非硬;世人以瘦劲学之,毫厘千里。"①钱锺书将书法批评术语用在文学批评中,"筋"与"韧"对应,指意脉连贯,意蕴丰富;骨与硬对应,指语言有力。世人以"瘦劲"学黄,学其不用华丽辞藻、不作特殊铺排、语言遒劲有力,是没有掌握黄诗精义的体现,因而"毫厘千里",只学得形似,不得黄诗妙处。可见,黄庭坚诗歌语言风格虽然瘦劲,但通过使用典故,使意脉连贯,意蕴丰富,实现了"瘦"与"肥"的辩证统一。

综上所述,翁方纲提出"黄诗逆笔说",以书法批评中的"逆笔"来形容黄庭坚诗歌创作特征,指出他善用与整体意脉不合之笔势,能够做到以逆为顺、顺逆统一。翁方纲尤为强调逆笔与用典这一手法的联系,运用典故不仅可以避免滑熟之弊,而且可以扩展诗歌的意义容量,实现顺与逆、肥与瘦的矛盾统一。

三、黄诗逆笔说与清代宋诗学转向

既有的研究已经指出,清代尊崇宋诗之风气始于康熙年间,以苏轼、陆游为尊,而清代中后期,清代宋诗学却将苏轼、黄庭坚作为宋诗典范,由苏、陆到苏、黄体现了清代宋诗学之转向,这一转向正是以翁方纲"黄诗逆笔说"为开端。② 那么翁方纲为何会以逆笔评价黄诗?黄诗逆笔说对清代黄庭坚接受史有何意义?

首先,黄诗逆笔说是翁方纲诗论体系的一部分,体现了翁方纲的诗学思想。第一,黄诗逆笔说是翁方纲以学问为诗思想的表现。翁方纲极为推崇杜诗创作,他提出"山谷以逆笔为学杜,是真杜也"③,以黄庭坚"逆笔学杜"的成功诗学实践沟通了杜诗与黄诗的关系,提高了黄诗的地位。但黄诗逆笔学杜并不是翁方纲所推崇的第一义,而是由于才力不足,本领不及古人而做出的退而求其次的选择。法式

①　钱锺书《谈艺录》,生活·读书·新知三联书店,2001年,第357页。
②　陈伟文《清代前中期黄庭坚诗接受史研究》,中国人民大学出版社,2012年,第105页。
③　翁方纲《复初斋诗集》卷十五,清刻本。

善《陶庐杂录》对翁方纲的引述也符合这种观念：

> 覃溪先生告余云："山谷学杜，所以必用逆法者，正因本领不能敌古人，故不得已而用逆也。若李义山学杜，则不必用逆，又在山谷之上矣。"此皆诗家秘妙真诀也。今我辈又万万不及山谷之本领，并用逆亦不能。然则如之何而可？则且先咬着牙忍性，不许用平下，不许直下，不许连下，此方可以入手。不然，则未有能成者也。①

翁方纲认为因为黄庭坚"本领不能敌古人，故不得已而用逆也"②，而李商隐不用逆法学杜，其本领在黄庭坚之上，这种观点与他在《黄诗逆笔说》中"时时有节制焉，则无所用其逆矣"、"处处见提掇焉，则无所庸其逆矣"的说法是一致的。法式善与翁方纲这里谈的都是逆法和节制的问题，但两人的主张却背道而驰。虽然两人都认同节制在诗歌创作中的重要性，但翁方纲认为普通作者缺乏节制的才能，所以需要使用逆笔这样的手段，达到节制的目的。而法式善则认为黄庭坚逆笔学杜，是因为才华不如杜甫。而当今的作者资质又下于黄庭坚，所以只能"咬着牙忍性，不许用平下"③。这与翁方纲的看法完全相背。翁方纲强调用逆笔，且尤为注重用典的作用，是因为他认为学问在学诗、作诗中极为关键。普通学诗者没有极高的天赋，要从学问、方法入手，领会黄庭坚作诗中使用的逆笔手法，以学问去弥补才性的不足。

第二，翁方纲强调用典与逆笔的关系与其提出的肌理说密切相关。逆笔是以偏离诗歌整体意脉的语言起到合于整体意脉的表达效果，一般来说是就章法而言，也就是朱庭珍在《筱园诗话》中所总结的逆挽法"扑倒本题，先入正位，叙现在事，写当下景，而后转溯从前，追述已往，以反衬相形"④，即在铺叙、描写的过程中追叙往时情景。蒋

---

① ② ③　法式善《陶庐杂录》，中华书局，1959 年，第 31 页。

④　郭绍虞编选，富寿荪校点《清诗话续编》，上海古籍出版社，1983 年，第 2380 页。

寅指出翁方纲肌理说是"对字与句、句与句意义关联的关注"①,而黄诗逆笔说提到的似欹而正、似逆实顺的笔势正是对这种意义关联的阐释,通过逆笔寻求语言纵向意义与横向意义联结的一致性。典故、比兴既增加了诗歌语言纵向的意义纬度,又符合诗歌语言横向的意脉伸展方向,这种巧妙的意义生成方式对诗意塑造起到了极佳的效果。也就是说,除了章法布局,逆笔的曲折之势也可以通过改变诗句的意义表达方式实现。正因如此,逆笔的范畴从章法被扩展到句法。虽然翁方纲没有言明,但方东树对黄诗用逆的阐发则是翁方纲这一思想的延续。与翁方纲一样,方东树认同黄诗具有"逆笔"的特点,他所说的黄诗之逆笔除了章法上的跌宕曲折,也包括句法上运用典故以节制诗歌语势。他评黄庭坚《长句谢陈适用惠送吴南雄所赠纸》说:"顺叙,只在句法上稍逆。"②这首诗不是章法逆,而是句法逆。从章法上说,这首诗先写陈适用得纸(从"庐陵政事无全牛"到"得纸无异夏得裘"),再写陈适用赠纸(从"琢诗包纸送赠我"到"胡不赠世文章伯"),最后写山谷用纸(从"一泮之水容牛蹄"到"请续南华内外篇"),十分流畅切题,故而方东树曰"顺叙"。然而,诗中常常出现"逆笔"之句,比如"蛮溪切藤卷盈百,侧厘羞滑茧羞白"写纸的制作过程和纸滑而白的特点,运用《拾遗记》南人献侧厘纸的典故,不仅写出纸的珍贵、优质,而且点出此纸为南人之纸,暗扣题目中南人吴南雄赠纸之事,与下句"想当鸣杼砧面平,桄榔叶风溪水碧"写以南人之纸想见南方风光相承接,起到似逆实顺的作用。典故增加了诗歌语言的纵向层次,使诗意不致平直而下,又丰富了诗歌意味,使之更具韵致。在方东树的黄诗批评中,逆笔不仅包括章法上的不直下,而且也指句法上的拗折。这正是受到翁方纲《黄诗逆笔说》的启发。

其次,黄诗逆笔说的提出针对当时诗坛上的滑熟、豪放之风。一方面,从创作上说,清代中叶诗坛的著名诗人多有浅直之病。钱锺书

① 蒋寅《肌理:翁方纲的批评话语及其实践》,《文学遗产》2019 年第 1 期。
② 方东树《昭昧詹言》,人民文学出版社,1961 年,第 323 页。

《谈艺录》说："袁、蒋、赵才力甚富，不屑炼以就法，故多浅直俚诨之病。"[1]"浅直俚诨"是当时诗坛的弊病。在当时诗坛上，袁枚、赵翼等人作诗驰骋才性，不加节制。另一方面，从学术上说，陈伟文指出晚明"公安三袁"学习白居易与苏轼，尊崇的是比较流丽雄豪的诗风。清代前期宗宋诗人继承了明末的"公安三袁"的思想，推崇苏轼与陆游。这种诗风下，很自然地，清初宗宋学者继承学习苏轼的风气，并选择诗风流畅豪放的陆游作为师法对象。[2] 翁方纲《黄诗逆笔说》中所提及的"顺势"、"滑下"便是流易诗风产生的弊病，针对当时诗坛流滑弊病而作。潘德舆《养一斋诗话》："夫乐天长篇之病，正坐语语顺惬，无一笔作逆势，以致平衍寡情。"[3]他将白居易诗歌语言"顺惬"作为"逆笔"的反面。白居易长篇喜欢直接写，意脉直贯而下，因而语顺。而山谷的"逆笔"向意脉反向使力，取得曲折深隽，耐人涵咏的效果。翁方纲《小石帆亭著录》说："山谷之逆笔，不可以概欧、梅。"[4]诗歌的风格是多种多样的，这里的"欧、梅"是与"山谷之逆笔"相对的风格。欧、梅以诗风平易自然著称，其诗往往是顺势而作，而山谷"逆笔"是逆势而作。方东树对黄庭坚"矫弊滑俗"有充分的论述，"山谷学杜、韩，一字一步不敢滑"[5]，"入思深，造句奇崛，笔势健，足以药滑熟，山谷之长也"[6]。山谷诗的"逆笔"是"矫弊滑俗"的重要写作手法，使用逆笔使诗歌更具有隽永之致。吕肖奂指出翁方纲批评南宋诸家诗歌平直豪放，并认为平熟是南宋诗歌不如北宋诗歌的原因。[7] 正是因为不满诗坛上推崇平熟流丽诗风的观念，翁方纲才提出"逆笔"之说，警醒诗人学诗勿学滑熟。

① 钱锺书《谈艺录》，生活·读书·新知三联书店，2001年，第371页。

② 陈伟文《清代前中期黄庭坚诗接受史研究》，中国人民大学出版社，2012年，第105页。

③ 潘德舆《养一斋诗话》卷二，中华书局，2010年，第38页。

④ 翁方纲《小石帆亭著录》卷一，《丛书集成初编》本，商务印书馆，1936年，第1页。

⑤ 方东树《昭昧詹言》卷一，人民文学出版社，1961年，第26页。

⑥ 方东树《昭昧詹言》续录卷二，人民文学出版社，1961年，第314页。

⑦ 吕肖奂《宋诗体派论》，四川民族出版社，2002年，第370页。

再次，逆笔所产生的是一种拗峭的诗歌风格，这成为清代后期黄庭坚接受的重点。拗折是与平熟相对的概念，指的是诗歌曲折有味而不同凡俗，其近义词是"曲折"、"深隽"、"婉转"，与其相反的是"滑熟"、"豪放"、"平直"。将"逆笔"作为黄庭坚诗歌的特点不是翁方纲所独创，其观点来源于钱载"山谷纯用逆笔"①。李剑波指出秀水派"句法拗折险怪，呈现出生硬的特点"②。《晚晴簃诗汇》说："择石论诗，取径西江，去其粗豪而出之以拗折，用意必深微，用笔必拗折，用字必古艳，力追险涩，绝去笔墨畦径。"③生硬拗折是钱载的诗歌审美偏好，他在创作和批评中都推崇这种诗风，故而推崇黄庭坚。翁方纲继承钱说，以逆笔作为黄诗特色，因为逆笔拉住了意脉的下滑，进而使诗歌的阅读时间延长，起到了拗峭的效果。翁方纲《石洲诗话》评黄诗："譬如榕树自根生出千枝万干，又自枝干上倒生出根来。"④"根"指诗歌主题，"自根生出千枝万干"便是从主题延展出去，"自枝干上倒生出根来"便是延展之笔都与主题相关，故"倒生出根"。正是"千枝万干"的展开，让诗歌变得曲折、拗峭起来。

翁方纲所描述的黄诗特色，正是清代中叶宋诗审美转型的一个侧面。随着拗折诗风受到推崇，黄庭坚逐渐成为宋诗典范。而翁方纲揭示了黄诗逆笔之法，又推进了这一变革的进程。不同于此前对黄庭坚的评价，偏重于"奇"、"新"和"生"、"硬"，翁方纲之后，清人评论黄诗则十分注意阐发"拗折深隽"的效果。胡敬《仿渔洋山人题唐宋金元诗绝句》中说"陆豪黄峭"⑤，将"豪"作为陆游的特点，"峭"作为黄庭坚的特点。方东树《昭昧詹言》卷八评价黄庭坚"山谷

---

① 翁方纲《七言诗歌行钞》卷十，《苏斋丛书》本。
② 李剑波《清代诗坛对宋诗范式的重建与创新》，中国社会科学出版社，2015年，第170页。
③ 徐世昌《晚晴簃诗汇》卷八十一，中国书店影印民国十八年刻本，1988年，第467页。
④ 翁方纲等《谈龙录·石洲诗话》，人民文学出版社，1998年，第121页。
⑤ 转引自傅璇琮编《黄庭坚和江西诗派资料汇编》，中华书局，1978年，第310页。

所得于杜,专取其苦涩、惨淡,律脉严峭一种"①,凌廷堪评价黄庭坚"峭健清新"②,黄爵滋《读山谷诗集》认为黄庭坚"清思曲笔"③,刘熙载《艺概》评价其"妙能出之深隽,所以露中有含,透中有皱,令人一见可喜,久读愈有致也"④,赵翼《瓯北诗话》评价山谷"拗峭避俗"⑤,这些评论强调黄诗曲折有味,新奇深隽,表明了拗峭诗风逐渐成为清代黄诗接受的重点。此外,虽然翁方纲并未论述声律与逆笔的关系,但清人对山谷拗折诗风的推崇也包括声律。赵翼《瓯北诗话》就探讨了山谷声律与其峭拔诗风的关系:"自中唐以后,律诗盛行,竞讲声病,故多音节和谐,风调圆美,杜牧之恐流于弱,特创豪宕波峭一派,以力矫其弊。山谷因之,亦务为峭拔,不肯随俗波靡,此其一生命意所在也。"⑥律诗声调流转圆美,但容易流于卑弱。故而黄庭坚以拗律写诗,务为峭拔。清代中后期学人对黄诗拗折特色的挖掘和推崇,提高了黄庭坚的地位,使他成为新的宋诗典范。

　　总而言之,黄诗逆笔说既体现了翁方纲重学问、肌理的诗学思想,又针对清代中期诗坛滑熟之弊,展现了拗折诗风兴起这一时代审美风尚变革,不仅精确地指出了黄诗的创作特点,而且是清代宋诗学转向的重要侧面,对理解黄诗特色和清代黄庭坚接受史都具有重要意义。

(南京大学文学院)

①　方东树《昭昧詹言》卷八,人民文学出版社,1961 年,第 314 页。
②　凌廷堪《校礼堂文集》卷三十二,《续修四库全书》影印嘉庆十八年张其锦刻本。
③　傅璇琮编《黄庭坚和江西诗派资料汇编》,中华书局,1978 年,第 344 页。
④　刘熙载著,袁津琥注《艺概注稿》,中华书局,2009 年,第 326 页。
⑤　赵翼《瓯北诗话》卷十一,人民文学出版社,1963 年,第 168 页。
⑥　赵翼《瓯北诗话》卷十一,人民文学出版社,1963 年,第 169 页。

词学思想与词史视野的统一：
《词则》编撰述要

钟 锦

内容摘要：陈廷焯《词则》的编撰，在词选的编撰史上具有重要意义。朱彝尊《词综》的编撰，突出词史的视野，成为一个代表。张惠言《词选》的编撰，突出词学的思想，成为另一个代表。陈廷焯的《词则》将二者统一起来，使词选的编撰方式趋于完善。同时，《词则》在全面吸取前人词学的基础上，以常州派理论贯穿中心，更具体、更真实地将"沉郁"说予以发挥。

关键词：《词则》；陈廷焯；词选

The Integration of Ci Poetry Thought and the Vision of Ci History: About the Compilation of *Ci Ze*

Zhong Jin

Abstract: The compilation of *Ci Ze* (*The Principle of Ci Poetry*) by Chen Tingzhuo is of great significance in the compilation history of Ci anthology. As one representative, *Ci Zong* (*The Summary of Ci*

Poetry) by Zhu Yizun highlights the vision of Ci history while Zhang Huiyan's *Ci Xuan* (*The Selected Ci Poems*), as the other representative, emphasizes the thought of Ci poetry. *Ci Ze* (*The Principle of Ci Poetry*) by Chen Tingzhuo integrates the two, bringing the methodology of compilation towards perfection. Furthermore, based on the quintessence of previous Ci poetry studies, Ci Ze centering the theory of Changzhou School, gives the Gloomy Style in Ci poetry into full play.

Keywords：*Ci Ze* (*The Principle of Ci Poetry*)；Chen Tingzhuo；anthology of Ci Poems

  陈廷焯虽以《白雨斋词话》闻名,但《词则》作为一部包含丰富评语的通代词选,同样是陈廷焯现存的重要词学著作,其内容远比《白雨斋词话》繁多。《白雨斋词话》仅是陈廷焯在《词则》基础上完成的一个词学理论概括,想要更详尽、更全面地了解陈廷焯的词学理论,《词则》不可忽视。作为一部词选,《词则》的编撰方式在词学史上也别具一格,体现出陈廷焯词学的一个重要成就。

一

  《白雨斋词话》的撰写,用陈廷焯自己的话说:"本诸风骚,正其情性,温厚以为体,沉郁以为用,引以千端,衷诸壹是。"(《白雨斋词话》自序)①从中可以看到他自觉的理论意识,试图通过一以贯之的观念对词学进行全面的思考。陈廷焯早年受到浙西派影响,那时编选的《云韶集》已经表现出深刻的词学见解,但在受了庄棫的影响,认识到张惠言的理论意义后,他的理论得以深入并且系统化。于是他在张惠言的基础上,建构出自己独特的"沉郁"说,并逐渐产生影响。而其理论成熟的一个标志,就是核心观念的简括,陈廷焯首次将之明确地表达在《白雨斋词话》中。这些表达篇幅并不多,《白雨斋词话》更多

---

  ① 本文征引《白雨斋词话》均用手稿十卷本卷数。

的内容大都出自《词则》，只是围绕着核心观念进行了更为恰当的布局。但是，对于理解《词则》来说，先掌握这些核心观念，无疑会有事半功倍的效果。

常州派词学理论重在"寄托"，从表面来看，似乎根本没有新意，至多是把诗学的方法移植到词学范畴，从而获得了"尊体"的结果。甚至"尊体"本身是否有意义，也仍然值得怀疑，那不过是陈旧封建意识在词学上的一个反光。这也许是现在大多数人对常州派的看法，但这看法遮蔽了常州派最有价值的东西。其实，只是简单地讲词里的"寄托"，宋代以来一直不绝于耳。如叶适说陈亮的词："又有长短句四卷，每一章就，辄自叹曰：'平生经济之怀，略已陈矣。'余所谓微言，多此类也。"（《书龙川集后》）朱彝尊甚至说得跟张惠言难以分辨："善言词者，假闺房儿女子之言，通之于《离骚》变雅之义，此尤不得志于时者所宜寄情焉耳。"（《陈纬云红盐词序》）然而所谓"平生经济之怀"，"不得志于时者所宜寄情"，都没有达到常州派的深刻程度。张惠言的说法显得复杂："其缘情造端，兴于微言，以相感动。极命风谣里巷男女哀乐，以道贤人君子幽约怨悱不能自言之情，低徊要眇以喻其致。盖诗之比兴，变风之义，骚人之歌，则近之矣。"（《词选序》）他首先提出"贤人君子"，就将所寄托的内容上升到义理的高度。周济担心这一点被忽视，特别强调"随其人之性情学问境地，莫不有由衷之言"，点得更醒豁，接下来又似乎正是针对前人寄托说的尖锐批评："若乃离别怀思，感士不遇，陈陈相因，唾渖互拾，便思高揖温、韦，不亦耻乎！"（《介存斋论词杂著》）常州派关注的"寄托"内容是基于超越性的道德之善，不但迥出不得志的哀怨之上，也远迈功利性的"经济之怀"。德国哲学家康德区分了两种善："我们把一些东西称为对什么是好的（有利的），这些东西只是作为手段而使人喜欢的；但我们把另一种东西称为本身是好的，它是单凭自身就令人喜欢的。"[①]"经济

---

① Kant, *Critique of Judgment*, p. 207. 中译文参看康德著，邓晓芒译《判断力批判》，人民出版社，2002年，第42页。

之怀"近于后一种善,而常州派强调的却正是前一种善。儒学义理即以这种本身是"好的"的善为核心,其诗教、乐教的目的都在于此。受到汉儒说诗的政治伦理色彩影响,中国诗学一直未能明确两种善的区别,常州派的发现就显得意义不同寻常了,以致谭献兴奋地说:"向之未有得于诗者,今遂有得于词。"(《复堂词录序》)揭示了这一点之后,张惠言又发现道德之善的超越性使得语言表达成为困难,不得不借助"寄托"。诗带着沉重的政治伦理负担,"言志"的责任似乎已无时或忘,词却因其兴起时的特殊语境——酒席歌筵,将之轻易摆脱了。恰好在风谣里巷男女哀乐的叙写里,贤人君子纷然多彩的美好质量不经意间流露出来,却又无法明指,便是"低徊要眇以喻其致"了。这和汉儒诗学影响下的"寄托"之说是异质的,张惠言会提醒,"盖诗之比兴,变风之义,骚人之歌,则近之矣",近之,但不同。不过,张惠言没有找到合适的表达方式,简单地把汉儒政治学伦理色彩的说诗模式搬进了《词选》的评语里,这让他饱受争议。而周济在这一点上做出了很大的进步,他指出:"初学词求有寄托,有寄托则表里相宣,斐然成章。既成格调求无寄托,无寄托则指事类情,仁者见仁,知者见知。"(《介存斋论词杂著》)这既使得道德之善避开了表达困境,突破了汉儒的说诗方式,也和现代阐释学的阅读理论声气互通,极具理论深度。对于周济在词学史上的这个贡献,谭献给予了充分肯定:"周介存有'从有寄托入,以无寄托出'之论,然后体益尊,学益大。"(《复堂日记》)

陈廷焯对常州派的这些要点都能敏锐把握,《白雨斋词话》的核心观念均与之一脉相承。对寄托内容和表达方式,他以"温厚以为体,沉郁以为用"来阐述。先讲体,陈廷焯看到的正是儒学义理,他的说法是:"温厚和平,诗教之正,亦词之根本也。"(《白雨斋词话》卷九)他没有区分诗、词的不同,因为这里关注的是寄托内容本身。尽管诗的语境使道德之善一直未能得到正视,但清代诗论家还是触及到了,其中沈德潜无疑最为重要。因为后来特别的社会环境,沈德潜和常州派都被边缘化,他们共同的重要性遭遇忽视,这或许是中国文论最遗憾的事情了。陈廷焯能够很容易地从浙西派转向常州派，沈德潜的影响或不容忽视，在现在仅存残帙的陈廷焯《骚坛精选录》里，仍然可以清楚地看到这个影响。这里没有区分诗、词的差别，就是陈廷焯对于沈德潜和张惠言共同认知的同时肯定。但这并不说明差别不存在，待到论述表达方式，即"沉郁以为用"之时，自会予以强调。陈廷焯说："所谓沉郁者，意在笔先，神余言外。写怨夫思妇之怀，寓孽子孤臣之感。凡交情之冷淡，身世之飘零，皆可于一草一木发之。而发之又必若隐若现，欲露不露，反复缠绵，终不许一语道破。匪独体格之高，亦见性情之厚。"（《白雨斋词话》卷一）既然在讲"温厚以为体"时已经强调了儒学义理，这里没有再突出"贤人君子"，实际上也更合理，因为纵非贤人君子，也时有道德之善的契合。比如冯延巳，史上以为其人品不高，但其词中的执着热烈不容否认。如果"贤人君子"意识横亘胸中，就不免多些回护，如张尔田说："正中身仕偏朝，知时不可为，所为《蝶恋花》诸阕，幽咽惝怳，如醉如迷，此皆贤人君子不得志发愤之作也。"（《曼陀罗㜝词序》）饶宗颐说："鞠躬尽瘁，具见开济老臣怀抱。"（《人间词话平议》）其实张惠言、陈廷焯都没有如此回护。这段话里应该特别重视的是"发之又必若隐若现，欲露不露，反复缠绵，终不许一语道破"一句，这就和周济的"从有寄托入，以无寄托出"相表里，都是指出寄托的表达需要摆脱汉儒的方式，也都是对张惠言论的推进。陈廷焯在《白雨斋词话》卷八中谈到"比与兴之别"，虽是就词而论，但可以看作诗和词寄托方式不同的体现，跟张惠言、周济潜通声气。他也明确讲到诗、词在"沉郁以为用"时的差异："诗词一理，然亦有不尽同者。诗之高境，亦在沉郁，然或以古朴胜，或以冲淡胜，或以巨丽胜，或以雄苍胜。纳沉郁于四者之中，固是化境，即不尽沉郁，如五七言大篇，畅所欲言者，亦别有可观。若词则舍沉郁之外，更无以为词。盖篇幅狭小，倘一直说去，不留余地，虽极工巧之致，识者终笑其浅矣。"（《白雨斋词话》卷一）并且以此为准，进行了多角度的论述。应该说陈廷焯走得更远，考虑得更复杂。

《白雨斋词话》围绕着"温厚以为体，沉郁以为用"展开，论及词之做法、评判，并对词的历史和作品，以及选本、词话、词律等进行了全面论述，是有意识的系统性词学著作。《白雨斋词话》大部分的篇幅是有关词的历史和作品，这些内容都从《词则》中摘出，甚至绝大部分连文字都没有改动。全面了解陈廷焯成熟时期的词学，《词则》绝对不可忽视，其重要的程度至少不在词话之下。

二

固然，历来词的选本都会体现选家独特的审美眼光，不过有些侧重风格的偏爱，有些侧重文献的保存，但朱彝尊的《词综》却综合了两方面，成为词选本的一个代表作。清代词家几乎无不受到《词综》的影响，就很能说明问题。浙西派沿袭了朱彝尊这种选本观念，王昶继之而作的《明词综》、《国朝词综》，产生了同样的影响。

陈廷焯早年究心浙西派，也在词选的编撰上很是下功夫，这里不得不提到他的《云韶集》。《云韶集》是陈廷焯二十一二岁时编撰的，这部篇幅不小的词选主要选自朱彝尊的《词综》和王昶的《明词综》、《国朝词综》，不难见出宗尚。但他也很熟悉夏秉衡的《历朝词选》（通行称作《清绮轩词选》），因为《云韶集》中不见于《词综》系列的词作，大多可见于夏氏选本中。尽管陈廷焯在接触到浙西派后，就背弃了夏氏选本，后来甚至不太瞧得起夏氏，说：“《清绮轩词选》，华亭夏秉衡选，大半淫词秽语，而其中亦有宋人最高之作。泾渭不分，雅、郑并奏，良由胸中毫无识见。选词之荒谬，至是已极。”（《白雨斋词话》卷七）但潜移默化的影响其实不小，《云韶集》卷首的《词坛丛话》，其后一部分近于“例言”，主要摘录自《词综》和《清绮轩词选》。即使在他二十年后编定的《词则》里，录自《清绮轩词选》的词作也不在少数。《清绮轩词选》沿袭明人《草堂诗余》等选本的香艳风气，浙西派则是常州派之前清代最重要的词派，标榜南宋的雅词，陈廷焯对之都进行了全面的汲取。同时他并不满足于此，在《云韶集》中还特别关注了近于苏、辛豪放风格的阳羡派。不仅对陈维崧推崇备至：“词中陈其年，犹诗中之老杜也。”（《词坛丛话》）还特别从郑燮、蒋士铨的别集中大量选录了他们的词作，以补充《国朝词综》的偏颇。可见，虽然其时陈廷焯年纪尚轻，却已在词学上打下了深厚的基础，具有了广阔的视野。他对选入《云韶集》的3434首词作，每一首都写了评语，不仅停留在风格的偏爱上，更致力于方法的思考。成熟以后的陈廷焯对自己的少作有如是评价："自今观之，殊病芜杂，然其中议论，亦有一二足采者。"之后他列出了十二条。(《白雨斋词话》卷九)其实远远不止这些，逐条对比《云韶集》和《词则》的评语，可以发现《云韶集》中的议论得以保留的，数量在千条以上。

等到陈廷焯接触到了张惠言的《词选》，除了常州派的理论，张氏《词选》新颖的编撰方式应该也让他眼前一亮。张氏《词选》是在《词综》之后的一部特别突出理论方法的词选本，从中能够感受到张惠言的创造和匠心。可以说，张氏开创了一种新的词选编撰路向，影响了后来的周济、谭献，直到朱祖谋。但陈廷焯对《词选》也有一点保留的看法，他希望把浙西派词选编撰的优点与之结合起来。他说："张氏惠言《词选》，可称精当，识见之超，有过于竹垞十倍者，古今选本，以此为最。但唐五代两宋词，仅取百十六首，未免太隘。"(《白雨斋词话》卷一)在这样的认识下，他对《云韶集》重加增删论定，有了全新的选本《词则》："余窃不自揣，自唐迄今，择其尤雅者五百余阕，汇为一集，名曰《大雅》。长吟短讽，觉南皙幽雅化，湘汉骚音，至今犹在人间也。顾境以地迁，才有偏至，执是以寻源，不能执是以穷变。《大雅》而外，爱取纵横排奡、感激豪宕者四百余阕为一集，名曰《放歌》。取尽态极妍、哀感顽艳者六百余阕为一集，名曰《闲情》。其一切清圆柔脆、争奇斗巧者，别录一集，得六百余阕，名曰《别调》。《大雅》为正，三集副之，而总名之曰《词则》。"(《词则·总序》)这段话，可令人对《词则》的编选宗旨有一全幅的了解。

《词则》区分四个小集，既体现了宗尚常州派的主旨，又不忽略浙西派对文献的重视，词学方法和词史视野相辅相成，与之类似的词选，可以说至今尚无第二部。《大雅集》很明确，以儒学义理为准，步趋常州派的理论，上溯风骚，所谓"长吟短讽，觉南皙幽雅化，湘汉骚音，至今犹在人间也"。《大雅集》共选570首词，较之张氏《词选》已经大为丰富。而陈廷焯很清楚，常州派的理论要求过高，因此也会对义理之性以外的情感形成拒斥，这无疑是常州派走向极端后的必然局限。金应珪在《词选后序》里指出："近世为词，厥有三蔽。义非宋玉而独赋蓬发，谏谢淳于而唯陈履舄。揣摩床笫，污秽中冓，是谓淫词。其蔽一也。猛起奋末，分言析字，诙嘲则俳优之末流，叫啸则市侩之盛气，此犹巴人振喉以和阳春，鼃蝈怒嗌以调疏越，是谓鄙词。其蔽二也。规模物类，依托歌舞，哀乐不衷其性，虑叹无与乎情，连章累篇，义不出乎花鸟，感物指事，理不外乎酬应。虽既雅而不艳，斯有句而无章，是谓游词。其蔽三也。"从矫枉角度来说，金应珪这样的过正之论或许确有意义，只是一旦执定、不肯通融，词学的视野就将过度狭隘，不仅不能包容那些弊端，还对它们独特的美感特色视而不见。陈廷焯很赞赏金应珪这个说法，他说："此论深中世病。学人必破此三蔽，而后可以为词。"（《白雨斋词话》卷九）但由此也可能造成一定的问题，用他自己的话说就是"不能执是以穷变"。如果说，"温厚以为体"表现的是志，鄙词则表现的是气，淫词表现的是情。虽说志是主导者，但气和情并不因此就被摒弃。所以，鄙词和淫词仍有其存在的理由，《放歌集》和《闲情集》就为此而设。当然，鄙到什么程度，淫到什么程度，这是以美学来衡量的，不能鄙、淫至于丑，纵是"温厚以为体"也同样有这问题。何况，陈廷焯还从鄙词、淫词中发掘出独有的美感，如在《放歌集》中揭示出陈维崧"沉雄俊爽，论其气魄，古今无敌手"，在《闲情集》中揭示出朱彝尊的艳词"空诸古人，独抒妙蕴，其味浓，其色澹，自有绮语以来，更不得不推为绝唱"，实在拓展了常州派的视野。"游词"有两个方面，一是指艺术形式压过了内容，造成"哀乐不衷其性，虑叹无与乎情"；一是指流连风光、虚与应酬，所谓"连章累篇，义不出乎花鸟，感物指事，理不外乎酬应"。但艺术自身毕竟有其价值，流连风光、虚与应酬也是人生免不了的排遣和事务，词也不可能完全置之不理。《别调集》收录的就是这两个方面，一则"啸傲风月，歌咏江山，规橅物类，情有感而不深，义有托而不理"，一则"辞极其工,意极其巧"(《别调集序》),算得面面俱到了。①

其实,常州派"词有三蔽"的说法,的确遭受到批评,最出名的莫过于王国维在《人间词话》中的表达。但王国维未能有意识区别志跟气、情的异质性,将"淫词"、"鄙词"全归咎于"游词",还远未达到金应珪的水平,更不必说陈廷焯了。王国维有一篇《古雅之在美学上之位置》的论文,受德国美学的启发,尽管思路未免漫漶,却颇能道出艺术自身的价值。但这样的见识未能体现在他的《人间词话》里,这也使得他对南宋词的论断完全成了外行,自然也无法正确理解"游词"。王国维在词学上丝毫未受陈廷焯的影响,是因为没有看到《白雨斋词话》,还是看到却没有眼力鉴别,就非今日可以揣测的了。

金应珪"三蔽"的说法其实也是有的放矢,"淫词"指向明人风习,"鄙词"指向阳羡派,"游词"指向浙西派。可以说,金应珪既合理指出了三者末流的弊端,也反显出常州派的独到之处,在他的语境下不算是明显的失误。但陈廷焯在少年时代,已经对三者都有了深入的了解,其同情之心或者比金应珪要多些。因此,尽管同样谨守常州派的宗旨,陈廷焯对之肯定得多些,金应珪则批评得多些,正好形成互补。在这样的互补里,陈廷焯的词选编撰更趋完善了。这里还需要强调一点,陈廷焯的补充不是割裂的,《词则》中的四集是一个有机统一体,《大雅集》是贯穿其中的核心,由此入门学词,才能如他《总序》所说:"求诸《大雅》,固有余师,即遁而之他,亦即可于《放歌》、《闲情》、《别调》中求大雅,不至入于岐趋。"

陈廷焯这种编撰思路不仅体现在他对《词则》的编排上,也体现在其工作过程中。《词则》继续了《云韶集》已经完成的成果,即对常州派之前理论的全面吸收。《词则》自《云韶集》录出将近一半的内容,虽有不少校改,但沿袭更多。《词则》增补的词作,体现常州派的观念,主要依据张氏《词选》,以及近于常州派理论的冯煦《宋六十一

---

① 需要注意的是,陈廷焯虽把突显艺术的词作纳入"别调",但艺术一旦形成普遍模式,对此模式的突破也成为一种"别调",而这往往看似没有艺术的成分,于是"别调"内出现了异质性成分。这也使其视野更为开阔,比如他在《别调集》里对贺双卿的称许。即使贺双卿一事纯出虚构,陈廷焯的关注仍值得我们反思。

家词选》和成肇麐《唐五代词选》，也很重视戈载《宋七家词选》对格律的订正，可见在内容和形式两方面俱不偏废，比常州派规模宏阔。更值得注意的是，他直接从诸家别集进行了自己独特的选择，大都是清人之作，不妨说他这是有意识地在进行词史的完善。陈廷焯一般并不直接从别集进行遴选，这肯定不是因为他不熟悉别集，而是体现出他对前人词选的尊重和有意识的继承。这是一种词史的态度，即认可历史的遗产，自己不去刻意地标新立异。但他也并不保守，看到前人还不曾关注到的佳作，就只能自己直接从别集遴选了。这种别有遴选之作的情况，自然集中在相对说来缺少词史反思的时期，也就是清代以来。陈廷焯关注最多的是陈维崧，《云韶集》中仅选了 37 首，《词则》竟选了 278 首，并且附以面面俱到的评论，为陈维崧词研究做了真正的奠基工作。其次是朱彝尊，在《云韶集》中选 53 首，《词则》增至 112 首，尤其是其欣赏《静志居琴趣》的独到眼光，揭示出朱彝尊艳词的不凡成就。而和他时代相近的作者，蒋春霖、庄棫、谭献之作，他都选了不少，这些作者在当时尚未有大名，这也可见陈廷焯敏锐的眼光。虽说他对庄棫的评价有过誉之嫌，但并不只是因为一层亲戚关系，更多的是他对常州派创作的重视。其余还有很多使人印象深刻的评语，如他评论董以宁、王策、过春山、史承谦、赵文哲、张惠言等人，都能够与选词相应，为词史的构建做出了贡献。

《词则》是一部在充分吸取前人词选长处的基础上，取得更高成就的出色选本，既表现了陈廷焯自己独到的词学思想，也具有开阔的词史视野。陈廷焯自己说："作词难，选词尤难。以我之才思，发我之性情，犹易也。以我之性情，通古人之性情，则非易矣。竹垞《词综》，备而不精。皋文《词选》，精而未备。然与其不精也，宁失不备，古今善本，仍推张氏《词选》。若选本之尽美尽善者，吾未之见也。"(《白雨斋词话》卷十)他这样隐然以"尽善尽美"自许，仍可谓是客观的。甚至直到今日，也并没有任何其他一部词选能说是超越了其成就。

（华东师范大学哲学系）

从禅话到词话:"向上一路"内涵变迁论[*]

李山岭

内容摘要:"向上一路"一语,在苏词评论中常被引用,它的内涵则经历了从禅话到词话的变迁。"向上一路",语出佛典,具有由末趋本、进入悟境的修禅目的论和千圣不传、自证自悟的修禅方法论两层意蕴。到黄庭坚、严羽,"向上一路"被赋予立意境界高、取法高且自具面目的诗学内涵。王灼谓苏词"指出向上一路",是在诗词同源的理论基础上,对苏词追求"自是一家"的词风"自立"以及抒写"真情"的高度概括,赋予"向上一路"词学内涵。在从佛学向诗学、词学的转化中,"向上一路"所内蕴着的目的论、方法论两个维度则始终贯穿。

关键词:向上一路;内涵;佛学;诗学;词学

---

* 本文为国家社科基金项目"佛教寺院与宋代诗歌的互动关系研究"(项目批准号:19XZW013)阶段性成果。

From Zen Discourse to Ci Theory: On the Change of the Connotation of "An Upward Road"

Li Shan-ling

Abstract: "An upward road" is often cited in Su Ci criticism, and its connotation has experienced a change from Zen discourse to Ci theory. "An upward road" comes from Buddhist scriptures. There are two implications of the theory of cultivating Buddhism from the end to the root and into the realm of enlightenment, and the theory of cultivating Buddhism from self evidence to self realization. In the discussion of Huang Tingjian and Yan Yu, "an upward road" was first endowed with the poetic connotation of "the method of composing poetry". Wang Zhuo said Su Shi's Ci "pointing out an upward road", it is a high generalization of Su Ci's pursuit of "self-reliance" and expressing "true feelings" on the basis of the theory of poetry homology. In the transformation from Buddhism to poetics and Ci poetry, the two dimensions of Skopostheorie and methodology embodied in the "an upward road" are always running through.

Keywords: "an upward road"; Buddhism; poetics; Ci

苏轼是北宋词坛的开拓家、改革家,他全面改革词风,拓展了词的题材领域,使应歌之词发展成为言志之词,新天下耳目。在众多对苏词的评论中,王灼"指出向上一路"之论,被后人引用较多,但大都没有作直接、具体的解说。对"向上一路"的理论内涵,有进一步阐释的必要。先把王灼的话完整引述于此:

> 长短句虽至本朝盛,而前人自立与真情衰矣。东坡先生非心醉于音律者,偶尔作歌,指出向上一路,新天下耳目,弄笔者始知自振。今少年妄谓东坡移诗律作长短句,十有八九不学柳耆卿,则学曹元宠。虽可笑,亦毋用

笑也。①

第一句,是说词(长短句)到宋代虽然兴盛起来,但词作中蕴含的"自立"与"真情"却不及以前了。第二句的"自振"与第一句中的"衰矣",有相对照的意味。"自振"的对象是什么呢?即是当时"自立与真情衰矣"的词坛现状。第三句,批评当时"少年"称"东坡移诗律作长短句"是"妄谓"。这是从字面上理解王灼的话,是进一步阐释"向上一路"内涵的基点。

然而,"向上一路"一语源自佛典,拿它来论说苏词,被赋予了怎样的词学内涵?其佛学意蕴和词学内涵有何关联?从佛学向词学内涵的转变,是在什么背景下发生的,又是怎样实现的?都需要讨论。从宏观的背景看,以禅语论诗,是宋代诗论的突出特点。王灼"向上一路"之说,深受以禅论诗的影响,以禅语论词。所以,从语源的角度,探究作为佛教语词的"向上一路"的佛学意蕴;从作诗法度的角度,探究"向上一路"由佛学向诗学的转化;进而揭示"向上一路"的词学内涵,不失为讨论上述问题的可行的途径。

一、趋悟境与自证悟:"向上一路"的禅学意蕴

"向上一路",源出佛典。在佛门公案中,关于"向上一路"的问答很多,其中较早的如唐代幽州盘山宝积禅师所说:"向上一路,千圣不传。学者劳形,如猿捉影。"②就佛学意蕴来说,"向上一路"包含着修禅目的论、修禅方法论两层含义:

(一)由末趋本,进入悟境:修禅目的论

在佛学中,"向上一路"指宗门之极处,既指言绝意断之正真大道,也指不可思议的彻悟境界,是对禅修境界、目的之概括。何为向上?自下至上,由末进于本,谓之向上;反之,从上至下,自本下于末,谓之向下。禅宗以自迷境直入悟境、上求菩提之工夫,称为"向上

---

① 王灼著,岳珍校正《碧鸡漫志校正》卷二,人民文学出版社,2015年,第29页。
② 释普济著,苏渊雷点校《五灯会元》卷三,中华书局,1997年,第149页。

门"。在禅宗典籍中,与"向上"、"向上一路"相关的用语散见于各处,如探求佛道之至极奥理,称为"向上极则事"、"向上关捩子"、"向上事";由凡夫之境界向上转至诸佛之绝对境地,称为"向上转去",等等。"向上一路"在这个层面上,有修禅目的论的意义。

(二)千圣不传,自证自悟:修禅方法论

在禅学公案中,有不少话头都是答非所问,与"向上一路"相关的仅列几例:

> 僧问:"如何是向上一路?"师曰:"脚下底。"曰:"怎么则寻常履践。"师曰:"莫错认。"[①]
>
> 问:"如何是向上一路?"师曰:"一条济水贯新罗。"[②]
>
> 问:"向上一路,千圣不传,未审如何是向上一路?"师曰:"行到水穷处,坐看云起时。"曰:"为甚不传?"师曰:"家家有路透长安。"[③]

为什么要这样回答而不直接道破呢? 因为"向上一路",是"千圣不传"的妙道,不可说与,释迦所不说,达摩所不传。不由口出,不须思维,超出言语、心念之上,只能靠修禅者自证自知,方能达本还源。所以宋代晁迥说:"向上一路,吾能自见;造微一句,吾能自记。于兹悟入,是大方便,是大因缘。"[④]但参禅用功之法则千圣所传,或顿悟或渐悟,或喝棒怒骂,修禅者悟入的方法、途径、机缘也因此各有不同,即是所谓"家家有路透长安"。在这个层面上,"向上一路"又具有修禅方法论的意义。

"向上一路"在佛学语源中所蕴含的目的论、方法论两个层面的意义,在"向上一路"由佛学向诗学的转化中,也被继承下来,并被赋予了"作诗法度"的诗学内涵。

---

① 释普济著,苏渊雷点校《五灯会元》卷十,中华书局,1997年,第623—624页。
② 释普济著,苏渊雷点校《五灯会元》卷十五,中华书局,1997年,第944页。
③ 释普济著,苏渊雷点校《五灯会元》卷十七,中华书局,1997年,第1151页。
④ 晁迥《法藏碎金录》卷九,《景印文渊阁四库全书》第1052册,台湾商务印书馆,1986年,第579页。

二、高识见与自领解:"向上一路"的诗学转化

"向上一路"在苏轼的作品中出现过一次①,但不具有诗学、词学上的意义。较早把"向上一路"移用到诗歌论说上,转化为一个诗学概念,是黄庭坚及弟子:

> 具茨,太史黄公客也。具茨一日问作诗法度向上一路如何? 山谷曰:"如狮子吼,百兽吞声。"它日又问,则曰"识取关捩"。具谓,鲁直接引后进,门庭颇峻,当令参者自相领解。②

这里,黄庭坚回答何为"作诗法度"的"向上一路",也有两层含意:其一,"如狮子吼,百兽吞声。"此语出自佛教故事,释迦牟尼佛降生之时,"分手指天地,作狮子吼声,云:上下及四维,无能尊我者"③。"狮子吼"原本用来比喻佛教威神,发大音声,震动世界,能降伏诸魔和一切外道异说。此处用来喻指诗作者对材料的驾驭能力,一切材料都降服在诗人笔下;诗作宜耸动耳目、新警动人,自具面目。其二,"识取关捩","自相领解"。关捩,即关捩子,本指木制的机关,禅宗借以喻指悟道的关键之点、紧要之处。如《景德传灯录》卷九《黄檗希运禅师》载:"师云,'夫出家人须之有从上来分,且如四祖下牛头融大师,横说竖说,犹未知向上关捩子。'"④《碧岩录》第一则《达摩廓然》评曰:"拨转关捩子,出自己见解。"⑤可见,禅宗以"识取关捩"为悟道的必备

---

① 苏轼《龙虎铅汞论》:"此书既以自坚,又欲以及弟也。卷舌以砥悬癰,近得此法,初甚秘惜,云此禅家所得向上一路,千金不传。人之所见如此,虽可笑,然极有验也。但行之数日间,舌下筋微急痛,当以渐驯致。若舌尖果能及悬癰,则致华池之水,莫捷于此也。又言此法名洪炉上一点雪,宜且秘之。"(《东坡全集》卷四四,《景印文渊阁四库全书》第1107册,台湾商务印书馆,1986年,第616页)

② 周紫芝《见王提刑》,《太仓稊米集》卷五十九,《景印文渊阁四库全书》第1141册,台湾商务印书馆,1986年,第423页。

③ 道原著、顾宏义译注《景德传灯录译注》卷一,上海书店出版社,2010年,第10页。

④ 道原著、顾宏义译注《景德传灯录译注》卷九,上海书店出版社,2010年,第573页。

⑤ 圆悟编著、许文恭译述《碧岩录》,华夏出版社,2009年,第4页。

条件。黄庭坚曾告诫后学："更能识诗家病，方是我眼中人。"这也包含了"识取关捩"之意，即学诗者首先得具备辨别诗歌艺术优劣的审美鉴赏力，"出自己见解"，识得"诗家病"，才能悟得诗家"向上关捩子"。①

这两个层面，也分别具有目的论、方法论的意义。黄庭坚在回答时都是引禅语以对，并不直接说破，所以具茨特别指出需要参者"自相领解"。而"自相领解"一语，从佛学角度讲，是说参悟者不仅要外领佛说（语言），还要悟入自证，内受佛意。从诗学角度讲，则是强调学诗者既要领受师说，更要突破师说的言语蔽障，能深入理解师之所教，会得于心，还要能把会得之处通过自己的诗作表达出来，从而自具面目。

黄庭坚以"向上一路"等禅语论诗，给南宋诗论、词论以直接的影响。诗论中，最著名的是南宋末期严羽的《沧浪诗话》：

> 夫学诗者以识为主：入门须正，立志须高。以汉、魏、晋、盛唐为师，不作开元、天宝以下人物。若自退屈，即有下劣诗魔入其肺腑之间，由立志之不高也。行有未至，可加工力；路头一差，愈骛愈远，由入门之不正也。故曰：学其上，仅得其中；学其中，斯为下矣。又曰：见过于师，仅堪传授；见与师齐，减师半德也。

> 工夫须从上做下，不可从下做上。先须熟读《楚辞》，朝夕讽咏以为之本。及读《古诗十九首》，乐府四篇，李陵、苏武、汉、魏五言皆须熟读，即以李、杜二集枕藉观之，如今人之治经，然后博取盛唐名家，酝酿胸中，久之自然悟入。虽学之不至，亦不失正路。此乃是从顶上做来，谓之向上一路，谓之直截根源，谓之顿门，谓之单刀直入也。②

这两段话，一段强调"识见"，即是"识取关捩"；一段强调"从上做下"，

---

① 周裕锴《文字禅与宋代诗学》，高等教育出版社，1998年，第124页。
② 严羽著，郭绍虞校释《沧浪诗话校释》，人民文学出版社，2005年，第1页。

"向上一路,直截根源"。一方面,树立标杆,"入门须正,立志须高;以汉、魏、晋、盛唐为师",方能震伏"下劣诗魔";同时,也指示学诗门径,熟读《楚辞》以至盛唐名家之作,酝酿于胸。

综合黄庭坚、严羽二家之言,"向上一路"既指诗歌立意高、境界高、取法高,又指作者能自己领解,自具面目。在南宋以禅论诗的大背景下,王灼借"向上一路"来论苏轼词,就是再自然不过的事情了。

三、自立与真情:"向上一路"的词学内涵

前文所录王灼之言,苏轼"偶尔作歌,指出向上一路,新天下耳目,弄笔者始知自振。"是承接、对照"前人自立与真情衰矣"一句而说,显然,使"弄笔者自振"的"向上一路",即是要振起"自立与真情"。故而"向上一路"的词学内涵,也就包含了自立、真情两个方面。自立、真情,恰恰是对苏词特征的高度概括。

(一)自立:自是一家的词风追求

宋人作诗,追求在转益多师、"饱参"、"博取"的基础上,超越传统,自立门户。"自成一家"、"自名一家"、"别成一家"的主张在宋代诗论中随处可见。①苏轼就曾说过:"凡造语,贵成就,成就则方能自名一家。"②在词学上,苏轼也有创造、开拓的意识,提出了"自是一家"的自立主张。他在《与鲜于子骏》中说:

> 近作小词,虽无柳七郎风味,亦自是一家。呵呵。数日前猎于郊外,所获颇多,作得一阕,令东州壮士抵掌顿足而歌之,吹笛击鼓以为节,颇壮观也。③

苏轼生活的时期,柳永词风仍盛行于都市、村野,苏轼的"自是一家",往往是以柳永词为参照和反驳的对象,下面两则笔记可以为证:

> 东坡在玉堂,有幕士善讴。因问:"我词比柳词何如?"

① 周裕锴《宋代诗学通论》,上海古籍出版社,2007 年,第 168—169 页。
② 李之仪《跋吴思道诗》,《姑溪居士前集》卷四十,《景印文渊阁四库全书》第 1120 册,台湾商务印书馆,1986 年,第 579 页。
③ 孔凡礼点校《苏轼文集》第 4 册,中华书局,1986 年,第 1560 页。

对曰:"柳郎中词只好十七八女孩儿,执红牙拍板,唱'杨柳外,晓风残月'。学士词,须关西大汉,执铁板,唱'大江东去'。"公为之绝倒。①

少游自会稽入都见东坡。东坡曰:"不意别后,公学柳七作词耶?"少游曰:"某虽无学,亦不如是。"东坡曰:"'销魂,当此际'非柳七语乎?"②

苏轼与幕士的对话、对秦观学柳词作语的不满,透露出他对柳词的关注以及在柳词之外新树词风的努力。这种努力当然取得了成功,正如胡寅在《酒边集序》里所说,苏词"一洗绮罗香泽之态,摆脱绸缪宛转之度,使人登高望远,举首高歌,而逸怀浩气,超然乎尘垢之外"③。对当时"雌声学语"的柔媚之词,起到摧陷廓清的作用。

(二)真情:情性之外不知有文字

唐末以至宋初词,多用于樽俎之间,为佐酒娱欢的应歌之作。写法上,多是以男子而作闺音,属代言体。歌词中的情感与写作者关涉不大。到李煜后期词,作者情感、生命体验的融入才真实而深刻。至苏轼,又是一大变化,即是王灼所言词中有"真情"。那么,王灼所说的"真情",它的内涵、范畴是什么? 该如何理解呢?

一,对"真情"的两种阐释。

王灼认为:"古人初不定声律,因所感发为歌,而声律从之,唐、虞禅代以来是也。……古歌变为古乐府,古乐府变为今曲子,其本一也。"④他不满当时倚声填词,片面强调协律的风气。在肯定声律的基础上,强调词必须以抒写性情为主。他说:"古人岂无度数? 今人岂无性情? 用之各有轻重,但今不及古耳。"⑤此处"性情"也就是他所说的"真情"。其实,苏门词人论词,对情性已很注重,如张耒在《东山词

① 俞文豹撰,张宗祥校订《吹剑录全编》,古典文学出版社,1958年,第38页。
② 唐圭璋编《词话丛编》,中华书局,1986年,第1186页。
③ 金启华、张惠民编《唐宋词集序跋汇编》,江苏教育出版社,1990年,第117页。
④ 王灼著,岳珍校正《碧鸡漫志校正》卷一,人民文学出版社,2015年,第3页。
⑤ 王灼著,岳珍校正《碧鸡漫志校正》卷一,人民文学出版社,2015年,第23页。

序》中说:"文章之于人,有满心而发,肆口而成,不待思虑而工,不待雕琢而丽者,皆天理之自然,而情性之至道也。世之言雄暴猾武者,莫如刘季、项籍。此两人者,岂有儿女之情哉?至其过故乡而感慨,别美人而涕泣,情发于言,流为歌词,含思凄婉,闻者动心。为此两人者,岂有费心而得之哉?直寄其意耳。"①明确拈出"情性"二字,把情性的自然流露看成是词之创作的根本动因。后来,元好问评苏词云:"唐歌词多宫体,又皆极力为之。自东坡一出,情性之外,不知有文字,真有'一洗万古凡马空'气象。"②即指出东坡的词作都源于性情、表露情性(按,张耒、元好问用的"情性"一词,与"性情"的内涵无实质区别)。元好问的说法有广泛的代表性,影响至今不衰,不少学者都继承他的说法,进行再阐释。而对"情性"的解读,后人有两种倾向,一种释读为带有鲜明个性色彩的个体化的"性情",一种则释读为带有一定群体特点的文人士大夫化的"情性"。

其一,具有个体色彩的"性情"。如龙沐勋先生在《两宋词风转变论》中说苏词"悍然不顾一切,假斯体以表现自我之人格与性情抱负。乃与当时流行歌曲,或应乐工官妓之要求,以为笑乐之资者,大异其趣"③。叶嘉莹先生认为:"苏轼已经能够极自然地用小词书写襟抱,把自己平生性格中所禀有的两种不同的特质——用世之志意与旷达之襟怀,作了非常完满的结合融会的表现。"④吴熊和先生说:"他把自己的性情、学问、襟怀悉见于诗,也同样融之于词。随着其'耳目之所接',词中展现了他的广阔的视野、丰富的阅历和浓郁的生活情趣。"⑤王兆鹏先生则说:"词长于抒情,但东坡以前的'花间范式'所抒之情却不是创作主体独特的自我感受,而是带共性的情感,如男欢女

---

① 金启华、张惠民编《唐宋词集序跋汇编》,江苏教育出版社,1990年,第59页。
② 元好问《新轩乐府引》,姚奠中主编《元好问全集》下册,山西人民出版社,1990年,第39页。
③ 龙榆生《龙榆生词学论文集》,上海古籍出版社,1997年,第243页。
④ 叶嘉莹《论苏轼词》,《唐宋词名家论稿》,北京大学出版社,2008年,第105页。
⑤ 吴熊和《唐宋词通论》,浙江古籍出版社,2006年,第199—200页。

爱、相思恨别、叹老嗟卑等等,词中缺乏作者鲜明独特的主体意识,从词中看不出作者的胸襟、怀抱、气质,创作主体的个性被消融在共性的情感之中。而东坡词集中尽管不无这类作品,但最具特色、最能代表'东坡范式'的大部分词作则是表现主体意识,塑造自我形象,表达自我独特的人生体验,抒发自我的人生理想。"①其中所用的"自我之人格与性情抱负"、"性格"、"襟抱"、"气质"、"独特的人生体验"、"自我的人生理想"等,都是对"性情"内涵的阐释、补充,这些用语无疑都强调词人个体的"自我"、"独特"的一面。

其二,文人士大夫化的"情性"。杨海明先生持此说,杨先生在引用元好问的话之后,接着阐释道:"他(元好问)所说的'情性之外不知有文字',便一语破的地说出了苏词正是刻印着他作为士大夫文人的全部(或接近于全部)'情性'的本质特点。""苏轼的词,说到底,同他的诗一样,映照出他作为士大夫文人的生活面貌和精神面貌,浸润着他作为士大夫文人的气质修养、禀性风度,是一种活泼泼的、全方位的新词。……只有到了苏词,才真正找回来了在艳词和俗词中失落已久的士大夫文人的'灵魂'。王国维曾说:'词至李后主而眼界始大,感慨遂深,遂变伶工之词而为士大夫之词。'其实,词的'士大夫化',李煜还只能说是首开了其端;他的真正完成,是到了苏轼才达到的事。"②在对苏词的具体解读中,杨先生用"一位忧国爱民、深有抱负的士大夫文人"、"一位热爱生活、感情丰富的士大夫文人"、"一位饱经忧患、覃思深虑的士大夫文人"作为标题,观点统贯一致。虽然其中也提及"气质修养、禀性风度"这一富有个性色彩的方面,但"士大夫化"无疑更主要着眼于词人的士大夫群体属性、词作的政治和社会属性。

以上对"情性"的两种解说,从理论上看,是有区别的。但在对苏轼词的具体解读中,又往往相互渗透、互融互补,并非沟壑鲜明、不可

---

① 王兆鹏《唐宋词史论》,人民文学出版社,2003年,第140页。

② 杨海明《唐宋词史》,天津古籍出版社,1998年,第330页。

跨越。二者共同揭示了苏词"真情"的内涵，并界定了"真情"的范畴。

二，"真情"的范畴。

王若虚《滹南诗话》卷二载："晁无咎云：'眉山公之词短于情，盖不更此境耳。'陈后山曰：'宋玉不识巫山神女而能赋之，岂待更而后知？是直以公为不及于情也。'呜呼！风韵如东坡，而谓不及于情，可乎？彼高人逸士，正当如是。其溢为小词，而间及于脂粉之间，所谓滑稽玩戏，聊复尔尔者也。若乃纤艳淫媟，入人骨髓，如田中行、柳耆卿辈，岂公之雅趣也哉？"[①]其中的"短于情"、"不及情"所言之"情"，主要是指"脂粉之间，滑稽玩戏"之作中蕴含的"入人骨髓"的"纤艳淫媟"之情。诚然，苏轼既乏此种"雅趣"，词中此类情词极少，此种情感当不在王灼所言"真情"的范畴之内。对于与此相关的赠伎词，叶嘉莹先生也特为指出："苏轼的这一类作品中，却表现了几点与别人不同之处。其一是苏轼虽然也为一些美丽的女子填写歌辞，但其中却大多是为友人之姬妾、侍儿而作，因此很少有私人一己之感情介入其间；其二是在苏轼的笔下，即使同样是写美女，也不同于一般俗艳之脂粉，而别具高远之情致。……虽写歌儿舞伎，而并不作绮罗香泽之态者也。"[②]

排除了"纤艳淫媟"之情以后，"真情"仍有着广泛的包容性，但凡报国立功之志向、个人立身之志意、人世间父兄夫妻师友之情谊、神游历史之哲思、生活触处之理趣，真是"无意不可入"，而又能以超然的态度出之，形成超旷的特色。

如果就"自立"与"真情"的关系而言，"自立"乃是强调苏轼全面变革词风，对"自是一家"的词境的追求，仍具有目的论的意义；倾注"真情"，既是苏词抒写自我情志的特点，也是苏轼变革词风的手段，仍不失方法论的意义。

---

① 王若虚《滹南诗话》卷二，丁福保辑《历代诗话续编》，中华书局，2006 年，第517 页。

② 叶嘉莹《论苏轼词》，《唐宋词名家论稿》，北京大学出版社，2008 年，第 114—115 页。

四、诗词同源:"向上一路"的理论基础

王灼言:"今少年妄谓东坡移诗律作长短句,十有八九不学柳耆卿则学曹元宠。虽可笑,亦毋用笑也。"这是批评当时区分诗、词二体,反对"移诗律作长短句"的说法。王灼大概是南宋最早继承苏轼诗词同源观念,并进行理论阐发的人。

(一) 词为诗之裔:苏轼的诗词同源观

苏轼明确地表达了诗词同源的观点,其《祭张子野文》说:"清诗绝俗,甚典而丽。搜研物情,刮发幽翳。微词宛转,盖诗之裔。"①《与蔡景繁书》云:"颁示新词,此古人长短句诗也。"②

对苏轼诗词同源的观点,有认可者,如晁补之、张耒:"东坡尝以所作小词示无咎、文潜,曰:何如少游? 二人皆对曰:少游诗似小词,先生小词似诗。"③刘辰翁:"词至东坡,倾荡磊落,如诗如文,如天地奇观,岂与群儿雌声学语较工拙。"④有持保留意见者,如陈应行:"苏明允不工于诗,欧阳永叔不工于赋,曾子固短于韵语,黄鲁直短于散语,苏子瞻词如诗,秦少游诗如词,才之难全也,岂前辈犹不免耶?"⑤也有反对者,像李清照提出词"别是一家",《后山诗话》指出:"退之以文为诗,子瞻以诗为词,如教坊雷大使之舞,虽极天下之工,要非本色。"⑥

(二) 诗与词同出:反对"以诗为词"之说

从表述上看,认为子瞻"以诗为词"的,多是对诗词同源观点持批评、反对态度。所以,王灼反对"以诗为词"的说法。胡仔、王若虚也

---

① 孔凡礼点校《苏轼文集》第 5 册,中华书局,1986 年,第 1943 页。
② 孔凡礼点校《苏轼文集》第 4 册,中华书局,1986 年,第 1662 页。
③ 胡仔纂集,廖德明校点《苕溪渔隐丛话前集》卷四二,人民文学出版社,1962 年,第 284 页。
④ 刘辰翁《辛稼轩词序》,邓广铭笺注《稼轩词编年笺注》,上海古籍出版社,1978 年,第 564 页。
⑤ 陈应行《于湖先生雅词序》,金启华、张惠民编《唐宋词集序跋汇编》,江苏教育出版社,1990 年,第 164—165 页。
⑥ 何文焕辑《历代诗话》,中华书局,2004 年,第 309 页。

反对这种说法。胡仔在引用《后山诗话》后，说："余谓后山之言过矣。子瞻佳词最多，其间杰出者，如……凡此十余词，皆绝去笔墨畦径间，直造古人不到处，真可使人一唱而三叹。若谓以诗为词，是大不然。子瞻自言，平生不善唱曲。故间有不入腔处，非尽如此。后山乃比之教坊司雷大使舞，是何每况愈下？盖其谬耳。"①胡仔是从词的声腔音律角度，指出苏词只是偶尔"有不入腔处"、"非尽如此"，强调苏词整体上还是合于词的声腔的。从声律角度的反驳，并没有新的理论意义，与"向上一路"的内涵也没有关联。

最重要的反驳意见，还是王灼提出的。他的另一段话说："东坡先生以文章余事作诗，溢而作词曲，高处出神入天，平处尚临镜笑春，不顾侪辈。或曰：长短句中诗也。为此论者，乃是遭柳永野狐涎之毒。诗与乐府同出，岂当分异？若从柳氏家法，正自不得不分异耳。"②在这里，王灼明确提出"诗与乐府同出"即诗词同源的意见，反驳认为苏词是"长短句中诗"的论调。

诗词同源的观点，在《碧鸡漫志》卷一中有系统地论述，开篇《歌曲所起》即说："或问歌曲所起，曰：天地始分，而人生焉，人莫不有心，此歌曲所以起也。《舜典》曰：'诗言志，歌永言，声依咏，律和声。'《诗序》曰：'在心为志，发言为诗。情动于中，而形于言。言之不足，故嗟叹之。嗟叹之不足，故咏歌之。咏歌之不足，不知手之舞之足之蹈之。'《乐记》曰：'诗言其志，歌咏其声，舞动其容。三者本于心，然后乐器从之。'故有心则有诗，有诗则有歌，有歌则有声律，有声律则有乐歌。永言即诗也，非于诗外求歌也。今先定音节，乃制词从之，倒置甚矣。而士大夫又分诗与乐府作两科。古诗或名曰乐府，谓诗之可歌也。故乐府中有歌有谣，有吟有引，有行有曲。今人于古乐府，特指为诗之流，而以词就音，始名乐府，非古也。"③从诗、词发生的角

---

① 胡仔纂集，廖德明校点《苕溪渔隐丛话后集》卷二六，人民文学出版社，1962 年，第192—193 页。

② 王灼著，岳珍校正《碧鸡漫志校正》卷二，人民文学出版社，2015 年，第 26 页。

③ 王灼著，岳珍校正《碧鸡漫志校正》卷一，人民文学出版社，2015 年，第 1 页。

度,探本求源,指出二者都是源出于人心中的情志。金代的王若虚继承王灼的观点,并进一步阐释:"陈后山谓'子瞻以诗为词',大是妄论,而世皆信之。独茅荆产辨其不然,谓公词为古今第一。……盖诗词只是一理,不容异观。自世之末作,习为纤艳柔脆,以投流俗之好。高人胜士,亦或以是相胜,而日趋于委靡,遂谓其体当然,而不知流弊之至此也。文伯起曰:'先生虑其不幸而溺于彼,故援而止之,特立新意,寓以诗人句法。'是亦不然。公雄文大手,乐府乃其游戏,顾岂与流俗争胜哉?盖其天资不凡,辞气迈往,故落笔皆绝尘耳。"[①]王若虚批评"以诗为词"的观点"大是妄论",是把末、流认作本、源。

合观王灼、王若虚的说法,既然诗词同源、诗词一理,也就不存在所谓"移诗律作长短句"、以诗为词了。这是王灼反驳认为苏轼"以诗为词"的主张的主要理据。词与诗同源,不容异观,也就成为"向上一路"的内涵由诗学向词学转化的理论基础。

综上所论,王灼谓苏轼词"指出向上一路",其内涵,是在诗词同源的理论基础上,揭示苏词对"自是一家"的词风"自立"追求,以及词写"真情"的特点。王灼所用的"向上一路",语出佛典,具有由末趋本、进入悟境的修禅目的论和千圣不传、自证自悟的修禅方法论两层意蕴;在宋代,"向上一路"先被赋予"作诗之法度"的诗学内涵,再进而被赋予词学的内涵。在从佛学向诗学、词学的转化中,"向上一路"所内蕴着的目的论、方法论两个维度是始终贯穿的。

(亳州学院中文与传媒系)

---

① 王若虚《滹南诗话》卷二,丁福保辑《历代诗话续编》,中华书局,2006 年,第517 页。

以身动释情动：中国传统词论对身体诗学的再发明

黑　白

　　内容摘要："人化文评"作为中西普遍存在的一种文学体认范式，其传统早在文明源头处便已奠基，知识界在历经身心二元之争后，至今则流衍出身体转向的当代思潮。正是在这一"人化文评"的系谱中，词学家陈洵以《海绡说词》尝试开启文学批评的"身动"视阈，他在123条阐释项中运用了180余次表征身体动作的语汇，以身体动作阐释文学生成中的情动和形动，初步建构了一个以身动释情动的话语体系。探讨这一体系，或可在中国古典诗学与现当代思潮的对话中，添加一个"身动"的批评界面，进而为中国文学批评话语走向世界提供可能。

　　关键词：陈洵；海绡说词；身体诗学；身动理论；文学批评体系

Interpreting Affection with Body Action — Theory of Traditional Ci-poetry as a Reinvention of Somaesthetics

Hei Bai

Abstract: The tradition of "literary humanization criticism" as a paradigm in China and the West has been constructed at the origin of civilization. During the controversy between mind and body, a contemporary trend of the physical turn has emerged. In this genealogy of "literary humanization criticism", Chen Xun tried to open the visual threshold of "body action" in literary criticism. He used more than 180 words and phrases of body action in 123 items to explain the emotional and physical movements in literature, initially constructed a discourse system that interprets affection with body action. Exploring this system may add a critical interface of "body action" to the dialogue between classical Chinese poetics and contemporary thought, and thus provide a possibility for the globalization of Chinese literary critical discourse.

Keywords: Chen Xun; Commentaries on Ci-poetry from Haixiao; Somaesthetics; theory of body action; system of literary criticism

中西文论向来被认作"并在之歧出",但若探其本源,二元对立往往消融于"东海西海,心理攸同"的相似性一面,例如两种文明皆在文学批评中频繁运用身体隐喻①,恰如维柯所言:"在一切语种里大部分涉及无生命的事物的表达方式都是用人体及其各部分以及用人的感

---

① 所谓身体隐喻,指的是"人们认识客观事物时,实际上以自己的身体作为直接和基础的参照系,由'身体'的系统和结构去联想外界事物,此时,外界事物只是个人身体的一种外推性理解的结果,从而建立起一种'主—客'同构的、鲜活的有机整体模型"。萧延中《中国思维的根系》,中央编译出版社,2020年,第85页。

觉和情欲的隐喻来形成的。"①钱锺书提出"人化文评"概念,他认为中国古代文学批评"把文章通盘的人化或生命化","把文章看成我们自己同类的活人"。② 具体而言,与身体相关的术语范畴涵括两类:一是独立存在的物质形态,如皮、骨、血、肉、筋等;二是与精神相融合的身心一体,如神采、风韵、气度、胸襟等。他由此总结出中西方身体诗学的分野,即"西洋文评里人体比喻本身就是偏重的形容词","我们的人化术语只是中立的名词"。③ 但无论是以形容词为主的西学体系,还是以名词为主的中国体系,指向的都是身体之静观,却忽略了一个富庶而又人迹罕至的美学地带——以动词为主的身体动态之喻。

这片文学研究的"处女地",迎来的首位拓荒者并非以哲思见长的西方人,而是以体悟为重的东方人。晚清民国词学家陈洵在《海绡说词》中,以表征身体动作的语汇论词,诸如转身、展步、跌进、追逼、推开等,在其123条词学阐释项中共计出现180余次。如图一所示,本文姑且将这组词语统一命名为"身动"语汇,其俨然形成了一个关于身动诗学的"暗体系"。

陈洵缘何要以身动论词? 身动视阈又具有怎样的理论潜能? 展开探讨之前,有必要厘定"身动"的概念边界,其字面意义上是指物质

---

① 维柯著,朱光潜译《新科学》,商务印书馆,1989年,第200页。

② 钱锺书《中国固有的文学批评的一个特点》,《写在人生边上 人生边上的边上 石语》,生活·读书·新知三联书店,2002年,第116—134页。

③ 关于中国人化文评以名词为主,钱锺书举例:"《易·系辞》云:'近取诸身……以通神明之德,以类万物之情',可以移作解释:我们把文章看成我们自己同类的活人。《文心雕龙·风骨篇》云:'词之待骨,如体之树骸,情之含风,犹形之包气。……瘠义肥辞'。又《附会篇》云:'以情志为神明,事义为骨髓,词采为肌肤';宋濂《文原·下篇》云:'四瑕贼文之形,八冥伤文之膏髓,九蠹死文之心';魏文帝《典论》云:'孔融体气高妙';钟嵘《诗品》云:'陈思骨气奇高,体被文质'——这种例子,哪里举得尽呢?"关于西方的人化文评以形容词为主,钱锺书举例道:"朗吉纳斯所谓肿胀,昆铁灵所谓水盎肉感。"见钱锺书《中国固有的文学批评的一个特点》,《写在人生边上 人生边上的边上 石语》,生活·读书·新知三联书店,2002年,第116—134页。实际上,亚里士多德在《诗学》中就经常使用身体隐喻,如:"就像躯体和动物应有一定的长度一样——以能被不费事地一览全貌为宜,情节也应有适当的长度。"亚里士多德著,陈中梅译注《诗学》,商务印书馆,1996年,第74页。

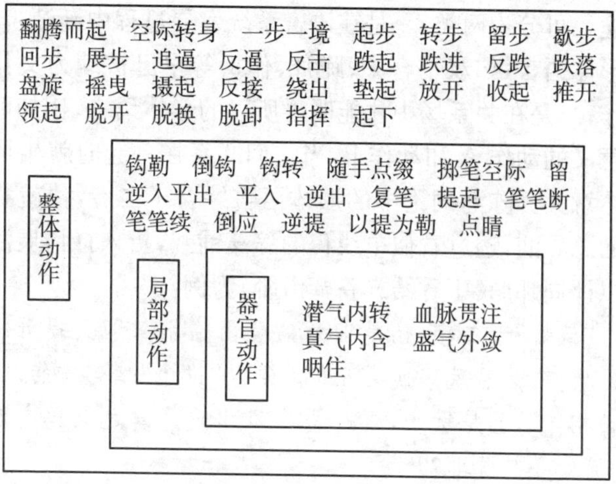

图一 《海绡说词》中的身动语汇

性的身体动作，是人类在日常生活中的肢体呈现，表征为一种行为的结构。陈洵在他的批评实践中将行为结构与情感结构相绾合，发现了一条以身动释情动的词学阐释进路。在情动过程中，身体自然会呈现相应的变化，乃至释放出不同的信息素，正如霍布斯所言："情感最良之迹象为面色、身体之动摇、行为……此皆不易掩饰者。"[①]这些"不易掩饰"的表象都是对情动的凸显，也为身动诗学提供了理论可能。当然，《海绡说词》并非有意建立一个"身动词学"的整全体系，但其借身动释情动的思考进路和理论表述，确为当代诗学研究提供了颇具新意的视角。故此，中国传统词论中这一身动理论"暗体系"的出场，解构了"西学为新、中学为旧"的认知惯习，实属一项重要却又被人忽略已久的中国美学发明。

一、螺旋：词学剧场的形体与动线

陈洵所用身动语汇中，最显著的当属人的形体语言，根据其表达

① 霍布斯著，朱敏章译《利维坦》，吉林出版集团有限公司，2010年，第27页。

意义的途径可分为两类:一是在语言系统发展过程中渐渐携带情感、意义的形体语言,如双手合十、跪拜、作揖等早已被编为文化符码的身体动作;二是在关系场中才能明乎所以的形体语言,比如两个看似孤立无意义的动作 A 和动作 B,当它们联系在一起时就生成了一个新的整体意义。陈洵词论中的形体语言综合了二者,他就犹如词学剧场中的总导演,透过看似单线程的辞藻铺叙,折入抒情展演的复动空间。以评周邦彦《丁香结》(苍藓沿阶)为例:

> "汉姬"十二字,已是旧意,"登山临水",即又提开。从空处展步,然后跌落换头五句。复以"谁念"二句钩转。"惟丹青相伴",已是歇步,再跌进一步作收。读之但觉空濛淡远,何处寻其源耶?[①]

陈洵采用提开、展步、跌落、歇步、跌进五个形体动作,分开来看各自都是些零散的动作切片,但若连缀一处,就显现出传统戏剧中"跑圆场"般的动态轨迹。从"提开"到"跌进作收",像极了一位戏剧演员绕场一周,完成全部唱段的整体过程,表象为一个词学剧场的正螺旋,最终指向的是词作的情感内核。如图二所示。

陈洵是一位资深戏迷,他曾全然不顾大水漫街的恶劣天气,为喜爱的粤剧演员李雪芳捧场。他不仅对戏剧浸淫颇深,还将对戏剧形体动作的理解,移情于词学批评技法,将舞台观感内嵌于词境阐释中,对《丁香结》的分析即是如此:

> 苍藓沿阶,冷萤黏屋,庭树望秋先陨。渐雨凄风迅。澹暮色,倍觉园林清润。汉姬纨扇在,重吟玩、弃掷未忍。登山临水,此恨自古,消磨不尽。
>
> 十二字已是旧意　　即又提开,从空处展步
> 牵引。记试酒归时,映月同看雁阵。宝幄香缨,薰炉象尺,夜寒灯晕。

---

① 陈洵《海绡说词》,唐圭璋编《词话丛编》第二十四卷,江苏省立国学图书馆,1934年,第 21 页。此本在《海绡说词》版本谱系中被称为"旧本《词话丛编》本",后引 1986 年《词话丛编》乃是在此本基础上增订。

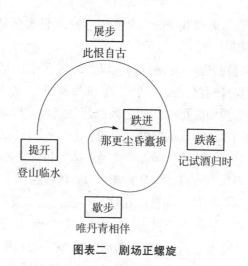

图表二　剧场正螺旋

跌落换头五句

谁念留滞故国，旧事劳方寸。唯丹青相伴，那更尘昏蠹
损。①

　　二句钩转　　　　歇步　　　跌进一步作收

此词敷写一件怀念故人的情事，叙事脉络看似整饬有序，实则蕴藏着
波澜起伏的情感展演结构。具体而言，词开头先以苍藓、冷萤、风雨
等凄清之物将读者带入秋情，由时地、物色等引发感兴，是为词中之
"起"。从"汉姬"开始到歇拍引入别情，"登山临水"句境界空阔高古，
抒情视野由点及面——此为词中之"承"。陈洵评之曰"提开，从空处
展步"，其情境就仿佛一出折子戏的幕起，演员徘徊于秋夜寒灯之下，
突然看到颇具意味的旧物"纨扇"，不禁生发此恨绵绵的无限遐思。
陈洵所言"空处展步"，既指向这遐思的虚幻属性，也像极了演员将深
微厚重的情感外化为夸张的舞蹈语言。传统戏剧舞台讲求张弛有
度，在巨大的情感宣泄过后，往往引入较为细腻的抒情小段。周词之
"换头五句"即是如此，视野从万古悲秋延展到个人哀乐，陈洵将此过

---

① 　周邦彦著，罗忼烈笺注《清真集笺注》，上海古籍出版社，2008 年，第 274 页。

程命名为"跌落",就像戏中的一个突转,主人公陡然回忆起与故人共度的几个清秋。

周邦彦又被称为"词中老杜",从以上的剖析可见,陈洵对杜诗周词的"沉郁顿挫"确有会心。诗学中的"沉郁顿挫"有着十分复杂的内涵,其中一个面向即表征句与句之间的抒情张力。周词"换头五句"的作用,正如同律诗颈联的"转折"之处,引导读者从"顿断拗转"[①]却绵延如缕的情动之中,体悟词人那欲说还休的怨抑之感。寒秋瑟瑟,词人"滞留故国","丹青相伴"是其唯一的慰藉,然而"尘昏蠹损"又使这慰藉蒙上了一层阴影,词意就在这无可奈何之中收束,余音袅袅。陈洵评尾句曰"已是歇步,再跌进一步作收",就好像《牡丹亭·叫画》中的情感"刺点",演员停下脚步摩挲画像,却发现已为蠹损,年华不永与人生苍茫诸般感慨夹缠如缕,无法名状。正如陈洵所言:"但觉空濛淡远,何处寻其源耶?"陈洵以身动释情动,不仅描摹出词作本身的戏剧张力,词评自身也若翩然起舞,与词作表达相得益彰。其评词理路,恰似手术刀般切开故事的情感剖面,寻绎出一种"起承转合"的结境方式与"沉郁顿挫"的抒情脉络,为读者提供了一条更加具象化的认知路径。

在上面评析的诸多身体动作中,"空处展步"可以说是幅度最大、最具虚幻色彩的一种。"空"字亦是陈洵用来评价吴文英词的重要术语,如"神力独运,飞沉起伏,实处皆空"[②]。所谓"实处皆空",指的是吴文英词中那些空灵飞跃、充满意识跳跃的词句,因其写作脉络的变幻莫测,往往能够出人意表。正如周济所言:"梦窗每于空际转身,非具大神力不能……而寄情闲散,使人不能测其中之所有。"[③]陈洵在《海绡说词》中沿用周济的这一论点,多次使用"空际转身"这一形体动作,

---

① 葛晓音:"杜甫有些七律的句脉往往在句与句、联与联乃至当句之内产生顿断拗转。与此相应,意象组合也往往在增密的同时加大了其间的跳跃性,强化了对照、对比的关系。"葛晓音《杜诗艺术与辨体》,北京大学出版社,2018年,第265页。

② 陈洵《海绡说词》,唐圭璋编《词话丛编》,中华书局,1986年,第4841页。

③ 周济《介存斋论词杂著》,周济著,石任之整理《宋四家词选 词辨》,中华书局,2022年,第167页。

目的则是测出"其中之所有"。比如，评吴文英《齐天乐》(麹尘犹沁)：

> "春换"，逆入。"秋怨"，倒提。"平芜未剪"，钩勒。"一夕西风"，空际转身，极离合脱换之妙。①

陈洵在这则词评中，糅合了逆入、倒提、钩勒等手腕动作，以及大幅度的"空际转身"，同样是画出了一个剧场螺旋。但与周邦彦《丁香结》的正螺旋指向一个坚固的情感内核不同，吴文英词以"空际转身"作结，恰似一个逆螺旋，最终指向的是天外游思，用陈洵的话说就是"掷笔空际"。如图三所示。

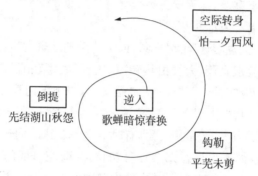

图表三　剧场逆螺旋

　　如果说周邦彦的《丁香结》是一出"沉郁顿挫"的抒情戏，那么吴文英的《齐天乐》则颇有一番史诗风韵。此词题目为"会江湖诸友泛湖"，本当是良辰美景、赏心乐事，但词人心中似乎潜藏着忧生忧世的莫名悲慨，可谓"以悲观的心境过乐观的生活"。词人在温柔敦厚的同时，表现出传统诗学"哀乐无端"②的面向，这一隐微的情绪变化，不

---

① 陈洵《海绡说词》，唐圭璋编《词话丛编》，中华书局，1986年，第4858页。

② 陆机《文赋》："信情貌之不差，故每变而在颜。思涉乐其必笑，方言哀而已叹。或操觚以率尔，或含毫而邈然。"陆机著，张少康集释《文赋集释》，人民文学出版社，2002年，第60页。龚自珍《己亥杂诗》："少年哀乐过于人，歌泣无端字字真。"龚自珍著，刘逸生、周锡馥校注《龚自珍诗集编年校注》，上海古籍出版社，2013年，第813页。陈洵《南乡子》："哀乐信无端。但觉吾心此处安。"陈洵著，刘斯翰笺注《海绡词笺注》，上海古籍出版社，2002年，第350页。

妨以陈洵为我们敞开的身动视角求之：

> 麹尘犹沁伤心水，<u>歌蝉暗惊春换</u>。露藻清啼，烟萝澹
> 碧，先结湖山秋怨。

逆入   倒提

> 波帘翠卷。叹霞薄轻绡，氾人重见。傍柳追凉，暂疏怀袖负
> 纨扇。

> 南花清斗素靥，画船应不载，坡静诗卷。泛酒芳箵，题
> 名蠹壁，重集湘鸿江燕。<u>平芜未剪</u>。<u>怕一夕西风</u>，镜心红
> 变。望极愁生，暮天菱唱远。[①]

钩勒　空际转身

从结句的"暮天菱唱远"可以推断，词中的泛湖之事发生在夏末秋初，荷花不似盛夏般繁茂，天气由热转凉，故有"霞薄轻绡"、"负纨扇"之语。开头五句的"麹尘"、"春换"、"露藻"与当下的时序是相同的，那么陈洵为何要以"逆入"和"倒提"说之？其中玄机，在于词中数次出现的"犹沁"、"重见"、"重集"等具有时空变换意味的词句。这些词句隐约间透露，词人也许在某个往日初秋，与荷花一般的女子在此同游。那么所谓"逆入"和"倒提"也就指向词人由"过去"生发的对未来的预期之愁绪。"波帘翠卷"句正式宕入当下的泛舟实境，情绪也伴随"南花清斗素靥"逐渐开阔，在情动层面上呈现出指向外部空间的逆螺旋形态。

接下来，词人虽享受了片刻携佳人泛湖之乐，但一句"平芜未剪"透露出隐隐不安，再次映射开头的"湖山秋怨"，所以陈洵认为这里是一处"钩勒"[②]之笔。但是此番"秋怨"并没有沉溺在哀叹往昔的循环之中，而是借由"一夕西风，镜心红变"这样略带悲剧色彩的想象，将词境完全宕入虚拟时空，仿佛戏剧舞台上凌虚显现的

---

① 吴文英著，吴蓓笺校《梦窗词汇校笺释集评》，浙江古籍出版社，2014年，第174—175页。

② 《海绡说词》中的"钩勒"指的是收束前情、转出后意。见黑白《陈洵〈海绡说词〉之"钩勒"与"留"》，《词学（第四十三辑）》，华东师范大学出版社，2020年。

"空的空间"①,可任凭观者驰骋游思——故陈洵以"空际转身"这样颇有震撼力的动作释之。这一"空的空间"也并非无源之水,它根植于词人内心的忧世之感,故能在良辰美景中预设出"镜心红变"的绮丽与悲壮。"空际转身"的重要作用就在于将这预期的悲情彰显出来,使读者不再沉浸于由倒提、逆入、钩勒建筑而成的词学剧场里,"望极愁生,暮天菱唱远"顺势而结,将起起伏伏的情绪波动带离个体的一霎悲欢,飘向茫茫漫漫的无尽虚空。

二、编织:还原"看不见的手"

除了上述大开大阖的形体语言,在陈洵的身动语汇中,还有诸多以手腕为主的局部身体动作,如较为直观的"随手点缀"、"掷笔空际",以及移植于书法术语的"钩勒"、"逆入"、"平出"等。具体来说,《海绡说词》以约三分之二的篇幅阐释梦窗词,其对手腕动作的运用可谓炉火纯青。前人对梦窗词的批评,往往冠以"晦涩"、"密丽"等笼统话语。然而,梦窗词其实是"一幅重绣细挑的织锦画"②,在整体图式的繁复瑰丽之中,隐伏着横竖交叉的"编织"动线,指向词人独具匠心的叙事纹理。陈洵的创见即在于此,他能够跳脱词作整体的有机印象,通过身动话语再现词人创作的编织轨迹,将一双"看不见的手"豁显于读者眼前。

以吴文英名作《莺啼序》(残寒正欺病酒)为例,此词共分四片,叙述了怀恋故人的情事。从宏观结构来看,四片各自由当下与过去组成了时间块的闭环叙事:第一片摹写当下的伤春意绪,第二、第三片回忆往昔恋情,第四片再回到当下的感伤。如果词义走向仅止于此,

① 彼得·布鲁克:"我可以选取任何一个空间,称它为空荡的舞台。一个人在别人的注视下走过这个空间,这就足以构成一幕戏剧了。"彼得·布鲁克著,邢历译《空的空间》,中国戏剧出版社,2006年,第3页。

② 宇文所安著,郑学勤译《追忆:中国古典文学中的往事再现》,生活·读书·新知三联店,2014年,第151页。

就不会形成"映梦窗,零乱碧"①的审美效果。此词最费索解之处,主要在于第二、第三片的叙事逻辑,其铺叙手法类似于电影中的蒙太奇,令人应接不暇。那么,词人究竟是怎样合纂组而成文的?其内蕴的艺术空间又当如何审视?对此,陈洵从身动视角给出了一个阐释方向。

为了便于分析,我们将《莺啼序》②按照时间的分布,标注为 A 到 E 五个片段。片段 A 对应词作第一片,词人以较为客观的笔触作为叙述的开端:

> (片段 A)残寒正欺病酒,掩沉香绣户。燕来晚、飞入西城,似说春事迟暮。画船载、清明过却,晴烟冉冉吴宫树。念羁情游荡,随风化为轻絮。

通过视觉的位移与物色的铺陈,词作渲染出一派明丽而忧伤的暮春图景。从阅读视野来说,由"绣户"到"西城"再到"吴宫",是由屋内到屋外、由细微到开阔的动态全景敞视。词中铺陈的物色也从较质实的"病酒"过渡到缥缈的"晴烟",最终引出叙事主旨"羁情游荡,随风化为轻絮"。以此,读者在由近及远、由实遁虚的视觉体验中,被缓缓带入词人的回忆:

> (片段 B)十载西湖,傍柳系马,趁娇尘软雾。溯红渐、招入仙溪,锦儿偷寄幽素。倚银屏、春宽梦窄,断红湿、歌纨金缕。暝堤空,轻把斜阳,总还鸥鹭。

> (片段 C)幽兰渐老,杜若还生,水乡尚寄旅。别后访、六桥无信,事往花委,瘗玉埋香,几番风雨。(片段 D)长波妒盼,遥山羞黛,渔灯分影春江宿,记当时、短楫桃根渡。青楼彷佛,临分败壁题诗,泪墨惨澹尘土。

在这两片中,时间线带来的视差变化参差复杂,例如"十载西湖"发生

---

① 王国维著,彭玉平疏证《人间词话疏证》,中华书局,2014 年,第 108 页。

② 吴文英著,吴蓓笺校《梦窗词汇校笺释集评》,浙江古籍出版社,2014 年,第 474 页。

的绮靡情事，"别后访"的黯然神伤，又是"水乡尚寄旅"，又是"渔灯分影春江宿"，还夹杂着"记当时"、"临分"等等时间节点，令人目光恍惚，如堕五里雾中。对此迷景，陈洵调动一系列手腕动作语汇，如"理性蒙太奇"①一般将这些看似"破碎不成片段"的时间块拼接了起来：

> 第二段"十载西湖"，提起。而以第三段"水乡尚寄旅"作钩勒。"记当时、短楫桃根渡"，"记"字逆出，将第二段情事，尽销纳此一句中。"临分"、"泪墨"、"十载西湖"，乃如此了矣。"临分"于"别后"为倒应，"别后"于"临分"为逆提。"渔灯分影"，于"水乡"为复笔，作两番钩勒，笔力最浑厚。②

首先来看"钩勒"所表征的叙事轨道。从笔法动态来看，"钩勒"表示手腕兜头一转，强调笔势变化的过程，在词中则代表不同时间块之间的转换点。陈洵云"'水乡尚寄旅'作钩勒"，指的是此句以当下的羁旅之慨为"十载西湖"之欢情作结，并由眼前的"幽兰渐老，杜若还生"勾连出"事往花委，瘗玉埋香"的物是人非。可见，"水乡"句就如同书法中的顿笔，起到了承上启下的作用。接着，陈洵又说："'渔灯分影'，于'水乡'为复笔，作两番钩勒。"此"复笔"与"两番钩勒"又作何解？所谓复笔，指的是动用双手的复合笔法，一笔着墨、一笔着水，以实现运笔的连贯与渐变效果。在词中，"水乡尚寄旅"和"渔灯分影春江宿"虽然时间维度不尽相同，但都是讲旅居水边③，在语义层叠中反复勾连前后文中的旧意新愁，故为"两番钩勒"。

其次，在两番"钩勒"之下，以"别后"与"临分"为临界点，勾连出更为繁复的故事线，陈洵亦将其一一阐明："'临分'于'别后'为倒应，

---

① 其原理正如爱森斯坦所说："由展开中的主题的诸因素中选取的片段 A，和也是从那里选取的片段 B，一经对列起来，就会产生出一个能最鲜明地体现主题内容的形象。"见爱森斯坦《蒙太奇 1938》，富澜译《蒙太奇论》，中国电影出版社，2003 年，第 282 页。

② 陈洵《海绡说词》，唐圭璋编《词话丛编》，中华书局，1986 年，第 4847 页。

③ 关于"渔灯"句与"春江宿"的关联，可参考陈文华之说："'渔灯'固是寄旅时眼前所见，然'春江宿'则是虚写回忆，盖二人尝双宿于春江也。……此句盖虚实相兼也。故就其实者言，渔灯于水乡为复笔，就虚者说，又由此带出别情。"见陈文华《海绡翁梦窗词说诠评》，台北里仁书局，1996 年，第 112—113 页。

'别后'于'临分'为逆提。"倒应，表征追溯、回应的手部动作；逆提即回锋护尾、轻轻提起的手部动作。从时间顺序来看，"别后访"已是过去的动作，而"临分"则是过去之过去。"'别后'的时序在'临分'之后，但在词中被先行铺写，所以'别后'对于'临分'来说是逆时序而先行的（即'逆提'）。'临分'对于'别后'而言是一种追溯、回应（即'倒应'）。"①

循着陈洵给出的思路，我们可以进一步厘清此词复杂的时空交错及其复调叙事。片段 A 的"掩绣户"及全景视角中的燕子、画船，无疑是当下时间，而片段 B 提起的"十载西湖"就是回忆中的男女欢情。从片段 A 到片段 B 还只是普通的回忆性叙事法，但片段 C 中"水乡"、"别后"的插入，却让片段 B 整个变成过去之过去。但是，读者还来不及在片段 C 的过去时间沉浸太久，词人又在片段 D 里将我们再度抛回过去之过去，重新置身"十载西湖"的情境中。然而，如仙如幻的"娇尘软雾"早已在时间块的勾连起伏中销纳殆尽，呈现给读者的唯有"临分"之时的"泪墨惨淡"，真可谓"春宽梦窄"了。其时间动线如图四所示。

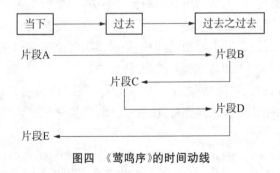

图四　《莺鸣序》的时间动线

吴文英不仅以词人之眼与心观察世间百态，更用一双"看不见的

---

① 黑白《陈洵〈海绡说词〉之"钩勒"与"留"》，《词学（第四十三辑）》，华东师范大学出版社，2020 年。

手",调度着飞跃回环的时间块。陈洵的身动视角,恰恰是将这双"看不见的手"具现化,复刻眼、手、心之艺术链的生成过程。这一复杂的艺术操演究竟缘何打动人心? 为了说明这一问题,有必要读完词作的最后一片:

> (片段 E)危亭望极,草色天涯,叹鬓侵半苎。暗点检、离痕欢唾,尚染鲛绡,亸凤迷归,破鸾慵舞。殷勤待写,书中长恨,蓝霞辽海沉过雁。漫相思、弹入哀筝柱。伤心千里江南,怨曲重招,断魂在否。

片段 E 从过去之过去回归片段 A 所处的当下,但这不是简单的折返,而是由无数个回忆、无数个自我凝聚而成,是复调的、绵延的。陈洵认为"'危亭望极,草色天涯'遥接'长波妒盼,遥山羞黛'",暗含对逝去爱人的凝视;"'欢唾'是第二段之欢会",再次点出当年的美好,而"'离痕'是第三段之临分",却又指向预期的分离。至于说"'伤心千里江南,怨曲重招,断魂在否',应起段'游荡随风,化为轻絮'作结",从游思到断魂虽然都是精神性的存在,体现了梦窗词"结与起应,神光离合"①的巧妙构思,但是从轻盈的"游思"到沉重的"断魂",情感浓度早已今非昔比。这份厚重的悲情,在时间块的绵延中愈转愈深,最后以直抒胸臆的招魂作结,如何不打动人心?

朱祖谋称梦窗词"沈邃缜密,脉络井井"②,此论言简意赅,其内蕴的意义正是在陈洵这里得到了论证。可以说,陈洵的《海绡说词》为后续梦窗词研究打开了一片广袤的疆域,其以身动释情动的方法论,如穿针引线一般,将梦窗词"沈邃缜密"的叙事结构重新编织了起来,内部的情感强度流亦随之一目了然。其后的重要词学家如杨铁夫、刘永济、唐圭璋等皆受此影响,逐渐使梦窗词荡气回肠的井井脉络浮出地表。

---

① 陈洵《海绡说词》,唐圭璋编《词话丛编》,中华书局,1986 年,第 4856 页。
② 朱祖谋《梦窗词集跋》,《彊村丛书》,广陵书社,2005 年,第 1068 页。

三、咽住："潜气内转"的具象化

在《海绡说词》的身动谱系中，还有一类术语以"气息"为指涉对象，如"咽住"、"潜气内转"、"真气内含"等。此类批评看似指向无实体的抽象物，实则"气息"的生成、转化，都必然以人体内部器官的活动为依托，也是有迹可循的。针对这一面向，陈洵不囿于对词作"完成"之时的静态审美，而是别出心裁地通过"身动"话语，逆溯作品创作中的气息流转过程，为读者开辟出饶有余韵且宏阔的审美空间。

以"咽住"一语为例。在词学批评中，"咽住"多表示情绪的哽咽难言、欲说还休，仿佛一段乐章的休止符。《海绡说词》在传统含义的基础上，通过身动阐释，将词作的内在气息具象化，极大地拓展了"咽住"的批评潜能。以辛弃疾的《摸鱼儿》（更能消）为例：

> 更能消、几番风雨？匆匆春又归去。惜春长怕花开早，何况落红无数。春且住。见说道天涯芳草无归路。怨春不语。算只有殷勤，画檐蛛网，尽日惹飞絮。
>
> 长门事，准拟佳期又误。蛾眉曾有人妒。千金纵买相如赋，脉脉此情谁诉？君莫舞。君不见玉环飞燕皆尘土！闲愁最苦。休去倚危栏，斜阳正在，烟柳断肠处。[①]

陈洵《海绡说词》云：

> 时春未去也，然更能消几番风雨乎。言只消几番风雨，则春去矣。倒提起。"惜春"七字，复用逆溯，然后跌落下句，思力沉透极矣。"春且住"，咽住。"无归路"，复为春计不得。"怨春不语"，又咽住。"蛛网"、"飞絮"，复为怨春者计亦不得，极力逼起下阕"佳期"。
>
> 果有佳期，则不怨春矣，如又误何。至佳期之误，则以蛾眉之见妒也。纵有相如之赋，亦无人能谅此情者，然后佳期真无望矣。"君"字承"谁"字来，既无诉矣，则君亦安所用舞

---

① 辛弃疾著，邓广铭笺注《稼轩词编年笺注》，上海古籍出版社，2016年，第96页。

乎。咽住。环燕尘土，复推开，言不独长门一事也，亦以提为勒法。然后以"闲愁最苦"四字，作上下脱卸。言此皆往事，不如眼前春去之闲愁为最苦耳。斜阳烟柳，便无风雨，亦只匆匆。如此开合，全自龙门得来，为词家独辟之境。①

不同于辛弃疾多数雄浑雅健的作品，这首《摸鱼儿》的情感以怨抑缠绵为主，通过抒写"春去"与"佳期误"，寄托词人的英雄失志之恨。词中所用司马相如《长门赋》以及屈原《离骚》的典故，正是以"香草美人"喻"佳期无望"之人生际遇。众所周知，辛弃疾曾"壮岁旌旗拥万夫"，怀着收复失地之志渡江南归。然而现实境遇往往不孚人望，反映到词作的艺术呈现中来，就是情感抒发的收敛性、潜在性。这首《摸鱼儿》正是如此，词人于无奈中藏起了一腔感激豪宕之气，呈现给读者一派低回要眇的"弱德之美"。这种呈现也并非平面的、单一的，而是随着书写的推进层出不穷——正如陈洵所说"寓幽咽怨断于浑灏流转中"②。

那么，陈洵如何通过身动话语，来回溯词人的创作路径？从引文来看，陈评综合了整体（跌落、逼起、推开、脱卸），局部（倒提、以提为勒），器官（咽住）等全维度身体动作，可谓集身动理论之大成。其中，代表器官动作的虽只有"咽住"一词，但它却在这则词评中三次出场，每一次都至关重要地扭转了词作气息的流转态势。围绕几处关键气息的"咽住"，陈洵绘制出了辛词"笔笔能留，字字有脉络"③的身动气

---

① 陈洵《海绡说词》，唐圭璋编《词话丛编》，中华书局，1986年，第4876—4877页。

② 陈洵《海绡说词》，唐圭璋编《词话丛编》，中华书局，1986年，第4877页。

③ 陈洵1929年致朱祖谋书信中语。见余意《陈洵至朱祖谋书廿一则》，《词学（第二十六辑）》，华东师范大学出版社，2011年。余意先生整理稿的原文是"笔笔不能留，字字有脉络"，此或为陈洵笔误。在这封书信中，陈洵分析辛词《水龙吟·旅次登楼》云，"却不说出，以'树犹如此'作半面语缩住"，正指向辛词能"留"的面向，他进一步从"留"出发，提出"清真、稼轩、梦窗三家实一家"的论点。此外，在正式刊行的《海绡说词》中，陈洵亦多次谈及辛弃疾词"能留"之特质，如："虽以稼轩之纵横，而不流于悍疾，则能留故也。"（唐圭璋编《词话丛编》，中华书局，1986年，第4840页）故此，本文使用"笔笔能留"一语来讨论辛词之气息流转。

流图。下面详作探讨。

首先是"笔笔能留",也就是词人如何收敛情感,藏住气息。在陈洵看来,辛词的三次气息"咽住"分别位于上阕的"春且住"、"怨春不语"以及下阕的"君莫舞"处。具体来说,词上阕先是以未来视角,预计"几番风雨"之后春将匆匆归去("倒提");再将思绪返回到花开之时("逆溯"),加深"落红无数"之感伤力度("跌落");最后词人不断为春,为人寻觅归宿,却两次"咽住",无语凝噎。第一次咽住,指的是词人暂不言春去的无限怅惘,反而出之以"春且住"的微弱希冀;第二次咽住,则是在"天涯芳草无归路"的人生悲慨之中,转回到"怨春"的细腻哀婉之思。

可见,词的上阕虽只写了惜春一件情事,其抒情质素却千回百转、幽咽低回。下阕的"君莫舞"是气息的第三次"咽住",此句上承"此情谁诉"的悲愤,看似仍是情绪的宣泄,但细思词义,内蕴的抒情底色其实是无可奈何的感伤,正如陈洵所析:"既无诉矣,则君亦安所用舞乎?"蛾眉见妒所映射出的贤人不遇之深重悲怆,皆被此三字藏起,可谓举重若轻。

其次是"字字有脉络",也即词人如何以"咽住"为节点操控气息流转,形塑层出不穷的情动脉络。从上文的分析可知,词上阕的两处咽住,都通过言在此而意在彼的手法,使词作的怨春之情达至欲泄还藏、"欲飞还敛"①的夹缠状态。正因如此,上阕的抒写才能形成"思力沉透"之势,好比一腔幽怨之气郁结盘旋于胸,英雄失志之恨也就如鲠在喉、不得不发。到了下阕"君莫舞"处,词义已经三番"咽住",气息似乎过于凝重。但在陈洵看来,辛弃疾是英雄豪杰,其格局并非如此促狭。他创造性地认为,"玉环飞燕皆尘土"句是"推开"的写法,也即超脱于个体的宠辱悲欢,将"佳期"之误上升到更宏阔的历史氛围里。就好比人体的气流曲折再三后终于冲决网罗,形成腾天之势。

---

① 辛弃疾《水龙吟》(过南剑双溪楼):"峡束苍江对起,过危楼欲飞还敛。"见辛弃疾著,邓广铭笺注《稼轩词编年笺注》,上海古籍出版社,2016年,第499页。

词的最后，则以"闲愁最苦"、"烟柳斜阳"作结，前述种种似乎尽化烟云，留下怅触不尽的余韵。

经过此番对词作气息的剖析，读者能够十分清晰、具体地感悟辛弃疾词高超的创作技艺，以及大开大阖的英雄气魄。结合上文所论，我们能够发现陈洵所谓"笔笔能留，字字有脉络"，其实与词学史上著名的批评话语"潜气内转"同一机杼。"潜气内转"一语经过历史的套叠演绎①，其具体含义仍是十分复杂且抽象的。陈洵的重要贡献正在于此，读者循着以三次"咽住"为节点所绘制的气流图，能够畅然颖悟辛词"潜气内转"之所由：所谓"潜气"就是词作抒情要素的内敛性，所谓"内转"则是"咽住"前后气息流转的动向与层进线路，"潜气内转"的概念也由此更加具象化了。

余论：从身体诗学到身动转向

陈洵词学以身动视角解析情动结构，有助于形象化地理解词体内部层叠起伏的"褶皱"。在此基础上，笔者认为身动理论与文学批评相结合，就是将文学作品的"首、身、尾"视为梅洛-庞蒂式的"世界之肉"，他强调"肉"的普在性与可逆性，通过看者与可见的可逆性追溯现象本源。具体到文学批评层面而言，就是先从观其形到观其行，再从观察到揭示，包括作者之行、作品之行和读者之行三个身动层面，由此逆向回溯叙事结构的起承转合、情感流动的飞扬与低沉、作者与读者的兴发感动等。

如果把文学艺术场当成一个舞台，那身动就无异于意义的生成机器，"身体对心灵而言是其诞生的空间，是所有其它现存空间的基质"②，运动中的身体不断生成新的意义，除了死亡之外没有终点。我们以身体为媒介置身于世界中，通过身体感官体验着世界，也通过身体行动（包括肢体动作、言语、书写、表情等）表达着一切。文学作品

---

① 彭玉平《词学史上的"潜气内转"说》，《文学评论》2012 年第 2 期。

② 梅洛-庞蒂著，杨大春译《眼与心·世界的散文》，商务印书馆，2019 年，第 55 页。

堪称"大脑细胞运动",其实和身体动作一样,都是混杂意识和潜意识的复合造物,二者的同构性、同质性在某种程度上确保了身动理论的解释效力。

循此路径,便能勾勒出身动理论的三个维度,即"文本—作者—读者"的意义阐释链。一是将文学文本看作人的身体,这是当代身体美学的主要关注点,但身动理论更加看重身体(文本)之运动,借由对运动的分解、重组、再现,发掘作品由"言"致"意"之表达过程。二是聚焦作者的身动思维方式,通过对既成文本进行发生时刻的逆向还原,想象作者的身动表征与情理结构。三是读者的身动解说,运用大量身动语汇,反窥作品情动结构之意义生成。这也在一定程度上构成了对传统诗学中"不涉理路,不落言筌"阐释路径的反思。

陈洵词学所揭示的身动批评体系,其实并没有严格区分上述三个层面,而是呈现浑融一体的样貌。其实,人体语汇十分丰富,陈洵只是借用了一少部分,尚未涉及节奏快慢、声音高低、面孔表情、位置迁移等。但他以身动释情动的批评方式,对传统诗学批评有许多启迪:

一是借助身体动作再现文本的深层结构,索解其中意脉的起承转合和"意内言外"式写作传统,"对身体的发现,使艺术这个长期让人'辄唤奈何'的对象在结构上变得清晰起来"①。譬如中国的律诗,虽然形式上是抽象的,但很早就有首、颔、颈、尾的类身体结构划分,逐一分解每一联、每一句甚至句子内部的运动轨迹,自会对理解诗作的造境方式大有助益,正如陈洵所云:"击首则尾应,击尾则首应,击中间则首尾皆应,阵势奇变极矣。"②

二是身动理论更接近文学发生的时刻,如果把文学比作一场事件,那么事件的发生与行进,都离不开基体的显现与运动,正是运动促成了事件。这实际上也是一种传统的回声,《诗》大序云:"情动于

---

① 刘成纪《形而下的不朽——汉代身体美学考论》,人民出版社,2007年,第470页。

② 陈洵《海绡说词》,唐圭璋编《词话丛编》,中华书局,1986年,第4843页。

中而形于言,言之不足,故嗟叹之,嗟叹之不足,故永歌之,永歌之不足,不知手之舞之,足之蹈之也。"①这则中国早期的文学批评,已然揭示出身体动作在文学发生时刻的重要性。

三是此论间接打破了身心二元之争,不再以"心本论"、"情本论"为尊,也不是"身本论"的现代变体,而是将文艺作品的全部环节都视作绵延运动中的有机整体,"身体的姿势在每一时刻都分有风格的全体","一个姿势能揭示一个人的全部真相"。② 以身动理论求索情动结构,也可弥补"抒情传统"阐释框架的不足,抒情与叙事两大元结构皆可涵括在身动理论的视阈之中。

除了释读诗词之外,身动理论还具有别样的跨学科、跨民族研究意义。譬如电影、戏剧本身就是一门形体艺术,中国传统戏剧的身体动作甚至都是代代相传的,西方戏剧同样讲究对身体的运用,或是通过训练和体验表演出下意识的身体动作,或是通过动作之中断达至间离化效果等,身体动作对电影和戏剧的表达来说是非常直观的。与立体化的电影、戏剧不同,绘画艺术看似是平面的,但正如梅洛-庞蒂所言:"正是通过把他的身体提供给世界,画家才把世界变成了绘画。为了理解这些质变,必须恢复活动着的、现实的身体,它不是一隅空间,一束功能,它乃是视觉与运动的一种交织。"③这在弗朗西斯·培根的画作中显露无遗,他赋予肉体动作以情绪,试图捕获观众"成为这具身体的灵魂"④。小说的情况则有些复杂,组成作品的元素太多,风格流派也纷繁多姿,但只要还没有脱离小说的形式,那就无不建立在人物对话与动作之基础上,至于常见的情节之突转与发现结构,岂非陈洵之"转身"概念的翻版? 可见,身动理论实际上适用于对古今中西多种艺术体裁的分析,我们通过把作品以身动视角拆解、

① 朱熹集传《诗经·大序》,上海古籍出版社,2013年,第1页。

② 梅洛-庞蒂著,杨大春译《眼与心·世界的散文》,商务印书馆,2019年,第200—210页。

③ 梅洛-庞蒂著,杨大春译《眼与心·世界的散文》,商务印书馆,2019年,第33页。

④ 米兰·昆德拉著,尉迟秀译《相遇》,上海译文出版社,2014年,第19页。

分析、重组，往往就能达到抽丝剥茧般的去蔽效果，从而接近艺术上的真相。

总而言之，这一源自中国文学批评传统里的身动视阈，仍是一个开放式的、有待完成的"暗体系"，但已经为我们提供了与世界前沿理论的对话资源①。诸如福柯的身体规训与主体解释学（身体政治）、布尔迪厄的社会再生产和惯习说（身体资本）、德勒兹的无器官身体与生成概念（身体游牧）、舒斯特曼的身体实践美学（身体训练）等，无论尼采、柏格森、梅洛-庞蒂等人对身体与世界关系的重新发现，还是福柯、德勒兹、舒斯特曼等人提出政治或审美层面的身体转向，西方学者或重视修身技术的实践，或将身体客体化、审美化，或强调身体蕴藏的欲望能量及其消费，或是关注身体的生命政治、性别政治等议题。这些"身体美学"降落在文学场内，则主要表征为文学的政治、社会、性别等附加价值，鲜有触及文学性本身的内在分析，更没有形成以身动释情动的文学诠释路径。西方学者大多强调对身心二元论的思辨，当代思想可以说是由理性意识到身体实在的转向。而陈洵在论词实践中大量运用的身动视阈，以身动释情动的方法论，很大程度上填补了身动视角在文学理论场的缺席，无形中为当代身体转向添加了身动一环，值得后来者再度拾起这枚金针，以之射向世界诗学的前沿地带。

（中山大学博雅学院）

---

① 有关中国文论的创造性转化、"活中化西"的建设性思考，可参见胡晓明《中国文论理论性的三个维度——八论后五四时代建设性的中国文论》，《社会科学战线》2021年第9期。

著作方式"撰"的文化意涵考论

——论魏晋至隋唐时期"撰"的使用及其含义衍化

殷漱玉

内容摘要：魏晋至隋唐时期，著作方式"撰"的使用更加广泛，并呈现固定化的特征。作为书籍著作方式题署在文本固定位置，成为约定俗成的规则。"撰"继承并发展汉代的含义：作为"著述"义，基本保持不变；作为"整理"之义，逐渐衍化为"纂集"之义。"撰"字作为"纂集"义的衍化，反映了这一时期书籍文化事业的发展，个人著述活动与文献整理事业双线发展的势头。著作方式"撰"的固定化，树立了知人论世的作者思维模式，成为读者认识书籍内容和思想的门户，树立了古籍编目著录作者与著作方式的典范。

关键词：撰；固定化；纂集；知人论世；古籍编目

On the Cultural Meaning of the Way of Writing — The Use and Meaning Evolution of "Zhuan"（撰）from Wei Jin to Sui Tang Dynasties

Yin Shuyu

Abstract：From Wei Jin to Sui Tang Dynasties，the use of the way of writing was more extensive，and showed a fixed feature. As a way of writing，it is placed in a fixed position in the text，which had become a conventional rule. "Zhuan"（撰）inherited and developed the meaning of Han Dynasty as the meaning of "writing" which remained unchanged. And its meaning of "sorting" gradually evolved into the meaning of "compiling". The evolution of the meaning of "Zhuan"（撰）reflected the development of book culture in this period，and the double development trend of personal writing activities and book compilation. As a fixed way of writing，"Zhuan"（撰）had set up a thinking mode of "commenting on people and the world"，became a portal for readers to know the contents and the way of writing of books，and set up a model of catalogue of ancient books.

Keywords："Zhuan"（撰）；immobilization；compilation；comment on people and the world；catalogue of ancient books

引言

　　"撰"是常见的古籍著作方式，常与作者项连用，题署于文本固定位置。在汉代，"撰"作为著作方式就已使用，主要反映在文献记载中。① 据笔者考证，著作方式"撰"在汉代有二义项：一为"著述"义，强

---

　　① 由于大部分汉代文献在流传中亡佚，"撰"是否题于文本固定位置难以获知，从目前出土的汉代文献来看，还没有出现"撰"字题署于文本固定位置的例证。

调作品的原创性；二为"整理"义，不强调产生新作，具体指对原作的修复性整理，包括校重复、定篇章、调篇章、序篇次、订讹误、核缺脱、辨真伪等环节。①《汉语大字典》收录其两个义项：（一）写作；著述。（二）纂集。即由汉代发展衍化而来。魏晋至隋唐，较于汉代，"撰"作为著作方式使用和含义呈现出一定的变化。"撰"在魏晋至隋唐的使用具体呈现怎样的变化？它的含义发生了怎样的衍化？为何会产生变化？有何意义？此为本文要探讨的问题。

一、著作方式"撰"在魏晋至隋唐时期的使用

魏晋至隋唐时期，"撰"已成为主流的书籍著作方式。在文献记载中，"撰"作为著作方式的使用频次也远远高于汉代。南北朝颜之推《颜氏家训》中"撰"字出现 3 次②，东晋常璩《华阳国志》中出现 8次③，北魏崔鸿《十六国春秋》出现 20 次，隋代费长房《历代三宝纪》中出现 93 次，等等。

值得注意的是，这一时段"撰"作为著作方式与汉代相比发生了关键性的转变。在汉代"撰"作为著作方式仅仅出现的文句表述中，而在魏晋至隋唐时代，"撰"从文句表述中逐渐剥离出来，成为附于作品后的独立单位。首先表现在书志目录中，"撰"作为著作方式首次且大量被使用。作为继班固《汉书·艺文志》（以下简称《汉志》）之后

① 详见拙文《论著作方式"撰"的确立》，《历史文献研究（总第 46 辑）》，广陵书社，2021 年，第 332—339 页。

② 《颜氏家训·勉学》："时太原王劭欲撰《乡邑记注》。"《颜氏家训·文章》："梁孝元在蕃邸时，撰《西府新文》。"《颜氏家训·文章》："又撰《诗苑》，止取何两篇。"（颜之推撰，王利器集解《颜氏家训集解》，中华书局，1993 年，第 225、269、298 页）

③ 《华阳国志》卷十上："用敢撰约其善，为之述赞。"卷十中："弟获，志其遗言，撰《王子》五篇"，"后与刘珍共撰《汉记》"。卷十下："颍川李仲□、勃海孟元叔，游学七州，遂明经术。还，乃撰《礼略》、《河洛交集》、《风角杂书》、《月令章句》。"卷十一："揆之《耆旧》，竹素宜阐。今更撰次损益，足铭后观者，凡二十人，缀之斯篇。""寿以为不足经远，乃并巴、汉撰为《益部耆旧传》十篇。""又撰《约礼记》，除烦举要凡十篇。""依孟阳宗、卢师矩著《典言》五篇，撰《蜀后志》及《后贤传》。"（常璩撰，任乃强校注《华阳国志校补图注》，上海古籍出版社，1987 年，第 521、562、612、621、634、645、659 页）

的第二部史志目录——《隋书·经籍志》（以下称《隋志》）收录了有隋以来的官方藏书情况，记载了六朝一代的图书变动，不仅正式确立了以经、史、子、集的四部分类法，而且在著录作者与著作方式上具有变革之功。它承袭并改造《汉志》著录著作方式①的形式，于书名下详载作者著作方式。除了注、章句等注释方式外，首次并大量使用"撰"。《旧唐书·经籍志》（以下简称《旧唐志》）承《隋志》之传统，均载作者与著作方式，亦大量使用"撰"。"撰"连署于作者项，通常作为注释附于作品篇名之后，用以解释说明作品的作者身份及其形成方式。著作方式"撰"成为独立的单位出现在作品篇名之后，这又说明在原始文本中，"撰"有可能已经作为著作方式题署在作品篇名之后了，但这种可能性并不完全充分，原因在于也存在编目者对于著作方式的随意改用或者添加的情况。以《隋志》著录的先秦子部文献为例，先秦文献成书过程较为复杂，非完全一人一时一地之成果，作者作为思想、观点的发出者，有可能不亲自参与书籍的书写、整理。先秦古书不题撰人，在当今学术界几乎达成共识。而《隋志》几乎均在注释中落实作者与著作方式，并未尊重先秦古书原貌。如《隋志》："《孟子》十四卷，齐卿孟轲撰，赵岐注。"②"《孙卿子》十二卷，楚兰陵令荀况撰。"③《隋志》以意逆志给先秦诸子书添加撰人及著作方式，对后世产生深远影响。后学普遍认为先秦诸子出于诸子之手，同时也引发一些学者对于《隋志》的质疑与批评。余嘉锡云："《汉志》本之《七略》，上书某子，下注名某者，以其书有姓无名，明此所谓某氏某子者，即某人耳，非谓其书皆所自撰也……自《隋志》不明此义，于《晏子春秋》则曰'齐大夫晏婴撰'，《孙卿子》则曰'楚兰陵令荀况撰'，《管子》则曰'齐相管夷吾撰'，其他古书，莫不求其人以实之。古人既不自题姓

---

① 《汉书·艺文志》往往在书名项展示作者著作方式。如《欧阳章句》、《鲁故》、《鲁说》等。偶有在书名下注释作品著作方式情况。如《汉书·艺文志》著录："《国语》二十一篇，左丘明著。""《训纂》一篇，扬雄作。"等等。（《汉书》，中华书局，1959年，第1714、1720页）

②③ 《隋书·经籍志》，中华书局，2019年，第1133页。

名,刘向、刘歆、班固又未言为何人所撰,不知作《隋志》者何以知之?"①李零说:"《隋志》和《汉志》不同,它是以晚近之书为主而兼收古书。对晚近之书来说,'想'、'说'、'编'、'写'可能是一回事,'撰人'常常是自作之人(尤以集部为突出),但用于古书,麻烦可就大了。因为古人都是'道'胜于'言','人'胜于'书','作'胜于'述',它和'撰人'的理解正好相反(前者重头,后者重尾)。《隋志》要以'撰人'的概念为准,以今律古,用集部概念统一一切,只好拿'题名作者'来顶替'撰人',这是造成混乱的关键。"②此误录,《隋志》也许非是始作俑者,有一种可能是在编目之前的原始文本中就已经发生了,编目者沿其误。然而《隋志》的著录虽误导后学,但这恰恰反映出魏晋南北朝以后作者署名意识的觉醒,给书籍题署作者著作方式已成约定俗成的规则。受目录编纂原则的限制,史志目录可能不能完全如实反映文献题署原貌,但至少说明在这一时段,"撰"的使用已相当普遍。

三国魏晋至隋唐的文献大部分在流传中亡佚,但"撰"作为著作方式在实体文本中的题署却也有据可查。从现存的敦煌残卷来看,于书籍卷端或卷尾题署著作方式在这一时段已成常态。如英藏敦煌卷子编号为斯二零五五的唐写本《切韵并序》,卷首题"陆法言撰"③;又编号为斯五六一四的唐写本《五脏论》一卷,卷首题"张仲景撰"④;又编号为斯五七七四的唐写本《茶酒论一首并序》,卷首题"乡贡进士王敷撰"⑤。在古籍中的固定位置题署作者与著作方式已经成为约定俗成的规则,说明这一时段,"撰"作为著作方式的使用已经固定化。

总之,就使用而言,较之于两汉,魏晋以后,"撰"作为书籍著作方式的使用发生变革性的转变,"撰"成为著作方式通常题于文本的卷

① 余嘉锡《古籍校读法》,《余嘉锡古籍论丛》,国家图书馆出版社,2010年,第19页。
② 李零《简帛古书与学术源流(修订本)》,生活·读书·新知三联书店,2008年,第212页。
③ 《英藏敦煌文献(汉文佛经以外部分)》卷三,四川人民出版社,1990年,第228页。
④ 《英藏敦煌文献(汉文佛经以外部分)》卷八,四川人民出版社,1990年,第151页。
⑤ 《英藏敦煌文献(汉文佛经以外部分)》卷九,四川人民出版社,1990年,第134页。

端。著作方式"撰"的固定化奠定了古籍作者与著作方式的题署的传统,为后世刻本所因袭。

二、著作方式"撰"衍化为"纂集"义

"撰"为"整理"义,在汉代仅指著作参与方式,并不参与产生新作。魏晋南北朝时期,除了具备"整理"、"著述"的含义外,"撰"之含义亦出现了新变化——由"整理"义衍化为"纂集"义,强调将单篇作品按照一定体例编纂成集,形成新著。"撰"由零散资料收集、整理衍化为书籍的编纂之义,尤其强调的是文集的编纂。"撰"虽仍具备资料整理的性质,但与先秦机械性地照录相比,撰人对于掌握的材料具有一定的主动权,可以按照自我的偏好和审美眼光编选既有的资料。编纂原则反映了撰人的学术旨趣和价值导向,撰人身份也呈现出多样化的特点。

魏晋时代,以曹植、曹丕为代表的上层文人进行自发的创作并开展纂集文集的活动:

> ……余少而好赋,其所尚也,雅好慷慨,所著繁多,虽触类而作,然芜秽者众,故删定别撰,为《前录》七十八篇。(曹植《前录序》)

> 帝初在东宫,疫疠大起,时人彫伤,帝深感叹,与素所敬者大理王朗书曰:"生有七尺之形,死唯一棺之土,唯立德扬名,可以不朽,其次莫如著篇籍。疫疠数起,士人彫落,余独何人,能全其寿?"故论撰所著《典论》、诗赋,盖百余篇,集诸儒于肃成门内,讲论大义,侃侃无倦。(《三国志·魏书·文帝纪》)

上述材料中,"撰"、"论撰"均为"编纂成集"之义,"论"与"撰"义同。《康熙字典》云:"论者,次也,撰也。"又:"篇章有序故曰次,群贤集定故曰撰。""撰"、"论撰"包含"剔除重复"、"挑选精华"、"编纂成集"等步骤。《前录》收录了曹植的少作,这些作品在被编纂、整理之前处于繁芜杂乱、单篇传阅的状态,极易亡佚遗失。曹植按照一定的编纂原

则,经过精心挑选,汇撰成集。《前录》的编纂体现了曹植对自我作品评价,带有很强的个人主观色彩,去除杂芜之目的在于流传精品。曹丕的《典论》和诗赋作品百余篇,其性质同《前录》一样,属于个人作品集。曹植具有强烈的寄著述以成就不朽的愿望,编纂成集是作品得以保存和流传的重要方式,这也是促成曹丕编纂文集的动机。

除了二曹自发编纂的文集外,曹魏官方也曾组织曹植文集的编纂活动:

> 景初中诏曰:"……撰录植前后所著赋、颂、诗、铭、杂论,凡百余篇,副藏内外。"(《三国志·魏书·陈思王植》)

"撰录"为"搜集、挑选、抄录并编纂成集"之义。较于曹植亲自手订的文集,官方所编纂的作品数量、类型有所增加,编选了曹植一生的著述。但曹植的作品并未全部进入官方所编选的文集中。从后世所编纂的曹植文集来看,曹植的作品数量远不止百余篇。[①] 曹魏官方组织的文集编纂活动距曹植去世未远,应有机会搜集曹植的全部作品,为什么所收录的作品数量远不及后世流传的《曹植文集》收录的多呢?原因可能是曹魏官方编纂《曹植文集》属于应诏编纂,多出于曹植的权贵身份的"特殊待遇"。魏王或念手足之情,编纂其集,以示追思;抑或佯装仁德,以此标榜自己并非无情帝王。但官方组织的文献编纂活动与曹植自纂不同,他们更倾向于筛选对统治集团有利而无威胁的作品,最大程度限制不利于帝王权威的言论。在编纂过程中,可能删除了曹植一些作品,这些作品的言论可能侵犯当权者的权威,故而未被收录。

南北朝时代,文集的编纂蔚然成风。《颜氏家训》载《诗苑》、《西府新文》两部文集的编纂情况:

> 何逊诗实为清巧,多形似之言;扬都论者,恨其每病苦辛,饶贫寒气,不及刘孝绰之雍容也。虽然,刘甚忌之,平生

---

① 据朴现圭统计,宋人纂辑《曹植文集》所载篇数,增至二百余篇,近人所编的则有三百余篇。(朴现圭《〈曹植集〉的编纂与四种宋本之分析》,《文献》1995 年第 2 期,第 36 页)

诵何诗,常云:"蘧车响北阙,懵懵不道车",又<u>撰</u>《诗苑》,止
取何两篇,时人讥其不广。"(《颜氏家训·文章》)

　　吾家世文章,甚为典正,不从流俗;梁孝元在蕃邸时,<u>撰</u>
《西府新文》,讫无一篇见录者,亦以不偶于世,无郑、卫之音
故也。(《颜氏家训·文章》)

二则材料中,"撰"亦为"编选"、"编纂"义。刘孝绰所编选《诗苑》收集
了其本人及其同时代他人之诗,萧绎所编录的《西府新文》多收录流
俗之作。《诗苑》撰诗的原则完全取决于刘孝绰的个人喜恶和气度。
何逊之诗质量并不及刘孝绰诗,但刘氏却恐其名声超越自己,所收何
诗寥寥无几,气量狭小可见一斑。《西府新文》也是萧绎迎合流俗之
趣所编纂的文集,格调不高,只收录了迎合大众口味的通俗之作,而
对于典正雅丽之文,收之甚少。颜之推的家世文章不迎合流俗,不在
收录之列。就编纂原则来看,刘孝绰、萧绎皆以自我的学术旨趣与品
评编选文集。文集怎么编? 编什么? 作为编纂的主体,他们具有相
当的主动权,可以根据个人喜好决定编选的内容。编纂的原则不仅
能反映出他们的审美眼光,亦能折射出其胸襟与气度。

　　通过史志目录的著录特点,亦可以管窥魏晋至隋唐时期"撰"作
为"纂集"之义的使用及其编纂者的编纂原则。《隋志》、《旧唐志》集
部文献收录了六朝至隋唐的文集,也多用"撰"字表示文集的编纂。
如《隋志》:"《文章流别集》四十一卷,梁六十卷,《志》二卷,《论》二卷,
挚虞撰。"[①]"《文选》三十卷,梁昭明太子撰。"[②]《旧唐志》:"《古今诗类
聚》七十九卷,郭瑜撰。"[③]"《新撰录乐府集》十一卷,谢灵运撰。"[④]等
等。"撰"均为"编纂"、"编集"义,以上文集均按一定编纂体例收录单
篇作品编纂成集,编纂原则反映编纂者的审美眼光与学术认知水平。

　　如挚虞的《文章流别集》对魏晋以来的属于文章体裁的众家众体
按照文体、作家、时代的体例进行搜集整理、分类汇总。其汇总的魏

---

①② 《隋书·经籍志》,中华书局,2019 年,第 1228 页。

③④ 《旧唐书·经籍志》,中华书局,1975 年,第 2080 页。

晋以来的文体包括:颂、赋、诗、七、箴、铭、诔、哀辞、哀策、对问、碑、图谶等。《隋志》说:"总集者,以建安之后,辞赋转繁,众家之集,日以滋广,晋代挚虞,苦览者之劳倦,于是采摘孔翠,芟剪繁芜,自诗赋下,各为条贯,合而编之,谓为流别。"①挚虞的编纂整理不是简单的汇总整理,其于每类作品前均有附论,追溯文体源流的衍化,对选入的作品也有相关的评议鉴赏,文集的分类原则反映了他对魏晋以来文章体裁的流变的认识,其编纂对于后学认识魏晋以来文体的发展提供了基本的史料。贾奋然说:"挚虞首次以'文章'囊括总集各体,对整个属于文学的众家众体进行聚类区分和批评鉴赏,这已显示了极为可贵的文学史'全史'建构意识。"②梁昭明太子萧统《文选序》中则明确了《文选》体例与编选范围,明确该文集不收经、子、史,只收诗、赋、翰藻。《文选序》:"……若其赞论之综缉辞采,序述之错比文华,事出于沉思,义归乎翰藻,故与夫篇什杂而集之,远自周室,迄于圣代,都为三十卷,名曰《文选》云耳。凡次文之体,各以汇聚,诗赋体既不一,又以类分,类分之中,各以时代相次。"③《文选》编选原则反映了萧统的文学眼光,其所收录的大多都是当时家喻户晓的名篇。如司马相如《上林赋》、扬雄《甘泉赋》、班固《两都赋》、张衡《二京赋》等,这些作品进入《文选》之中得以流传成为经典之作。萧统对于南朝的赋作收录甚少,收谢惠连、颜延之、谢庄、鲍照、江淹五人之作,共仅七篇。谢灵运《山居赋》、沈约《郊居赋》等名作都未入选,是因为他注意到较于赋作,南朝文学的主要成就在诗歌方面。④ 因此,"撰"作为"编纂"、"纂集"含义,具体包含"选择"和"淘汰"两个环节。这两个环节决定了作品的能否流传于后世,并且形成经典。而作品最终成集,产生多大的

---

① 《隋书·经籍志》,中华书局,2019年,第1236页。

② 贾奋然《挚虞〈文章流别集〉〈文章志〉的文学史意义》,《中国文化研究》2015年冬之卷,第141—142页。

③ 《六臣注文选》,《四部丛刊》影印上海涵芬楼藏宋刊本。

④ 曹道衡《〈文选〉对魏晋以来文学传统的继承和发展》,《文学遗产》2000年第1期,第50页。

学术价值,取决于编纂者所采纳的编纂原则。

　　总之,魏晋南北朝时期,"撰"为"纂集"含义已经成为普遍,已不同于汉代基于简单的文献抄录、复制之义,其意涵强调按照一定编纂原则收录一定数量单篇作品,编纂成集。编纂者的学术眼光和品位很大程度上决定了材料编选的质量。撰人往往以自我认知和评判标准决定材料的去留,对于材料的编选有很大的主动权。其所采用的编纂体例和原则客观反映了魏晋以后集部文献发展态势,一定程度上为后世树立了文集编纂范式。"撰"字作为"纂集"义,依据收录作品的范围具体包括两层含义:一为集录一人之部分或全部作品,所形成的文献类型属于集部文献的别集类。如《隋志》"《齐中书郎王融集》十卷"①、"《晋弘农太守郭璞集》十七卷"②等;二为集录包含两位作者以上的作品合集。如《旧唐志》:"《古今诗苑英华集》二十卷,梁昭明太子撰。"③"《六代诗集钞》四卷,徐陵撰。"④所形成的文献类型属于集部文献的总集类。无论是别集,还是总集,都按照一定体例编纂成书,文献的选择,反映了编者的喜好与学术倾向。

　　参与文集编纂活动的主体——撰人,从总体意义上讲,属于文集的编者。但是作为文集编者,既可以是文集的作者,即作者亲自参与作品的编纂活动,如上文所谈及曹植、曹丕等人;也可以是作者以外的编者,即汇集编纂他人作品的责任者,如《西府新文》的编者萧绎、《文选》的编者萧统、《文章流别集》的编者挚虞等。因此,"撰人"身份与文本的关系呈现了多元化的文化意蕴。

　　缘何魏晋南北朝时期"撰"字会衍化为"纂集"义?主要原因在于个人著述的增加促进了文献编纂的实践,这影响了著作方式"撰"在字义层面的变化。魏晋以后,文人阶层普遍具有自发的著述意识,著述是他们立言得以成就不朽的重要方式。曹丕云:"生有七尺之形,

① 《隋书·经籍志》,中华书局,2019年,第1222页。
② 《隋书·经籍志》,中华书局,2019年,第1210页。
③④ 《旧唐书·经籍志》,中华书局,1975年,第2080页。

死唯一棺之土,唯立德扬名,可以不朽,其次莫如著篇籍。"①又云:"盖文章经国之大业,不朽之盛事。"②在这种意识的影响下,魏晋至隋唐,产生了大量的个人著述,这为文集大规模的编纂提供了前提。③ 个人著述赖于文集得以保存和流传,而参与编纂活动的主体主要也赖于文集的编纂得以扬名,故而魏晋至隋唐时代,纂集之风兴盛。在这种风气的影响下,集部文献逐渐成为独立的部类存在。这体现在史志目录的著录上。刘宋王俭《七志》专设《文翰志》,收录诗赋;梁代阮孝绪《七录》中设立《文集录》,著录文学文献;《隋志》以四部分类划归文献类型,其中"集部"作为区别经、史、子的部类,分楚辞、别集、总集。字义的变化往往因社会文化活动发生而转变,"撰"由"整理"之义转变成"纂集"义,正是这种社会文化活动的缩影和投射。

三、著作方式"撰"固定化的意义

魏晋至隋唐时期,"撰"作为著作方式的固定化具有重要的意义。

其一,"撰"作为著作方式的固定化,树立了知人论世的作者思维模式。《孟子·万章下》:"颂其诗,读其书,不知其人,可乎? 是以论其世也。"④也就是说,读书、学诗需要了解其作者,要想了解作者就必须了解其所处的时代、世事。魏晋以后,"撰"作为著作方式的固定化——连同作者项题署于书名项之后,反映书籍的基本信息。一部书产生于谁之手? 通过怎样的编纂形式产生的? 读者通过作者及其著作方式的题署,可以大体把握书籍的作者、产生的时代、文献编纂方式。如英藏敦煌卷子编号为斯三八八零的唐抄本《二十四节气诗》

---

① 《三国志》,中华书局,1971 年,第 88 页。

② 曹丕《典论·论文》,严可均辑《全上古三代秦汉三国六朝文》卷八,中华书局,1965 年,第 175 页。

③ 据周少川等统计,《隋志》记载的书目,包括到隋时已经亡佚的文集共 1146 部,13390 卷,其中很大一部分系魏晋南北朝时期的文学创作。这说明这一时期文学创作和文集编纂活动的繁荣。(周少川等《中国出版通史·魏晋南北朝卷》,中国书籍出版社,2008 年,第 15 页)

④ 《孟子注疏》,《十三经注疏》整理本,北京大学出版社,2000 年,第 324 页。

卷尾题"元相公撰"①,据此获知此诗为元姓宰相所作;英藏敦煌卷子编号为斯五九六一的唐写本《新合六字千文一卷》卷首题"钟铢撰集千字文"、"唯以教训童男"②,通过题署我们了解《新合六字千文》为钟珠所整理、纂集,其文本的性质是为启蒙读物;又如法藏敦煌卷子编号为伯三三六三唐写本《籯金》卷首书名项后题署"小室山处士李若立撰"③,编号为伯三七二三唐写本《记室备要》卷首题书名项后题署"乡贡进士郁知言撰"④,据此我们不仅可以了解著述的作者与形成方式,还可以了解作者的具体身份。可以说,"撰"作为著作方式的固定化是孟子知人论世的理论的实践,成为读者了解著作基本信息的重要门槛。但是这种思维模式的确立具有一定危险性,并不适用于研究早期文本的作者及其形成方式。这是因为早期文本的形成方式具有复杂性,其成书是一个历时性发展的过程。"周秦汉时代作者与作品之间的关系并不完全对应,当时文本与今传文本也有不同。故适用于明清的文学史模式,并未适用于此时。"⑤而《隋志》将先秦早期文献的形成方式统归于一人,显然会对后世学者认识早期文本的形成产生误导。后世对早期文本的作者、形成年代的辨伪和争论,正是受魏晋以来所形成的知人论世作者思维模式的影响。

其二,著作方式"撰"作为反映书籍基本信息的重要组成部分,题署于文本的固定位置,成为读者认识书籍内容和思想的门户。实质上,起到宣传书籍的功能。一本书产生于谁之手,以怎样的方式产生

① 《英藏敦煌文献(汉文佛经以外部分)》第五卷,四川人民出版社,1990 年,第 194—196 页。

② 《英藏敦煌文献(汉文佛经以外部分)》第九卷,四川人民出版社,1990 年,第248 页。

③ 《法国国家图书馆藏敦煌西域文献》第 23 册,上海古籍出版社,2002 年,第352 页。

④ 《法国国家图书馆藏敦煌西域文献》第 27 册,上海古籍出版社,2002 年,第128 页。

⑤ 孙少华、徐建委《从文献到文本——先唐经典文本的抄撰与流变》,上海古籍出版社,2016 年,第 125 页。

的,很大程度上决定了书籍流传和阅读。敦煌卷子中一些唐写本的作者与题署,不仅题署作者的姓名,而且注明作者的身份,这实质上,是出于提高作品知名度的考虑。比如编号为伯二六四六的法藏敦煌卷子唐写本《新集吉凶书仪》二卷,卷首题"河西节度使掌书记儒林郎试太常寺协律郎张敖撰"①,不仅著名作者姓名,还在作者姓名前冠以作者的官职。张敖官任太常寺乐官,深谙礼仪,《新集吉凶书仪》为出自其手纂,强调了该书资料来源的可靠性和权威性。这无疑增加了该书在同类著述作品中的竞争力,影响读者的选择性和关注度。该本在唐代流传较广,王重民说:"余在巴黎见四写本,可见其传钞之多。"②再如编号为伯三三八一的法藏敦煌卷子唐写本《秦妇吟》卷首题"右补阙韦庄撰"③,编号为伯三七二三的法藏敦煌卷子唐写本《记室备要》卷首题书名项后题署"乡贡进士郁知言撰"④,亦出于同样的考虑。

其三,树立了古籍编目的范式。"撰"作为著作方式虽然在汉代就已经使用,但并未进入《汉志》之中。魏晋以后,随着个人著述意识的增强,"撰"的使用日益频繁。"撰"作为固定的形式题署于文本固定位置并开始出现出现在史志目录中,《隋志》作为我国现存大量著录作者与著作方式"撰"的史志目录,可以说,树立了古籍编目著录作者与著作方式的典范。后世的私家目录、史志目录因袭传统,有不少著录作者与著作方式,著作方式呈现出多样化的特征。如宋代《崇文总目》、陈振孙《直斋书录解题》、明代《徐氏家藏书目》、清代《四库全书总目》等均著录作者或者编者及著作方式,著录的著作方式除了"撰"外,还有"编"、"集"等,在宋代以后的书志目录中,"撰"与"编"、"集"有明显的分工。"撰"通常用来描述原创类著述,"编"、"集"则通

---

① 《法国国家图书馆藏敦煌西域文献》第 17 册,上海古籍出版社,2001 年,第 85 页。

② 黄永武《敦煌古籍续录新编》第 12 册,台北新文丰出版公司,1986 年,第 1 页。

③ 《法国国家图书馆藏敦煌西域文献》第 27 册,上海古籍出版社,2002 年,第 128 页。

④ 《法国国家图书馆藏敦煌西域文献》第 24 册,上海古籍出版社,2002 年,第 40 页。

常用来描述整理类文献。著作方式的著录使用，彰明古籍目录并非单纯的书单，而是具有一定学术意义的具备一定体例的资料汇纂，不仅具有"辨章学术，考镜源流"的价值，更是读者了解书籍的作者及其文献形成方式的重要窗口。

其四，魏晋以后，"撰"衍化为"纂集"之义，表明书籍文化事业的发展，反映了这一时期个著述活动与文献整理事业双线发展的势头。随着著述数量的增加，文献整理活动也随之开展。人们不仅重视个人著述，而且重视著述之外的文献整理，文献编纂意识增强。个人著述强调的是作者主观表达，虽然也具有时代的烙印，更多带有的则是个人主观情感色彩，表现的是个体的个性化表达。而文献的编纂与整理，通常把某一时代分期的个人作品以类编选，形成文集，反映的是某一时段所呈现的总体著述风貌，具有史的性质，较之前者，文献的编纂活动具备学术史的性质，而著作方式"撰"的含义衍化及使用具有见微知著的功用。

（山东大学儒学高等研究院）

宣文阁文人群与元末文坛格局[*]

聂辽亮　邱江宁

内容摘要：元顺帝宣文阁的设立，聚集了元晚期以来最优秀的馆阁文人。这些文人借助多维的师友、僚友关系圈及大型文化活动、同题集咏促成宣文阁文人群的建构。他们主盟文坛，以变更文弊、振兴斯文为己任，创作上普遍追求理明辞达、简古醇雅的审美风格，一定意义上改变了元末文坛的虚饰颓靡之风，并使得天历、至顺之后由盛转衰的文坛格局发生了转向。另外，宣文阁文人十分注意培植同道、汲引后进，从馆阁到山林、京师到地方，其影响无处不在。在元明之际的文坛格局和文风演进中，宣文阁文人群发挥了深刻而广泛的影响。

关键词：宣文阁文人群；元末文坛；文坛影响

＊　基金项目：国家社会科学基金重大招标课题"13—14世纪'丝路'纪行文学文献整理与研究"(17ZDA256)、江西省高校人文社科项目"宣文阁文人群与元末文风的演进研究"(ZGW20203)阶段性成果。

The Literary Coterie in Xuanwen Pavilion and the Literary Landscape in the Late Yuan Dynasty

Nie Liao-liang   Qiu Jiang-ning

Abstract: The establishment of Xuanwen Pavilion by Emperor Shun of Yuan Dynasty had gathered the most outstanding pavilion literati since the late Yuan Dynasty. These literati contributed to the construction of literary coterie in Xuanwen Pavilion by means of a multi-dimensional relationship circle of mentors and colleagues, large-scale cultural activities, and collections of chants with the same title. They dominated the literary field, and took changing the literary ills and revitalizing the gentleness as their own responsibility. Their creations generally pursued the aesthetic style of rationality and conciseness, simplicity and elegance. In some sense, they transformed the pretentious and decadent literary style at the end of the Yuan Dynasty, and reversed the literary trend of from prosperity to decline since Tianli and Zhishun. In addition, Xuanwen Pavilion literati paid great attention to supporting peers and attracting younger generations, with their impact being everywhere from the pavilion to the mountains and forests, from the capital city to the local area. In fact, the literary coterie in Xuanwen Pavilion had exerted a profound and extensive influence on the evolution of literary landscape and style during the period of Yuan and Ming Dynasties.

Keywords: literary coterie in Xuanwen Pavilion; the literary world at the end of the Yuan Dynasty; the influence on the literary world

  受传统文学观念影响,人们往往盛赞"治世之音",并对此表现出极大的关注度和研究热情,而对于乱世、末世文学则颇为漠视,甚至否定。就元代文学而言,学者们对于元代晚期文坛的讨论远远逊色于初、中期文坛。即使是在现有的元末文学的讨论中,学界又颇为关注地域文人集团的创作及影响，而以宣文阁文人为主导建构起来的京师馆阁文坛则鲜有人注意和探讨。事实上，作为元顺帝"至正更化"政治革新运动的一项重要举措，宣文阁的设立，汇聚了元代晚期最优秀的馆阁精英文人。以宣文阁文人为核心的馆阁文人群主盟文坛，不仅引领元末文坛的创作风尚，而且还影响了元明之际的文坛格局，尤其是在元末明初文风的演进历程中发挥了重要的津梁作用。若探讨元明之际文学的承继和演化，宣文阁文人群则是不容忽略的力量。

一、宣文阁的设置及宣文阁文人群的建构

宣文阁设立于元顺帝至元六年（1340）十一月三日。是年三月，独揽朝政大权达九年的中书右丞相伯颜死在龙兴路驿舍，其专政时代因此宣告结束。顺帝妥懽帖睦尔亲政后，很快就下诏"作新风宪"①，"图治之意甚切"②，任用深谙儒学、好贤礼士的脱脱为中书右丞相，革除旧制，纠正乱政，复开经筵，推行新政，史称"脱脱更化"或"至正更化"。在朝野内外聿兴文治的政治风潮之下，宣文阁应运而生，可以说，宣文阁的设立是"至正更化"一项重要的改革举措，也是元顺帝尊礼儒士、以儒术治天下的典型表现。汪克宽《宣文阁赋》曰：

> 皇帝九年，制作宣文阁于大明殿之西北。皇上万几之暇，御阁阅经史，以左右儒臣为经筵官，日侍讲读。兹阁深列紫御，杰出青霄。朝野传诵，瞻望踊跃。布衣微臣，欣幸睿圣崇文致治之隆，旷古莫及。③

可见宣文阁是为顺帝万机之暇绪熙圣典、读书游艺而设。一定意义上，宣文阁是对元文宗奎章阁学士院风气的延续，顺帝希望借助宣文阁的开设能够"宣人文于万代，致文治于无穷"。顺帝崇文致治的心愿很迫切，因此他积极调整用人政策，尤其对南士表现出相当的礼遇

---

① 《元史》卷四一《顺帝纪四》，中华书局，1976年，第867页。
② 《元史》卷一〇三《苏天爵传》，中华书局，1976年，第4226页。
③ 汪克宽《宣文阁赋》，《全元文》第52册，凤凰出版社，2004年，第90页。

和宠爱，于是宣文阁延揽和聚集了一批精干多能的儒士，如文人王沂、危素、周伯琦、贡师泰、归旸、李黼、杨俊民、樊执敬、王时可、宝格、答禄与权，很受顺帝信任和推重。其他如陈基、王余庆、郑深、郑涛、董立、董钥、麦文贵等宣文阁文人出身布衣，后来都官居要位，无不受到顺帝的尊重和赏识。他们在宣文阁的职位品秩虽不高，但他们普遍都是当时学术界、艺术界和文学界的新锐和精英，是元末正统文坛的中坚力量。

得益于顺帝以宣人文、致文治的主张而建立的宣文阁，这群被聚集起来的文人获取了便利的交游条件。宣文阁文人与延祐、天历之际的奎章阁文人之间多迭相师友、亦师亦友，而与同时期的重要文人又多以同年、同僚、同门的身份相互推赏，时而唱答游集，风声气习，形成了一个良性互动的文化生态圈，直接影响了宣文阁文人群的建构。

首先，宣文阁文人以多维双向的师生、师友关系链接起奎章阁文人圈。若从出生年代看，代表元代盛世文风的奎章阁文人大多生于13世纪的七八十年代，而宣文阁文人除王沂之外则基本上是13世纪九十年代或14世纪初出生之人。因此，对于年轻的宣文阁文人来说，奎章阁文人贵为文坛耆宿和前辈，在学术和文风上多对其进行传授指引，在宣文阁文人跻身馆阁的过程中也颇为提携推毂。作为元末馆阁文人的主导者，宣文阁文人转益多师，将奎章阁文人全盘纳入自己的教育背景和交游圈子，建立多重师友关系。可以说，正是在奎章阁文人纷纷期以文柄、不遗余力的奖掖汲引之下，年轻多才的宣文阁文人才得以牛刀小试，登上了元晚期正统文坛，在元明之际的文坛格局中扮演了重要角色。如宣文阁文人领袖人物危素，早年在江西先后师从吴澄、范梈、柳贯、虞集。有意思的是，上述文坛巨公都授危素衣钵，期以文柄，使年轻的危素很快就"名震江右"。尤其是开一代风气的文坛泰斗虞集，危素这样描述和他的机缘际会：

　　素蚤事翰林学士吴先生于华盖山中，至于论文，则必以
公为称首。公之南归，始获从容奉教。观其文，神奇变化，

诚不可窥测以蠡管也。①

可见虞集的学术文章对危素深有浸染。危素意欲远游，虞集还不忘勖勉他广益多师，"苟得天下之善士，吾请从太朴而为之执御"②，对危素极力扶持，并视其为赓承文脉、中兴文坛的理想接班人。加之危素又于金陵独得延祐首科状元张起岩称许推服，并随他引荐入京。在京城文坛，危素很快崭露头角，又与馆阁名臣朵尔直班、康里巎巎、揭傒斯、欧阳玄、黄溍、吴师道等刮摩淬砺、关系密迩。尤其文坛宗主揭傒斯与他亦师亦友的关系甚为融洽，《祭揭侍讲文》写道：

> 素生邻郡，未觌风标。知己最早，扬言百僚。宦学京
> 师，遂忝僚属。接以谦冲，视犹骨肉。两扈大驾，关山迢迢。
> 居庸蓐食，赤城联镳。③

这种和谐友好的师承关系对于馆阁文坛之间的代际递传发挥了很重要的纽带作用，时人评论说："太朴方以文学名动京师；选入延阁，继今发扬推演，出其所谓有原者，真不负其师之训哉。"④又如宣文阁代表文人贡师泰，其父贡奎大德、延祐间出入馆阁，与赵孟頫、元明善、袁桷、邓文原、王士熙、虞集、马祖常等名公交游酬唱。贡师泰早年侍父宦游江西，受教理学宗师吴澄门下。"在朝又得与虞、揭、欧、马诸名贤游"⑤，与奎章阁文人建立迭相师友的关系。袁桷对其大为激赏，称赞他必将主持文衡。一时文章巨公赵孟頫、邓文原、元明善、柳贯、黄溍等和贡师泰交游甚密，涵濡渐渍之中，得到诸名流的推挹和赏拔。后人描述贡师泰亲炙名公、博采众师的情形曰：

> 先生夙承家学，而又尝亲炙诸公，且及游草庐先生之
> 门，故其学渊源深而培植厚，途辙正而条理明。其见之著

① 危素《道园遗稿序》，《全元文》第48册，凤凰出版社，2004年，第243页。
② 虞集《送危太朴序》，《全元文》第26册，凤凰出版社，2004年，第184页。
③ 危素《祭揭侍讲文》，《全元文》第48册，凤凰出版社，2004年，第551页。
④ 吴师道《题危太朴所藏诸卷》，《全元文》第34册，凤凰出版社，2004年，第180页。
⑤ 程文《贡泰甫东轩集序》，贡奎、贡师泰、贡性之著，邱居里、赵文友点校《贡氏三家集》，吉林文史出版社，2010年，第168页。

述,气味肖诸贤,言语妙天下,黝黝乎其幽,悠悠乎其长,煜煜乎其光。有虞之宏而雄健不减于马,有揭之莹而清俊则类于袁,其于理趣,尤俨然吴氏之尸祝也。故当时评先生之文者,列之于六大家之次;序其诗者,亦谓可与《道园学古录》并观。[①]

由此可知,贡师泰正是接受了虞集、马祖常、揭傒斯、袁桷、吴澄等奎章阁文人的涵化和影响,才使得他的诗文创作兼综众家之长,成为元末文坛真正的集大成者之一。与贡师泰同年出生的宣文阁文人周伯琦,其父周应极为翰林待制,当时著名文人程钜夫、赵孟頫、袁桷、杨载、范梈、马祖常、虞集、揭傒斯等皆与之唱和。周伯琦荫补国子生,受学于吴澄、虞集、赵孟頫、邓文原:

> 不肖尝从侍吴文正公、虞文靖公、赵文敏公于馆阁时,得承诗法,谓必兼诸体制方殊,故常佩服斯言。[②]

可见,周伯琦的作文之法和诗学渊源最初得意于元代中期馆阁名臣。之后作《野菊赋》,元明善颇为称颂。跻身仕版后,得张起岩、欧阳玄荐举入馆阁,当世大儒康里巎巎、揭傒斯、黄溍、许有壬等人对他奖掖有加。再如年轻辈的宣文阁文人陈基、郑深、郑涛,都是黄溍门生。可以说,宣文阁文人几乎都是奎章阁精英文人的门生弟子,得益于他们的师友传承和推掖扶植,宣文阁文人圈的力量逐渐壮大,影响很快及于天下。

其次,同年、同僚、同窗关系也使得宣文阁时代的文人集结成群,成为宣文阁文人群建构形成的重要背景。论及宣文阁文人的出身,科考进士仍然是重要条件,像王沂、李黼、归旸、杨俊民和答禄与权等都是来自场屋比拼的佼佼者。宣文阁首任鉴书博士王沂中延祐二年(1315)首科进士,此时的读卷官是赵孟頫、元明善、赵世延,张起岩为左榜状元,同科的著名进士还有黄溍、杨载、欧阳玄、许有壬、干文传、

---

① 沈性《重刊贡礼部玩斋集序》,《贡氏三家集》,吉林文史出版社,2010年,第162页。
② 周伯琦《答参谋刘彦昺书》,《全元文》第44册,凤凰出版社,2004年,第523页。

郭孝基、马祖常、张翔、偰哲笃等，左右榜共录取 56 人，来自多族士人圈的诸多元代中晚叶优秀文人都被囊括其中，被誉为得人最盛。宣文阁文人李黼是泰定四年(1327)左榜状元，该科进士如杨维桢、张以宁、黄清老、李稷、赵期颐、周镗、萨都剌、观音奴、马仲皋、蒲理翰、丑闾、索元岱等都是元晚期重要文人。至顺元年(1330)庚午科共录取进士 97 人，笃列图为右榜状元，同年登科的著名进士有杨俊民、归旸、许有孚、刘性、林泉生、刘闻、金哈剌、伯颜、偰列篪、答禄守恭等，其中杨俊民、归旸被选入宣文阁。到了元顺帝至正年间，科举复兴，连续举行了 9 次廷试，共录取进士 599 名①，而元朝开科 16 次，至正年间则占到了半数以上，可以说为元末政府机构笼络了大批饱学之士，故当时有"凡补益治体者，多自科举出"②之说。以至正二年(1342)为例，拜住和陈祖仁分别为右、左榜状元，有傅亨、胡行简、卢琦、答禄与权、马世德、马彦翚等 78 人登第，乃蛮氏答禄与权曾为宣文阁鉴书博士，又是元明之际著名少数民族诗人。因科考同年关系广泛结为友朋，极大地促进了宣文阁文人群的建构。不仅如此，"至正更化"隆兴文治以来，南北文人聚首京师的盛景再现，大都之于他们是"士大夫之天池"③，大量文人进入馆阁，相为僚属，结为挚友，且多师出同门，也有利于宣文阁文人群的形成，如苏天爵、泰不华、余阙、张翥、张以宁、廉惠山海牙、程文、吴当、揭汯等，和危素、贡师泰、周伯琦一起成为宣文阁文人的核心人物。因此，晚元时期的馆阁文人借助同年、同僚、同窗关系结纳成群，不分地域族属，互相推挹认同，精英意识强烈，逐渐形成以宣文阁文人为核心的元末馆阁文人群而建构起宣文阁文人圈，成为元末文坛的重要力量。

再者，宣文阁文人还借大型文化活动、同题集咏、游集酬唱等文化艺术形式来建构群体。相较于奎章阁来说，宣文阁"不置学士，唯

① 参见展龙《元明之际士大夫政治生态研究》，人民出版社，2013 年，第 68 页。
② 陶安《陶学士集》卷十二《送笃彦诚赴官绍兴序》，《影印文渊阁四库全书》第 1225 册，台湾商务印书馆，1983 年，第 730 页。
③ 陈基《送陈希文北上序》，《全元文》第 50 册，凤凰出版社，2004 年，第 254 页。

授经郎及监书博士以宣文阁系衔云"①,机构大为缩减,但更有利于突出阁中官员的主体地位和最大限度发挥他们的实际才能。尤其是在至正时期重要的文化建设中,宣文阁文人崭露头角,与其他文化机构人员一起致力于国家文治复兴,同时,斡旋于馆阁名士左右,也扩大了宣文阁文人群的力量,对于宣文阁文人群的建构影响很大。作为元顺帝时期最典型的文化盛事,辽、金、宋三史的修纂非常注重遴选儒臣,广罗英才,其最鲜明的特征是来自不同民族的鸿儒硕彦雅聚史局,突破藩篱,声气相通,拉近了各族精英的距离,大大增强了他们对馆阁身份的认知和群体意识的体认。顺帝《修三史诏》云:

> 交翰林国史院分局纂修,职专其事。集贤、秘书、崇文并内外诸衙门里,著文学博雅,才德修洁,堪充的人每斟酌区用。②

可见,参与修史人员都是当时在史学界、文学圈的拔尖人物和有德之士。以《宋史》为例,有总裁官 7 人,分别为帖穆尔达实、贺惟一、张起岩、欧阳玄、李好文、王沂、杨宗瑞;修史官 32 人,分别是高纳麟、伯颜、达实帖穆尔、董守简、全岳柱、拜住、陈思谦、斡栾、孔思立协助董治、斡玉伦徒、泰不华、杜秉彝、宋褧、王思诚、汪泽民、干文传、张瑾、贡师道、麦文贵、余阙、李齐、镏文、贾鲁、冯福可、陈祖仁、赵中、王仪、余贞、谭慥、张翥、吴当、危素编劂分局,汇粹为书。③ 真可谓是南北多族精英文人颉颃其间,秉承着各为正统的修史理念,他们之间相互推赏、通力合作,以客观态度对各民族的历史进行研习和书写,使南北多族文人更好地融合。可以说,《宋史》的纂修将元晚叶最顶尖的馆阁文人牢笼无遗,堪称元代文化史上最大规模的馆阁文人集体亮相。而这其中,宣文阁文人泰不华、王沂、余阙、张翥、危素、麦文贵等发挥至关重要作用,尤其是危素南下三省"访摭遗阙",购求故宋遗书,为

---

① 《元史》卷九二《百官志八》,中华书局,1976 年,第 2329 页。
② 元顺帝《修三史诏》,《全元文》第 55 册,凤凰出版社,2004 年,第 49 页。
③ 欧阳玄《进宋史表》,《全元文》第 34 册,凤凰出版社,2004 年,第 396—397 页。

修史贡献颇多。三史修撰活动极大地促进了元末文人群体意识的体认、情感的交流和文化的认同,也是以宣文阁文人为核心建构宣文阁文人群最为有效的介体。不仅如此,馆阁文人还借助形式多样的集咏和频繁的聚会来联络感情,强化联系,促成群体的建构。如至正二年(1342)佛朗国进献天马引起文坛的极大关注,来自馆阁或山林的文人屡有讽咏,成为元末多族士人圈竞相题咏的对象。南北文人借助观览天马及天马图形之歌咏,消弭龃龉,沟通情感,是多族文人互动融合、形成群体的催化剂,也很典型地体现出诗歌对文人间群体建构的纽带意义。

绾结上文可知,突破族属藩篱而建构起来的宣文阁文人广泛接受奎章阁文人圈的名公巨擘陶铸和影响,又与同时期乃至元明之际的代表作家联系稠密,使宣文阁文人群成为贯通元明文学思潮不可替代的纽带。

二、宣文阁文人的革弊观念与文风转向

元代文学发展至天历时期为最盛,以奎章阁文人为主体的馆阁文人群引领文坛风会,主导文坛格局,南北文风统合为一,形成了以"元诗四大家"和"元文四家"为代表的平易正大的盛世文风。顺帝即位,元朝历史进入晚期,文坛创作格局也步入多元并立的时期。受"至正更化"政治革新精神的影响,宣文阁文人以经世致用为导向,创作上主要从文章的功用价值来发挥,内容上多载道纪实,体现出强烈的拯世救弊色彩,以简古洁雅作为审美追求和文风取向。他们以振兴斯文为己任,颇有复兴文坛之势,给元末文坛吹来了一丝劲风。

与元代初、中期文坛致力于消弭金季宋末文弊从而确立元代主导文风颇为不同的是,元末社会在顺帝即位的最初几年,由于权臣当政,科举废罢,国家肌体腐坏,教化陵夷,当时南北士林学风、文风不务实用,甚至离经叛道,虚文饰藻充斥其中,流弊所致,文坛格局由盛转衰。元末东南文坛领袖杨维桢指出:

盛极则亦衰之始。自天历来,文章渐趋委靡,不失于蒐

猎破碎,则沦于剽盗灭裂,能卓然自信,不流于俗者,几
希矣。①

天历是元代文学发展的转捩点,盛极一时的天历文坛由盛转衰,也是
元代文学自身的发展规律所致。至正初年,宣文阁文人群代表人物
张翥的弟子陈高论及元末文坛的现实曰:

　　凡今世之为进士以取科第者,工虫篆之辞,饰粉黛之
语,缉陈言,夸记问,斗侈靡,寖寖焉竞趋于萎薾颓堕溃败腐
烂之乡,而莫知其所止。②

可见,在顺帝元统、至元时期,随着国家气运的衰落,元代诗文卑弱萎
靡的情形已经十分严重。即使是至正更化初期,政治革新日新月异,
但文坛积弊太深,时废时兴的科举考试不仅不能引领文坛风气,反而
使应举之士"工虫篆之辞,饰粉黛之语",一时陷入文章不振的弊端。
有研究指出,"到了元代后期,科举的积极导向作用日已式微,转而将
文风引入了'雕琢技能''磨错椎钝'的死胡同"③。陈高具体描述了这
一时期文章流弊在于粉饰辞藻,竞慕奢华,而致"载道"于不顾,偏离
了经世致用的文章观。

　　陈高是当时众多应试之士的代表,并且深得欧阳玄、张翥、危素、
贡师泰、程文等馆阁文人赏重,他积极拯救文弊的愿景反映了当时士
人阶层要求变革文风的普遍观念。陈高写信给时任秘书卿的泰不
华,希望他能够引领文坛风气,变革文弊。出身国族的泰不华经历了
三史修撰的磨砺,文声远播,并且论及文章、政事、节操,士林确也无
人可及,在元末文坛、政坛及多族士人圈中声望甚著。在书信中,陈
高认为泰不华当时主持文衡,更有利于他借助科举考试"以文章取
士"的契机来导向文风,倡导天下士子正确的文风取向。在陈高看
来,主持文柄者通过改革应试之文的标准,倡导"理明而词确,议论有

①　杨维桢《王希赐文集再序》,《全元文》第 41 册,凤凰出版社,2004 年,第 229 页。
②　陈高《上达秘卿书》,《全元文》第 60 册,凤凰出版社,2004 年,第 809 页。
③　武君《科举兴废与元代后期诗学思想的转变》,《青海社会科学》2017 年第 4 期,第
158 页。

余,格律高古,典雅而精深"的创作理念和文章风格,坚决抵制"徒以抽黄对白之为工,柔筋弱骨之为美,缀旧闻习成说之为华"的文弊产生,进而引导天下士子"一切屏去浮华偶俪之习",使诗文创作一变于古、归于醇正。陈高试图呼吁泰不华主持革弊大局,实际上是呼吁以泰不华为代表的馆阁文人致力于文风的改造,如苏天爵、张翥、危素、贡师泰、余阙、周伯琦、程文、吴当等人当时也活跃在京师文坛,苏天爵、危素、张翥、余阙就十分热衷于元末文坛风气的变革。

而以"作新风宪"为依归的"至正更化"推行了一系列文治新政和改革举措,使得至正初期的政治气候和文化风貌焕然一新。以泰不华、苏天爵、危素、张翥、贡师泰、余阙、周伯琦、程文、张以宁等青壮辈为核心的宣文阁文人群成为"至正更化"最得力的赞襄者和实践者,作为"文章司命之柄者",宣文阁文人振起当代文气,以复古思潮荡涤文气之卑弱,引领文坛风尚。这其中,危素正是以革除文弊的主张而崛起文坛的,他在初至京师时就给"一代文献之寄"的苏天爵写信说:

> 盖闻文为载道之器尚矣,道弗明,何有于文哉?气有升降,时有污隆,而文随之。六经之文,其理明,其言约,其事核,弗可及矣。自是离文与道而为二,斯道湮微,文遂为儒者之末艺。虽其才之桀然,若司马迁、扬雄、班固,后世犹有议之者。陵夷至于隋唐,其敝极矣,昌黎韩子起而振之。至于宋,敝又极矣,庐陵欧阳子起而振之。欧阳子以为韩之功不在禹下。后之论之者曰:"欧阳子之功不在韩子之下。"金之亡,其文粗而肆;宋之亡,其文卑而冗。考其时概可知矣。皇元一四海,宗工钜儒磊落相望,阁下出于成均,践扬清华,名在天下,则振之之力有不在阁下者乎?[①]

由此可以看到,危素和陈高都立足于革除元末文弊以振兴斯文。危素以时运之隆污论文之变,实际上已指明元末文章盛极而衰变的情形,他主张效仿韩、欧古文运动以振斯文,以先秦六经之文作为创作

---

① 危素《与苏参议书》,《全元文》第48册,凤凰出版社,2004年,第148—149页。

轨范扫荡元末俪偶迂腐气习,并且力挺文坛盟友苏天爵主持风气,振衰救弊。此时的苏天爵正在中书省任职,道德文章为海内推重,其简洁渊深之文成为山林和馆阁共尊的文章范式,在至正文坛影响巨大。苏天爵深受"文弊革新"文艺发展观的浸染,其文长于纪实叙事①,风格简洁严重②。苏天爵在"至正更化"时期夙夜赞襄,建白时政,惟务切用,尝呼吁"今朝廷政化更新,中外望治,……大臣同心一德,勉图报称,雍容廊庙"③,可谓是领时代之风劲者。加上他早年编纂《元朝名臣事略》的经历,"条有征据,略而悉,丰而核"④,叙事技巧和文字风格得以淬炼。在革新风气的浸染之下,苏天爵的创作呈现出写实性风貌和明洁简古、典实精深的气质,甚至以史为文,"为文而善于纪事",叙述讲究技巧,裁剪得当,最终使他的创作具有"言简而该,精而核,深而易,通直而不肆,典实平易而无浮华艰险,而又具大体纯正而明备"⑤的风格,迥异元末萎蕤浮华的文风,成为元末文坛革弊立新、振作斯文的典范。

再结合陈高呼吁泰不华变更文风的作为可知,"至正更化"时期,在馆阁名臣和文人士大夫的合力推动下,京师文坛出现了一股以宗唐复古变革文风而振起文章之气的风潮。在泰不华、苏天爵、危素、陈高等宣文阁文人的倡导和附和下,京师文坛明确了救弊之方,"理明、言约、事核"的创作理念成为主流文坛所尚,理明辞达、简古清醇成为元末馆阁文人共同的文风取向和审美追求。其中,在"至正更化"政治革新运动和三史修撰活动中挺秀而起的危素,创作上纪实存史,在文风追求上偏向简古雅洁、平实朴雅,以其精纯之文,"欧、虞、

---

① 《元史》卷一八三《苏天爵传》,中华书局,1976年,第4226页。
② 赵汸《书苏参政所藏虞先生手帖后》,《全元文》第54册,凤凰出版社,2004年,第404页。
③ 苏天爵《建白时政五事》,陈高华、孟繁清点校《滋溪文稿》,中华书局,2007年,第433—434页。
④ 许有壬《国朝名臣事略序》,《全元文》第38册,凤凰出版社,2004年,第90页。
⑤ 王祎《上苏大参书》,《全元文》第55册,凤凰出版社,2004年,第231页。

黄、柳之后,屹为大宗"①,成为元末享誉一时的文坛领袖。他的文章大多指切时政,批判现实,叙事俨乎有法,简洁典实。行文不枝不蔓,力斥绮语虚饰。这种事繁言约的笔法在危素文章中随处可见,即使写景,也是简而有法,如《王左山房记》:

> 屋前凿小池种莲,中置石,刻周元公《爱莲说》。小山上杂植松桧异石,两旁之山有竹木桃梅之属。有良田,可艺秔稌,清溪湛然,垂笭箸为宜。天气清朗,奉其亲嬉游,终日乃归。②

笔触洗练省净,用语精当,绝无冗沓之相,却情趣盎然。他的文章几乎都是以不事雕饰、简约洁雅的风格取胜,但说理叙事发于本实、精核简要。宋濂论其文"大音玄酒"③,对其创作风格的诠释洞中肯綮。清人汪由敦评价危素说:"其文雄浑博大,前逊虞欧,后劣王宋,而醇雅清婉,高处亦诸公所少,南宋冗蔓之习洗刷殆尽。"④论及危素文章"高处亦诸公所少",并非称颂创作成就超越前人,而是称赞其简约清醇的文体风格远胜前贤来者。在革弊振衰的实践中,危素的创作呈现出以简约醇雅为主导的文体特质,一洗元末萎靡纤弱之风。

危素的同门兼僚友张翥也是修史功臣,亦为元末文坛推尊简古文风以振衰救弊的关键人物。作为元末诗文复古的殿军,张翥为革除文弊积极发声,他在《安雅堂集原序》说:"文章至季世,其敝甚矣。元兴以来,光岳之气既浑,变雕琢破裂之习而反诸醇古,故其制作完然一代之雄盛,文人学士直视史汉魏晋以下盖不论也。"⑤虽论及元初文坛现实,但张翥很明显受到当时主流文坛论文风气的启发影响。因此,他多次谈及简古醇雅之于革新文弊的意义:

---

① 《四库全书总目》卷一六九《说学斋稿》提要》,中华书局,1965 年,第 1466 页。
② 危素《王左山房记》,《全元文》第 48 册,凤凰出版社,2004 年,第 309 页。
③ 宋濂《故翰林侍讲学士中顺大夫知制诰同修国史危公新墓碑铭》,黄灵庚校点《宋濂全集》第 3 册,人民文学出版社,2014 年,第 1276 页。
④ 汪由敦《松泉集》卷十五《跋危太朴文集》,清文渊阁《四库全书》本。
⑤ 张翥《安雅堂集原序》,《全元文》第 48 册,凤凰出版社,2004 年,第 583 页。

> 本朝自至元、大德以讫于今，诸公辈出，文体一变，扫除
> 俪偶，迂腐之语，不复置舌端，作者非简古不措笔，学者非简
> 古不取法，读者非简古不属目，此其风声气习，岂特起前代
> 之衰？①

张翥特别强调这种简古文风的巨大意义，不仅扫除前代文弊，使文风为之一变，而且成为复兴文坛的风向标。表面上是在回顾元代中期文坛以简古文风救弊振衰的功绩，实际上也是自己的文艺观和创作观的表露，并且，张翥以其诗文创作实绩践行了简古尚实的文艺观②。他这种简古醇雅的文风追求，某种程度上也是当时文风变革主流审美倾向的折射，他对藻饰之风的贬斥、对简古文风的倡导翕然成为元末时代的主流风尚。

而危素的挚友唐兀人余阙也是元末正统文坛"文弊当革"理念和追慕醇古文艺倾向的代表人物。其文大多去除雕饰，澌涤色泽，并且论文推赏"崇本实而去浮华"③的质实文风。其诗推尊汉魏，如《九日鄂渚登高》："维时天气肃，萸菊已沾霜。雷雷风振谷，凄凄日在房。高云敛楚岫，曜景逝川涨。微径出丹林，列坐泛金觞。"④朴茂质古之间透着苍寒傲岸气骨，以其古雅浑朴的风格特质和审美倾向在元末诗坛"别为一格"⑤。余阙在创作活动中积极探索救弊革新的方法，对防止元末纤弱、奇艳诗风泛滥有一定作用。⑥另外，其他宣文阁文人贡师泰、李士瞻、周伯琦、郑涛等的诗文创作也深受元末文弊革新理念的影响。如贡师泰为文"施于诏令，则务深醇谨重，以导宣德意，而孚众听；施于史传，则务详赡精核，以推叙功伐，而尊国执；施于论奏，则务坦易质直，以别白是非邪正、利病得失，而不过为矫激"⑦，郑涛

① 张翥《圭塘小稿序》，《全元文》第 48 册，凤凰出版社，2004 年，第 586 页。
② 胡蓉《从〈述善集〉看元代小人物的创作》，《西域研究》2020 年第 1 期，第 97 页。
③ 余阙《待制集序》，《全元文》第 49 册，凤凰出版社，2004 年，第 137 页。
④ 余阙《九日鄂渚登高》，杨镰主编《全元诗》第 44 册，中华书局，2013 年，第 249 页。
⑤ 《四库全书总目》卷一百六十七《〈青阳集〉提要》，中华书局，1965 年，第 1447 页。
⑥ 云国霞《余阙革章论简述》，《民族文学研究》2006 年第 2 期，第 78 页。
⑦ 黄溍《贡侍郎文集序》，《全元文》第 29 册，凤凰出版社，2004 年，第 113 页。

"日夕以稽经诹史为事,发为文章,温纯雅洁"①,大致与危素、苏天爵等人简古渊深、质实务用的风格相近。可见,宣文阁文人对于矫正元末浮华冗沓之风确有引领之功,而其所倡扬的简古醇雅文风翕然成为元晚叶正统文坛的主流格调。

如前所论,宣文阁文人为改变元末文弊而努力践行推扬的简平醇古文风,是在"至正更化"革新背景、实用思潮影响下以及三史纂修活动推动下而形成的务实切用文风。在元末文坛,危素"独以文鸣天下"②,苏天爵"擅文章之柄"③,贡师泰为"一代文章之宗匠"④,加之泰不华、张翥、余阙、程文、周伯琦、李黼、张以宁、陈基等羽翼之,都是一时引领文坛风会者,他们借政治地位和文坛影响推衍平实简古、崇实尚用的创作范式,进而在多元竞胜的元末文坛与铁雅派、玉山文人、北郭文人相抗衡,某种意义上影响了元末文风的转向。

三、宣文阁文人群对元明之际文坛的影响

宣文阁从成立之日直至元室北遁,存在长达二十八年之久,但以脱脱罢相、贬死云南为节点,"至正更化"以失败告终,宣文阁的鼎盛时期实际上也仅十五六年的时间。不可否认的是,宣文阁及宣文阁文人在元末文化、艺术、文学、政治领域发挥了重要作用,宣文阁文人更是成为元末正统文坛的主要代表和核心力量。有意思的是,宣文阁文人几乎都是奎章阁时代的文坛泰斗诸如虞集、揭傒斯、马祖常、黄溍、柳贯、欧阳玄等人期以文柄、一手栽培起来的,使得宣文阁文人纷纷以承继斯文自任,在元末文坛有着非凡的影响力。还有一点需要指出,宣文阁文人有进士、国子生、布衣等多种出身,而他们又多有在地方仕宦和公务的经历,因此,他们大多能以平等、谦卑的心态交

---

① 危素《送郑叔车还乡序》,《全元文》第48册,凤凰出版社,2004年,第181页。

② 宋濂《故翰林侍讲学士中顺大夫知制诰同修国史危公新墓碑铭》,黄灵庚校点《宋濂全集》第3册,人民文学出版社,2014年,第1274页。

③ 赵汸《滋溪文稿序》,《全元文》第54册,凤凰出版社,2004年,第330页。

④ 钱用壬《玩斋诗集序》,《贡氏三家集》,吉林文史出版社,2010年,第170页。

结山林之士和地方文坛，从而更有利于发挥宣文阁文人的巨大影响。

在元末，很多南方文人寄迹山林，随着朝廷征召隐逸，他们有的走出山林，行道救世，效力元廷，有的依然选择啸傲林泉。虽然生存方式有别，但都是清介有为的守道之君。以葛逻禄人廼贤为例，他以南方布衣之身北游大都，"是皆天下名贤硕师，易之悉与之游"[①]，与京师馆阁文人左右周旋，并以诗名动公卿间，先后有虞集、揭傒斯、黄溍、欧阳玄、张起岩、危素、李好文、贡师泰、程文、李好文、张以宁等为他的《金台集》题跋作序，以示推举。贡师泰倍加赞赏廼贤"博学善歌诗，其词清润纤华"[②]，张以宁称赞"其诗雄伟而浑涵，沉郁而顿挫，言若尽而意有余，盖将进于杜氏也乎"[③]，尤其是和廼贤结为至交的危素，不仅为其编次文集传世，还由衷赞誉其诗"清丽而粹密"[④]。与其说宣文阁文人对廼贤的推掖如此态度谦揖，还不如说是以此为媒介有意识地向这位"江南三绝"之一的布衣诗人传布诗文理念。在宣文阁文人的提携汲引下，廼贤诗名大振，并最终进入馆阁，这就更加刺激了廼贤的创作向京师文人群靠拢，使他的诗歌富有写实性，热衷反映现实，以宣文阁文人尊唐学杜复古理念为尚。并且廼贤把这种审美风格又传播给其他南方文人，使南方出现一股学杜热潮，与风靡东南的铁雅诗派相抗衡。廼贤的例子典型地说明元季馆阁文人们倡导的写实创作理念和沉郁审美风尚所受追慕者众多。

值得注意的是，南方的山林之士和馆阁文士保持了紧密互动。以宣文阁文人为核心的馆阁文人群十分注意规划交游圈，其时，南方的山林之士也心向元廷，乐意接受馆阁文人的提携和影响。以南方典型的山林文人戴良、王逢、成廷珪、沈梦麟、陈镒、郑守仁为例，他们

---

① 贡师泰《跋诸公所遗马编修书札》，《贡氏三家集》，吉林文史出版社，2010 年，第365 页。

② 贡师泰《葛逻禄易之诗序》，《贡氏三家集》，吉林文史出版社，2010 年，第 444 页。

③ 张以宁《马易之金台集序》，《全元文》第 47 册，凤凰出版社，2004 年，第 483—484 页。

④ 危素《廼易之金台后稿序》，《全元文》第 48 册，凤凰出版社，2004 年，第 229 页。

斡旋在馆阁文人周曹,盛赞馆阁气象,或酬答唱和,风声相激,因此他们的诗文理念基本上和馆阁文坛保持了一致。典型如成廷珪,扬州人,避隐吴中、松江,四库馆臣评价曰:

> 廷珪与河东张翥为忘年交,其诗音律体制,多得法于翥,而声价亦与翥相亚。观诗中所载酬答者,如杨维桢、危素、杨基、李黼、余阙、张雨、倪瓒,皆一代胜流。而黼与阙之忠义,瓒之孤僻,尤非标榜声气之辈。其倾倒于廷珪,必有所以取之矣。①

由此可看出,作为山林诗人的成廷珪酬答交游的主要对象是以张翥、危素、余阙、李黼以及周伯琦等为核心的宣文阁文人群体,即使是方外张雨,也是深受馆阁文风披靡的诗人。因而,成廷珪的诗歌主要还是接受了以张翥为核心的追求真实的诗风理念。危素为他的诗集写序云:

> 比得其诗一编,其忧时而闵俗,愤世而嫉衰。及其极也,则有凌云霞、入霄汉、糠秕万物之兴。要皆发乎至情,非有所勉强矫揉而为之者也。李唐之世能诗者最多,而工部员外郎杜公为尤甚,岂非以其忠君爱国之意类诗人之思,“致君”之诗,盖于是欤?②

从危素不惜笔墨推掖成廷珪的创作可以看出,他的创作实践一改空泛纤弱的风气,和宣文阁文人复古尊唐、学杜纪实的诗风倾向高度吻合。由此不难看出,元季时代,山林和馆阁在诗文创作取向上保持高度一致性,这与以宣文阁文人为核心的馆阁文人广泛推阐其影响密不可分,从而使元末观风务实的文风披及山林草泽。

宣文阁文人不仅影响了山林之士的创作取向,还向地方文坛广泛传布文学观念,影响元末地域文坛格局的建构。元末文坛一个不争的事实是,空间的阻隔、时局的板荡并未疏离大都文坛和地方文坛

---

① 《四库全书总目》卷一六八《〈居竹轩集〉提要》,中华书局,1965 年,第 1332 页。
② 危素《居竹轩诗集序》,《全元文》第 48 册,凤凰出版社,2004 年,第 256 页。

的联系,像著名的宣文阁文人危素、苏天爵、周伯琦、贡师泰、张翥、张以宁等与地方文坛都有过深度的交流。典型如宣文阁文人对福建文坛影响巨大。以贡师泰为例,他曾三下闽中,以第三次居留时间最长,影响也最大,"予之侨于城西香严也,七闽之士多来见,见必有所挟焉,或歌诗,或文章,或书,或画,或医卜阴阳之属,莫不轩轩然有自得意"①。正是贡师泰虔诚谦逊地接洽闽中文士,奖掖后进,扩大影响,福建文坛的创作风气也为之一变。所以闽中文坛后进吴海写道:

> 始阁下来闽,闽之人士,奔走杂沓,以俟进于门下者,若水之赴壑。有获一承颜,一接语,退而莫不充然自得。不知阁下何术,致人若是,将别有异说速化之耶? 毋亦姑奖借以慰其意,俟其终将奋厉以有成也?②

在吴海看来,贡师泰以其广为培植弟子,传播诗文观念,以创作实践引领文坛风气,显然对闽中文坛有"速化"之功效。不仅如此,以贡师泰为核心的宣文阁文人群对福建文坛的影响值得注意。当时有贡师泰、李国凤、李士瞻、答禄与权、廉惠山海牙、伯颜不花、郑潜、刘中守等馆阁文人齐聚福建,形成了福建多族士人圈。李士瞻《王仲弘卷》曰:"暇日,凡官府之宾客,与夫南北大夫士之往来干谒者,并得进延于庭,访究得失。由始至距今年三月,已五阅月,其所与接款而交谈者,不知其几何人矣。"③他们借此传输主流文坛信息,推及创作理念和馆阁文风,因而得以使京、闽文坛保持相当密切的联系,对于推进元末明初福建地域文学的繁盛有着不可小觑的作用。④

另外,宣文阁文人还通过培植同道、接引后进,传播文学观念,赓续斯文,成为影响元季文坛的风云人物。他们屡持文衡,巍为文

---

① 贡师泰《送王仲弘归建安序》,《贡氏三家集》,吉林文史出版社,2010 年,第 304 页。

② 吴海《别后答贡尚书书》,《全元文》第 54 册,凤凰出版社,2004 年,第 152 页。

③ 李士瞻《王仲弘卷》,《全元文》第 50 册,凤凰出版社,2004 年,第 212 页。

④ 陈广宏《闽诗传统的生成》,上海古籍出版社,2018 年,第 106 页。

宗,陵轹一时,时人晚进争出其门。如危素,"四方欲显白先德者,皆造公门"①,门生弟子遍布四方;贡师泰,四为考官,"所至之地,学者云集。虽在官次,教亦不倦,前后受业于门者凡数百人"②;又如周伯琦,多次考试天下士,"荐中外官一百二十七人,举士二十五人"③,其他如张翥、张以宁等莫不如此,故士誉翕然归之。典型的例子如高逊志,字士敏,"以文学知名当世"④,堪称是宣文阁文人共同培养出来的优秀弟子。高逊志年轻时侍父高德进宦游,元代中后期"宗工钜儒"如虞集、欧阳玄、余阙、贡师泰、程文、周伯琦、张翥、危素、张以宁,都有所从游和亲承。⑤ 尤其是他师事危素、贡师泰、周伯琦等:

> 而宣慰府君向所与相画诺于华要之地,以文学名世者如鄱阳周公、宣城贡公、临川危公皆在。士敏以契家子持所为文贽之。皆曰:"人言高君有子,信然。"手其文不置,嗟异久之,且勉之曰:"他日人之求知于子,甚于子之求知于我矣。"士敏益自贵重,志之所向,直追千古而不疑。⑥

在以危素、贡师泰、周伯琦等宣文阁文人的勉勖和指授下,高逊志以通经学古为事,为文咸中矩度,务去华靡之习,风气所染,很快就"声誉欻起于东南"。高逊志还萃其师友倡酬诗文编成《师友集》,可见他周旋于宣文阁文人左右,主动接受务去纤华、简古典雅文风影响,正

---

① 宋濂《故翰林侍讲学士中顺大夫知制诰同修国史危公新墓碑铭》,黄灵庚校点《宋濂全集》第3册,人民文学出版社,2014年,第1274页。

② 揭汯《有元故礼部尚书秘书卿贡公神道碑铭》,《全元文》第52册,凤凰出版社,2004年,第85页。

③ 宋濂《元故资政大夫江南诸道行御史台侍御史周府君墓铭》,黄灵庚校点《宋濂全集》第3册,人民文学出版社,2014年,第1562页。

④ 徐一夔《跋高士敏送季弟南归序后》,徐永恩校注《始丰稿校注》,浙江古籍出版社,2008年,第380页。

⑤ 徐一夔《自得斋类编序》,徐永恩校注《始丰稿校注》,浙江古籍出版社,2008年,第42页。

⑥ 徐一夔《师友集序》,徐永恩校注《始丰稿校注》,浙江古籍出版社,2008年,第303页。

如明人屠叔方评论说："一时文章巨家如贡泰父师泰、周伯温琦、郑明德之祐公，皆师事之，故其为文深纯典雅，成一家言。"①其他挺然晚秀、风姿绝伦者如徐一夔、谢肃、唐肃、胡奎、朱右、贝琼、谢徽、郑真，或得蒙宣文阁文人奖掖提携，或为门生弟子，深受元末主流文坛作文理念浸染。

元明易代之际的代表文人与宣文阁文人关系密切，尤其是明初文坛的领袖宋濂、王祎深受他们的文风浸染。宋濂为《元史》总裁官，是元明之际继承文统的关键人物，他与元代馆阁文人有着深厚的渊源，不仅师事柳贯、黄溍、胡助，而且与元季馆阁文人来往密切，尤其危素和他"相知特深"。危素曾荐举宋濂为元朝的翰林编修官，宋濂则对危素的文章表现出极大的推崇，评骘"公文之纯，大音玄酒"，称赞他"以渊深之学，精纯之文，尝都显要之地位，海内仰之如祥云景星"②，对危素在元末文坛的领袖地位和影响力给予极大认同。亦师亦友的关系，兼之频繁的对话和密切的交流，使得宋、危二人的文学观念和创作倾向渐趋一致。宋濂"发之于文章，悉铲近习之陋"的创作实践③，和危素等元末馆阁文人救弊革陋的文艺观遥相呼应，进而在明初文坛以馆臣之首的身份发挥披靡一代的影响。《元史》另一位总裁官王祎，也是明初文坛领军人物，他曾从元末馆阁精英危素、贡师泰游，并得到危素和张起岩交相论荐。王祎十分仰慕危素的德行文章，称"先生德行信于人，文章名于世"，并以师礼相尊，"则祎也将图以自淑其躬云"④。受危素影响，王祎论文也主张"理明则气充而辞达"⑤，几乎是复制危素的文章观。清代严纹玺跋《危学士全集》曰："太朴危先生，博学多艺，当时颂其诗文者，至比之太音元酒。明初，

① 屠叔方《建文朝野汇编》卷十一，明万历刻本。
② 宋濂《故翰林侍讲学士中顺大夫知制诰同修国史危公新墓碑铭》，黄灵庚校点《宋濂全集》第3册，人民文学出版社，2014年，第1274—1275页。
③ 贝琼《潜溪先生宋公文集序》，《全元文》第44册，凤凰出版社，2004年，第264页。
④ 王祎《说学斋记》，《全元文》第55册，凤凰出版社，2004年，第447页。
⑤ 王祎《朱元会文集序》，《全元文》第55册，凤凰出版社，2004年，第284页。

宋公濂、王公祎，又且入其门而尸祝之。"①可见危素对宋濂、王祎的创作影响至深。对于贡师泰，王祎也尊为师长前辈，无论是在大都还是江南，王祎都和贡师泰保持了密切互动，称赞贡氏"政事文章举足以名世"②，评价他"方响任用而擅文章之名者，唯吾宣城贡公"，将贡师泰的文坛地位推至极高，并为贡师泰文集撰序云："见于文章者，气充而能畅，词严而有体。讲道学则精而不凿，陈政理则辩而不夸，诚足以成一家之言，而继前人之绪矣。"③而贡师泰又将"自成一家"的创作理路和文章范式推及王祎、谢肃、徐一夔、朱右、贝琼、高逊志、胡奎辈。可以说，以危素、贡师泰等为核心的宣文阁文人文章创作上本诸经史、理明辞达、雅洁有法、严整典雅的朴雅风格无疑影响了宋濂、王祎等人，他们对宣文阁文人创作理念和文风取向的接受、推衍使得明初文坛很快回归大雅。同时，宣文阁文人为改变元末文弊而践行的简古尚实文风也暗合朱元璋"制词质古，一洗骈偶之习"④的复古思潮，对明初文坛矫正纤弱文风有启示作用，从而为明初文风的走向发展发挥承前启后的意义。

综上所论，代表元末正统文坛的宣文阁文人群，以振起当代文气为宗旨，高举宗唐复古大旗，力矫元末文坛冗沓萎靡之流弊，文风趋于简古平实、尚实务用，使元末文坛整体上以正统文风为主导，在多元并存的元晚叶文坛占有至关重要的位置。宣文阁文人串联起京师和地方、馆阁和山林，不仅引领元末文风的转向，影响了元末文坛格局的建构，某种程度上也影响了明初文风的走向。要把握元末乃至元明之际文风的演进历程，则无法绕越宣文阁文人群与元末明初文坛的关系。

（浙江师范大学人文学院）

---

① 严纹玺《危学士全集跋》，《危学士全集》卷首，《四库全书存目丛书》集部第 24 册，齐鲁书社，1997 年，第 617 页。

② 王祎《鹨适轩记》，《全元文》第 55 册，凤凰出版社，2004 年，第 500 页。

③ 王祎《宣城贡公文集序》，《全元文》第 55 册，凤凰出版社，2004 年，第 297 页。

④ 王世贞《艺苑卮言》，丁福保辑《历代诗话续编》，中华书局，2006 年，第 1023 页。

章学诚的艺术论：在"工"与"徒善"之间[*]

刘锋杰

内容摘要：章学诚反对"工文则害道"说，重视文学的自身特性；主张"言之有物"，重视创作的表现情志；揭示古文十弊，强调文学的真实性。但以"史文"评"诗文"时，不能完整地体认诗文属性。他徘徊在"工"与"徒善"之间，当其重视工巧时，探讨文学的艺术性，当其偏向反对"徒善"时，则落入轻文倾向中。

关键词：章学诚；工巧；徒善；史文；诗文

Art and Art Only：Zhang Xuecheng's View

Liu Fengjie

Abstract：Zhang Xuecheng argues against the proposition that literariness does harm to Tao，but argues for the uniqueness of literature. When it comes to contents，he emphasizes aspiration and interest and stresses

---

* 本文为国家社科基金重点项目"'文以载道'观的发生、嬗变与当代价值研究"（18AZW001）阶段性成果之一。

authenticity rather than rigid forms. However, when it comes to differences between historical essays and literary, he hardly appreciates the latter. Therefore, it could be safely concluded that Zhang stands between art and art only, exploring literariness in terms of art and underestimating literariness in terms of art only.

Keywords: Zhang Xuecheng; art; art only; historical essays; literature

　　章学诚(1738—1801)是一位出色的史学家,其"文道论"自成格局。① 从史学意识出发,他对道的理解偏向于历史化的界定,使道不是抽象观念而是历史本身。而历史是由人的活动组成的,因而道也就是人生事实的发展过程。他对于文的认识在两个维度展开,一个维度是承认文的工巧,一个维度是讨论文与道合。承认文的工巧时,揭示创作的一些艺术性;讨论文与道合时,揭示文若"徒善"就脱离了大道而使文风不正。由于他对文的理解打上了史学烙印,多从史学著作出发讨论文,当其将"史文"视为文的一类时,所论述的史文性质即文学的性质。如此一来,将史文与文学相统一时,既有可能揭示史文与文学的共同创作规律,也有可能不能涵盖文学而产生轻文偏向。但总的看来,他虽有轻文倾向,却与理学家的否定文学相区别,仍然致力于探讨如何才能提高文学创作的艺术水平,相关论述引起后人重视。如陈千帆在编选文论名篇时,竟然在十篇之中选编了章学诚的五篇文章并加以整体说明,表示了他的厚爱之意,这分别是:《诗教上》(论文学与时代)、《文德》(论文学与道德)、《质性》(论文学与性情)、《诗教下》(论内容与形式)、《古文十弊》(文病示例)。② 由此可见,章学诚论文的深广度表明了他对文学艺术性的关注是严肃与深切的,他是能够兼重文道而较为平衡地论述二者关系的一位代表者,既深化了对于道的理解,也深化了对于文的理解。

---

　　① 　参见刘锋杰《章学诚的"文衷于道"论——"六经皆史"与文道论的新变》,《江淮论坛》2021 年第 6 期。

　　② 　参见陈千帆《文论十笺》,武汉大学出版社,2008 年。

一、反对"工文则害道"说

章学诚在讨论不能"舍器求道"时指出:"夫子叫人博学于文,而宋儒则曰:'玩物而丧志。'曾子教人辞远鄙倍,而宋儒则曰:'工文则害道。'夫宋儒之言,岂非末流良药石哉?然药石所以攻脏腑之疾耳。宋儒之意,似见疾在脏腑,遂欲并脏腑而去之。将求性天,乃薄记诵厌辞章,何以异乎?"[①]章学诚认为,孔子也主张博学各类文章,何以宋儒为了反对末流的写作而把博学文章的必要性也给忘了呢?又说:"文,虚器也;道,实指也。文欲其工,犹弓矢欲其良也。弓矢可以御寇,亦可以为寇,非关弓矢之良与不良也。文可以明道,亦可以叛道,非关文之工与不工也。陈琳为袁绍草檄,声曹操之罪状,辞采未尝不壮烈也。他日见操,自比矢之不得不应弦焉。使为曹操檄袁绍,其工亦必犹是尔。然则徒善文辞,而无当于道,譬彼舟车之良,洵便于乘者矣,适燕与粤,未可知也。"[②]从这段话可知,章学诚认同"文以载道"这个观点,但他是在文学的自身独立前提下认同的,故有一番新意出来。章学诚与周敦颐等人相区别,反对了"工文害道"说法,认为文具有与道相对独立的自身属性,探寻这个属性,创新这个属性,与害道、益道的说法无关。即害道时,它要追求自身的属性,益道时,它也要追求自身的属性。不因被定义为害道,就不追求自身的属性;也不因被定义为益道,就应特别地追求自身的属性。坚持这一点,意谓文章之工可以与道分途而自行发展,故"文欲其工,犹弓矢欲其良也"。即文作为一种事物,它既有自身属性,它要自身的属性精良,是完全正当的、合理的,不必理会其他意图的要求。相反,不按照自身属性发展才是奇怪的,哪有本为弓矢却不愿追求弓矢精良的道理呢!故文作为"虚器"应该载道,这样才能使文变得有内容,不是"徒善文辞,而无当于道"。但这与害道、益道是两回事,伤害大道或有益大道的,应

---

① 章学诚《原道下》,叶瑛校注《文史通义校注》(上),中华书局,2014年,第130页。
② 章学诚《言公中》,叶瑛校注《文史通义校注》(上),中华书局,2014年,第172页。

当指义理的不当阐发，而不是文章的工拙所致。由此可知，章学诚把文与道相关联，期望文章发挥载道作用，但不认为不能载道的文章，就不再是文章了，就不再需要追求自身的属性了。在章学诚这里，他关合文与道，却非以道的内涵为标准来评文，而是在文与道的各自范畴内探寻各自的规定性，以文的范畴探寻文的规定性即工拙，以道的范畴探寻道的规定性即是否通方。这样一来，他与周敦颐等人相比，没有降低文的社会功能，仍然要求文与道相结合以发挥其社会治理的作用。"义理不可空言也，博学以实之，文章以达之，三者合于一，庶几哉周、孔之道虽远，不啻累译而通矣。"①即文章要传达"义理"与"博学"，方为实现了功能。但已经解放了文，承认了文的独立性，不以是否有道评价文辞，而是认定凡文辞都应精良，故"善文辞"是文的自身规律之必然。这对破除以道的标准来取代文的标准，是一个有力的纠正，证明了文与道各有自身的标准，只有尊重这各自的标准，才能文与道两好，而非文因迁就于道而失去自由而差。

就为文之工言，他明确强调"至于文字，古人未尝不欲其工"②，表明应重视创作技巧。如评价《诗法》、《文法》一类书籍时，他非一味地讥笑而否定，总是看到问题的两面性，主张不限于古人，但应学古人之法，从而肯定技巧的重要性。如评《诗法》著作，他认为"执古诗而定人之音节，殊非一成之诗所能限也"③，即可学古诗音节进行创作，却不能全凭古诗音节来完成创作，故仅以《诗法》示人，是有局限的。他还说："学者不知所以为文而竞趋于格，于是以格为当然之具，而真文丧矣。"④"以格为当然之具"就是以成法为当然技巧，那样的话，具有独创性的"真文"就不会出现了。但是，他认为诗法、诗格一类的总结对初学者有用，能把他们带入艺术之门，"然为不知音节之人言，未

① 章学诚《原道下》，叶瑛校注《文史通义校注》（上），中华书局，2014 年，第 130 页。
② 章学诚《文理》，叶瑛校注《文史通义校注》（上），中华书局，2014 年，第 268 页。
③ 章学诚《文理》，叶瑛校注《文史通义校注》（上），中华书局，2014 年，第 269 页。
④ 章学诚《文格举隅序》，《章氏遗书》第 18 册卷二十九，嘉兴堂壬戌润夏刊本。

尝不可生其启悟；特不当举为天下之法式尔"①。强调不能把诗法绝对化，但加以学习是必要的。如评《文法》著作也作如是观，"执古文而示人以法度，则文章变化，非一成之文所限也"②，"然为不知法度之人言，未尝不可资其领会；特不足据为传授之秘尔"③。章学诚的看法是："诗之音节，文之法度，君子以谓可不学而能，如啼笑之有收纵，歌哭之有抑扬；必欲揭以示人，人反拘而不得歌哭啼笑之至情矣。然使一己之未见，不事穿凿过求，而偶然浏览，有会于心，笔而志之，以自省识，未尝不可资修辞之助也。"④在创作上，历来有主张法度可寻可学者，也有主张法度不可寻不可学者，章学诚主张有法度但无定法一类，倡导"当自得之"⑤，这就将可学变成了独创，这是深得创作奥秘的。

　　章学诚强调修辞的重要性，正是为文应求其工的体现。章学诚回到"言之不文，行之不远"这个命题上揭示修辞的作用，他指出：

> 出辞气，斯远鄙悖矣。悖者修辞之罪人，鄙则何以必远也？不文则不辞，辞不足以存，而将并所以辞者亦亡也。诸子百家，悖于理而传者有之矣，未有鄙于辞而传者也。理不悖而鄙于辞，力不能胜；辞不鄙而悖于理，所谓五谷不熟，不如荑稗也。理重而辞轻，天下古今之通义也。然而鄙辞不能夺悖理，则妍媸好恶之公心，亦未尝不出于理故也。⑥

章学诚虽然强调"理重而辞轻"，但仍然肯定了文的重要性，即如果辞而不文，"辞不足以存"，即辞本身都要消亡，由辞记载的东西不也将消亡吗？这与姚鼐所说的"道存于文"相近，但比姚鼐讲得更清楚，即没有辞，免谈明道的事业。他甚至指出，悖理的作品能流传，因为它没有"鄙于辞"即没有轻视文辞，但轻视文辞之作决不可传，哪怕它没有悖理。这样看来，在文的流传上，倒是"辞重而理轻"了。

---

①　章学诚《文理》，叶瑛校注《文史通义校注》（上），中华书局，2014 年，第 269 页。
②③④⑤　章学诚《文理》，叶瑛校注《文史通义校注》（上），中华书局，2014 年，第 270 页。
⑥　章学诚《说林》，叶瑛校注《文史通义校注》（上），中华书局，2014 年，第 327 页。

章学诚明确反对轻文看法。有学者强调"文不可学而工,学养优余,文自沛然而至"。他极不以为然,认为:"著述将以明道,文辞非所急耳,非不用功也。知有轻重本末可矣,不当偏有所务,偏有所废也。《易》曰:修辞立其诚,诚立何预于辞,而亦要于修,此明不偏废也。夫子曰:辞达而已矣。曾子曰:出辞气,斯远鄙倍矣。圣贤教人忠信,何尝不言修辞之功哉!"很多学者误解儒家的文质观,以为重质而轻文,重内而轻外,重本而轻末,不知此"重"、"轻"只是相对意义的比较,决非只要质不要文,而是要两者不可偏废。章学诚反对"文不学而工",表明学文的必要性,真正反对了轻文者;用"非所急耳,非不用功也"解释文辞作用,说明所谓"轻末"不是否定意义上的判断,只是先后、缓急、主次上的判断,说明文辞的地位不可忽略。故知"文质论"不是独存质地而去文采之论,而是质地必须兼具文采之论。

尤其是章学诚强调文在释道上的独特作用更是见出了文的重要性,他认为:"所谓学者果何物哉?学于道也。道混沌而难分,故须义理以析之;道恍惚而难凭,故须名数以质之;道隐晦而难宣,故须文辞以达之。三者不可有偏废也。义理必须探究,名数必须考订,文辞必须闲习,皆学也,皆求道之资,而非可执一端谓尽道也。君子学以致其道,亦从事于三者皆无所忽而已矣。"①在这里,章学诚把明道的诉求说得极清楚,需要义理、考据与文辞的介入,大道才能明示天下,若无三者通力合作则明道事业就会荒废。故文辞与道的关系,不是如常人所说,仅仅是文辞需要大道,也是大道需要文辞,"道隐晦而难宣,故须文辞以达之"。有义理、考据而无文辞,是不能完整揭示大道内涵的,忽略文辞,就少了明道的一维而使明道的宗旨无法实现。章学诚主张"文衷于道",在此就是"以文达道"。"衷"的取舍与折衷之义与"达"的斟酌传达之义相一致,表明重文恰恰是"衷道"、"达道"的方式,故在章学诚的文道论话语中,给予文以一定的审美地位是自然

---

① 以上未注者均见章学诚《与朱少白论文》,《章氏遗书》第18册卷二十九,嘉业堂壬戌润夏刊本。

而然的。

二、主张"言之有物"

　　章学诚的"工文"要求中包含了"言之有物",这直接继承了唐宋古文运动的思想,其"物"包括了"不平则鸣"在内,表明他重视创作中的情志作用。章学诚指出:"《易》曰:'言有物而行有恒。'《书》曰:'诗言志。'吾观立言之君子,歌咏之诗人,何其纷纷耶? 求其物而不得也,探其志而茫然也,然而皆曰:吾以立言也,吾以赋诗也。无言而有言,无诗而有诗,即其所谓物与志也。然而自此纷纷矣。"①章学诚从"言之有物"论述诗人之志的重要性,认为没有自己要表现的事物,没有自己要表现的志向,即"求其物而不得,探其志而茫然",如此而进行创作,属于无中生有,不能成功。这表明创作既是面向现实的,也是面向自我的,深得创作中必须主观与客观相结合这个基本道理。

　　　　豪杰者出,以谓吾不漫然有言也,吾实有志焉,物不得
　　其平则鸣也。观其称名指类,或如诗人之比兴,或如说客之
　　谐隐,即小而喻大,吊古而伤时,悲歌可以当泣,诚有不得已
　　于所言者。以谓贤者不得志于时,发愤著书以自表见也。
　　盖其旨趣,不出于《骚》也。吾读骚人之言矣:'纷吾有此内
　　美,又重之以修能。'太史公曰:'余读《离骚》,悲其志。'又
　　曰:'明道德之广崇,治乱之条贯,其志洁,其行廉,嚼然泥而
　　不滓,虽与日月争光可也。'此贾之所以吊屈,而迁之所以传
　　贾也;斯皆三代之英也。②

章学诚认为,杰出的作家决不轻易发声,他们有志向,且在大道不行、自己受到压抑以后才创作,所以诗文中有比兴即有寄托,有谐隐即有内涵,由小的事物写出大的道理,由今日之现实写到往古之历史。"悲歌可以当泣"指的是压抑到极点,不可不说,故是"不得已"之言。

---

　　① 章学诚《质性》,叶瑛校注《文史通义校注》(上),中华书局,2014 年,第 386 页。
　　② 章学诚《质性》,叶瑛校注《文史通义校注》(上),中华书局,2014 年,第 386—387 页。

章学诚引韩愈的"不平则鸣"、司马迁的"发愤著书",且以屈原为榜样,可见创作是性情中人的不平之声,是有感而发,故能成功。但章学诚也指出,志有不同,如嗟老叹贫而无关民物,仅感叹自己落第而羡慕别人高就,实一己之私愿,这样是创作不出好作品的,因为言私。如果"不得志,而思托文章于《骚》、《雅》,以谓古人之志也"①,这既是空言,也只是模仿,是无益于创作成就的。章学诚主张创作必须有充实的社会人生内容,而这个内容是通过主体的积蓄与修养提供的,因而这个内容说也是说主体说。他指出:"诚有志于诗名世欤,则必求诗之质,而后文以生焉。读书蓄德,名理日事,愤乐循环,若有不得已焉而后出之,此不求工诗而诗乃天至,以操之有质者也。强欢不笑,强哭不悲。哀乐中来而哭笑不自知其已甚。学之于文,岂有异于是乎?"②在章学诚这里,创作不是空虚之事,他认为作家应该成为"事实家",正是重视创作必写自己所见所感:"夫考据岂有家哉?学问之有考据,犹诗文之有事实耳。今见如韩、柳之文,李、杜之诗,不能定为何家诗文,惟见中有事实,即概可名为事实家,可乎?"③当然可也。章学诚坚决反对创作上的空疏倾向,这个"事实家"的称谓与王夫之所说"身之所历,目之所见,是铁门限"④说法相一致。如此,章学诚区别了两种创作,一种是脱离社会现实,属于"私言"范畴,且没有主体情志的创作,这是错误的创作方式;一种是贴近社会现实,属于"公言"范畴,且具有创作主体情志的创作,是正确的创作方式。

　　章学诚反对袁枚的"性情"说⑤,自己却多次强调性灵、性情,在继承言志抒情方面是颇为用力的,见出了他对文学创作的主体规定性

---

① 章学诚《质性》,叶瑛校注《文史通义校注》(上),中华书局,2014年,第387页。
② 章学诚《题朱沧湄诗册》,《章氏遗书》第18册卷二十九,嘉业堂壬戌润夏刊本。
③ 章学诚《诗话》附录,叶瑛校注《文史通义校注》(上),中华书局,2014年,第528页。
④ 王夫之《姜斋诗话》卷下,丁福保辑《清诗话》(上),上海古籍出版社,2015年,第8页。
⑤ 参见章学诚《诗话》附录,叶瑛校注《文史通义校注》(上),中华书局,2014年,第527页。

有较深切的体会。如强调："文而有式，则面目雷同，性灵锢蔽，而古人立言之旨晦矣。""文不可貌袭矣。"①还有："夫读诗者，诗中有人，苟得其人，则音节、声调、词采、故事、工拙、平奇皆皮相矣。"②重的是表现性灵。如批评"学者惟拘声韵为之诗，而不知言情达志，敷陈讽谕，抑扬涵泳之文，皆本于《诗》教"，"情志和于声诗，乐之文也"。③ 推崇"言情达志"，并未片面化地理解儒家诗教观。又强调："学又有至情焉，读书服古之中，有欣慨会心，而忽焉不知歌泣何从者是也。功力有余，而性情不足，未可谓学问也。性情自有，而不以功力深之，所谓有美质而未学也。夫子曰：'发愤忘食，乐以忘忧，不知老之将至。'不知孰为功力，孰为性情。"④把"有至情"或"性情"称着"美质"，可见在为学诸要素中，"有性情"是基本条件也是必要条件，若无性情的美质，就无法从事学术研究与创作活动。其中，将"性情"称为"美质"，可见现代人所说的审美与情感相关的看法，在章学诚这里已经出现了。"性情的美质论"正是现代人的情感审美论。此外，章学诚还指出"功力可假，性灵必不可假，性灵苟可以假，则古今无愚智之分矣"，"假"指通过学习来借鉴与提高，性灵不可假借，再次表明了性灵是自生且极为重要的，是不同作家的标志，故是不可代替与挪移的。章学诚强调作家只有根据自己的"天质"进行创作才能成功，如"长于叙情而短于持论"⑤，那就应该叙情而不应该持论。于是，章学诚有"言乎绝学孤诣，性灵独至，纵有偏阙，非人所得而助也"⑥，把性灵的作用提得很高，即如果自己的性灵偏偏具备了，那就按照这个样式表现出

---

① 章学诚《赵立斋时文题式引言》，《章氏遗书》第 18 册卷二十九，嘉业堂壬戌润夏刊本。

② 章学诚《跋陈西峰韭菘吟》，《章氏遗书》第 18 册卷二十九，嘉业堂壬戌润夏刊本。

③ 以上未注者均见章学诚《诗教下》，叶瑛校注《文史通义校注》（上），中华书局，2014 年，第 75 页。

④ 章学诚《博约中》，叶瑛校注《文史通义校注》（上），中华书局，2014 年，第 150 页。

⑤ 以上未注均见章学诚《与周永清论文书》，《章氏遗书》第 5 册卷九，嘉业堂壬戌润夏刊本。

⑥ 章学诚《说林》，叶瑛校注《文史通义校注》（上），中华书局，2014 年，第 323 页。

来,不必求全责备。章学诚讨论创作与现实的关系,肯定创作主体美质的决定性,都是尊重文学创作规律的体现。

三、探讨作文之弊

章学诚探讨近世作文的弊端,为创作也即"工文"指示正途,这是一项重要的批评活动。章学诚共列出古文十弊。

"一曰,凡为古文辞者,必先识其大体,而文辞工拙,又其次焉。不知大体,则胸中是非,不可以凭,其所论次,未必俱当事理。而事理本无病者,彼反见为不然而补救之,则率天下之人而祸仁义矣。"列举媳妇事奉老病公公,"不避秽亵,躬亲薰濯"。既然媳以孝行,二人间本无芥蒂,如此则不必特述公媳有关不便的对话,在没有嫌疑处生出嫌疑,故是"适如冰雪肌肤,剜成疮痏",格外生出一事,干扰了文义,因而是"妄加雕饰,剜肉成疮,此文人之通弊也"①。"识其大体"是指明晓基本道理,而此处不须交待时却多出一个交待,恰恰是没有明晓基本道理。

"二曰,《春秋》书内不讳小恶。"②此指如果硬将小的过失写成没有过失,照顾上下左右前后之人的观感,使他们皆大欢喜,"是之谓八面求圆,又文人之通弊也"③。"八面求圆"之弊在于失去原有的真实。

"三曰,文欲如其事,未闻事欲如其人者也。尝见名士为人撰志,其人盖有朋友之谊,志文乃仿韩昌黎志柳州也,一步一趋,惟恐其失也。""是之谓削足适履,又文人之通弊也。"④"文如其事"是指创作应表现已经真实发生的事,而非借助于他人的人事加以模仿移用。

---

① 以上未注者均见章学诚《古文十弊》,叶瑛校注《文史通义校注》(上),中华书局,2014年,第466页。

② 章学诚《古文十弊》,叶瑛校注《文史通义校注》(上),中华书局,2014年,第466页。

③ 章学诚《古文十弊》,叶瑛校注《文史通义校注》(上),中华书局,2014年,第467页。

④ 以上未注者均见章学诚《古文十弊》,叶瑛校注《文史通义校注》(上),中华书局,2014年,第467页。

"四曰,仁智为圣,夫子不敢自居。"即孔子也不敢自夸圣贤,但时人却"援附为名,高自标榜","自诩齐名,藉人炫己",不免"是之谓私署头衔,又文人之通弊也"。①

"五曰,物以少为贵,人亦宜然也。天下皆圣贤,孔、孟亦弗尊尚矣。"②若因某时清廉成风,遂把此时的官吏都写成清廉之人,岂不如"见阉寺而颂其不好色哉"? 实际上,庵寺之中定有好色之徒。不分析具体情况而妄下结论,"是之谓不达时势,又文人之通弊也"。③

"六曰,史既成家,文存互见,……。但必权其事理,足以副乎其人,乃不病其繁重尔。"④如果自身毫无功名,却将一堆荣誉置于己身,那就会传为笑话,"故凡无端而影附者,谓之同里铭旌,不谓文人亦效之也,是又文人之通弊也"。

"七曰,陈平佐汉,志见社肉;李斯亡秦,兆端厕鼠。推微知著,固相士之玄机;搜间传神,亦文家之妙用也。但必得其神志所在,则如图画名家,颊上妙于增毫;苟徒慕前人文辞之佳,强寻猥琐,以求其似;则如见桃花而有悟,遂取桃花作饭,其中岂复有神妙哉?""其或有关考证,要必本质所具,即或闲情逸出,正为阿堵传神。不此之务,但知市菜求增,是之谓画蛇添足,又文人之通弊也。"⑤创作是表现自己所发现的人事物情的神采,非征用他人的文辞以堆砌自己的文章。

"八曰,文人固能文矣,文人所书之人,不必尽能文也。叙事之文,作者之言也。为文为质,惟其所欲,期如其事而已矣。记言之文,

---

① 以上未注者均见章学诚《古文十弊》,叶瑛校注《文史通义校注》(上),中华书局,2014 年,第 467 页。

② 章学诚《古文十弊》,叶瑛校注《文史通义校注》(上),中华书局,2014 年,第467页。

③ 以上未注者均见章学诚《古文十弊》,叶瑛校注《文史通义校注》(上),中华书局,2014 年,第468页。

④ 章学诚《古文十弊》,叶瑛校注《文史通义校注》(上),中华书局,2014 年,第468页。

⑤ 章学诚《古文十弊》,叶瑛校注《文史通义校注》(上),中华书局,2014 年,第469页。

则非作者之言也；为文为质，期于适如其人之言，非作者所能自主也。"①章学诚强调要按照人物性格描述人物。叙事是作者之言，可按照作者的口吻说话；记言是代别人所言，应按照别人的口吻说话，不能像演戏那样，"虽耕氓役隶，矢口皆叶宫商，是以谓之戏也。而记传之笔，从而效之，又文人之通弊也"。② 现代文论界曾嘲笑一些作家写工农的对话，处处透露出知识分子的腔调，这是章学诚已经批评过的现象。在章学诚这里，现代文论中大加讨论的性格真实问题已有了端倪。

"九曰，古人文成法立，未尝有定格也。传人适如其人，述事适如其事，无定之中，有一定焉。"③但如果陷入"时文结习"中，"深锢肠腑"，不敢越出法度一步，那会限制创作自由，写不出好文章，"是之谓井底天文，又文人之通弊也"。④

"十曰，时文可以评选，古文经世之业，不可以评选也。"⑤此处评选与分析写作技巧相关，提醒人们不要把古文中的删节、刊削等外因造成的文体变化等于原文的完整性，从而搜求其"离奇"处，以为"崎峭"并加模仿，导致创作这条"坦荡之途，生荆棘矣"。"但如山之岩峭，水之波澜，气积势盛，发于自然；必欲作而致之，无是理矣。文人好奇，易于受惑，是之谓误学邯郸，又文人之通弊也。"⑥

上述的古文十弊代表了创作上的十种失实状态：雕饰的失实、堆砌的失实、模仿的失实、夸耀的失实、不知时势的失实、影附的失实、画蛇添足的失实、游戏的失实、时文的失实和离奇的失实，可见章学诚重视创作的真实性，这正符合其史学家的身份。

---

① 章学诚《古文十弊》，叶瑛校注《文史通义校注》（上），中华书局，2014 年，第469 页。

②③⑤ 章学诚《古文十弊》，叶瑛校注《文史通义校注》（上），中华书局，2014 年，第470 页。

④ 以上未注者均见章学诚《古文十弊》，叶瑛校注《文史通义校注》（上），中华书局，2014 年，第 470 页。

⑥ 以上未注者均见章学诚《古文十弊》，叶瑛校注《文史通义校注》（上），中华书局，2014 年，第 470—471 页。

集中而言,古文十弊中的最大之弊是不能"据事直书"①,而古文创作应该做到的是"与其文而失实,何如质而传真也"②。可知章学诚特别重视文质的统一,但显然认为质具有更重要的地位。他曾强调:"文辞,犹三军也;志识其将帅也。"③"文辞,犹舟车也;志识,其乘者也。""文辞,犹品物也,志识,其工师也。""文辞,犹金石也;志识,其炉锤也。""文辞,犹财货也;志识,其良贾也。""文辞,犹药毒也;志识,其医工也。"④综合地看,都是志识为主而文辞为次,这符合创作实际。在创作时,在不具备文辞技巧的情况下,具备文辞技巧是必要的前提,章学诚已通过"未尝不欲其工"肯定了这一点。但是,在具备基本的文辞技巧后,欲使创作达到一个较高的甚至是极高的状态,则志识的有无或高下,就起着决定作用,这时候,"譬彼禽鸟,志识其身,文辞其羽翼也。有大鹏千里之身,而后可以运垂天之翼。鹪雀假雕鹗之翼,势未举而先踬矣,况鹏翼乎?"⑤这是说,没有其身,空有羽翼飞不起来;瘦弱其身,虽有羽翼也不能飞得高远。只有志识强大,卓然自立,所创作的作品才会"卓然成家","虽入他人之代言,何伤乎!"⑥因为自有品格、个性,即使文章中也吸收了一些他人的文辞,但不会掩没自身面貌。至此可知,文质论不是简单地强调质的决定性,而是由强调质的决定性延伸至强调创作主体的个人见识,当文质统一论导引出创作个性论时,文质统一更加具有创造力。

四、"史文"与"诗文"相隔

由上述分析亦可看出,与韩愈、柳宗元、欧阳修相区别的地方是,

---

① 章学诚《古文十弊》,叶瑛校注《文史通义校注》(上),中华书局,2014 年,第466 页。

② 章学诚《古文十弊》,叶瑛校注《文史通义校注》(上),中华书局,2014 年,第469 页。

③⑤⑥ 章学诚《说林》,叶瑛校注《文史通义校注》(上),中华书局,2014 年,第 325 页。

④ 以上未注者均见章学诚《说林》,叶瑛校注《文史通义校注》(上),中华书局,2014年,第 326 页。

章学诚多以"史文"为研究对象,涉及"诗文"概念处较少,故其要求的文质统一、文之加工、创作情志等多以"史文"方式呈现,有较大局限,难以进入"诗文"系统中更深入地揭示诗文的审美特性。

下面以章学诚《史德》一文来看,他以"良史"为对象,阐释了文论史上的诸多核心问题,如"才学识德"、"天下之至文"、"性明情暗"、"工文害道"、"发愤著书"、"温柔敦厚"等,发现他在偏向论述"德"、"性"、"害道"且将其与维护皇权统治结合时,消磨了文的独立性及创作情志的自立性,他提倡"不得已"的抒发情志的强度明显弱于韩愈的"不平则鸣",更不及欧阳修的"诗穷而后工"。

> 夫史所载者事也,事必藉文而传,故良史莫不工文,而不知文又患于为事役也。盖事不能无得失是非,一有得失是非,则出入予夺相奋摩矣。奋摩不已,而气积焉。事不能无盛衰消息,一有盛衰消息,则往复凭吊生流连矣。流连不已,而情深焉。凡文不足以动人,所以动人者,气也。凡文不足以入人,所以入人者,情也。气积而文昌,情深而文挚;气昌而情挚,天下之至文也。然而其中有天有人,不可不辨也。气得阳刚,而情合阴柔。人丽,阴阳之间,不能离焉者也。气合于理,天也;气能违理以自用,人也。情本于性,天也;情能汩性以自恣,人也。史之义出于天,而史之文,不能不藉人力以成之。人有阴阳之患,而史文即忤于大道之公,其所感召者微也。①

这段话讨论了文与事、情、气、天的关系,以文与事为主轴,延伸至情、气、天时,深受宋儒"天理说"的影响,在倡导"不违名教"时,有所削弱创作的抒情言志功能,也有所削弱"史文"应具有的社会批判性。

章学诚强调了"事必藉文而传,故良史莫不工文",这与强调"未尝不欲其工"观点一致,是重文的。当其提出"凡文不足以动人,所以动人者,气也。凡文不足以入人,所以入人者,情也。气积而文昌,情

---

① 章学诚《史德》,叶瑛校注《文史通义校注》(上),中华书局,2014年,第206页。

深而文挚;气昌而情挚,天下之至文也",更是揭示文与气、情的内在关系,加强了其重文的论述。章学诚提出"天下之至文"与气、情相关,可谓继黄宗羲而言。气更多地指气质,与情相结合,是指只有发扬出主体的宏大、高远的生命特质,才能创造出好文,这是被证明的一条规律,还没有哪一位作家是离开了气质与情感而能创造出什么真正伟大作品的。

但章学诚没有沿此思路往下讲,继续强调情对文的激发作用,而是转向承认"气阳情阴"的哲学论调,抬气抑情,采用"性公而明,情偏而暗"的认知模式,使其文与情的论述落入宋儒的窠臼,用"气贵于平"、"情贵于正"①相限制,使得勃发之内情受到压抑。从人类的一般心理需要平和而言,提倡"气平情正"不无道理。但就创作而言,平和非唯一正途,强烈的忧患意识显然不属于平和之音,但受其支配,足以创造出好作品。故提倡"气平情正"不免限制了心理活动的多样性,与"发愤著书"说相冲突。在章学诚这里,出现了自身矛盾,他曾经肯定"发愤著书",此时却限制"发愤著书",以为它非司马迁的本意:"所云发愤著书,不过叙述穷愁,而假以为辞耳。后人泥于发愤之说,遂谓百三十篇,皆为怨诽所激发,王允斥其言为谤书。于是,后世论文,以史迁为讥谤之能事,以微文为史职大权,或从羡慕而仿效为之;是直以乱臣贼子之居心,而妄附《春秋》之笔削,不亦悖乎!"②公平而论,如果有人把整本《史记》都视为处处怨诽,那当然是穿凿,章学诚若仅指出这一点,是有说服力的。但若说《史记》与发愤之间没有什么重要关系,那也是不恰当的,司马迁根据创作经验提出"发愤著书",这是切入生命的说法,怎么会与自己的创作没有关系呢?怎么不会在自己的创作中留下这份生命力量呢?"发愤著书"非指创作中处处抒发不平,而是指创作心理中藏有这样一份不平,使人能以自身微薄之力,完成巨大的创作任务,从而不负历史的重托。从这个方面

---

① 以上两处见章学诚《史德》,叶瑛校注《文史通义校注》(上),中华书局,2014年,第206页。

② 章学诚《史德》,叶瑛校注《文史通义校注》(上),中华书局,2014年,第207页。

看，《史记》正是发愤之作。我认为，孤立地看章学诚的这段评价才是深切的，"夫《骚》与《史》，千古之至文也。其文之所以至者，皆抗怀于三代之英，而经纬乎天人之际也。所遇皆穷，固不能无感慨"①。但若引出其前段，"朱子尝言，《离骚》不甚怨君，后人附会有过。吾则以谓史迁未敢谤主，读者之心自不平耳。夫以一身坎坷，怨诽及于君父，且欲以是邀千古之名，此乃愚不安分，名教中之罪人，天理所诛，又何著述之可传乎？"②这恐怕是误解了《离骚》、《史记》之真正创作意旨。屈原与司马迁为什么就不会怨诽君主呢？若真的不会怨诽，他们哪里来了那么多的怨愤与不满呢？关于《史记》本身是否批判了君主的问题，章学诚只是推测，未做深入说明，因此结论有些模棱两可，用"未敢"加以推测，真的不是确评。

章学诚虽然强调文与情的关系，但对于情的界定是狭窄的，认为它不能越过于忠君这个限度，否则就是名教的罪人，是缺乏批判精神的。孟子说过，不称职的君王，可以诛杀；韩愈上《论佛骨表》，并未顾忌君主的颜面。章学诚受宋儒影响，在重视天理时忽略了人情的直接作用，故而用"情本于性，天也；情能汩性以自恣，人也"的"性—情"即"天—人"对立来确定性高于情而情低于性、天高于人而人低于天，故而认为发愤抒情会走向偏激，失去正当性。章学诚把文与性的关系而非文与情的关系视为创作中的最高关系，就不能在全面肯定情感的基础上更加开放地肯定创作规律。他说："人之情，虚置无不正也。因事生感，而情失则流，情失则溺，情失则偏，毗于阴矣。阴阳伏沴之患，乘于血气而入于心知，其中默运潜移，似公而实逞于私，似天而实蔽于人，发为文辞，至于害义而违道，其人犹不自知也。故曰心术不可不慎也。"③创作时确实需要"心术之慎"，但这个心术不应是死

① 章学诚《史德》，叶瑛校注《文史通义校注》（上），中华书局，2014 年，第 208 页。
② 章学诚《史德》，叶瑛校注《文史通义校注》（上），中华书局，2014 年，第 207—208 页。
③ 章学诚《史德》，叶瑛校注《文史通义校注》（上），中华书局，2014 年，第 206—207 页。

水微澜那样的缺乏活气，而应是波涛汹涌那样的充满活力，创作主体的情志若是死气沉沉的，写出来的作品还能活力四射吗？验之以屈原、验之以司马迁、验之以李白、验之以杜甫、验之以韩愈、验之以欧阳修、验之以苏轼、验之以一切在文学史上名垂不朽者，哪一位不是充满澎湃激情的创作者？章学诚认为情感会"害义与违道"，是把情感与大道的实行对立起来了，把情感视为"私"，把大道视为"公"，未能看到这所谓的"私"中蕴藏的恰恰是人伦日常之"公"。抒发一个个的个体之情，其实就是完成一个个的个体的近道之旅。如果把一个个的个体都忽略了，哪里还有集一个又一个的个体的"众人之道"？章学诚批评"妇学"，更说明了他对情感持严厉的防范态度，他认为妇学流行是"辄以缘情绮靡之作，托于斯文气类之通"，弄乱了社会秩序，"今之妇学，转因诗而败礼。礼防决，而人心风俗不可复言矣"。① 这是遵循"发乎情，止乎礼义"的老公式，阻挡着人性特别是女性的解放。

章学诚受两种思路的影响，直接导致了他对文的特性认识不足：一种基于宋儒的"性正情偏"说，还是祭起了"工文害道"口号，只是没有那么绝对与响亮而已。这用于反对"舍本逐末"的偏颇，自有一定的正当性，如其所说："才艺之士，则又溺于文辞，以为观美之具焉，而不知其不可也。史之赖于文也，犹衣之需乎采，食之需乎味也。采之不能无华朴，味之不能无浓淡，势也。华朴争而不能无邪色，浓淡争而不能无奇味。邪色害目，奇味爽口，起于华朴浓淡之争也。文辞有工拙，而族史方且以是为竞焉，是舍本而逐末矣。以此为文，未有见其至者。以此为史，岂可与闻古人大体乎？"② 即一味地讲究工拙，当然不利于"文衰于道"，但把追求工巧说成"邪色害目"，是往"工文害道"上靠。承认色有邪正，必然承认文有邪正，文而一邪，就是"工文害道"。章学诚主张过文之工拙与害道、益道无关，这里又提出"邪

① 章学诚《妇学》，叶瑛校注《文史通义校注》（上），中华书局，2014 年，第 497 页。
② 章学诚《史德》，叶瑛校注《文史通义校注》（上），中华书局，2014 年，第 207 页。

色"问题,把文辞工拙与正邪相结合,不是自相矛盾吗? 由此倒是可知,提出"工文害道"的,其实怕的不是文辞多么工巧,而怕的是文辞中表现的情感太充沛,会影响他们提出的所谓的"性公而明",一旦到了这个时候,他们就会祭出"工文害道"加以反击。宋儒是这样,章学诚落入宋儒窠臼时也是这样。有学者认为,章学诚这样做的目的,是为了追求历史著述的"客观性",即"应该纯用客观主义去观察一切事物的真相,不应该掺杂丝毫主观的成见"①,故其必然压抑"主观主义",不免会对"气"和"情"这两个主观主义的东西下狠手予以剪除。学者夸赞章学诚用对了方法:"他的意思就是说:主观里面的气本来是违理自用的,倘使能够合于理,那就是客观的了。主观里面的情本来是泪性自恣的,倘使能够本于性,那就是客观的了。章氏此地主张用合理两个字来救济主观的气,用本性两个字来救济主观的情;换句话说,就是如果我们能够用我们的理性来限制感情的冲动,那末我们主观里的气和情自然可以和客观里面的事实真相两相印证,两相符合了。"②不错,章学诚是以讨论"史文"为对象的,仅就史文言,他的反对主观主义具有更多的合理性。但是,当他也以史文的方式看待一切文的时候,他的这个反"主观主义"的"客观主义"要求也就成了一切文的评价标准,这对文学而言,就成了催命之剑,一旦斩断文学与情的关系,就斩断了文学创作的生机。其实,即使面对史文而言,司马迁的《史记》亦是"发愤之作",同样与充沛的情感分不开,何以有情就一定会损害史文呢? 如果是正义之情,正是史文的著述基点啊! 司马迁在"究天人之际"时所说的就是"成一家之言",这个"一家之言",怎么能够没有主观性呢? 章学诚探寻历史的客观性时,不应忘记主体的情感正是完成这种客观性(并非没有主观性在其内)的推动力,甚至是第一推动力。

---

① 何炳松《〈章实斋先生年谱〉何序》,《胡适全集》第 19 卷,安徽教育出版社,2003年,第 15 页。

② 何炳松《〈章实斋先生年谱〉何序》,《胡适全集》第 19 卷,安徽教育出版社,2003年,第 16—17 页。

一种基于史学家的身份与工作方式，以论史方式论文，必将诗文传统放在相对较低层级，不利于揭示文学的审美属性。章学诚多次批评《文选》体例就反映了这一点，他指出："文征首奏议，犹志首编纪也。自萧统选文，以赋为一书冠冕，论时则班固后于屈原，论体则赋乃诗之流别，此其义例，岂复可为典要？而后代选文之家，奉为百世不祧之祖。亦可怪已。"①又说："萧统选文，用赋冠；后代撰辑诸家，奉为一定科律，亦失所以重轻之义矣。"②从史文的编选体例来评萧统的文学编选体例，萧统以"能文"为标准的编选体例当然难合史学的规定性。倡史学的编写体例而否定文学的编写体例，是不合适的，因为二者属于不同领域，应当具有不同的编选规律。因此，当章学诚从史文的编写体例出发，主张依照"奏议第一"、"征述第二"、"论著第三"、"诗赋第四"③排列时，诗文传统当然叨陪末座，这就使其必然不以诗文属性作为首要考察对象，而以诗文合于史文的共同性为考察对象，此时忽略诗文自身那些更加独特的审美属性也就势在必然。如他在讨论诗赋时这样说："故选文至于诗赋，能不坠于文人绮语之习，斯庶几矣。"④"文人绮语"正是诗文区别于史文的根本特性之一，可在章学诚这里却成了被轻视与驱逐对象。章学诚不像屈原、刘勰、钟嵘、韩愈、柳宗元、欧阳修、苏轼这些文学家、文论家那样更加重视总结诗文的创作经验，提出体现诗文属性的文论范畴。若认为文学的审美性主要表现在三个层面：文学形式的自身积淀与发展，受情感影响的创作必然丰富与复杂，创作必然展示主体的独特个性并形成艺术风格，那么，在这三个问题的探索上，章学诚都明显不足，相关论述较少、较

---

① 章学诚《和州文征序例》，叶瑛校注《文史通义校注》(下)，中华书局，2014年，第641页。

② 章学诚《永清县志文征序例》，叶瑛校注《文史通义校注》(下)，中华书局，2014年，第722页。

③ 参见章学诚《和州文征序例》，叶瑛校注《文史通义校注》(下)，中华书局，2014年，第641—642页。

④ 章学诚《永清县志文征序例》，叶瑛校注《文史通义校注》(下)，中华书局，2014年，第725页。

表层、较一般化，没有提出独创的命题让人眼前一亮，如"感物而动"、"发愤著书"、"不平则鸣"、"诗穷而后工"、"情文"、"独抒性灵"、"不著一字，尽得风流"等那样影响深远。他在创作规律的认识方面，还缺乏深刻的洞见与有力的概括。

（浙江越秀外国语学院）

八股文"代言"说综论[*]

周丹丹

内容摘要：八股"代言"可表述为"代古人口气"和"代圣贤立言"，但二者的内涵与周延并不一致。由于时文结构的变化，"代口气"成为探讨的主要对象，使得时文游艺空间得到拓展，但隐含的失体危险引起了士子关注。出于辨体考虑，士人引入"断制"之说，以期将"代口气"和"断制"纳入到"代圣贤立言"中。处于不同身份立场的人，对"代言"探讨呈现不同的言说策略，这促成时文"代言"多维阐释空间的生成。但随着科举功令的强化，"代言"暴露出诸多弊端。对"代言"之论说，士人与官方态度多有异趣，从中颇可窥见文学与制度间施加与策应的关联。

关键词：八股文；代口气；"断制"；代圣立言；阐释空间；文学与制度

* 本文为中国博士后科学基金第 70 批面上资助项目"明清文学中的'题目'论"（项目号 2021M702085），上海市哲学社会科学规划青年项目"明中后期时文批评研究"（项目号 2022EWY008）阶段性成果。

On the Theory of Eight-part Essay "Endorsement"

Zhou Dandan

Abstract: "Endorsement" of eight-part essay mainly be expressed as "dai kou qi" and "speak on behalf of sages", but their connotation and scope are not consistent. Due to the change of the structure of the times, "dai kou qi" had become the main object of discussion, which expanded the entertainment space of the times. However, the implied stylistic "danger" attracted the attention of scholars. Out of the consideration of distinguishing style, scholars introduced the theory of "duanzhi" to bring "dai kou qi" into "speak on behalf of sages". People with different identities and positions presented different strategies for "endorsement", which contributed to the generation of multi-dimensional interpretation space of "endorsement". However, with the strengthening of orders, "endorsement" has exposed many drawbacks. The attitudes of scholars and officials were quite different, from which we can see the relationship between literature and system.

Keywords: eight-part essay; "dai kou qi"; distinguish style; "duanzhi"; "speak on behalf of sages"; interpretive space; literature and system

　　"代言"是明清八股文写作的重要特征之一。较早关注此特点的有孔庆茂、汪小洋《论八股文的代言》，此文探讨了八股代言的起源、特征及其利弊。① 张荣刚《明清八股文"代言"特征考辨》中对八股文

---

① 　孔庆茂、汪小洋《论八股文的代言》，《江苏大学学报（社会科学版）》2003 年第 3 期。此外，也有侧重从"解释学"和"代言"体角度讨论的，皆富新意。参见杨波《赋诗言志与代圣贤立言——关于八股文的一点思考》，《中国典籍与文化》2003 年第 3 期；蒲彦光《谈八股文如何诠释经典》，《台大中文学报》2008 年第 6 期；陈维昭《明清曲学的"代言"与八股文法的"入口气"》，《杭州师范大学学报（社会科学版）》2017 年第 3 期。

"代古人语气"和"代圣贤立言"特征形成发展过程作了梳理。① 他从形式和内容角度来区分二者,笔者认为仍有未尽之处。基于此,本文拟综合众说,力求具体而微地阐述此特征的内涵。

一、八股文"代言"释义

作为明清取士的主要文体,八股文在写作上受到诸多限制,"代言"就是其中之一。不过,其"代言"特征在语境运用上实则包含好几层涵义,当细辨之。

一、功令体制。这是就八股文的基本程式而言的,八股文在写作中逐步形成"代口气"和"代圣贤立言"的特征。《明史·选举志》:"其文略仿宋经义,然代古人语气为之,体用排偶,谓之八股,通谓之制义。"②"语气"也称为"口气",有时也称"顺口气"、"入口气"、"入语气"、"代说"等。就八股文的内容结构来说,分为破题、承题、起讲、入题、起比、中比、后比、束比、大结,从"起讲"开始就是"代古人语气"的内容。"代口气"的特征是明代中后期逐渐形成的,"起讲以下,既用'若曰'、'谓夫'等字,便是我替圣贤说话了"③,到了清顺治二年(1645),官方规定"起讲用'意谓'、'若曰'、'以为'、'今夫'"④,"意谓"、"若曰"等词汇均是揣摩语气的标志。乾隆时期,"丁卯谕:国家制科取士,经义代圣贤立言,当循循矩矱先民,是程非四子、六经、濂洛关闽之粹言,不可阑入"⑤,由官方发声,"代圣贤立言"正式被明确为功令。

二、题体类型。有研究者也注意到,并非所有的时文都要"代口

---

① 张荣刚《明清八股文"代言"特征考辨》,《浙江师范大学学报(社会科学版)》2017年第4期。

② 《明史》卷七〇,中华书局,1974年,第1693页。

③ 袁黄撰,黄强、徐姗姗校定《〈游艺塾文规〉正续编》,武汉大学出版社,2015年,第192页。

④ 《钦定大清会典事例》,《近代中国史料丛刊三编》第67辑第663/1册,台北文海出版社,1991年,第1989页。

⑤ 《高宗纯皇帝实录》第8册,中华书局,1985年,第745页。

气"①。确实,功令实则只规定了时文的基本体制,使作文有据,并未具体到去限制每篇。在时文题型细化后,"代口气"也随之因题而异,如清代高嵣《题体类说》中专列"口气题",探讨此题型的"入口气"之法,"口气题者,题之有口吻,有神情,所当模拟恰肖者也"②。文题出自四书五经的八股文,难免会出到类似对话、说话的题目,那么以代口气的方式来"以题还题",便是最恰当的作文选择。而有些题型可根据需要来选择"代口气",如果遇到问答题、叙事题、截搭题或者长题的时候,则不需要"代口气"。这些都是"正格"体式,还有"变格"的情形,于光华《塾课集益》中讲到,"又有口气题,竟全篇断者,皆变格也"③。虽然是口气题,但也有全篇不入口气的。另外,在一些无须"代口气"的题型中,也未尝不可"代口气",如唐彪《读书作文谱》中讲到,"问答题,大概以断做为体,中间或间用代法,代其问答之意,使文情旺相,不至枯寂,亦未尝不妙也"④。问答题的正格是"断做"⑤,"先辈谓不得顺口气"⑥,但唐彪认为以"断做"为主,中间偶尔融入"代法",能够达到"文情旺相"的效果,所以也适当地因题制宜。可见在具体题型应用中,"代口气"的用法并不僵化刻板,呈现出复杂的作文状态。

三、叙述方式。作为叙述方式的"代言",并不始于八股。董其

---

① 参见朱铁梅、马琳萍《明清八股文三考》,《河北师范大学学报(哲学社会科学版)》2007 年第 5 期。

② 高嵣《论文集钞》,《华东师范大学图书馆藏稀见丛书汇刊》第 24 册据广郡邑培元堂杨藏版影印,北京图书馆出版社,2006 年,第 175 页。

③ 于光华《塾课集益》,龚笃清、龚昊、乌媛《八股文话》(二),岳麓书社,2020 年,第 1150 页。

④ 唐彪《读书作文谱》,龚笃清、龚昊、乌媛《八股文话》(二),岳麓书社,2020 年,第 857 页。

⑤ 不代口气,用自己意思断之的方式,叫作"断制",也叫"断做"(或"断作")。具体可参见陈维昭《释"断做"》,《暨南学报(哲学社会科学版)》2020 年第 6 期。

⑥ 唐彪《读书作文谱》,龚笃清、龚昊、乌媛《八股文话》(二),岳麓书社,2020 年,第 857 页。

昌"九字诀"中有"代字诀","代当时作者之口,写他意中事"①,其中讲到了《庄子》、《史记》中代字法之例。"代言"之法在"经、史、子、集"中皆有应用,不过,作为叙述方式的八股"代言",其养分或可溯源有二:文章体式和经学释经传统。以文章体式言,金克木说:"八股之风起得极早。从甲骨、金文起,那些卜辞铭文中的神谕和王言恐怕多半是别人的代言。八股达到了极峰。"②追溯起来,从卜辞铭文中的神谕和王言,到后世的辞命、制诰都出现过"代言"现象,明代文德翼说,"经义之为体也,犹史官之代王言也"③,此类政治性的文章体式可谓是八股"代言"之先导。以经学释经传统言,刘熙载《艺概·经义概》中讲道:"制义推明经意,近于传体。传莫先于《易》之《十翼》,至《大学》以'所谓'字释经,已隐然欲代圣言,如文之入语气矣。"④刘熙载认为,八股"代言"方式与经学释经传统密切相关,在解释《大学》中已有出现。此后,在汉宋文士的解经注疏中,也不乏以"代言"的方式,去体贴圣贤精意。⑤ 源于释经传统的制义,彭绍升将其视为"注疏之一体",认为其主要功用是"宣畅经旨,发挥道业"⑥。而"代口气"特征,其目的是希望更好地传写圣贤之本意,"合圣贤之本旨"⑦,俞樾讲道:"经义取士,自是良法,其始原不过发挥大义而已……而又必使合于当日语

---

① 董其昌《董其昌论文》,《古今图书集成》第 64 册《理学汇编文学典》第 180 卷《经义部总论》,中华书局、巴蜀书社,1985 年,第 77579 页。

② 金克木《八股新论》,载启功、张中行、金克木《说八股》,中华书局,2000 年,第 153 页。

③ 文德翼《求是堂文集》卷十四,《四库禁毁丛刊》集部第 141 册,北京出版社,1997 年,第 597 页。

④ 刘熙载著,刘立人、陈文和点校《刘熙载集》,华东师范大学出版社,1993 年,第 193 页。另外,韩梦周云:"制义所以解经也,原本于注疏。"韩梦周《刘川南制义序》,《理堂文集》卷五,《清代诗文集汇编》第 367 册,上海古籍出版社,2010 年,第 67 页。

⑤ 如朱熹认为:"须以此心比孔孟之心,将孔孟心作自己心。要须自家说时孔孟点头道是方得。不可谓孔孟不会说话,一向任己见说将去。"黎靖德编《朱子语类》卷十九,中华书局,1994 年,第 432 页。

⑥ 彭绍升《论文五则》,《二林居集》卷三,《清代诗文集汇编》第 397 册,上海古籍出版社,2010 年,第 398 页。

⑦ 骆问礼《蜡屐编序》,《万一楼集》卷四十四,《四库禁毁书丛刊》集部第 174 册,北京出版社,1997 年,第 497 页。

气,此无他焉,求其精也。盖既出于圣贤之口,则稍有一字之不安,便如齐高厚之歌诗,不类夫人而知之矣。"(《沈云翔先生〈四书体注评本〉序》)①"代口气"的优越性在于,可以设身处地通过"心理"诠释的方式,回到当时语境去揣摩圣贤之意,更重要的是,此方式有利于更为审慎地贴近圣贤之本旨和精意。

八股"代言"从语境上来说,有上述三种含义。不过,其特征主要有二,即"代古人口气"和"代圣贤立言"。作为说理手段的"代口气",其主要目的是为了"代圣立言"服务。"代口气"和"代圣立言"间呈现出一致性。但是在具体发展中,这二者之间实则是有错位的。以下,具体分析之。

二、"代口气":游艺空间的拓展

作为八股文写作的基本体制特征,"代口气"的主要目的是阐发义理,不过这个目的原本是通过时文内部结构的分工,在明确分工的基础上,以整体的形式一同完成的。但原本并不起眼的"代口气"特征,却逐渐占据了越来越重要的位置。究其原因,在于八股文内部结构出现了变化。

八股文由于结构的变化,使得在具体书写中出现了比重重新调整的现象。清代陆陇其说:"八股之体,中间皆代圣贤口气,而前之破承,后之大结,则作自己口气。盖中间虽与论体不同,而两头则仍是论体。"②"前"指"破题"、"承题","后"指"大结",而"起讲"开始"入口气",八股文主要的排偶部分,也就是代圣贤阐释义理的部分。如此"前后"和"中间"两部分各司其职,各不相乱。

原本承担阐发时文义理的重要责任在"大结","代语气"实则是辅助角色,但在实际写作中,角色戏份却发生了很大变化。以"大结"

---

① 俞樾撰《春在堂杂文》六编补遗卷二,《续修四库全书》集部第 1551 册,上海古籍出版社,2002 年,第 220 页。

② 陆陇其《当湖陆先生集评选先正制义一隅集》,陈维昭编校《稀见明清科举文献十五种》,复旦大学出版社,2019 年,第 927—928 页。

和"中间讲语"为例，袁黄《举业彀率》云：

> 国初程墨中间讲语不甚多，而结独丰。往往结语有半于讲语者，缘八比文字，寻行数墨，有所束缚，而撷精发蕴，立论吐奇，则皆于一结见之，此旧制也。讲语皆作古人口气，结语则发自己精神……后来士习日陋，不尚学识，皆以时文作结，而去初制远矣。德、靖之间，罗一峰《齐景公有马二节》，钱绪山《参乎章》，其结语犹有二百余字，近日则短简寂寥，不复加意，而争执蜂尾之说以自文其陋矣。①

在明代八股文最初的写作结构中，"结语"的占比甚至超过了"中间讲语"部分，它原本承担大部头戏份，需要士人花更多心思。因为"中间讲语"束缚比较多，要代古人语气，要作八比排偶句式，总的来说要像题模题，体贴圣贤义理，以揣摩敷衍题意为主。但"结语"束缚却没有这么多，它能发挥自己精神，可引用典故作为立论根据，可在题目外有所引申。所以前辈作文的大半工夫主要用于构思"结语"，因"结语"写作最可见出学识。在明正德、嘉靖时期，"大结"依然有两百多字的发挥空间，但到了万历时期，"结语"字数已经寥寥无几，可见明后期对"大结"的写作已不甚重视，甚至是持敷衍的态度。"结语"在时文文体结构中逐渐走向了衰落，这导致时文写作中间"八比"主体地位的一家独大。换言之，用"顺口气"来阐发圣贤经义，逐渐成为士人主要钻研的对象。

"大结"地位的衰落，使得"代口气"成为了士子探讨的新宠儿。加上"代口气"本身便有经学和文学"心理诠释"方面的相通性，这使得对"代口气"的探讨不仅仅局限于精义的阐发，还拓展了时文的游艺空间。具体表现如下。

其一，对时文修辞方面的探讨。随着八股文题目的多样化，除圣

---

① 袁黄《举业彀率》，陈广宏、龚宗杰编校《稀见明人文话二十种》，上海古籍出版社，2016年，第194页。

贤之外,还需要针对题目的不同人物,代不同的神情口气,如《禹恶旨酒》,必须要是大禹的语气。如《回虽不敏二句》,得是颜回的口气,而不能是《雍虽不敏》中冉雍的口气。① 对"口气"的精确把握成为能否写好时文题的重要因素:

  钱吉士《君子曰至又何难焉》文极为深谨,仇沧柱评云:"借题毒骂以快己说,即是血气之私,即是涵养未到。正如《士憎兹多口》题,若作满纸怨尤,是代为貉稽张之焰也。"

  凌茗柯《觚不觚节》寄慨虽深,而仍不失逐句语气,似胜方朴山作。

  沈去疑《晛而视之》文,顾备九评云:"模拟刻酷,后来人推绝技矣。"②

《制义卮言》所录这几则评语表明,时文写得好,除寄托感慨,文风谨严外,还需要"口气"不差。所以拿到题目时,"相题"便很关键。"相题"的要旨在认清神理腔调,"《子路问闻》,是挟'唯恐有闻'意来问。《冉有问闻》,仍是'力不足也'神情来问。《师冕见一章》,均是从子张眼中看出"③。其中的来意、神情、眼光都需精准捕捉。吴苏亭把揣摩各种人物口吻声调的模拟法称之为"扮演法"④,"如桓雉花面,臧仓小丑,俱要声吻。总之要尽态极妍,始得推班出色"⑤。就像梨园戏子在台上唱戏演角演得声情并茂,能让观众共情的便是描摹出色。

---

  ① 吴兰《吴苏亭论文百法》,陈维昭编校《稀见明清科举文献十五种》,复旦大学出版社,2019 年,第 1219 页。

  ② 钱振伦《制义卮言》,陈维昭编校《稀见明清科举文献十五种》,复旦大学出版社,2019 年,第 1612、1620 页。

  ③ 仲振履《秀才秘籥》,陈维昭编校《稀见明清科举文献十五种》,复旦大学出版社,2019 年,第 1426 页。

  ④ 孙万春借释家语,称之为"现身说法","作者果能现身说法,则圣贤奸佞口吻,无不栩栩欲活矣"。龚笃清、龚昊、乌媛《八股文话》(四),岳麓书社,2020 年,第 2060 页。

  ⑤ 吴兰《吴苏亭论文百法》,陈维昭编校《稀见明清科举文献十五种》,复旦大学出版社,2019 年,第 1207 页。

其二,出现文采、理致兼具的时文作品。"代口气"原本服务于释经说理,不过在应用中出于扣题肖题的尊题策略,而使时文逐渐脱离讲章训诂之附庸,如焦袁熹评王鏊《无为而治》篇,"凝神静气,出之只求肖题,不复作讲章训诂体矣。……文之方圆动静,一视题神如何,自家才气、笔力,一毫用不著,后来元灯,皆从此出"①,制义体裁逐渐展示出不同于经解的一面,而取得了自身的自性。而在士子的书写中,也开始出现文采、理致兼具的时文作品。张江《文题论》讲到"口气题"时,认为"口气"题需吹气欲活,隆庆、万历间多名家,如王思任、周季侯等人,"后来唯正希先生得其神解,而腕力复惊矫奇宕,遂成独绝"②。金正希即金声,为晚明时文大家,对传神的追求,使其时文理采兼具,自成一家。

其三,出现以文为戏的时文作品。钱锺书先生讲到,"窃谓欲揣摩孔孟情事,需从明清两代佳八股文求之,真能栩栩欲活"③,这种"栩栩如生",便是以"代口气"的方式写活人物,如戴名世所说的"传神","譬之于画家之写生者也,写生之技莫妙于传神,然亦莫难于传神"④(《有明历朝小题文选序》),时文之传神,使得士子注重对人物形象的刻画,心理的描摹。写圣贤,能见出圣贤大义;摹小人,能刻画出小人心事和丑态,缪莲仙讲到,"本古人之话言,摹古人之语气。俄而写圣贤经济,俄而写奸佞机谋。甚至杂学异端,诙谐讽谕,竭情尽致"⑤,以此视之为"文章游戏"。此种游戏笔墨在清代尤侗评《西厢记》时文中,被发挥得淋漓尽致。

八股文中的代语气不仅拓宽了游艺的空间,还影响了对"四书五经"的解读。

在解经领域,明人面临的传统是汉学和宋学。汉学重训诂,宋学

① 焦袁熹《此木轩论制义汇编》卷三《会元墨评》,民国抄本,上海图书馆藏。
② 张江《文题论》,龚笃清、龚昊、乌媛《八股文话》(二),岳麓书社,2020年,第945页。
③ 钱锺书《谈艺录》上卷,生活·读书·新知三联书店,2001年,第110页。
④ 戴名世撰,王树民编校《戴名世集》,中华书局,1986年,第98页。
⑤ 缪莲仙《文章游戏二编序》,龚笃清、龚昊、乌媛《八股文话》(六),岳麓书社,2020年,第3286页。

重义理。夏君虞认为"宋学"也是"义理学"①,注重发挥经典的微言大义。明代继承的是宋代义理的传统,在解经中重视体贴发挥圣贤经义,对"代口气"的重视也渗透到作文和解经之中,《四库全书总目》中讲到,"科举之文,名为发挥经义,实则发挥注意,……且所谓注意者,又不甚究其理,而惟揣测其虚字语气,以备临文之摹拟,并不问注意何如也"②,八股作文一味以"顺口气"为重,对"四书五经"的解读同样如此。在《四库全书总目》中此类著作多有存目。如评明陆化熙《诗通》"止标篇什名目,而发挥其意旨。大都依文诠释,寻味于词气之间",评明朱泰贞《礼记意评》"此书乃弃置一切,惟事推求语气,某字应某字,某句承某句,如场屋之讲试题,非说经之道也"等,四库馆臣对这些注经类讲章评价甚低,因为"推求语气"实则带有某种程度的主观臆度性,并不客观地以训诂为主,同时于义理解读的助益寥寥,馆臣并不想承认它们是经部之作,这些带有"揣摩"色彩的制举用书,不免是为梯荣钓宠提供方便罢了。

三、"代圣立言":在"代说"和"断制"之间

八股文中的"代语气"使得时文的游艺空间得到了拓展,但是其中也隐含着"危险",一是文体体性的模糊。法式善提到:"余独怪今之为文,致饰于外,如俳优登场,衣冠笑貌,进退俯仰,一一曲肖,旁观者未尝不感愤激昂,欲歌欲泣。殆夫境过情迁,渺不知其为何事,犹自矜绝技,以为不如是不足以取炫流俗也。"③若士子不能正确理解经义,而只单纯追求"曲肖",那么很可能背离经义时文的本质而流于炫技的俳优体和游戏体。二是文体品格的降低。万历末年的会元汤宾尹以机法圆熟、钻研虚辞之妙引领了一时风气,吕留良认为此种秘法

① 夏君虞《宋学概要》:"义理学研究心之体用之学,乃一完全心学之别名。"参见夏君虞《宋学概要》,商务印书馆,2014年,第8页。
② 《四库全书总目》卷三十七经部三十七,清乾隆武英殿刻本。
③ 法式善《存素堂文集》卷三《与徐尚之论文书》,《续修四库全书》集部第1476册,上海古籍出版社,2002年,第713页。

不过是"恶烂之调",视其为"似演义非演义,似科白非科白"的时文"魔调"①。时文未必不可讨取虚神语气,但没有"理"来支撑的"虚神语气"②,不过是披着时文面貌但实则近于敷演格套的讲章、流于空滑肤廓的腔板,皆是时文之俗体、伪体,当细辨之。可见过于重视"代语气",便有偏离八股文文体特性而流于伪体的弊端,同时也背离经义实学的取士初衷。

这种"危险"引起了士子的担忧,他们对八股"代言"进行了更为深层次的思考。

一方面,他们从八股文结构入手,反思了结构比重的变化。上文提到,大结地位的衰落,导致"中间"部分地位愈加重要,唐彪对此现象作了反思:"宋时王安石经艺体裁后幅必入实事作证,如此为文方显得士人实学。夫制艺为排偶词章,称为帖括也久矣,后幅略入学人口气以为证据,犹能使学人留心实学,考究经史,且前半破承以断语起,后竟不以断语相应,有头无尾,成何体裁? 今必使作文者皆顺口气到底,令无学者得以文其空疏浅陋,不惟不知古今文之体裁,且将使学人竟不必多读书矣,国家用人,亦何贵此无实学之士子哉?"③唐彪在前面还举了《左传》、《史记》的例子,他们在疏解经旨之前、之中或之后都会下一小段断语,乃至经筵讲书的时候,也会引用三代以后事,或当时时事加以佐证。王安石的经义体裁中,后半篇幅必定要加入实事作为证据,这样才能显出士子的真才实学。现在的八股文写作,破题、承题都是自下断语,但结尾却不再有断语,变成了有头无尾。④ 孙襄讲道:"洪永成弘间先辈大结,其长几与八股垺,于道理合

① 吕留良《吕晚村先生论文汇钞》,龚笃清、龚昊、乌媛《八股文话》(二),岳麓书社,2020年,第652页。

② 吕留良《吕晚村先生论文汇钞》,龚笃清、龚昊、乌媛《八股文话》(二),岳麓书社,2020年,第641页。

③ 陈水云、陈晓红校注《梁章钜科举文献二种校注》,武汉大学出版社,2015年,第20页。

④ 《科场条例》中记载,"康熙十六年,议准乡会试诸生文字内概不许作大结"。杜受田等修,英汇等纂《科场条例》卷十五,《续修四库全书》史部第830册,上海古籍出版社,2002年,第23页。

述圣贤说话不过数言可了，正须以我意论断耳。如今之描画口角，以求拟肖圣贤，肯为之哉？我所以欲变经义意正如此。"①孙襄认为在拟肖圣贤之后，正需要在"大结"处用"我意论断"。陆陇其认为，先辈的八股文，往往在"大结"中发出精妙的议论，以此来弥补"代圣贤口气"的不足，这也是八股文中必不可少的一项。② 他们对"大结"的呼唤，是因为"大结"中所用的以己意论断的说理方式，是对"代口气"的补充。这种用自己意思断之的方式，便是"断制"之法。③ 如此，时文中"断制"和"代说"处于一个互补和相对平衡的状态，以此共同"代圣贤立言"。

另一方面，士子对"代圣贤立言"和"代口气"的关系进行了思考。而由于八股文结构比重的变化，"代说"的重要性超过了"断制"，"代说"和"断制"的平衡被打破。这引起了士子们的进一步关注。

第一，有士子认为真正优秀的"代圣贤立言"，是多用"断作"，少用"代说"。如刘毓崧《书〈日知录〉论时文各条后》中讲到：

> 然则少用代字诀而多用己意断作者，工于代圣贤立言，且善于推阐发明，而无异于经史古文之学者也；多用代字诀而少用己意断作者，拙于代圣贤立言，且不善于推阐发明，而大异于经史古文之学者也。是故经史古文者，制艺之源本，制义者经史、古文之末流，据源本以推末流则易，循末流

---

① 李光地《榕村续语录》，《榕村全书》第 7 册，福建人民出版社，2013 年，第 490 页。

② "故先正之文，往往于大结中发出精论，以补圣贤口气所不及，此必不可少者也。后来渐失其初，口气之内即旁及他意。至于大结更无可发，只敷衍几句套语。阅者遂视为赘物，士子不复讲究。"陆陇其《当湖陆先生集评选先正制义一隅集》，陈维昭编校《稀见明清科举文献十五种》，复旦大学出版社，2019 年，第 927 页。

③ 袁黄说："举业之士，经学不精者毋论已，精于《书》者其文必实；精于《易》者其文必深；精于《诗》者其文必逸；精于《礼》者其文必典；精于《春秋》者其文必断制。"袁黄撰，黄强，徐姗姗校定《〈游艺塾文规〉正续编》，武汉大学出版社，2015 年，第 214 页。"断制"这种说理方式，是由史家之笔而来，运用于文章之中，便是要善于下论断。在五经文中，以《春秋》出题的题目，便只用断制之法来行文。除《春秋》文之外，"断制"之法也逐渐应用到了八股文写作当中，在时文结构中，它常常应用于开头和结尾。而中间部分，如果不入口气，也用"断作"法。到了后来，题目中用"断制"还是"代说"，就发展为相题而作，应题之变。

以寻源本则难,而世之见小欲速者率舍易而就难,自来作经
解史论以及各体古文者,无论大小长短,莫不全篇而作。制
义者则枝枝节节而为之,自比于得寸得尺之计,甚至以高头
讲章为经术,粗豪议论为史才,钩串小技为古文法程,肤廓
陈言为圣贤语气,而制艺日趋于庸陋,无复先正遗风。①

刘毓崧对"代圣贤立言"的看法,跳出了"代说"之法作为时文体制的
固陋视野,是结合八股文的体裁、源流综合而得出的结论。制义体裁
一开始类似经义,近于史论和古文,当时代字诀用得比较少,"宛肖语
气,如题而止"②,更多的是融会自身见解去下判断,而且善于推论发
明,体格甚高,这也是真正意义上的"代圣贤立言"。而代字诀用得太
繁,不过是添设语气,敷衍语意,但并没有什么发明,不过是肤廓陈言
的堆积罢了,体格愈发卑下,如此制义只会走向庸陋之路。吴沛认为
"篇中用断则气能截,股中用断则响能坚","断制"的好处在于"以我
制题,不为题制"③,他们看到了"断作"之法对"立言"的优越性。陆世
仪则走得更远,"愚谓制义当作论体,凡古今上下,百家诸子,俱得旁
引曲喻,纵言无忌,庶可窥见胸中所学"④,陆世仪认为时文中的"代口
气"和"排偶"造成了弊端,应当将制义当作论体来写,焦袁熹《此木轩
论制义汇编》中称此类论体文字为时文变体⑤。

　　第二,以李光地为代表的士子则认为有明成、弘时期大家的时
文,将"代口气"和"代义理"自然地融合,是时文正宗,他反对偏于"断
制"的做法。以此他批评明末时文,"看其议论气势,直欲凌驾前人,

　　① 刘毓崧《通义堂文集》卷十四,《续修四库全书》集部第 1546 册,上海古籍出版社,
2002 年,第 583 页。
　　② 刘毓崧《通义堂文集》卷十四,《续修四库全书》集部第 1546 册,上海古籍出版社,
2002 年,第 583 页。
　　③ 吴沛《西墅草堂遗集》卷三说部,《四库未收书辑刊》第六辑第 25 册,北京出版社,
2000 年,第 740 页。
　　④ 陆世仪《陆桴亭思辨录辑要》卷五,《丛书集成初编》,商务印书馆,1936 年,第
60 页。
　　⑤ 焦袁熹《此木轩论制义汇编》卷一,民国抄本,上海图书馆藏。

掀天揭地；由今看来，卑鄙无味之甚"①，由于多以论断为主，明末时文在议论气势上超越前人，但李氏认为这有走向凌驾的弊端，因而斥其为卑鄙无味。另外，明末时文偏于论说的方式，在清初造成了不良影响，其下者偏于横议恣肆，这也偏离了八股文的体性。李光地认为时文书写应当"羽翼经传"，"能补经之所未备，而不悖于经"②，他选择以成弘时文救弊之，因其顺题直书，又传写题神，既不离义疏注解，又具有时文"深厚简切，平易疏畅"③的特质。

第三，以戴名世为代表的士子倾向于折衷"代说"和"断制"，认为两者的结合，能够更好地"代圣立言"。"代说"和"断制"形成了"铺叙"和"凌驾"的作文之法，"今之论经义者有二家，曰铺叙，曰凌驾。铺叙者，循题位置，自首及尾，不敢有言之倒置，以为此成化、弘治诸家之法也。凌驾者，相题之要而提挈之，参伍错综，千变万化而不离其宗，以为此《史》、《汉》、欧、曾之法也"，宗尚"代口气"者，尚"铺叙"之法，以成弘大家为宗。"断制"者，尚"凌驾"之法，借唐宋大家古文之法以入时文。对此，戴名世折衷之："夫为铺叙之说者，……乃复为之说曰：'学者代古昔圣贤而为言，诚宜以题还题，而不可以己意与乎其间。'夫彼之所谓以题还题者，不过循题位置，寻讨声口，兢兢不敢失尺寸，言之既无文，而于理道曾不能有毫发之发皇，此则谓之未尝为是题可也，非以题还题也。吾之所谓以题还题者，必扼题之要而尽题之趣，极题之变，反复洞悉乎题之理，而无用之卮辞，不切之陈言，无所得入乎其间，此则所谓以题还题也。"④一些士人认为代圣贤为说，便要以题还题，不存己意。戴氏觉得如此并不有助于发挥义理，他对传统的"以题还题"的看法作出了新的理解。"以题还题"的做法

①　李光地《榕村续语录》，《榕村全书》第 7 册，福建人民出版社，2013 年，第 486 页。

②　李光地《榕村续语录》卷一九"诗文"，《榕村全书》第 7 册，福建人民出版社，2013年，第 878 页。

③　李光地《榕村全集》，《榕村全书》第 8 册，福建人民出版社，2013 年，第 312 页。

④　戴名世《丁丑房书序》，戴名世撰，王树民编校《戴名世集》，中华书局，1986 年，第 93 页。

应当是以己意把握住题目的关键,如此方更有助于阐发题理。他的做法调和了"断制"和"代说","从数千载之后而想像圣人之意代为立言,而为之摹写其精神,仿佛其语气,发皇其义理,若是者谓之经义"①。理想中"代圣贤立言"的经义便是融合了"代说"和"断作"。

总的来说,在二者的关系思考中,士子意图将"代口气"规约于"代圣贤立言"之下,在葆有时文体性的前提下以此推尊时文。此外,除李光地观念与官方较为一致外,士人对"代圣贤立言"的阐释与官方异趣,他们将论断体纳入"代圣贤立言"阐释中,为时文"代言"阐说和书写争取了话语空间。

四、八股"代言"说多维阐释空间的生成

士子们对"代口气"和"代圣贤立言"的讨论,丰富了八股"代言"的内涵。处于不同阶层、立场的人,其背后依据不同,也对八股"代言"形成了不同认知,而这些也促成了时文"代言"多维阐释空间的生成。

一,在对"代口气"的阐释中,有士子意图将之与戏曲接壤。其一,其中有为戏曲张本的诉求。倪元璐《孟子若桃花剧序》中云:"惟元之剧,与今之时文,如孪生子,眉目鼻耳,色色相肖。盖其法皆以我慧发他灵,以人言代鬼语则同。"②焦循认为曲剧是八比文的先导,因为"代言"上的相似性,认为时文来源和曲剧有关。③吴乔说:"八比若是雅体,则《西厢》、《琵琶》不得摈之为俗,同是代他人说话故也。"④这是试图借八股文,为戏曲文体摆脱俗体的标签。明清时期还

① 戴名世撰,王树民编校《戴名世集》,中华书局,1986年,第98页。

② 郑超宗辑《媚幽阁文娱》卷四,《四库禁毁书丛刊》集部第172册,北京出版社,2001年,第89页。

③ 类似的观点,如:刘师培"而描摹口角以逼肖为能,尤与曲剧相符",《刘师培全集》第二册《论文杂记》,中央党校出版社,1997年,第91页;卢前,"杂剧为代言体,八股文亦为代言体。是亦八股文出于元剧之一证也",卢前《八股文小史》,岳麓书社,2011年,第101页。

④ 郭绍虞《清诗话续编》第1册,上海古籍出版社,1983年,第546页。

出现了一些传闻,大意是戏曲和八股文在"代言"上有着相通性,阅读和创作戏曲也便有助于八股文的创作①,其背后实则是在为戏曲文体谋求生存空间。其二,其中透露出一种更为"阂通"的"经"、"文"观念。孙万春叹息《西厢记》作者未作八股文,因为其传神之笔,写之八股文中,能见其"栩栩欲活"②。清代仲振履讲到:"弟又喜揣摩《牡丹亭》为制义,尝作《而未尝有显者来》文,幽折秀婉,神似《惊梦》、《寻梦》口吻。吴起莘夫子评其文,谓如携斗酒双柑,听新莺于陌上。可见古来好著作,皆可以为文料也。遗其体制,求其神韵,是精于为文者。钝秀才当于此参之。"③仲振履喜欢揣摩《牡丹亭》来写作八股文,他向集部的戏曲文寻求灵感和文料,还认为"古来好著作,皆可以为文料"。实则,此观念在明清士人中具有普遍性,他们以更为阂通的观念打破了"经"、"文"乃至于经史子集四部之间人为所分类的壁垒,乃至以此解经,以之作文。④

二,在对"代圣贤立言"的阐释中,形成了深层次的文体认同,开拓了其"立言"空间。其一,尊体。八股文要"代圣贤立言",亦称为"代孔孟立言",在士子心中,其体为尊。⑤《顾湖舫先生时文序》中说:"立言之道至孔孟,而古今之有德功者莫能并焉,可谓尊矣。时文代孔孟立言,较之诸家杂说,最为雅正。"⑥孔孟是立言之道的集大成者,

---

① 如贺贻孙《激书》、钱元熙《过庭纪闻》、黄周星《人乐天》中的相关记载。

② 孙万春《缙山书院文话》,龚笃清、龚昊、乌媛《八股文话》(四),岳麓书社,2020年,第1951页。

③ 仲振履《秀才秘籥》,陈维昭编校《稀见明清科举文献十五种》,复旦大学出版社,2019年,第1424页。

④ 此现象,借用田晓菲语,可称之为"文的扩散化",参见田晓菲撰,刘倩译《从经国大业到吃时下饭:文选、文话、文运》,《清华大学学报(哲学社会科学版)》2020年第6期。

⑤ 姚鼐《停云堂遗文序》云:"苟有聪明才杰者,守宋儒之学,以上达圣人之精。即今之文体,而通乎古作者文章极盛之境。经义之体,其高出词赋笺疏之上,倍蓰十百,岂待言哉!"姚鼐《惜抱轩文集》,《近代中国史料续编》第67辑第681/1册,台北文海出版社,1979年,第112页。

⑥ 王荣商《容膝轩诗文集》卷四序,《清代诗文集汇编》第776册,上海古籍出版社,2010年,第778页。

八股文代的是孔孟之言,因而便是雅正文体的代表。士子在撰写中也逐渐形成了文体认同,如内容上要尊奉以程朱理学为代表的儒家思想,"圣贤之言,不容以杂说乱也"①,所以其他思想都要被摈斥在外。用辞以典雅为尚,既不古奥难晓,也不庸俗浮浅,这种认知最后形成了"清真雅正"的时文风貌。在文风不正的时期,无论是在朝还是在野的士人都会发起"正文体"倡议②,他们都有着救弊文风,扶助世运的使命感,其中一个重要原因在于他们对时文文体"代圣贤立言"的深切认同。其二,贯穿读书、作文的生命历程。在扩充学识的过程中,以"代言"的方式,"摹圣贤口吻,运力无象,则厚会圣贤血脉"③,是为了更好地深入圣贤之理,"使学者朝夕从事,渐渍于其中而不觉也"④,在朝夕涵养的过程中,在"言行"和"心志"⑤两方面向圣贤靠拢,以之建构知识体系和价值观念,如此也形成了对读书、作文、成人的一套集体无意识认同,是传统的"文如其人"、"知行合一"命题的回响。士子在此认同中,力图摆脱时文的工具性,而将其与自我生命世界相关联。其三,其中有士大夫的寄托和关怀。如赵南星《鄙夫可与事君也与哉》中,在时文、经文、史事间形成层深的"互文"网络,既有入木三分的鄙夫群像,又有现实与历史间的深沉思考,梁章钜赞曰:"可当时文史矣!"⑥展现出赵南星作为士大夫的现实关怀。黄淳耀、

---

① 纪昀《积序逸先生经义序》,《纪晓岚文集》第一册,河北教育出版社,1995 年,第 210 页。

② 可参见张德建《正文体与明代的思想秩序重建》,《文学遗产》2019 年第 1 期。

③ 李继圣《寻古斋诗文集》文集卷二,《四库禁毁书丛刊》集部第 168 册,北京出版社,1997 年,第 251 页。

④ 刘大櫆《方晞原时文序》,刘大櫆著,吴孟复标点《刘大櫆集》,上海古籍出版社,1990 年,第 97 页。

⑤ 方苞《杨黄在时文序》中云:"盖言本心之声,而以代圣人贤人之言,必其心志有与之流通者,而后能卓然有立也。"《方苞集》,上海古籍出版社,2008 年,第 100 页;陆陇其《钱孝端经义序》:"口之所言,必使无愧其心;身之所行,必使无愧其言。其发而为文者,皆其得于心而体于身者也。"《清文海》,国家图书馆出版社,2010 年,第 262 页。

⑥ 陈水云、陈晓红校注《梁章钜科举文献二种校注》,武汉大学出版社,2015 年,第 84 页。

陈际泰、管世铭等士子不拘于"代口气"的功令,常于断制中融会经史典故,不作虚言,章学诚《原道下》中说:"立言与立功相准,盖必有所需而后从而给之,有所郁而后从而宣之,有所弊而后从而救之。"①他们的八股时文,可谓抓住了"代圣贤立言"的本质。王夫之认为经义是要"引申经文,发其立言之旨",阐发"圣贤大义微言"②,所以他对不符合经义作法的种种行为作了激烈的抨击,可以说是彻底的尊体。其背后诉求是试图使八股文摆脱应试的工具性,而能够成为阐发圣贤经义的独立的立言文体——经义文。

　　士子对"代言"的阐释,实则是广义而多维的理解。但随着功令的收紧,八股"代言"的阐释被诸多限制,逐渐陷入褊狭境地。乾隆十九年(1754),乾隆帝在入选的八股文中发现有"九回肠"一语,此语出自《汉书》。③ 既然要第一人称"代圣贤口气",那圣贤以后的事便不能出现在文章中。乾隆帝对"代言"的理解,便是将"代圣贤立言"和"代口气"画上等号。如乾隆四十年(1775),有官员在磨勘会试试卷中,发现许士煌的卷子"卷内首题既入成汤语气,复引用《周易》爻象及《泰誓》书词"④,断定其属于援引错谬,参照乡试禁例罚停殿试二科⑤。乾隆六十年(1795),官员于磨勘时发现王以铻会试卷第二艺"参也鲁比"内用"一日万几一夜四事"等字样,以为"于先贤身分尤为引用不切",论定此卷为"肤泛失当"⑥。可见功令严苛。将"代口气"狭义化理解的不乏其人⑦,但乾隆帝对"代言"的理解带有"权力"色

<hr>

①　章学诚撰,罗炳良译注《文史通义》,中华书局,2012 年,第 191 页。
②　王夫之著,傅云龙、吴可主编《船山遗书》第 8 卷,北京出版社,1999 年,第 4636 页。
③　王炜编校《〈清实录〉科举史料汇编》,武汉大学出版社,2009 年,第 221 页。
④　奎润等纂修,李兵、袁建辉点校《钦定科场条例》卷五十一,岳麓书社,2020 年,第 896 页。
⑤　奎润等纂修,李兵、袁建辉点校《钦定科场条例》卷五十一,岳麓书社,2020 年,第 897 页。
⑥　奎润等纂修,李兵、袁建辉点校《钦定科场条例》卷五十一,岳麓书社,2020 年,第 900 页。
⑦　如艾南英云"每以后世事实,语言不宜入四子口中",参见吕留良《吕晚村先生论文汇钞》,龚笃清、龚昊、乌媛《八股文话》(二),岳麓书社,2020 年,第 645 页。

彩,显示出治统对文统的干预①,却在无形中将后世对时文"代言"的理解引向偏狭②。此后"代口气"不能"引用三代以后事"此种狭义文体认知被明确为官方功令,它消解了援后世事以证经的合法性。不仅如此,此功令还被逐渐曲解为"禁读后世书",陈维昭认为其中不无考官与父兄师长规避心理的推波助澜③,而这种"不必多读书"的心理更是将士风导向空疏。以此,清后期对八股"代言"功能产生了诸多质疑,甚至否定其选拔真才实学的基本功能。

康有为在《请废八股试帖楷法试士改用策论折》中总结了八股"代言"之弊。在其描述下,"代言"由"不能述引后世"逐渐发展为"非三代之书不得读",将士子引向"谢绝学问,惟事八股"的褊狭境地,学问空疏而循声学调者反有可能登第,不禁感叹此"为若何才俊乎?"④康氏言之凿凿,将"代言"和截搭小题指为束缚人才的罪魁祸首。戊戌变法后,随着八股的废除,八股"代言"也变为汩没性灵、僵化思想的代名词。

结语

五四时期,"代圣贤立言"、"文以载道"等说也都被视为糟粕而加以摒弃。⑤ 在如今的"后五四"时代,学术界则以更客观的态度来进行评判,如"载道"说的研究也重新焕发出学术生命力,同样,对八股"代

---

① 艾尔曼说:"道家经典释传的文化复制,也就具有了使士人在文化上向忠君爱民的政治仆从转型的意义。"参见艾尔曼著,复旦大学文史研究院译《经学·科举·文化史——艾尔曼自选集》,中华书局,2010年,第227页。

② 如陈澧所言,"以代言为体,不得论秦汉以后事,不得述先儒注说之异同",已逐渐成为乾嘉之后大部分士子的文体观念。参见陈澧《东塾集》卷三《温伊初时文序》,《续修四库全书》集部第1537册,上海古籍出版社,2002年,第282页。

③ 参见陈维昭《禁用后世事,严禁"犯下":乾隆皇帝把八股文推上了不归路》,《澎湃新闻·私家历史》,2021年6月11日。

④ 康有为《公车上书记 戊戌奏稿》,广西师范大学出版社,2016年,第102页。

⑤ 陈独秀《文学革命论》中讲到,"余尝谓唐宋八家文之所谓'文以载道',直与八股家之所谓'代圣贤立言',同一鼻孔出气耳",参见陈独秀《文学革命论》,《新青年》,1917年第2卷第6号。

言"之褒贬亦应作"同情之了解"。士子对"代言"的论说多与官方异趣,这正是在文学与制度的间性中,士子对八股文体话语功能的能动争取,他们意图扩大其阐释空间和文体功能意义,使其拓展出如陈龙正所云"经义之必传有三:一曰符圣贤之旨,二曰自得,三曰有裨于世道人心"①的多种境界维度。但八股终究是制度文体,当制度以权力运作方式收紧功令,将"代言"狭化时,时文不仅陷入"阐释精义"和"书写自得"已难两全的割裂之中,甚至连选拔真才实学的基本功能都遭受质疑。"代言"所呈现的诸多弊端反过来束缚了八股文体的活力,还被描述为禁锢人才的主因,乃至成为八股制度的主要弊端,这实则是官方制度对文体的制约与挤压。

由上可见,八股"代言"之说始终与八股文体、儒家学说、科举制度及人才观念等息息相关。今人当以客观的态度去看待,方能得出更为公允的看法。

(上海大学中文系)

---

① 陈龙正《举业素语》,王水照主编《历代文话》第三册,复旦大学出版社,2007年,第2568页。

题他、自题与他题：
朱孝纯题画诗研究[*]

卢　坡

内容摘要：朱孝纯诗学刘大櫆，与王文治、姚鼐相唱和；画事承其家学，与罗聘相切磋，尤工孤松怪石，为乾隆朝著名诗人、画家。朱孝纯的题画诗可分为三种类型，即题他人画作的题画诗，题自己画作的题画诗，助他人作画、他人题写的题画诗。就特色而言，第一类题画诗常以想象之笔补图画之所无，第二类题画诗情感抒发灵活自由，第三类题画诗融情于景又富有哲理。朱孝纯题画诗类型繁富，多呈"有我之境"，具有阳刚之美，堪称题画诗中一流之作。

关键词：朱孝纯；题画诗；三种类型；有我之境

＊　本文系教育部人文社会科学研究青年基金项目"姚鼐年谱长编"（批准号：20YJC751016）、安徽高校协同创新项目"安徽诗歌、诗学文献综合整理与研究"（批准号：GXXT－2020－026）阶段性成果。

Poems on Paintings by Others, Himself and Poems by Helping Others to Paint and Inscribe: A Study of Zhu Xiaochun's Painting Poems

Lu Po

Abstract: Zhu Xiaochun learned poetry from Liu Dakui and sang with Wang Wenzhi and Yao Nai. His paintings were inherited from his family and compared with Luo pin. He was a famous poet and painter in the Qianlong Dynasty. Zhu Xiaochun's poems on paintings can be divided into three types, namely, poems on paintings by others, poems on paintings by himself, poems on paintings by helping others to paint and inscribe. In terms of characteristics, the first kind of painting poems often use the pen of imagination to make up for the absence of pictures, the second kind of painting poems express their emotions flexibly and freely, and the third kind of painting poems are both emotional and philosophical. Zhu Xiaochun's poems on paintings have a variety of types, most of which are "my realm", with the beauty of masculinity, and can be called the first-class poems on paintings.

Keywords: Zhu Xiaochun; painting poems; three types; "my realm"

朱孝纯(1729—1785)①,字子颖,号思堂,又号海愚,汉军正红旗人,其先世为山东历城人,后屯戍辽阳左卫,遂为辽东人。朱孝纯不仅政绩颇著,还是乾隆朝著名诗人和画家,著有《海愚诗钞》十二卷等。学界关于朱孝纯的研究并不充分,主要沿两条线展开:一是作为旗籍诗人,李扬《八旗诗歌史》概括介绍朱氏的诗歌

---

① 叶当前《桐城派前期作家朱孝纯的生平与交游》(《安庆师范学院学报(社会科学版)》2016 年第 4 期)纠正了《清史列传》关于朱孝纯生卒年的错误记载,今据叶文改定。

创作①;二是作为桐城派作家,孟醒仁、叶当前梳理了朱孝纯与刘大櫆、姚鼐等人的交往②。就朱孝纯的诗歌创作而言,最有特色的是题画一类,本文在考察朱氏诗学、画学渊源与交游的基础上,从题他人画作的题画诗、题自己画作的题画诗、助他人作画的题画诗三个方面,揭示朱孝纯题画诗的成就和特色。

一、朱孝纯诗学、画学渊源与交游

乾隆四十五年(1780),朱孝纯因风痹从两淮盐运使任上解职归京,并于五年后辞世。朱孝纯诗不自收拾而多散佚,后由其子朱尔赓额手录以寄王文治、姚鼐,请为校订。《海愚诗钞》刊刻于乾隆五十九(1794),集前有序三篇,作者分别为刘大櫆、王文治及姚鼐。这三篇序,大致为后人勾勒出朱孝纯的交游。

(一)诗学渊源与交游

朱孝纯早期的诗歌创作主要受到父亲朱伦瀚及业师刘大櫆的影响。朱伦瀚(1680—1760),字涵斋,号亦轩,康熙五十一年(1712)武进士,官至正红旗汉军副都统,有《闲青堂诗集》传世。姚鼐序《闲青堂诗集》道:"其不主故常而不背乎文章之理,与公之画及其生平为人皆合若一。"③总体而言,朱伦瀚诗歌多蕴含一股郁积于胸的不平之气,短篇明快,长篇气雄。朱伦瀚虽为武将,亦颇重文才,与刘大櫆相交,并令诸子从刘氏学。从刘大櫆所作《诰封光禄大夫正黄旗汉军副都统朱公神道碑铭(有序)》可知,朱伦瀚有五子,长孝先,次孝升,次孝全,次孝纯,次孝扬,"自孝升至孝纯,皆从余受学"④。但三子之中,

① 李扬《八旗诗歌史》第七章"乾嘉时期的八旗诗坛"第三节"辽海诗豪朱孝纯"对此有论述,浙江大学博士学位论文,2014年。

② 孟醒仁《桐城派三祖年谱》、叶当前《桐城派前期作家朱孝纯的生平与交游》对于朱孝纯生平有所考订,叶文较为详细。

③ 朱伦瀚《闲青堂诗集》,《清代诗文集汇编》247册,上海古籍出版社,2010年,第574页。

④ 朱伦瀚《闲青堂诗集》,《清代诗文集汇编》247册,上海古籍出版社,2010年,第679页。

刘大櫆独重朱孝纯,刘氏《朱子颖诗序》称:"虽子颖上有两兄,皆从余受学,而其心相矜重,殊不逮于子颖。子颖奇男子也。"①"奇男子"的评价已引人瞩目,"担荷一世之心"则是表露朱孝纯的理想抱负,后面先抑后扬,意在突出朱孝纯无意为诗而诗歌成就颇高。刘大櫆序作于朱孝纯守泰安时(1775),其对于朱氏之诗,特别是自秦入蜀道途览古之篇,颇为赞赏,以为这些宦游诗"尤为深入唐人之室"。刘大櫆如此盛赞朱孝纯,实在是因为师与弟子在诗歌创作上志趣相投,故而才能"心相矜重"。关于刘大櫆的诗歌特点,吴孟复概括道:"他(刘大櫆)的诗多为言志之作,不像文章是'徇人'之请而作,因而诗比文较少庸腐之辞。就言志言:一种写自己的用世之志,如'生则为国干,死当为国殇'(《感怀六首》),'万里向沙漠,横戈扫妖氛',意气之壮,文中反而少见。"②朱孝纯与刘大櫆在诗歌表现上确有相似之处,即用世之志与雄豪之风,只是朱孝纯的用世之志与雄豪之风更胜其师。

姚鼐亦为刘大櫆弟子,以刘大櫆为媒,姚鼐读朱孝纯诗而与其订交。刘大櫆《朱子颖诗序》云:"后数年,子颖偶以七言诗一轴示余,余置之座侧。友人姚君姬传过余邸舍,一见而心折,以为己莫能为也,遂往造其庐而定交焉。姬传以文章名一世,而其爱慕子颖者如此。"③关于姚鼐主动结交朱孝纯之事,姚氏在《海愚诗钞序》、《朱海愚运使家人图记》等文亦有记载,如前者言:"子颖为吾乡刘海峰先生弟子,其为诗能取师法而变化用之。鼐年二十二,接子颖于京师,即知其为天下绝特之雄才。"④姚鼐年二十二,即乾隆十七年(1752),是年秋,姚鼐再应礼部试来到京城,当于此时结交朱孝纯。对于姚鼐的主动结识及赞赏,朱孝纯以为知己,其《赠姚孝廉姬传》道:"与君未识面,千里叩我门。相逢握手一大笑,语言荒谬君不嗔。呜呼,男儿生平不快意,黄金难酬知己恩。拔剑真欲剖肝胆,区区肯数夷门人。君

---

① ③　刘大櫆著,吴孟复标点《刘大櫆集》,上海古籍出版社,1990年,第63页。
② 　吴孟复《前言》,《刘大櫆集》,上海古籍出版社,1990年,第8页。
④ 　姚鼐著,刘季高标校《惜抱轩诗文集》,上海古籍出版社,1992年,第48页。

不见,锦貂儿,翠幰宾,权势一朝去,谁复致殷勤。世情凉薄乃如此,何用琼瑶始报君。愿为歌诗十万首,劝君日尽花下樽。"①朱孝纯此诗充满知己难求的感遇之情,披肝沥胆,真诚感人。王文治则是经姚鼐介绍方与朱孝纯相识,因读其诗,以为"李太白、高达夫一流"②,遂与订交。王氏序中所言,三人"尝登黑窑厂,酒酣歌呼,旁若无人",姚鼐有《八月十五日与朱子颖孝纯王禹卿文治集黑窑厂》诗记之。乾隆二十五年(1760),王文治以第三人成进士,二十七年(1762)顺天乡试,朱孝纯出王文治门,王文治大喜告主试,以为"此某侪辈中第一诗人也"。《清稗类钞》"师友类"中"姚朱王相契"条记:"姚姬传在京师,与辽东朱孝纯子颖、丹徒王文治梦楼最相契。"③此后,朱孝纯任两淮盐运使,修梅花书院,延请姚鼐主讲,王文治亦时来诗酒唱和。王文治《海愚诗录题识》指出:"子颖以诗才雄视一世,豪宕感激,太白而下,未得其匹。然所著多散佚,以故时流罕识之,惟余与姚姬传知之最深,其他则朱竹君、王兰泉、程鱼门、祝芷塘数辈而已。"④王氏在赞赏朱孝纯诗歌成就的同时,也大致说明了朱孝纯的诗歌交往。

(二)画学渊源与交游

《瓯钵罗室书画过目考》载:"(朱伦瀚)指画得舅氏高其佩传家。西园主人藏有《碧溪青嶂图》大帧,指法奇矫,略失霸悍。袁子文上舍藏有《牧牛图》立帧。"⑤高其佩(1660—1734),字韦之,号且园,奉天辽阳人,隶籍汉军。其工诗善画,所绘人物山水,苍浑沉厚,尤善指画,有指画开山祖师之誉,著有《长江万里图》、《饱虎图》、《雁行图》、《怒容钟馗图》等。可见,朱伦瀚善画有家学渊源。除上面提到的《碧溪青嶂图》、《牧牛图》外,姚鼐有《朱白泉观察以其先都统公指画登山虎

---

① 朱孝纯《海愚诗钞》,《清代诗文集汇编》第388册,上海古籍出版社,2010年,第215页。

② 王文治著,刘奕点校《王文治诗文集》,人民文学出版社,2014年,第725页。

③ 徐珂《清稗类钞》,中华书局,1986年,第3613页。

④ 王文治著,刘奕点校《王文治诗文集》,人民文学出版社,2014年,第735页。

⑤ 周骏富辑《清代传记丛刊·艺林类》,台北明文书局,1985年,第350页。

见示因题长句》《题朱涵斋都统便面洛神兼临十三行二首》等诗,则又知朱伦瀚有《登山虎》《洛神》等画作传世。姚氏《副都统朱公墓志铭并序》称"自圣祖爱公画,世传宝朱公指画及书"[①],则可知朱伦瀚画作受到了上自帝王下至士林的喜爱。《瓯钵罗室书画过目考》在介绍朱伦瀚画作成就后接言:"子孝纯……画仿倪迂,著《海愚诗钞》。心泉上人藏有《寒林高士图》大帧,用笔雅逸,胜父作也。"[②]这里提到的倪迂即倪瓒(1301—1374),为元画四家之一。且不论朱孝纯画作能否胜过其父朱伦瀚,但能诗善画,当可谓渊源有自。

朱孝纯与扬州八怪之一的罗聘亦颇有交往。罗聘(1733—1799),字遁夫,号两峰,祖籍安徽歙县,其先辈迁居扬州。罗聘"画无不工"[③],笔调奇创,超逸不群,善画《鬼趣图》。朱孝纯出任泰安知府时邀罗聘游泰山,罗氏作《登岱诗》二卷,朱孝纯为之作序。罗聘曾为朱孝纯写真,朱孝纯《罗两峰为予写真漫题奉赠》有"勋名无复上麒麟,剩有丹青托故人。万里归来逢汝老,一官落拓遂吾真"等句。朱孝纯亦曾为罗聘作画,集中有《为罗两峰写白莲花并题二绝句两峰将归遗细君白莲花女士者也》诗。罗聘辞别泰安时,朱孝纯作《与罗两峰话别四首》;朱孝纯为两淮盐运使,罗聘为座上客,有《朱运司座上食哈密瓜》等诗记载。朱孝纯与罗聘同为画家,两人的审美趣味亦有相似之处,如工孤松怪石,笔调创奇,不落俗套等。朱孝纯《戏题罗两峰鬼趣图》:"弄笔不为人所嬉,一双碧眼写穷奇。凭君鬼伯千千万,莫使神州太守知。"[④]诗中的"穷奇"二字正是两人相契合之处。

从朱孝纯诗学、画学渊源与交游看,朱孝纯与刘大櫆、姚鼐、王文治等唱和,有助于其诗艺提高;朱氏出身画师之家,于画不学而能,又与罗聘等切磋,有助于其画作水平提升。正是因为在诗歌与画作两

---

① 姚鼐著,刘季高标校《惜抱轩诗文集》,上海古籍出版社,1992年,第177页。
② 周骏富辑《清代传记丛刊·艺林类》,台北明文书局,1985年,第350页。
③ 《清史稿》,中华书局,1977年,第13915页。
④ 朱孝纯《海愚诗钞》,《清代诗文集汇编》第388册,上海古籍出版社,2010年,第302页。

方面的精深造诣,朱孝纯的题画诗才可能超出一般的诗人和画家而呈现出新的特质。

二、朱孝纯题画诗的三种类型

作为画家,绘事成为朱孝纯生活的一部分,作画、题画自然不少。《海愚诗钞》中存有不少题画诗,这些题画诗大致可分两类,一类是题他人画作的题画诗("题他"),一类是题自己画作的题画诗("自题")。除以上两类外,朱孝纯有些诗作播之人口,好事者以之作画,这部分诗作成了他人题写画作的题画诗("他题"),姑命名为"助他人作画、他人题写的题画诗"。

(一)题他人画作的题画诗

朱孝纯好为他人画作题诗,其中不乏佳作。《题渔乐图》开头几句道:"我观渔乐图,幽情浃人髓。画工妙手诚绝伦,洒得烟波满素纸。是时日落烟苍茫,风战葭菼遍汀沚。千顷绿水动微波,一叶渔舟秋色里。沙际忽听鸿雁鸣,柔橹声来乍惊起。"①首两句就表明,诗人对此"幽情"颇为欣赏,借以表达对于渔隐之乐的向往。全诗最精彩之处则在后面几句描写。按照常理,画面本是静止的,即使是高明的画师也只能展现"苍茫"、"微波"这些需要工巧之笔才能呈现的微妙之景,但无论如何也不能画出鸿雁的鸣叫之声和"惊起"之态。"苍茫"之景如何得来,诗人以"风战葭菼"去表现;"微波"从何而来,诗人将"渔舟"与之关联,因"渔舟"而"动微波";鸿雁为何"惊起"而"鸣",这又是"柔橹声来"所导致的。这些描绘动作的语句,都加入了诗人的想象,也正是诗人充满想象的灵动之笔,把《渔乐图》展现得栩栩如生。

《题渔乐图》中微波动与渔舟有关,鸿雁惊和橹声有关,这些尚都是图画中已有之物,诗人稍作联想便不难寻得其中的关联。至于"是

---

① 朱孝纯《海愚诗钞》,《清代诗文集汇编》第 388 册,上海古籍出版社,2010 年,第 220—221 页。

时日落烟苍茫,风战菱荽遍汀沚"一联,诗人由菱荽呈倾斜之态而想到风,而风是画面不能呈现的,这种想象又比上面的直接关联想象高出一层,实际已部分还原出画工作画时的构思和心理。比这种还原更高一层的是超出画工作画的构想,而加入了新的物象,这些物象又完全是合情合理的。如朱孝纯《题秋鹰图》写景之句道:"空山草枯无雉兔,万木凋谢寒云横。"①细读此句,"空"、"枯"、"无"表明《秋鹰图》中这部分画面是空无的,在这片空无之处,诗人补充了草与雉兔,只是草枯、雉兔去,画面又复归空无。填而复去之后,看似还是那片空无,却有力地衬托了秋鹰"独立枯树刷毛羽,耸身瘦骨高崚嶒"的形象。这些神来之笔,正是诗人调动联想以补充完成的。

题他人画作,如果仅能提供画作本身所传递的信息,这无论如何也不能算作优秀的题画诗;完全脱离画作,寻不到题画之作与所题之画的关系,也不能算作好的题画诗,不少题画之作正犯此两种弊病。在原有画作基础上,诗人展开想象的翅膀,使得诗中呈现的画面较之画作更丰富、更灵动,诗中便有了画意;诗人在构成这些画意时又传递出同情、喜爱、仰慕等情感,这便有了诗情,题他人画作能有画意诗情,便可谓好诗。上举两首题他人画作的题画诗,朱孝纯都能够根据画面做出合理的想象,自然贴切又画意十足;诗人在《题秋鹰图》中传达的同情和愤懑之情,《题渔乐图》中流露出欣赏和羡慕之情,一者激昂,一者平和,又与画意融合无间,堪称佳作。

(二)题自己画作的题画诗

朱孝纯的自画自题之诗颇为丰富②,从其留有的题画诗看,朱孝

---

① 朱孝纯《海愚诗钞》,《清代诗文集汇编》第 388 册,上海古籍出版社,2010 年,第 220 页。

② 《海愚诗钞》收录《滇南诸公约至龙泉看唐时古梅以事未赴钱瑾岩报予书曰花开已五分余不游殊可惜也阅十日将旋蜀策骑独往红白烂漫几十分矣因绘图示瑾岩并题长歌》、《为宋都督作桃园图题赠长歌》、《题自画横幅大松》、《以折枝牡丹赠李燧斋参军》、《为吴佩篁作山水障子戏题》、《自画松》、《为仲松岚作画》、《自题老人秋树图》、《题画册送彭皖蚕北上》、《为罗两峰写白莲花并题二绝句两峰将归遗细君白莲花女士者也》、《菏泽张鲁斋赠牡丹百五十本兼遣花史远来为写牡丹之并系以诗二首》、《作画送吕硕堂同（转下页）

纯善画山石水云,尤擅画松。朱孝纯的这一部分题画诗往往注重交代作画缘起,这从诗题即可看出,如《滇南诸公约至龙泉看唐时古梅以事未赴钱瑾岩报予书曰花开已五分余不游殊可惜也阅十日将旋蜀策骑独往红白烂漫几十分矣因绘图夸示瑾岩并题长歌》。诗中虽有"或伸夜叉臂,或呈玉女儿妖媚,或如古直臣翩翔,或化瑶台使,或红或白或团圞,或挂云丝镂月髓"的描绘[①],但那些补构图画的想象之语绝无。又如《丁酉暮春同王梦楼先生姚姬传比部止宿焦山为僧担云写山水障子》:"廿年师友酒杯同,洒墨焦岩绝顶风。记得江潮新涨后,乱帆明灭夕阳中。"[②]诗题已把作画题诗缘由交代甚明,而诗中几乎看不到画作的内容,这主要是因为诗是配图而行的,要表达的内容已在图中呈现,不需要再以诗歌加以铺陈描绘。

朱孝纯自画自题之诗在缩略描写及减省想象的同时,主体的抒情意味更加浓厚,个性彩色也更加鲜明。如《毕阳吏人持纸乞画戏题长歌》一诗道:"昔年赤手缚贼乌蛮城,短衣匹马趋承明。天子诏我拂绢素,要写嵯峨剑阁烟雨秋纵横。是时意气云霄薄,解剑挥毫众惊愕。论功受赏数亦奇,感激温纶沛丘壑。讵料来此川黔陬,牛马奔走无时休。薄书鞅掌日繁剧,生憎笔墨同仇雠。偶忆大罗天上事,云泥梦断三千秋。毕阳小吏尔何知,谒我乞画兼乞诗。令我把笔三叹息,松煤欲泼还自惜。人生遭际东流水,戏弄丹青聊复尔。"[③]笔者读尽全

(接上页)年》、《甲午三月时方大旱东平牧饮余求画大石画成而雨适至狂吟一绝题之》、《丁酉暮春同王梦楼先生姚姬传比部止宿焦山为僧担云写山水障子》、《戴筤圃给事过饮藤花屋作画赠之》、《自题横幅大松》、《丙申冬子至姑苏见孔南溪嘱作绘事匆匆未有以应今相逢白下又是梅花小雪时爰为写兹幅以申前诸而系以诗》等。上列诸作只是朱氏题画诗的一小部分,与一般的题画诗不同,此为诗人自画自题之作,这也可补《瓯钵罗室书画过目考》未收朱孝纯画作之名。

① 朱孝纯《海愚诗钞》,《清代诗文集汇编》第 388 册,上海古籍出版社,2010 年,第223—224 页。

② 朱孝纯《海愚诗钞》,《清代诗文集汇编》第 388 册,上海古籍出版社,2010 年,第305 页。

③ 朱孝纯《海愚诗钞》,《清代诗文集汇编》第 388 册,上海古籍出版社,2010 年,第225 页。

诗,也未知画家为小吏所作何画,甚至怀疑仅作此诗而未留画作,或随意图画几笔即写了这样一首长篇题画诗。据程晋芳《送朱子颖之蜀序》"天子嘉之,召来阙廷,询及家世,知其能画也,命作兰石小幅,赐宫纻二,俾赴蜀,以同知铨用"可知①,朱孝纯有奉诏朝见的经历,但令其升官获赏的不是军功而是"拂绢素",这也令诗人感到"数亦奇"。诗人在"牛马奔走无时休"中感慨与叹息,以为人生遭际如流水。在这首诗中,朱孝纯一方面为政事繁剧无暇调笔弄墨而烦恼,同时又以丹青为"戏弄",可以说是借小吏求画之事,将胸中的豪气和不平吐露出来。

朱孝纯的自画自题之诗虽有散佚,但因有朱尔赓额的抄录及姚鼐、王文治的选编,尚存留不少,而今天能看到的画作数量甚少。就笔者访查结果看,有《匡庐帆影》、《春山胜境》等传世,又以《朱子颖潘莲巢山水花卉合册》收朱孝纯画六幅为最多,王文治题此册曰:"此册前六幅乃朱子颖写意作也,泼墨淋漓,笔情恣肆,尺幅之中蕴含奇气,勃不可遏,有目者自当共赏之,无俟余之赘言也。"②就朱孝纯自画自题之作而言,朱氏好在诗题中交代作画缘由,诗中虽对画作之景有所铺陈,但少有题他人画作的丰富联想,这应该是自作自题挤占了想象发挥的空间。朱孝纯的自画自题之诗虽没有题他人画作联想丰富、描绘生动,但情感表达更为自由,个性色彩更为浓烈,抒情意味更为浓厚,这与王文治题跋里概括的"笔情恣肆"、"勃不可遏"的艺术精神相一致。非兼能诗画者不能自画自题,朱孝纯自画自题诗丰富了这一类题画之作,灵活的抒情方式也为此类题画诗提供了有益参考。

（三）助他人作画、他人题写的题画诗

《墨林今话》载:"金川用兵,（朱孝纯）匹马独往,作诗数十首而回,闻者咸服其豪。诗格宕逸,有'飞鸟与人争道路,啼猿知我助悲凉','一水涨喧人语外,万山青到马蹄前'等句,并为人所传。张玉川

---

① 程晋芳著,魏世民校点《勉行堂诗文集》,黄山书社,2012年,第741页。

② 朱孝纯绘,潘恭寿绘《朱子颖潘莲巢山水花卉合册》,上海世界社,宣统二年(1910),第13页。

曾画为诗意册。"①王文治亦有《有绘朱子颖万山青到马蹄前句为图者余缀以诗二首》记之,这都是以朱孝纯诗作画的明证。"飞鸟"句出自《洪椿坪二首》其一,其诗为:"金碧垂空乱夕阳,天池云表望星房。无边雪岭千层白,不尽霜枫万树黄。飞鸟与人争道路,啼猿知我忆家乡。烟丛雨雾迷归梦,那得羁人不断肠。"②洪椿坪隶属四川省乐山市,位于天池峰下海拔千余米处的山腰里。此地峰峦环抱,植被茂盛,银杏古树,秋叶金黄,气候润泽,化雾为露,似雨沛然。诗人似是深秋傍晚游赏洪椿坪,前两联以画师之笔,写出了富有层次的画面,色彩丰富又自然和谐。至于为人所激赏的第三联,从方位上讲是由上而下,由周边到身旁;从情景关系上讲是由景到情,由物到我。正是此地处半山,植被丰茂,古树参天,所以才有鸟有猿,又因夕阳落山,禽兽归巢穴,所以鸟飞猿啼。诗人高妙的地方在于虽是借景抒情,却并不生硬,完全是在抓住景物特色的基础上自然带出要表达的情感。总体而言,此诗景物布置层次井然,色彩丰富,动静结合,美如画卷,又善于借景传情,情景结合浑然天成。

上面提到的"一水涨喧人语外,万山青到马蹄前"这句则来自《雨后过超渡》一诗:"鞭丝袅袅破寒烟,古北西风雨后天。一水涨喧人语外,万山青到马蹄前。乡愁不那歌行役,村酒何能藉醉眠。却喜升平边塞好,居民千里广屯田。"③纪昀《阅微草堂笔记·滦阳续录四》"科场拨卷"载:"余丙子扈从时,古北口车马壅塞,就旅舍小憩。见壁上一诗,剥残过半,惟三四句可辨。最爱其'一水涨喧人语外,万山青到马蹄前'二语。"④待朱孝纯中举,以诗为赘拜见座师时,纪昀才知道此两句竟出自险些被黜落的朱孝纯之手,以为笔墨有因缘。纪昀又模

---

①　周骏富辑《清代传记丛刊·艺林类》,台北明文书局,1985 年,第 115 页。

②　朱孝纯《海愚诗钞》,《清代诗文集汇编》第 388 册,上海古籍出版社,2010 年,第 271 页。

③　朱孝纯《海愚诗钞》,《清代诗文集汇编》第 388 册,上海古籍出版社,2010 年,第 251 页。

④　纪昀《阅微草堂笔记》,中华书局,2013 年,第 360 页。

仿此诗作《严江舟中》："山色空濛淡似烟，参差绿到大江边。斜阳流水推篷坐，处处随人欲上船。"①从朱孝纯此诗看，此地当是北方的一处交通要道，时节为早春，因为一场雨水，柳树的枝条变得柔和嫩绿。以"鞭"来形容柳丝，表明诗人绝非骑驴觅诗的书生，春天尚刮"西风"，则可知此地不是杏花春雨的江南，看似平常的两句，实际已经为此诗定下刚健的基调。接着"雨后天"的话题，颔联先写水，雨后流水汇集河中，声势很大，以至于超过了、淹没了旁边嘈杂的人声，从声响的角度写水势，巧妙又生动。雨后，除了水涨外，景物也发生了变化。"万山青到马蹄前"，马蹄令人想到速度，似乎是一场春雨，万山就变绿了，但这种绿不是浓绿，而是一种鹅黄般的淡绿，因为只有马蹄到山前才能看到山上草木变绿。这其中的妙处正如"草色遥看近却无"一般，只不过是反其意而用之，毕竟朱孝纯写的是山林的变化，需要由远及近。纪昀模仿之作，虽欲"夺胎"，实未能超过朱孝纯此诗。

前面提到，好事者曾将上举两诗入画，如果说《洪椿坪》尚可以诗作画，那么如何以"一水涨喧人语外，万山青到马蹄前"作画？这又涉及中国画的表现问题。如以"踏花归去马蹄香"句作画②，花、马蹄皆为实物，均可就此着笔，高明的画师偏在"香"字上做文章，以几只蜂蝶追逐马蹄而飞来表现此景。又如王维"行到水穷处，坐看云起时"③，如仅以字面意入画，"水穷"、"云起"皆不便在静态的画面上表现，即使勉强作画，亦正是苏轼所讥笑的"论画以形似，见与儿童邻"④。《墨林今话》记"张玉川曾画为诗意册"，"诗意"二字也就是所谓的"中国画的特殊在于它的象征意蕴即诗意"⑤。"一水"、"万山"两

---

① 纪昀《阅微草堂笔记》，中华书局，2013 年，第 360 页。

② 明陈师《禅寄笔谈》载："宋徽宗好画，立画博士院，每召名工，必摘唐人诗句试之。一日，以'踏花归去马蹄香'为题，众多于花着工，有其甲者，惟作蜂蝶一二逐马蹄而已。"

③ 王维《终南别业》，王维撰，陈铁民校注《王维集校注》，中华书局，1997 年，第 191 页。

④ 苏轼《书鄢陵王主簿所画折枝二首》其一，王文诰辑注，孔凡礼点校《苏轼诗集》，中华书局，1982 年，第 1525 页。

⑤ 蒋寅《对王维"诗中有画"的再讨论》，《武汉大学学报(哲学社会科学版)》2019 年第 1 期。

句表现出新奇、生动的景象,颇有诗意,又富哲理,这恐怕才是纪昀和画师所赞赏之处。

三、"有我之境"与阳刚之美

从乾隆帝"命作兰石小幅"可知,朱孝纯能做细笔小画,但最能代表朱氏画风的还是那种笔力千钧、云烟飞动之作。王文治《子颖为余写山水幛作歌》对此有记载:"秋风萧飒白昼昏,满堂飞动烟云痕。朱君奇气不可遏,秃笔一扫千嶙峋。枯藤老树冻欲坼,有似臞仙拱而立。却愁风雨横空来,咫尺蛟龙起青壁。空江漠漠远天黑,帆樯欲过转欹侧。谁家避世古柴门,深锁幽篁断行迹。嗟君一笔千钧力,他人万本摹不得。"①从王文治的描述中,读者完全可以领会朱孝纯那种以气运笔、墨随笔舞的作画神情。王文治曾专门以《朱子颖画》为题作文,指出朱孝纯"于绘事不学而能"且"渐进之功深",当别人以"子颖十五年中,升沉宦海,忧乐之挠其天者,不一而足,何能专力于画"相质疑,王氏代答道:"正是子颖学画处。"②这就能看出,朱孝纯与传统注重临摹、写生的画师不同,朱氏注重聚气、广识,以助绘事。朱孝纯的题画与作画相似,作品多具"有我之境",表现出典型的阳刚之美。

(一)"有我之境"

王国维论词分"有我之境"和"无我之境","有我之境"是"以我观物,故物皆著我之色彩"③,即诗词作品所描绘的物象会打上诗人的印记。元好问则以为"心画心声总失真"④,除了让所描绘之物著我之情感,还要追求心口如一,也就是抒情主体作品内外的统一。朱孝纯的题画诗可以给读者展示真实的诗人形象,如前面已提到的《题秋鹰图》:"何人素练图秋鹰,纵横之势谁敢撄。空山草枯无雉兔,万木凋

---

① 王文治著,刘奕点校《王文治诗文集》,人民文学出版社,2014年,第196页。
② 王文治著,刘奕点校《王文治诗文集》,人民文学出版社,2014年,第665页。
③ 王国维撰,黄霖、周兴陆导读《人间词话》,上海古籍出版社,1998年,第1页。
④ 元好问《论诗三十首》,元好问著,狄宝心校注《元好问诗编年校注》,中华书局,2011年,第51页。

谢寒云横。独立枯树刷毛羽,耸身瘦骨高崚嶒。肠饥无食气愈健,精神毕露双目瞠。意态不为困穷屈,健翮一举摩苍冥。画工之笔何怒张,主人爱玩悬中堂。我对画图久彷徨,拔剑起舞慨以慷。人生安能常抑郁,恨不与尔俱飞扬。"①诗人首先将目光聚焦在这只独立枯树的鹰上,因饥肠、无食而耸身、瘦骨,但这丝毫没有影响此鹰的气势,反而更彰显它的高崚嶒、气愈健,精神毕露。不少关于朱孝纯的记载,可用三个关键词概括:有志,不得意,丑壮。如刘大櫆说:"子颖奇男子也。其胸中浩浩焉常有担荷一世之心",又言"所与交游,皆当世名贤,时过子颖论文,子颖与相对终日,或不能设食,盖子颖之穷如此"②。好友李调元对朱孝纯的形貌及性情有所记载:"其髯如戟,分二支,又呼'戟髯'。选珙宰,余作《子颖子歌》送之,有'子颖子颖髯如戟,眼中无物气无敌'之句,谓其颇使气也。"③后又言其访朱孝纯遇雨欲别,子颖坚留不得遂大哭,终作竟夜之谈。王文之治《子颖五十为诗赠之八首》其五所言:"姚子癯而妍,君颜丑而壮。虬髯二尺余,顾盼神益王。"④从师友的记载可知,朱孝纯绝不是寻章摘句的腐儒,旗籍出身且常年带兵的经历令其体格颇为雄壮,虬髯飞动更是增添了飘逸的风采,又有哀乐过人的性情。了解朱孝纯的相貌、遭遇及气质后再读此诗,鹰与诗人在精神气质方面极为相似,这也是此画让诗人久久彷徨、慷慨舞剑、产生共鸣的根源所在。可以说,这首《题秋鹰图》形神兼备,又注入了诗人强烈的情感色彩,洵为"有我之境"的佳作。

关于创作主体与诗歌、绘画的关系,朱孝纯在序罗聘《登岱诗》中有一段精彩的阐释:"天地灵秀为山水,人心灵秀为笔墨,故非笔墨不足以写山水。曰诗,曰画,此人心之灵秀与天地之灵秀相喷薄而与为

① 朱孝纯《海愚诗钞》,《清代诗文集汇编》第 388 册,上海古籍出版社,2010 年,第 220 页。

② 刘大櫆著,吴孟复标点《刘大櫆集》,上海古籍出版社,1990 年,第 63 页。

③ 李调元著,詹杭伦、沈时蓉校正《雨村诗话校正》,巴蜀书社,2006 年,第 35 页。

④ 王文治著,刘奕点校《王文治诗文集》,人民文学出版社,2014 年,第 307 页。

融洽者也。然或能诗不能画,未足以写泉石之精神;能画不能诗,未足以阐林壑之幽胜;又或能诗与画而名山大川无缘一至者有之,虽欲镂镌造化又乌从而写之?"①在朱孝纯看来,不管是诗歌还是绘画都是以笔墨写山水,以人心之灵秀去融洽天地之灵秀,仅为诗人或者甘作画师都不能将天地之美完全展现出来。在具备"写泉石之精神"及"阐林壑之幽胜"的素养后,诗人和画家还要不断在山川自然中寻求灵感和获得慰藉。朱孝纯强调"人心之灵秀"对"天地之灵秀"的融洽,实际上即是肯定作品中"我"的意义,也就是推崇"有我之境"的作品。

(二)阳刚之美

"一阴一阳之谓道",《周易》以为阴与阳是推动宇宙生命演变的两大基本要素,柔与刚则是阴阳所具有的基本属性。人为天地之心,文为人心之秀,天地万物可以阴阳分,千姿百态的文章也基本可以划分为阳刚与阴柔两大类型。姚鼐为朱孝纯诗作序,开头即言:"吾尝以谓文章之原,本乎天地。天地之道,阴阳刚柔而已。苟有得乎阴阳刚柔之精,皆可以为文章之美。"②这是将哲学领域的命题引入到文学话语中加以讨论,显示出高度的概括性。姚鼐《海愚诗钞序》论文章可以阴阳刚柔分后,紧接着就言:"阴阳刚柔,并行而不容偏废。有其一端而绝亡其一,刚者至于偾强而拂戾,柔者至于颓废而阉幽,则必无与于文者矣。"③这就是说,阴阳刚柔,创作者可以偏嗜其中一个方面,但不可以完全失去另一方面,如果一味以犷悍不驯为阳刚,则阳刚之美不复存在;一味以靡弱不振为阴柔,则阴柔之美亦将消亡。姚鼐在该序中进一步认为"古君子称为文章之至,虽兼具二者之用,亦不能无所偏优于期间",指出除圣人之言,阴阳刚柔二气总会偏优于一端,即或偏于阳刚,或偏于阴柔。从天地之用出发,姚鼐"尚阳而下阴,伸刚而绌柔",认为"文之雄伟而劲直者,必贵于温深而徐婉",温

---

① 王昶《胡海文传》,《续修四库全书》第 1668 册,上海古籍出版社,1996 年,第 677 页。
②③ 姚鼐著,刘季高标校《惜抱轩诗文集》,上海古籍出版社,1992 年,第 48 页。

深徐婉之才不易得，尤难得者在于天下之雄才。顺此逻辑，姚鼐后文以朱孝纯为"今世诗人足称雄才者"，于序文中完成对于朱孝纯诗作的揄扬。

朱孝纯的雄才亦体现在题画诗作中。朱氏的题画诗并非皆为豪气满纸之作，其中亦有清丽之笔，如《戏题画册二首》其一："秋桑弱柳遍天涯，芳草溪边衬碧沙。等是春风好颜色，流莺何苦恋桃花。"[①]虽为短篇，却颇有趣味。又如《题江帆风柳图》："睡足青山媚晓姿，烟篷缥缈柳参差。煮鱼记坐蜻蜓尾，消受江天饭熟时。"[②]虽是题画，却显示出诗人对于大自然的热爱，生活气息浓郁。在不废柔美之作的同时，最受时人推崇、最能展现诗人气质的还是那些充满阳刚之美的诗作，即姚鼐《海愚诗钞序》称赞的"即之而光升焉，诵之而声闳焉，循之而不可一世之气勃然动乎纸上而不可御焉，味之而奇思异趣角立而横出焉"这部分诗作。朱孝纯喜题大松图，如《题自画横幅大松》开头道："云绡谁写横江梅，回头已失濠梁崔。东绢破裂直干摧，毕宏韦偃安在哉？"[③]诗人开口即言不愿画梅，呼唤毕宏、韦偃这样的画家以大手笔作画。"岳楼晨起涤冰砚，琥珀十笏磨烟煤。一株两株不容拟，四株五株差可排。饥骛颇疑筋化凤，僵立亦作皮束鲐。上者夭矫破元气，下枝礋砢交根荄。岂惟齐刘视蝼蚁，抚摩秦汉如婴孩。人言放笔有奇胆，斯意莫作凡近猜。"[④]这段诗歌从准备作画写起，颇有气势，尤其是对于大松形态描绘的两句，以"筋化凤"写大松的"饥骛"貌，以"皮束鲐"状大松的"僵立"态，这正是姚鼐所言的"味之而奇思异趣角立而横出焉"。除了这些长篇大作，一些短小的题画绝句，亦能显示出诗人的豪放之情，如《为仲松岚作画》："秃笔骅骝敢自雄，爱君天马

① 朱孝纯《海愚诗钞》，《清代诗文集汇编》第 388 册，上海古籍出版社，2010 年，第293 页。

② 朱孝纯《海愚诗钞》，《清代诗文集汇编》第 388 册，上海古籍出版社，2010 年，第302 页。

③④ 朱孝纯《海愚诗钞》，《清代诗文集汇编》第 388 册，上海古籍出版社，2010 年，第233 页。

气行空。劈开华岳青天上,为我题诗太白宫。"①诗人以秃笔作画,又要为其题诗太白宫,可谓豪气冲天。《题文姬出塞图》:"杳杳穷边漠漠尘,西风远嫁可怜人。曹瞒死去英雄少,谁遣黄金赎妾身。"②此诗称曹操为"曹瞒",又以之为英雄,足见题诗之人亦非等闲之辈。

诗情与画意是题画诗的两大基本要素。通常而言,画家注重的是画面的呈现,诗人注重情感的抒发,但在画与诗相结合的这一题材中,诗人为补短板,常在已定的主题和布局上下功夫,而忽视内在情感的抒发。一些题画诗本身就是应酬之作,有情感的佳什更是少见。姚鼐和王文治为乾嘉时期著名诗人,两人的题画诗皆在百首之上,但无论是诗情还是画意都不及朱氏的题画诗。与同时代甚至前代绝大多数诗人相比,朱孝纯题画诗的特色或优长在于,既有画家补构图画的能力,又有诗人善于抒情的优势,哀乐过人的性情又使得主体精神始终处于在场的状态,这就更加难能可贵。研究朱孝纯题画诗的意义还在于,朱氏不仅有题他人画作、题自己画作的题画诗,还有助他人作画、他人题写的题画诗,这种丰富性是绝大多数题画诗人无法比拟的。相较于王维等诗作的"无我之境"和阴柔之美,朱孝纯题画诗多具"有我之境"和阳刚之美,按照姚鼐"尚阳而下阴,伸刚而绌柔"的观点,朱孝纯的题画诗堪称一流。

(安徽大学文学院)

---

①② 朱孝纯《海愚诗钞》,《清代诗文集汇编》第388册,上海古籍出版社,2010年,第294页。

日本的四六图谱系[*]

蒙显鹏

内容摘要： 四六图作为日本骈文理论的重要载体，在日本骈文发展史上起着重要作用。平安时代的《作文大体》吸收《赋谱》的术语要素，成为四六图的准备阶段。经《王泽不渴钞》等的过渡阶段，到五山时代出现《天隐师四六图》等成熟的四六图。江户时代大颠梵通《四六文章图》是集大成著作，对《文林良材》、《文海知津》等产生直接影响。近现代日本学者仍承四六图的余波，如铃木虎雄《骈文史序说》等采用的论述形式可称为"现代版的四六图"。梳理四六图的谱系，有助于研究日本骈文理论的形成与新变，探索中国骈文及理论对日本的深远影响。

关键词： 四六图；《作文大体》；《天隐师四六图》；《四六文章图》；谱系

---

　　* 本文为国家社科基金青年项目"骈文在日本的受容与变容研究"（项目编号：22CWW010）阶段性成果。

The Pedigree of the Sirokuzu in Japan

Meng Xianpeng

Abstract: As an important carrier of Japanese parallel prose theory, the Sirokuzu played an important role in the history of Japanese prose development. The *Sakubun Daitai* of the Heian period absorbed the terminology elements of *Fu Pu* and became the preparation stage for the Sirokuzu. After the transitional stage of *Outaku Hukatusyo*, mature Sirokuzu such as *Sirokuzu of Tenin Master* appeared in the Gozan Period. In the Edo period, Daiten Bonsen's *Siroku Bunjozu* is a collection of masterpieces, which has a direct impact on *Bunrin Ryozai*, *Bunkai Tisin* and so on. Modern Japanese scholars still inherit the aftermath of the Sirokuzu, such as Suzuki Torao's *Compendium to Parallel History*, which can be called the modern version of the Sirokuzu. Sorting out the pedigree of the Sirokuzu is helpful to study the formation and new changes of Japanese parallel prose theory, and to explore the far-reaching influence of Chinese parallel prose and theory on Japan.

Keywords: Sirokuzu; *Sakubun Daitai*; *Sirokuzu of Tenin Master*; *Siroku Bunjozu*; pedigree

　　"四六图"是指用图示的形式来说明四六文(骈文)的格式兼及创作方法的著作,是形成于古代日本的骈文创作指南。四六图类似于中国的"诗格",不同在于四六图的对象是四六文,而诗格则是对诗而言。谭家健先生《中华古今骈文通史》曾论及域外骈文创作的概况,就提到其中的一种——江户时期日僧大颠梵通的《四六文章图》①。另外,该书也提到《天隐和尚四六图》、《策彦四六图》,然而未作说明。

---

① 谭家健《中华古今骈文通史》,社会科学文献出版社,2018 年,第 770 页。

日本学者玉村竹二的《五山文学:大陸文化の紹介者としての五山禅僧の活動》(至文堂,1966年)第六章"四六骈骊文"中讲到五山禅僧的四六文传承过程中的几种文献,其中也包括该时期的四六图。然而玉村氏重在研究五山文学中的四六骈俪文本身,未在整个日本骈文学史来考察其形成及流传的问题。在此有必要作详细论述。

笔者曾在《日僧大颠梵通〈四六文章图〉考论》中对《四六文章图》作了较为详细的考察①,并初步发现日本的"四六图"在其逐步定型中吸收了中日两国相关文献的诸多要素,是非常有特色的骈文理论著作,对于日本骈文创作理论的形成、传播过程中扮演非常重要的角色,甚至对近现代日本学者的骈文研究都产生深刻影响。本文即试图系统地爬梳日本"四六图"形成的谱系,详细论述其中各类"四六图"的形成脉络及各自特点,以考察中国骈文在传入日本之后形成怎样的"橘枳之变"。

一、准备期:《作文大体》

对日本四六图的形成过程中起到重要作用的,首先要数《作文大体》。《作文大体》的作者一般认为是藤原宗忠(1062—1141),流传最广的是版本是日本《群书类从》所收本②。该书从用字、句法、篇章构成等诸多层面来论述诗与文的作法。其中的前半论诗之法式,是较为典型的诗格;后半"杂笔大体"主要阐述骈文的创作的各要素,涉及到文句的各类称谓、骈文的篇章结构等诸多层面。《作文大体》的"杂笔大体"虽然不以"四六图"为名,而实际上与后来的四六图极为相似。下面分述其中关于字句结构、篇章构思两方面的内容。

---

① 《日僧大颠梵通〈四六文章图〉考论》,《骈文研究(第三辑)》,广西师范大学出版社,2019年。

② 关于其详细考论,参考山岸德平《作文大躰について》(《日本漢文学研究》,日本东京有精堂,1972年,第249页),另参见张宇超《日本中古时期诗格文献考》,《域外汉籍研究集刊(第十七辑)》,中华书局,2018年。

首先是《作文大体》中关于骈文字句的称谓。《作文大体》对于骈文的各种句式有详细的称谓,分成发句、壮句、紧句、长句、傍句、轻隔句、重隔句、疏隔句、密隔句、平隔句、杂隔句、漫句、送句共十三类。以上十三种句式术语并非日本人所发明,大多数明确可知来源于《赋谱》。然而《赋谱》在中国很长一段时间已经散佚不闻,赖日本所保存而于20世纪八十年代才被重新介绍到中国而为学界所重视。当然,上述骈文或赋的术语也随着《赋谱》的佚亡而在中国一并失传。除了常用的"隔句对"术语与此重合之外,中国历代的赋话、四六话等批评文献一概未见上述术语。《作文大体》则完整保存了《赋谱》关于赋的术语,并且不仅限于赋,这些句式更用于杂序、愿文、奏状等骈文体裁。其中又有不见于《赋谱》的句式——傍句。傍句(类似于发句,指带有"既以"、"已而"等不对偶的单句)的发明及运用,是日本骈文论中一种非常特别的现象,一定程度上可以代表日本的骈文理论已经产生出新的要素。

《作文大体》的这些术语对于日本的骈文术语的定型意义重大,如后文所提到的数种"四六图"都采用了这些术语,甚至影响到现当代学者。张伯伟《全唐五代诗格汇考》附录有《赋谱》,并指出:"由于此书(《赋谱》)很早传入日本,故对日本汉文学颇有影响。如藤原宗忠《作文大体·杂笔大体》中已有袭用。了尊于弘安十年(1287)所撰《悉昙轮略图抄》,其卷七论文笔事引《里书》,言诗有'发句、胸句、腰句、落句',言笔有'发句、傍字、长句、轻、重、疏、密、平、杂、壮句、紧句、漫句、送句'等,亦显然受到《赋谱》影响。"[①]事实上,相对于以上所述《作文大体》及《悉昙轮略图抄》,自中国传入的《赋谱》本身的传播显然是较为有限的,这些术语的流传更多依靠《作文大体》等日本文献。

《作文大体》第二个要素,是其中关于骈文篇章结构等具体作法。

---

① 张伯伟《全唐五代诗格汇考》附录三《赋谱》(解题),江苏古籍出版社,2002年,第555页。

其中的"杂序"条详细论述杂序骈文之作法：

> 先当时节候，花月日时，景气之好体矣。次就会合有心
> 之人，称美今日之主人，叹数辈同心之兰友同企此会之趣。
> 次当所为胜形名区之意矣。次置傍字，即观夫、于时、方今
> 等之类也。次题目之词，或以紧句，或以长句等是也。次破
> 题之意，以隔句具陈题目之心是也。次譬喻之语，课节物置
> 景气等是也。其始必先可施傍句矣。次述怀之趣，今日游
> 宴之遂毕事言之，课花鸟风月，可题其志矣。其始同可置傍
> 字，然则爱以等类也。次自谦句，先置我名二字，置如予者，
> 但随所书之。次我可去不足其器也，傍题目之趣，书之为
> 佳。长短字句可任意也，是尚述怀之句中也。次谨序此词，
> 是今家事也，云尔、以尔、如斯等类也云云。

相比于中国骈文的篇幅长短无所拘束、篇章结构的相对自由，日本的
骈文往往体现出程式化的特点，这或许和日本实际的骈文创作与《作
文大体》等程式化的作文指南理论的相互影响有关。后来的四六图
大多也有这样的特点。

二、过渡期：《王泽不渴抄》与《悉昙轮略图抄》

以上论述了《作文大体》中体现日本四六图的两个特点，一是特
殊的字句术语，一是程式化的篇章结构规范。这里要论述的《王泽不
渴抄》和《悉昙轮略图抄》则体现了四六图的第三个重要特点，即用图
示的方式提示格律及规范。

《王泽不渴抄》成书于镰仓时代建制治二年（1276），今有抄本与
刻本系统。本文所参考文本为日本国立国会图书馆所藏元和十年
（1624）刊本。在格律规范上，《作文大体》的"杂笔大体"并没有平仄
图示，而是用"平"、"他"汉字来代表平、仄声格式。《王泽不渴抄》则
采用了带颜色的圆圈来表示诗歌的平仄，使人一目了然。了尊作于
弘安十年（1287）的《悉昙轮略图抄》其图示也与此类似。然而，《悉昙
轮略图抄》则更进一步，不仅有诗歌的图示"诗图"，更加入了骈文的

图示"笔图",也包括《作文大体》中所见的发句、傍句、长句、隔句等术语。① 《悉昙轮略图抄》的"里书"(日语"裏書",即纸背注释)则具体解释发句、傍句、长句、隔句的具体含义,其所举句例有数条与《作文大体》相同,或许有某种继承关系。不过,由于骈文的复杂平仄格式很难在一张图中表现出来,因此这时候的《悉昙轮略图抄》的图示还不包括骈文的平仄说明,而只有字数的说明。

此外,《王泽不渴抄》也有篇章结构作法的总结,要比《作文大体》的结构更为灵活、自由。从其示例来看,实际上仍在提示某种较为具体、可把握的模式。其中在"诗序"的部分,提出了"五段事",即将诗序结构分为五段。其中第一段又分为"四次第":

　　　美亭主之敏思名誉,一样。赋地形之胜绝奇异,一样。

　　述时节之胜他时,一样。咏景物之超异物,一样。此四种之

　　次第,随人依所随时依物随一样,呈此风情也。

这里的"四次第"分别指赞美诗序宴会主人、写地形之美、时节之美、景物之美,并提出可根据实际情况来决定运用何种。第二段以《待花催胜游》诗序为例,展开春天景物的描写,第三段点题,第四段赞美在座宾客的文才,第五段为自谦之语。随后,《王泽不渴抄》总结云:"以上以之为五段,随时节、依题目、翻而可书之。"也就是说这五大段可以根据实际情况运用在其他季节、场合的题目上。后面所举的《七言初秋同赋秋夜月前吟诗一首》、《七言孟夏同赋林下多芳草诗》、《冬日同赋白雪满山路诗一首》的诗序,其结构也与以上五段类似。由此也可知,《王泽不渴抄》的骈文理论特点主要体现在作为一种骈文指南的层面来说。总体来说,《王泽不渴钞》与《悉昙轮略图抄》具有一定程度的图示以及作法指南的双重性质,已经与后来的四六图非常接近了。

---

① 《大正新修大藏经》第 84 册《悉昙轮略图抄》卷七,第 694 页。

三、成熟期：五山禅僧的"四六图"

到了五山时代①，日本的骈文主要集中于禅僧之手。此时他们的师法对象不再是平安时代所推崇的《文选》或王勃等的骈文，而是极力学习与佛教深有渊源的苏轼、黄庭坚、惠洪、笑隐大䜣等人的骈文。其中尤以元朝诗僧笑隐大䜣的影响最大，直接影响中岩圆月、一峰通玄、无梦一清、绝海中津等的骈文创作。特别是绝海中津大力推崇笑隐大䜣的"蒲室疏"（蒲室是其号，其文集为《蒲室集》），又将蒲室法传于惟肖得岩、江西龙派、太白真玄、昙仲道芳、天章澄彧、仲芳圆伊等人，这些人又各自开枝散叶，遂使蒲室疏法笼罩五山骈文的半壁江山。经由学习、讲解蒲室疏文②，五山禅僧总结出与苏黄等人不同的"日本疏"。日本疏长短不再像苏黄等人的长短不拘，而是有篇幅、体制的较为严格限制。这时期的四六图则能直接反映出这种变化。

最早以"四六图"命名的著作是天隐龙泽所创作的《天隐和尚四六图》，今存本有日本国立国会图书馆所藏写本《天隐师四六图》所收。《天隐师四六图》除收录《天隐和尚四六图》外，还收录其他五山禅僧的四六文论，包括《虎关和尚四六法》、《常庵四六转语》、《禅客法式并出阵四六图》、《策彦四六图》、《裁文作法》等。另外，相同内容亦载同图书馆藏《四六汇解》（宽永六年写本③）。今将收录于《天隐师四六图》中与四六图相关的论著按作者时间先后顺序论述。

---

① 五山时代是日本汉文学史的一个分期，时间上大概相当于镰仓时代至安土桃山时代。其得名源自该时期的"五山十刹"制度，活跃在该时期的汉诗文作者主要是"五山十刹"制度下数量众多的禅僧。

② 蒲室疏讲义有仲芳圆伊《蒲室疏解》、江西龙派《江西蒲室四六讲时口传》、正宗龙统《蒲芽》、月舟寿桂《蒲叶》（《蒲芽》之补订）、《蒲根》等。参见玉村竹二《五山文学：大陆文化の紹介者としての五山禅僧の活動》第六章"四六骈骊文"，日本东京至文堂，1966年。

③ 《四六汇解》编者不可考，分为元、亨、利、贞四册，所收内容分别为《蒲传尊宿秘旨》、《四六文章口传》、《文法口传》（以上元卷）、《伊仲芳四六之方》、《蒲室疏解》、《蒲疏秘诀》（以上亨卷）、《蒲根》（以上利卷）、《蒲芽》、《法语指南》、《虎关和尚四六法》、《江西和尚四六口传》、《策彦和尚四六图》、《裁文作法》、《天隐和尚四六图》（以上贞卷），其中《法语指南》以下的内容与国立国会图书馆藏《天隐师四六图》的内容基本相同。

《天隐师四六图》中收录时代最早的是虎关师炼(1278—1346)的《虎关和尚四六法》，列举了虎关师炼总结的八种句式，并列举其具体例子。这些术语与《作文大体》所记载的十三种句型相同，只是大部分的句例由一般文人的文例替换成佛教相关内容。

《江西和尚蒲室御讲时四六口传》是江西龙派(1375—1446)讲解蒲室疏(笑隐大䜣《蒲室集》所收疏文)的讲义，也有可能由天隐龙泽所记录。四六文的传授，除了四六图之外，通过讲解笑隐大䜣蒲室疏的作法也是五山禅僧传授四六文作法的重要手段。关于这点，玉村竹二《五山文学:大陆文化の紹介者としての五山禅僧の活動》第六章"四六骈俪文"已有说明，此不赘述。关于蒲室疏的讲解，仅无名氏所编的《四六汇解》中即保存了其中多种讲义:《蒲传尊宿秘旨》《蒲室疏解》《蒲疏秘诀》《蒲根》《蒲芽》。由于是讲义性质，故《江西和尚蒲室御讲时四六口传》以日文写成，讲述四六文的对偶、字数、对数限制等问题。其中的"四六八体"对应上文虎关师炼《虎关和尚四六法》的八体，而更补入详细解说。称谓上小有不同，其中"壮句"改称"盛句"，"隔句"作"过句"。又说当世四六文只用八体中的五体而不用另外三体(发句、漫句、送句)。又云"隔句中有六科"，"今所用者，杂隔句、轻隔句、重隔句"，又有"江西和尚四六口传十段"附后(原为日文，以下为笔者转译):

一、蒙头，用隔句也。轻隔句为好，然不守一隅也。

二、结句，直对也。此下书"共惟"二字也。

三、八字称，凡以四言一对为本。

四、师承，隔句一对，但对以书其人之事为本。

五、和句，直对也。有二对，亦有一对，又无亦一体也。

六、实录、书隔句一联。其人若无师承，于前之师承处，书实录一联，此可书缘语也。

七、又有和句，无亦可也。此云和句，和句者，调和上下之理，故云也。重要之物也。

八、自叙，直对一对也。凡以八字为本。

九、此处隔句上关自叙,下以其人之事为对。

　　十、祝语,此处亦直对。

　　凡此分也,此外有诸多之体。凡启札十对,多至十二、
十三对,法也。十四、十五,无法度也。蒙头与八字称,可调
其中一句之平仄声。

这是最早的关于疏文格式规定的文献。从中可知,江西龙派的疏文
"十段",其格式已经大致固定,只是其中的"和句"较为灵活,可多可
少,或可有可无;另外"师承"句有时也可不用;最后提出疏文不可超
过十三对。江西龙派的这些观点,是在讲解蒲室疏的过程中产生的。
事实上,包括笑隐大䜣在内,中国疏文的格式虽然以十三对以下为
主,但是也并非如此绝对,篇幅上也存在更长的疏文。然而日本疏文
在此之时,经由江西龙派的模式化讲解及其产生的影响,实际上已经
基本奠定了后来五山文学疏文的基本格式。另外,在术语上,《江西
和尚蒲室御讲时四六口传》中使用的"蒙头"、"结句"、"八字称"等表
示疏文具体对偶的术语,也是现存中国文献所没有的,基本上可断定
为日本文人所独创。由此也可见出江西龙派的疏文"十段"说对在日
本骈文理论上的独特地位。

　　《天隐和尚四六图》作者为天隐龙泽(1422—1500),收录在国立
国会图书馆藏《天隐师四六图》的开头,有天隐龙泽所作序文。从图
中可看出以下特点。首先,此图分为两种,第一格式为七对,第二种
为八对,都与江西龙派的"十段"(包括可有可无的两段"和句")较为
相近。此外,除了"八字称"和"结句"之外,与江西龙派对于"十段"具
体的命名有所不同,并有"本则"、"着语"的新术语。"本则"指隔句上
下句的前半部分,"着语"指后半部分。此外,在结句之后,多出了"小
结"。据该四六图所作说明,结句若用了八字长句直对,语感上不佳,
所以需要用四字、三字、五字的短对来调和,此即"小结"。总体来说,
《天隐和尚四六图》包含了类似江西龙派的"十段"的篇章格式论,又
以图示方式来展现,并有四六文之作法论。可以说,发展到天隐龙
泽,才代表四六图真正意义上的形成。

《天隐师四六图》中还收录《常庵四六转语》，作者为常庵龙崇（1470—1536），其内容较为简短，主要论述四六之名的来源及其与诗的不同，又论及剪裁古人诗句入文之法。另述各类对句的大体规则，如对句的字数、缘语的含义（"专述德义也"）等。

《禅客法式并出阵四六图》，紧接在该书《常庵四六转语》之后，不知是常庵抑或是天隐龙泽所作，抑或后人所总结，姑且置于此。其图示为两个末字平仄交替的对句，一为隔句对，一为单对，且两对的末句押韵。顺便一提，由此也可看出，日本的"四六"不仅指不押韵的骈文，有时也包含一些对仗的韵文，其概念也与中国的"四六文"略有不同。虽然《禅客法式并出阵四六图》十分精炼短小，事实上它也具备了四六图两方面应有之内容：格律图示与作法论。

策彦周良（1501—1579）的《策彦四六图》与《天隐和尚四六图》十分接近。《策彦四六图》总共有三种格式的图示。第一种十二对（包括两对当时已经不用的格式），第二种八对，第三种九对。相比于《天隐和尚四六图》，《策彦四六图》有了更多关于格式说明的旁注。譬如第一种格式第二对的"结句"："（上句）顺序，承第四句而言。（下句）倒序，承第二句而言。皆此意也。盖有决前称后之意也。"十分清楚地解释了"结句"的内涵及其具体要求，即结句的上下句分别承接前面"蒙头"一对的第四句、第二句而言。这些都对《江西和尚四六口传》和《天隐和尚四六图》有补充说明的作用。又如"八字称"注云："八字之颂是也。"这样清楚的解释也是前者所无。第三四对云"师承，又行实"注云："屋里机缘也。师承，坊主事也。行实者，云其人之实录。此一联实录也。"《策彦四六图》结合了《江西和尚四六口传》与《天隐和尚四六图》之特点，进一步突出了"四六图"的指南作用。可以说，《策彦周良的四六图》已经是非常成熟的四六图了。

总而言之，包括《策彦四六图》等在内的《天隐师四六图》一书，集合了众多四六图及骈文论的著作，其中收录收各家四六文论及图示，是业已成熟的四六图。

四、集大成：《四六文章图》及《文林良材》、《文海知津》

四六图的集大成者，要数江户时代大颠梵通（1629—1685）的《四六文章图》。拙文《日僧大颠梵通〈四六文章图〉考论》曾有详述，这里试围绕其"四六图"的性质撮其要点而言之。首先，《四六文章图》继承了五山时代《天隐师四六图》等"四六图"的形式，除四六文之外，还将四六图的形式用于诗、赋、铭、赞等体裁，其篇幅达五卷之多。其次，相较于《天隐师四六图》等五山时代的四六图，《四六文章图》保存了许多疏文之外的禅林四六文及其格式。其中疏语及秉佛法语、禅客法式、出阵四六等已见于上述五山时代《天隐师四六图》等著作，而《四六文章图》包含了更多的四六文体裁，如卷五的《锁龛图》、《挂真式并图》、《起龛式》、《奠汤式》、《奠茶式》、《下炬图》、《取骨式》、《安骨式》、《拈香式并图》、《小拈香式》、《升座式并图》、《普说式》都是关于佛教丧葬仪式相关文体，而中日其他禅林相关文献如《百丈清规》或《禅林象器笺》中虽然有简略介绍却无具体文体作法等说明，足见其重要的文献价值。最后，《四六文章图》虽然重点论述禅林骈文，然而更涵盖了禅门之外的骈文，譬如，专辟第二卷言"儒家四六"，包括了序、启札、请书、说、记、解、辨、表、原、论等禅林之外一般文人所使用的四六文作法及格式。丛林四六文与五山丛林体制的兴衰相对应，进入到儒学大盛的江户时代，古文辞派翕然兴起，丛林四六文的衰退便不可避免了。不过从《四六文章图》中也可以看出，大颠梵通似乎不愿意被重实用的古文的大浪所淹没。《四六文章图》首章总括句制、文体，接着第二章专言"儒家四六"，将四六文冠以"儒家"之分类，隐约可见主动将四六文融入儒家潮流；第三卷言文类，似乎试图将赋、颂、铭、赞、箴等多用骈偶的韵文也纳入四六文阵营中，不难看出一种振兴或挽留四六文的良苦用心。

林义端编《文林良材》成书于日本元禄十四年（1701），是江户较为重要的文章学著作。谭家健先生《中华骈文古今通史·域外骈文创作》、王宜瑗《知见日本文话目录提要》①有著录。《文林良材》在书前的凡例写道："本朝丛林每用四六启札疏语等之格式，本不载旧稿，今广为考索他书，摘要择粹，附于三之卷末（笔者按，当为"二之卷末"），以备缁流嗜文人之采用。"（引文为笔者转译）可知《文林良材》原本并无《丛林四六文式》，而是"广为考索他书，摘要择粹"而补入，以备"缁流"即僧人的采用。虽然《文林良材》凡例中并无明确提供《丛林四六文式》的来源信息而只云"广为考索他书"，然而经过笔者考察，此卷其实主要取材于《四六文章图》。具体关系如下：其中的"四六九法"条用和文写成，然而其内容与《四六文章图》卷二的"四六九法"条基本相同，详细介绍四六启札其中一种格式，即包含九个对句的"四六九法"。按照顺序为蒙头、结句、八字称、机缘、过句、实录、自序、决句、祝言。"体制二样"条用汉文写成，与《四六文章图》的"体制二样"条相同，简略介绍四六两种格式以及各对句的名称：四六九法、四六十制。"正变六格图"条用汉文写成，与《四六文章图》卷二的《正变六格图》完全一致。包括"正格三样"、"变格三样"的图示，是四六启札的六种基本格式。据编者所说，从这六种基本格式中变换，可导出数十种格式。后面所举《重阳启札》的文例也与《四六文章图》相同。"疏图并疏语"条用汉文写成，与《四六文章图》卷五"疏图并疏语"条完全一致。所举惠洪、道璨、宝昙、北磵的疏文也与《四六文章图》同。"日本疏并图"条用汉文写成，与《四六文章图》卷五"日本疏并图"相同。所举熙春龙喜疏文也与《四六文章图》相同。"疏八法"、"疏式"与《四六文章图》卷五的"疏八法"、"疏图"相同。另外，之后的《序法》包括《书序五法》、《文序大意》、《启札序大意》、《诗序大意》、《大序法》、《小序法》、《自序大意》等与《四六文章图》卷二相对应部分顺序以及用例几乎一致。

江户后期的佐佐丰明《文海知津》②也有引用《四六文章图》的部

① 王水照主编《历代文话》第十册附录，复旦大学出版社，2007 年，第 9812 页。
② 原书由生成堂刊于嘉永五年（1852），本文参考《文海知津》复刻刊行会 1969 年影印本。

分,其卷上云:"《文章图》曰:盖文体句法,虽战国、两汉、三国、西晋、唐宋之文人,孟轲、庄周、屈原、贾谊、司马相如、董生、扬雄、刘向以来……句中有余味,篇中有余意者,善之善也。倒言而不失其言者,言之妙也。"该段文字即出自《四六文章图》卷一开头部分,"文章图"即指大颠梵通《四六文章图》。可知《四六文章图》也是《文海知津》的参考书目之一。特别是卷上"明四六文书启法第八"中的四六文的格式以及图示也与《四六文章图》及五山时代的四六图极其相近。值得一提的是,在古文十分兴盛的江户时代,《文海知津》虽然也论述古文辞,但是却不排斥骈文。如卷上云:"又假虽作散文漫笔,若似不识对偶体格者,无缘味古人联体焉。"另外,该书的特别之处还在于其主动地吸纳四六图的形式与相关术语来讲解古文。如卷上"独句四样"即与《四六文章图的》的"独句四制"(发句、傍句、漫句、送句)类似,"壮句"、"紧句"、"长句"的说明以及所举例子也多与《四六文章图》相同,只不过《四六文章图》所举例子几乎都是骈文对句,而《文海知津》更加入了散文中的对句。如果说《四六文章图》的论述对象在禅门骈文的基础上扩展到了儒家骈文,那么《文海知津》则在骈文的基础上扩展到了古文创作中。

由以上可知,《四六文章图》作为四六图的集大成,被后来的《文林良材》、《文海知津》等文章学著作所参考、引用,对后世的四六文论著作产生了较为广泛的影响。

五、四六图的余响

从平安时代的《作文大体》到江户时代的《四六文章图》,四六图逐渐演进发展,后世文献有种种程度不同的继承或借鉴,甚至直到近现代学术著作仍有绵绵余响。下面试列举数种著作以见一斑。

禅宗学者山田孝道(1863—1928)编有《禅林香语集》(光融馆,1913年),其附录《偈颂文疏作法要略》是专门讨论禅门文章的指南书,其中的"四六文作法"条即明确可知参考了大颠梵通《四六文章图》。该部分大体上引用《四六文章图》的"十三法"(独句四制、短对三制、隔对六体)以及几种疏图及例文,并加以日本现代文的讲解,十分详尽透彻。如其序文所说:"附录《偈颂文疏作法要略》,欲使读者据之得一斑而自在创作,亦作者之老婆心也。"该书具有十分强烈的指导禅林作文创作的意图。虽然江户时代古文辞席卷日本,而骈文创作自五山时代末到大正时代都绵延一线,未曾断绝。《禅林香语集》引用《四六文章图》,其目的也在于指导当时禅林的骈文创作,具有实用的指导意义。

再如,关于上述的十三种骈文句体(发句、傍句、漫句、紧句、壮句等)的术语在中国基本失传,而在日本一直代代沿用至今。正如柏夷《〈赋谱〉略述》所指出:"《赋谱》列出了描述各类赋句的术语。有趣的是,这些术语中的一部分,可能别有其他途径传到日本。因此在《赋谱》发现之前,铃木虎雄在其重要的赋史著作中即已使用了这类术语。"①这里所说铃木虎雄(1878—1963)的著作指《赋史大要》,出版于1936年,在《赋谱》重新被发现之前,其中更采用了《赋谱》所无而日本所特有的术语——"傍句"。因此铃木虎雄采用这些术语很明显不是直接来源于《赋谱》,而是来源于日本文献,即很有可能即来自《作文大体》等类似于四六图的著作。另外,铃木氏出版于1961年的《骈文史序说》②至今仍是重要的骈文研究专著,其讲解形式亦采用上述术语,并用图示的方式来讨论骈文,事实上这可以称为现代版的"四六图"。

另外当代学者古田敬一《中国文学的对句与对句论》③也采用了铃木虎雄上述术语及形式。但是该书并非借用《作文大体》或《四六文章图》等著作,而是直接承袭江户时代儒者佐佐丰明《文海知津》中

---

① 柏夷《〈赋谱〉略述》,《中华文史论丛(第四十九辑)》,上海古籍出版社,1992年。

② 该书早期雏形即《骈文概说》。《骈文概说》是1941年10月6—11日铃木虎雄在东京文理科大学汉文学科所作讲义笔记,1942年《汉文学会会报》将之整理,发表在该杂志卷12第1—71页。此后的1961年,讲义再次经过整理,作为《骈文史序说》油印出版,2007年复经兴膳宏校补出版(研文出版)。参见蒙显鹏《日本近代的骈文研究》,《骈文研究(第五辑)》,广西师范出版社,2022年。

③ 古田敬一《中国文学における对句と对句論》,日本东京风间书房,1982年。

《四六文书启法》的图示及术语。饶有意味的是,古田氏频频称引《文海知津》,并云:"以上文章构造的图解(笔者按,骈文平仄及构造等格式的图解),最早见于江户儒者佐佐丰明的《文海知津》(嘉永刊),之后铃木虎雄的《赋史大要》及《骈文史序说》中也予以采用,最近则见于民国时期年轻学者张仁青的《中国骈文析论》。"张仁青《中国骈文析论》只是骈文对句结构的图示,并未使用上述壮句、紧句、傍句等术语,且成书较晚近,姑且不提。而古田氏认为这种以图示来讲解骈文的方式首创于佐佐丰明《文海知津》,则是未注意到日本自古以来就有的四六图的传统。如上所述,《文海知津》借鉴《四六文章图》的形式,而《四六文章图》在结构分析等方面则更吸纳了前代的多种四六图著作的特征。无论如何,事实上古田氏《中国文学的对句与对句论》也极大地发扬了四六图的传统。

综上所述,四六图是日本特有的关于四六文创作理论的重要形式,无论是作为创作指南还是学术研究的角度来说,都具有重要的地位,值得研究海外汉学者加以注目。

(广西师范大学文学院)

选本批评与朝鲜古代文人的中国文学史观念[*]

王　成

内容摘要：朝鲜古代文人遴选历代诗文作品尤其是中国古代诗文作品时，必然会融入各自不同的文学见解，既有对作家的定位，又包括对作品的品鉴，体现出一定的文学史观念。朝鲜古代诗文选本通过强调辨体，探讨诗文的社会功用、文学发展嬗变历程等，以直观而有效的方式构建了朝鲜古代文人的中国文学史观念，推动了中国古代诗文作品的经典化与朝鲜本土化。

关键词：朝鲜；选本；序跋；文体；文学功用；文学嬗变

＊　基金项目：国家社科基金项目"韩国古典散文与中国文化之关联研究"（14CZW038）；黑龙江省高校基本科研业务费黑龙江大学专项资金项目"汉文化圈视域下韩愈散文的传播与影响研究"（2020－KYYWF－0919）。

Criticism of the Anthology and the Ancient Korean Literati's Chinese Literature Concept

Wang Cheng

Abstract: The ancient Korean literati's selection of the ancient poetry, especially the ancient Chinese poetry, was bound to incorporate different literary perspectives. Both the positioning of the writer and the appreciation of the works embodied a certain concept of literary history. The ancient Korean poetry anthology emphasized distinguish style, discussed the social function of poetry and literature development transmutation, which constructed the ancient Korean literati's concept of Chinese literature history in an intuitive and effective way. It promoted the canonization and Korea localization of ancient Chinese poetry.

Keywords: Korea; anthology; preface and postscript; style; literary function; literary transmutation

选本批评是中国文学独特而重要的批评样式,其批评形态以"选"为主,"选"作为一种价值判断行为,使选本具有其他批评样式不具备的独特优势。张伯伟说:"宋代以后,选本成为中国文学批评中包容性最广、因而也最便于扩大影响的批评方式。如果我们把眼光扩大到整个汉语文学世界,就不难发现,在域外汉文学圈中,影响最大的也是选本。受到中国文学选本的启示,在这些国家中也出现了自身的文选。"①古代朝鲜编纂了数量众多、类型多样的诗文选本,其中绝大多数选本均以中国古代作家作品为编选对象,成为中国古代诗文在朝鲜半岛文本化、本土化的重要媒介。目前大陆学界对朝鲜

---

① 张伯伟《选本与域外汉文学》,《南京大学学报(哲学·人文科学·社会科学版)》2002 年第 4 期,第 82 页。

文人徐居正《东文选》、南龙翼《箕雅》等有关朝鲜本民族文学的选本有一定研究①,但关于朝鲜古代诗文选本的整体性、系统性研究,尤其是针对朝鲜编选的中国古代诗文选本相关问题的研究尚显不足。有鉴于此,本文拟对朝鲜古代诗文选本体现出的中国文学史观念作初步探讨,以期抛砖引玉。

一、选本与朝鲜古代文人的文体意识

"文章以体制为先"②的辨体意识不仅是古代文体学研究的基本起点,也是古代文学批评的重要内容。"古人首先在认识观念上视'辨体'为'先'在的要务"③,中国古代文人如是,深受中国文化影响的朝鲜古代文人亦然。以辨体为先也是朝鲜古代文学批评的首要原则,于朝鲜古代诗文选本中有着鲜明的体现。

选本在编选时体现出选家对诗文类型、风格、文体等的认识,在某种程度上促进了诗文体式的划分与厘定,使选文与文体分类构成互动关系。就朝鲜古代诗文选本编选方式来看,以文体类别、文体体式进行分类编选,构成了朝鲜古代选本文体批评的主要特色,也是选家文体意识的呈现。

最为直观而有效体现朝鲜选本文体批评意识的是选本的标题(书名)。热奈特《隐迹稿本》认为标题是一种典型的副文本,"它们为文本提供了一种'变化的'氛围,有时甚至提供了一种官方或半官方

---

① 主要成果如陈彝秋《朝鲜〈东文选〉诗体分类与编排溯源》(《南京师范大学文学院学报》2008 年第 4 期)、《论中国选本对朝鲜〈东文选〉文体分类与编排的影响》(《南京师大学报(社会科学版)》2010 年第 3 期)、《论中国赋学的东传——以〈东文选〉辞赋的分类与编排为中心》(《南京社会科学》2010 年第 3 期),褚大庆《〈东文选〉文体研究》(延边大学博士学位论文,2013 年)、赵季《〈箕雅〉引经考》(《文学遗产》2009 年第 4 期),王哲《朝鲜汉诗集〈箕雅〉中的〈诗经〉典故研究》(中南大学硕士学位论文,2013 年)、姚诗聪《朝鲜王朝时期高灵申氏文学世家考——以〈箕雅〉为中心》(《黑龙江史志》2016 年第 2 期),高航《〈箕雅〉高丽汉诗用韵研究》(《南开语言学刊》2017 年第 1 期)等。

② 吴讷《文章辨体序说》,人民文学出版社,1962 年,第 9 页。

③ 吴承学《中国古代文体学研究》,人民出版社,2011 年,第 16 页。

的评论"①。标题具有明确的提示、指涉作用,承担着文本导读的功能,并且"能够激发读者的一种期待。所以对于作家而言,它则形成了一方能够引导阅读的战略性空间"②。朝鲜古代诗文选本的书名往往具有鲜明的指向性,为读者提供了解选本的有效路径。

以朝鲜古代诗歌选本为例,关于古诗的选本,如朴胤源《汉魏五言》、任埅《唐五言古诗》、许筠《古诗选》、李希辅《古诗选》;关于律诗的选本,如李宜显的《历代律选》和《唐律集英》、南龙翼《律家警句》、朴泰淳《杜诗排律集解》,正祖李祘的《二家全律》《杜陆分韵》《律英》,及崔昱《十家近体诗》、吴载纯《三唐律选》、金履万《律范》、张混《唐律集英》等;关于绝句的选本,如许筠《唐绝选删》《四家宫词》等;关于歌行的选本,如任埅《歌行六选》等。朝鲜的文章选本,往往根据不同的文体进行编排,赋体选本,如张维《扬马赋抄》、李种徽的《杜工部文赋集》和《扬马赋选》,及金锡胄《海东辞赋》等;尺牍选本,如任埅《石公尺牍》、张维《欧苏手柬》、许筠《明尺牍》、崔锡鼎《欧苏手简》等;骈俪文选本,如李器之《俪文选》、赵仁奎《俪语编类》、李植《骈文程选》、金锡胄《俪文钞》、柳近《俪文注释》、金镇圭《俪文集成》等;奏议公文类选本,如崔锡鼎《朱子奏札》等;论赞类选本,如李器之《史汉论赞》,是将《史记》《汉书》中的论赞部分辑录成书。这些诗文选本的篇名,表明选家是在有意识地进行文体分类。

朝鲜古代诗文选本还有大部分从篇名无法看出所选诗文文体类型,但通过分析选文的排列规则,依然能够证实选家是在有意识地进行文体设计、编排。如许筠《四体盛唐》将盛唐诗歌中的七言古诗、歌行、五言律诗、七言律诗四种诗体汇编在一起。闵晋亮《唐诗类选》主要选取唐代古诗、七言诗体而编成。安平大君李瑢选白居易五言律诗、七言律诗、七言绝句成《香山三体法》;其《唐宋八家诗选》先根据

---

① 热拉尔·热奈特著,史忠义译《热奈特论文选 批评译文选》,河南大学出版社,2009年,第58页。

② 弗兰克·埃夫拉尔著,谈佳译《杂闻与文学》,天津人民出版社,2003年,第51页。

五言律诗、七言律诗、七言绝句三种诗体进行分类,然后在各类诗体下再进行作家细分,包括唐代李白、杜甫、韦应物、柳宗元,宋代欧阳修、王安石、苏轼、黄庭坚等八人。集贤殿众学士编成《丝纶全集》,收录秦汉至明初的公用文,郑麟趾在此基础上精选成《丝纶要集》一书。金正国《文范》取司马迁《史记》、班固《汉书》、范晔《后汉书》中各篇序文而成。

以成宗朝成倪(1439—1504)《风骚轨范》为例,略作阐说。《风骚轨范》是一部大型的古诗选本,前集 16 卷、后集 29 卷,共 45 卷,收录672 人 3092 首诗歌。成倪《风骚轨范序》曰:"余尝在玉堂,极论斯弊,同列亦以为然,曰:律诗则有《瀛奎律髓》,绝句则有《联珠诗格》,而独无古体所哀之集,其可乎? 于是登天禄阁,抽金匮万卷书,自汉魏至于元季,搜抉无遗,择其可为楷范者若干首,分为前后集。前集十六卷,以体编之,欲使人知其体制。后集二十九卷,以类分之,欲使人从其类而用之。"①据《风骚轨范》相关序文与选本文本可知,该书前集按照诗体编排,收 22 种诗体共 1 100 首诗歌,包括四言体、古风体、杂古体、言体、操体、乐府体、歌体、行体、吟体、曲体、问体、引体、怨体、叹体、篇体、咏体、禽言体、柏梁体、长短句体、集句体、联句体、绝句体,其中古风体又分为拟古格、拟古用句格、杂诗格、遣兴寓怀格等,绝句体又分为五言格、七言格等。后集以题材类型划分,包括游览类、地理类、天文类、节序类、宫室类、显达类、闲适类、忧伤类、宴乐类、器用类、文房类、图书类、怀古类、人品类、仙释类、蠢动类、静植类、寄赠类、送别类、怀仿类、杂赋类等 29 种。《风骚轨范》的编选体例、选文排列规则等非常突出地体现出了选家的文体意识。

诗文的古今体之别也是朝鲜古代诗文选本重点关注的话题之一。朝鲜古代文人成大中(1732—1809)《古文轨范序》指出萧统《昭明文选》所选古文不纯,而茅坤《唐宋八大家文钞》的出现导致"古文

---

① 成倪《虚白堂文集》,韩国民族文化推进会编《韩国文集丛刊》(第 14 辑),景仁文化社,1988 年,第 463 页。以下所引朝鲜古代文人别集,如无特殊说明,均出自《韩国文集丛刊》(简称《丛刊》),出版社相同,不再标注;出版年代不同,一一标注。

亡矣"①，他认为茅坤所选八家只有韩愈、柳宗元的文章属于古文，其他六家之文都属于时文。在此基础上，成大中讨论了古文、今文的区别："古今文之别，不难知也。古文简而㟨，今文俚而晦；古文质而腴，今文华而枯；古文取材也富，今文取材也狭；古文立意也深，今文立意也浅。故古文似衍而实精，今文似捷而实冗，特古文艰于今文尔。"②成大中从语言、风格、取材、立意等方面对古文、今文作了区分，通过几个方面的对比，他认为"古文似衍而实精，今文似捷而实冗"③，因此"古文艰于今文"④，他"于庄取《齐物》、《养生》，于骚取《离骚》、《卜居》，于汉取《治安策》、《鹏赋》、《伯夷传》、《谏山陵疏》，于魏取《绝交书》"⑤，编成《古文轨范》。成三问《八家诗选序》认为"诗之体有古今之变"⑥，并且诗体随着发展而发生变化，但是"学者所共业、万世不可易者，其体有四焉"⑦，即"雅颂、骚些、古诗、律诗是也"⑧。他对四种文体作了简要说明，"所谓雅颂者，出于圣人之手，所以垂世立教者也。骚些则朱子之《楚辞》，古诗则刘履之《选诗》。世之学者，亦知宗而尊之矣。至于律诗，选者虽非一家，然其所取不过抽青配白、柔筋脆骨之是尚，大雅君子不屑焉"⑨。"雅颂"是具有诗教意义的诗歌，"骚些"是以屈原为代表的《楚辞》作品，"古诗则刘履之《选诗》"指的是元末明初刘履所编《风雅翼》（其首为《选诗补注》八卷），选陶渊明、谢灵运等诗歌。

辨体与破体相伴而生，并衍生出正体与变体、得体与失体、本色与当行等系列范畴，体现出既对立又统一的辩证关系。朝鲜文人李章赞《诗家要览序》认为诗歌不仅有古今之分，也有正变之别："窃谓诗之有正有变，何独有于古而无于今哉？"⑩他认为诗歌的正、变是可以转化的。"有异端杂流不正之语，有骚人墨客无用之辞，如此者适足为玩物而丧志而已，可谓有《三百篇》之余意乎？或有好古之士，必

---

①②③④　成大中《青城集》，《丛刊》（第248辑），2000年，第432页。
⑤　成大中《青城集》，《丛刊》（第248辑），2000年，第433页。
⑥⑦⑧⑨　成三问《成谨甫先生集》，《丛刊》（第10辑），1988年，第193页。
⑩　李章赞《芗隐先生文集》，《丛刊》（第121辑），2011年，第512—513页。

以格言至论,编以句读、谐以韵语,无害于经旨、有补于世教,则虽作之者不厌其繁、看之者不厌其多,亦可矣。此非所谓变极而可正者乎?"①异端不正、无用之语词,是没有《诗经》诗歌的意蕴的;如果被"编以句读、谐以韵语"②,达到"无害于经旨、有补于世教"③,那么就可能做到"变极而可正"④。朝鲜朝后期阳明学者、历史学家李种徽(1731—1797)《明文奇赏后序》以较长篇幅来讨论破体问题,他将为文比作用兵,用兵之道在于"置阵而主于奇正"⑤,诗文亦有正奇之分,他列举了正之正、正之奇、奇之正等类型。在论述每一种类型时,他都是先以用兵之法作喻引起话题:

> 三代以上,兵出于井田。圣人象之,为九宫之阵、师卦之营,其体圆,其形方。所谓《易》奇而法、《诗》正而葩、《商书》灏灏尔、《周书》噩噩尔者,此正之正也。周衰而战争起,古法穷。而春秋之际,鹅鹅鱼丽,左广荆尸,伍承弥缝,纵横参错,分合向背之法生焉。然车战虽废,而体圆形方者自如也,此正之奇也。所谓《左氏》浮夸、《公羊》之简、《谷梁》之洁,马迁、班固之俊逸遒紧者也。孙吴、尉缭、穰苴、魏公子,以至于汉、唐之际,长蛇六花之属,此奇之正也。所谓庄周之诡、荀卿之僻、战国策士之辩,唐二氏、宋六家之特起,皆矫厉翱翔,极其变化,而操纵之妙,起结之神,其为法盖亦几乎尽,而其术亦已穷矣。继是而才智之士出,而欲随机应变,自开门户,则不得不为回淳反朴之术,此宋之方阵所以破六花之奇,依九宫师卦之遗,得其体而惟变之失。⑥

正之正、正之奇、奇之正等破体问题是比较抽象的概念,李种徽运用了象喻批评方法,将复杂的问题简单化,收到了意想不到的艺术效果。在上面材料论述的基础上,李种徽对明文的审美特质作了阐说,

---

①②③④ 李章赞《芗隐先生文集》,《丛刊》(第 121 辑),2011 年,第 512—513 页。

⑤ 李种徽《修山集》,《丛刊》(第 247 辑),2000 年,第 296 页。

⑥ 李种徽《修山集》,《丛刊》(第 247 辑),2000 年,第 296—297 页。

他认为"至于钝滞重迟,能守而不能战也,明之文,盖亦失之此"①,原因主要在于:"顾其初亦非薄宋而不为也,欲为烟波袅娜,而欧阳子尽之;欲为巉刻幽峭,而王介甫专之;雄伟俊发,宛宕疏爽,则亦已属之苏氏父子兄弟。而我欲驰骤,从之于车尘马足之间,而徒见其为欧而气卑,为苏而格靡。于是乎高视阔步,盱衡鼓掌,自谓陵韩轹班,以追左丘、龙门之轨,而置宋人于小乘之门,盖亦英雄欺人,不得已也。"②李种徽将明文与宋文作了对比分析,指出明文在诸多方面都无法超越宋代欧阳修、王安石、三苏,由此他得出结论:"世谓明文,欲奇而过于奇,可以属之奇之奇。殊不知其实求之古而遂失诸钝滞重迟,宋之方阵之流也。"③明文并未做到"奇之奇",和秦汉文章、唐宋文章是有较大差距的,"沿唐、宋之局而无失之弱,驰秦、汉之轨而无失诸诡"④。

二、选本与朝鲜古代文人的文学功用观

选本作为一种特殊的文本形态,有着突出的现实用途,朝鲜古代诗文选本自不例外,其文学功用主要体现在以下几个维度。

为后学提供学习范本、蒙学教材,是朝鲜古代诗文选本的功用目的之一。这一特点从选本的书名、编选目的等可见一斑。前文已述,书名是一种典型的副文本,对读者了解正文本起到了先入为主、提示指涉作用。朝鲜古代诗文选本的书名往往带有"宗"、"范"("规范"、"轨范")等字样,如申暻《文章宗选》、金正国《文范》、金履万《律范》、成大中《古文规范》、成俔《风骚轨范》等,书名已经透视出了此类选本具有强烈的规范、指导的现实目的。除书名外,选本序文也是体现选家功利性目的的又一重要载体。金正国(1485—1541)"拈出迁《史》、两《汉书》各篇序文"⑤,编成《文范》一书,目的是给后学提供学习的范本,"以劝初学后生"(《文范序》)⑥。朝鲜朝肃宗时期文人南龙翼

①②③④　李种徽《修山集》,《丛刊》(第 247 辑),2000 年,第 297 页。
⑤⑥　金正国《思斋集》,《丛刊》(第 23 辑),2004 年,第 43 页。

(1628—1692)认识到朝鲜人创作律诗的难度,且五言律诗又难于七言律诗,尤其是起首句、结尾句相较其他诗句更具难度,"凡律家之法,起最难,联稍易,结尤难,而五言又难于七言"①。因此他选录唐代、宋代、明代以及本国律诗中的佳句编成《律家警句》,目的是"以为近体之指南"(《律家警句序》)②。任埅(1640—1724)将682首唐诗分为六种不同风格,编成《歌行六选》,"是选也,初为业科者作也"③。六种风格的划分亦有突出的目的性:"盖欲使学者藻彩有欠,则专精乎调响风韵,以资其高华遒逸;意会不足,则致力乎词理笔势,以求其圆活赡畅。务去俗陋者,不究乎奇丽之体格,则将何以夺胎换骨也;欲回古淡者,不归乎精雅之情致,则其何能点铁成金也。"(《歌行六选序》)④如此操作,才能取得显著效果,"苟能各随其才分,斟酌损益,沉潜融会而有得焉,则以长句而学唐者,恐无以加于此也"⑤。南有容(1698—1773)的父亲编撰《东律家选》,选诗范围广泛,"高丽则自益斋至圃隐凡五家,国朝则起占毕迄三渊为十五家,通得一千九百四十首",南有容认为这部选本"可为学诗者典刑"(《东律家选跋》)。⑥ 洪奭周(1774—1842)选唐代韩愈、柳宗元与宋代欧阳修、苏轼四人"明畅易晓,而不诡于道"(《题四家文钞》)⑦的文章编成《四家文钞》,选唐代李白、杜甫、韩愈、白居易、王维、孟浩然、韦应物、柳宗元八人诗歌编成《八家诗钞》,两部诗文选本都有着明确的现实目的,即为其子提供阅读范本,"俾小子读之,小子勉之"(《题四家文钞》)⑧,"授祐喆诵之"⑨。上述选本是为了他人所用而编选,亦有诸多选本是为了选家本人使用方便而编纂。如崔岦(1539—1612)选唐代李白、杜甫、韩愈、柳宗元、孟浩然、韦应物、杜牧,宋代黄庭坚、陈师道、陈与义十人的律诗成《十家近体诗》,目的是"以自便披吟,且与同衰同喜者共焉"

---

①② 南龙翼《壶谷集》,《丛刊》(第131辑),1998年,第332页。

③④⑤ 任埅《水村集》,《丛刊》(第149辑),1995年,第181—182页。

⑥ 南有容《渊集》,《丛刊》(第217辑),2001年,第287页。

⑦⑧⑨ 洪奭周《渊泉先生文集》,《丛刊》(第293辑),2005年,第486页。

《十家近体诗跋》)①。许筠(1569—1618)编纂《古诗选》的目的并不是为了传世,而是为了自学自用,"非欲以传世,聊表余所独得,而时诵以取法焉"(《古诗选序》)②。朝鲜正祖李祘(1752—1800)从《诗经》中"摭其切于身心者数十篇"编成《诗略》,目的是"以裨朝夕轮诵"(《诗略跋》)③。

通过选本的编纂实现诗歌的教化作用,是朝鲜古代诗文选本又一重要功用目的。孔子"兴观群怨"说,《毛诗序》风化、教化思想等均涉及文学的政治、审美、认知功能。儒学家认为文学应该服务于政治,服务于统治阶级,因此提出"事君"、"邦国"、"化下"、"刺上"、"观风"、"厚人伦"、"美教化"、"补察时政"、"劝善惩恶"、"文以载道"等一系列观点。

李祘主持、参与编选的二十多部诗文选本,皆以温柔敦厚为选择标准,体现出浓重的政治教化意义。李祘认为:"诗者,性情之发而天机之动也。故《书》曰:'诗言志'。诗之邪正,而人之情性见矣。正者,感人之善心;而邪者,惩人之逸志,为教也大矣。"(《诗略跋》)④在李祘看来,诗歌是人性情的真实流露,因此亦有正邪之分。他充分认识到诗歌的教化功能,于是编选了大型诗歌选集《诗观》五百六十卷,选录范围从先秦至明代。其《诗观序》关于《诗经》的论述:"诗可以观,于《周南》、《召南》,观周道之所以兴也;于《淇奥》、《旱麓》,观君子之所以学也;于《木瓜》,观喜施之礼行也;于《缁衣》,观好贤之诚至也;于《伐檀》,观贤者之先事而后食也;于《蟋蟀》,观风俗之俭啬也;于《七月》,观稼穑之艰难也;于《鹿鸣》,观燕礼之有秩也;于《彤弓》,观功绩之必报也;于《羔羊》,观善政之有应也;于《蓼莪》,观孝子之思亲也;于《采菽》,观明王之所以敬诸侯也。"⑤通过《诗经》中诗篇可观王道兴衰、观学、观礼、观风俗、观农事、观社会生活等,是教化民众、

---

① 崔岦《简易文集》,《丛刊》(第49辑),1990年,第304页。

② 许筠《惺所覆瓿稿》,《丛刊》(第74辑),1991年,第174页。

③④ 李祘《弘斋全书》,《丛刊》(第262辑),1978年,第65页。

⑤ 李祘《弘斋全书》,《丛刊》(第262辑),1978年,第149—150页。

规范士子的最佳教材。

朝鲜一般选家也往往以性情为宗旨进行选本的编选,进而发挥诗歌的教化功能,达到"美盛德"、"美教化"、"润色鸿业"的目的:

> 孟子曰:《诗》亡而《春秋》作。《诗》非亡也,《诗》之道亡也。《诗》之道,劝善惩恶是已。(李震相《春秋集传序》)①

> 夫诗出性情,善恶治忽著焉,足使人感发惩创,皆教也。(柳徽文《濂洛风雅补遗序》)②

> 夫诗言志。诗源盖出于《三百篇》,夫为诗而外《三百篇》遗旨者,不可以诗论也。诗本性情。诗之正者,其性情正者也;诗之邪者,其性情邪者也。苟其性情邪,则其发于诗者自然为邪,不可强欲正而或可为正也;苟其性情正,则其发于诗者自然为正,不可强欲邪,而或可为邪也。(李起浡《四体诗序》)③

> 其所作苟非发于性情,而关于风教,其善恶不足以劝惩人,则皆在所不取。……使今之人、后之人,知《诗》、骚之余韵,有所感发而惩创,其亦圣贤之志欤。(成三问《八家诗选序》)④

> 诗者,性情之发而为声者也。人之心,主一身而统性情,闻善言则感发焉,见恶事则惩创之,其所以感发焉惩创之者,无非性情之正也。(成汝信《联珠诗跋》)⑤

朝鲜古代文人编纂诗文选本时重视文与道的关系,强调道于诗文所起的重要作用。"明道"、"文以载道"等文道关系问题体现出政治对文学的要求,文学要通过"道"发挥政治功用。安鼎福(1712—1791)应后辈所请,将茅坤《唐宋八大家文钞》进行再选而成《八家百选》一

---

① 李震相《寒洲先生文集》,《丛刊》(第 318 辑),2003 年,第 85 页。
② 柳徽文《好古窝先生文集》,《丛刊》(第 112 辑),2001 年,第 507 页。
③ 李起浡《西归遗藁》,《丛刊》(第 29 辑),1999 年,第 392 页。
④ 成三问《成谨甫先生文集》,《丛刊》(第 10 辑),1988 年,第 193 页。
⑤ 成汝信《浮查先生文集》,《丛刊》(第 56 辑),2015 年,第 98—99 页。

书，他以"道"作为衡量文章的标准，其《八家百选序》论述了"道"于文章发展嬗变所起的作用，"道是形而上之物，无声臭之可言，于是焉有文字，明其所以然，六经之文是也"①。文字是道的载体，而《诗》、《书》、《礼》、《易》、《乐》、《春秋》"六经"是"明其所以然"的最佳代表。自此以后，"道虽一而文以代异"②。安鼎福详细地论述了"道一文以代异"的具体体现："春秋之文，不如典谟；战国之文，不如春秋。至于异端蜂起，处士横议，各以其学为文，虽不无奇章杰作，可以耸动人者，而求之于圣人之道则悖矣。西汉尊尚经术，文气典雅，彬彬然可观也。然而儒者溺于笺注，高者杂于王伯，比之于古，瞠乎下矣。东京以后，文气日趋于弱，至于魏晋南北朝唐初而甚焉，徒以组织色态为能，务以悦人，而本之理则无矣。"③文章因时代变迁而发生改变，但与圣人之道则相去愈来愈远。

安重观(1683—1752)以"道"作为选文的标准编选《文宗》，其《文宗序》曰："所宗乎文者，纯乎道也。若文而诡道、道而庞，奚其宗?"④"道"是文章的核心所在，也是选择文章的硬性指标。安重观认为"道"又有体、用之分，其中"六经、四子，所以贯百世而通尊之者，道之体用，盖纯如也"⑤。但是随着文学的发展，呈现出道散而文敝的倾向，"自秦、汉来，用文名家者愈多，而揆之道则庞且诡矣。是以知者则替之，大道散，文亦日敝"⑥。直到宋代周敦颐、程颐、张载、朱熹等人出现，情况才有所改善："历千有余年，入于宋，若周、程、张、朱诸老先生前后作，然后实凝斯道而完之。"⑦他们创作的文章"始可与经若"⑧，可宗法者亦各有一二篇，"濂溪之《太极图说》，横渠之《西铭》，明道之《十事封事》，伊川之《易》、《春秋传序》，考亭之《中庸序》、《戊申封事》是已"⑨。这些文章又有体、用之别，"然说及铭及三序，所以明天下之理也，道之体也；其两封事则所以成天下之务也，道之用也。体用则该，而道斯纯矣"⑩。周敦颐《太极图说》、张载《西铭》、程颐的

---

①②③　安鼎福《顺庵先生文集》，《丛刊》(第230辑)，第168页。
④⑤⑥⑦⑧⑨⑩　安重观《悔窝集》，《丛刊》(第65辑)，第318页。

《易传序》和《春秋传序》,及朱熹《中庸章句序》,能够明晓天下之理,是"道之体";程颢《论十事札子》、朱熹《戊申封事》能为政治统治服务,是"道之用"。体、用兼该,道才能更为纯正。此外,安重观又论述到诸葛亮《出师表》、韩愈《论佛骨表》、刘蕡(字去华)《对贤良方正直言极谏策》、胡铨(字邦衡)《戊午上高宗封事》(史称《斩桧书》)等文章的作用:"抑汉之诸葛武侯《出师前表》,唐之韩文公《论佛骨表》、刘去华《太和对策》,宋之胡邦衡《请斩三人疏》,盖以明兴复之大义,斥空寂之夷法,辨篡弑之阴祸,折媾和之邪议。要使天统尊,正教敦,主威专,彝伦章,而使夫僭伪、凶忍、诞妄、奸欺之徒,有所惧而不得肆,则虽于道所涉者浅,而各有以得其用之分数,视诸家之庬且诡于道者,殆异日道也。"①这些文章虽然"于道所涉者浅",但是对于社会伦理、道德教化、政治统治等方面各有相应突出的作用,"各有以得其用之分数"。于是安重观"以道之体用,分五先生七篇之文,汇为上下二编;又取武侯表以下四篇,附之后,别为一编,合写于一卷,题之曰《文宗》"②,目的是要通过文道发挥政治教化功用,"使夫僭伪、凶忍、诞妄、奸欺之徒,有所惧而不得肆"③。

三、选本与朝鲜古代文人的文学嬗变论

朝鲜古代文人编纂诗文选本时,非常关注文学发展嬗变过程,尤其是关于中国文学的发展递变。其认识主要体现在两个维度:一是梳理不同时期文学自身内部的发展规律,从而向读者呈现出不同阶段文学的审美特性;一是讨论文学发展与时代变迁、文运兴衰等诸多外部因素的关系、影响。

文体的自身演变是朝鲜古代诗文选本关注的焦点之一,朝鲜选家从文体源流的角度指出不同诗体的演变过程,如李命俊(1572—1630)《诗家溟渤序》曰"骚变于楚,赋演于汉,五言兆于李陵,七字倡

---

① ② ③ 安重观《悔窝集》,《丛刊》(第 65 辑),第 318 页。

于柏梁"①,柳徽文(1773—1832)《濂洛风雅补遗序》云"诗骚之流屡变,而五七言者作焉"②,安鼎福(1712—1791)《百选诗序》言"周衰而诗亡。屈原得之以为骚,苏李得之以为五言,继是而七言作,又继而律诗作"③,等等。这些选家探讨了诗体的演变过程,是较为符合文学发展规律的。

亦有朝鲜选家将目光投射到文学发展的不同阶段性特征方面,如朝鲜朝后期文臣李宜显(1669—1745)《历代律选跋》梳理了唐、宋、元、明四代的诗学变迁:"唐以辞采为尚,而终和且平,绝无浮慢之态,所以去古最近。末流稍趋于下,则宋苏、陈诸公,矫以气格。后又不免粗卤之病,而元人欲以华腴胜之,靡弱无力,愈离于古而莫可返。于是李、何诸子起而力振之,其意非不美矣,摹拟之甚,殆同优人假面,无复天真之可见。钟、谭辈厌其然,遂揭性灵二字以哗世率众,而尤怪僻鄙倍,无可言矣。钱虞山至比天宝入破曲,以为国运兆于此,非过论也。此四代诗学迁变之大较也。"④李宜显指出诗歌在唐、宋、元、明四代发展过程中,呈现由盛而衰的倾向,而每个衰颓节点往往又会出现力挽狂澜之人,如晚唐诗歌"稍趋于下",宋代苏轼、陈师道等"矫以气格";元代诗歌风格靡弱,去古甚远,而明代李梦阳、何景明"起而力振之",等等。徐有榘(1764—1845)《八子百选序》认为文章经历了三个阶段的发展变化:

> 臣尝以为千古之文章,前后凡三变:始西京之初,董仲舒、贾谊、司马迁、刘向、刘歆之徒,竞起于秦火断烂之余,卓然以鼓吹休明为己任。而其文浑浩蓬勃,汪洋自恣,不拘拘于绳尺之内,则此以气胜而不屑于法者也。降及六朝,文体一变,抽黄而妃曰俪,花而斗叶,插齿牙,树坛坛者,类皆不免乎稗贩钉饾,则此以巧胜而靡于气、失于法者也。于是乎

---

① 李命俊《潜窝遗稿》,《丛刊》(第 17 辑),第 388 页。
② 柳徽文《好古窝先生文集》,《丛刊》(第 112 辑),第 507 页。
③ 安鼎福《顺庵先生文集》,《丛刊》(第 230 辑),第 160 页。
④ 李宜显《陶谷集》,《丛刊》(第 181 辑),第 403—404 页。

> 唐宋八子者出,起八代之衰,开千年之眼。言其典雅则冠冕
> 玉佩,揖让庙堂也;言其劲正则苍官青士,共傲岁寒也;言其
> 淳古则殷敦周彝,有异衮器也。矜则典式,方轨准矱,井井
> 乎规度之中,恢恢乎变化之神,而为操觚之津筏,作家之
> 楷范。①

徐有榘认为汉初董仲舒、贾谊、司马迁、刘向、刘歆等人的文章,内容
上鼓吹统治的美好清明,风格上纵横恣肆,"以气胜而不屑于法";到
了汉魏六朝时期,骈俪文盛行,文风绮靡,"以巧胜而靡于气、失于
法";唐宋八大家散文无论是思想内容、艺术风格还是文学史地位,都
达到了相当的高度,成为后世作家学习的对象,"操觚之津筏,作家之
楷范"。

中国古代文人很早就认识到了时代递嬗、文运兴衰等与文学发
展的密切关系,刘勰《文心雕龙·时序》提出"时运交移,质文代变"、
"文变染乎世情,兴废系乎时序"等命题,成为历代文论关注的焦点之
一。受中国古代诗学影响,朝鲜文人也积极关注时代变迁、文运兴衰
与文学发展的密切关系,在诸多朝鲜古代诗文选本中都有着详细的
阐述。

文学作品随时代、气运而兴替代变,一时代之诗文,可观一时代
之风、知一代之史。朝鲜古代选家充分认识到了文学发展与时代嬗
变、文运兴衰三者之间的互动关系,朝鲜朝初期文人徐居正(1420—
1488)《东文选序》认为"时运有盛衰之殊,故文章有高下之异"②,他以
中国、朝鲜历代文学发展历程来印证时代变迁、气运盛衰与文章高下
的辩证关系:"六经之后,惟汉、唐、宋、元、皇朝之文为近古。由其天
地气盛、大音自完,无异时南北分裂之患故也。吾东方之文,始于三
国,盛于高丽,极于圣朝,其关于天地气运之盛衰者,因亦可考
矣。"③徐居正认为汉、唐、宋、元、明几代的诗文由于气盛音备、政权统

---

① 徐有榘《金华知非集》,《丛刊》(第 288 辑),第 350 页。
②③ 徐居正《四佳文集》,《丛刊》(第 11 辑),1998 年,第 248 页。

一等原因，其文章近于古；朝鲜文学经历三国、高丽、朝鲜朝也呈现出不同的发展轨迹，亦可窥视出文运盛衰、时代变革在其中发挥的作用。

时代不同，世风各异，一代自有一代之文学，今世之诗文自然不同于前代之诗文，已经得到中、朝古代文人的普遍共识。朝鲜朝文人李器之(1690—1722)编选骈文选本《俪文选》时提出"观世变，亦可以观文变"(《俪文选序》)①的观点。他认为文变与世变存在密切联系，文章随时代变迁而变化，"古文之甚变者为俪文。盖自三代以降至于今，天下之变屡矣，而文章随之。故诗有变风变雅，而唐虞典谟、商周训诰，已各有气象之不同，则非但观世变，亦可以观文变矣"②。随着时代变迁，文风亦会发生变化，"逮秦以后，温厚者，或变为峥嵘；浑噩者，或变为藻绘。其变虽渐新奇，终不及其前，此诚有可慨者"③。每一时代也会出现一批富于创新精神的作家顺应社会发展，"然当其变也，必有瑰奇伟丽，为一代之杰，若庄周、屈原、子长、相如、子云、子政、孟坚、子山、子安者，出而倡之"④，这些作家创作出反映时代特色、社会需求的文学作品，引领一代文学风气，"是以文则各变，为一代一时之文"⑤。金基洙(1818—1873)《东诗抄选序》也认识到诗体嬗变以及文人于其中所发挥的作用，"周之衰，诗道寝微。一变而为骚，再变而五七言出，至律诗而诗之变极矣。音律体裁，代各异规，而亦未尝乏人。独李唐诸子起而振之，以鸣一代之盛，逮乎濂洛群哲，而其言粹然。于以导性情之和，于以发命理之蕴。诗之用又曷可少哉"⑥。

朝鲜选家编选诗文时特别强调"气"在文学发展嬗变历程中的表现、作用，认为诗文随"气"的变化而变化，"气"又与社会变迁、文学审美转型等有着密切关系。如朝鲜朝初期学者朴彭年(1417—1456)《八家诗选序》认为"观人诗歌，可以审天地气运之盛衰"(《八家诗选

---

①②③④⑤　李器之《一庵集》，《丛刊》(第70辑)，1998年，第281页。
⑥　金基洙《柏后集》，《丛刊》(第132辑)，第645页。

序》》①,明宗、仁祖年间文臣、学者李廷龟《皇华集序》云"文章之盛衰,关于气化之醇漓"②,洪良浩(1724—1802)《御定八家手圈跋》言"文章升降之机,非独视道衰盛,气实为之辅也"③等。朝鲜正祖时期文臣、学者吴载纯(1727—1792)《左国文粹序》指出文学嬗变、社会发展与气息息相关,"世称文章之道,系气数,关治乱,盛衰工拙由之"④,汉代作为分水岭,汉前、汉后的文学嬗变、社会发展呈现出不同的走向,"自汉以上,醇气未销,以治乱而其文有工拙。自汉以下,气已漓薄,亦以治乱而其文有盛衰"⑤。他认为"故必参之气数与治乱,而百代之文,可以第也。气以世益下,治以时卑隆,理势之所必有也"⑥。吴载纯历数中国古代王朝兴衰与文学嬗变的关系,进一步探讨气于文章审美的突出作用:"故虞夏殷周之盛,其文靡不郁乎浑灏,郁乎炜晔。及夫战国之时,周室已乱,干戈日作,人未有定业,大道无由明,故其作者所论说,率皆背经离义,气虽差强矣,而乱世之文也。汉氏西京之世,始乃收拾经籍,崇进儒术,天下豪杰之士,靡然趋学,文雅蔚兴,稍复于古,气虽少逊矣,而治世之文也。此战国西京之文所以不同,而其优劣可见矣。"⑦不同朝代的政治环境不同,气因此就有一定差异,也导致出现"乱世之文"、"治世之文"等不同类型的文章。他得出结论:"由是而言,乱世之文不如治世,虽治世之文,又不如兼得其气之盛者,其关于时世之升降也如此。然则虞夏殷周之盛时,则气醇而治至者矣,无以尚之。"⑧

朝鲜李种徽编选《杜工部文赋集》,作《杜工部文赋集后序》论文章嬗变与气的密切关系:

> 夫文章以气为主。秦汉以前,其气阳盛,上而为尧舜禹之《典》、《谟》,夏之《贡》,殷之《盘庚》,周之八《诰》、四《誓》,孔子之《春秋》、《论语》,曾子、子思、孟子之书。及其降也,

① 朴彭年《朴先生遗稿》,《丛刊》(第 9 辑),第 461—462 页。
② 李廷龟《月沙先生集》,《丛刊》(第 70 辑),1998 年,第 140 页。
③ 洪良浩《耳溪集》,《丛刊》(第 241 辑),1996 年,第 272 页。
④⑤⑥⑦⑧ 吴载纯《醇庵集》,《丛刊》(第 242 辑),第 454 页。

犹不失为左氏之传,庄周、荀卿、列御寇之言,太史迁、刘向父子、扬子云、班固之文。魏晋以降,五胡入而其气阴盛,于是乎士趋日委靡而文章日卑弱。唐以中国为天子,而李白、杜甫、韩愈、柳宗元之徒起而振之。及宋之兴,而有欧、苏之属。元之入,而其文益微。又稍振于皇明,而宋濂、王守仁、李梦阳、王世贞之文颇有力。近者清儒之文,浮游散涣,衰薾而卑贱,不可复振,益可见阴气之盛也。①

文以气为主是曹丕在《典论·论文》中提出的,谓文学创作、品鉴、审美价值高下等都应以"气"为主。李种徽赞同此观点,他以"气"的盛衰作为论述核心历数先秦、秦汉、魏晋南北朝、唐、宋、元、明、清文学发展嬗变历程,认为伴随气的"阳盛"、"阴盛",文学也随之发生变化,而由文章的衰微,亦可印证气之阴阳变化。李种徽以"气"作为衡量文章的标尺,他认为杜甫文章"气"胜过韩愈,"杜氏之文,虽不居以作者,而其气过于昌黎"②。尤其是杜甫的三篇赋作,"当开元、天宝之盛,中州沉厚博大之气象。盖自韩愈以前,班固以下,一人而已"③。李种徽由此反思朝鲜文坛,"且我东方,近北而阴,其文大抵蔽于弱而失之蹈袭,欲矫以正之,其要未必不出于此"④。

结语

"选"作为一种强烈的主观行为,使朝鲜古代诗文选本,尤其是有关中国古代诗文的选本具有了间质性,这种间质性特征使选本成为朝鲜文人认识中国古代文学的重要载体。朝鲜选家所选虽为前代诗文,或是异域的古代诗文,实则已"借古人的文章,寓自己的意见"⑤。朝鲜古代文人以朝鲜编选者的文学观念来衡度中国古代诗文作品,从而在中、朝文学思想的互动与碰撞中,以朝鲜半岛文学观念、治学

---

① ② ③ ④　李种徽《修山集》,《丛刊》(第247辑),第308—309页。
⑤　鲁迅《鲁迅全集·集外集·选本》,人民文学出版社,1973年,第143页。

方法对中国古代诗文进行文本考察,并在编选过程中寄寓了朝鲜文人对中国古代诗文的认识和批评。朝鲜古代诗文选本批评具有多功能性、多指向性,其辨体意识、文学功用思想、文学嬗变理论等对朝鲜文学批评体系的建构产生了重要影响和促进作用,无论是对朝鲜文学批评研究,还是关于中国文学的域外影响研究,都是值得我们深入探讨、研究的话题。

（黑龙江大学文学院）

《六艺流别》序题

吴承学　史洪权 辑校

内容摘要：黄佐(1490—1566)为广东香山(今中山市)人，明正德十五年(1520)进士。黄佐品行方正而学问淹贯，为有明一代大儒，学者称泰泉先生。四库馆臣评价他："博综今古，生平著述至二百六十余卷，在明人之中学问最有根柢。文章衔华佩实，亦足以雄视一时。"《六艺流别》二十卷，编成于明嘉靖十年(1531)，刻成于嘉靖四十一年(1562)。此书的宗旨、定稿与命名，出于黄佐，而具体的编辑工作，是由几位学生所完成的。《六艺流别》是一部特色鲜明的大型文章总集，它从文本六经的观念出发，首次以选本的形式把古代的基本文体形态分别系于《诗》、《书》、《礼》、《乐》、《春秋》、《易》之下，形成六大文体系列，重新建构一个中国古代庞大的文体谱系。黄佐《六艺流别》在各种文体之前采用序题的方式，对各文体及相互联系作简要说明，并解释选文标准，这些序题具有比较重要的文体学史料价值。现将全书序题加以辑录和校点，并命名为《〈六艺流别〉序题》。

关键词：《六艺流别》；序题；辑校

Expository Preface of *Liu Yi Liu Bie*

Edited by Wu Chengxue　Shi Hongquan

Abstract: Huang Zuo (1490 – 1566), born in Xiangshan (today's Zhongshan City), Guangdong Province, was a presented scholar in the 15th year of Zhengde in the Ming Dynasty, and he was called Mr. Taiquan and known as one of the great scholars at that time because of his upright morality and erudite knowledge. Besides, he was praised by the Secretaries of Institute of Siku who said that "Huang Zuo was a person who had comprehensively modern and ancient knowledge, and his knowledge was the most fundamental among the people of the Ming Dynasty, with his life writings reaching more than two hundred and sixty volumes. In addition, the form and content of his articles were perfect, which was also impressive for a time." *Liu Yi Liu Bie*, consisting of twenty volumes, was compiled in the 10th year of Jiajing (1531) of the Ming Dynasty and engraved in the 41st year of Jiajing (1562). The purpose, finalization and naming of this book all were from Huang Zuo, while the specific editing work was completed by his several students. As a large-scale comprehensive anthology with distinctive characteristics, *Liu Yi Liu Bie* started from the concept of the *Six Classics*, and for the first time in the form of anthology tied the basic ancient stylistic forms to *The Book of Songs*, *The Book of History*, *The Book of Rites*, *The Book of Music*, *The Book of Changes* and *The Spring and Autumn Annals* respectively, making six literary genres formed and reconstructing a huge system of literary genres in ancient China. Using expository prefaces, which had important historical value of stylistics, before various literary genres, Huang Zuo's *Liu Yi Liu Bie* briefly explained the literary genres and their interrelations, and explained the selection criteria. Now the expository prefaces in the whole book are compiled and proofread, which is named "Expository Preface of *Liu Yi Liu Bie*".

Keywords：*Liu Yi Liu Bie*；expository preface；editing

辑校说明

一，《六艺流别》有明、清两种版本系统。现存明代本有祁县图书馆藏嘉靖四十一年欧大任校刻本、中山大学图书馆藏本(《四库全书存目丛书》据此本影印)、广东省中山图书馆藏本、日本名古屋大学藏本、香港大学图书馆藏宝书楼刊本等。清代翻刻本有美国哈佛大学藏康熙二十六年本、台湾商务印书馆影印本等。本次整理所据底本为祁县图书馆藏本并参校其他版本。

二，校点用圆括号标出误字，用方括号标出修订字和补入字。

六艺流别序

闻之董生曰："君子志善。知世之不能去恶服人也，是以简六艺以善养之，其学大矣，而各有所长。《诗》道志，故长于质；《书》著功，故长于事；《礼》制节，故长于文；《乐》咏德，故长于风；《春秋》司是非，故长于治；《易》本天地，故长于数。"人当兼得其所长，是故举其详焉。

志始于《诗》，以道性情，为谣、为歌。谣之流，其别有四：为讴、为诵、为谚、为语。歌之流，其别亦有四：为咏、为吟、为怨、为叹。其拘拘以为诗也，则为四言、为五言、为六言、为七言、为杂言。其杂近于文而又与诗丽也，则为骚、为赋、为词、为颂、为赞。其专事对偶，亡复蹈古，则律诗终焉。

《书》行志而奏功者也。其源以道政事，为典、为谟。典之流，其别为命、为诰。谟之流，其别为训、为誓。凡典，上德宣于下者也，又别而为制、为诏、为问、为答、为令、为律。命之流，又别而为册、为勑、为诫、为教。诰之流，又别而为谕、为赐书、为书、为告、为判、为遗命。而间亦有不尽出于上者焉。凡谟，下情孚于上者也，又别而为议、为疏、为状、为表、为牋、为启、为上书、为封事、为弹劾、为启事、为奏记。训之流，又别而为对、为策、为谏、为规、为讽、为喻、为发、为势、为设论、为连珠。誓之流，又别而为盟、为檄、为移、为露布、为让、为责、为券、为约。而间亦有不尽出于下者焉。

《礼》以节文斯志者也，其源敬也。敬则为仪、为义。其流之别则为辞、为文、为箴、为铭、为祝、为诅、为祷、为祭、为哀、为吊、为诔、为挽、为碣、为碑、为誌、为墓表，皆因乎《书》之制焉。

《乐》以舞蹈斯志者也，其源和也。和则为乐均、为乐义。其流之别为唱、为调、为曲、为引、为行、为篇、为乐章、为琴歌、为瑟歌、为畅、为操、为舞篇，皆因乎《诗》之风焉。

《春秋》以治正志者也，其源名分也。其流之别为纪、为志、为年表、为世家、为列传、为行状、为谱牒、为符命。其大概也，则为叙事、为论赞。叙事之流，其别为序、为记、为述、为录、为题（词）〔辞〕、为杂志。论赞之流，其别为论、为说、为辩、为解、为对问、为考评。而凡属乎《书》、《礼》者不与焉。

《易》则通天下之志矣，其源阴阳也。其流之别为兆、为繇、为例、为数、为占、为象、为图、为原、为传、为言、为注，而凡天地鬼神之理，管是矣。究其大都，则言而履之，《礼》也；行而乐之，《乐》也。

艺虽有六，其本诸心则一也，昔晋挚虞尝著《文章流别》，其亡已久，故予搜罗散逸以为此编，统诸六艺，窃比于我董生云。

　　　　　　时嘉靖辛卯春二月吉旦，南海后学泰泉黄佐谨序

六艺流别目录

门人南海欧大任校正

谣之流,其别有四:

讴、诵、谚、语

歌之流,其别有四:

咏、吟、怨、叹

第三卷

诗艺三

诗之流不杂于文者,其别有五:

四言、五言、六言、七言、杂言(附:离合、回文、建除、六府、两头纤纤、五杂组、数名、郡县名、八音)

第四卷

诗艺四

诗之流其杂近于文而又与诗丽者,其别有五:

骚、赋(附:律赋)、词、颂、赞(附:诗赞)

第五卷

诗艺五

诗之声偶流为近体者,其别有三:

律诗、排律、绝句

第六卷

书艺一

逸书、典、谟

典之流,其别有二:

命、诰

谟之流,其别有二:

训、誓

第七卷

书艺二

命训之出于典者,其流又别而为六:

制、诏、问、答、令、律

第八卷

书艺三

命之流,又别而为四:

册、敕、诫、教

第九卷

书艺四

诰之流,又别而为六:

谕、赐书(附:符)、书、告、判、遗命

第十卷

书艺五

训誓之出于谟者,其流又(流)[别]①而为十一:

议、疏、状、表(附:章)、牋、启、上书、封事、弹劾、启事、奏记(附:白事)

第十一卷

书艺六

训之流,又别而为十:

对、策、谏、规、讽、喻、发、势、设论、连珠

第十二卷

书艺七

誓之流,又别而为八:

盟、檄、移、露布、让、责、券、约

第十三卷

礼艺上

逸礼、仪、义

第十四卷

礼艺下

礼之仪义,其流别而为十六:

---

① 原文为"流",据上下文之例,应为"别"。

辞、文、箴、铭、祝、诅、祷、祭、哀、吊、诔、挽、碣、碑、誌、墓表

尧、舜之传心也,曰"惟精惟一"。仲尼祖述之,而且宪章及乎文、武,可谓大而能博矣!故曰:"小德川流,大德敦化。此天地之所以为大也。"《书》称学于古训,《语》尚好古敏求,盖天下之理,必博文而约之以礼,多学而贯之以一。孔门立教,固如是与?家君讲学于粤洲草堂,进诸生而告之曰:圣人删述以垂世者谓之经,后学传习以修辞者谓之艺。尝观六艺之流,其别犹川,然其源于经则合之,尽其大而无

余也。是故文弗周于万物则心为有外，精弗聚于一心则文为支离，必也文之川流者别而条析之，观其会归，则德之敦化者浑浑乎其一，而六经皆在我矣。诸生其采诸。于是黎君惟敬、梁君公实辈受命而退，博采群书，会稽成编，凡二十卷，名之曰《六艺流别》云。夫晋挚虞尝著《文章流别》，当时称之。然考诸类书，惟琐屑文词而不统诸经，宜其弗传也。今兹编自岁辛卯告完，日就蠹矣，欧君彦桢因加精校，惧其湮也，乃命工锓诸梓。嘉靖壬戌仲秋吉旦，男在素百拜谨书。

《六艺流别》目录终

卷一

诗艺一

逸诗：逸诗者何？《三百篇》之逸者也。存之者何？存古也。首之者何？谓其可以冠凡后世之为诗者也。义疑而不录，体异而不录。

谣：谣者何？谣，遥也。有章曲曰歌，无章曲曰谣。信口成韵，无乐而徒歌之，其声逍遥而远闻也。谣始于儿童市里之言，遒人采之，以闻于大师，协之声律，亦可歌也。《康衢》之谣，合《大雅》、《周颂》而用之，岂《列子》之寓言邪？不可得而知也。故凡谣之质而野者亦录。

歌：歌者何？歌，柯也，长言之也。长引其声以诵之，使有曲章如草木之有柯叶也。越陈音曰：黄帝之世，孝子不忍其亲葬之郊野，为禽兽所害，故作弹（歌）以守之。[①] 其歌曰："断竹，续竹，飞土，逐宾。""宾"，古"肉"字也。故刘勰曰："黄歌弹竹，质之至也。"今录唐虞以下皆有章曲而可歌者，故凡太质者不录。

卷二

诗艺二

谣之流，其别有四：

---

① 校记：据《艺文类聚》卷六十、《北堂书钞》卷一百二十四、《太平御览》卷三百五十、七百五十五皆作**故作弹以守之**。"歌"字应为衍文。

讴：讴者何？讴，区也，言之区区然齐声也。齐声而歌，由众情也。故天下之人悦服舜、禹，则讴歌归焉。德与舜、禹相悖，人之怨恶之也，亦从而讴之也。故观于讴而知民心之向背也。凡讴之仅存者皆录。

诵：诵者何也？讽也，口从其文而甬言之也。谈人之善恶，初无意于成文，而偶甬言诵之云耳。故凡诵皆录。

谚：谚者何也？传言也，言之彦美而传之也。必有立言之谚，据理立论，及凡市里之言中伦者，皆可传也，是诵之变也。故凡谚之近理者皆录。

语：语者何也？论也，午也，言出于吾而人交午应之也。吾偶言之，而人于吾听之。是故语也者，夫人之所有也。夫人有之，而语不皆韵也。故其有韵者，人应之益广焉。是又谚之变也。凡语之有韵者皆录。

歌之流，其别有四：

咏：咏者何也？言之永也。言之不足，而又永言之。拟歌而作，乃不及歌之自然，有意于永其言焉尔。是亦杂言之类也。故凡咏之可取者皆录。

吟：吟者何也？呻也，口自今而申气也，盖又咏之发于壹郁者，呻吟之云尔。旧有《吟叹曲》，本以入乐，后失其传，则亦有意于申其壹郁而为之，是又咏之变也。盖咏者其气平，吟则不平而鸣矣。凡吟之出自乐府与否者皆录。

叹：叹者何也？嘅而吟也。人嘅则息大而长，长大息者，惊愕不平之声也，是叹又重于吟矣。故凡言以叹名者，皆危急无聊之甚者也。是又吟之变也。凡叹之可采者皆录。

怨：怨者何也？恚也。心惋恨而出声也。惋恨而发于言，是亦叹之类也。以怨名者，次叹之后。

卷三

诗艺三

诗不杂于文者，其别有五：

四言诗:四言者何？诗之拘拘于四言者也。《三百篇》类多四言，然浑厚成章，出于性情之正。如《卷耳》曰"我姑酌彼金罍，维以不永怀"，则六言兼五言矣；《鹿鸣》曰"我有旨酒，以燕乐嘉宾之心"，则四言兼七言矣；初非拘拘为也。后世之为言者，则有意于摘词，非复出于性情，故局促于四言而不敢越于矩外，然体自是日变矣。故于逸诗之外集四言诗，皆《三百篇》之变者也。

五言诗:五言者何？诗之拘拘于五言者也。如曰"维以不永怀"、曰"谁谓鼠无牙"、曰"之死矢靡慝"、曰"如川之方至"、曰"女虽湛乐从"之类，则《三百篇》已有之矣，然寻详上下文义，不得不尔，初不五言拘也。优施"（暇）[暇]豫之吾吾"、虞姬答项王楚歌，已渐纯为五言矣。西汉苏、李《河梁》以来，盖纷如也。五言日盛而比兴日微，《三百篇》之体不可复矣，是诗自五言而大变也。凡《选》诗之遗与《乐府诗集》所收皆录。

六言诗:六言诗者何？诗之拘拘于六言者也。如曰"宜尔子孙振振兮"、曰"君子是则是效"之类，则《三百篇》已有之矣。或用"兮"者，咏叹语助也，始自汉梁鸿《游吴》，然多浪语。姑录以备一体。

七言诗:七言诗何？诗之拘拘于七言者也。《三百篇》中，如"交交黄鸟止于棘"、"君子有酒旨且多"、"如彼筑室于道谋"之类，盖已有之矣。然亦意之所至，不得不成七言，非拘拘为之也。汉郊祀乐歌始纯为七言，《柏梁》以及张衡《四愁》、魏文帝《燕歌行》，则滥觞矣。越之《渡河梁》、王子年之《淋池》、《招商》，特拟作云尔。是又五言之变也。凡《选》诗之遗与《乐府》所收者皆录。

杂言诗:杂言者何？诗之长短句也。虽不拘拘为之，然与《三百篇》文义浑成者异矣。盖短则三言，如"螽斯羽，振振兮"之类；长则八言，如"我不敢效我友自逸"之类；二句合为九言，长短相兼，如"维南有箕，不可以簸扬"之类；以"兮"字相唤呼，如"坎兮坎兮，其之翟也"；或又以"兮"字作语助，如"彼美人兮，西方之人兮"。他如"只"、"且"、"乎"、"而"，多因方言。风雅之变，渐成奇藻，然岂后世之所能扬哉！自《佹诗》作于荀卿，而杂言由是兴矣。其类诗章者收之于此。乐府文义不可以句，或与诗不甚类者，则归之乐云。

附：

离合

回文

建除

六府

两头纤纤

五杂组

数名

郡县名

八音

卷四

诗艺四

诗杂于文者，其别有五：

骚：骚者何也？骚之为言扰也，遭忧之扰情而成言也。是故引物连类，不厌其繁者，以写情也。体始于屈原之遭谗，为之《离骚》。"离骚"也者，离忧也。世因谓为楚骚体。然而秦汉以下，骚亦渐亡矣。故今之所录诸作，皆《文选》所遗也。

赋：赋者何也？敷也，不歌而协韵以敷布之也。赋本六义之一，故班固以为古诗之流。然比物寄兴、敷布弘衍，则近于文矣。骚始于楚，赋亦随之。迄汉而赋最盛，魏晋而下，工者亡几。故吾所录皆《文选》所弃，汉后所取近古者三篇。

附：律赋：后周庾信《哀江南赋》始曰："我之掌庾承周，以世功而为族；经邦佐汉，用论道而当官。"终之曰："岂知灞陵夜猎，犹是故时将军；咸阳布衣，非独思归王子。"唐宋律赋之祖也。

词：词者何也？思也，惟也。音内而言外，言在句之外，为语助曰"兮"、曰"斯"之类是也。屈原始为《楚词》，以语助居中，使上下相联终篇，或以语助终之，或错综用之。扬雄曰："词人之赋丽以则。""词"

与"辞"虽通用而义稍分。曰"辞"则有礼让之义,每直言之,非音内而言外者。故"辞"别为类。

颂:颂者何也?诵也,容也。诵盛德而形容之也。其体起于商、周、鲁《颂》,而渐近于文。如王褒《圣主得贤臣颂》,则纯为议论之辞,无弱语矣。今之所录,以不失诗体者为正。序有奇古者并录之。

赞:赞者何也?解也,明也,与"讚"同,用称人之美也。汉《白虎》引古传,在昔圣贤表异,不过解而明之耳,称人之美则文。赞缘起自汉司马相如作《荆轲赞》,今不传矣。大氐颂、赞体式相似,惟《文选》有《东方朔赞并序》,赡丽宏肆,而有雍容俯仰、顿挫起伏之态,是亦颂也。若班固《汉史》述赞则用散文,乃评论耳。

附:

诗赞:按,晋曹毗《黄帝赞》用五言曰:"体炼五灵妙,气含云雾津。掾石曾城曲,铸鼎荆山滨。"乃诗赞也。后魏常景效之,赞蜀司马相如、王褒、严君平、扬雄,皆用五言。《相如》曰"郁若春烟举,皎如秋月映"、《褒》曰"明珠既绝俗,白鹄信惊群"之类,无复赞体矣。后周庾信《春赋》曰"宜春苑中春[已归],[披香殿]里作春衣"①,则又以七言诗而为赋,亦有所自。张衡《两京赋》又为散句,忽继之曰:"岂伊不虔思于天衢?岂伊不怀归于枌榆?天命不滔,畴敢以渝?"则真似古诗矣。其曰:"光炎烛天庭,嚣声震海浦。"则又以五言律诗。盖魏晋以后,体式纷纭,皆由东汉文人启之也。

卷五

诗艺五

诗之声偶流为近体者,其别有三:

律诗:诗之入律,尚矣。律诗专言律,何也?律,法也。律本阳气与阴气为法,阴阳对偶,拘拘声韵以法而为诗也。其流始于魏晋五言声偶,南北朝因之,乐府亦为四韵,骈俪华藻,人竞脍炙,是为近体。

---

① 原有漏字,据《艺文类聚》卷三补。

迄唐遂以取士，而赋亦有律赋，浸失古意矣。其法盛行，至今非声偶不以为诗，以便于吟哦。故尔类以五言为主，而六言二首、七言四首附焉。

排律：(律)[排]之为言别也。凡四韵八句为律诗。自五韵以至百韵，列偶骈俪，则皆排也。世传佳句如"杨柳月中疏"、"鸟鸣山更幽"之类，不过一联耳。惟杨慎录其全篇，他无可考。疑其出自排律，后人足之，今不可辨。惟据类书选者录为一类云。

绝句：绝句者何？句之断而为四，与律诗不连者也。故有二联，不见其全篇如《采葵》者；亦有本作四句如《藁砧》、《蚕丝》者。《乐府诗集》多有之，如《出塞》、《上留田》、《折杨柳》之类。□如逊《度连坼》，则截自排律。今悉类收。

卷六

书艺一

逸书：逸书者何？既删之余及其逸者也。《书》传自伏生者为今文，而孔安国得于鲁壁者为古文。今文深奥难晓，古文平实易晓。或疑古文晚出，乃安国之徒集《左传》、《墨子》诸书所引缉绍以成之者也。伏生别有《尚书大传》，如《九共》曰"予辩下土，使民平平，使民无傲"，《帝告》曰"施章乃服明上下"，与《汉书》中《泰誓》之类皆不成篇。故今所录《史记》二篇，《汲冢周书》四篇，故曰"既删之余及其逸者也"。

典：典者何也？常也，经也。册在丌上，尊阁之，以为常经也。体自尧、舜二帝《典》来，至三代则无有矣。录逸书凡四篇，皆典之流而渐异者也。

谟：谟者何也？议谋也，君臣相与议谋而定其言以为法也。大禹、皋陶、益、稷之《谟》，变而为箕子之《洪范》。惟《周书·文酌》、《开武》足以匹之。故录以备一体。

典之流，其别有二：

命：命者何？君命臣也。《说命》则受君之命而进言，《微子之命》、《蔡仲之命》、《毕命》、《冏命》则受君之命而兴事东迁，《文侯之命》不过宠锡而已矣,《左传》、《汉书》又其变也。录以变体。

诰:诰者何? 上告下也。《周书》播告四方,昔《大诰》、《洛诰》之类。其后穆王作《吕刑》,而诰体变矣。《逸周书》犹有《皇门之诰》。春秋以后,仅传四篇。宇文周令苏绰仿《大诰》而文不雅。至若《庭诰》于家,则非其体也。唐以来,命官则授诰,与《周官》"六辞"命次以诰相混,吾何取焉?

谟之流,其别有二:

训:训者何也? 说教也。以言说训其意,训道之也。其源始于伊尹之训太甲。其在《逸商书》则文王之训纣,犹夫伊尹之为心也,而其文则变矣。《佩玉》则借玉以演言耳。故录五篇,以尽训之变体。

誓:誓者,所以一众心力,使下情孚于上者也。《大禹谟》:禹征有苗,誓于师曰"济济有众,咸听朕命",以至"其克有勋"是也。故《甘誓》、《汤誓》、《牧誓》,终于《费誓》、《泰誓》,其体皆出于谟。盖下不与上同意,则其心力必不一矣。犹夫《伊训》之后,《咸有一德》是也。成汤即天子之位,与诸侯誓曰:"阴胜阳即谓之变,而天弗施;雌胜雄即谓之乱,而人弗行。"盖亦此意。春秋以后,誓体变矣。今惟录其变者。

卷七

书艺二

命训之出于典者,其流又别而为六:

制:制者何也? 制之为言裁也。天子之言,裁断为制度之命也。其源本诸帝典之"都俞吁咈",而后世传制是也。唐宋拜官策命,代言之臣以为制,则渐失其义矣。录汉制,以其犹有古义存焉者也。

诏:诏者何也? 以言召也。人有所不知,以言召而示之,使其心昭然也,乃通用之辞。汉以后,天子涣号始专以诏名矣。今所录者皆汉诏也。

问:问者何也? 讯也。从口,之门而讯审之也。

答:答者何也? 当也,报也,审之既当而报之也。其原自"都俞吁咈"来,特异其词耳。录《左传》、《(尽)[史]记》①凡四篇,以为批答之式。

令:令者何也? 发号也,发一人之制使之听命也。其源出于帝典之命官以施政,而后世遂因之,所谓令甲之属是也。周末,诸侯始僭称令;两汉后,大臣亦称令云。

律:律者何也? 律之为言法也,出法度以为天下式也。帝典之"象以典刑"数语,其源也。汉律本出萧何,录其一以为例。

卷八

书艺三

命之流,又别而为四:

册:册者何也? 简也。一札为简。史官书之于简,诸侯进受于天子之辞也。凡帝典之义谓在□[丌]上②,而汉人始变命为册矣。"册"与"策"通用。

敕:敕者何也? 诚也,天子出教令而(支)[攴]③束之也。帝典"钦哉"之语,敕已萌矣。后世教令臣下曰敕,通行令众则谓之诏,此其所以异也。故先录敕而成,诚即次之。

诚:诚者何也? 以言戒也。警敕之辞,使之戒慎也,敕之类也。然敕以戒人,而不于与己;诚以敕己,而后及于人。帝典"钦哉"之语,必先自钦始也。故录诚于敕之后者,从其类也。亦通作"戒"。

教:教者何也? 效也。上所施,下所效也。古者教民成俗曰教,先以身,后以言,使之效也。后稷教民播百谷,始见于《吕览》。后世诸侯、方伯、连帅,凡有民社者出令,皆因之。

---

① "答"体收录周襄王《答管仲辞上卿之礼》、周敬王《答卫侯告嗣封》、汉文帝《答有司请建太子》、《答将军陈武等议军》四篇,前两篇出自《左传》,后两篇出自《史记·文帝纪》和《律书》,"尽记"应为"史记"之讹。

② 《说文解字·丌部》"典":"五帝之书也。从册在丌上,尊阁之也。"《六艺流别》卷六"典":"册在丌上,尊阁之,以为常经也。"

③ 支,应为"攴"字之讹。《说文解字》:"敕,诚也。从攴束声。"段玉裁注:"各本有声。误。今删。攴而收束之。二义皆于此会意。非束声也。"

书艺四

诰之流，又别而为六：

谕：谕者何也？喻也，告也。凡违理义者，及其未悟，告之使晓，待言而后喻也。其源亦始于"都俞吁咈"，变简而繁者也。《国语》、《左传》、《汉书》，凡有谕者皆录。

赐书：赐书者何也？天子所赐臣下玺书也，远人、诸侯以至庶官皆用之。其源出于帝典之"畴咨"，而汉其流委也。故所录皆汉辞。

附：

符：符者何？信[也]①。汉制以竹长六寸，分而相合，以代古之珪璋，从易简也。与郡守为符，各分其半，右留京师，左以与之。铜虎符，第一至五发兵遣使，符合乃听。竹符，旁镌篆书，亦一至五。凡军国大务，乃发往合符，尚书掌之。其文如赐书，讨罪则类檄。宋元嘉初讨谢晦，尚符书荆州曰："祸福无门，逆顺有数。天道微于影响，人事鉴于前图。未有蹈义而福不延，从恶而祸不至也。故智计之士，审败以立功；守正之臣，临难以全节。徐羡之、傅亮、谢晦，安忍鸩杀，获罪于天。名教所极，政刑所取。已远暴四海，宣于圣诏"云云是也。以文不工，姑附其略于此。

书：书者何也？著也，如也。著于竹帛，写其言，如其意，以通往来信息，相与尽忠告之情者也。上施于下曰赐书，下陈于上曰上书，惟平交则惟曰书。然亦有印记，以效玺书，防欺伪云。

告：告者何？告犹示也。文事则告之话言，武备则文告之辞也。《文章缘起》谓魏阮瑀为文帝作《舒告》，不知其何所指，岂忠告之言邪？然汉高帝之初，已有预告也。故文事、武备，今兼采焉。

判：判者何也？刑狱既定而剖断之词也。始自汉武帝时，法司上罪状，取判语，狱吏因之。周人始试选人，以文理优长为中式。词尚

---

① 按体例和语意，补入"也"字。

四六,其流靡矣。

遗命:遗命者何?临终嘱其子孙之言也。《顾命》已见于《尚书》矣,而《祭公之顾命》复见于《逸书》,此则其变也。汉孝文帝留有遗诏,光武、昭烈因之。而杨王孙始有裸葬遗命,非中正矣。今录《终制俭葬》,以备一体。

卷十

书艺五

训誓之出于谟者,其流又别而为十一:

议:议者何也?以言义也,互相谋论定事之宜也。自谟体变而议作矣。战国策士、汉廷谋臣可鉴观者皆录。

疏:疏者何也?通也,布也。臣下通其情于君上而布之天下也。"都俞吁咈"之风息,而托短书以自通,而布之视听焉,于是乎始有疏矣。自汉以来,奏事改称上疏。醇雅疏最为近古,故多录之。

状:状者何也?陈也,貌也,敷陈形貌,自本及末而详言之,《屯留》利害是也。《古文苑》:樊毅先陈华山奉祠大略,而复据县令之书以尽其详,谓之事状。唐人文集多有之。是故疏言政、状言事,此大小之分也。

表:表者何也?识也,明也。臣下欲识明其事,如上衣然,必表而出之也。其源出于三《谟》之陈,然后世则面不能陈而陈诸笔札,其所识明者亦未[①]矣。或谓始自淮南谏伐闽越,非也。今录惟自后汉始云。

附:

章:章者,明也,其义与表同。《汉杂事》云:"凡群臣书通于天子者四:一曰章,二曰奏,三曰表,四曰驳议。"章以谢恩,奏以按(効)[劾],表以陈情,议以执异。按:曹植《改封陈王谢恩章》曰:"臣既弊

---

① "未"字疑当作"末"。

陋,守国无效,自分削黜,以彰众(诚)[诚]①。不意天恩滂霈,润泽横流,猥蒙加封。茅土既优,爵赏必重。非臣虚浅所宜奉受,非臣灰身所能报塞!"其视谢灵运《谢封表》何异?《文章缘起》曰,谢恩始汉魏相《诣公车谢恩章》,而上章又始于孔融《上章谢大中大夫》,则是章有二用也。然《文心雕龙》谓胡广谒陵有章,则又近于表矣。然魏相《月令》、《明堂》及赵充国《屯田》俱称奏,则奏与议同,则谢恩、陈情,章、表一耳。故不为别录。

笺:笺,一作"牋"。《说文》曰:"表识书也。"古者书简以竹编次为之,故臣下与东宫、亲藩,谦敬不敢言书,如笺注,但表识其不明者耳。《文章缘起》谓始于汉护军班固《说东平王笺》,《文心雕龙》则曰"黄香奉笺于江夏",亦不可考。惟汉《桓荣传》上皇太子疏,乃笺始也。然太子学成,荣自称师道已尽。太子报书称名曰"庄以童蒙,学道九载,而典训不明"答之。荣之"稽古",亦非事上之敬矣,故亦不敢录云。

启:启者,开也。《说文》曰:"启,传信也。"孝景帝讳启,(后)[故]两汉无称。至魏(残)[笺]记,始云"启闻"。② 奏事之末,或云"谨启"。及晋益盛。用兼表、奏,盖陈政言事,疏、奏之异条;让爵谢恩,亦表之别体。必辩要轻清,文而不侈,乃开发之略也。后惟用于东宫、亲王,至今启本存焉。士庶用之,自隋以后则浇讹久矣,于世乎何诛!

上书:上书者何?唐虞之臣敷奏以言,秦汉始改上书称奏,陈政事,献典仪,上急变,劾愆谬,总谓之奏。奏者,进也,敷下情而进于上也,议与疏是已。然复别为此类者,通达人己事情,尽忠匡救,与疏、议不同也,与赐书自上而达之下者正相对矣。凡臣庶上天子、诸侯之书,善者皆录。

封事:封事者何也? 封,缄也,密而封之以上闻也。言及几事,惟恐其露而害成,于是乎有封事矣。今之实封进呈是也。录其一以

---

① 据《艺文类聚》卷五十一,当作"诚"。

② 《文心雕龙·奏启》:"孝景讳启,故两汉无称。至魏国笺记,始云'启闻'。奏事之末,或云'谨启'。"

为式。

弹劾:弹者何也?纠也。汉有街弹之室,在街置室,以检一里之民,有失则月旦纠之。虽经乡举里选,荐历大位,乡行有惩,则里宰弹之。郡国、上国、公卿据以弹事,自孔融之追弹马日(殚)[磾]始也。劾者何也?推穷罪人也。不畏强御,气流墨中;无纵诡随,声动简外。必律于礼义,乃为得体。秦有御史,汉置中丞,以白简奏之,然务在遏恶,后亦不拘常职云。

启事:启事,犹言奏事也。《文章缘起》谓始于晋山涛《选启》。本与启同类,然启不过书简往来,启事则面君读札而陈之,后世之御前说事、揭帖是也。《艺文类聚》:凡太子、诸王赐赍,甚微,亦称"谨奉奏事以闻",而不宣读,失初意矣。

奏记:奏记者何?进言于执政大臣而记室识之(之)[也]①。《文章缘起》谓始于汉江都相董仲舒诣公孙弘奏记。《古文苑》有之,前称"叩头死罪,再拜上言。君侯以周召自然休质,擢升三公,统理海内"云云,词气卑诎。末云:"仲舒叩头死罪,谨奉《春秋署置术》,……再拜君侯足下。"似投著述以干之。今不敢录,惟录其大者三篇。

附:

白事:《文章缘起》:"汉孔融主簿作白事书。"不传于世。疑即今之下司禀事帖也。盖启事之下有奏记,奏记之下有白事,虽礼有等杀,词气皆当谦卑巽顺,不宜过诮。

卷十一

书艺六
训之流,又别而为十:

对:对者何也?对之为言应也,人有所讯而应无方也。其源始于"昌言",而体则有变然者矣。其始所谓"法语之言"、"巽与之言",随所讯而辄应者乎?凡子、史可观者皆录。

---

① 后一"之"字,疑应为"也"。

策：策者何也？谋也，筹也。作简、策、难、问，例置案上，录政化得失，显而问之。试者谓之对策也，其制始于汉，故录所对之策以附对后。

谏：谏者何也？以言柬也。分别而为柬。臣子分别善恶，方言陈于君也。其源始于召公之谏旅獒，训、对之变也。《记》曰："谏而无骄。"凡谏必剀切而不失之骄者乃录。

规：规者何也？正圆之器谓之规。丈夫之行为规，见言有法度也。其在朝廷则近臣尽规，其在朋友则过失相规。凡行不周备圆匝，规之使圆正也。故规变自训，通乎君臣、朋友矣。故尽规之辞皆录。

讽：讽者何也？诵也，诵言以风刺之也，是又训之变也。以言讽人，如风动物矣。凡讽之可取者皆录。

喻：喻者何也？以告俞，告之使晓也。不直言其事，而引物连类，如诗之比体，则闻者悟矣，是又规、讽之变也。以物为喻者，皆萃录之。

发：发者何？始于汉枚乘《七发》，而后遂以为七辞者也。《文选》所取者，魏曹植乃为《七启》，"启"犹"发"也。晋张协不能依启发之义，复为《七命》。然汉傅毅已有《七激》之拟矣。今惟广以汉、晋三篇。

势：势者，形容书体之势，使人览而得其法，若图会然也。任昉作《文章缘起》，以为作文之名。今据《晋书》增定。

设论：设论者，设所宜为问答之辞，而论己之志也。始于东方朔《答客难》，而扬雄效之。雄复作《解嘲》，而崔骃作《达旨》以效之。厥后张衡《应问》、蔡邕《释诲》、夏侯湛《抵疑》等篇皆效《解嘲》而作，多不可录。今惟取雄及骃二篇以补《文选》。

连珠：连珠始作于扬雄，曰："臣闻明君取士，贵拔众之所遗；忠臣不荐，善废格而所排。是以岩穴无隐，而侧陋章显也。"略用韵而词多阙文，将以为君诵之。及汉章帝之世，班固、贾逵、傅毅三子受诏作之，引物连类，辞丽而言约，不指说事情，必假喻以达其旨而使君悟，合于古诗劝兴之义。历历于贯珠，易睹而可悦，故名"连珠"也。惟

《文选》所取陆机《演连珠》最工，今惟采二条以备选。

卷十二

书艺七

誓之流，又别而为八：

盟：盟者，载书也。《礼》："莅牲曰盟。"谓告神。既诅□□[而割]牲左耳，盛以朱盘玉敦，用血为盟书。□□□[书既成]，盟者左执牛耳，右持盘敦，乃歃血读之，□□□[然后掘]坎埋牲，加载书而埋焉。言使背盟者如□□□[此牛也]。①《周官》："国有疑则盟，诸侯再相与，十二岁则一盟。"后世举大事必盟，以一其不协。

檄：檄，尺二书，所以征兵也。始于战国张仪檄楚。若有急则插鸡羽以示疾，谓之羽檄。陈彼恶，谓此德，慰晓百姓，使视听皦然明白，故以檄名。

移：移者，移书也。《文章缘起》谓始自刘歆《移书太常博士论左氏春秋》，而不知宣帝时渤海太守龚遂逐捕盗贼已移书属县矣。矧相如《难蜀父老》已启檄、移之端乎？故檄、移为用，事兼文武。其在金革，则逆党用檄，（烦）[顺]命（咨）[资]移②，用意小异，而体义大同者也。

露布：露布者，盖露板不封，布诸视听也。《后汉·鲍昱》、《李云传》皆言及之，第谓文书之行于上下者皆不封尔，非作文之名也。《文章缘起》始谓汉贾洪为马超伐曹操作露布，盖承制诏以讨罪，必露板以宣于众，破贼而归亦如之。《魏志》：虞松从司马懿征辽，乃破贼作露布是也。后魏起朔北，不知典故，攻战克捷，欲天下闻知，乃书帛建于漆竿上，名为露布，甚或斩获不多，高曳长缣，虚张公捷。耻其谬者，惟钦毫卷帛解上而已。今惟取《诸葛公集》宣制诏以讨元恶者一

---

① 此则缺字甚多，据朱熹《通鉴纲目》卷四十六引《礼记》疏义："凡盟者既诅而割牲左耳，以珠盘玉敦盛血，为载书，书成，诸侯共血读书。主盟者执牛耳，然后掘坎埋牲，加载书而埋之，言使背盟者如此牛也。"以意补之。

② 《文心雕龙·檄移》："其在金革，则逆党用檄，顺命资移。"

篇为例,其破贼克捷文犹阙焉。

让:让者何?责人而巽与之言,先人后己。《国语》祭公谋父称古有威让之令是也。《字通》作"攘",盖人心从逆,道先王之成宪以禁止之。凡天子柔远人、怀诸侯、与诸侯列国兵争而为文告之辞,必自威让始。《文心雕龙》曰:"齐桓征楚,告菁茅之阙;晋厉伐秦,责箕郜之焚。"详其意,又檄文萌矣。

责:责者何?责人之罪,词严义正而为法语之言也。《文章正宗·景王使詹桓伯责晋》,责文之始也。凡责文皆无巽词。

券:券者何?契也,束也。明白约束以备情伪,大书中央,破别之,亦曰剖符。券,古有铁券,以封功臣。《楚汉春秋》曰:高帝初,侯者皆书券曰:"使黄河如带,泰山如砺。汉有宗庙,尔无绝世也。"光武中兴,用策为券,以竖信誓,简而明矣。

约:约者何?(躔)[缠]束也。言语要结,戒令检束,以期约取信也,亦券之小者。《文心雕龙》曰:"王褒《僮约》,则券之谐也。"

卷十三

礼艺上

逸礼:六经之阙,礼为尤甚。汉兴,搜掇于秦火之余。而淹中古经旋复散失,所存者《仪礼》十七篇而已,与《周礼》、《礼记》并行为"三《礼》"。说者谓《礼记》乃《仪礼》之传疏,《仪礼》乃《周礼》之节文。而三《礼》之要,则在乎吉、凶、军、宾、嘉也。唐魏征作《通礼》,乃得古经十数篇而序次之。今三《礼》考注刻于《仪礼》后谓之逸礼者,今录焉。

仪:仪者何也?人之义也。《说文》:"从人,从义。"谓威仪三千,皆人以义制之,使动而可象礼之曲者也。《记》有《少仪》,品节童蒙,养之以正则,施教于弟子,保傅于上嗣,皆是仪也。故为一类。

义:义者何也?宜也,裁制事物,使合宜而形诸文也。《记》有《祭义》、《冠义》等篇,皆因经礼而裁制今宜以垂世者,因录其逸者焉。

卷十四

礼艺下

礼之仪义,其流别而为十六:

辞:辞者何? 文名也。口诵其理,或从舌作辞。故《说文》曰:"辞,诵也。"又作:"辞,不受也。"今人辞讼之字作词,言词之字作辞,乱之久矣。礼主辞让,宜于言辞,故五礼之行,皆有辞命,录之自《仪礼》始。

文:文者何也? 理之经纬于心思而错画于辞者也。辞则句传一事而已,文则字字交于辞中,如木之有文理,布之有经纬焉。《洪范》:"言曰从","从作义"。孔子:"言之无文,行之不远。"言以文行,则人从而治,故人义为文。其与辞别,何也? 孟子:"不以文害辞。"正以字之错画于辞,少失理则与辞异尔,亦惟观其所专,故云尔也。秦初刻石颂德,为文如铭,而实叙平天下一事,故《史记》亦兼谓之文,不可以为铭也。故录文以秦为先。

箴:箴者何也? 诫而刺之,有所讽诫而救其失,犹医之攻疾防患而用针也。《文心雕龙》曰:"斯文[之]兴,盛于三代。夏、商二箴,余句颇存。及周之辛甲《百官箴》一篇,体义备焉。迄至春秋,微而未绝。故魏绛讽君于后羿,楚子训民于在勤。战(伐)[代]已来,弃德务功,铭辞代兴,箴文委绝。至扬雄稽古,始范《虞箴》,[作]卿尹州牧廿五篇。及崔、胡补缀,总(稽)[称]百官,指事配位,鹜鉴可征。信所谓追清风于前古,攀辛甲于后代者也。至于潘勖《符节》,要而失浅;温峤《傅臣》,博而患繁;王济《国子》,引多事寡;潘尼《乘舆》,义正体芜。凡斯继作,鲜有克衷。至于王朗《杂箴》,乃(至)[置]巾履,得其戒慎,而失其所施。观其约文举要,宪章戒铭,而水火井灶,繁辞不已,志有偏也。夫箴诵于官,铭题于器,名目虽异,而警戒实同。箴全御过,故文(贵)[资]确切;铭兼褒赞,故体贵弘润。其取事也必覆以辨,其摘文也必简而深。此其大要也。"

铭:铭者何也? 志也,名也。《文心雕龙》曰:"昔帝轩刻舆几以弼违,大禹勒笋簴而招谏。成汤盘盂,著日新之规;武王户席,题必戒之训。周公慎言于金人,仲尼革容于欹器。则先圣鉴戒,其来久矣。故铭者,(铭)[名]也,观器必也正名,审用贵乎盛德。盖臧武仲之论铭也,曰:'天子令德,诸侯计功,大夫称伐。'夏铸九牧之金鼎,周勒肃慎之楛矢,令德之事也;吕望铭功于昆吾,仲山镂绩于庸器,计功之义也;魏颗纪勋于景铭,孔悝表勤于卫鼎,称伐之类也。若乃飞廉有石(廓)[椁]之锡,灵公有蒿里之谥,铭发幽石,吁可怪矣;赵灵勒迹于番吾,秦昭刻(博)[传]于华山,夸诞示后,吁可(蔑)[笑]也。详观众例,铭义见矣。"故广录以备诸体。

祝:祝者何也?祭主赞祠之文也。故从(人)[儿]口,①从示。黄帝有祝邪之文,而《周礼》设太祝之官,掌六祝之辞。盖天地定位,祀遍群神,莫先于上下四方,而宗社次之。《文心雕龙》谓夙兴夜寐,祝于祔庙,以至"宜社类祃,莫不有文。所以寅虔于神祇,严恭于宗庙也"。凡秘祝、移过、侲子、驱疾,涉于巫者皆不取。

诅:诅者何也?《说文》曰:"(训)[詶]也,从言,且声。"②"且"与"沮"同,以祸福之言相要呪之,使沮败也。《诗》曰"以诅尔斯",自古有之,惟周末秦《诅楚文》传焉。

祷:祷者何也?《说文》曰:"告事求福也。(以)[从]示,寿声。"③其始如商汤桑林之祷乎?诚敬之心至矣。

祭:祭者何也?祀且荐也。血祭而埋瘗之,为文以荐于神灵也。自成汤称"予小子履,敢用玄牡",见于《鲁论》,而伊耆蜡亦见《戴记》。祭之有文,权舆于心,此矣。《文心雕龙》曰:"凡群言发华,而告神务实,修辞立诚,在于无愧。祈祷之式,必诚以敬;祭奠之楷,宜恭且哀。此其大较也。班固(而)[之]祀蒙山,祈祷之诚敬也;潘岳之祭庚妇,奠祭之恭哀也。举彚而求,昭然可鉴矣。"今班文不传,惟博取其备体云。

---

① 《说文·示部》:"祝,从示,从儿口。"
② 《说文·言部》:"诅,从言,且声。"
③ 《说文·示部》:"告事求福也。从示,寿声。"

哀：哀者何也？哀之为言闵也。闵痛之形于声，从口，衣声。哀其平生，则叙其行，为册文以识闵痛焉。

吊：吊者何也？《说文》曰："问终也。"吊生曰唁，吊死曰吊。伤也，愍也。凡伤愍之词，唁亦曰吊，不特问终而已。

诔：诔者何也？累也，累其德行，旌之不朽也。《文心雕龙》曰："周世盛德，有诔。大夫之材，临丧能诔。"贱不诔贵，幼不诔长。在万乘则称以诔，读诔，其节文大矣。自鲁庄战乘丘，如及于士。哀公诔尼父，追法齐桓之称管夷吾为仲父也，"观其憖遗之切，乌虖之叹，虽非叡作，古式存焉"。首录以原始。

挽：挽者何也？引车也，与"輓"通用。君子之爱是人也，临别登车，则挽而留之。丧将发引，则执绋而挽焉，故为文辞以挽之。后世易之以诗，非古矣。

碣：碣者何也？石之特立而揭焉者也。方者谓之碑，圆者谓之碣。李斯所造，汉人效之，揭诸通衢、表厥宅里用焉，亦有揭诸墓者。唐人为墓碣，叙事以不铭。今制，大臣立神道碑，五品以下则用碣，而铭为墓志有之。

碑：碑者何也？丽牲之方石也。古者宗庙有碑，树之两楹以丽牲，后人因于其上为文以纪功德。秦以来制也，后汉逮六朝益盛，凡祠堂、坟墓，莫不用之。按《檀弓》曰季康之母死，公肩假曰："公室视丰碑。"注云："丰碑，以木为之，形如石碑，附于椁前后，穿中为鹿卢，绕之绋，用以下棺。"后改用石，专用以纪行业。晋宋间始作神道碑，盖地理家以东南为神道也。但汉文亦有兼铭及诔者。《文心雕龙》独推蔡邕云。

誌：誌者何也？识也。《说文》曰："记[志]也，从言，志声。"①凡墓志，直述世系、岁月、名字、爵里及其言行，铭而识之，用防陵谷迁改。或树于墓前，非也。埋铭、墓记，乃誌之异名尔。

墓表：墓之有表者何也？表其行，使之著明于世也。有官无官皆

---

① 《说文·言部》："誌，记志也，从言，志声。"

得用之。大抵体孝子(孙慈)[慈孙]①之心,称美弗称恶。然无美而称之者谓之诬,有其美而弗称者谓之蔽也。诬与蔽,君子所弗由也。史传所据以为实录,载笔者慎诸!

卷十五

乐艺上

　　逸乐:古乐之亡久矣。孔子正乐,惟《诗三百》以合《韶》、《武》之音。汉初,张苍始定乐律,刘向始辑《乐记》。孔氏七十弟子之徒,公孙牟子所传者存焉,而制氏仅习其铿锵鼓舞而已。然有逸在史、子诸书者,今搜辑以为乐本云。

　　乐均:均者何也? 平也。以律从声,声从器出,损其过,益其不及,则音韵平和,故曰"均"。陈氏《乐书》用《淮南子》十二月应二十四时之变,候气升降,分冬至六变、夏至八变之乐,律吕之声亦从其说。今附注之。

　　乐义:乐之有义何也? 声气之元,一而已矣,始于一而究于九,乐之所以成也。北齐信都芳厘古乐遗书为九卷,以乐之大纲:一气、二体、三类、四物、五声、六律、七音、八风、九歌,次之为节略九章云。

卷十六

乐艺下

乐之均义,其流别而为十二:

　　唱:唱者何也? 相和之先声也。从人,昌声,与"倡"通用。《记》曰:"清庙之瑟,朱弦而疏越,一唱而三叹,有遗音者矣。"古乐亡后,不知其为弦歌也,乃徒抗声而唱,使人和之,于是乐府有《相和曲》,出自汉、魏,至晋、南朝尤盛。姑录其有音律者以唱先云。

　　调:调者何也? 音之起止本于乐律者也。古乐《登歌》、《间歌》,在堂下用【黄钟·正宫】起调,毕曲合乐则兼下管矣,起调、毕曲,则

---

① "孝子孙慈",其文不顺。《孟子》曰:"名之曰幽厉,虽孝子慈孙,百世不能改也。"

【无射·清商】也。自汉后九代之乐，呈于堂下，袭用清商三调，实非古乐。故后魏陈仲儒之平调以角为主，清调以商为主，瑟调以宫为主，仿佛大司乐自角而商而宫，《九歌》遗意，惜其分而不合也，然音奏则与南朝淫哇者异矣。隋文帝谓为华夏正声者，此也。今据沈约《乐志》，唱、调二类悉录之，余拟作者则入"诗艺"。

曲：曲者何也？委曲而不直也。乐有歌，歌有曲之不直致也。古艳曲有《北里》、《靡靡》、《洛风》、《阳阿》曲，其辞不传。汉魏乐府始有铙歌、清商，皆以琐碎繁声，如"贺贺贺"、"几令吾"之类足之。今不复可谱，惟录其词。

引：引者何也？导也，依永之声，导而延长之也。其与曲之不直致者虽异，然入乐则同也。故箜篌有引，虽传而不成声。琴曲亦有《思归引》，卫（安）[女]所作，其声不传，而石崇拟之。《走马引》，樗里牧恭所作，与《飞龙引》皆琴曲也，其声亦皆不传，而张率、曹植拟之。故今所录引，皆拟乐音者尔。

行：行者何也？行之为言适也。声之入乐府一再行，如人之有所适，行行而未停息也哉。清商合诸行各为一调，犹后世俗曲之有套数焉。三调之外，拟作而可歌者录之。

篇：篇者何也？遍也。乐之声，出情铺事，明而遍也。故篇之入乐者视诸体最为丰赡云。

乐章：乐章者何？奏乐歌辞之成章者也。汉之《安世房中》与光武《登歌》，无音律可考。魏杜夔传旧雅乐《鹿鸣》、《驺虞》、《伐檀》、《文王》四曲。晋荀勖造《正旦行礼乐章》，效其声焉，合四章不能当《文王》全篇，寂寥简短，与古不协，然以正宫调谱之，亦可歌焉，故独录之。

琴歌：琴歌者何？歌之与琴协者也。汉人霍去病诸作，无音律可考者，已入"诗艺"矣。录其可谱者一章。

瑟歌：瑟歌者何？歌之与瑟协者也。《古乐记》有《招颂》九章，招与"韶"通用，疑后人所拟。今录之。

畅：畅者何也？达也。得志达于天下，而形于琴声之谓畅。见

《太音谱》。

操：操者何也？节也。穷则守节操于身，而形于琴声之谓操。亦见《太音谱》。

舞篇：舞篇者何？装饰古事而述其一篇之辞也。汉之《巴渝》、晋之《白鸠》等舞，琐屑不足齿录。惟大司乐以乐语教国子，兴道、讽诵、言语者近之。《乐记》牧野之语是已。今录四篇，乃后世舞杂剧、说故事之所祖。

卷十七

春秋艺上

纪：纪者何也？记也。古者左史记言，右史记事，曰《尚书·尧》、《舜》二《典》，本纪始于此矣。《汲冢璅语》有《夏殷春秋》，又《竹书纪事》同。"春秋"疑即孟子所谓"晋之乘"也。《左传》昭公二年，晋韩宣子来聘，见《鲁春秋》。墨子谓"吾见《百国春秋》"，则非仲尼莫能修之。大氏《尚书》记言与事，《春秋》则以事系日，以日系月。汉司马迁始兼《尚书》、《春秋》作本纪，班固《汉书》宗之，遂为后史楷法。今所录则沂流而源，要在信古云耳。

志：志者何也？识也，随言与事，载笔而识之也。尧、舜二《典》首言历象，《禹贡》一篇惟言地理，《洪范》总述五行，《顾命》陈叙丧礼，此志之祖也。司马迁曰书，班固曰志，陈寿通纪传皆曰志，华峤曰典，张勃曰录，何法盛曰说，刘昭、沈约以后皆宗班固，然后志不更名矣。今补其大略。

年表：表者何也？《说文》曰："上衣也。"古者以皮为衣，毛皆在外，故衣毛为表。会意。□□□□□年著人而识明之也。《史记》始为三代世表，旁行斜上以纪历数，而国号、姓名皆具。年表则诸侯订焉，而帝高功臣曹参、靳歙之徒，传及子孙，皆称元年，如春秋战国时。识者讥之。班固《汉书》因焉。今惟录其篇首二作，而去其效谱历者，以示法云。

世家：世家者何也？开国承家，世代相续之义也。司马迁之记诸国也,其编次之体(之)[与]本纪不殊,盖欲抑彼诸侯,异乎天子,故立此名□□[世家]。孔子素王,传家万世,等诸侯上,宜也。然陈涉称王仅六月,无□□□[世可传],无家可□[宅]①,而亦与□□□,以其为秦民□□雅,然则项羽列于本□[纪],□秦昭襄相埒,亦□有辞矣。乃若三晋、田完、□□、外戚等诸孔子,则未见其是。□□□宗室□□。今独录三王世家者,叙事中制诏存焉,非但以其文也。

列传:列传者何? 列,分别也;传之为言传也。史氏纪载事迹,分别人品,所以传示于世也。司马迁始为列传,首伯夷者,据轶诗可异,乃反复明其非怨,实《诗》、《书》之所未言,不出最初两语"载籍极博,考信六艺"而已,叙事中议论存焉。《屈原》如之。《孟荀传》不止言二子,而旁及诸子,体之变也。皆可以为法。班固因之。今录史传惟以文。陶氏《五柳》,则自述之辞,故附其后。

行状:行状者何? 状其行业,上于史官,或求铭、志、碑、表于作者之辞也。《文章缘起》云始自汉丞相仓曹傅胡干作《杨元伯行状》,今不传。而《文选》惟载任昉所作《齐竟陵王行状》,辞多矫□[诞]②,识者病之。今止录行状一篇以为□[式]③。

谱牒:谱牒者何? 谱,籍录也;牒,简札也。籍录世系而记诸简札也。《大戴记》有帝系,与《山海经》所记不同。而《世本》录于《史记》者,亦多散逸。故今据《阙里志》以为式。

符命:符命者何? 符之为言扶也,两相符合而不差也;命,天命也。人事扶合天命,故以颂美帝王也。自《春秋元命包》始言之。汉班彪《王命论》、傅干《王命叙》皆述高、光帝降,详体貌之异,魏晋而下益滋矣。今权录其原云。

---

① 本节语意仿《史通》而残缺甚多,现据《史通》补入部分残字。《史通·世家》云:"司马迁之记诸国也,其编次之体,与本纪不殊。盖欲抑彼诸侯,异乎天子,故假以他称,名为世家。""至如陈胜起自群盗,称王六月而死,子孙不嗣,社稷靡闻,无世可传,无家可宅,而以世家为称,岂当然乎?"

② 据吴讷《文章辨体》"萧氏《文选》唯载任彦升所作《齐竟陵王行状》一篇,而辞多矫诞,识者病之","辞多矫"后补"诞"字。

③ 本书每段多用"以为式"或"以为法"作结语,此以意补之。

叙事：叙事者何？叙事之始终得失于信今传后也。《书》与《春秋》之经尚矣。西山真氏取《左氏》、《汉》叙事之尤可喜者，以为作文之式，学者病其多。今摘取一二而已。

论赞：论赞者，论非议罪，赞非专美，皆史之终篇褒贬得失之辞也。《春秋左传》每有发论，假"君子"以称之，《公羊》、《谷梁》则"书曰"而已。《史记》称"太史公"，班固曰"赞"，荀悦曰"论"，陈寿曰"评"，或自显其姓名如袁宏、裴子野者，亦多端矣。今惟录其可式者。

卷十八

春秋艺中

叙事之流，其别有六：

叙：叙者何也？说叙次第也。《尔雅》："叙，绪也。"述其端而次第言之也，与"序"通用。《易》有序、有卦，《尚书》、《毛诗》亦各有序，然其端绪非一，不若《考工记》之总叙能综其纲领也，故首取以为法。

记：记者何也？记事之文也。从言，己声。疏其已然之事而一一分别记之也。记以善叙事为主。《禹贡》、《顾命》，乃记之祖；戴氏理《学记》、《乐记》，始以名篇。后世作记，未免杂以议论，亦有通篇议论而不记事者。今录《成周王会》正其始。

述：述者何也？《说文》："循也。从辵，（述）［术］声。"凡循人之事，慕人之言皆曰述。故曰："父作之，子述之。"又曰："述而不作。"修、缵、著、譔之总名也。司马迁《史记》自叙《史记》篇目，各以"作"言。班固《西汉书》则曰"述"，盖有因迁者。魏邯郸淳因《剧秦美新》作《受命述》，皆循纂义云。

录：录者何也？记也。本金色，从金，录声，假借为省领意。盖录而收之，使人省领其意义也。

题辞：题辞者何？题诸前后，提掇其有关大体者以表章之也。前曰引，后曰跋，须明简严，不可冗赘。后世文集有"读某书"及"读某文"、"题其前"或"题其后"之名，皆本赵岐《孟子题辞》也。故今首录也。

杂志:杂志者何？意也。从心,之声。志者,心之所之,意随志发于言,杂出而书之,非若史之志一代典故也。故凡杂识所志,为此类焉。

卷十九

春秋艺下

论赞之流,其别有六:

论:论者何也？《说文》:"议也。从言,仑声。"亦音奁。《文心雕龙》曰:"圣(世寻)[哲彝]训(为)[曰]经,述经叙理(为)[曰]论。论者,伦也。"《礼》:"大司成论说在东序","论伦无患,乐之情也"。作论者应和难语,首尾条理以终其事,由论论也,各有论而归于理也。是以庄周《齐物》,以论为名;《吕氏春秋》,六论昭列。今惟断自贾谊《过秦》始。

说:说者何也？释也,述也。宣释义理而以己意述之,使人悦怿也,故从言、兑。本《易》之《说卦》,而汉许慎《说文》效之。伊尹以说味隆殷,太公以办钓兴周,皆推衍言之。故庄周寓言,持说皆出己意,抑扬详赡,臻虚无实,陆机《文赋》所谓"说炜烨而谲诳"是也。春秋战国,辩士口给,转音为税,如烛武行而纾郑,端木出而存鲁,亦其美者,然韩非竟死于《说难》矣。故说虽因事即理以立言,而其流则入于口辩,故录其善为说辞而近义理者焉。

辩:辩者何也？治也,从言在(辩)[辡]中。察言以治之,(如)[加]辡,罪人相讼也。孟子曰:"予岂好辩哉？予不得已也。"其文八节,明辩晢矣,可为楷式。然《鲁语》已启其端矣。今录展禽《辩祀》为始。

解:解者何也？判也,从刀。判,牛割。会讲说分析之意以名文也。敷陈事理,必明白易见,则疑者判然矣。《逸周书》、《孔子家语》皆以分析篇次名为解,与析理解分之义自不同也。

对问:对、问各自为类也,见于"书艺"矣。此复合对、问为一者何也？建大谋,言大事,异于辨解者,故又自为类也。《文选》有宋玉《对楚王问》,特设辞尔。此则古今记事关系之大者,是以附诸"春秋"云。

考评:考评者何? 考订其事而评其优劣也,亦有考订而不评者。然自陈寿《三国》,已改史论为评矣,则夫言评而不言考也亦宜。

卷二十

易艺

兆:兆者何也? 灼龟,视其食墨,卜人为之兆辞也。秦焚经籍,《易》以卜筮得存,故无逸《易》。然《周官》大卜三兆,其颂皆千有二百,《汉·艺文志》有《夏龟》、《商龟》诸书,今悉亡逸,惟录其仅存者。

繇:繇者何也?《易》之卦爻占辞也。《周书》三易:夏曰《连山》,殷曰《归藏》,周曰《周易》。夏、殷用七、八,《周易》用九、六。遇动之卦以爻占,不动则以卦象占,统谓之繇。《山海经》注《连山繇辞》曰:"空山之苍,八极之既张,乃有夫羲和,是主日月,职出入,以为晦明。"《太平御览·归藏繇辞》曰:"有人将来,遗我货贝,以至则彻,以求则得,有喜将至。"其文不雅。今录其略可观者。

例:例者何也? 比也。发其大略,使人比而从之也。今之法司比例以治罪,犹理学比例以治经。

数:数者何也? 算也。《世本》曰"隶首作数",而理数则自《易大传》始也。河出图,洛出书,圣人则之。故《易》数自图、书始。

占:占者何也?《说文》:"视兆问也,从卜、口。"谓卜人之口也。《书》曰:"三人占,则从二人之言。"则以龟人为主矣。然《易》筮亦必观象玩占,则占者兼卜、筮而言也。六爻变动占法,经传甚明,观者当自得之。

象:象者何也? 像也。故曰:"《易》者,象也;象也者,像也。"卦爻莫不有象,以像此事,理有以无而生、形以道而立者也。人之视听,心思所及,莫不有易象存焉。见于经史,又待蓍筮,辄与道合。今录其最者。

图:图者何也? 画也。规画以建事,写画以示形,皆谓之图也。郑樵《通志略·先天图》传自古昔,迄五季陈抟得之,□□□□□□□□□□□□□之,故以为首。

原：原者何也？本也。义始《大易》"原始要终"之训，盖推其本原之义以示人也。评文者谓昌黎《原道》本于文子，《原人》本于关朗，今录以为本始。

传：传者何也？训释经之文义也。夫子系《易》作《大传》，盖其始也。后有《左氏》、《公》、《谷》三因。而汉京房《易传》，始创浑天甲子、世应飞伏，其言粗鄙，大戾《周易》，虽谓之"汉《易》"可也，吾无取焉。惟关朗《易》传，训释中自出己见，因录其可取者。

言：言者何也？心之声也。声出而为言，而文又言之精者也。故夫子赞《易》有《文言》焉，言之有文者莫大于是。今取其近者录之。

注：注者何也？解也，解古人之文义而附以己意也。晋郭象注《庄子》，为宋儒所称，以其因文义而言己所自得也。

六艺流别后序

六经者，圣人所以启天地之秘、明人伦之叙而究万物之宜也。孔氏之徒，传而习之，述而效之，自源徂流，浚一达万，则为艺焉。若子夏之序《诗》，公孙尼之记《乐》，商瞿之训《易》，左丘明之传《春秋》，以至《礼》纂于戴氏，《书》阐于伏生，六艺备矣。《易》变而为《老》、《庄》，《诗》变而为《楚骚》，《书》变而为秦制，《礼》变而为绵蕞，《乐》变而为新声，《春秋》变而为《史记》，盖亦气运升降之繇也。厥后辞人递相祖袭，方其玩素窥玄，广蓄德之闳度；镂思抽绪，奋摛藻之异能，孰不谓人韫苕华，家藏明月？然究其标鹄之志或殊，放浪之怀靡一。是以序录之家，品裁精核，铨综详审。夏璜以一颣而捐，和璧以微瑕而废。即萧统所选，钟嵘所评，例于王微《鸿宝》、任昉《缘起》诸编，固亦存十一于千百者已。然而识异辨渑，乏真知之决；聪惭顾曲，无听荧之审。未能衡鉴百代，原本六经，则纂类之学，亦难矣哉！吾师泰泉先生辞荣金马，高卧碧山，集儒书之渊薮，导学子以津梁。尝曰："精一博约，圣贤之道也。川流教化，天地之德也。非求之于万殊，曷贯之于一致？"乃闵九流之横决，厌诸家之纷纭。括综百王，上穷黄帝；驰骋千载，下迄有隋。撮史籍之英华，漱词林之芳润。因体定篇，源源圣蕴。

断章摘节，汇集群言。搜隐侧则宫阃不遗，阐幽潜则刍荛必录。三复斯编，信学海之巨观、册府之渊汇也。譬之疏导九川，功同神禹。流异其派，派别其岐。畎浍瀁潆，蹄涔瀸汋。虽殊润泽之利，皆出昆仑之源。故不曰"经"而曰"艺"者，示人返求也。视彼补亡之徒事赘疣，续经之妄为僭拟，讵可同日语耶？铅摘既就，杀青斯竟。任也爰因校雠之役，辄敢论著先生述古之志云。

嘉靖壬戌之岁夏六月朔，门人南海欧大任顿首谨书

（中山大学中文系）

《宋诗话辑佚》误收内容考辨[*]

郭星明

内容摘要：古书辑佚不可贪多务得，其所依据之文献来源当需可靠。前人郭绍虞先生《宋诗话辑佚》虽对于宋人诗话还原之功效甚大，但是也有部分内容因为郭先生对所依据的来源未加准确审视而误收，有张冠李戴之嫌。通过理清历代诗话汇编相互之间暗中转录的现象，可以发现后代汇编在转录前人汇编时出处标注多有讹变者。前人不察，就给人以后代汇编收录了早佚古书的误会，造成诗话辑佚中之误收现象。具体而言，《宋诗话辑佚》据《说诗乐趣》、《修辞鉴衡》、《艺苑名言》等书所收录的宋人诗话佚文多有误收者，远不如其据《诗话总龟》、《苕溪渔隐丛话》等早期诗话汇编所收宋人早佚诗话之文本可靠。析出其书的误收内容，可以更加客观地还以宋人散佚诗话之原貌，不致引起后人更多的误会。

关键词：《宋诗话辑佚》；误收；《说诗乐趣》；《修辞鉴衡》

---

* 本文为国家社科基金重大项目"清诗话全编"（项目编号：12&ZD160）、川北医学院博士科研启动基金项目"清代诗法类诗话汇编研究"（项目编号：CBY21－QD38）的研究成果之一。

Reserch and Identify on the Error Collection of *Songshihua Jiyi*

Guo Xingming

Abstract: The collection of ancient books can not be lost too much, and the literature sources on which they are based should be reliable. Although the former Mr. Guo Shaoyu's *Songshihua Jiyi* is very effective in restoring the Shihua of Song Dynasty, some contents are mistakenly received because Mr. Guo did not accurately examine the source of the basis, which is suspected of misattribution. By sorting out the phenomenon of the secret transcribing among the compilations of Shihua in the past dynasties, it can be found that there are many errors in the source labeling when the later compilations transcribe the previous compilations. The ignorance of the predecessors leads to the misunderstanding of the collection of early lost ancient books by future generations, resulting in the mis-collection of Shihua in the lost. To be specific, *Songshihua Jiyi* based on *Shuoshi Lequ*, *Xiuci Jianheng* and *Yiyuan Mingyan* collected Shihua of the Song Dynasty, there are many wrong income content, are not as reliable as those collected in the collection of early Shihua of the Song Dynasty, such as *Shihua Zonggui* and *Tiaoxi Yuyin Conghua*. Precipitate the mis-received content of the book can be more objective to the Song people lost Shihua, not to cause more misunderstanding.

Keywords: *Songshihua Jiyi*; error collection; *Shuoshi Lequ*; *Xiuci Jianheng*

引言

自北宋中期欧阳修《六一诗话》出现后，诗话逐渐成为了历代学者论诗的重要文体。但是,由于时间久远,有较多宋人诗话至今已经散佚。所以,借助后人汇编类著作进行相关辑佚工作,就成为了十分必要且很有学术价值的文献学研究活动。前辈学者郭绍虞先生在20世纪三十年代对宋人散佚诗话加以辑佚,七十年代又略微修改,成《宋诗话辑佚》(以下省称作《辑佚》)一书。其书收集了35种宋人诗话中散见于各处的大量内容,共计1333条,近三十万字。相较于今存文本基本完备的宋人诗话总共才有40余种的现状,郭先生的辑佚工作对今人研究宋人诗学和还原宋代诗话文献具有极大学术价值。但是,由于郭先生当时研究条件有限,故其辑佚工作尚有较大的增补空间。比如今人李裕民在《〈宋诗话辑佚〉补遗》一文中,就《辑佚》中所收《王直方诗话》、《漫叟诗话》、《蔡宽夫诗史》、《高斋诗话》、《古今诗话》、《汉皋诗话》、《唐宋名贤诗话》(《唐宋分门名贤诗话》)、《艺苑雌黄》、《童蒙诗训》等书增补了47条内容。① 再如今人马强才在《〈宋诗话辑佚〉拾遗初编》一文中,再就《辑佚》中所收《王直方诗话》、《古今诗话》、《潘子真诗话》、《桐江诗话》、《唐宋诗话》(《唐宋分门名贤诗话》)、《艺苑雌黄》等书增补了75条内容。② 所以可以基本预见到的是,随着后来学者诗学文献整理和研读工作的更深入之推进,还会有更多宋代诗话的散佚文本内容被发掘。与此相应,鉴于郭先生当时有所误会,部分并非宋人散佚诗话的内容也被误收了进来。综合来看,只有一方面不断增补前人未收内容,另一方面剔除其误收内容,才能更加客观地向后人呈现出已佚宋诗话的本来面貌。

辑佚工作之所以有漏收的情况,主要是其所参考的后代汇编类著作范围不够广泛所致。比如郭绍虞因没有用到谢维新《古今合璧事类备要》和陈元靓《岁时广记》,就漏收了《王直方诗话》和《艺苑雌黄》等宋人诗话的部分内容。而对于辑佚工作的误收现象而言,则是其盲从后人汇编造成的。诗话汇编类著作在宋代即以盛行,故其为

---

① 李裕民《〈宋诗话辑佚〉补遗》,《文献》2001年第2期。

② 马强才《〈宋诗话辑佚〉拾遗初编》,《古籍整理研究学刊》2008年第2期。

后人留存了大量单部著作已经散佚的诗话文本。后人只有通过这些汇编，才能一窥宋人已佚诗话的内容。但是由于此类汇编本身也有较长时间的流传历程，文本内容不尽可靠，致使其所收诗话的归属问题不甚明确。更有甚者，汇编者有意无意地错题了具体诗话条目的来源出处，这就直接误导了辑佚者，使其误收了相关内容。

针对《辑佚》的误收现象，今人罗宁在《重编〈说郛〉所收宋元诗话辨伪》一文中，已经对其所误收的《艺苑雌黄》、《陈辅之诗话》、《潘子真诗话》、《潜溪诗眼》、《汉皋诗话》、《桐江诗话》、《漫叟诗话》等共 7 部宋代诗话的 39 条误收内容作了详细考辨。① 该文通过考查明代宛委山堂本《说郛》中所收（造）伪书的文本之实际来源，证明了《辑佚》将宛本《说郛》作为辑佚依据的错误。不过《辑佚》一书对辑佚来源的误用还不止于此，经过进一步的全面、细致之比对，其对另外 6 部宋人诗话的辑佚工作中，存在更多的误收现象。

一、《王直方诗话》

《辑佚》卷上首辑《王直方诗话》306 条，其主要来源于宋人曾慥《类说》、阮阅《诗话总龟》、胡仔《苕溪渔隐丛话》、元人王构《修辞鉴衡》和清人伍涵芬的《说诗乐趣》②等十余部汇编类著作。其中，从《说诗乐趣》等书辑出之内容多本非《王直方诗话》原文，当一一辨析之。

《辑佚》所收"斧凿痕与粘皮骨"条（《辑佚》列为第 272 条）③，原为《韵语阳秋》卷三第七条前半部分的截取内容④。郭先生虽然在条末加按语，说明其"亦见葛立方《韵语阳秋》"，但是仍据《诗学指南》本《名贤诗旨》和《诗话类编》二书收入，有误。今考郭先生所用来源，其一之清人顾龙振所辑《名贤诗旨》汇编内容，实从明人胡文焕所辑诗

---

① 罗宁《重编〈说郛〉所收宋元诗话辨伪》，《华南师范大学学报（社会科学版）》2016 年第 6 期，第 34—45 页。

② 伍涵芬《说诗乐趣》，清康熙四十年（1701）华日堂刊本。

③ 郭绍虞《宋诗话辑佚》，中华书局，1980 年，第 99 页。

④ 葛立方《韵语阳秋》，上海古籍出版社，1984 年，第 37—38 页。

580 / 中国文学思想的跨域探索

法丛编《诗法统综》暗中转录而来①。《名贤诗旨》此条暗中转录自胡编所收之《诗人玉屑》，然《玉屑》原文中此条本漏题出处，只其后则题出《王直方诗话》②。可见，当是顾龙振在没有查对原文来源的基础上，误将《玉屑》漏题出处的诗话内容题作了"王直方诗话"。《辑佚》来源之二为明人王会昌《诗话类编》，其书卷三第44则题作"王直方曰"③，郭先生当即以此为据。然而，《诗话类编》亦是对前人诗话之汇编。《类编》此则对源头著作《韵语阳秋》文本的裁剪方式与《诗人玉屑》和《名贤诗旨》完全一致，即皆截取原文前半部分，可知其亦是暗中转录自《玉屑》。其所题出处之"王直方曰"之误，也当和《名贤诗旨》如出一辙。由此可知，郭先生所据来本是误题，故其所辑之《王直方诗话》当剔除此条。

《辑佚》所收第283至295则共计13条，皆据《说诗乐趣》辑入。其中，郭先生在其首条加按语道：

> 此则见《冷斋夜话》。直方所云，当是前135及152二条，疑《乐趣》误引。考下文《乐趣》所引诸条，凡出《冷斋夜话》者，均见《总龟》前集卷九，《总龟》于此数节前后皆《直方诗话》，故《乐趣》误引耳。④

显然，郭先生在《诗话总龟》中也查到了和《说诗乐趣》声称出自《王直方诗话》的内容相同的此十三条诗话。但是，今考其详，郭先生按语亦有疏漏。因为就第283条言，其实为《诗话总龟》前集卷九两条（即该卷第47条和第50条⑤）分出《王直方诗话》和《冷斋夜话》内容的删并⑥，并非全部出自《冷斋夜话》。并且，郭先生把此则后半部分与《辑

① 郭星明《清代诗法类诗话汇编研究》，上海大学博士学位论文，2020年，第65页。
② 魏庆之《诗人玉屑》，中华书局，2007年，第160—161页。
③ 王会昌《诗话类编》，《明诗话全编》本，江苏古籍出版社，1997年，第8002页。
④ 郭绍虞《宋诗话辑佚》，中华书局，1980年，第102—103页。
⑤ 阮阅《诗话总龟》，人民文学出版社，1987年，第105—107页。
⑥ 郭星明《论清代诗话汇编的转录现象》，见《中国诗学（第二十八辑）》，人民文学出版社，2019年，第2页。

佚》前文所收《王直方诗话》第135条(同出《诗话总龟》前集卷九①)误认作一条,亦当明辨。今考其实,此两则只是不约而同引用了白居易和苏轼的两联诗句,所发议论各不相同,并非一则诗话的不同版本。简言之,此则首句确为《王直方诗话》内容,此后则为《冷斋夜话》第16、73两条内容删并而成。《辑佚》误收是轻信《说诗乐趣》所致。进一步考其原委,《乐趣》是肆意删并了《诗话总龟》所收两部不同著作的文本,并妄题作“王直方诗话”。《总龟》则是随意删并了《冷斋夜话》分处各卷(涉及三卷五条)的不同条目,致使其文段之内前后所议之题并不一致,亦不应当。

第284条为郭先生据《说诗乐趣》卷二收入,并谓其“出《冷斋夜话》卷三,亦见《墨客挥犀》卷八”。其实,考其文本,此则实转录自《诗话总龟》前集卷九。而且在《总龟》中,此则本和第283条的《冷斋夜话》部分合写作一条——《总龟》前集卷九第50条,但不包括《王直方诗话》的一句。只不过伍涵芬在编撰《说诗乐趣》的时候,又将《总龟》合写《冷斋夜话》五条的文本根据需要分别收录于己编之卷一和卷二,卷一部分又增添了《王直方诗话》的一条放在则首(即上文所言之第283条)。

此后第285至287和291至295,共八条,亦如郭先生所言,乃“《乐趣》误引”②,故亦皆当于《辑佚》中剔除。其中,第287条本是《乐趣》误引《诗话总龟》对《冷斋夜话》第73、74两则内容的合写。《总龟》对前人著述的随意删并既已不妥,《乐趣》又对二手材料《总龟》再加删并,可谓失之毫厘而谬以千里。具体言之,《乐趣》将后一条的首句附在了前一条的末尾,张冠李戴。至于郭先生所据的另一个来源《墨客挥犀》(卷八),其书本是完整地对《冷斋夜话》两条诗话的合写,故并无张冠李戴之误。《辑佚》既已知道《墨客挥犀》的合写版本,当将其与《乐趣》之版本对照,才不致有此误中之误。另外,第294、295

① 阮阅《诗话总龟》,人民文学出版社,1987年,第102页。
② 郭绍虞《宋诗话辑佚》,中华书局,1980年,第103—107页。

两条同时以《说诗乐趣》和清人蒋澜《艺苑名言》为据加以收录。其实,《艺苑名言》此两条本自《说诗乐趣》暗中转录而来①,并非辑自《王直方诗话》原著,所以不足为据。简言之,《名言》是不自觉地沿袭了《乐趣》的误题,并无参考价值。第 288 至 290 和 292 共 4 条,郭先生从其他汇编得知其亦见《古今诗话》。而《说诗乐趣》所题之"王直方诗话"当是转录时的误题,与前面误引《冷斋夜话》者相同。

由上可知,《辑佚》所收《王直方诗话》中,至少有 14 条内容确知并非王书所有,乃是郭先生误收。实际上,其分别出自葛立方《韵语阳秋》、释惠洪《冷斋夜话》和李颀《古今诗话》(早佚),当剔除之为妥。

二、《古今诗话》

《辑佚》卷上次辑《古今诗话》(据《宋诗话考》,乃北宋人李颀汇编)444 条,其主要取资于曾慥《类说》、阮阅《诗话总龟》、胡仔《苕溪渔隐丛话》、魏庆之《诗人玉屑》、蔡正孙《诗林广记》、王构《修辞建衡》、伍涵芬《说诗乐趣》和清人吴景旭《历代诗话》等共二十余部汇编类著作。此书本为诗话汇编,故多有和前人诗话类著作文本相重合者,不可妄定为误收。但即便如此,仍有部分文本并非其原编者汇编入其书者。《辑佚》多从《修辞鉴衡》、《说诗乐趣》等书辑出,当以一一辨析以还《古今诗话》此一早期诗话汇编之本来面目。

第 358 条《辑佚》据《诗人玉屑》卷九②收入。《玉屑》明确题出《古今诗话》,然今考其文,实出南宋葛立方《韵语阳秋》卷二③,稍后蔡梦弼《草堂诗话》卷二又谓出自时人高元之《茶甘录》(《历代诗话续编》本《草堂诗话》缺漏此条)④。可见此条当是《韵语阳秋》汇编了《茶甘录》的内容。因为《草堂诗话》同时汇编了《阳秋》和《茶甘录》的内容

---

① 郭星明《论清代诗话汇编的转录现象》,见《中国诗学(第二十八辑)》,人民文学出版社,2019 年,第 3 页。

② 魏庆之《诗人玉屑》,中华书局,2007 年,第 275—276 页。

③ 葛立方《韵语阳秋》,上海古籍出版社,1984 年,第 37—38 页。

④ 蔡梦弼《杜工部草堂诗话》卷二,知圣教斋刻本。

而分别标明出处;《阳秋》则是将此则省去出处直接录入。至于《辑佚》所据之《玉屑》当是误题,因为《古今诗话》成书于北宋,不可能收录南宋诗话。

第362条据南宋何汶《竹庄诗话》卷十三辑出,只"张祜有《观猎诗》并《宫词》,白傅称之'小杜'"一句。郭先生加按语以为何编"所引当有脱误"[1],并据《总龟》前集卷四所收之《古今诗话》此条加以补正。今考何编所引实有疏漏,其将《总龟》原文中《宫词》一诗之文本移易到整则诗话末尾(先录诗话、后附诗作是何编撰著之一贯体例),造成了称张祜为"小杜"的常识性错误。而《总龟》此则转收自《古今诗话》的内容,其实是李颀对唐人范摅《云溪友议》卷中"钱塘论"一文[2]的摘写。简言之,《辑佚》据《竹庄诗话》辑出此条以为《古今诗话》内容有误,当以其文后按语所收之《总龟》引文为是。

第364至377共14条,《辑佚》俱据元人王构汇编之《修辞鉴衡》收入。今考《鉴衡》所收诗话多从南宋张镃《仕学规范》转录而来,非见原书而录。《仕学规范》卷三十六至四十所辑前人105条诗话即为《鉴衡》直接来源之一。《仕学规范》引文本颇为规范,于各条诗话之首往往标注原始出处。而其实际上基本也是转录自前人汇编,故将同出一处汇编的不同诗话连续排列,并于末条诗话后注出某一共同之转录来源。《鉴衡》在转录《仕学规范》的时候却不尽规范,其将张镃标注的《古今总类诗话》(南宋初人任舟汇编)多省称作了"古今诗话",这就贻郭先生以误会,以其为北宋诗话汇编李颀《古今诗话》之佚文而加以收录。其实,两者本是两部不同的诗话汇编,并非一书两名[3]。上述14条基本全是此种误会所致的误收,当皆剔除之。

此中第376条后有郭绍虞按语曰:

> 《竹庄诗话》十引此作《西清诗话》,《仕学规范》三十七

---

① 郭绍虞《宋诗话辑佚》,中华书局,1980年,第259页。

② 范摅《云溪友议》,《唐五代笔记小说大观》本,上海古籍出版社,2000年,第1282—1283页。

③ 郭绍虞《宋诗话考》,复旦大学出版社,2015年,第111、132页。

引此作《古今总类诗话》,是则《古今诗话》录《西清诗话》语,
而称为《名贤诗话》耳。①

《规范》此条题出《名贤诗话》,末后谓其转录自《古今总类诗话》②。郭
先生所谓何汶《竹庄诗话》所题《西清诗话》固是何氏自原书编入,而
《鉴衡》所题之"古今诗话"乃是其在抄录《仕学规范》时的误看,当为
《古今总类诗话》。所谓《名贤诗话》乃是《规范》转录《古今总类诗
话》所收现知最早的诗话汇编——《唐宋分门名贤诗话》时的省称③,并非
《古今诗话》对《西清诗话》的别称。此条首当从《古今诗话》佚文中剔
除,其实为《西清诗话》内容,只为《唐宋分门名贤诗话》、《古今总类诗
话》、《仕学规范》和《修辞鉴衡》等汇编顺次收(转)录,并未为《古今诗
话》收录。

　　其后第 372、4、5 三条,郭先生没有注明其文本同于《仕学规范》。
今考其实,前两条亦与其余各条一样,转录自《仕学规范》卷三十八④。
唯第 375 条乃是《苏轼集》卷九十三《书鲜于子骏楚词后》和《苏轼
集·补遗·题鲜于子骏八咏后》两篇短文的简括性合写,未见《规范》
收录,不知《鉴衡》所据为何。与此相关的《辑佚》第 103 条虽同时以
《诗话总龟》前集卷五和《修辞鉴衡》卷一收入⑤,但其间亦有可辨之
处。因为《总龟》所收文本远较《鉴衡》及其原始出处《中山诗话》减
省。可见,《总龟》当是从《古今诗话》中转收了经过删减的《中山诗
话》⑥文本。而《鉴衡》则是由于前述其对《仕学规范》所收《古今总类
诗话》的错误省称而误,其本非取自《古今诗话》。即《古今总类诗话》
收录了《中山诗话》此条之全文,而《古今诗话》所收是对《中山诗话》
的此条文本删节。两者同为郭先生所据,只是巧合。《总龟》所收的

　　①　郭绍虞《宋诗话辑佚》,中华书局,1980 年,第 266 页。
　　②　张镃《仕学规范》,《宋诗话全编》本,江苏古籍出版社,1997 年,第 7513 页。
　　③　蔡镇楚《〈唐宋分门名贤诗话〉:中国最早的诗话类编》,《文学遗产》1997 年第 5
期,第 110 页。
　　④　张镃《仕学规范》,《宋诗话全编》本,江苏古籍出版社,1997 年,第 7518、7519 页。
　　⑤　郭绍虞《宋诗话辑佚》,中华书局,1980 年,第 151 页。
　　⑥　刘攽《中山诗话》,《历代诗话》本,中华书局,1981 年,第 285—286 页。

删减版是《古今诗话》原文的可能性较大,即《古今诗话》在汇编《中山诗话》此则时对其有所删节,故郭先生据《鉴衡》和《中山诗话》所做的增补似无必要。进一步言之,《修辞鉴衡》不能作为辑佚《古今诗话》的可靠来源。

第378至393条据《说诗乐趣》辑入。其中第385条据卷一收入。然《仕学规范》卷三十九收录此条,题出《古今总类诗话》,可知《乐趣》乃是转录时误看。此条原出《西清诗话》,后为任舟《古今总类诗话》收录;《仕学规范》又据任编收入,再后为《乐趣》自《规范》暗中转录。可知其并非《古今诗话》内容,当剔除之。第388条据《乐趣》卷九辑入,末有按语谓其见《王直方诗话》[①]。今考《辑佚》所收《王直方诗话》此条,主要以《诗话总龟》为据[②],甚确。《乐趣》本自《总龟》转录而来,只《总龟》此之后条题出《古今诗话》,当是《乐趣》误看。郭先生据《乐趣》误题,不确,当从《古今诗话》佚文中剔除之。

此外还需要辨明的是,第351至356条皆据宋元之交蔡正孙《诗林广记》辑入。然考其各条末尾所注所出之卷数,皆与今本《广记》(中华书局1982年版)有异。未知郭先生所据何本。其中,第355、356两条本为《诗话总龟》前集卷一之第3条[③]。《辑佚》本当于第60与61条之间据《总龟》辑入,然却失收[④]。测郭先生之意,当是其以《广记》一分为二之收录为原文原貌。今据《广记》有将诗人总论与具体诗评分而收录的成书体例,可推知其当是对原文作了处理的。且《总龟》成书大致早于《广记》,抑或后者乃从前者转录而来。故可认为《辑佚》据《广记》所收此"两条",不如据《总龟》只收二合为一之一条为是。

综上所考,《宋诗话辑佚》所收《古今诗话》佚文至少有18条当剔除之,因为它们分别本为《茶甘录》(或《韵语阳秋》)、《古今总类诗

---

① 郭绍虞《宋诗话辑佚》,中华书局,1980年,第271页。
② 郭绍虞《宋诗话辑佚》,中华书局,1980年,第74页。
③ 阮阅《诗话总龟》,人民文学出版社,1987年,第6—7页。
④ 郭绍虞《宋诗话辑佚》,中华书局,1980年,第134页。

话》、《王直方诗话》等书的内容。另有三条所收虽无大误,亦当有所删并,方才符合《古今诗话》文本之原貌。

三、《诗史》及其他

《辑佚》卷下辑蔡宽夫《诗史》125 条,其主要取资于阮阅《诗话总龟》、魏庆之《诗人玉屑》、伍涵芬《说诗乐趣》和清人李调元《全五代诗》、郑方坤《五代诗话》等共十余部汇编类著作。如前所述,《说诗乐趣》汇编之内容多从《诗话总龟》转录而来而未见原书,故其所标文献出处常有错误。《辑佚》第 75 至 92 条皆以《乐趣》为据收入,比较此十数条在《总龟》中的标注情况,其属误收亦大致无差。第 75 条末后有郭先生按语,谓其"亦见《冷斋夜话》卷四、卷六"①。今考其实,将此两则合写始于《乐趣》的转录对象《诗话总龟》②。不过,《乐趣》对此合写版本又删节了《总龟》此条后半部分的苏黄二人诗例,于是就形成了《辑佚》现在的另一版本。《总龟》于此条本谓出之《冷斋夜话》,故《乐趣》所题之"诗史"当是臆造,宜剔除之。与此相应,第 77、78 两条在《夜话》原文中本同属一条(卷二·韩欧范苏嗜诗),只《总龟》将《夜话》是条分作三条(紧随第 75 条)。可见《乐趣》之分作两条(于《总龟》三条中第二条不取)乃是沿袭了《总龟》的处理方式,并且妄题了出处。此二条原出《冷斋夜话》而非《诗史》,当剔除之。第 79 条在《诗话总龟》中与前两条同卷,亦谓出自《冷斋夜话》。《乐趣》当是据《总龟》顺次转录,故其亦是误题出处,非《诗史》佚文,当剔除之。第80 条据《总龟》所题,当是《古今诗话》内容。《乐趣》转录时的错题,当是误将《总龟》此条之前大量题出了《诗史》的内容混淆所致。所以此条并非《诗史》佚文,当剔除之。第 84 条与前条在《总龟》中位置相近,亦是《古今诗话》内容,《乐趣》一并误题作《诗史》。今考其实,此条原出孟棨《本事诗》③,是《古今诗话》对其某条前半部分的节录,与

---

① 郭绍虞《宋诗话辑佚》,中华书局,1980 年,第 463 页。
② 阮阅《诗话总龟》,人民文学出版社,1987 年,第 490 页。
③ 孟棨《本事诗》,《历代诗话续编》本,中华书局,2006 年,第 17—18 页。

《诗史》无关，当剔除之。第 85、88 条分别原出《唐摭言》卷十五[1]、卷十[2]，《总龟》漏题出处，只其前则题出《诗史》，《乐趣》即据此。虽然《诗史》本有抄录《摭言》内容的可能（如《辑佚》第 64 条[3]），但《辑佚》据《乐趣》之臆测而收入，殊为不妥。第 87、89 条原出孙光宪《北梦琐言》卷八之相邻两条，《总龟》失题而《乐趣》臆出《诗史》，《辑佚》即据此收入。虽然不排除《诗史》曾抄录了《琐言》的内容，但不可据《乐趣》辑入《诗史》佚文，因为《乐趣》本是臆测，而其佚文又并无抄录《琐言》的实例。第 86 条《古今图书集成·馈遗部纪事二》谓出元人韦居安《梅涧诗话》，然今存韦书（《历代诗话续编》本）未见此条，或另有出处。《乐趣》臆断之出处《诗史》亦不可靠，似不当辑入。第 90 条本出《雅言杂载》，《总龟》将其收录而通行的明月窗道人刊本漏题出处，只其前第四条题出《诗史》，《乐趣》当据此而误题（今人已据《总龟》它本补题了出处[4]，《乐趣》当是未见）。由此可知此条绝非《诗史》抄录的《雅言杂载》内容，当从佚文中剔除之。第 91 条《总龟》明确题其出处为《古今诗话》[5]，《乐趣》误将其前某条所题之出处《诗史》以为此条出处，当从佚文中剔除之。第 92 条原出《冷斋夜话》卷一首条，《乐趣》所题之《诗史》亦为郭绍虞所疑，以为"误引"，故当剔除之。综上所述，《辑佚》所收《诗史》所谓佚文至少有 9 条乃误收，并非真是其书原文。其分别当是《冷斋夜话》、《古今诗话》和《雅言杂载》等书的内容。

《宋诗话辑佚》除上述三部著作有较多误收内容之外，还有几部诗话所收佚文也存在误收情况，但数量不多，此亦一并指出：

《辑佚》卷上辑《潜溪诗眼》佚文 61 条，主要据宛委山堂本《说郛》和《苕溪渔隐丛话》等书收录。其中，第 60 条所据之《说诗乐趣》已如前述不甚可靠，当剔除之。今考其实，乃是《乐趣》在转录《诗人玉屑》

---

① 王定保《唐摭言》，《唐五代笔记小说大观》本，2000 年，第 1704 页。
② 王定保《唐摭言》，《唐五代笔记小说大观》本，2000 年，第 1663 页。
③ 郭绍虞《宋诗话辑佚》，中华书局，1980 年，第 460 页。
④ 阮阅《诗话总龟》，人民文学出版社，1987 年，第 436 页。
⑤ 阮阅《诗话总龟》，人民文学出版社，1987 年，第 153 页。

（卷七"用事亲切"条）时，误将《玉屑》此条之前条所题出处妄题作了此条之来源，故《辑佚》受其误导而收录之。究其原始出处，则是《苕溪渔隐丛话》中编者胡仔的论诗之语（后集卷二十八），与《潜溪诗眼》并无关联。此中《玉屑》不准确标注出处（胡仔按语）是一疏漏，《乐趣》转录《玉屑》而妄题出处，更是一误。

《辑佚》卷下辑《闲居诗话》12 条，主要据《诗话总龟》和《说诗乐趣》收录。其中第 9、10 两条在《诗话总龟》中本合为一条（前集卷十一），《乐趣》在转录时将其分作两条于卷三、五。今考其文意，两条本意不相属。且后条原出宋初文莹《湘山野录》卷中，前条却不见存于此书，今亦失其出处。可知《总龟》当是将此不同来源的二条合写之始作俑者，《乐趣》则又根据自己的类编思路将其分写。《乐趣》以《闲居诗话》为此两条之出处，本是据《总龟》此之前条所题出处臆测，不甚可靠。故《辑佚》以《乐趣》为据收入《闲居诗话》佚文有误。

《辑佚》卷下辑《吕氏童蒙诗训》佚文 75 条，主要据《苕溪渔隐丛话》、《诗学指南》本《名贤诗旨》、《仕学规范》和《修辞鉴衡》等汇编收录。其中《鉴衡》本多从《规范》取材，故其本不可作为收集佚文之可靠来源。如《辑佚》第 34 条即据《鉴衡》收入，但是《规范》本谓其出自《古今总类诗话》①。今考《鉴衡》之题，当是误将《规范》前面数条的出处——《童蒙师训》当作了此条出处，故当剔除之。第 39 条据何汶《竹庄诗话》收入。今考其实，何编当从《苕溪渔隐丛话》转录而来，《丛话》本谓其原出吕居仁《与曾吉甫论诗第二帖》，似不当妄以为《童蒙诗训》内容。又如前文所述，《诗学指南》本《名贤诗旨》所收诗论本自明人胡文焕之诗法丛编《诗法统综》转录。《辑佚》第 40 条即从《统综》所收之《诗人玉屑》而来。《玉屑》本只题出吕居仁言（卷五），《名贤诗旨》之题出《童蒙诗训》实属臆测，不可引以为据。至于《玉屑》所据，当为《苕溪渔隐丛话》卷四十九所题之《与曾吉甫论诗第一帖》，并不能就以之为《诗训》之内容。又《辑佚》所收《童蒙诗训》之第 51（据

---

① 张镃《仕学规范》，《宋诗话全编》本，江苏古籍出版社，1997 年，第 7521 页。

《修辞鉴衡》)和 59 条(据《仕学规范》)内容相近①,前者乃是后者之节文。既然《鉴衡》是从《规范》抄录而来,那就没必要收录前者(第 51 条),当剔除之。第 52 条"两汉文三则",郭先生加按语曰:

> 第一则第三则见《仕学规范》三十五。又《仕学规范》三十五以第二则与 60 条合为一条。②

显然,《鉴衡》只是根据自身需要对《规范》的此数则内容重新组合了一下,并不能视作《童蒙诗训》的原貌即是如此,当以《规范》所收此数则之编排方式更接近原文为是。与此类似的是第 55 条三则、第 58 条二则,亦当以《规范》为据收入。

余论

通过上述考辨,可知《宋诗话辑佚》所收 6 部宋人诗话之文本存在不同程度的误收现象,其分别是:《王直方诗话》、《古今诗话》、《诗史》、《潜溪诗眼》、《闲居诗话》、《吕氏童蒙诗训》,共计有 48 条诗话。加上今人罗宁在《重编〈说郛〉所收宋元诗话辨伪》一文中找到的 7 种 39 条,一共有 12 种宋人诗话(《潜溪诗眼》重复)的 97 条内容属于误收,不可忽视。究其原因,主要是辑佚者对自己所利用、资取的文献来源没有准确的判断,受到了其有意无意的误导。

综合考查上述各部诗话的误收情况及其文献来源分布,《辑佚》所资取的元人王构《修辞鉴衡》和清人伍涵芬《说诗乐趣》两部诗话汇编在文献出处标注上有很大的错误。正是此类误题,使《辑佚》误认为其为某部宋人诗话之佚文而收入。至于类似《说诗乐趣》这样的前人汇编何以错题出处,原因主要有三:一是它们在使用前人汇编中的诗话材料过程中,误将前后相邻之条目的出处看成了所用条目的来源;二是其所用材料在前人汇编中本未标注出处(漏题),于是自己无所凭据地妄题了出处。三是其对所用汇编中标注的出处擅加改动

---

① 郭绍虞《宋诗话辑佚》,中华书局,1980 年,第 599、602 页。
② 郭绍虞《宋诗话辑佚》,中华书局,1980 年,第 599 页。

（如《修辞鉴衡》将《古今总类诗话》省称作"古今诗话"），给后人以误会。可见，前代诗学文献在历代不同汇编类著作的流传过程中，无论是文本面貌还是出处、归属之标注，都发生了不同程度的变化。这种文化传承中的疏失现象虽然不可避免，但却给后人的辑佚工作造成了误导。所以，理清历代诗话汇编成书过程中所用材料的实际来源，就为考查其所用材料的可靠性之判断提供了有力的依据。首先是清代作为中国诗话的鼎盛时期，今存诗话近千种，其诗话汇编亦有一百余种。比如断代类的《五代诗话》、《宋诗纪事》，地域类的《全闽诗话》、《全浙诗话》等都从前代之《诗话总龟》、《苕溪渔隐丛话》等汇编征引了大量诗学文献材料。本文所提到、为《辑佚》所凭据的《说诗乐趣》也从前人汇编中转录了大量材料，并且有意隐匿或误题出处。元明两代的《修辞鉴衡》、单宇《菊坡丛话》、王会昌《诗话类编》等汇编，同样是大量转录了宋人的几部诗话汇编，只其所资取的元明两代诗话才多为辑自原著。宋人诗话汇编这种转录现象同样普遍。比如《诗话总龟》和《苕溪渔隐丛话》的相互资取，稍晚的《竹庄备全诗话》、《诗林广记》和《诗人玉屑》对《诗话总龟》、《苕溪渔隐丛话》的转录等。另据现今残存的朝鲜版《唐宋分门名贤诗话》作为最早的一部诗话汇编，《诗话总龟》在内容编排和分门方式上也对其多有借鉴乃至抄录。所以，一旦确定了某部汇编的某条诗话是转抄自前人汇编而非直录自原著（原始出处多有早佚者），就不能轻信其文本内容，以免误用。

　　针对此种诗学文献转录之事实，对于诗话辑佚及相关整理工作而言，还有如下经验可供汲取：一是源出于同一出处的内容就不必再以后来转录者为辑佚之依据。比如《宋诗话辑佚》所收 306 条《王直方诗话》之内容，就先后以曾慥《类说》、阮阅《诗话总龟》、胡仔《苕溪渔隐丛话》、王构《修辞鉴衡》和伍涵芬《说诗乐趣》[①]等共十余部汇编类著作为依据。但是如前所述，《说诗乐趣》所收的《王直方诗话》皆从《诗话总龟》转录而来（正题误题者皆有）。所以，《辑佚》不必再以

---

① 　伍涵芬《说诗乐趣》，清康熙四十年(1701)华日堂刊本。

《乐趣》作为单独一种之文献来源标出。诸如此类在《辑佚》中十分普遍，此种转录自前人汇编的后人编著之文献价值不大。

　　二是既然后世汇编多有转录，那么其收录的诗学文献一旦有与前人汇编文本相异者，基本可以断定其为后世汇编者抄录过程中的讹变。换言之，后世汇编之文本并非同一古文献的不同之异文，并无校勘价值。如《辑佚》所收《古今诗话》第149条就据清人蒋澜《艺苑名言》增补二字、修改二字①。其实《名言》此条本从《说诗乐趣》转录而来，其所以有此文本差异完全是出于蒋氏个人习惯的改写，并非见到《古今诗话》原文，所以完全不必出校。

（川北医学院）

---

　　①　郭绍虞《宋诗话辑佚》，中华书局，1980年，第169页。

《古文赏音》文评辑录

（清）谢有辉 撰　蒋昕宇 辑录

内容摘要:《古文赏音》是由清初谢有辉编撰、评点的一部通代古文选本,该书共计十二卷,选录先秦至唐宋古文名篇,是清初古文家为童蒙、举子初学古文而编辑的选本,也是清初古文观念的具体反映。《古文赏音》富含大量古文评点,在古文本体论、生成论、文体论、风格论、流变论等方面,都有精到解说,从中可考察清初古文理论的建构特点及学术意义。

关键词:《古文赏音》;谢有辉;古文评点

A Collection of Literary Comments on
Appreciating the Sound of Ancient Prose

Authored by（Qing Dynasty）Xie Youhui　Edited by Jiang Xinyu

Abstract: *Appreciating the Sound of Ancient Prose*（《古文赏音》）is an anthology of general ancient prose compiled and commented by Xie Youhui in the early Qing Dynasty. The book has a total of 12 volumes and selects famous ancient prose articles from the Pre-Qin Dynasty to the Tang and Song dynasties. It is an anthology edited by ancient writers in the early Qing Dynasty for children to learn ancient prose. It is also a concrete reflection of the concept of ancient prose in the early Qing Dynasty. *Appreciating the Sound of Ancient Prose* is rich in a large number of ancient prose comments. It has excellent explanations in ancient prose ontology, generative theory, stylistic theory, style theory, rheology theory and so on, from which we can investigate the construction characteristics and academic significance of ancient prose theory in the early Qing Dynasty.

Keywords：*Appreciating the Sound of Ancient Prose*(《古文赏音》)；Xie Youhui；ancient prose comments

　　谢有辉,字立夫,长洲(今江苏苏州)人,生于清康熙年间,卒于清雍正年间。清光绪《缙云县志》载:"谢有辉,字立夫,长洲举人。雍正元年由博士升知县,廉平不苛,专务以德化民,存问耆老,矜恤孤寡,训饬士子犹谆谆以古道,谊相劝勉,至谈论经文,虽年逾古稀,终日无倦。一邑士民,咸爱敬焉。未竟二载,卒于官。所著有《古文赏音》《书经辑要》行世。"据王宝平《中国馆藏和刻本汉籍书目》载,谢有辉辑、陈培脉编《三韵通考》《佩文诗韵笺注》五卷,有日本明治十四年(1881)庆应义塾刊本。据清周中孚《郑堂读书记》,知谢氏曾为陶敬益《罗浮山志》作序。泉州府文庙文物保护管理处编《泉州府文庙碑文录》载清人王有声《修建庙学出入账目碑》刻有其姓名。据上海市地方志办公室、上海市崇明县档案局编《崇明县志》载,他或与施大智、沈德潜、徐夔、蒋杲、许廷镇、颇绍敏等交游。朱海明《典籍苏州海明藏本·书影苏州二辑》载清人彭际清(1740—1796)《善女人传》中介绍了其女儿的一些情况:"谢贞女者,长洲诸生谢有辉之女也,字同县顾长源。贞女年十八,而长源夭,泣涕请于父母,愿归婿家。父母从其请,遂往八门拜继姑,行庙见礼,既殓成服,自是长斋奉佛,日有程课,布衣操作以度朝夕。继姑授之田二十四亩，辞曰：'吾家两世丧未葬，叔年幼，请以为公田。'从之。已而会田所入，佐以私财，葬舅姑与其夫，而抚叔之子为己子。乾隆十一年诏旌其门，至年七十生日，其子欲延宾为寿。不许，寻得疾，卧床月余，忽语其子曰：'治后事，后三日逝矣。'及期，盥沐令侍者焚香佛前，合掌称西方佛号而终。事在乾隆二十九年。"

《古文赏音》以《左传》、《战国策》、《史记》、《汉书》和唐宋八大家文集为主要选源，按时代先后将历代散文351篇（另附类文8篇）分为十一卷，后第十二卷为历代骈文名作25篇，以六册印行。后又增补17篇，以十二册印行。谢有煇以"便于塾师课诵"为指归，十分推崇由精读秦汉和唐宋散文渐入古文门径。《古文赏音》评点丰富，包括总评、眉批和夹批。眉批和夹批多注明典实、串释词句；总评多彰显编者思想、也最具文学理论价值。总评多位于篇末，少数位于文题之后（整理时注明）。总评的内容涵盖对历史事件及相关人物的评价，文章法度与行文脉络，同时代或同题材古文的对比，现身说法介绍古文研习门径，辑录和评价前代吕祖谦、真德秀、谢枋得、茅坤、王慎中、唐顺之、储欣等古文家的相关评语等。书前有《古文赏音序》和《凡例》说明编选背景、体例和对选源中文章风格的概括。该书对古文本体论、生成论、文体论、风格论、流变论等方面多有阐发，对具体作家、文章的评价和赏析多得其精髓。又有清嘉庆宋思仁重刻所作《叙》，亦有文献和理论价值。清人于光华（1727—?）《古文分编集评》曾引述相关评语。该选无今人整理本，现相关古文选本偶有部分引录，孟伟《清人编选的文章选本与文学批评研究》撰有提要，但不见于王水照主编《历代文话》、余祖坤编《历代文话续编》、蔡德龙著《清代文话叙录》和王水照、侯体健编《稀见清人文话二十种》。2019年版教育部组织编写《普通高中教科书·语文(必修下册)》引录了该选对《烛之武退秦师》一文的评语。

　　该书现有陕西师范大学图书馆藏清康熙四十四年(1705)刻本;《中国古籍总目》、《中国古籍善本总目》集部总集类著录康熙四十六年(1707)师俭阁刊本十二卷,分六册:"黑口本,手写上版。通篇俞宁世朱笔批校,并过录钟百敬、谢叠山、吴泳思、金圣叹等批语。此书字体俊秀,无行格,墨刻圈点,卷端刻校记,朱笔圈点批校",藏国家图书馆;国家图书馆、金陵图书馆藏康熙五十四年(1715)重刊木刻本十二卷,分十二册,增文17篇,卷首无凡例;内蒙古自治区图书馆、复旦大学图书馆藏清康熙五十四年(1715)粤东古端州之菊圃刻本;北京大学图书馆、哈佛燕京图书馆藏清嘉庆三年(1798)宋思仁据康熙四十六年"长洲红杏斋藏板"重刻本。

　　本文以国家图书馆藏清康熙五十四年(1715)重刊本为底本,将谢氏所选古文目次,及其对文章的总评(含谢氏引录的前代总评)全部辑录,加以新式标点。参校国家图书馆藏清康熙四十六年师俭阁刻本(简称"师本")、清嘉庆三年宋思仁重刻本(简称"宋本")。版本间异文标为脚注,文题后的夹批标为楷体,以期得到相关研究者的重视。

古文赏音序

　　塾师之教子弟者①,既卒业于四书六经,必继以古文。诚以古之作者,道弸于中,而襮之以艺,为能阐绎经书之义理,以发明圣贤之指归,不徒取其文词炳蔚,足以照耀古今已也②。然学者童而习之,久与俱化,由是发而为文,未有不与古人之文默相契合者。乃或者习而不

----

①　"塾师",师本、宋本作"党塾"。
②　"足",师本作"徒"。

察，专取其有裨于制举之业，甚者不惟其意惟其辞，即其辞亦不求甚解。譬之相马者无九方之识，而欲得于牝牡骊黄之外，其亦必无是理矣。夫前人之于《左》、《国》、《史》、《汉》，皆读全书；其于唐宋之文，亦因胸次宏博，足以析其出处而酌见其大意，故不求甚解而自无不解。若节录其文以为童蒙课诵，苟不详其事之本末以深求其理，何怪乎迷谬相仍也。故惟不留一字之疑①，乃能通一句之意；不留一句之疑②，乃能晓全文之旨。训诂注释，又可少乎哉？予幼时诵习古文，粗有所得，自谓能解其义。及承提命之下，间摘一二语相试，或茫然不知所对，私心自愧，如此类者甚多。于是谨佩训言，寻绎旧注，不敢自以为能解。久之，吟诵反覆，忽若有会于心，乃知古人寓意之微眇，本自在人口耳间，深思力索，则不啻揭以相示。一遇粗略之士，偏若窒碍其目，闭塞其心，而匿不轻予也夫。求之而稍有得，得焉则求之愈力，此人之常情也。凡嗜人世之名位，探山川之奥衍，以及从事于智巧伎能之末，莫不皆然，而况于古人之文乎？由是有所未达，益为之讲求其说，旁证于他书。始焉因古人之注，以求古人之文；继焉因古人之文，而转核古人之注。详其事者务提其要，释其词者务推其旨。虽不敢谓悉得乎作者之微意，要其于古人之文，原本经术以羽翼圣贤之道者，未尝不三复为之发明也。日月既多，稿凡数易，因自《左氏》以讫唐宋八家之文，取其便于党塾课诵者，汇为一编。自顾浅陋，未敢遽以示人。乙酉冬，有客过予草堂，纵谈古文源流本末，予出是编相质，客阅而善之，足以割前人之膏腴，而补其未备。出以问世，必有闻弦而赏音者。于自惟学不足以窥圣贤之蕴，才不足以致乡曲之誉，四十无闻，亦可惕矣。管窥蠡测，其堪大方之一笑乎？顾以为备童蒙之诵习，不无小补，遂复严加校雠，而付之梨枣。有感于客之意，因即以"赏音"名是编。

康熙四十六年岁次丁亥季冬，长洲后学谢有煇书。

---

①② "疑"，师本作"遗"。

叙[1]

选家之文,苦于繁而乐于简。唐文曰《粹》,宋文曰《鉴》,明文曰《衡》,皆总删一朝之文而归以约者,合昭明之简意也。国朝文选,以《渊鉴斋古文》为士子作古之绳尺,而塾师乡学逮天资之下者,犹苦不能竟读,故坊肆不能版行,而江以南之奉为句读者,以《古文赏音》相饷授也。《赏音》篇什,自谢氏钧元提要,汇帙行世,金声玉振,无一艺不极其精,无一体不备其式,而数十年枣梨漶灭,有鲁鱼三写之叹。余年七十,仕合悬车,乃遂初而温故业,以是编付剞劂焉。庶几古镜重磨,旧璧再合,学者在萤光雪映之下,琅琅然觉耳目增其聪明也夫。

嘉庆三年十月既望,长洲后学宋思仁汝和氏识。

凡例[2]

一、古文不可云选,若登是集者为选,将不登是集者尽不入选乎?夫古人之文,美不胜收,但恨读之未尽。此取其便于党塾课习,故所收止此。

一、《左传》为文章之祖,其章句字法,无处不备,赞叹颂扬,难以言罄。譬诸入龙宫海藏,珍宝充列,鉴赏所及,无不叹为奇异。若执一物以为希世之宝,人必大笑之矣。故此集但为分疏其义,使人自得,不敢以蠡测之见,漫为称妙称绝也。《公》、《谷》仿此。

一、《国语》有补传之未备者,或简质可备法戒者,方收入此集。若华赡而不免繁缛,不尽录也。

一、《国策》多以诡谲动听,而其气之雄,势之峭,学者所不能无取。然诈伪反复,仪、秦为甚。况专以虚声恐喝诸侯,尤无实际。故二子之说六国者尽屏不录,而苏秦止录其说秦惠王一篇,以见其概。

一、是编有觍颜而效颦者,如《檀弓》,经也,而仅录数篇;《史》,

---

① 见宋本。

② 见师本、宋本。

以纪事也,而但录赞语是也。然纪传之所以必复有赞者,或括纪传大意,或补其遗事未备。若未熟读纪传,安知赞语之妙?兹特撮注纪传大意于前,使读者得稍识其原委。

一、《左传》之注,遵用杜氏元凯,参用林氏尧叟;《国语》之注,遵用韦昭;《国策》之注,遵用鲍彪。以数家之注盛行于世,识者能辨,故注中不明列若杜、若林、若韦、若鲍,间附己意,以○为别。倘有旧注为鄙见所未安者,仍列四氏之姓于上为某云,下加某按,以参意见,非妄生异论,特欲学者自出心裁,不为古人束缚耳。若《公》、《谷》二传,其事与《左氏》不过大同小异,故直以己意略为解释其字句。八家之文,本自明畅,而鹿门先生《文钞》世所称仰,故其旁批总评,备载不遗,段落处稍附一二语,总括其意。

一、坊本《评注》,各出己见,兹不敢改头换面,以蹈蹈袭之弊。其有与古注翻驳者,间采一二,亦必注明某本某人云云,不敢攘善也。

一、古人之取例最严,命名各有深意。如真西山之《正宗》,家叠山之《文章轨范》,一涉诡僻,不合命名之意,即不入选。其间或有圈点而无评注,或并无圈点,但录其文,皆可使人识其意指。兹编皆家弦户诵之文,从俗收录,故命名之意,全无取例。特其训诂所在,务使古人一字一句不留疑窦,引用故实,考订详明,读者了然而已。

一、是编分为十二卷,以《左》、《国》、《史》、《汉》、《八家》为主,故唐、宋名文从附见之例。若元、明之文,当为别集,不及并录。

一、骈丽之文,体裁各别,特以脍炙人口,不可以一人私见,使初学莫能举其辞。故与文之近属排偶者,概入末卷《补遗》之内,识者谅之。

有辉学不足窥圣道,材复钝拙,无所成就。两大人年皆七十余,犹日安于菽水之养,每文试困塞而归,反使白发之亲,强作慰勉之语,益用自惭。窃念士屈首受书,研析今古,终不可毫发无补于世。故不揣固陋,愿以此编为颛蒙之一助。然搜剔虽勤,犹恐燕石自宝,惟博雅君子察其愚而教其不及,实为幸甚。

十二月十五日有辉记。

卷之一 《左传》

《左传》隐公至文公，共三十八首、今增八首

《郑庄公克段本末》

谢立夫曰：经文止书"郑伯克段于鄢"耳，传必本其始之失爱于母，后之置母城颍，一一叙出。盖郑伯非不能制段，实欲酿成弟祸，以泻其恨母之私。觉此数十年中，无日非挟怨伺隙，耽耽虎视者如此。以传经文，方见郑庄心事，而经文所书，字字皆有深意矣。至其后虽有悔心，犹不能自克，直待考叔献言，而母子始合，公真狠厉哉！然即此可悟谏君之法，祭仲子对，当拜下风矣。犹忆幼时受业于蒋先生，先生指示曰：叙事有原本，有余波，有正主。武姜之偏爱，此原本也；考叔之格君，此余波也。其正主全在"郑志"句，上文"姑待"、"无庸"、"将崩"三段，俱为此句蓄势，放得愈宽，收得愈紧也。郑庄志在杀弟，不知有母，赖有悔心之萌，故考叔足以打动，足见天理之在人心，虽有大奸，未尝亡也。后半以"悔"字作主，阙地之说，亦纳约自牖之一术耳。若论正道，则涕泣郊迎，引咎自责，其庶几乎！然郑庄强项，言必不入，考叔知之审矣。先生名济选，字觉周。

《周郑交质》隐公三年传

周虽失驭臣之道，郑更目无天子，可以"交质"，即可以"交恶"。故以周、郑并称，刺周也，实罪郑也。"君子"一段，以"信"、"礼"二字为骨，而意犹重"礼"字，盖能守礼，则进人退人，权在天子，群工唯一心以听上命，不言信而信在其中矣。惟周、郑不能守礼，故始责以"信不由中"耳。至桓王新立，取麦取禾，全无禁忌。则他日繻葛射王之祸，已兆于此。

《宋穆公归国于与夷》隐公三年①

穆公不私其子，而致国与夷。使宣公知人之名益彰，穆岂不为贤君哉？至王僚据而不归，而公子光篡弑之祸以萌，宋太宗惑再误之

---

① 师本、宋本无此篇。

言，而德昭德芳皆不得死，此大居正之说，遂为万世法也。

《卫石碏谏宠州吁》谏在《春秋》前，而《传》见于隐公三年者，为明年州吁篡位张本

按：州吁之行弑，卫桓公已立十六年矣。若桓公德足附人，智能防乱，岂不足消弭此祸，而必以罪己往之庄公哉？《传》必推本言之者，见人君宠惑娈孽，纵之不义，未有不召祸乱有也。

《卫人杀州吁于濮》隐公四年

石碏告老，距此已十六年，而乃心社稷，不忘讨贼，谓之纯臣，宜也。然不即图之者，缘州吁篡立，即与宋公、陈侯、蔡人伐郑，鲁公子翚亦帅师与焉，四国连兵以定其位，故久而后得行其谋耳。蒋觉周先生曰：陈人从碏之言如响，盖有可取必于陈者，并非草草。

《臧僖伯谏观鱼》（目录题为"鲁臧僖伯谏观鱼"）隐公五年

胡文定公曰：诸侯非王事则不出，非民事则不出。今隐公慢弃国政，远事逸游，僖伯之忠言不见纳，又从而为之辞，是纵欲而不能自克之以礼也。

以"讲大事"二句为纲，下文力应，堂堂正正之师。

《郑伯御戎》（目录题为"郑庄公御戎"）隐公九年传

郑伯临事而惧，公子突善揣敌情，可谓知兵矣。

《羽父请长滕侯》（目录题为"鲁羽父请长滕侯"）隐公十一年

蒋觉周先生曰：以"周之宗盟"三句折之所谓称天子以临之也。"若朝于薛"二句，又复委婉，使之心平气和。

滕薛以好来朝，若有所左右其间，不惟失待宾之礼，亦且携小国之心矣。今使薛侯心折而无怨嫌，非文辞不为功。

《郑伯入许》（目录题为"郑庄公入许"）

郑庄之入许，其巧有三：其力本足亡许，而虑大国讨之，故合齐、鲁以同其功，巧一。其既入许也，恐一旦亡许而民不服，故姑令百里奉许叔以居许东偏。在许叔有许公在外，则国君现存，不敢遽自为计；在许公有许叔在内，则国犹未亡，亦难控告以图复国，巧二。且在百里面前，设为诚款之语，使其惮己之智，畏获之已，以延岁月，庶几

大国不为讨,臣民不为变,久之渐忘,或能终有许矣,巧三也。若谓兢兢为身后计,则试问置母城颖,射王繻葛,岂复尚有人心为身后计者?

《羽父弑隐公本末》隐公十一年①

隐公不诛斥羽父,而开示以至诚,不失为宽仁大度之主。然羽父以欲求大宰之故,而请爱弟,其罪著矣。乃当断不断,卒受隐祸。千古恨事。

《臧哀伯谏纳郜鼎》(目录题为"鲁臧哀伯谏纳郜鼎")桓公二年

一亡国之器,何足宝重,况其为弑逆之赂乎?臧孙"昭德塞违"之言,及"百官象之"之语,可谓痛切矣。而公恬不为怪。盖公本以羽父弑隐而立,视此事为泛常,可以受之华督,即可纳之太庙,安计德违?乃鲁廷之上,绝无与臧孙同心者,秉礼之国,至有是失,可叹也夫!

《蔡卫陈从王伐郑战于繻葛》桓公五年②

郑之罪在不朝耳,王不为文告之辞,而兴师讨之,王固失亲亲之道。然子元知兵而不知大体,郑伯知自救而不知请罪。至祝聃射王,而又请从之,其罪更不容于诛矣。呜呼!王纲不振,谁谓假仁假义之桓文,独可少乎?

《季梁谏追楚师》(目录题为"随季梁谏追楚师")桓公六年传

国势不论大小,在为之何若耳。楚有伯比,随有季梁,可谓英雄所见略同。果能利民以邀神福,楚虽强,其奈我何?乃未几而速杞之战,楚遂得志,以楚能听伯比,而随不能卒用季梁也。

《随及楚战于速杞》桓公八年传

季梁无与王遇之计,特视浪战者高一筹耳。倖而胜楚,亦非随之福也。为随计者也,若子产之对晋征朝,斯善矣。少师遇敌而死,则不当王非敌之言,或果出其本心,视后世畏死降敌者,犹天壤也,然不免殄师辱国之罪。

《楚莫敖以师盟贰轸》桓公十一年传

莫敖身为大将,乃全无主张,始则患之,继则曰请济师,再则曰卜

---

① ② 师本、宋本无此篇。

之,其为怯懦无谋殊甚。斗廉惟委以次郧之安,而身其伐郧之危,故能有功。不然,吾未见莫敖之必从也。然自此有功,而开发莫敖者深矣,故遂有伐绞之捷。

附《楚伐绞》

《斗伯比知屈瑕必败》(目录题为"楚斗伯比知屈瑕必败")

伯比不面诚屈瑕,以非己言所能入耳。乃楚子辞济师之请,而亦不明言者,何哉?盖楚子僭王而天下不敢问,战胜而天下莫与争,甚志得意盈,岂直莫敖已哉?设伯比父覆敷陈,安知不以为訾人细过,故作不祥之语。彼蹇叔尚不能得之降心之秦穆,而况伯比之于楚子?故不若微言之,以待旁人阐绎。在夫人亦得伯比为之先发,故乘机开导,婉而易入,觉"必济师"三字中,有无限深意,楚子拒之,不为无过矣。夫楚子非有大德,而在位久长,国无败衄,其得内助之力者,岂浅鲜哉!

《天王使家父来求车》桓公十五年①

《卫急子寿子争死》桓公十六年传②

古来申生急子之死,其所遇略同。艳妻之祸,可胜道乎?若寿子之死,可谓死得其正矣。

《齐桓公得国本末》庄公八、九年传

管仲佐桓以霸,其才似过于鲍叔。吾以为器度识量,总在鲍叔范围之内,先出奔莒,则易为复国之地,管、召不及计也。乾时之战,桓公甫入得国,而足以大胜鲁师,一胜之后,乘胜疾驱,杀子纠,请管、召,胁鲁以必从之势,一举而事定矣。既得贤相,不赖宠,不揽权,人任其劳而己安其逸,器度识量固莫逮也,其才抑岂管仲下耶?子纠、小白,《传》俱称公子,杜注谓子纠为小白庶兄,《公羊》亦谓子纠贵宜为君,而胡传、程子俱主桓兄纠弟,以史称周公诛管、蔡以安周,齐桓杀其弟以反国也。

《曹刿论战》(目录题作"鲁曹刿论战")庄公十年

战何事也?将战,何时也?曹刿以一细民而请见则见,问战则一一详答,公何纳言也?至鼓之未可,驰之未可,而肉食者绝不出一言

---

①② 师本、宋本无此篇。

以阻挠之，其视刚愎侦事之臣，亦相去远甚。

虞公曰："吾享祀丰洁，神必据我。"随侯曰："我牲牷肥腯，何则不信？"公独曰："弗敢加也。"公可谓知本矣。

《陈公子完奔齐》庄公二十二年①

陈之代齐，虞帝之贻庆也。然非敬仲之有礼，何以得容于齐？颛孙在鲁，故泯泯无闻也。至卜筮之占，吉征若是，天之钟美，洵不与常人同乎？

《齐桓公召陵之师》（目录题作"齐桓公召陵之师"）僖公四年

桓合八国之师，次于楚境，自春徂夏，师无怠心，力有余而不求速战，终于服楚，可谓盛矣。苏子由曰："桓公退舍召陵，与楚盟而去之，夫岂不能一战哉？"知战之不必胜，而战胜之利不过服楚，全师之功，大于克敌，故以不战服楚而不吝也。

《宫之奇谏复假道》（目录题作"虞宫之奇谏假道"）

按：庄二十七年传：晋侯将伐虢，士蒍曰："不可。虢公骄，若骤得胜于我，必弃其民。无众而后伐之，欲御我，谁与？夫礼乐慈爱，战所畜也。夫民让事乐和，爱亲哀丧，而后可用也。虢弗畜也，亟战将饥。"人知晋之灭虢，荀息之谋也，不知士蒍为之权舆。

《孟子》曰："不仁者可与言哉？"安危存亡之机，忠臣义士沥胆披肝以进，或置若罔闻，或反作支辞掩饰，古来如此人者，岂少乎哉？一言以概之曰：丧心而已矣。

《晋骊姬之乱本末》此集既录《重耳出亡本末》，则此篇不可无。但因前后截取成篇，姑用细书以备观览②

《甯母之会》僖公七年③

修礼于诸侯而官受方物，会之大瑞也。若不列子辈之奸，只是修礼中之一节。较之示礼示信之举，谲与正，相去远甚。

《齐桓下拜受胙》（目录题作"齐桓公下拜受胙"）僖公九年传

葵丘之会，于桓为盛，下拜受胙数语，千载下犹觉辞气凛然。然

①②③　师本、宋本无此篇。

其会务勤远略，故宰孔归，遇晋侯而谓之曰："可无会也。"谁谓假仁假义可以欺人乎哉？

附《管仲辞上卿之飨》僖公十二年传

人之骄而犯分，不过欲自尊大耳，然而人皆刺讥贱恶之。管仲树寒门，有反坫，而一辞飨于周，即脍炙人口不置，《礼》果何负于人，而不兢兢守之也？

《晋荀息不食言》僖公九年

杜注谓有"诗人重言之义"，后人以《左氏》之意，谓其有此坫也。盖立嫡之义，年均以德，义均以卜，岂奚齐之谓哉？荀息之言，失于轻诺献公，而其后遂不可为也。设当献公之问，而正言匡之，召重耳而立之，则国可无乱，而二嬖孤可无恙，孰与立之而身首不保乎？

《秦与晋糴》僖公十三年传

公孙枝之言，犹有计利之心。百里只言其理所当然，自有王道气象。秦伯曰："其君是恶，其民何罪？"大哉斯言乎！

《秦伐晋获晋侯以归》（目录题作"秦伐晋获晋惠公"）僖公十五年

晋侯外树怨于强秦，内不直于臣庶，其战也，必无幸胜之理；其被获也，宜无复国之望。秦伯岂以诸大夫及夫人之故，遽为纵舍？按：是时重耳犹未入秦，故公得以徼幸耳。然"皇天后土"数言，殊足动听，复国之机，实启于斯矣。

《子金谋复惠公》（目录题作"晋子金谋复惠公"）事接前传

子金之收拾人心，妙在先加以惠，而后动之以征缮之计；挽回秦伯，妙在先示以必报仇之势，而后动之以德刑之言。其机智一也。

《宋襄公与楚战于泓》僖公二十二年

僖十九年，宋公使邾子用鄫子于次睢之社。国君也，而尚以牺牲用之，比之重伤与禽二毛，不天襄乎？不揣其本而饰之于细，将谁欺？

子鱼之论战精矣，然亦不过因公言以破公之惑耳。按上年《传》："诸侯会宋公于盂，子鱼曰：'祸其在此乎！君欲已甚，其何以堪之！'于是，楚执宋公以伐宋。冬，会于薄以释之。子鱼曰：'祸犹未也。'"未足以惩君。观此两言，则知此战非子鱼本意。

《晋公子重耳出亡本末》出亡在僖五年，复国在僖二十四年，传在僖二十三年

齐桓奔莒，岂无曲折，不过一两言而止，而晋公子独叙之详若此，盖贤公子也，亦为下文诸事作案也。然独不及仁亲为宝之言，岂以其言本之子犯与？夫公子生十七年而即有三士从之，其贤本自过人，又离外之艰甚久，故其才识愈练，以为天之所启，良非过也。观其问答处，语语皆得大体，而且能用众谋，惜乎佐之者仅得狐、赵之辈耳。

《寺人披告吕郤之难》（目录题作"晋寺人披告吕郤之乱，附《头须请见》"）

吕郤以灰烬之余而思作难，其谋岂容不密？想披亦与谋，而披即卖之，以要功于新君耳。侃侃之论，字字快人。倘所谓明主可以理夺，披亦操此诀耶？此篇后《传》更有头须之事，附录之，以见公之忘怨。

《介之推不言禄》（目录题作"晋介之推不言禄"）僖公二十四年传

世道衰坏，莫甚于上下相蒙。晋文之贤，而狐、赵辅之，何至于是？然以为下义其罪，上赏其奸，则充类至义之尽，未始非相蒙也。故推以禄弗及而死，则死轻于鸿毛；以上下相蒙难与处而死，则死可风百世而重于泰山矣。而后世乃有日夜论功不决，且至冒功伟禄者，彼独不愧于心哉！

《展喜犒齐师》（目录题作"鲁展喜犒齐师"）僖公二十六年

其大旨在先王之命，其机括在未入竟而从之。按是年春，齐以鲁与卫、莒为洮、向之二盟，侵我西鄙，公追齐师至酅而弗及矣。何前此不闻？"不敢保聚"也。齐师归，东门襄仲如楚乞师。冬，公以楚师伐齐，取谷，何不复守先王之命也？

《晋文城濮之战》（目录题作"晋文公城濮之战"）僖公二十八年

叙晋侯愈收敛，愈有精神；叙子玉极骄横，极无经济。对看去毛骨为耸。

《卫成公再复国本末》

元咺不以子杀而废命，谓之功在社稷可也。至诉公于晋，则失君臣之礼矣。成公以躁急忌克，再失其国，几死深室，非宁俞为之臣，

周、鲁为之请,殆哉!

《烛之武退秦晋之师》（目录题作"郑烛之武退秦晋之师"）僖公三十年

秦晋方睦,若作卑辞乞怜,秦必不能以郑易晋。即以存亡继绝为言,亦未必能动听也。妙在语语在亡郑后打算,见不为无益于秦,而反有害于秦。今日之"陪邻",已觉无谓;而他日之"阙秦",隐然可忧。秦伯安得不翻然悟惕然惧哉?烛之武一言,贤于十万师矣。然初使之而未免怨言,则其忘身爱国,犹在佚之狐后耳。秦晋结怨,自此始。

《秦蹇叔谏袭郑》僖公三十二年传①

蹇叔之言,岂不胜于"越国以鄙远"之语,乃公悦于彼而拂于此者,利令智昏耳。不得已而次哭师,再哭子,总欲动公之悔悟,微独料事之智也。

《秦袭郑之师败于殽》（目录题作"秦袭郑之师败于殽,附《秦穆公之霸》"）僖公三十三年

秦伯忠言不入,而贪以丧师,其失不待言矣。晋之俘秦三帅,则不能无议焉。滑之于晋,孰若曹、卫之为亲?况灭滑之无礼,又孰与纳文公之惠之大乎?栾枝之言,正论也。先轸特以猛兽已入我阱,不欲纵舍之耳。从此两国结怨,数世不解,则一胜之功,岂足赎乎?但已获三帅而归之,殊为失算,反不若纵于先之有恩无怨矣。孟明及滑而遽返,其识不为不明,何以约束不严,致有轻而无礼之讥,且悖戾肆毒,为强邻藉口乎?当缘才大气高,未经老练,迨再败之后,惧而修德,而其气以敛,其才乃成矣。

《魏侯使宁俞来聘》文公四年

《楚人伐庸以定乱》文公十六年

邦本未摇,而乌合之众四起,此在相度事机,夺其所恃而破散其党,乃为上策。若反为之示弱,则寇势益张,而将不可救矣。唐太宗之出临渭桥,寇准之奉宋真宗渡河,即蒍贾之所计者也。晋、宋之南

---

① "袭",师本、宋本作"伐"。

渡，即徒阪高之谋也。兹役也，蒍贾已熟料于前，师叔又运巧于后，磐根错节，迎刃而解。楚庄之创霸，此二人始基之矣。

《郑子家告赵宣子》（目录题作"郑子家告范宣子"）文公十七年

晋无德意以怀小，而仗其势力，诛求无厌。子家是书，言言透快，理足夺人，不意子产之前，先有此一番吐气。

要之，晋灵不君，宣子无如之何，故子家敢如此抗言耳。

卷之二　《左传》

《左传》宣公至哀公，共三十三首、今增六首

《赵穿弑灵公宣子不讨贼》（目录题作"晋赵穿弑灵公"）宣公二年

吕东莱曰：惜也，越境乃免。审如是，则后有奸臣贼子如盾者，逆谋既定，从近关出，俟于竟外，闻事之克而徐归，遂可脱弑逆之名矣。兹岂圣人之言耶？

赵穿，弑君之贼也，宣子使迎立成公，是反为穿画免死之计矣，其不免恶名也宜。

《王孙满劳楚子》宣公三年，经但书"楚子伐陆浑之戎"

王孙满不责楚子之无王，至谓"天祚明德，有所底止"。人皆咎其失言，不知观兵周疆，天王尚不敢责其无礼，岂问鼎之言独能深罪耶？故只以"在德不在鼎"折之，见楚子殊为失问，冷讽逾于显斥矣。至末提出"天所命也"四字，则冠履之分，仍自凛然。

《楚子入陈纳公孙宁仪行父于陈》（目录题作"楚庄王入陈"）

申叔时不愿其君之得地，而愿成君之令名，其意高人数倍。然楚庄之从谏如流，抑岂易得哉？吾意五霸之中，楚庄优于宋襄、秦穆。

《楚庄围郑》（目录题作"楚庄王围郑"）宣公十二年

郑非汉阳诸姬之比，楚虽灭之，必不能终有之，特是退师，以俟其修城退舍，而后与郑盟。且曰："其君能下人，必能信用其民矣。"此等见解作用的，是少有，惜其为僭王之裔，故不获与桓、文抗行耳。

《晋楚邲邲之战》宣公十二年

桓子如不胜任，当辞于出师之始，奈何身为元帅，而听诸卿大夫之各行其意乎？乃知淮阴侯之国士无双，只就登坛之拜，而一军皆惊，足以征之，桓子不得以从政新为解也。故伍参所料数言，足以概晋人之所以败，而楚之胜，不特参为主谋。孙叔先人有夺人之志，实据其上游矣。

叙城濮之战，晋文何等小心，子玉何等骄纵；叙邲之战，楚君臣何等决断，晋诸卿何等散漫，其胜负皆不待既战而决也。唯是叙事中，能使诸人之声音笑貌毕见，不得不推左公为鼻祖。

《晋解扬致命于宋》宣公十五年①

《晋鲁卫曹与齐战于鞌》成公二年

郤子合三国之师，皆挟怨以来，齐侯傲不知戒，可谓知兵乎？郤子驰救斩者，既斩而使速徇，其帅乘和矣，伤矢不绝鼓音，有沉船破釜之志，故获大胜。视城濮及邲之役，皆不若此日之鏖战也。然鲁、卫以屡伐丧师，其欲报齐宜耳，而郤子以一笑之故，使万人暴骨，不亦甚哉！其后齐侯朝晋，将授玉，郤子趋进曰："此行也，君为妇人之笑辱也，寡君未之敢任。"犹不忘怨至此乎？郤子之不终，此其征矣。

《齐国佐不辱命》事接前传

国武子可谓专对不辱命矣。晋人之言太亢，使非武子有辞，将如何收拾乎？《公羊》谓武子言毕将去，"郤克眣鲁、卫之使，以其辞而为之请"，良然。

《知罃对楚子》（目录题作"晋知罃对楚共王"）成公三年传

晋公子反国，君也，故得以辟君三舍为报；知罃，臣也，军国事重，非己所得行其私，故直以竭力致死为辞，然其立言之妙则一也。

《晋厉公使吕相绝秦》（目录题作"晋吕相绝秦"）成公十三年传

一气挥洒，能使曲者皆直，文可谓奇矣。然辞多虚诬，舍其目前之无信，而文致其从前之过，何以使秦心服？辩给而夸，不若质言近

---

① 　师本、宋本无此篇。

理之为上也。

《晋楚郑鄢陵之战》（目录题作"晋楚鄢陵之战"）成公十六年

胜敌，大荣也。然孰与君臣儆惧，以消外忧之为大？厥后厉公侈，杀三郤而劫束栾书、中行偃于朝，二子虽不死，卒与于篡弑之祸。视文子之力谏不听，而使祝宗祈死者，其识不亦远哉！

《魏绛戮扬于之仆》（目录题作"晋魏绛戮扬干之仆"）襄公三年传

以晋悼之明，犹以戮乱行之扬干为辱，乃知人主一日二日万几，其能无纤毫失耶？然一言既悟，不唯赦其罪，且识其才，遂用为复伯之佐。如此举动，岂嫌屈万乘以从匹夫，适足显其知人之明耳。

《穆叔重拜鹿鸣》（目录题作"晋穆叔重拜鹿鸣"）襄公四年夏，叔孙豹如晋

不拜、又不拜、三拜，看去似故意示奇，而实是守礼而行。妙在条析中语语谦退，不亢不随，方是使臣之体。

《戎子驹支对范宣子》襄公十四年传

向之会，为吴谋伐楚也。宣子见诸侯之携二，而数吴之不德以退吴人，其名义颇正。乃以疑而欲罪无隙之，戎子则过矣。驹支委婉剖析，末讽之以信谗，使宣子疑团如雪融冰释。不谓贽币不通之子，有此辞命。

《郑师慧讥宋无人》襄公十五年传①

《宋子罕不贪为宝》襄十五年传

不贪为宝，非身有之。不能言之亲切有味若此。

《子罕避筑者讴》（目录题作"宋子罕避筑者讴"）襄十七年传

前者以不贪为宝，此更不以得美名为宝。为国者而得若人，社稷之福也。遥遥千载，谁其嗣之？

《楚蒍子冯知戒》襄公二十、二一年传

蒍子既以申叔之言为蓍龟，而辞令尹于前矣，及处大任，至有宠八人，而不自觉当局之迷，谓可乏良言规诤乎？迨叔豫乘机开导，翻然悔过，持满以谦，蒍子亦智士哉！

---

① 师本、宋本无此篇。

《子产劝范宣子轻币》（目录题作"郑子产劝范宣子轻币"）襄公二十四年传

"晋国坏"，"子之家坏"，足箴宣子之膏肓。人之聚财以自祸者，特未看破究竟耳。宣子说而轻币，郑诚受其益；而宣子赖以保家，其受赐于子产更多矣。

《晋张骼辅跞致楚师》襄二十四年传①

《晏子不死君难》（目录题作"齐晏子不死君难"）襄公二十五年

晏子力不能讨贼，依违朝右，为社稷计也。至盟于太宫，而明以不与崔、庆者为言，此处更含糊不得。然亢辞激烈，势必为难，并无用前此之依违矣。看他从中隔断，说出利社稷者是与，在崔、庆固不得以利社稷为败盟也，作用妙绝。

《吴公子札请观周乐》（目录题作"吴季札请观周乐"）襄公二十九年

端木子云："闻乐知德。"观吴公子之论而益信。

《子产坏晋馆垣对》（目录题作"郑子产坏晋馆垣对"）襄公三十一年传；六月辛巳公薨，昭公立。

子产不特辞命之优，总是见得理透，故其事大国，下之可也，激之可也，争之亦可也。

《子产不毁乡校》（目录题作"郑子产不毁乡校"）襄公三十一年传

故出而人皆议之，岂不伤执政之体？然自明哲人看来，不足损威，适有补于吾治。不然，乡校毁矣，彼巷议腹诽，其又可禁乎？

《子产论尹何为邑》（目录题作"郑子产论尹何为邑"）事接前传

执政之所爱，孰敢沮之？不知心无忌嫉，而言之婉转近情，未有不足移其听者。然言者难，听者尤难，子皮之量足称已。

《子产却楚逆女以兵》（目录题作"郑子产却楚逆女以兵"）昭公元年传

楚令尹之逆女于郑，谅无好怀，所难者无辞拒之耳。姑以除壿为

---

① 师本、宋本无此篇。

请，俟其诘责而后道破实情，使知有备，此亦不得已而御大国之一策。

《晏婴叔向论齐晋》(目录题作"齐景公使晏婴请继室于晋")昭公三年传

齐之将移于陈氏，必不能瞒叔向；晋之将归于六卿，亦不能瞒晏子，故各以情告而无隐。不然，晏子固以社稷自许者，岂其见国之乱，不以告君而顾与张趯同议。盖景公务于耽乐，不克自振，即我孔子语以"君君臣臣，父父子子"，公知善之而不能用，晏子其如之何。叔向之在晋，同此意耳。

《晏子辞宅》(目录题作"齐晏子辞宅")文接前传

向戌聘鲁，见孟献子，尤其室，曰："子有令闻而美其室，非所望也。"对曰："我在晋，吾兄为之，毁之重劳，而晏子必为里室，皆如其旧。"盖是时，适当陈氏之乱将成，公既不能用其已乱之言，故不欲与子重赏。即吴公子札劝其纳邑与政，以免于栾、高之难同意。

《申丰答季武子论御雹》昭公四年①

藏冰虽亦燮礼之一节，而圣人之所以无炎，岂专恃此？申大夫倘因其弃而不用，借以讥之乎？

《楚薳启疆论耻晋》昭公五年传②

楚王汰侈已甚，欲行无礼以耻晋，诸大夫弗能救也，薳启疆一言而止之，可谓善矣。独其后召鲁君返大夫屈以远君欲，毋乃恃其能言，而未识大体乎？

《吴蹶由犒楚师》(目录题作"吴蹶由犒楚师被执，附《蹶由反国》")昭公五年

社稷是卜，岂为一人。奉使者识得此意，则一身之吉凶，可置之度外矣。

《芊尹论执亡人》(目录题作"楚芊尹论执亡人")昭公七年传

楚子既纳亡人于宫，其意岂复顾二文之法者，况无宇有断旌之旧怨乎？乃竟赦之，而听其执亡人以往，是亦一节之可取。然无宇谓盗

———

①② 师本、宋本无此篇。

有所在,过于戆,王自谓盗有宠,过于亵,未可为训。

《郑丹谏楚灵王》(目录题作"楚郑丹谏灵王")昭公十二年传

楚子处尾大不掉之势,而罢民以逞,至投龟诟天,不复自惭,万无善终之理。然其病根,只是不能克其侈心,使能克己,下引罪之令,封陈、蔡,复迁邑,息兵革,绝游观,保境安民,自今日始,则人心之思乱者必缓,观从不能为诳,弃疾不能为变,由是而释怨行惠,危者可安矣。吾孔子"克己复礼"之言,其效固比"放下屠刀、立地成佛"者,信而有征也。奈锢蔽极而悔悟不深,子革虽善于讽谏,亦复如之何哉?

《晏子论和与同异》(目录题作"齐晏子论和与同异")昭公十二年传

晏子随事纳规,或隐或讽,或谲或直,皆能使其君油然以顺。和同之论,则其析理之精者也。此篇之前有《谏诛祝史》一首,以文繁而姑置之。

《子产论政宽猛》(目录题作"郑子产论政宽猛")昭公二十年传

政有一定之纲纪,行政则有宽有猛耳。子产意主于猛,犹是任智之一术,未以宽猛相济之妙理也。故《传》引仲尼之论政,见必极于和之至,而后为善耳。然其猛也,正以善用其爱,故复引仲尼"出涕"之言,深致惋惜之意,见当时之识得此意者,盖亦罕矣。

《魏戊使谏献子受女乐》(目录题作"晋魏戊使谏献子受女乐")昭二十八年传

微词讽谏,《国策》亦多此蹊径,然气味迥不逮此矣。

《公会齐侯于夹谷》(目录题作"鲁定公会齐景公于夹谷")定公十年

常事用经,变事知权,英雄亦有善全者,然未免矜才使气,圣人则雍容处之而有余,此之谓大勇。有文事必有武备,固赖先具司马以从,然圣人盛德光辉之接于人者,自能使人敬畏惭服,故能指挥如意若此。

《楚白公之乱》事在《春秋》后,哀十六年传

白公实激于子胥之报仇而与焉者。然子胥之父,死非其罪,胥为

报之，犹曰"吾日暮途远，故倒行而逆施之"，胜则迁怒于卵翼之子西，并及子期，抑何悖也！叶公前能料之，后能定之，其才过人远矣。国宁之后，不贪大位而老于叶。此等学识，恐皆从问孔子于子路、子路不对以后来。

卷之三　《国语》《公羊》《谷梁》

《国语》共二十五首；注本韦昭，但取幼学便读，其说之费解者，不揣鄙陋，稍加增删

《祭公谋父谏征犬戎》（目录题作"祭公谋父谏穆王征犬戎"）周

兵力足以及于犬戎，势可谓盛矣。不知盛而不节，正衰机之所自伏。"耀德不观兵"，上古哲王之明训也；"自是荒服者不至"，后世百王之炯戒也。

《召公谏止谤》（目录题作"召公谏厉王止谤"）周

先王立为谏法以贻子孙，而王方以监谤为得计，置召公言于罔闻，是知其失而逞欲者也。卒之流王于彘，又可悔乎哉！

《襄王不许晋文公请隧》周

真西山曰：此篇要领，在"班先王之大物以赏私德"一语后云"余敢以私劳变前之大章"，盖覆说此意也。晋文公定襄王，自以为不世之大功，其请隧也，盖寖寖乎窥大物之渐。襄王目之曰"私德"、"私劳"，所以折其骄矜不逊之意。玩其辞气，若优游而实峻烈，真可谓告谕诸侯之法。

割王畿之地以益自削弱，亦非王章也。然宁赐以地，不许请隧，即是"唯名与器不可以假人"之意。观其答文公处，义正而严，辞婉而确，宜文公不敢复请也。

《晋围阳樊不下》

襄王赐晋侯地，《左传》谓四邑，《国语》谓八邑，晋文若能辞之，则视齐桓之还诸侯侵地，更觉正大。乃敢称兵于天子之境，首围阳樊，次复围原，独不虑之诸侯口实乎？仓葛之呼，殊足吐气，然流离播迁，比原民之苦更倍矣。

《单子知陈之亡》

决陈侯之凶咎，一一验之于人事，是谓信而有征，可以为觇国之法，可以为警诫之箴。陈文庄公评是文曰：此篇文最齐整，凡四大段，而至末又总括之。"教制官令"四字，应前文有归着。

《臧文仲请籴糴于齐》（目录题作"鲁臧文仲请籴于齐"）鲁

先王制三十年之通，必有十年之蓄，何至一年饥而告籴？臧孙之急病让夷，不以选事为嫌，而足以救一时之急。其意其辞，均足取矣，然究非相臣之急务也。

《里革更书逐莒太子仆》（目录题作"鲁里革更书逐莒仆"）鲁；事在文公十八年宣公初即位。

《传》载季文子黜莒仆，亹亹数百语，其文体反似《国语》，而未详里革更书之事，故舍彼而取此。

《里革断罟匡君》（目录题作"鲁里革断罟"）鲁

汉成帝不修折槛，后世藉为美谈。然恶知不用其言，并其人而去之，曾无纤毫之补乎？有味哉，师存之言为足动听也。

真西山先生曰：里革谏诤虽论事，然足以见先王对时育物之意。

《季文子俭德》（目录题作"鲁季文子俭德"）鲁

"人之父兄食粗衣恶，而我美妾与马。"推勘到此，令人跼蹐不安矣。文子之持论举动，即不无矫饰于其间，亦堪为相人者之法。

柳柳州曰：它可谓能改过矣。然七升之布，大功之缞也，居然而用之，未适乎中也已。

《敬姜论劳逸》（目录题作"鲁季敬姜论劳逸"）鲁

妇人不独艳冶为淫也，美衣美食，安坐而嬉，皆淫也。若敬姜之论，有丈夫之所未逮者，岂直妇德之备哉？而夫子亦只以"不淫"二字美之，乃知人生世上，非劳心即劳力，苟一日之即安，其为失也多矣。

《闵马父论恭》（目录题作"鲁闵马父论恭"）鲁

景伯恐以不敬启衅，故曰"陷而入于恭"，正兢兢小心之意。然以理按之，则其失较然矣，谈何容易乎？闵大夫先引《诗》以见言恭之难，次引周、楚作衬，极波澜之层叠。

《骊姬以危言劫献公》（目录题作"晋骊姬以危言劫献公"）晋

申生死于毒胙之谋，斯言实为之种祸。盖未知公志猝难下手，故以枕畔之言行其浸润，窥公渐有惑志，则他计可行矣。此优施之教也。呜呼！古来内宠外嬖，合而为一，未有不生大祸者，可不为寒心哉！

《胥臣论教因材质》（目录题作"晋胥臣论教因材质"）晋

虽有美质，非学无以入道。教之不可已也久矣，然又不能专任其责于教。其为官师之所材，贤父兄之事也。若夫询、咨、度、谋、诹、访，则视乎学者之所能受也。

《范武子杖击文子》（目录题作"晋范武子杖击文子"）晋

古人之不乐以贤智先人如此。他日靡笄之捷，范文子后入，武子曰："燮乎！女亦知吾望子也乎？"对曰："夫师，郤子之师也，其事臧。若先，则恐国人之属耳目于我也，故不敢。"武子曰："吾知免矣。"其真得杖击之意哉？鄢陵之战，楚晨压晋军而陈，军吏患之，士匄趋进曰："塞井夷灶，陈于军中，而疏行首，何患焉？"文子以杖逐之，曰："国之存亡，天也，童子何知焉？"又与此杖击相类。

《伯宗之妻贤智》（目录题作"晋伯宗之妻贤智"）

智，人所贵也。一自矜其智，则祸伏于前而不知避。虽有贤智之妇，不克相救，智亦危矣哉。是可为好上人者戒之。

《张老止文子作室之僭》（目录题作"晋张老止文子作室之僭"）晋

与楚申叔时戒蒍子同意，而文子遽纳其言，并为后世见之者之戒，可云观过知仁。

《叔向贺韩献子之贫》（目录题作"晋叔向贺韩宣子之贫"）晋

秦后子以富而惧选，楚囊瓦以贪而亡郢，晏子称足欲而亡，公叔文子以富而能臣免下难，乃知富非福而贫非病也。宣子忧贫，幸遇叔向而知其失，使他人闻之，必且告以营私之计矣。又《传》称宣子有环，其一在郑商，宣子因聘郑而求之，又买之，郑商闻子产之言而遽止，宣子亦可谓纳言者哉！

《穆子不受鼓人之降》（目录题作"晋穆子不受鼓人之降"）晋

穆子不受鼓畔人，其论甚善。后鼓子畔晋，属鲜虞，穆子使师伪羅而袭灭之，其诡诈亦不可方物矣。

《穆子使夙沙厘相罹》（目录题作"晋穆子使夙沙厘相罹"）晋

厘之义，不独可以自免，并足以全君。穆子亦取其足励臣节而已，何爱乎河阴之田？

《董安于辞赏》（目录题作"晋董安于辞赵简子之赏"）晋

以战功为狂疾，创辟之论。

《简子赏尹铎》（目录题作"晋赵简子使尹铎"）晋

一家之兴，必有人焉以佐之。赵氏之保世滋大，董安于纾其难于前，尹铎申其戒于后。厥后襄子奔于晋阳，犹食二人之泽，贤臣之于国家，利益长矣。彼伯乐不以私怨没尹铎之善，其有古人之风哉！

《蓝尹论文吴之败》（目录题作"楚蓝尹亹论文吴之败"）楚

一夕之宿，台榭陂池必成，六畜玩好必从，其为势力之盛何如？而蓝、尹知其自败，不能败人，真觇国良法。使吴有贤臣，毋宁亦以是谏其君哉？何不闻有继相国而兴者也。

附哀元年传（目录题作"附《左传》异同"）

《左传》、《国语》出于一人之手，其所传异辞若是。

《王孙圉论以善为宝》（目录题作"楚王孙圉论以善为宝"，位于前一则）楚

就简子一言之失，畅发其论，以折倒晋庭之士，自是专对之才，然未免锋铓太露，视叔孙穆子之重拜《鹿鸣》，宁武子之不答赋《湛露》、《彤弓》，逊一筹矣。

《诸稽郢行成于吴》（目录题作"越诸稽郢行成于吴"）吴

物必先腐也，而后虫生之。吴王惟有广侈之心，故可以约辞动。迨再许之平，而越乃还玩吴于股掌之上矣。旧注指此为哀元年败越夫椒之事。林西仲谓哀十一年吴将伐齐，《国语》篇首云吴王既许越成，则是年吴又伐越，再乎无疑，确甚。

《申胥谏吴王勿许越成》（目录题作"吴申胥谏许越成"）吴

子胥之谏非不力，料越之辞非不智，然愚犹咎其夫椒之役之谏，不能无议焉。夫吴王之盖威好胜，子胥知之审矣。而乃以过视吴，以

少康视越，宜其不相入也。夫差固使人立于庭，出入必谓己曰："夫差，尔忘越王之杀尔父乎？"苟以此言激之，当必有动。失此机会，而佟心既肆，其后更难挽回矣。

《公羊传》《谷梁传》共二十一首；二传或互见、或并见，直依年月先后编入，取其便于览诵。

《元年春王正月》（目录有"《公羊》"注）隐公元年

是篇与《谷梁》之见合者，在成公之意；与《谷梁》异者，谓桓以母贵。盖以桓贵当立，则隐公之让为当。隐之贤益见矣。

《元年春王正月》（目录有"《谷梁》"注）

桓之以母贵，不过以仲子之生，为有祯祥耳，故《谷梁氏》独主不必让之说。然按胡氏谓隐公之立，内不随国于先君，上不禀命于天子，则《春秋》不书即位之意或别有在。若必以隐让为废伦，则泰伯、伯夷何以见许于孔子？使当羽父进言之时，暴其罪而诛之，举国授桓，既可追成父志，复杜弑乱之端。愚意隐之让，比宋宣公之让更为有辞，隐特失之当断不断耳。

《癸未葬宋缪公》（目录题作"癸未葬宋穆公，《公羊》"）隐公三年，"缪"、"穆"同

事与延陵季子为不类之类。季子不受而祸逮王僚，缪公受之而祸及与夷，立子以嫡，居正之道也，舍此无一可者。《左氏》以宣公为知人，不如《公羊》之精确也。

缪公逐其二子，使与夷得安然为君者十一年矣，苟无华督，庄公何由得行其弑？则《左氏》谓宋宣公知人，良非过也。特是居正之义，实可以杜争夺之渐，而为万世法程，此文遂不可泯。

《宋万弑其君捷及其大夫仇牧》（目录有"《公羊》注"）庄公十二年

敢于君前美鲁侯、宋万真强御矣。然与之博，诋其虏者，闵公也。君臣为谑，虽有不畏强御之臣，亦何补乎？仇牧止办一死，其不幸耳。

《公子牙卒》（目录题作"癸未葬宋穆公，《公羊》"）庄公三十二年

庄公知任季友而不知去庆父，与知圉人荦之有力不可鞭而不杀之，同一小不忍耳。卒之荦贼子般于党氏，庆父再弑闵公，此皆公自

贻之患。或曰："公焉知庆父之必为患而先去之?"曰："有叔牙之言，庆父可去矣。然则季友何不去矣?"曰："是亦季子亲亲之道过胜耳。"当子般弑而奔陈，闵公弑而以僖公适邾，祸难迭兴，仓皇再出，吾知其心亦悔之矣。

《虞师晋师灭夏阳》（目录有"《谷梁》"注）僖公二年；是篇二传并录，先《谷梁》者以坊木所共选也。

一事耳，《左氏》叙得简洁，《谷梁》叙得详尽。献公之虑事，荀息之料事，委曲传出。

《虞师晋师灭夏阳》（目录有"《公羊》"注）

洸洋恣肆，游戏神通。此种笔墨，已开蒙庄先路。

《宋人及楚人平》（目录有"《公羊》"注）

华元亦是极策，《左氏》云："登子反之床"，又云："子反惧"，所以不得不输情也。以不欺人塞庄王之问而请归，犹有伯臣假仁仗义之意，与齐桓不背柯之盟略同。

《初税亩》（目录题作"鲁宣公初税亩，《谷梁》"）宣公十五年

钟伯敬曰："伤井田之坏也。"三代之法，岂必皆行于后世?虽然，既坏而复之则难，未坏而守之则易。君子之责人，责其易者也。

先王治天下之法，莫大于井田，而井田之坏自鲁宣始。后此开阡陌，任土地，一废而不可复矣。故圣人大书曰："初其故，以公田稼不善也。"苟思其所以不善之故，岂尽民之罪乎?

《齐以笑客至鞌之败》（目录有"《谷梁》"注）

聘问，大礼也。而四国所遣之大夫，容止如此。岂天祸齐国，恰使会合以为笑资耶?齐侯之使御，直以国为戏矣，况帷妇人使观之也。然按《左氏》但载郤子登，妇人笑于房，而不言所御，则疑跛者为郤子。《公羊》称郤克与臧孙许同时聘齐，客或跛或眇，则跛者亦非孙良夫，将传闻之异乎?抑《谷梁》取其文之奇，而忘其牝牡骊黄也?

《秋七月齐侯使国佐如使己酉及国佐盟于袁娄》（目录题作"秋七月齐国佐盟于袁娄，《公羊》"）成公二年

先叙顷公之佚获，后遡被兵之由，终结袁娄之盟，原原委委，条理

秩然，一篇中琐屑不陋，是大手笔也。司马子长叙事多。

附《晋韩穿来言汶阳之田归于齐》成公八年

取田归田，晋虽有二命，然以不饮酒食肉之故而归之，亦惧理之所宜。但晋不自为修好之计，而直以诸侯之侵地与之，何以服鲁、卫之心哉？

《九月辛丑用郊》（目录有"《谷梁》"注）成公十七年

"宫室"以下，如此陡接，短篇中文势最奇。

《晋士匄帅师侵齐至谷闻齐侯卒乃还》（目录有"二《传》并列"注）襄公十九年

胡氏主《公羊》之说，驳专命之非。然埋帷归命，亦是不伐也。说可并存。

《吴子使札来聘》（目录有"《公羊》"注）襄公二十九年

季札之才能使兄皆爱之而轻死，则当夷昧之死，札也正位，可以无阖庐之乱矣。不称公子以贬之，胡氏之说为是。而叙次如画，笔笔写生。

《蔡侯以吴子及楚人战于柏莒楚师败绩》（目录题作"蔡侯以吴子及楚人战于柏莒，《公羊》"）定公四年；"莒"，《春秋》作"举"

胥之复仇于楚伐蔡之时，楚自与吴以名也。不然，事君犹父，虽父不受诛，胥岂以其私用其君之师乎哉？

事君犹事父也，亏君之义，复父之仇，臣不为也。此方见子胥秉义处，惜《左传》、《史记》俱不载。

《庚辰吴入楚》（目录有"《谷梁》"注）

伐楚而解蔡围，则善之；入楚而肆淫，则狄之。的是圣人是非之音。

《盗窃宝玉大弓》（目录题作"鲁阳虎盗窃宝玉大弓，《公羊》"）定公八年

虎欲杀季氏而不能，窃弓玉以贾其勇耳，意不在得弓玉也。旋窃旋归，盗之本色。

《齐陈乞弑其君舍》（目录题作"齐陈乞弑君，《公羊》"）哀公六年

本欲立阳生，先许立舍，如此诈谖，已开战国人作用。自是齐俱为陈氏矣。

《西狩获麟》（目录题作"鲁西狩获麟，《公羊》"）哀公十有四年

文成麟至，故薪采者所获，以狩大之。可与胡氏互相发明。后半结出全部大旨，文笔悠扬，寻味不尽。

卷之四　《檀弓》《国策》

《檀弓》八首;从叠山公评

《晋献公杀世子申生》

谢叠山曰:"仅百五十字，而包括曲折，有他人千言不尽者。《左传》、《国语》、《谷梁》皆载此事，并观之，优劣自见。"

《鲁子易箦》

"天下不为之心"，此是紧要处。又曰"季孙之赐，曾子之受，皆为非礼，或者因仍习俗"，尝有是事，而未能正耳。但及其疾病不可以变之时，一闻人言，而必举扶以易之，则非大贤不能矣。此事切要处，正在此毫厘顷刻之间。

《鲁子吊子夏丧明》（目录题作"鲁子吊子夏失明"）

读此乃知圣门之相规以义者有如是。今则以党同为相爱，甚者且将面谀而背非之矣。

《有子之言似夫子》

有子因所见而疑所闻，正是智足知圣处。鲁子获闻一贯之旨，顾于斯言不知其有为耶？疑汉儒有所傅会于其间矣。

《公子重耳对秦使》（目录题作"晋公子重耳对秦使"）

郤芮方欲略秦以求入，而子犯于秦使之来，却教公子以仁亲为宝，不遽为求入之计。盖公子志在求霸，不但以反国为利，使一为忘父利国之言。则远近闻之，皆灰其属望之心。所谓"天下其孰能说之"也。自是公子之仁，使秦伯击心不忘。比郤芮之略，不啻什伯倍矣。

此篇叠山公但有旁批字法、句法、章法，凡五处。

《杜蒉扬觯》（目录题作"晋杜蒉扬觯"）

谢叠山曰:"《檀弓》之载事，言简而不疏，旨深而不晦，虽《左氏》

之富艳，敢奋飞于前乎?"如此章。《左》云:"辰在子卯,谓之疾日,君彻宴乐,学人舍业,为疾故也。君之卿佐,是谓股肱。股肱或亏,何痛如之?"此十七字而尽。

《齐饿者不食嗟来之食》

嗟来食之言,纵无德色,未免轻于视人。饿者因其言而不食以死,亦不免轻以丧身。有曾子之言,而两人之失以见,两人之贤亦愈彰。

《晋献文子成室》

死丧哭泣,世人以为忌讳久矣。焉有成室之始而以此为颂者乎?然苟计久长,则知此为祷祀之所不能得,故人亦视其明理否耳。非张老不知颂此,非文子亦莫能受其福。

《战国策》三十三首;注本缙云鲍氏彪,间附鄙意,以○为别。

《游腾为周说楚》西周

秦客至,不得不敬,楚以为让。又不得不善言修饰,周之为周炭炭乎! 无端而以百乘之使入周,此举殊为不解。按《史记》秦以樗里疾、甘茂为左右丞相,使甘茂攻韩,拔宜阳;使樗里疾以车百乘入周。二事并记,当即是武王谓甘茂"寡人欲容车通三川,以窥周室"之意。

《苏厉为西周君说白起勿攻梁》(目录题作"苏厉为西周君说秦将白起勿攻梁")西周

可教射,奇语动听;代我射,驳得隽快。过两周践韩,微示难攻之意。妙先以气力倦弓拨矢钩,理之所或有者形之,称病不出,又教以出路,字字钻心入耳。

《杜赫重景翠于周》东周

"有鸟无鸟之际",今之穷士,不必且为大人者,揣摩工绝。

《温人自免于东周》

词诡而理正。"普天之下,莫非王土,率土之滨,莫非王臣。"何至自限于数十里之地,谓客为讽谏可也。

《苏秦以连横说秦》《文类》曰:"关东为纵,西为横。"孟康曰:"南北为纵,东西为横。"瓒曰:"以利合为纵,以威势相胁曰横。"

后半说苏秦得意处,本可一两言而尽,此则反覆咏叹,极其淋漓尽致,可悟文机。

连横易而约纵难,故苏秦始将连横,因秦不用,故转为纵耳。刺股事,《史》本在说秦前,与此小异。

《陈轸对秦王逐必之楚》秦

张仪之为秦谋也,出而事魏、事楚,受楚、魏之官,食楚、魏之禄,阴亏楚魏以利秦。此仪之所谓智,而妾妇之所羞也。即以此智恶轸于王,其策固出下下矣。轸智足烛谗,而以正大之论陂之,其得释然于王心也宜哉。

《司马错与张仪争伐蜀》(目录题作"司马错与张仪争论伐蜀")秦

张仪之效力于秦者,不过以虚声恐喝诸侯,使屈而事秦。若其在秦用事,直是全无经济。

《张仪诳楚绝齐》秦

秦以十五城易赵璧①,赵犹虑其弗予地而受欺。岂有以六百里膏腴之壤,易齐、楚之交者,非楚怀之贪,仪计固不能行也。特是齐、秦之交合,仪自谓得计矣。自是而楚丧师八万,自是而楚以汉中地易张仪,又不悟而怀王以身客死于秦,秦亦自谓得计矣。卒之楚虽三户,亡秦必楚,以一时之诈,使天下之人皆怀愤恨,秦又何利哉。

《客谏秦王轻齐易楚而卑畜韩》秦

此策在秦为要着,视挟诈之徒,犹为彼善于此。然不主于息兵爱民,终非正论也。

《或为中期说秦王》

不烦言而释主之怒,免直臣之祸,是最善进言者。君侧故不可无此人。

《春申君上书说秦王善楚》秦

韩魏为秦心腹之疾,形势使然,此虽为楚说秦,实是确论。夫楚当怀王困败之后,顷襄初立,内无任事之臣,忽闻伐楚之师,人心必摇,而歇以一书安楚,其功亦不细矣。

---

① "璧",原作"壁"。

《范睢入秦献书昭王》

《范睢始见秦王》文从《史记》录出

穰侯擅①秦权，又有功，范睢以逋亡之夫，欲起而夺其位，不去穰侯，身不可容；不倾太后，穰侯亦不可逐。故未见之前，先为危言以感动；承问之后，故为欲言不言以起王疑。篇中言死亡，言臣死而秦治，死贤于生，非其尽忠极言也。总以机变之巧，探王之意耳。

按睢为相之后，以私怨杀武安君白起，以私恩任不上计之至稽及降敌之郑安平，实不及穰侯远甚。其所擅长，不过以辩口迎合王心。只就此文观之，岂能掩其倾危险秘之实哉。

《邹忌讽谏》（目录题作"齐邹忌讽谏"）齐

忌善悟，王亦善用。林西仲曰："自首至尾，俱用三叠法。"

《颜斶说齐王》照时下删本

谓斶去为知足信矣，要之斶此时有不得不去之势，试玩"颜先生与寡人游"数语，宣王纯以势利笼络之，非有折节请教之意也。篇中"士贵王不贵"，其言过傲；"生王之头，死士之垄"，其言近谑。有道德积于中者，当不为是语矣。然比之策士中，固已若鸡群之鹤。

《王斗对齐宣王》（目录题作"王斗对齐王"）

真西山曰：按此篇"生乱世、事乱君"之语，失之太峻。"四好"之讥，亦怜于戏玩，而大概要有取焉。

《田需对管燕》

管燕之待客如此，安足言得士。虽然，四公子之食客三千，苟无信陵执辔之心，皆豪举耳。焉有士而可以财致者乎？

《客谏靖郭君城薛》

愚以为此策胜于冯煖之三窟，若必欲长有薛乎，则请更进一言，曰爱人而远嫌，敬主而不逼，虽与齐始终可也。

《冯煖客孟尝》

焚券，义也。而以迎君道中终日为市义，则浅矣。昔者子路为箪

---

① "擅"，原作"檀"，下同。

食壶浆以食治城者,孔子使覆之,而季孙已来责曰:"子何夺我之民也?"夫齐之耽耽于孟尝,无日忘之,况见其得民之甚乎？为孟尝者,莫若使齐王安己无忌,而立功社稷,庶足为子孙计久长耳。

《鲁仲连遗燕将书》齐

真西山先生曰:按燕将坚守聊城,此人臣之节也。鲁连子特为齐计耳,故劝之以休兵归燕,又劝之以叛燕归齐,皆非所以为训。学者不可眩于其文而不察也。

《贯珠者说齐襄王善善》齐

笔力简净有生色,真太史公之鼻祖。

《赵威后问齐使》齐

小小机变,直可折冲千里。此作者极言威后之多智,故足支持于强邻环伺之日。然不忍长安君之出质,则所谓溺爱者不明,非耶。

《江乙教安陵君固宠》楚

此正所谓"为机变之巧,无所用耻者"也。录之者,见此辈善伺人主意如此。而更有附和于门下者为之谋,可弗慎欤。

《庄辛论幸臣亡国》楚

通篇只起数语,是慰勉之辞。以下则总言危机,即小以见大,即往事以征来,使襄王闻之,有顷刻纵逸而不敢者。此进言之最善者。

《豫让报雠》赵

范氏、中行氏之逐于晋也,特因荀跞言于晋侯,非亲见灭于智氏。何嫌于去就智伯,让之报仇,微特感国士之遇,亦将其头以为饮器,有以激之也。去易就难,持论正大,似非聂政一辈人所堪并驱者。

《赵左师说令长安君出质》赵

大臣之强谏,大意皆为社稷起见,未免有忽视长安君之意。左师则似专为长安君计者,故其言易入,至其乘机感动,委婉措辞,亦大费苦心矣。

《魏文侯三首》魏

文侯虽贤,未免好用术数,然得卜子夏以为师,段干木、田子方以为友,则其平日这所补,岂浅鲜哉。

《鲁共公择言》魏

鲍氏谓鲁君之所称说,则周孔之泽深矣。举觞一时,而为天下万世之明戒,鲁君岂非贤君哉?愚以梁王之称善相属,亦一时辞屈而然耳。其明年与齐威王会猎,犹以照乘珠相夸,惭于照千里之四臣,何不少记忆也?

《魏无忌谏与秦攻韩》魏

真西山曰:此书于魏之情状,与当时形势利害,若指诸掌,而文特奇妙,可为论事之法。

韩、魏为六国之蔽,韩又为魏之蔽,与秦攻韩,最为失策。奈魏王既已德秦,又欲求故地于韩,其势颇难挽回。文先说秦之不可亲信,次说与秦伐韩,韩必亡,韩亡之后,祸必及魏,使形势要害如聚米为山谷。近秦之祸,都从已往之受害相形,王虽贪于近利,亦将觉悟而止。然后更从与韩亦可得地较勘,真觉伐韩以自取祸之无谓矣。末复用反结,耸听非常。○虽不载魏王之从违,然不书与秦伐韩事,则必以其言而止也。

《唐雎不辱使命》

《乐毅报燕王书》

陆稼书先生曰:"君子交绝,不出恶声;忠臣去国,不洁其名。"数语有儒者风。孔子以微罪行,亦是此意。至其陈伐齐之功,绝无诛残吊伐之意。不过夸张大吕陈于元英,故鼎反乎磨室,此正孟子所谓"毁其宗庙,迁其重器"也。亦异乎王者之师矣。《史》虽载其有宽赋、除暴、反政、礼贤数事,然只是战国人作用。

附秦文一首

李斯《谏逐客书》此篇注字取《索隐》、《正义》为多

林西仲曰:第一段以秦往事藉客成功动之;第二段以秦所宝诸物皆出异国,而用人独否驳之;第三段以古帝王能广收众益,而秦不然形之;第四段以客为诸侯用,能害秦国恐之。

卷之五 《史记》

《史记》计二十一首

《五帝本纪赞》

《史》以传信，岂可以无据之说著之简编？然亦弗容尽略而弗载。子长以汉代史官，而欲上纪数千载之事，非博览群书，广求众论，何由知之？然必归本于孔子《尚书》，见己言之信而有征也。"好学深思，心知其意"八字，是子长作史本领。盖非好学，则不能博闻广见；非深思心知其意，则不知决择取舍。彼浅见寡闻者，非失之轻信，即失之概置弗道矣。

《秦本纪》节录缪公事二段

由余之论，颇得老氏之微旨，一时虽足以倾动缪公。要非百里奚之比也，至其言伐戎之形，而谋伐戎王，使秦益国十二。殊失使臣之礼，特在缪公，则得客之助耳。

《秦始皇本纪》节录"初并天下"、"焚书"、"坑儒"三段

《项羽本纪》节录"初起"、"立怀王"、"救巨鹿"、"鸿门之会"、"赞语"

《高祖本纪》节录"入关告谕"、"从董公之说为义帝发丧"、"从袁生之说止兵戎事"、"破项羽垓下"四段

《秦楚之际月表序》（目录题作"秦楚之际月表"）

《汉书》列项羽于《传》，而史公独编入《本纪》，想以汉王之封汉中，由项羽之意耳。"受命"二字，本难经言，然陈、项之起，亦皆天意也，但非大圣，故不能当此受命而帝耳。明董份曰：前言商周以德，秦用力，皆历十余君而后一统，可谓甚难。汉独五年而成帝业，乃复甚易。盖由秦无尺上之封，无与为难，而汉为大圣受天命而兴，故其难易顿殊耳。然不明言其故，使读者自得之，所以深妙。

《高祖功臣年表序》

封国过大，必致相疑，不独贾生言之也，史公亦见及之矣。然不言叛逆而言淫嬖，叛逆犹是仅有之事，而淫嬖则中人之失，正见其必不能保全也。此《序》首言察其首封所以失之者，是论事扼要处，末归之要以成功为统纪,是回护法。

《孔子世家赞》

前人有论孔子不当列于《世家》者,谓《世家》不足以尊孔子,且蹈无臣而为有臣之失。然历唐、宋、元千载,尚以文宣王之号为尊崇,未可谓《世家》过也。孔子大圣,虽不以有位为荣,要之史公不敢与诸传并列,正是具眼处。

《萧相国世家赞》

何有二事不可及。沛公入咸阳,诸将争走金帛财物之府,何独收秦丞相、御史、律令、图书藏之。后汉王所以具知天下阨塞、户口多少、强弱之处,民所疾苦者,以何得秦图书也。何与曹参有郤,及何病,孝惠临视,问谁可代君者,卒以参自代。二事真得相臣之体。至其置田宅必居穷处,为家不治垣屋,曰:后世贤,师吾俭;不贤,毋为势家所夺。何可谓达人矣。

《留侯世家赞》

宋黄东发震曰:利啖秦将,旋破崤关,汉以是先入关;劝还霸上,固要项伯,汉以是脱鸿门;烧绝栈道,激项攻齐,汉以是还定三秦;败于彭城,则劝连布、越;将立六国,则借箸销印;韩信自王,则蹑足就封,此汉所以卒取天下。劝封雍齿,销变未形;劝都关中,垂安后世;劝迎四皓,卒定太子,又所以维持汉室于天下既得之后。凡良之一谋一画,无不系汉安危得失,良又三杰之冠也哉!然董公仁义正大之说,则良不及之。使以良之智,兼董公之识,而为汉谋,伊周何尚焉。

《陈丞相世家赞》

《绛侯周勃世家》节录"亚夫细柳军"及"破楚兵"二段

军之所在,即敌之阴事,无所不探,况帝欲劳军而有不闻者,亚夫特欲以军容示文帝,使帝知其可用耳。七国之反,亚夫卒以持重成功,文帝可谓知人矣。

《伯夷列传》

茅鹿门曰:以议论叙事,传之变体。

《世家》以吴泰伯为首，《列传》以伯夷为首，二人皆让国者。史公之寓意甚深。

《管晏列传》

管仲以其君霸，晏子以其君显，若就实事叙去，将连篇累幅不能尽。史公只以数语括其大要，而就两人轶事生波澜，不但见剪裁体要，亦是文章避就之法。

《平原君列传》录"毛遂定从与楚"

王之命悬于遂手，已折楚王之气，却以汤、武之王鼓其志，以楚地之强破其怯，更以白起之辱激其怒，其立言有渐次，有操纵，楚王直在其掌握中矣。

《信陵君列传》节录"赵王非寇"、"客侯嬴"、"夺晋鄙之军救赵"、"从毛公薛公归魏"、"率六国之兵击秦"、"赞语"

《鲁仲连列传》录前半"义不帝秦"，其《遗燕将书》已见《国策》故也

《屈原列传》

《刺客列传》录"荆轲刺秦王"

《淮阴侯列传》节录"登坛之对"、"赞语"

信之取祸，全在伐功矜能，观"畏恶其能"四字可见。史公惜其死之非罪，故备载武涉蒯通之说于传，而赞中复抑扬示意。功可与周召为比，是汉家第一功也。天下已集，乃谋叛逆，信之智所不为也。"已"字、"乃"字，词若嘘之，实不当哉，为痒处矣。

《游侠列传序》（目录题作"游侠传序"）

卷之六 《史记》

西汉合下卷共三十九首

《高帝求贤诏》《高帝纪》十一年二月

高帝平日嫚骂诸儒，及既定天下，求贤如恐不及。观此诏意，鼓舞激劝，委曲真挚，能令贤豪踊跃思奋。

《文帝除诽谤妖言诏》《文帝纪》二年五月

高帝除秦苛法，首揭"诽谤者族、偶语者弃市"之失，而除去之。

高后元年,诏除妖言之令,而文帝复下此诏,此必有除之未尽者。呜呼！人主有意恤民,臣下多怀谀志,非痛为荡涤,而实见诸行事,岂能除弊之尽哉？

《文帝劝农诏》(目录无)十二年三月

诏为劝农耳,必赐以租税之半,则非空言也。一曰吏未加务；再曰吏奉吾诏不勤,劝民不明；三曰吏不之省,责之吏者如此。则吏之于农,其尚敢有额外之求,非时之扰乎？至于野不加辟,种树未兴,民亦与有咎焉,而一归之于农民甚苦。此等体恤民隐其为培养元气者厚矣。

《文帝置三老孝弟力田常员诏》

孝惠四年,置孝悌力田复其身。高后元年,初置孝悌力田二千石者一人。至此文帝复令设常员也。盖上以名求之,下必以实应之。故节义之士,两汉为多。

《文帝除肉刑诏》

《文帝议佐百姓诏》后元年三月

帝在位十几年,何事非所以佐百姓者,至是复议佐之之策。帝爱民之心可见也。中间反复推求,检身恤下,惟恐不至,虽成汤之六事自责,何以加兹？

《孝文皇帝赞》

此数事,皆《纪》中所未及载。史迁总列于《纪》尾,而班掾引以为赞,只结以"仁哉"二字,已成一体。

《文帝赐南粤王赵佗书》附佗《报文帝书》

文帝之服南粤,人多谓其以柔道制之。然帝《书》中实恩威并至,非专事仁柔也,特以至诚感动,使佗欲崛强而不能耳。如所云"伤良将吏,孤人之子,独人父母",已足使南粤之人闻风慕义,欲定地犬牙相入,则控驭之意,凛然自在,且不以诏而以书,曰:"朕高皇帝侧室之子",曰:"争而不让,仁者不为"。夫中国天子,其不以势陵人如此,而一隅之主,顾欲跳梁,亦必为天下笑矣。盖文帝恩出格外,辞入人心,总不欲使一毫之曲在汉,佗自莫逃其范围。故佗之复书,虽带自大之意,而卒不能不称臣效顺也。

《景帝令二千石修职诏》《景帝纪》后二年四月

《景帝劝农诏》后三年正月

景帝不作雕文刻镂,锦绣纂组,及禁采黄金珠玉,有文帝遗意。此二帝所以致殷富之本也。然恳切真挚,迥不若文帝之语语由中出矣。

《武帝复高年子孙诏》《武帝纪》建元元年四月

汉以孝为谥,而武帝初立,首以优老为先,令民得尽力于孝,得导民之本矣。

《武帝议不举孝廉者罪诏》元朔元年十一月

所用二千石诚贤,何至有贤而不举? 议不举者罪,已属第二义矣。然后世,每宽于不举之罪,而好摭细故,以重谬举之罪,乃知武帝此《诏》其求贤之心,未易及也。

《武帝求茂才异等诏》元封五年纪云:"名臣文武欲尽,故诏"云云

弃瑕录瑜,使怀才负能之士,皆可自效。帝之雄才大略,知人善任,如闻其声于纸上。

《宣帝令二千石察官属诏》《宣帝纪》元康二年五月

帝长于民间,故曲尽吏弊民情若此。

《宣帝益小吏禄诏》《宣帝纪》神爵三年秋八月

小吏亲民之官,其浸涣最易。然不谅其俸入之薄,而望其持廉,非有守之士孰能之,此最为后世之通病。宣帝是诏,亦足征其明察矣。

《元帝初陵勿置县邑诏》《元帝纪》

帝病于优柔不断,而此诏则柔仁中美政也。

贾谊《过秦论》

真西山曰:贾生论秦成败,千有余言,而断之曰:"仁义不施而攻守之势异也",文字甚妙,但非当之论。盖儒者以攻尚谲诈,而守尚仁义耳。

《过秦论》有三篇,一论始皇,一论二世,一论子婴。此为上篇。

王文恪曰：贾谊《过秦论》，其言极古，与先秦相上下。但其三篇，大意如一，不甚变化，且词亦有重袭者，意生偶作，未及删订耳。

贾谊《论积贮》

贾谊《陈政事疏》

国家有道而长，其根本在豫教太子；其治化在使民笃仁恩而知礼义；其形势之磐固无危，在弭内患而固边防。汉至文帝，可谓盛矣，然犹内伏七国之患，而外赂遗匈奴，大臣下狱，士节不厉，汉廷大臣习为固然。贾生以洛阳之少年，一一有以陈其弊而酌其宜，谓非不世出之才乎？然汉文非不能用生也，绛、灌为先帝大臣，未可迁，以新进间之，使复优游数年，必且用之矣。惜乎天夺其年耳。

晁错《言兵事》

真西山曰：错三书俱论备边，皆古今不易之论，非直可施之当时已也。又曰：家令小臣，而帝赐以玺书，官而不名，词又温厚如此，岂非隆谦好善之主哉？

晁错《论贵粟》

贾山《至言》

枚乘《奏吴王书》

是时吴之逆谋未露，故所言多隐语，陈说开譬，宛转曲畅。乘既游梁之后，吴王举兵，以诛晁错为名。汉斩错以谢诸侯，乘复说吴王止兵，吴王不用，卒见禽灭。乘不独见几之智，亦可谓不忘所事矣。

司马相如《谏猎书》

以万乘之尊，而好自击熊豕，此其雄心欲逞之下，颇难从谏。相如本以辞赋为帝所爱幸，而此《书》复于宛转中，寓爱君之意。宜其相入之易也。

《议禁民挟弓弩》（目录题作"议禁民挟弓弩对"）

按寿王初以善格五召待诏，使受《春秋》于董仲舒，迁侍中中郎，坐法免。凡三上书，愿养马黄门，愿守塞捍寇难，愿击匈奴，因复召用。则其人品无足重也。独此对议论甚正，能使公孙诎服，乃见董生授经之力。

司马迁《报任少卿书》

真西山曰:迁所论无可取者,然其文跌荡奇伟。以如此之材,而因言事置之腐刑,可为痛惜也。

文共二千四百余言,而意在"舒愤懑以晓左右"一句。其愤懑者有二:以沮贰师受腐刑,则其狱为枉,一也;以受辱不死为世所笑,则不能以死后之论定,与目前俗子置辩,二也。夫子长方以《史记》未成,姑为忍辱偷生。而少卿乃教以进贤,非其肯矣。故欲借以舒其愤懑也。然此时少卿已将就刑,而子长乃答之者,亦因少卿亲尝狱吏之威,或能谅己苦情耳。文之跌荡奇伟,所不待言。其段落节奏,略见小注中。

杨恽《报孙会宗书》

昔人谓恽此《书》,慷慨激烈,规模布置,宛然太史公《报任安书》风致。然细玩之,史公以不免汙辱自恨,而恽直欲汙辱己以为汉累,宣帝见而恶之,当谓恽《书》之骄纵尚尔,则长乐所告非诬耳。故以一《书》受重诛,在帝固不免用刑刻深,在恽亦有以自取矣。

卷之七　西汉、东汉、蜀汉、晋文

西汉蜀晋文附

昭帝《赐燕王旦玺书》

按燕王之桀骜,似非汉法所能绳者,乃得《书》而遽自杀。盖缘桀安之诛,威既足以慑王;而帝之《书》,复足以发其愧心也。

路温舒上《尚德缓刑书》

按帝综核名实,信赏必罚,为汉中兴之主,然不免刑名绳下。温舒上此《书》,于即位之始,可谓识所当言矣。

魏相《谏击匈奴书》

胡致堂曰:魏相此疏,止无名之师,弭连兵之祸,恐伤阴阳之和,以生萧墙之忧。真经国之远猷,宰相之能事。其尤可服者,不隐风俗薄恶,子弟杀父兄、妻杀夫之变,直以告君。此则贤者或犹以为难也。相字弱翁,其为相时,敕掾史案事,郡国乃休告从家还至府,辄白四方异闻,或有逆贼风雨灾变;辄奏之,盖欲人主知警惧,则逸游之事必寡也。其用意深矣。

魏相条《国家便宜奏》

汉之贤相,前称萧曹,后称魏丙。观此二《奏》,可知其概矣。

《罢珠厓对》

珠厓之数反,盖自恃阻绝犯禁,要亦宣化之吏无以善处之耳。若必兴兵远讨,无论胜未可必,即胜之,亦且损兵费财,害不胜计。捐之此对,不可易之论也。然苏长公有言曰:"杨雄言:'珠厓之弃,捐之力也,否则鳞介易我衣裳。'此言施于当时可也。自汉末至一代时,中国避乱之人多家于此,今冠裳礼乐盖班班矣,其可复言弃乎?"由此观之,海陬之地,其乡风慕义,当选良吏以善导之。设有梗化,则兴十万之师,曷若降以十行之诏乎?

疏广《不以赐金买田宅对》

真为子孙计深远者,至论不刊,不但旷达也。窃见后世从美宦归者,身扞当身之文网,以脿其橐中,既归林下,汲汲不遑,择美田宅市之,宗族交游,莫敢过而问焉,虽负乡党之讥不顾也。不知特为益过生怨之资耳。甚者及身而败,子孙仍不免饥寒,亦滋见其惑矣。

匡衡上《政治得失疏》

谷永上《救陈汤疏》

永字子云,父吉,即使送郅支单于侍子,为郅支所杀者也。永上《疏》及《召对》,文皆切直可观。然元、成之间,王氏日盛,故酿成王莽篡夺之祸,而永党于王氏,所攻者专在帝身及后宫而已,故其文不具录。

耿育上《讼陈汤书》

杜钦《讼冯奉世疏》

按:汉以奉使诛外国王、立功异域者,前有《傅传》介子诛楼兰王,还封义阳侯;后有甘延寿、陈汤。延寿、汤虽同功,而谋实汤主之。若段会宗之诛小昆弥太子番丘,则奉诏而行者也。奉世与汤皆以矫制成功,而奉世沮于望之之议,不得封侯;汤沮于匡衡之论,虽封而赏不酬功。然奉世后为左将军,名次营平侯。史称汤恍不自收敛,则汤非奉世比矣。其功或可不封,而其材不可不用,则有如真西山所论云。

刘向《极谏外家封事》

王氏擅权，皆成帝湛于酒色所致。帝或能饬己勤政，王氏亦何能为？然譬之人受大疾，必先去其外邪，然后徐议调理。故汉末之事，无有大于王氏者，而向所言，亦专以去王氏为急也。帝能受言，其时上疏抗直者不少，要未有如向之忠恳明切，能中要害。其他疏亦都切直，以其文繁，不能尽录。

李陵《答苏武书》

自古降将多矣，独李陵之事，千载下犹使人恨惜。以太史公因陵遇祸，为之叙其战功，表白其心事，而此文又复脍炙人口也。昔人谓陵既降匈奴，势难只身成事，其言良确。但李广尝为匈奴所得，而竟脱归，则李陵初降之意，或亦侥幸成功，非饰说也，特终非节士所屑为耳。文之格调虽异西汉，然一种淋漓悲壮之致，似亦非六朝人所有，留以俟能辨之者。

东汉共一十一首

《后汉光武帝昆阳之战》①

顾复所曰：叙昆阳之战，曲折激壮，与《史》项羽破章邯军相埒。

光武《赐窦融玺书》

睿智足以折冲万里，至诚足以怀服百辟。此等处，即谓光武过于高帝，亦无不可。

来歙被刺上《表》

刃加身而未殊，其为时有几？看其先以军事属盖延，则三军有主而不乱，前功可图，《表》语不过数十字，次序不失，忠爱有余。此等定力，亦皆从学问中来，不得以武将视之也。

《冯异传》节录"与赤眉战于黾池"及"六年朝京师"二段

以忠爱规君，以谦退居功。大树将军，洵是可人。

《临淄劳耿弇》

鼓舞英雄，牢笼叛寇，想见帝之神武大智，尽寓于仁柔中。

---

① 师本、宋本题作"《光武帝纪》节录'昆阳之战'一段"。

《破公孙述后让副将刘尚》

按:述常以奇兵出吴汉军后,袭击破汉。汉堕水,缘马尾得出,其屠成都,当由此忿耳。然汉为大将,位三公,战功最为多,故帝虽遣汉,而所言不尽,却以书责其副将刘尚,驭将之体也。词旨温厚恳切,成都遗民见之,亦当折服矣。

《马援传》节录"初见光武"、"交趾劳官属"及《诫兄子书》

《交趾劳官属》

《诫兄子书》

班超《绝域请还疏》《班超传》,超妹《代兄请还疏》附

马革裹尸,具见马伏波之壮志。岂投笔班生,顾屑屑乞怜以亡其余生哉? 特是悖逆侮老之性,难保无虞。设一有变,则损威伤名,所关不小。此言之所以不得不痛切耳。曹大家之疏,倍觉宛转动听,具此手笔,宜其能代兄固续《汉书》也。

李固《遗黄琼书》

观听望深,局外人往往好作凉薄语,遽以雪耻为分内事,志士自应尔尔。

蜀汉文 三首

诸葛亮《隆中对》

天下形势,了了于胸,异日三分之业,亦历历见于言下。使先主早取荆州,则刘琮等亡耳,不且杜东吴争据之衅哉?

诸葛亮《出师表》

先帝之倚托孔明,后主亦知尊信之矣。此复亲缕言之者,正缘后主妄自菲薄、亲近小人。故述其受知追报之心,以相感动。若出师已有定算,非直为请命而行也。

诸葛亮《后出师表》

议者谓武侯为非计,非武侯之失计也,议者本无计也。武侯之未解者有六,非武侯之未解也,议者真未解耳。武侯熟思深计,非伐贼必不能久存,故欲及早图贼。奈若无雄断,臣力寡弱,卒困于天定者人不能胜。反复此拟,此心真可泣鬼神。

晋文二首

李密《陈情表》

孝养是子孙职分当耳，非异事也。独其叙生平孤苦之说，及祖母抚养深恩，不忍一日废离之情，殊足感动人。按史，令伯迁汉中太守，自以失分怀怨。其人固非淡于宦情者，则此疏尤见令伯之情至耳。

王羲之《兰亭记》

山水清幽，名流雅集，写高旷之怀，吐金石之声。乐事方酣，何至遽为说死说痛？不知乐至于极，未有不流入于悲者。故文中说生死之可痛，说今之与昔同感，后之与今同悲，总是写乐之极致耳。

卷之八 《昌黎》

八家并遵茅鹿门先生原评，其圈点稍有增益处。

韩文《昌黎集》计三十二首

《原道》

（篇首）茅鹿门曰：辟佛老，是退之一生命脉，故此文是退之集中命根。其文源远流洪，最难鉴定，兼之其笔下变化诡谲，足以眩人。若一下打破，分明如时论中一冒一承，六腹一尾。

茅又云：退之一生辟佛老在此篇，然到底是说得老子而已，一字不入佛氏域。盖退之元不知佛氏之学，故《佛骨表》亦只以福田上立说。辉按：老子亦言道德仁义，其说亦与吾儒混，故举其说以显辟之。佛老教则直与吾道背驰，其说亦难泛举。然篇中"弃而君臣"一段即是辟佛，恐未可谓但说得老子已也。

今人幸生程朱之后，知尊孔孟而熟闻仁义道德之说。犹将牵引二氏以附于吾儒，文公当二氏大行之时，独奋其力，以遏异说而崇吾道。上延孔孟，下俟程朱，其功视宋儒为尤伟也。

《争臣论》

（篇首）茅鹿门曰：截然四问四答，而首尾关键如一线。

昌黎严其辞于亢宗未谏之前，亢宗用其谏于延龄欲相之日，可谓两得矣。文之妙则，鹿门之旁批尽之。

《对禹问》

（篇首）茅鹿门曰：通篇以客形容主，相为发明。

笔如切玉之刀，文似走盘之珠。

《杂说》录第一、第四首

（篇首）茅鹿门曰：《杂说四》，并变幻奇诡，不可端倪。

云之从龙，喻贤臣遇圣主以成功业。"千里马"一首，则正与相反。

《复仇议》

（篇首）茅鹿门曰：以经术断律，当与子厚文参看。

援古典而酌以时宜，深得古圣人遗意。

《获麟解》

（篇首）茅鹿门曰：文凡四转，而结思圆转如游龙，如辘轳，愈变化而愈劲厉，此奇兵也。

唐荆川曰：以"祥"、"不祥"二字作眼目，愚谓公之寓意，尤在"知"与"不知"字。

《讳辩》

（篇首）茅鹿门曰：古今以来，如此文，不可多得。

茅又评：此文反复奇险，令人眩掉，实自显快，前分律经典三段，后尾抱前辨难，只因三段中时有游兵点缀，便足迷人。

唐俗务于讳亲之名，至有父名石而终身不履石者。公此辩乃谈笑而麾之，可使谔谔者折其角矣，然犹未闻尽革其陋也。

《应科目时与人书》

（篇首）茅鹿门曰：空中楼阁其自拟处奇，而其文亦奇。

公诸所上书，虽不免降心以求人，而自命总不凡。

《与陈给事书》

（篇首）茅鹿门曰：洗刷工而调句佳，甚有益于初进者。

以宛转之辞，发近情之论。任尔猜嫌，自当冰释，一路对说到底，在韩文为变调。

《与于襄阳书》

（篇首）茅鹿门曰：前半瑰玮游泳，后半婉恋凄切。

交浅言深，直以此《书》为介绍。非高论必无以动听，其盛推于公，亦为自占地步。鹿门嫌其以家累乞哀，然玩前后文意，恐亦不止为刍米仆赁之资作也。

《代张籍与李浙东书》

（篇首）茅鹿门曰：独以目盲一节，感慨悲愤。

恢谐游戏之文，能使阅者心醉，而仍露自负之态。然使公自为之，其占地位必更高。

《答李翊书》

（篇首）茅鹿门曰：要窥作家为文，必如此立根基。今人乃欲以句字求之，何哉？唐荆州云：此文当看抑扬转换处，累累然如贯珠，其此文之谓乎？

茅又评：篇中云，"仁义之人，其言蔼如也"。即此中间，又隔许多岁月阶级，只因昌黎特因文以见道者，故犹影响，非心中工夫，实景所道故也。

道德积于中，则英华自然发于外，以文蕲至于立言，犹不免看作两层也。世之论文者，以可取于人为至耳。读公此《书》，乃知公文之所以不朽，当得有如许精实工夫。

《上张仆射书》

（篇首）茅鹿门曰：申情之文，故宜圆畅反复。

《与孟尚书书》

（篇首）茅鹿门曰：翻覆变幻，昌黎书当以此为第一。

茅又评：古来书，自司马子长《答任少卿》后，独韩昌黎为工。而此《书》尤昌黎佳处。

孟尚书嗜佛，偶得一闲，即欲借为招引之资。吏部辟佛之严，正欲因其言以发其正大之论。

《平淮西碑》

（篇首）茅鹿门曰：通篇次第战功，模仿《史》、《汉》，而其词旨，特出自机轴。其最好处，在得臣下颂扬天子之体。

归功相度，乃见天子之明断，其偏徇也。李义山云：点窜《尧典》、

《舜典》字,改抹《清庙》、《生民》诗。陈后山云:序如《书》,铭如《诗》。

《张中丞传后叙》

太史公之高绝千古者,以其所作传记,使其人须眉毕露也。公此《叙》,绝未尝摹仿《史记》,而传信传疑,一一可想见其为人。即起太史公为之,亦无能后先矣。公具此史笔,而犹以天刑人祸为惧,不克成一代之史,宜柳州恣力以激之也。

《送李愿归盘谷序》

(篇首)茅鹿门曰:通篇全举李愿说话,自说只数语,此又别是一格。而其造语形容处,则又铸六代之长技矣。

李愿,坊本俱注为西平王晟次子,仆射愬之弟。《尚论集》独云《野客丛书》载旧本《盘谷序》高从所《跋》云:陇西李愿,隐者也。不干誉以求进,每韬光而自晦,寄迹人世,游心太清,乐仁智于动静之间,信古今一人也。昌黎韩愈,知名之士,高愿之贤,故序而送之。县大夫博陵崔君披其文,稽其实,是用命主勒石于谷之西偏。按:此则当时别有李愿,非西平之子也。附录之,以俟博雅之君子。

欧阳公称此文为唐文第一,苏长公亦云且教退之独步。读者宜细参之,不当于字句间揣测其妙也。

《送石处士序》

(篇首)茅鹿门曰:以议论行叙事,当是韩之变调。然予独不甚喜此文。

处士之贤,前以从事荐词见,后以出处之决,拜祝辞之敏见。然规处士,实规乌公,犹送许郓州崔复州,而以民穷敛急讽于襄阳也。

《送温处士赴河阳军序》

(篇首)茅鹿门曰:以乌公得士为文,而温生之贤自见。

石生、温生,同为乌公从事。昌黎同一送行之作,却幻出如许议论,无一字可移入石生,不独文字之变化也。

《送殷员外序》

(篇首)茅鹿门曰:学班椽之文,其严紧如程,不识李光弼之治兵。

奉使,欲以通和好也。若以亢激起衅,与以气怯损威者等过耳。

故惟通经术而后能知轻重,通知时事而后不以胶滞失事机。《送殷侯》数言,不特为侑知己,即他日公之折王庭凑者,亦见于此矣。

《送董邵南序》

(篇首)茅鹿门曰:文仅百余字,而感慨古今。若与燕赵豪俊之士相为叱咤呜咽其间。一涕一笑,其味不穷。昌黎序文,当属第一首。

公尝作《董生行》云:"寿州属县有安丰,县人董生邵南隐居行义于其中。"后又云:"嗟哉董生孝且慈,人不识,惟有天翁知。"夫既称其隐居行义,又称其孝慈,疑未必有干用之意。即使得用,岂其从乱以为父母累? 意者公欲用董生以讽河北之归顺乎?

《送孟东野序》

(篇首)茅鹿门曰:一"鸣"字成文,乃独倡机轴,命世笔力也。前此唯《汉书》叙萧何追韩信,用数十"亡"字。又曰:此篇将牵合入天成,乃是笔力神巧,与《毛颖传》同,而雄迈过之。

叠山评:此篇凡六百二十余字,"鸣"字四十。读者不觉其繁,何也? 句法变化,凡二十九样。有顿挫,有升降,有起伏,有抑扬,如层峰叠峦,如惊涛怒浪,无一句懈怠,无一字尘埃,愈读愈可喜。

唐荆川曰:此篇文字错综,立论乃尔奇。则笔力固不可到也。

《送杨少尹序》

(篇首)茅鹿门曰:以二疏美少尹,而专于虚景簸弄。故出没变化,不可捉摸。

唐荆川曰:前后照应,而错综变化不可言。此等文字,苏、曾、王集内无之。

《送浮屠杨师序》

(篇首)茅鹿门曰:高在命意,故迥出诸家,而阖辟顿挫不失尺寸。

唐荆川曰:开阖圆转,真如走盘之珠。此天地间有数文字,通篇一直说下,而前后照应在其中。

《送高闲上人序》

(篇首)茅鹿门曰:其用意本《庄子》,而其行文造语叙述处,亦大类《庄子》。

释氏以寂灭为宗,而张旭以专心草书著名。故借闲之善书,引入有为,以破其寂灭之说,末复以一转斡旋之。

《新修滕王阁记》

(篇首)茅鹿门曰:通篇不及滕王阁中情事,而止以生平感慨作波澜,婉而宕。

以刺史为观察使作记,最易作谀语,文却叙得浑然不觉。前后纯以不得游于其地为波折,直似以己作主,亦脱尽属官腔拍。

《进学解》

(篇首)茅鹿门曰:此韩公正正之旗,堂堂之阵也。其主意专在宰相。盖大材小用,不能无憾,而以怨怼无聊之辞托之人,自咎自责辞托之己,最得体。

《圬者王承福传》

(篇首)茅鹿门曰:以议论行叙事,然非韩文之佳者。

承福之论,煞可感讽在位。有学杨朱之道一抑,乃见正当,不独波澜也。

《祭田横墓文》

(篇首)茅鹿门曰:借田横发自己一生悲感之意。

有横之义,而所实或非贤士。有己之贤,而竟不得如横其人者遇之。感激悲凉,无限曲折。

《祭鳄鱼文》

(篇首)茅鹿门曰:词严义正,看之便足动鬼神。

以神礼待之,故可责以大义。强弓毒矢,非鳄鱼所畏也。逆顺理之言,与冥顽不灵,鳄鱼所不受也。然鳄鱼岂识文字者哉,亦一诚之所感耳。《易》曰:"孚及豚鱼",于是乎验之。

《祭十二郎文》

(篇首)茅鹿门曰:通篇情意刺骨,无限凄切。祭文中千年绝调。

储同人先生云:有泣,有呼,有诵,有絮语,有放声长号。此文而外,惟柳河东《太夫人墓表》同其惨裂。

公孤而鞠于兄嫂,幼与俱长。公既早衰,而十二郎复年少而夭殁,其为感痛于中者深矣。呜呼,惟其情深,是以语挚;惟其语挚,是以令千载下读之者,其情亦引与俱深。

(目录有"《毛颖传》见十二卷")

卷之九 《河东》《庐陵》《老泉》

柳文计一十一首

《晋文公问守原议》

(篇首)茅鹿门曰:精悍严谨。

宦官之擅权作势,其始必以才进。子厚此《议》,最得防微杜渐之意。

《驳复仇议》

(篇首)茅鹿门曰:此文即韩公不可行于今半边,而精悍严紧,柳文之佳者。

唐荆川曰:此等文字极谨严,无一字懒散。又曰:理精而文工,《左氏》、《国语》之亚也。

先驳子昂建议之失,后为元庆原情,平反最当。

《桐叶封弟辩》

(篇首)茅鹿门曰:此等文并严谨,移易一字不得。

唐荆川曰:此篇与《守原议》、《封建论》三篇,所谓大篇短章,各极其妙。

驳断周公无是举动处,真截犀斩蛟之手。然愚复为之益一语曰:此必小弱弟有可以为主之道耳,不然人与地所关非浅,即使史佚成之,周公独可听其成而莫之止耶。

《捕蛇者说》

(篇首)茅鹿门曰:本孔子"苛政猛于虎"者之言,而建此文。

"苛政猛于虎也",岂独赋敛之毒哉?赋敛之毒,固已如是。贤守令寓抚字于催科,终不过暂缓须臾之计,孰若为是说以使观人风者动心乎?

《送薛存义序》

(篇首)茅鹿门曰:昔人多录此文,然其义亦浅。

赏以酒肉,重之以辞,情也;告以吏职,义也。此送存义者也。民出其什一傭乎吏，吏宜知恐而畏，不当虚取直，则为天下告也。

《愚溪诗序》

（篇首）茅鹿门曰：子厚集中最佳处。

古来无此调，陡然创为之，措次如画。

善鉴万类，其职之明也；清莹秀彻，胸中之无欲也；锵鸣金石，文辞之可贵也。其莫利于世，则未有用之者乎？

《始得西山宴游记》

（篇首）茅鹿门曰：公之探奇，所向若神助。

有此奇情，不可无此奇笔以达之。

《小石城山记》

（篇首）茅鹿门曰：借石之瑰玮，以吐胸中之气。

徜徉纵恣之作，实皆牢骚不平之气。

《永州新堂记》

胜势自在前半，后幅平熟。宜易为后人所摹也。

《与韩俞论史官书》

（篇首）茅鹿门曰：子厚之文多雄辩，而此篇尤其卓荦峭直处，但太露气岸，不如昌黎浑涵。文如贯珠。

唐荆川曰：提其原书辩处，有显有晦，错综成文。

附退之《答刘秀才书》

真西山先生曰：退之之论如此，宜其为子厚所屈也。然所谓据事实录，则褒贬自见，实后世作史者之法。

昌黎作柳州墓志云“子厚少年，勇于为人”，读此可见其概。惜其遇王叔文以屏弃终身耳。不然，岂不足建立功业，少伸其志节哉？

《梓人传》

（篇首）茅鹿门曰：序次摹写，井井入构。

柳州胸中，盖有慨于不通相道，而徒委罪于栋挠屋坏之后者，故惜杨潜作此《传》。潜之术，其果至是与否，固未可知也。呜呼！果如柳州之言，则以天下之才，任天下之事而有余，治功可成，军国赖之，岂特无娼疾之失，为贤能者病哉！

欧文《庐陵集》计一十二首

《纵囚论》

(篇首)茅鹿门曰:曲尽人情。

怨女三千放出宫,死囚四百来归狱,自是太宗盛事。读欧公此《论》,乃知事非中道,即非常之恩,有不可漫施者。

《朋党论》

(篇首)茅鹿门曰:破千古人君之疑。

小人欲陷君子,必建朋党之说,盖惟此二字,可以一网打尽也。然小人无朋,其奸易于蔽主;君子称美推让,不复避嫌,或反疑为比周。故惟辨其为君子小人,而其源始辨,泾渭乃分。中间疏解分明,引证晓畅,足破群邪之说。

《五代史伶官传论》

(篇首)茅鹿门曰:庄宗雄心处,与欧阳公之文,可上下千古。此等文章,千年绝调。

《五代史宦者传论》

茅鹿门曰:通篇如倾水银于地,而百孔千窍,无所不入,其机员而其情巠。

《释惟俨文集序》

(篇首)茅鹿门曰:此篇看他以客形主处,亦自远识,及多转调。

叙秘演,以己欲阴求天下奇士引入。序惟俨,以惟俨所交豪杰未见功业如古人引入。盖有此一段意,方能使辞章增重。

《释秘演诗集序》

(篇首)茅鹿门曰:多慷慨呜咽之旨,览之如闻击筑者。盖秘演与曼卿游,而欧阳公于曼卿识秘演,虽爱秘演又狎之,以此篇中命意最旷而逸,得司马子长之神髓矣。

韩、欧皆以辟佛自任,而不免为释子作序,看其必寻一下笔处。韩子之送文畅,扯柳子厚来拌说;欧公之序惟俨、秘演,亦扯石曼卿引入。盖其人习于浮图则可屏,若气节高迈,智谋雄伟非常,则不当以形迹论矣。此皆其立言之不苟也。

《集古录目序》

（篇首）茅鹿门曰：欧公之好古如此，近览王廷尉古书画题跋，亦煞有欧公风致。然亦以有力而强，故能如此耳。

公虽自言其所好，然实有子罕不贪为宝之意。若平泉之注意于一木一石，而不欲少散，则过矣。

《醉翁亭记》

（篇首）茅鹿门曰：文中有画。昔人读此文，谓如游幽泉邃石，入层才见一层。路不穷，兴亦不穷。读已，令人神骨修然长往矣。此是文章洞天也。

公以庆历五年谪滁州，年三十九，公有《赠沈博士歌》云："我昔被谪居滁山，名虽为翁实少年。"醉翁之号，其为公寓言无疑。此《尚论集》录王淑士之言云尔。

《丰乐亭记》

（篇首）茅鹿门曰：太守之文。

饮滁水而甘，因为建亭。本是韵事，却说得题目如此正大。

《真州东园记》

（篇首）茅鹿门曰：有画意。

韩文公为太原王公作《新修滕王阁记》，以身未至其地，通篇不写一实景，《左氏》所谓避不敏也。然滕王阁之景，前人道之已详，虽不铺点无碍。真州东园则新创，若景致不佳，何取乎记之？看其用子春据图指点，一一写出，如在目前。入自己口中，则绝不叹羡其景之可爱，而俎嘉其材贤政治之美。淡淡作结，亦与韩公同意。

《相州昼锦堂记》

（篇首）茅鹿门曰：冶女之文，令人悦眼。而最得体处，在安顿卫国公上。以史迁之烟波，行宋人之格调。

（目录有"《秋声赋》见十二卷"）

《老泉先生集》计九首

《上田枢密书》

（篇首）茅鹿门曰：此文骨子原自《于襄阳书》中来，而气特雄。

荆川曰:此书本欲求知,却说士当自重,便不放倒架子。而文字峻绝,豪迈不羁。

明是以书求援,而务自占地步,八家之所同。而此《书》却又自一种作用,气焰亦迥异。

《上王长安书》

(篇首)茅鹿门曰:运险峭之思,以为镂画之文,故其锋锷不可向迩。唐荆川曰:议论奇高。

《谏论上》

(篇首)茅鹿门曰:进谏,千古绝调。荆川谓此等文字摹荀卿,良是。

谏,美名也。顾多畏避不敢者,惑于惧祸之心耳,以说为谏,真足以破人臣之惑,而移人主之听。老泉熟于纵横之术,于此可见。

《谏论下》

(篇首)茅鹿门曰:劝谏,行文亦自痛快。

人君乐闻谠言,则人人可谏矣。岂待以刑促之乎?刑赏兼用,似犹为谏有专官者言之也。然如此立论,正见用意之刻酷。

《六国》(目录题作"六国论",位于下篇)《权书》第八篇

(篇首)茅鹿门曰:一篇议论,由《战国策》纵人之说来,却能与《战国策》相伯仲,当与子由《六国论》并看。

秦欲无厌,六国非不知之,然卒不能并力拒秦者,一曰偷安,一曰贪近利。偷安,则不能自强其政;贪近利,则互相残伐,自败其盟,以至力弱势涣,不得不折而入于秦,此赂秦之所由然也。追原祖宗得地之艰,而子孙视之不甚惜,真堪恸哭矣。○文中感慨处,明为时事起见,盖自岁币日增,其究不至于割地不止。老泉能作《辨奸论》于安石未相之先,岂不将国家事势,熟筹于意中也。

《高帝》(目录题作"高帝论",位于上篇)《权书》第九篇

(篇首)茅鹿门曰:虽非当汉成败确论,而行文却自纵横可爱。

茅又评:愚谓高帝死而吕后独任陈平,未必不由不斩哙一着。且哙不死,其助产、禄之叛,亦未必。观其谯羽鸿门与排闼而谏,哙亦似

有气岸而能守正者,岂可以屠狗之雄而邃逆其诈哉? 苏氏父子兄弟往往以事后成败撼拾人得失,类如此。

从"安刘氏"三字得间,而以斩哙为证,立论有根据。然要识得老泉列此于《权书》本意。

《管仲论》

(篇首)茅鹿门曰:通篇只罪管仲临没不能荐贤,起起伏伏,光景不穷。

极是深文,却说得管仲无可置辩。看其开口喝破正旨,后用逐层推驳,笔之遒紧非常。

《辨奸论》

(篇首)茅鹿门曰:荆川尝论《韩非子·八奸篇》,谓是一面照妖镜。余于老泉此论亦云。又曰:张文定公撰《老泉先生墓表》云:"嘉祐初,王安石名始盛,党友倾一时,其命相制曰:'生民以来,数人而已。'造作语言,至以为几于圣人。欧阳修亦善之,劝先生与之游,而安石亦愿交于先生。先生曰:'吾知其人矣,是不近人情者,鲜不为天下患。'安石之母死,士大夫皆往吊,先生独不往,作《辨奸》一篇。"

从不近人情处,勘出荆公之奸,能使他日之致祸。凿凿可以豫信,卓见真不可及。

《张益州画像记》

(篇首)茅鹿门曰:词气严重,极有法度。益州常称老苏似司马子长,此《记》自子长之后,殆不多得。

唐荆川曰:此文二段,二项叙事,二项议论。

卷之十　大苏、《栾城》

大苏文计二十一首

《代张方平谏用兵书》

(篇首)茅鹿门曰:予尝谓自古论用兵,惟汉淮南王安《谏伐闽越书》为最。而此书法度,似又胜之。此等文章,与天地并传者。

此张公致仕后,以李宪破斩冷鸡朴,恐帝用兵不已,而上此《书》。

盖熙宁之时，自王韶用兵熙河有功，章惇、熊本，俱以此自奋，其病国扰民，莫知所极。公独注意于此，尤欲得长公之言，以祈其善入。大臣用心，迥不可及。文之呜咽悲凉，足使人主见而悱恻，则前人之评尽之。

《乞校正陆贽奏议进御札子》

（篇首）茅鹿门曰：长公所最得意识见，亦最得意条奏。

德宗当播迁之际，每事必咨于宣公，故其奏议无事不备，而且恺切详明，言之易入。人臣见君之失，而逐事规正，孰若置此书于座右之取益宏多乎？时当哲宗初立，而长公请以进御，其为启沃之功不小。文之对偶精工，而气自疏畅流动，此正长公本色，固不待言。

《刑赏忠厚之至论》（目录题作"刑赏忠厚之至"）

（篇首）茅鹿门曰：东坡试论文字，悠扬宛宕，于今场屋中极利者也。

唐荆川曰：此文一意翻作数段。

《春秋定天下之邪正论》（目录题作"春秋定天下之邪正"）

（篇首）茅鹿门曰：以"礼"字为案。

《春秋》别嫌明疑于邪正之间，一语已得骊珠。

《伊尹论》

（篇首）茅鹿门曰：读此而后可以身自信于天下，而成不匮之功，而行文断续不羁。荆川批"断续"两字是文章血脉三昧处，非荆川不能道。

以汤之圣，而伊尹佐之以王天下，其事易；以嗣王之不惠，而废放之以成其德，其事难。故独就太甲事立论，而本《孟子》之意畅发之，势极横而论不刊。

《荀卿论》

（篇首）茅鹿门曰：以其所传，攻其所蔽，荀卿当深服。

王遵岩曰：以"异说高论"四字立案，煞是荀卿顶门一针。而谓李斯焚书破坏先王之法，皆出于荀卿，此尤是长公深文手段。

虽是深文，却有一段至理。

《乐毅论》

（篇首）茅鹿门曰：霸者之论，自是刺骨。又曰：乐毅去赵后，累数十年，其子与孙功名不灭，而汉高帝之兴，犹向往之。大略毅之风度，亦似可倾动天下者，故其余风不衰。

乐毅仗复仇之义，与四国共攻破齐，故毅不遽虑诸侯之乘衅。然七雄并峙，而燕独并其一，历久忌生，可以为燕伸救者，即可转而为齐。以此诘毅，毅当首肯。

《留侯论》

（篇首）茅鹿门曰：此文只是一意，反复滚滚议论。然子瞻胸中见解，亦本黄老来也。

王遵岩曰：此文若断若续，变幻不羁，曲尽文家操纵之妙。

始终为韩、良之本意也。此独就能忍一节立论，谓老人为隐士，谓其意不在书，卓哉见。

《范增论》

（篇首）茅鹿门曰：增之罪案，一一刺骨。

太史公言增好奇计，观其说项梁立怀王以从民望，说项羽杀沛公以绝后患，真奇计也。然项羽所过，无不残灭，杀秦降王子婴，不都关中而都彭城，不闻增之力谏，则增子奇计之外，固未为知道者。坡公责以见几之智，极力贬驳，尚是抬高亚父处，不特未之一掉已也。

《贾谊论》

（篇首）茅鹿门曰：细观此文，子瞻高于贾生一格。

唐荆川曰：不能深交绛、灌，不知默默自待。本是两柱子，而文字浑融，不见踪迹。

王遵岩曰：谓贾生不能用汉文，直是说得贾生倒，而文字翻覆变幻，无限烟波。

《晁错论》

（篇首）茅鹿门曰：于错之不自将而为居守处，寻一破绽作议论，却好。又曰：错之误，误在以旧有怨于盎，而欲借吴之反以诛之，此所谓自发杀机也，鬼瞰其室矣。何者？以错之学本刑名故也。

错之取祸,其父已先知之,然不谓发难之后,仍有善全之策,则文中"身任其危,天子方恃以无恐"一段议论定也。夫错之言兵事审矣,岂色厉内荏,计不出此邪?抑如鹿门所云借吴除盎,自发杀机,而还自祸邪?

《潮州韩文公庙碑》

(篇首)茅鹿门曰:予览此文不是昌黎本色,前后议论多漫然,然苏长公气格独存,故录之。

朱子曰:东坡作此《碑》,不能得一起头,行数十遭,忽得两句"匹夫而为百世师,一言而为天下法",下面只如此扫去。

韩公虽遇谤遭贬,然自袁州归朝后,犹得展其经济。篇中"一日不能安于朝"等语,恐长公感愤之意为多。

《喜雨亭记》

(篇首)茅鹿门曰:公之文好为滑稽。

小小文字,自觉绚烂。

《放鹤亭记》作于元封元年

(篇首)茅鹿门曰:疏旷爽然,特少深沉之思。

东坡尝谓唐无文章,惟退之《送李愿归盘谷序》为独步。今按《盘谷序》通首载李愿之言,而末云:"昌黎韩愈闻其言而壮之,与之酒,为之歌",冷然作结。此亦不及山人之行事,但告以隐居之乐,而以山人曰"有是哉"轻轻收住,疑坡公正是酷摹退之是《序》也。

《超然台记》台在青州诸城县北城上

(篇首)茅鹿门曰:子瞻本色,与《凌虚记》并本之庄生。

唐荆川曰:前发超然之意,后段叙事解意,兼叙事格。

物有尽而欲无厌,虽穷极奢华,总属不足之境,若袖手旁观,未有不知笑之者。此亦游于物外之一证也,况其中淡然无欲者乎?文特自写其胸中之乐,把"超然"二字,虚情实际,形容得八面都到。

《凌虚台》(目录题作"凌虚台记")

(篇首)茅鹿门曰:苏公往往有此一段旷达处,却于陈太守少回护。

山若踊跃奋迅而出,台之为凌虚可知。读公此文,亦字字有凌虚之想。

《醉白堂记》

（篇首）茅鹿门曰：魏公勋名，本胜乐天，故文不誉而思特远。

堂以"醉白"为名，自宜从此发论，以见公所以有羡于乐天，而名堂之意，固记体也。且《记》作于魏公既没之后，两人身分各不相文，正可借为波澜，而荆公讥为"韩、白优劣论"者，岂定评欤？

《墨君堂记》

（篇首）茅鹿门曰：东坡滑稽之文，篇终却少归之于正。

与可最善画竹，而公亦得其技。此就"墨君"二字层折作波，快心肆意之文。

《前赤壁赋》

（篇首）茅鹿门曰：予尝谓东坡文章仙也，读此二《赋》。令人有遗世之想。

风月满空，江山如洗，不必铺写形容，使人自得于吊古悲歌之下，文章中悟境。

《后赤壁赋》

（篇首）茅鹿门曰：萧瑟。

前此有意来游，却未登山，此则无意复至，而备领登临之趣。孤鹤一段，尤属非非态。公谓吾文如百斛原泉，随地涌出，于此验之。

（目录有"《万石君罗文传》见十二卷"）

次苏文《栾城集》计五首

《上枢密韩太尉书》

（篇首）茅鹿门曰：胸次博大。

意在欲见太尉，使太尉接遇以礼耳。而以好为文立说，则自与慕势求援不同。中间借太史公为引子，一往疏荡之气，亦如公之评太史公者矣。

《史官助赏罚》

（篇首）茅鹿门曰：举业文字之佳者。

史如《春秋》，乃可以云"助赏罚"矣。然史官之权，古今一也。虽不敢望其上继《春秋》，亦何难以审慎详核，取信后世？乃有以憎爱轩轻间者,独何心哉!

《六国论》

(篇首)茅鹿门曰:识见大而行文亦妙。

唐荆川曰:此文甚得天下之势。

六国皆可以自全而自取败亡者,老泉指摘其弊,而颍滨备论其势,皆极正当之论。

《三国论》

(篇首)茅鹿门曰:论三国而独挈刘备,亦堪舆家取窍之说。

三君智勇皆杰出,得公此《论》,觉独驾乎其上。谓先生近高帝而未至,确甚。谓不能自据胜势之地,此间似有天意,恐非力所能及也。使当日项羽先都关中,高帝当亦无如何矣。自将之失,则已在成败后论之耳。

《为兄轼下狱上书》

但求哀于至尊,不复与媒蘗其罪者树敌,最善营解。其情至之语,可与曹大家《为兄超上书》参看。

卷之十一　《南丰》《临川》宋名文

曾文《南丰集》计一十三首

《寄欧阳舍人书》

茅鹿门曰:此书纡徐百折,而感慨呜咽之气,博大幽深之识,溢于言外,较之苏长公《谢张太保撰先人墓碣书》特胜。

《移沧州过阙上殿疏》

(篇首)茅鹿门曰:曾公此札,欲附古作者雅颂之旨,陈上功德,宣之金石。而其结束,归于劝戒。

王遵岩曰:体意虽出于《封禅》、《美新》诸家与韩、柳《进〈唐雅〉序》等门户中家,然原本经训,别出机轴,不为谀悦浅制,而忠荩进戒之义,昭然与先朝周雅比盛矣。真作者之法也。

《战国策目录序》

(篇首)茅鹿门曰:大旨与《新序》相近,有根本,有法度。

王遵岩曰：此序与《新序》相类，而此篇为英爽轶宕。

起结数言，安放题中"目录"二字，中间却借刘向之言以伸正论。前说向言不原本于孔孟；中说策士之遗害，其说不可从；后说其书不必废，以见所以为《序》之意。战国策士，岂待孔孟然后压得倒？然道集大成于孔子；辨道之明，卫道之严，莫如孟子。欲斥群言而不称引孔孟，皆所谓遡流而不穷源者也。

《陈书目录序》

（篇首）茅鹿门曰：文属典刑，不为风波，而自可赏俯。

有分寸，有态度。

《先大夫集后序》

（篇首）茅鹿门曰：子固阐扬先世所不得志处有大体，而文章措注处极浑雄，韩、欧与苏，亦当俯首者。

王遵岩曰：先生之文，如此篇之委曲感慨而气迫不晦者，亦不多有。

储同人云："勇言得失"是主句。先举大意，后列条件。而仕路龃龉，悉归咎于大臣；能受尽言，独归美于天子。精思极构，曾《序》第一。

《范贯之奏议集序》

（篇首）茅鹿门曰：须览公所序奏议之忠直，而能本朝廷所以容直处，才是法家。

王遵岩曰：沉着顿挫，光采自露。且序人奏议，发明直气切谏，而能形容圣朝之气象，治世之精华，真大家数手段。如苏公《序田锡奏议》亦有此意，然其文词过于俊爽，而气轻味促。

储同人云：宋至熙宁而公议废斥，无一足存，扬厉神宗，义犹鱼藻。

《赠黎安二生序》

（篇首）茅鹿门曰：子固作文之旨，与其所自任处，并已概见，可谓文之中尺度者也。

唐荆川曰：议论谨密。

笈为迂阔者,俚俗人耳。征之于古,揆之于道,正堪自信也。就其索赠之意,发出一段大议论,不但以文字推许,方是前辈语言。

《唐论》

(篇首)茅鹿门云:文格似弱,而其议则正当。

太宗于唐为极盛之君,以秦、汉、晋、隋相形,而归宿于未逮先王之治。论有原本。末以士民之不幸作感慨,余波荡漾。

《宜黄县学记》

(篇首)茅鹿门曰:子固记学,所论学之制,与其所以成就人材处,非深于经术者不能。韩、欧、三苏所不及处。

学以教育人材,使修其身,达于政,以化民而善俗,如此方完得修齐治平条目。自司徒之教不严,学者徒视为干世取禄之资,亦何怪乎以未成之材,治不教之民,而风俗日坏也。文能指发其得失,具见大要。末后以作学之周且速,归之人情之乐学,尤得孟夫子性善之意。

《道山亭记》亭在福州乌石山

(篇首)茅鹿门曰:曾子固本色。

本传:师孟累领剧镇,为政简而严。罪非死者,不以属吏,发奸摘伏如神。其知福州也,筑子城建学舍,治行最东南。后徙广州,特筑西城,交趾陷邕管,闻广守备固,不敢东。朝廷念其功,故以为给事中、集贤殿修撰。

《墨池记》

(篇首)茅鹿门曰:看他小小题,而结构却远而正。

《拟岘台记》

(篇首)茅鹿门曰:此《记》大略,本柳宗元《訾家洲》、欧阳公《醉翁亭》等记来。

王遵岩曰:繁弦急管,促节会音,喧动嘈杂。若不知其宫商之所存,而度数亦自缴如。使听者激辣,加以欢悦,此文之谓矣。

《尹公亭记》

(篇首)茅鹿门曰:蕴思铸词,动中经纬。

为亭者尹公,名之者州人及此。李公已大为改易,不过仍以旧名耳。起处双冒，束处亦双应。侧注李公作亭求记之意，见尹公非有求于名，而名实所以与人同其行；李公非重于一亭，而实欲暴尹公之风声气烈，以与人同好。此等议论，总见古人之占地步不苟作处。

王文《临川集》计一十三首、今增三首

《上田正言书》

（篇首）茅鹿门曰：直而不阿，义行于辞。

唐荆川曰：欧公《上范司谏书》，婉而切；荆公《与田正言书》，直而劲。

储同人云：昌黎因孟子谓蚳蝃而有《争臣论》，庐陵、半山又因《争臣论》而有《上范司谏书》、《上田正言书》，此文字渊源也。半山举对方正为案，亦犹孟子举辞灵丘请士师为案耳。然笔力矫悍，窥其意中，直欲掩尽前人。

此等书札，极有关系，人品学术，俱从此见。当审自己处此地位，果能如何，非訾人之失，以博名高；亦不当触人之怒，使我言究无裨益。此《书》之妙，在极紧严中带松婉，能使得《书》者见之，恻然动念而不敢怒。

《上杜学士书》

（篇首）茅鹿门曰：语意遒劲。

转运使为任之重，河北为天下之重处。层折说来，而规勉之意直而不犯，最善蓄势。

《与王子醇书》

（篇首）茅鹿门曰：此荆公指挥王韶，措处西羌处。

此书意在收服董氈，以为将来平夏之计，都从子醇来《书》所喻引入，词旨乃尔温厚，极得将相调和之意。

《与赵卨书》

（篇首）茅鹿门曰：中多持重处，亦合兵机。

时夏人已非复元昊之桀傲，开纳闭拒，两两相形，说得透彻。

《上郎侍郎书》

（篇首）茅鹿门曰：一通问书，自不可及。

以又执而先辱馈问,不得不叙向来失于通候之故。看其作无数曲折,偏若余情恋恋。

《同学一首别子固》

(篇首)茅鹿门曰:文严而格古。

三人会合,不可以常,故子固有《怀友》之作,而介甫以《同学》一首为答。然交友所重,在道德学问之际,形迹之聚散,怀想之私情,其小者也。故前面只说学问相勖处,而系恋之私,只以"官有守"、"私有系"、"会合不以常"三语作一掉,体格高绝。

《答曾公立书》(目录题作"与曾公立书")①

(篇首)茅鹿门曰:荆公所自见如此。

息其二分以待饥不足而与之,常平法亦不过如是。然而民息之与官息之,其抑勒责偿之累,什佰倍徙矣。荆公独文之以古法,其明快处,笔力锋锐不可当。

《原过》

(篇首)茅鹿门曰:文不逾三百字,而转折变化不穷。

理极正,思极奇,语醇而肆。

《周公论》

(篇首)茅鹿门曰:论确而辩,亦尽圆转。

此篇非论周公,乃因荀卿所载周公之言,以见荀卿之妄,不足与于大儒之称耳。储同人先生云:抚前人者多矣,东坡引李斯之罪罪荀卿,虽聪明绝世,平心而论,未免深文失人之过,未若此论之明允也。

《礼论》②

(篇首)茅鹿门曰:借荀卿之说而辩之,而行文亦尽圆转。

礼始于天而成于人,真能得礼之意。储同人先生云:自宋以前,未有见及此者。荆公概其所始,而后儒之言礼者益精。确甚。

《读孔子世家》

(篇首)茅鹿门曰:荆公短文字,转折有绝似太史公处。

---

①② 师本、宋本无此篇。

论迁列孔子于《世家》，谓自乱其例，而孔子之道不以置之《世家》而尊，确甚。但以可帝王、可世天下，必分才与道字，似犹未安。

《伍子胥庙铭》

子胥之掘荆平墓而鞭其尸，岂必无可议处。但为庙铭，则不及论矣。州人新胥山之庙。大抵为其神灵，而叙必归之节与爱，《铭》中又提出忠孝，此皆体裁之所在也。

《读孟尝君传》

只为错把"士"字轻看耳。苟以君子之道按之，虽毛公、薛公，吾犹疑其何以藏子博徒及卖浆家，而况区区诈力之徒哉？则谓四公之好士皆豪举，可也。荆公此文，命意亦与昌黎《祭田横文》相似，而短峭宕折，突过太史公矣。

《读柳宗元传》[①]

悯其始之躁进，子其后之自强。平反既允，而且为今人下一针砭矣。

（目录有"《读范颍川文》见十二卷"、"《祭欧阳文忠公文》见十二卷"）

附宋名文共七首

王禹偁《黄州竹楼记》

以潇洒出尘之笔，写潇洒出尘之心胸，恰与斯题相称。

范仲淹《严子陵祠堂记》

朱子云：胡文定父子，最不轻下人，独服文正公《祠堂记》。

叠山公云：字少意多，文简理详，大有关于世教。

范仲淹《岳阳楼记》

李觏《袁州学记》

司马光《谏院题名记》

增置谏官，为求言也，有言责者，或反以直为戒。谏官清要，为国计也，得列名者，或姑以为身荣。读公此《记》，乃知有不能掩于天下

---

① 师本、宋本无此篇。

后世之清议者在。为利为名，俱堪猛省，关系世教之文。

周惇颐《爱莲说》

就世人之见，莲不如菊，菊不如牡丹，明矣。就道理看来，牡丹以富贵适俗，而无德可馨；菊之隐逸虽高，要非中道。此周子直借莲之可爱，形容出时中之妙。

《却聘书》（目录题作"谢叠山枋得却聘书"）

辉之先本歙人也，与公之先同出晋典农中郎将缵公之后，辉五世祖龙山公游于苏，遂家焉。辉幼诵此《书》，先王父天章公命之曰：读其文，当思学其人。叠山之观《书》五行俱下，其天分使然，大节彪炳史册，其遭逢致然。然苟志立行修，则力勤可以补拙，守固可以征廉。叠山固可学而至也。尔小子勉之。先王父虽老，专以读书自娱，有颜延之畏见要人之辟，故虽以辉之钝拙无成，家严必日以干谒为戒。迄今为诵之，犹忆先王父谆谆命辉时也。

卷之十二 补遗

补遗历朝名文共二十五首

邹阳《狱中上梁王书》（目录有"西汉"注）

被谗而不知所以，则其事无可辨。谗者方宠信于王，则其人不可攻，故楚古为喻，而复畚其词，穷极古来忠信受枉之酷，而王自悟矣。

司马相如《论巴蜀檄》

武帝好大喜功，群臣皆欲生事边境，以邀封赏。唐蒙之使，非发卒不足以成事，既发卒，即不得不转输，其亡逃贼杀，有以致之矣。一经长卿文饰，觉其曲在下而不在上，文辞诚工，恐难掩其逢君之过也。

徐乐《言世务书》

不安，故易动。易动者，土崩之势也。说得透彻可畏，亦千古名言。其以瓦解为不足患，燕游射猎为不害，何征不服为欣动，此皆其揣摩投合之意胜，辞理之之未醇，固有所不暇顾也。

东方朔《答客难》

东方曼倩观察颜色，直言切谏。观其谏除上林苑，及辟戟而拒董摭,称述孝文皇帝之行,以讽奢侈失农,所补亦非细矣。然而抗直不得与汲黯齐名,显用不得与公孙并进,岂非以恢谐故哉?其作《答客难》,恐亦讽谕之意多,未必以位卑为恨也。其后扬雄《解嘲》、崔骃《达旨》、班固《答宾戏》、张衡《应闲》,皆祖此而继作,特录此以征其概。

王褒《圣主得贤臣颂》

前以工用相得为喻,而后以贤臣之未遇作衬,折入正面,愈觉淋漓尽致,此西京文也。以颂体而近骈偶,故列入《补遗》之内。

曹植《与吴质书》(目录有"三国"注)

华词丽句,已启六朝之风,而气之横,思之奇,则东阿所独擅之才也。读之可以扩胸襟,亦足以别风气。

陶渊明《归去来辞》(目录有"晋"注)

靖节心无系恋,出处洒然。篇中言"息交绝游",曰"自酌",曰"孤往",则不特不事王侯、不与要人相见已也。悠悠俗流,其不堪入目者多矣。通篇凡五易韵,耿介之中,和而不迫,得风人之遗致。

孔稚圭《北山移文》(目录有"南齐"注)

张侗初评是文云:意极孤高,句多独创。转接递送,固属天成;点缀咏吟,尤有巧处。

魏徵《谏太宗十思疏》(目录有"唐"注)

张蕴古《大宝箴》

始歆以所当法,次儆以所当戒,而正本清源,尤在君心。故后复恺切陈之,有原有委,可劝可惩,诚千古之金镜也。

王勃《滕王阁序》

篇中脉络,本自井然,《析义》逐层拈出,直似别开生面。可见读书在自出心裁,难泥旧解耳。

骆宾王《为徐敬业讨武氏檄》(目录题作"骆宾王讨武氏檄")

武后之立,由世勣一言而定,敬业能伸大义,可谓干蛊矣。惜其不能直指洛阳而还图润州以自为地,致为李孝逸所败,有美而不克成也。而此《檄》则能令千载下读之者皆为快心。

狄仁杰《檄告西楚霸王文》

李华《吊古战场文》

李白《与韩荆州书》

气岸雄伟,光焰万丈,想见其心雄万夫之概。

李白《春夜宴桃李园序》

小小文字,豪气殆高千百丈。

《毛颖传》(目录有"《昌黎集》"注)

(篇首)茅鹿门曰:设虚景摹写,工极古今。其连翩跌宕,刻画司马子长。

王遵岩曰:通篇将无作有,所谓以文滑稽者,赞论犹高古,宜逼马迁。

刘禹锡《陋室铭》

《陋室》若但作知足话头,终脱不得个"陋"字。以"德馨"为主,则室以人重,陋而不陋矣。此文殆借室之陋以自形容其不凡也。虽不满百字,而具虎跳龙腾之致。

杜牧《阿房宫赋》

以三百余里之地为宫,非始皇无此侈大手段,而此文之手眼更过之。盖秦皇欲极其侈心而未成,而此文则驰骤其才而有余也。正面穷其壮丽,侧面恣为敲击,使垂戒之意凛然,觉《子虚》、《上林》,其命意反逊此一筹。

王禹偁《待漏院记》(目录有"宋"注)

待漏院之设,本是优崇宰辅,然顾名思义,则勤政的是本旨。就"思"字写出贤奸之状,令人猛省,与温公《谏院题名记》同意。

《秋声赋》(目录有"《庐陵集》"注)

寻其意趣,亦本宋玉《九辨》。其气韵秀出处,时复相逼。而议论感慨,则宋人之本色也。

《万石君罗文传》(目录有"大苏文"注)

摹仿映照,巧合自然,犹易到也,看其纵恣炼局处。此坡公戏以砚作砖也。

《**祭范颖川文**》（目录有"《临川集》"注）

（篇首）茅鹿门曰：范公仲淹为一代殊绝人物，而荆公祭文，亦极力摹写，涕洟呜咽，可谓两绝矣。

摘辞古劲，足以该公之功德。

《**祭欧阳文忠公文**》（目录有"《临川集》"注）

（篇首）茅鹿门曰：欧阳公祭文，当以此为第一。

欧公文章事业，本足推重，而于介甫有荐援之力，故此作尤觉情余于文。

文天祥《**正气歌**》（目录有"有序"注）

《孟子》曰："其为气也，配义与道。"盖道义必得是气以为之助，故能富贵不淫，贫贱不移，威武不屈。公以第一人受知理宗，以忤权贵而壮年致仕。及受任败军之际，图存危难之间，事已无可复为，而百炼不屈，此皆公正气之所形也。至沮洳之场，固已置死生于度外矣。此诗歌也，以足兴起人志行，故录以为曲终余韵。

（人民教育出版社博士后科研工作站）

Contents

《古代文学理论研究》稿约

一、本刊欢迎中国古代文学理论、批评及相关问题的稿件。希望来稿具有一定理论水平、学术水平和问题意识,观点新颖,重点突出,言之有物。

二、请寄电子文本一份。电子文本投稿地址:gudaiwenlun1979@126.com。

三、本刊采取匿名评审制度。稿件务必注明全部作者的姓名、工作单位、通讯地址、邮编。在篇首页地脚处作者简介中,注明作者的出生年月,性别,工作单位,职称,学历,研究方向,代表性著作(论文)。寄稿时,请附上手机号码、电子邮箱地址,以便通知结果。

四、来稿请附内容摘要、关键词,摘要用第三人称撰写,不要进行自我评价。字数在300字左右。并附题目、作者姓名、内容摘要、关键词的英译。

五、引用文献请用脚注,其格式为:(1)作者,书名,出版社,出版时间,页码;(2)作者,篇名,期刊名与期号。

六、对采用的稿件,本刊可作技术处理和编辑加工。如不同意,请在投稿时声明。

七、请勿抄袭,文责自负。请勿一稿多投,对因其造成的不良后果,本刊概不负责。

八、来稿一经采用,略付薄酬,请作者提供银行卡相关信息。

更正启事

　　本刊上辑《诗学思维与批评范式（古代文学理论研究第五十四辑）》"文献"栏目陈福康教授《对百余幅楹联释文的辨考》一文标题，"幅"字为"副"字之误植，特此更正。